Das Spiel der Wellen

Der Ruf der Amsel

Die Autorin

Marcia Willett, in Somerset geboren, studierte und unterrichtete klassischen Tanz, bevor sie ihr Talent für das Schreiben entdeckte und sich zu einer außergewöhnlichen Erzählerin entwickelte, die *The Times* als »eine authentische Stimme ihrer Zeit« feierte. Ihre Bücher erscheinen in achtzehn Ländern.

Die Autorin lebt mit ihrem Ehemann in Devon, Südengland, dem Schauplatz vieler ihrer Romane. Besuchen Sie Marcia Willett unter: www.marciawillett.co.uk

Marcia Willett

Das Spiel der Wellen

Der Ruf der Amsel

2 Romane in 1 Band

Weltbild

Die englische Originalausgabe von *Das Spiel der Wellen* erschien 2003 unter dem Titel *The Children's Hour* bei Transworld Publishers, London.

Die englische Originalausgabe von *Der Ruf der Amsel* erschien 1996 unter dem Titel *The Dipper* bei Headline Publishing, a division of Hodder Headline, London.

Genehmigte Lizenzausgabe für Verlagsgruppe Weltbild GmbH,
Steinerne Furt, 86167 Augsburg
Das Spiel der Wellen

Übersetzung: Sonja Schuhmacher und Rita Seuss
Der Ruf der Amsel

Übersetzung: Marieke Heimburger
Umschlaggestaltung: Atelier Seidel - Verlagsgrafik, Teising
Umschlagmotiv: © istockphoto; Thinkstock; Maria Seidel
Gesamtherstellung: CPI Moravia Books s.r.o., Pohorelice
Printed in the EU
ISBN 978-3-86365-511-2

2017 2016 2015 2014

Marcia Willett

Das Spiel der Wellen

Roman

Aus dem Englischen
von Sonja Schuhmacher und Rita Seuss

Weltbild

Für Dinah

1

Es war Frühherbst, und im strahlenden Licht, das durch die offene Tür fiel, tanzten Sonnenstäubchen. Der Glanz überflutete die alte Sitzbank, ließ den großen Kupferteller auf dem Eichentisch leuchten und warf einen zarten Schimmer auf den großen, schon etwas verblichenen Seidenteppich an der Wand unterhalb der Galerie. Ein Paar knöchelhohe Gummistiefel lagen, achtlos abgestreift, auf dem Granitfußboden, und auf dem abgewetzten Kissen der Sitzbank stand wie vergessen ein Weidenkorb mit Bindfaden, einer Gartenschere, einer alten Pflanzkelle und Papiertütchen mit wertvollem Saatgut.

Das ferne Zirpen der Grillen und das Murmeln des Bachs untermalten die friedliche Stille. Bald würde die Sonne hinter der zum Meer abfallenden Klippe verschwinden und lange Schatten auf den Rasen werfen. Es war fünf Uhr: die Vorlesestunde.

Der Rollstuhl löste sich aus dem Schatten. Lautlos glitten die Gummireifen über den Fußboden mit den gesprungenen Mosaiksteinchen, ehe sie vor dem Salon zum Stillstand kamen. Die Gestalt im Rollstuhl saß regungslos, den Kopf geneigt, und lauschte Stimmen, die aus der Vergangenheit zu ihr drangen. Sie sah kleine Füße, die über die Chintzbezüge von Sofa und Sesseln kletterten, einen Stickrahmen mit einem halbfertigen Bild …

Pscht! Jemand liest eine Geschichte vor. Die Kinder scharen sich um die Mutter. Zwei größere Mädchen nehmen das Kleinste zwischen sich auf das Sofa; ein anderes liegt bäuchlings auf dem Boden, in ein Puzzlespiel vertieft, mit einem Bein in der Luft strampelnd – einziges Zeichen mühsam unterdrückter Energie. Ein anderes Kind sitzt auf einem Hocker neben der Mutter, eifrig bedacht, die Bilder zu betrachten, die die Geschichte illustrieren.

»Ich werde euch eine Geschichte erzählen«, sagt die Stimme, »aber ihr dürft nicht rascheln, husten oder euch ständig die Nase putzen … und hört auf, euch die Lockenwickler aus den Haaren zu ziehen. Und wenn ich fertig bin, ist es Zeit, ins Bett zu gehen.«

Die Stimme der Mutter klingt kühl und melodisch wie der Bach und so bezaubernd, dass die Kinder sofort in Bann geschlagen sind. Die Welt um sie herum verschwindet, eine andere Welt taucht vor ihnen auf, die Welt der Phantasie und des Märchens.

Im Flur vor der Tür hatte Nest die Augen geschlossen. Die Lehnen ihres Rollstuhls umklammernd, sah sie die vertraute Szene vor sich und lauschte angestrengt den längst verklungenen Worten nach. Da störte das schrille Läuten des Telefons die Stille. Der Zauber war gebrochen. Eine Tür öffnete sich, Schritte huschten über den Flur. Nest hob den Kopf, und als sie hörte, dass aufgelegt wurde, drehte sie langsam ihren Rollstuhl, sodass sie die Galerie überblicken konnte. Ihre Schwester Mina trat auf den Treppenabsatz und sah zu ihr hinunter.

»Wenigstens hat dich das Läuten nicht geweckt«, sagte sie erleichtert. »Wolltest du gerade hinaus in den Garten? Sollen wir unseren Tee im Sommerhaus trinken? Es ist immer noch ziemlich warm draußen.«

»Wer war dran?« Nest ließ sich durch die verlockende Aussicht auf eine Tasse Tee nicht beirren. In der Stille lag ein dumpfer, warnender Nachhall. Sanft wie eine Feder hatte die Angst ihre Wange gestreift und sie innerlich erschaudern lassen. »Am Telefon. Lyddie etwa?«

»Nein, nicht Lyddie.« Mina gab sich fröhlich und zuversichtlich, wusste sie doch, dass Nest stets um ihre jüngste Nichte besorgt war. »Nein, es war Helena.«

Die Tochter ihrer ältesten Schwester schien in ernsthaften Schwierigkeiten zu stecken – gar nicht typisch für Helena, die doch sonst immer alles im Griff hatte. Mina war beunruhigt.

Sie lief die Galerie entlang und die Treppe herunter. Über ihre Stoffhose in marineblauem Schottenmuster hatte sie dicke Socken gestreift. Ihr grüner Pullover, in dem sich Reisig verfangen hatte, war ausgeleiert. Das silberweiße Haar umrahmte ihren Kopf wie ein Heiligenschein, doch trotz der feinen Fältchen wirkten ihre graugrünen Augen noch immer jugendlich. Drei kleine weiße Hunde tapsten geräuschvoll hinter ihr her, ängstlich bemüht, den Anschluss nicht zu verlieren.

»Ich habe die Hecken gestutzt«, sagte sie zu Nest, »und plötzlich habe ich gemerkt, wie spät es schon ist. Also habe ich den Wasserkessel aufgesetzt.«

»Ich würde gern eine Tasse Tee trinken«, erwiderte Nest. »Aber für das Sommerhaus ist es wohl zu spät. Die Sonne geht bald unter, und außerdem ist es viel zu umständlich, alles rauszutragen. Trinken wir den Tee lieber im Wohnzimmer.«

»Gute Idee.« Mina war sichtlich erleichtert. »In zwei Minuten ist er fertig. Das Wasser kocht bestimmt längst.«

In Socken lief sie über die gemusterten Fliesen des Flurs, vorneweg die Sealyham-Terrier. Nest wendete den Rollstuhl und rollte langsam ins Wohnzimmer. Es war ein langer schmaler Raum mit einem Kamin auf der einen und einem tiefen Erkerfenster auf der anderen Seite.

»So dämlich geschnitten«, sagt Ambrose zu seiner jungen Frau, die das Haus kurz nach dem Ersten Weltkrieg geerbt hat. »Kaum Platz, um sich vor den Kamin zu setzen.«

»Für uns beide reicht es«, antwortet Lydia, die Ottercombe House fast so sehr liebt wie ihren gut aussehenden jungen Ehemann. »Wir können die Ferien hier verbringen. O Schatz, wie himmlisch, dass wir die Möglichkeit haben, aus London rauszukommen!«

Mina, ihre Tochter, hatte vierzig Jahre später den Raum umgestaltet und in eine Sommer- und eine Winterhälfte aufgeteilt. Im Halbkreis um den Kamin waren jetzt bequeme Sessel und ein kleines Sofa gruppiert, während ein zweites, sehr viel größeres Sofa mit der hohen Rückenlehne zum Raum stand und den Blick auf den Garten erlaubte. Nest blieb neben der Verandatür stehen und schaute hinaus auf die Terrasse mit den Terrakotten, wo zwischen den Pflastersteinen rote und gelbe Kapuzinerkresse leuchtete, eine Blütenpracht, die sich den Hang hinunter bis zum Rasen erstreckte.

»Bald werden wir im Kaminfeuer Toastbrot rösten.« Mina stellte das Tablett auf den niedrigen Couchtisch, aufmerksam beäugt von den Hunden. »Nein, Boyo, Platz! So ist's brav. Es ist noch etwas Kuchen übrig, und die Kekse hab ich auch mitgebracht.«

Nest manövrierte ihren Rollstuhl neben das Sofa, schüttelte den Kopf – nein, sie wollte kein Gebäck – und nahm dankend ihren Tee. »Und was wollte unsere liebe Nichte?«

Mina ließ sich in die weichen Sofakissen sinken. Der Augenblick der Wahrheit ließ sich nicht länger hinauszögern. Sie blickte durch das Fenster zu den bewaldeten Hängen der

Schlucht. Zwei der drei Hunde hatten sich bereits auf ihrem Lager im Erkerfenster niedergelassen, aber der Dritte sprang aufs Sofa und rollte sich neben seinem Frauchen zusammen. Mina strich mit der Hand über das warme weiße Fell des Tieres.

»Es geht um Georgie«, sagte sie. »Helena meint, dass man sie nicht mehr allein lassen kann. Letzte Woche sind zwei Wasserkessel durchgeschmort, die sie auf dem heißen Herd vergessen hatte, und gestern ist sie spazieren gegangen und wusste plötzlich nicht mehr, wo sie war. Man hat Helena im Büro angerufen, sie musste alles stehen und liegen lassen und sie abholen. Die arme Georgie war völlig durcheinander.«

»Wegen ihrer Tochter oder weil sie sich verlaufen hatte?«, fragte Nest beiläufig, ließ dabei aber Mina nicht aus den Augen, denn sie ahnte, dass das Entscheidende noch nicht gesagt war.

Mina kicherte. »Beides ist denkbar, da hast du Recht«, stimmte sie zu. »Aber die Sache ist die: Helena und Rupert haben beschlossen, Georgie in ein Pflegeheim zu geben. Das ist schon seit längerem geplant. Jetzt haben sie offenbar eines gefunden, das mit dem Auto gut zu erreichen ist, sagt Helena.«

»Und was sagt Georgie dazu?«

»Allerhand, wie es scheint. Sie findet, dass sie bei ihnen einziehen kann, wenn sie schon ihre Wohnung aufgeben muss. Schließlich ist das Haus groß genug, jetzt, da die beiden Kinder im Ausland sind. Georgie wehrt sich natürlich.«

»Natürlich.« Nest nickte. »Wenn ich die Wahl hätte zwischen Rupert und Helena oder einem Heim, wüsste ich, wofür ich mich entscheiden würde. Aber warum ruft Helena *uns* deswegen an? Das tut sie doch sonst nicht. Allerdings ist Georgie auch nicht viel mitteilsamer, es sei denn, sie hat was auf dem Herzen.«

»Helena hat sich, glaube ich, sehr bemüht, Georgie ihre Selbstständigkeit zu lassen – nicht nur, weil es ihr und Rupert das Leben erleichtert.« Mina bemühte sich um Fairness. »Aber wenn Georgie nicht mehr unbeaufsichtigt bleiben kann, kann man sie ja auch nicht allein in Helenas Haus lassen. Wie dem auch sei, Helena sagt, dass im Heim momentan kein Platz frei ist, und fragt, ob wir Georgie nicht vorübergehend bei uns aufnehmen könnten.«

Woher kommt bloß diese Angst?, überlegte Nest. Georgie ist schließlich meine Schwester. Und sie wird langsam alt. Was ist nur los mit mir?

Sie trank einen Schluck Tee, stellte die Tasse wieder ab und verkniff sich die Frage: Was heißt »vorübergehend«?

Stattdessen fragte sie: »Und was hast du Helena geantwortet?«

»Dass ich erst mit dir darüber sprechen muss«, erklärte Mina. »Schließlich ist es auch dein Zuhause. Was meinst du, könnten wir ein, zwei Monate mit Georgie auskommen?«

Ein, zwei Monate. Nest kämpfte die aufsteigende Panik nieder.

»Du hättest die Hauptlast zu tragen«, sagte sie ausweichend, »deshalb frage ich dich, was *du* davon hältst.«

»Ich würde es wohl schaffen. Bilde ich mir jedenfalls ein.« Mina machte eine Pause und holte tief Luft. »Ich glaube, wir sollten es versuchen.« Sie sah ihre Schwester an. »Aber du wirkst nicht gerade begeistert.« Sie zögerte. »Oder hast du irgendwelche Befürchtungen?« Ohne weiter zu erläutern, was sie meinte, streichelte sie Polly Garters Kopf, teilte einen Keks und hielt dem Hund ein Stückchen hin. Wie der Blitz war Nogood Boyo aufgesprungen. Jetzt stand er neben Mina und wedelte erwartungsvoll mit dem Schwanz. Sie gab ihm ein Krümelchen, und im nächsten Augenblick saßen alle drei Hunde neben ihr auf dem Sofa.

»Du bist ein hoffnungsloser Fall.« Nest beobachtete wohlwollend, wie Mina ihren Lieblingen etwas zumurmelte. »Vollkommen hoffnungslos. Aber du hast ja Recht. Schon den ganzen Tag habe ich so ein merkwürdiges Gefühl. Ich höre Stimmen und denke an die alten Zeiten. Mich plagt so eine Ahnung, dass etwas Schreckliches geschehen könnte. Ein flaues Gefühl in der Magengrube.« Sie lachte. »Aber wahrscheinlich ist das reiner Zufall. Schließlich gibt es keinen Grund, warum die arme Georgie Unheil bringen sollte, was meinst du?«

Sie stellte Tasse und Untertasse auf das Tablett und sah Mina erwartungsvoll an. Ihre Schwester blickte mit gefurchter Stirn hinaus in den Garten. Für einen Augenblick wirkte sie so alt, wie sie war: vierundsiebzig.

»Du machst einem nicht gerade Mut«, sagte Nest besorgt. »Weißt du etwas über Georgie, was du mir all die Jahre verschwiegen hast?«

»Aber nein.« Mina hatte die Fassung wiedergewonnen. »Möchtest du noch Tee? Nein, ich habe nur überlegt, ob ich mit Georgie zurechtkommen würde, das ist alles. Immerhin bin ich nur ein Jahr jünger als sie. Da führt dann der Lahme den Blinden oder so ähnlich.«

»Ganz und gar nicht«, erwiderte Nest, durch Minas Antwort keineswegs beschwichtigt. »Du lässt schließlich keine Wasserkessel auf dem heißen Herd stehen. Und wenn du spazieren gehst, weißt du immer, wo du bist.«

»Zum Glück.« Mina musste lachen. »Denn da droben in Trentishoe Down würde mich kaum jemand finden.« Sie hielt inne. »Wie kommst du eigentlich darauf, dass Lyddie am Telefon war?«

»Lyddie?« Nest warf ihr einen forschenden Blick zu. »Was meinst du damit?«

»Der Anruf vorhin. Du hast gefragt, ob Lyddie dran gewesen ist. Hat sie etwas mit deinen bösen Ahnungen zu tun?«

»Nein.« Nest schüttelte den Kopf, während sie versuchte, ihr Gefühl in Worte zu fassen. »Es ist schwer zu erklären. Oft stehen mir die Erinnerungen so deutlich vor Augen.« Sie zögerte. »Manchmal weiß ich nicht, ob ich diese Dinge tatsächlich erlebt oder ob ich nur davon gehört habe. Du hast mir ja immer Geschichten erzählt und dabei den Leuten die Namen literarischer Figuren gegeben. Das tust du bis heute.«

Mina lächelte. »Es macht mir solchen Spaß«, sagte sie, »obwohl es ganz schön peinlich war, wie du Enid Goodenough als ›Lady Sneerwell‹ angesprochen hast. Die arme Mama war richtig entsetzt. Ich habe zum Himmel gefleht, dass Enid nicht kapiert, was du da von dir gegeben hast. Trotzdem, das war eine heikle Situation.«

»Es war der Schock«, verteidigte sich Nest lachend. »Als sie so plötzlich vor mir stand – nach allem, was du über sie erzählt hattest.«

»›Lady Sneerwell‹ und ›Sir Benjamin Backbite‹. Die Goodenoughs waren wirklich unangenehm.« Weitere Erinnerungen wurden wach, und Minas Miene verdüsterte sich.

»Vorhin, als ich durch den Flur kam«, sagte Nest, »ist mir wieder eingefallen, wie wir vor all den Jahren auf dem Sofa saßen und den Geschichten lauschten. Weißt du noch?«

»Dickens' *Weihnachtsgeschichte* an Heiligabend, während wir den Baum schmückten. Wie könnte ich das vergessen! Dann bist du also nicht wegen Lyddie beunruhigt?«

»Eigentlich nicht. Glaube ich zumindest.«

»Gut.« Mina gab Captain Cat den letzten Krümel und wischte sich die Brösel vom Schoß. »Also, was machen wir mit Georgie? Wollen wir es wagen? Vielleicht sollten wir Lyddie um Rat fragen?«

»Warum nicht? Aber lass uns zuerst das Teegeschirr spülen und aufräumen.«

»Gute Idee. Bis dahin ist sie bestimmt mit ihrer Arbeit fertig.« Mina stellte das Teegeschirr auf das Tablett und trug es in die Küche, die Hunde trotteten hinter ihr her. Nest folgte langsam im Rollstuhl.

2

Lyddie machte einen letzten Korrekturstrich in dem Kapitel, klemmte die Manuskriptblätter in einen Schnellhefter und stützte beide Ellbogen auf den Schreibtisch. Schwarzes seidiges Wuschelhaar umrahmte ihr kleines, hübsches Gesicht mit dem elfenbeinernen Teint und dem spitzen Kinn. Obwohl ihre weiche Mohairjacke fast bis zu den Knien reichte, fror sie. In ihrem winzigen Arbeitszimmer hinter dem Schlafraum war es kalt, das Tageslicht erlosch allmählich, und sie sehnte sich nach Bewegung. Der große Hund, der zwischen dem Schreibtisch und der Tür lag, hob den Kopf und sah sie fragend an.

»Ich bin so weit«, sagte sie zu ihm. »Wir machen einen Spaziergang. Aber nur einen kurzen.«

Bosun, ein Berner Sennenhund, stand auf und wedelte erwartungsvoll mit dem Schwanz. Lyddie beugte sich hinunter und küsste ihn auf die Schnauze. Auf Vorschlag ihrer Tante Mina hatte er den Namen Bosun bekommen – nach Byrons Lieblingshund, dessen Denkmal in Newstead die folgende Inschrift trug: »Ein Wesen, das Schönheit ohne Eitelkeit besaß, Kraft ohne Übermut, Mut ohne Grausamkeit und alle Tugenden des Menschen ohne dessen Laster.« Lyddie war fest davon überzeugt, dass ihr Hund exakt Byrons Beschreibung entsprach.

»Du bist ein hübscher Kerl«, sagte sie zu ihm, »und brav bist du außerdem. Also komm, aber Vorsicht auf der Treppe! Gestern hätten wir uns beide fast den Hals gebrochen.«

Gemeinsam gingen sie die Treppe hinunter, und Bosun wartete geduldig, bis sie sich eine lange warme Wolljacke übergezogen hatte und in ihre halbhohen Wildlederstiefel geschlüpft war. In den Straßen und Gassen von Truro war Lyddie vollauf damit beschäftigt, den Hund im Zaum zu halten, ehe sie ihn draußen vor der Stadt endlich von der Leine lassen konnte. Sie beobachtete, wie er außer Rand und Band lossauste. Sein Ungestüm entlockte ihr ein Schmunzeln, und sie dachte an den süßen wuscheligen Welpen, der am Morgen ihres ersten Hochzeitstags unten auf sie gewartet hatte. Ein Geschenk von Liam.

»Du brauchst jemanden, der dir Gesellschaft leistet«, hatte er gesagt und sich über ihre begeisterte Reaktion amüsiert, »wenn du den ganzen Tag allein zu Hause sitzt und arbeitest, während ich in der Kneipe bin.«

Vor gut zwei Jahren hatte sie ihre Stelle als Lektorin beim größten Verlagshaus Londons aufgegeben, um Liam zu heiraten und zu ihm nach Truro in sein kleines Reihenhaus zu ziehen. Das Lokal, das er mit seinem Partner Joe Carey betrieb, lag voll im Trend, aber weil er sich nicht genügend Personal leisten konnte, hatten Liam und Lyddie nur selten einen ungestörten Abend für sich allein. Meistens war er zwischen drei und sieben zu Hause, wenn in der Kneipe »tote Hose« war, wie er es nannte. Aber diese Woche war einer seiner Mitarbeiter in Urlaub, und Liam übernahm seinen Dienst. Es würde ein sehr langer Tag werden.

»Komm, sobald du fertig bist«, hatte er zu Lyddie gesagt, »sonst sehen wir uns überhaupt nicht. Entschuldige, Schatz, aber es geht nicht anders.«

Erstaunlicherweise hatte sie gar nichts dagegen, ins *Place* zu gehen. Meist saß sie an dem Tisch in der gemütlichen Nische, die für das Personal reserviert war, beobachtete die Gäste, scherzte mit Joe, aß etwas zu Abend und freute sich, wenn Liam sich ein paar Minuten zu ihr setzte.

»Von nichts kommt nichts«, pflegte Liam zu sagen. »Wir müssen einfach präsent sein. Die Gäste schätzen das, und das Personal weiß, woran es ist. Das ist das Geheimnis des Erfolgs, obwohl es natürlich bedeutet, dass wir keine geregelten Arbeitszeiten haben.«

Das hatte Lyddie nie gestört. Nach der häuslichen Stille und dem konzentrierten Brüten über dem Manuskript war das Stimmengemurmel im *Place* genau das Richtige. Dass Liam so leidenschaftlich um sie geworben hatte, tat ihrem geknickten Selbstvertrauen gut. Zuvor war sie drei Jahre lang mit einem Mann befreundet gewesen, der ihr eines Tages eröffnete, er könne sich nicht vorstellen, mit ihr ein Haus zu kaufen und Kinder zu haben, von Heirat ganz zu schweigen. James hatte einen Job in New York angenommen, und Lyddie war ein Jahr allein gewesen, bis sie Liam kennenlernte und sich ihr Leben mit einem Schlag veränderte. Ihre Arbeit und ihre Freunde hatten ihr sehr gefehlt, aber sie liebte Liam viel zu sehr, als dass sie ihre Entscheidung bereut hätte. Und das Exmoor, wo ihre lieben alten Tanten lebten, war kaum zwei Stunden entfernt.

Als Tante Minas Anruf kam, hatte sie noch zehn Minuten am Manuskript zu arbeiten, aber sie beteuerte, dass sie ihr Tagespensum bereits erledigt hatte. Mina und Nest waren so entzückend. Sie waren Lyddie ans Herz gewachsen, erst recht nach dem schrecklichen Autounfall, bei dem sie ihre Eltern verloren hatte und Nest zum Krüppel geworden war. Noch heute, zehn Jahre später, spürte Lyddie einen stechenden Schmerz, wenn sie an diese Zeit zurückdachte. Damals hatte sie gerade ihren einundzwanzigsten Geburtstag gefeiert und ihre erste Stelle bei einem Verlag angetreten. Sie musste sich in ihren Job einarbeiten, regelmäßig zu Tante Nest ins Radcliffe-Hospital nach Oxford fahren und mit dem Schmerz über den Tod ihrer Eltern fertig werden. Ohne Tante Minas Unterstützung wäre das alles über ihre Kräfte gegangen.

Lyddie kuschelte sich in die Jacke, schlug den Kragen hoch und hing ihren Erinnerungen nach. Die Wochenenden hatte sie in ihrem Elternhaus in Iffley bei ihrem älteren Bruder Roger verbracht. Sie hatten sich nie sonderlich gut verstanden, und es war Tante Mina gewesen, die mit ihrer Liebe, ihrem Mitgefühl und ihrer Energie die Familie zusammenhielt. In ihrer Trauer vergaß Lyddie bisweilen, dass auch Tante Mina litt: Ihre Schwester Henrietta war tot, ihre andere Schwester körperbehindert. Lyddie und ihr Bruder wussten sich in ihrer Trauer nicht zu helfen, und Tante Mina war ihre einzige Stütze gewesen. Das hübsche Häuschen gehörte ihnen nach dem Tod der Eltern gemeinsam, und sie vereinbarten, dass Roger, der wie sein Vater Akademiker war, hier wohnen bleiben durfte und Lyddie ausbezahlen sollte, sobald er das Geld beisammen hatte. Bevor Lyddie Liam kennenlernte, war dieses Haus ihr Zufluchtsort gewesen, aber als Roger Teresa heiratete, beschloss das junge Paar, eine Hypothek aufzunehmen und Lyddie mit hundertfünfzigtausend Pfund abzufinden.

Liam war beruflich so eingespannt, dass er und Lyddie nur selten Zeit fanden, nach Oxford zu kommen. Aber Roger und Teresa hatten in den Ferien ein paar Tage hier in Truro verbracht, und die Geschwister standen in lockerem Kontakt. Trotzdem hatte Lyddie ein schlechtes Gewissen, weil sie und Liam sich mit Joe und seiner Freundin Rosie, die ebenfalls im *Place* arbeitete, besser verstanden als mit ihrem Bruder und ihrer Schwägerin.

»Die beiden sind mir zu klug«, hatte Liam fröhlich gesagt. »Und viel zu ernst. Es ist schwierig, mit Leuten dieses Kalibers Spaß zu haben. Roger geht ja noch, aber Teresa ist nicht gerade mit Humor gesegnet, findest du nicht auch?«

Lyddie musste ihm beipflichten, spürte aber das Bedürfnis, ihren Bruder zu verteidigen.

»Roger wirkt vielleicht manchmal unsensibel«, meinte sie. »Er ist ein ernster Mensch, aber arrogant ist er nicht.« Dann fügte sie rasch hinzu: »Damit will ich nicht sagen, dass Teresa …« Sie hielt inne, denn sie wollte nichts beschönigen, ihre Schwägerin aber auch nicht bloßstellen.

Liam musterte sie amüsiert. »Vorsicht, Schatz«, warnte er. »Wenn du nicht aufpasst, könnte dir leicht etwas Unfreundliches herausrutschen.«

Die Bemerkung war ihr unangenehm, aber Joe, der mit ihnen am Tisch saß, kam ihr zu Hilfe. Er gab Liam einen Klaps auf den Hinterkopf.

»Lass sie in Ruh«, sagte er. »Hol ihr lieber was zu trinken. Du weißt einfach nicht, was wahrer Geistesadel ist …« Und Liam war, noch immer grinsend, zur Bar gegangen und hatte Lyddie und Joe allein gelassen.

Als Lyddie jetzt, an ein Holzgatter gelehnt, die in der Dämmerung funkelnden Lichter der Stadt betrachtete, überlegte sie, was sie für Joe empfand. Er verhielt sich ihr gegenüber wie ein Kavalier – ganz anders als der eher derbe, ruppige Liam. Seine unverhohlene Bewunderung stärkte ihr Selbstvertrauen, das Liam, der von allen umschwärmt wurde, immer wieder ins Wanken brachte. Die Feindseligkeit, die ihr von Liams Exfreundinnen entgegenschlug, überraschte Lyddie. Sie spürte deutlich, dass die Rivalinnen seiner Ehe keine besondere Bedeutung zumaßen. Manche verhielten sich so, als hätten sie noch immer ein Anrecht auf ihn, und behandelten Lyddie wie einen Eindringling. Liam ging gewöhnlich mit einem Achselzucken darüber hinweg, und Lyddie merkte rasch, dass sie keine Unterstützung von ihm erwarten durfte.

Mit ihrer Heirat hatte er ein Signal gesetzt und erwartete nun von ihr, dass sie sich diesen Frauen gegenüber korrekt verhielt. Doch das fiel ihr gar nicht so leicht. Dass James sie verlassen hatte, war ein schwerer Schlag gewesen. Liam war ein ausgesprochen attraktiver Mann, und das wusste er auch. Er war schlank und sportlich. Sein Haar war fast so dunkel wie Lyddies seidig glänzender Wuschelkopf und er hatte kluge braune Augen. Wenn er im Lokal war, schien alles gleich viel aufregender. Mit seinem unbeschreiblichen Charme schlug er beide Geschlechter in seinen Bann. Die Männer fanden ihn einen »prima Kerl«, die Frauen flirteten mit ihm. Wenn er an einem Tisch länger blieb als für den üblichen Smalltalk, sahen die Gäste darin eine persönliche Auszeichnung.

Lyddie war Joe dankbar dafür, dass er ihr in dieser peinlichen Situation beigesprungen war. Außerdem gefiel es ihr, wenn Liam sich bei Joe beschwerte, weil er Lyddie so viel Aufmerksamkeit schenkte. Freilich war da noch Rosie. Lyddie hatte gehofft, mit ihr Freundschaft zu schließen, aber Rosie war leicht gekränkt und hielt Lyddie mit ihrem forschenden Blick auf Abstand. Für ihre Distanziertheit gab es mehrere Erklärungen. Vielleicht fühlte sich Rosie verunsichert, weil Lyddie mit Liam verheiratet war und sie mit Joe nur liiert; vielleicht ärgerte sie sich auch darüber, wie zuvorkommend Liam, Joe und die anderen Mitarbeiter im Lokal mit Lyddie umgingen. Rosie war eine von mehreren Kellnerinnen, mehr nicht. Aber Lyddie achtete darauf, mit Joe nicht zu sehr zu flirten, wenn Rosie in der Nähe war. Wenn Liam sich jedoch an einen attraktiven weiblichen Gast heranmachte, fiel es Lyddie oft schwer, ihm das nicht mit gleicher Münze heimzuzahlen, um ihr Selbstbewusstsein ein wenig aufzumöbeln.

Lyddie rief ihren Hund, der sie wie immer vorwurfsvoll ansah, weil er den Ausflug gerne noch ausgedehnt hätte, und trat den Rückweg in die Stadt an. Sie dachte an ihre beiden Tanten. Wie unfair es doch von Helena war, Tante Mina die Sorge um ihre ältere Schwester für einen so langen Zeitraum aufzubürden!

»Zwei Monate?«, hatte sie ungläubig gefragt. »Das ist eine lange Zeit, Tante Mina, vor allem, wenn Tante Georgie ein bisschen verwirrt ist. Ich würde dir gern helfen, aber ich fürchte, ich habe in den nächsten sechs Wochen viele Termine …«

Da sie spürte, dass Tante Mina mit widerstreitenden Gefühlen kämpfte, versuchte sie, die Sache praktisch anzugehen. Sie sah durchaus die Schwierigkeiten, mit einem älteren, eigensinnigen Menschen zurechtzukommen, der womöglich an Alzheimer litt, zumal Tante Mina keine andere Stütze hatte als ihre an den Rollstuhl gefesselte Schwester. Andererseits konnte Lyddie gut verstehen, dass Tante Mina Georgie helfen wollte.

»Schließlich ist sie unsere Schwester«, hatte sie gesagt, und Lyddie musste wieder einmal daran denken, welche innere Stärke Mina zehn Jahre zuvor bewiesen hatte, als Henrietta umgekommen war und sich herausstellte, dass Nest den Rest ihres Lebens im Rollstuhl verbringen musste.

Mit einem Mal fühlte sich Lyddie tieftraurig.

»Du musst tun, was du für richtig hältst«, hatte sie gesagt, »aber vergiss nicht, mich anzurufen, wenn es dir zu viel wird. Gemeinsam werden wir es schon schaffen, wenn Helena und Rupert nicht ein Einsehen haben. Notfalls komme ich nach Ottercombe und arbeite dort.«

»Das weiß ich, mein Schatz«, hatte Mina geantwortet, »aber wir werden schon zurechtkommen. Für uns beide bedeutet es eine Abwechslung. Und jetzt erzähl von dir. Ist bei dir alles in Ordnung?«

»Alles bestens«, hatte sie erwidert, »Liam geht es auch gut.«

Als sie sich verabschiedeten, beschlich Lyddie das merkwürdige Gefühl, dass Tante Minas Entschluss, Georgie aufzunehmen, längst feststand. Mit ihrem Anruf hatte sie sich wohl nur vergewissern wollen, dass es ihrer Nichte in Truro gut ging. Demnächst, beschloss Lyddie, werde ich wieder einmal ins Exmoor fahren und nach dem Rechten sehen. Sie nahm den Hund an die Leine, und während sie durch die engen Gassen ging, dachte sie an den Abend, der vor ihr lag, und freute sich auf das Abendessen im *Place* mit Liam und Joe.

Wie jeden Abend nach dem Essen stand Mina in der Spülküche von Ottercombe und wusch ab, während Nest mit dem Geschirrtuch in der Hand wartete. Das abgetrocknete Geschirr stellte sie auf einen Wagen neben ihrem Rollstuhl, und wenn alles fertig war, schob Mina den Wagen in die Küche, während Nest Vorbereitungen für die Abendunterhaltung traf. Sie würden Scrabble oder Backgammon spielen, eine Fernsehserie oder das Video eines Musicals ansehen, was Mina besonders liebte. Auch ihr Talent zum Vorlesen hatte sie in all den Jahren nicht eingebüßt. Sie und ihre Schwester liebten Bücher. Zu ihrer Standardlektüre zählten neben Klassikern wie Jane Austen, Dickens und Trollope auch moderne Autorinnen und Autoren wie Byatt, Gardam, Keane und Godden, Reiseberichte, gelegentlich auch ein Thriller oder *The Wind in the Willows*, je nach Stimmung. Lyddie brachte hin und wieder den neuesten Bestseller mit oder den jüngsten Roman von Carol Ann Duffy.

Mina trocknete sich die Hände ab. Hinter der Küchentür leckten die Hunde ihre Fressnäpfe aus.

»Ihr habt ja kein Krümelchen übrig gelassen«, meinte sie.

Polly Garter und Captain Cat trotteten hinter ihr her in die Küche, Nogood Boyo dagegen beschnupperte den Fußboden. Ob nicht doch noch irgendwo ein Restchen liegen geblieben war?

Während Mina die Teller auf die Anrichte stellte und Messer und Gabeln in die Schublade räumte, überlegte sie noch einmal, was bei Georgies Ankunft zu bedenken war. Im Grunde war sie von Anfang an entschlossen gewesen, ihre Schwester aufzunehmen. Sie abzuweisen, hätte sie einfach nicht übers Herz gebracht. Trotzdem war sie unruhig. Mit ihren vagen Ahnungen hatte Nest ihre Zweifel genährt, ob sie der Herausforderung wirklich gewachsen sein würde. Waren diese Ahnungen tatsächlich aus der Luft gegriffen? In jeder Familie gab es Dinge, die besser im Dunkeln blieben. Und Georgie hatte es stets verstanden, Geheimnisse als Waffe zu benutzen, um ihre Stellung als die Älteste zu untermauern und sich wichtig zu machen.

»Ich kenne ein Geheimnis« – das war Georgies Devise, ein Satz, den man immer wieder von ihr hörte. Bei diesem Gedanken pochte Minas Herz schneller. Hastig stellte sie das Teegeschirr aufs Tablett, nahm den kochenden Wasserkessel vom Herd und goss den Tee auf. War es möglich, dass Georgie Nests Geheimnis kannte?

»Mach dich bloß nicht verrückt«, hörte sie sich selbst sagen. Die Hunde spitzten die Ohren und legten erwartungsvoll den Kopf schief.

Wenn Georgie etwas ahnte, hätte sie es längst gesagt. Und wenn sie mehr als dreißig Jahre lang geschwiegen hatte, warum sollte sie ausgerechnet jetzt reden? Mina schüttelte den Kopf und verscheuchte die bösen Ahnungen. Sie hatte sich von Nests Angst anstecken lassen und damit die Gespenster der Vergangenheit heraufbeschworen. Es gab keinen Grund für diese alberne Panik. Doch als sie jetzt den Wasserkessel erneut füllte, überkam sie plötzlich eine merkwürdige Sehnsucht nach der Vergangenheit, und sie glaubte die Stimme ihrer Mutter zu hören, die aus A *Shropshire Lad* vorlas und Laurence Housmans »blaue Hügel der Erinnerung« beschwor.

Den Kopf zur Seite geneigt, den Wasserkessel in der Hand, stand Mina ganz versonnen da. Das Land des verlorenen Glücks, die fröhlichen, von Lachen erfüllten Jahre der Kindheit. Die Tränen kamen erst später … Sie stellte den Wasserkessel auf den Herd, tätschelte die Hunde und murmelte ihnen liebevolle Worte zu. Als sie die Fassung wiedergewonnen hatte, nahm sie das Tablett und ging zu Nest in den Salon.

3

Auch beim Backgammon schweiften Minas Gedanken immer wieder in die Vergangenheit zurück, zu jenen Jahren, als Papa die meiste Zeit in London verbrachte und die Kinder ihre Mama, die ihnen vorlas und mit ihnen an den Strand ging und im Moor wanderte, ganz für sich hatten. Das strenge Reglement des eleganten Hauses in London besaß hier in Ottercombe keine Geltung. Hier herrschte eine heitere Ferienstimmung.

Mina ist acht Jahre alt, als ihre Mutter Lydia zu einem längeren Erholungsurlaub nach Ottercombe aufbricht. Josephine, die Jüngste – Timmie und Nest sind noch nicht geboren –, ist gerade vier geworden, und in den zurückliegenden drei Jahren hat die Mutter drei Fehlgeburten gehabt. Ambrose glaubt, die Meeresluft würde Lydia gut tun und dafür sorgen, dass sie ihm endlich den lang ersehnten Sohn schenke.

»All diese Töchter!«, ruft er jovial, aber Lydia hört seinen Ärger deutlich heraus. Angst beschleicht sie. In zwölf langen Ehejahren hat sie die versteckte Grausamkeit hinter Ambroses gespielter guter Laune gründlich kennen gelernt. Er ist nicht gewalttätig, nein, das nicht, aber er stichelt und verletzt mit Worten. Und Lydia hat gelernt, dass auch das Wort, der Ton, eine Waffe sein kann.

Dagegen klingt ihre Stimme rein, liebevoll und ruhig. Sie singt ihren Babys ein Lied, wiegt sie mit Kinderreimen in den Schlaf und liest ihnen Geschichten vor.

»Immer diese Bücher«, sagt Ambrose. »Wenn ich einen Sohn hätte, könnte ich Cricket mit ihm spielen.«

Ambrose ist ein attraktiver Mann mit braunem, kurz geschnittenem Lockenhaar. Er hat helle, leuchtend blaue Augen und eine ungezwungene Art, sodass sich andere Menschen in seiner Gegenwart zunächst ausgesprochen wohl fühlen. Er ist es, der den Kindern ihre Namen gibt: Georgina, Wilhelmina, Henrietta, Josephine. Erst später erkennt Lydia, dass diese hübschen Namen seinem sonderbaren Sinn für Humor geschuldet sind – und seiner Enttäuschung darüber, dass er der Vater von Töchtern ist. Er ist kein Mann, der sich für Babys interessiert. Lydia hält es für einen Scherz, wenn er sich nach George oder Will erkundigt. Als die Mädchen größer werden, klingt dieser Scherz abgeschmackt. Lydia hasst es, wenn der Vater seine bildhübschen Töchter George, Henry und Jo ruft, aber er lässt sich nicht davon abbringen.

»Sei nicht so empfindlich, Liebling«, sagt er, und seine funkelnden blauen Augen blicken jetzt ein wenig härter. Sie wird sich hüten, ihn zu verärgern. Offenbar wünscht er sich einfach nur einen Sohn – wie die meisten Männer. Sie fühlt sich als Versagerin und hofft, dass das Kind nach Josephine ein Junge wird. Nach ihrer ersten Fehlgeburt bekommt Lydia Asthmaanfälle, und im Winter 1932 schickt man sie nach Ottercombe, damit sie dem Londoner Nebel entkommt. Sie kann ihr Glück nicht fassen: Schon als Kind war dieser Ort für sie das Paradies gewesen. Obwohl Ambrose ihr versprochen hat, die Sommermonate in dem alten Haus am Rand der Schlucht zu verbringen, lässt er sie nur ungern dort zurück, wenn er wieder nach London fährt. Er ist ein hoher

Staatsbeamter, und seine reizende Frau ist für ihn ein großes gesellschaftliches Plus. Lydia ist schön, beliebt – und nützlich. Deshalb ist sie tief gerührt, als er ihr eröffnet, er sei einverstanden, dass sie so lange wie nötig dort bleibe. Er werde versuchen, ohne sie zurechtzukommen. Doch die Sorge um die Gesundheit seiner Frau ist nicht der einzige Grund für Ambroses unerwartete Güte. Ambrose hat die Bekanntschaft einer reichen Witwe gemacht, die mit ihrer robusten Sinnlichkeit und ihrem eisernen Ehrgeiz gut zu ihm passt. Und nun ergreift er die Gelegenheit, sie näher kennen zu lernen.

Dabei ist er viel zu klug, um Lydias Verdacht zu erregen. Er sorgt dafür, dass sie sich schuldig fühlt, weil sie ihn sich selbst überlässt. Sie ist ihrem Mann unendlich dankbar, als sie mit ihren Kindern in den Südwesten aufbrechen kann. Er selbst chauffiert sie in seinem über alles geliebten Citroën nach Ottercombe. Das junge Paar aus der Nachbarschaft, das sich mit der Pflege des Hauses ein Zubrot verdient, wird beauftragt, für Lydia und ihre Kinder einzukaufen, zu putzen und andere Dinge zu erledigen. So kann sich Ambrose am nächsten Morgen, als er abfährt, ungestört dem Gedanken an ein gewisses Haus in St. John's Wood hingeben.

Als das Geräusch des Motors in der Ferne verhallt, stößt Lydia einen Seufzer der Erleichterung aus. Ihre Kinder rennen kreischend und lachend über den Rasen, und Wilhelmina zupft ihre Mutter am Arm.

»Dürfen wir runter zum Strand, Mama? Wenn wir uns warm anziehen?«

Lydia umarmt die Kleine. »Aber natürlich gehen wir an den Strand. Nach dem Essen. Nachmittags ist die beste Zeit für den Strand, auch im Winter.«

»Und wenn wir zurückkommen, trinken wir Tee am Kamin, und du liest uns vor, nicht wahr?«

»Ja, mein Schatz. Wenn ihr alle einverstanden seid, werde ich euch etwas vorlesen.«

So fängt es an.

In ihrem Schlafzimmer, dem ehemaligen Frühstücksraum, war Nest fast bettfertig. Das Zimmer, auf ihre Bedürfnisse zugeschnitten, wirkte nüchtern und schmucklos. Hier fand sich nichts, was die Vergangenheit heraufbeschwor, keine Fotografien oder andere Erinnerungsstücke; nichts Persönliches, was in irgendeiner Weise Aufschluss über sie gab. Nur auf dem Nachtkästchen neben ihrem Walkman stapelten sich die Bücher. Zwar konnte sie kurze Zeit stehen und sich an den Möbelstücken entlanghangeln, aber sie ermüdete schnell, und die Schmerzen riefen ihr in Erinnerung, wie stark ihre Bewegungsfreiheit eingeschränkt war. In den ersten hoffnungslosen Monaten nach dem Unfall hatte sie sich überhaupt nicht mehr rühren wollen. Das Leiden empfand sie als eine gerechte Strafe für ihre Schuld. Sie lag im Bett, starrte an die Decke und vergegenwärtigte sich immer und immer wieder jenen einen schrecklichen Augenblick: Henrietta am Steuer, Connor neben ihr, den Kopf zu Nest auf dem Rücksitz gewandt. Wenn sie nichts gesagt hätte, wenn sie nicht ihr Geheimnis preisgegeben hätte, wäre Henrietta diesen einen entscheidenden Augenblick vielleicht nicht abgelenkt worden.

Ihre Schwester Mina hatte Nest ins Leben zurückgeholt, körperlich und seelisch. Mina hatte sie in den Rollstuhl gesetzt und durch den Garten geschoben, hatte sie samt Rollstuhl in einen speziell ausgestatteten Kleinbus verfrachtet und sie gezwungen, wieder am Leben teilzunehmen.

»Ich kann nicht«, hatte Nest gemurmelt. »Bitte, Mina. Ich will niemanden sehen. Versuch doch zu verstehen. Ich habe kein Recht …«

»Der Tod von Henrietta und Connor gibt dir nicht das Recht, dich lebendig einzumauern. Und außerdem, Lyddie braucht dich …«

»Nein«, hatte sie erwidert und sich in ihrem Stuhl aufgebäumt, den Kopf von ihrer unnachgiebigen Schwester abgewandt. »Nein! Begreifst du das denn nicht? Ich habe sie *getötet.*«

»Lyddie und Roger wissen lediglich, dass Henrietta die Kurve verfehlt hat, sie wissen nicht, warum. Und sie brauchen dich.«

Lyddies Liebe und Mitgefühl waren die schwerste Bürde gewesen.

»Du wirst feststellen«, hatte Mina später einmal gesagt, »dass Leben und Lieben nicht weniger grausam sind als Rückzug und Verzicht. Du bist gestraft genug, keine Sorge.«

Und so hatte sich Nest wieder auf das Leben eingelassen, so gut sie konnte. Ohne etwas festzuhalten und indem sie alles hinnahm – fast alles. Beispielsweise wollte sie sich noch immer nicht von Mina hinunter ans Meer fahren lassen. Das Meer war der Inbegriff der Freiheit, der Ferien. Die Belohnung nach der langen Fahrt von London. Schon allein der Geruch! Das kühle, seidenweiche Nass auf den erhitzten Händen und Füßen. Die ruhelose und doch so besänftigende Bewegung des Wassers.

Als sie jetzt, erschöpft von der Anstrengung, endlich im Bett lag, sah sie den Weg hinunter ans Meer deutlich vor sich. Zwischen Blackstone Point und Heddon's Mouth, an der steilen, mit verkrüppelten Eichen, Birken und Lärchen dicht bewachsenen Schlucht, schneidet dieser Weg eine tiefe Kerbe in die Klippe. Oben, am Rande der Schlucht, kaum vierhundert Meter vom Meer entfernt, steht gut geschützt Ottercombe House mit seinem exotischen Garten. Ein steiniger, von Wurzeln durchzogener Pfad verläuft neben dem Bach, der im Exmoor, auf Trentishoe Down, entspringt. Das Bächlein eilt fröhlich dahin, stürzt die Felswand herab und ergießt sich in einem kleinen Wasserfall in einen Graben hinter dem Haus, strömt durch den Garten in das enge Tal und mündet schließlich ins Meer.

Wenn Nest die Augen schloss, konnte sie sich jede Wegbiegung bis hinunter an den Strand genau vorstellen. Sie sah die Rhododendren, die trotz des kargen, felsigen Bodens prächtig gedeihen; die Morte Slates, die sich in einem schmalen Band von Morte Point über Devon bis nach Somerset ziehen. Anfang Mai blühen unter den Bäumen der Terrassen die rundblättrigen Glockenblumen – ein himmelblaues Farbenmeer. Wenn im August das Heidekraut blüht, schimmern die Hügel des Moors, die selbst die höchsten Bäume überragen, in der Nachmittagssonne bläulich-purpurn. Der Pfad bietet je nach Jahreszeit unterschiedliche Kostbarkeiten: hellgrüne Farne, Schneeglöckchen, Schnecken mit ihrem gelben Haus auf dem Rücken. Wie die Kinder diesen wunderbaren Moment hinauszögern, den Anblick des Meeres, wenn sich die Schlucht endlich öffnet, die den sichelförmigen Strand förmlich umschließt, und die Klippen steil zum grauen Wasser abfallen. Der Bach, der sie auf ihrem Weg begleitet hat, stürzt jetzt in ein tiefes Felsbecken und bahnt sich dann seinen Weg durch den schieferhaltigen Sand, bevor er in den kalten Fluten des Bristolkanals verschwindet.

Nest und ihr Bruder Timmie lernen in diesem Felsbecken schwimmen. Mit Garnelennetzen und glänzenden Blecheimern paddeln sie darin herum. Beide lieben sie die Tiere und die Pflanzen an dieser steinigen Küste.

»Wenn wir groß sind, werden wir hier zusammen leben«, sagt er zu ihr, und seine sandverklebten Hände umklammern den Henkel seines Eimers, in dem ein Krebs und zwei winzige Garnelen zappeln.

»Aber wer wird für uns sorgen?« Die Jüngste der Familie kann sich nicht vorstellen, dass sie eines Tages ihr Leben selbst in die Hand nehmen muss.

»Mina«, antwortet er zuversichtlich. Die neun Jahre ältere Mina ist vierzehn und kommt ihm bereits wie eine Erwachsene vor.

»Ja«, pflichtet Nest ihm bei, »Mina wird für uns sorgen.«

Während Nest sich im Bett unruhig hin und her wälzte, kam ihr diese prophetische Äußerung wieder in den Sinn. Mina hatte tatsächlich für sie gesorgt – und jetzt musste sie sich auch noch um Georgie kümmern. Nest spürte, wie mit den Erinnerungen die Angst wiederkehrte, und stieß einen Seufzer aus. Auch in dieser Nacht würde sie wieder von Albträumen heimgesucht werden, die sie krank machten. Aber sie wusste ein erprobtes Mittel dagegen. Sie setzte sich in ihren Kissen auf, schaltete das Nachttischlämpchen ein und griff nach Bruce Chatwins Reisebericht *In Patagonien.*

In ihrem Schlafzimmer im ersten Stock war Mina noch immer auf den Beinen. Die Hunde, die sich schon zum Schlafen in ihren Körben zusammengerollt hatten, sahen zu, wie sie mit vergnügter Miene hin und her lief, und spitzten die Ohren, als sie leise murmelte: »Brave Hunde, brave kleine Kerlchen. Jetzt wird geschlafen, und morgen machen wir einen hübschen kleinen Spaziergang. Wer ist mein gutes Kind? Wer ist ein braver Boyo?« Und dann stieß sie einen Seufzer aus: »Puh, puh, puh«, während sie innehielt und sich das seidige weiße Haar bürstete.

Das ehemalige Schlafzimmer ihrer Mutter war das genaue Gegenteil von Nests spartanischer Zelle. Hier war Mina befreit von den Zwängen, die ihr die Fürsorge um ihre Mutter und später um Nest auferlegten. Hier ließ sie ihrer Phantasie freien Lauf. Froh, dass Mina ihre Kreativität wenigstens in ihrem eigenen Zimmer ausleben konnte, überhäufte die Familie sie mit Geschenken: mit Kunstdrucken, Seidenkissen, dekorativen Gegenständen, ja sogar kleinen Möbelstücken – Dinge, über die sich Mina freute und für die sie stets einen geeigneten Platz fand: Klimts *Die drei Lebensalter* und *Der Kuss* hingen neben Paul Colins *La Revue Nègre*, und neben einer Serie von Drucken mit Szenen aus Jack Vettrianos Gangsterwelt hing Jackson Pollocks Seidensiebdruck von *Summer Time.* Eine Chaiselongue mit einem Seidenüberwurf und zahllosen Kissen stand unter dem Fenster, an der gegenüberliegenden Wand eine mit exotischen Vögeln bemalte Lombok-Kommode und ein halbrunder Rattansessel.

Auf den glänzend polierten Möbeln fanden sich eine Vielzahl faszinierender Objekte: hübsch gerahmte Fotos, zwei chinesische Cloisonné-Vasen, eine reizvolle Sammlung von Pappmaché-Enten. An einem Haken hing eine langgliedrige Puppe, ein Zauberer, dessen kluges Gesicht vom sanften Schein einer eleganten Messinglampe mit blauem Glasschirm beleuchtet wurde.

Der Raum sprühte nur so von Farben. Über das breite Doppelbett war eine Samtdecke gebreitet, deren erlesene Farbtöne – Amethyst, Saphirblau und Rubinrot – in den langen, schweren Vorhängen wiederkehrten. Drei lange Regale waren voller Bücher. Alte, in Leder gebundene Ausgaben standen einträchtig neben modernen Paperbacks mit gebrochenem Rücken. Der dicke graue Teppich war fast vollständig mit schönen alten Kelims bedeckt, und ein hoher Lackwandschirm verdeckte den Alkoven in der hinteren Zimmerecke.

Nach dem farbenprächtigen, extravaganten Spiel von Materialien und Farben traf den unvorbereiteten Besucher der Anblick des kleinen Alkovens wie ein Schock. Auf einer schlichten Arbeitsfläche, die an der Wand montiert war, stand ein Computer samt Bildschirm, Tastatur und Drucker, davor ein drehbarer Bürostuhl. Nichts lenkte hier von der nüchternen Arbeitsatmosphäre ab. Mina setzte sich an das Gerät und schaltete es ein, während sie leise vor sich hin summte. Das Internet war ihre Verbindung zur Außenwelt. Zufrieden zog sie ihren langen Morgenrock aus Fleece noch enger um sich. Sie tippte ihr Passwort ein und wartete gespannt, die graugrünen Augen konzentriert auf den Monitor gerichtet. Endlich wurde ihre Geduld belohnt: »Sie haben vier neue Nachrichten.« Neugierig bewegte sie die Maus hin und her und öffnete mit einem freudigen Seufzer die erste E-Mail.

4

Als Lyddie aufwachte, war Liam schon auf den Beinen. Sie hörte ihn im Badezimmer leise pfeifen, während er heißes Wasser ins Waschbecken laufen ließ, um sich zu rasieren. Zwischen Tag und Traum, räkelte sich Lyddie zufrieden in ihrem Bett und kuschelte sich in die Kissen, bis die Tür aufging und Liam hereinkam.

»Ausgeschlafen?« Seufzend schüttelte er den Kopf, während er in seine Jeans schlüpfte und sich ein Sweatshirt überstreifte. »Und ich denke, du bist längst unten und kochst Kaffee. Der arme Hund wartet sicher schon sehnsüchtig.«

»Du hast ihn doch längst rausgelassen. Und Kaffee hast du auch schon getrunken.« Sie fühlte sich viel zu wohl, um sich ein schlechtes Gewissen einreden zu lassen. »Wie spät ist es denn eigentlich?«

»Zehn vor acht. Für jemanden, der das Privileg hat, zu Hause zu arbeiten, ist natürlich alles bestens ...«

»Sei bloß still«, sagte sie träge. »Du würdest es gar nicht ertragen, zu Hause zu arbeiten. Du hältst es keine halbe Stunde aus, ohne mit jemandem zu reden.«

»In meinem Job ist das nicht weiter tragisch«, gab er fröhlich zurück. Er begutachtete sich im Spiegel auf der kleinen Kiefernholzkommode und pfiff erneut vor sich hin, während er sich mit einem Kamm durch das dichte dunkle Haar fuhr.

»Wer schließt heute das Lokal auf?« Sie hatte die Arme hinter dem Kopf verschränkt und musterte ihn anerkennend. »Ist nicht Joe an der Reihe?«

»Richtig. Wir könnten den Tag also gemächlich angehen lassen. Allerdings muss ich zur Bank.« Er fing ihren Blick auf und lächelte. »Du bist sehr schön, wie du so daliegst.« Er küsste sie sanft, und sie schlang ihre Arme um ihn und zog ihn zu sich herab. »Wenn dein verflixter Hund nicht wäre«, flüsterte er ihr ins Ohr, »wäre ich noch gar nicht auf den Beinen. Und du bist heute Morgen so aufreizend. Bin ich nicht ein Pechvogel?«

Kichernd ließ sie ihn los. »Du brauchst dich wirklich nicht zu beklagen. Deine Frau vergöttert dich, und die weiblichen Gäste umschmeicheln dich.« Inzwischen hatte sie gemerkt, dass ihre freundlichen Sticheleien gut ankamen. »Die meisten Männer würden alles dafür geben, wenn sie so viel Bewunderung ernten würden wie du.«

»Ja, ja, die Masse macht's«, gab er zurück und hockte sich auf die Fersen. »Und was ist mit dir und Joe? Ihr schmust in der Ecke, während ich mich wie ein Hund abrackere. Worüber redet ihr beide eigentlich die ganze Zeit?«

»Joe ist ein netter Kerl.« Es tat ihr gut zu wissen, dass Liam ihr besonderes Verhältnis zu Joe nicht entgangen war. »Ein prima Kumpel. Mit ihm kann man über Dinge sprechen, die du langweilig findest, beispielsweise über Bücher und Filme. Wir unterhalten uns über die Geschichten und die Beziehungen zwischen den Figuren. Er kann sich so gut in die Personen hineinversetzen, dass es mir vorkommt, als würden wir über reale Menschen sprechen. Und Mitgefühl hat er auch. Er mokiert sich nicht über die Schwächen anderer, so wie du.«

»Ach so, damit wickelt er dich um den Finger, der raffinierte Kerl. Nimm dich vor ihm in Acht, das kann ich dir nur raten. Aber er bringt dich bestimmt nicht so zum Lachen wie ich.«

»Nein«, gab sie fast unwillig zu, »nein, das nicht. Aber er flirtet auch nicht so hemmungslos wie du …«

Er küsste sie auf den Mund und schnitt ihr damit das Wort ab. Im nächsten Augenblick hatte sie Joe völlig vergessen, und ihr Stirnrunzeln wich einem Ausdruck reinsten Wohlbehagens. Dann entwand er sich sanft ihrer Umarmung. Gern hätte sie ihn festgehalten, aber ihr Instinkt warnte sie, sich nicht allzu besitzergreifend zu zeigen. Mit einem Seufzer schlug sie die Decke zurück und fuhr sich durch das schwarze Haar.

»Machst du mir einen Kaffee, Liam, während ich dusche? Und sag Bosun, dass ich gleich komme.«

»Wird gemacht.« Er zögerte und sah sie nachdenklich an. »Wenn du dich beeilst, könnten wir raus nach Malpas fahren und einen Spaziergang am Fluss machen. Es ist ein wunderbarer Morgen. Hast du Lust?«

»Große Lust.« Sie strahlte vor Glück. »Und der Hund würde sich auch freuen. Bist du wirklich sicher, dass du Zeit hast?«

Er zuckte die Schultern. »Natürlich bin ich sicher. Joe kommt problemlos eine Stunde ohne mich zurecht. Erst gegen Mittag wird es voll, und bis dahin sind wir längst zurück.«

»In fünf Minuten«, versprach sie. »Na gut, sagen wir zehn.«

Sie eilte durch den Flur ins Bad. Liam runzelte die Stirn und ging hinunter, um Bosun zu eröffnen, was für eine Überraschung auf ihn wartete.

»Ein herrlicher Morgen.« Mina öffnete die Küchentür, um die Hunde ins Freie zu lassen. »Wie wär's mit einem kleinen Ausflug?« Sie sah Nogood Boyo zu, der den Boden unter dem Vogelhäuschen beschnupperte, während Polly Garter auf dem bemoosten Pflaster saß und sich heftig am Ohr kratzte. Der kleine Hof erstrahlte im Sonnenschein, der Kleefarn und das rundblättrige Nabelkraut leuchteten in den Spalten der steilen Klippen, die hinter dem Haus aufragten.

Nest, die gerade eine saftige Zwetschge aus dem Obstgarten aß, drehte ihren Rollstuhl vom Frühstückstisch weg und blickte hinaus.

»Wir könnten zum Fuchsia Valley fahren«, schlug Mina vor, »und dort einen Kaffee trinken. Oder zum *Hunter's Inn*. Oder übers Moor nach Simonsbath.«

»Simonsbath«, sagte Nest, ließ den Kern in ihre Müslischale fallen und leckte sich genüsslich die Finger. »Heute ist genau das richtige Wetter für eine Fahrt übers Moor.«

»Oder wir machen einen Ganztagsausflug«, meinte Mina. »In Simonsbath einen Kaffee trinken, dann weiter nach Dunster und zurück über Countisbury. Und den Tag so richtig genießen.«

Sie verkniff es sich hinzuzufügen: »solange Georgie noch nicht da ist«, aber die Schwestern wechselten einen vielsagenden Blick.

»Hast du Helena inzwischen erreicht?«, fragte Nest betont beiläufig.

»Ja.« Jetzt sah Mina in den Garten hinaus. »Sie war wirklich erleichtert. Und dankbar. Sie bringen Georgie am Samstag.«

»Samstag schon?«, rief Nest. »Du meine Güte, die haben's aber eilig.«

Mina wandte den Kopf und blickte ihre Schwester mit verlegener Miene an. »Offenbar haben sie einen Käufer für Georgies Wohnung gefunden. Die Gelegenheit wollen sie sich nicht entgehen lassen.«

»Donnerwetter, sie lassen wirklich nichts anbrennen.« Nest fing an zu lachen. »Hoffentlich ist Georgie einverstanden. Es klingt, als hätten sie alles bis ins kleinste Detail geplant.«

»Helena sagt, sie brauchen das Geld von der Wohnung, um das Pflegeheim zu finanzieren.« Mina versuchte fair zu sein. »Sie wollen nur das Beste für sie.«

»Ganz bestimmt!«, gab Nest trocken zurück. »Und was wäre, wenn wir sie nicht aufnehmen könnten?«

Mina zuckte die Achseln. »Dann müssten sie sich etwas anderes überlegen.« Sie sah unglücklich aus. »Ich hätte vermutlich nicht gleich zusagen sollen, aber immerhin –«

»Sei nicht albern«, unterbrach Nest. »Ich bin überzeugt, es ist das Richtige. Mich ärgert nur, dass Helena und Rupert sich so leicht aus der Affäre ziehen konnten. Aber das ist mein Problem. Wo soll sie denn sonst hin, die arme Georgie?«

Mina schwieg. Sie wusste, dass Helena sich auch an ihren Cousin Jack gewandt hatte, den Sohn von Georgies Bruder Timmie. Mina war klar, dass Nest darüber nicht erbaut sein würde. Aber irgendwann würde sie es ja doch erfahren, denn Jack hielt engen Kontakt zu seinen geliebten Tanten. Also beschloss Mina, es ihr gleich zu sagen.

»Ich habe gestern Abend eine E-Mail von Jack bekommen. Er schreibt, dass Helena ihn gefragt hat, ob er und Hannah sich um Georgie kümmern würden, falls wir ablehnen.«

»Das ist nicht dein Ernst!« Nest konnte es nicht fassen. »Die beiden haben doch wirklich genug am Hals. Gerade hat das neue Schuljahr begonnen, die Neuen müssen sich im Internat einleben, und dazu haben sie noch ihre eigenen Kinder zu versorgen. Georgie inmitten einer Schar von Grundschülern! Mir wird ganz schwindlig.«

»Jack hätte es gemacht«, sagte Mina lächelnd.

»Er kann einfach nicht nein sagen. Genau wie sein Vater. Und die gute Hannah hätte sich natürlich auch darauf eingelassen.«

»Er macht sich Sorgen, ob es uns nicht zu viel wird. Meine Güte, ich weiß nicht, was wir ohne ihn und Hannah anfangen würden. Und Lyddie würde uns auch nicht im Stich lassen. Wir können von Glück reden.«

»Findest du nicht auch«, begann Nest zögernd, »dass wir, wenn wir an Lyddie und Liam denken, einfach nicht ganz so ...« Sie suchte nach dem richtigen Wort. »... so zufrieden sind wie bei Jack und Hannah?«

»Liam hat Humor«, sagte Mina schnell, »er sieht gut aus ...«

»Aber?«, warf Nest ein.

»Aber ich habe den Eindruck, dass Lyddie sich bemüht, seinen Erwartungen gerecht zu werden. Dass James sie verlassen hat, war ein furchtbarer Schlag für sie. Und ich glaube, sie ist immer noch sehr verletzlich und hat Angst, dass dasselbe noch einmal geschieht, wenn sie nicht aufpasst. Lyddie ist ständig auf der Hut. Sie ist einfach nicht richtig ...« Diesmal suchte Mina nach dem richtigen Wort. »... unbeschwert. Das ist der Unterschied zu Jack und Hannah. Hoffentlich macht sie keine Dummheiten.«

»Was meinst du damit?« Nest machte ein besorgtes Gesicht.

»Wahrscheinlich ist es albern.« Mina versuchte abzuwiegeln. »Mir ist nur damals, als wir mit ihnen im *Place* zu Mittag gegessen haben, aufgefallen, wie gut sie sich mit Joe verstanden hat. Sie fühlt sich wohl mit ihm und kann sich so geben, wie sie ist. Aber ich hatte das Gefühl, Liam ist das egal.«

»Joe und Liam kennen sich seit der Schulzeit«, meinte

Nest, um sich und Mina zu beschwichtigen. »Ich kann nicht glauben, dass Joe –«

»Nein, natürlich nicht. Ich sage ja, der Gedanke ist lächerlich. Wir sind beide übernervös wegen Georgie.«

»Mir ist da ein Gedanke gekommen.« Nest lächelte. »Warum laden wir Jack nicht einmal ein, wenn Georgie hier ist? Er wird frischen Wind bringen.«

Mina gluckste in sich hinein. »Gute Idee. Aber es ist natürlich mitten in der Schulzeit …«

»Ich weiß, aber er und Hannah und die Kinder können sich doch bestimmt mal ein Wochenende freinehmen oder in den kleinen Ferien zu uns kommen.«

»Jack. Er ist genau wie sein Vater. Ach, unser lieber Timmie.« Mina seufzte. »Er fehlt mir so!«

»Ich war strikt dagegen, dass er Soldat wird«, erklärte Nest beinahe wütend. »Ich habe Mama gebeten, ihn davon abzubringen. Aber sie meinte, er wäre unglücklich, wenn er etwas anderes machen müsste. Damals hat sie natürlich nicht gewusst, was in Nordirland passieren würde.« Sie machte ein trauriges Gesicht. »Ich stelle mir oft vor –« Bekümmert brach sie mitten im Satz ab. »Er jedenfalls hat es nicht wissen können.«

»Er war so stark«, sagte Mina leise, »obwohl er nichts Auftrumpfendes an sich hatte. Und es war bestimmt nicht einfach für ihn, als einziger Junge unter fünf Mädchen.«

»Papa muss überglücklich gewesen sein«, meinte Nest, »als Timmie endlich da war. Mama natürlich auch. Und als dann ich kam – das war bestimmt eine Enttäuschung. Wieder ein Mädchen …« Es folgte ein kurzes Schweigen. »Gut, dann mache ich mich jetzt fertig. Kommst du mit dem Aufräumen allein zurecht?»

»Aber ja«, sagte Mina.«Das ist schnell getan. Geh nur. Und du warst keine Enttäuschung. Wie kommst du auf die Idee?«

Sie blickte Nest nach, die durch den Flur rollte. Dabei dachte sie an die Geheimnisse, die sie so viele Jahre für sich behalten hatte, und an Georgies so oft gehörten Satz: »Ich kenne ein Geheimnis. Rate mal! Wir haben ein Brüderchen. Glaubst du, dass Papa uns jetzt noch lieb hat?«

Während sie die Teller in der Spülküche abstellte und die Hunde herbeirief, schweiften Minas Gedanken in die Zeit zurück, als Timmie noch nicht geboren war, in das Jahr 1932, als Timothy Lestrange zum ersten Mal Ottercombe House besuchte.

In jenem Jahr verbringen Lydia und die Kinder nur die Schulzeit in London. Als Ambrose Anfang August in den Sommerferien kommt, hat er einen großen, blonden Fremden dabei.

»Das ist Timothy Lestrange, Liebling. Einer meiner ältesten Freunde. Als wir geheiratet haben, bestieg er gerade einen Berg mit einem unaussprechlichen Namen, und seither war er die meiste Zeit im Ausland.«

Lächelnd reicht Lydia Timothy die Hand. Sie sieht auf den ersten Blick, dass sie in ihm einen Verbündeten hat. Die Ängste, die sie jedes Mal befallen, wenn Ambrose in Ottercombe ist, weichen einem unerklärlichen Gefühl der Erleichterung.

»Ambrose bestand darauf, dass ich ihn begleite«, sagt er und hält ihre Hand in der seinen, die warm ist und sonnengebräunt. »Entschuldigung, dass ich einfach so hereinschneie.«

»Er ist gestern Abend angekommen«, fügt Ambrose hinzu, »und hat nun etwas länger Urlaub. Wir haben uns seit Jahren nicht gesehen. Ich konnte ihn doch nicht nach einem Drink wieder vor die Tür setzen, oder?«

»Natürlich nicht«, erwidert Lydia.

»Ich habe ihm gesagt, dass es hier kein Telefon gibt und ich dir nicht Bescheid geben kann.« Ambrose macht seiner alten Unzufriedenheit Luft. »Überhaupt gibt es hier nicht viel.«

»Nicht viel?« Timothy hebt die Augenbrauen. »Eine herrliche Landschaft, ein hübsches altes Haus, deine Frau und deine Kinder. Wenn das nichts ist!«

»Na ja, wenn du das so sagst … Wo sind die Bandar-log, Lydia?«

Ambrose ist ein großer Kipling-Fan, und Lydia und Timothy tauschen erneut ein Lächeln.

»Die Kinder sind unten am Meer. Sie werden bald zum Tee kommen. Wollt ihr das Gepäck hereinholen, während ich das Gästezimmer richte?«

Sie sieht den beiden Männern nach, wie sie in den Sonnenschein hinausgehen. Erfüllt von einem ungewohnten Glücksgefühl, eilt sie nach oben.

Die Kinder sind von Timothy sofort angetan. Ihr Vater ist plötzlich nicht mehr so schroff und kritisch, und sie ahnen, dass sie das Timothy zu verdanken haben.

»Da sind sie ja«, sagt Ambrose, als die Kinder vom Strand eintrudeln, »die Bandar-log. Das ist die Älteste, George. Dann kommen Will und Henry. Und hier die Jüngste, Jo.«

Timothy schüttelt jedem Kind feierlich die Hand. »Aber warum diese Namen?«, fragt er verblüfft. »So hübsche Kinder, die so viel Ähnlichkeit mit ihrer Mutter haben. Warum bloß Jungennamen?«

»Wenn ich schon keine Söhne habe …«, erwidert Ambrose brüsk, und Lydia wendet sich ab, beißt sich auf die Lippen und geleitet die Kinder zum Tee.

Timothy spürt, wie gekränkt sie ist. Während er mit den Kindern spricht und mit ihnen spielt, macht er George zu

Georgie, tauft Will in Mina um, und aus Jo wird Josie – aber Henry … »das ist Henrietta«, sagt Lydia, »etwas anderes funktioniert nicht.«

»Mir gefällt mein Name«, erklärt die fünfjährige Henrietta mit Nachdruck, »ich finde ihn hübsch.«

Die anderen sind begeistert von ihren neuen Namen. Ermutigt durch Timothys Zuspruch, weigern sie sich, ihrem Vater zu antworten, wenn er sie anders anspricht. Selbst Georgie, die sich nach der Liebe und Anerkennung ihres Vaters verzehrt, lässt sich von Timothys unaufdringlichem Charme begeistern.

»Das ist Meuterei«, sagt Ambrose und gibt Timothy einen Klaps auf den Rücken. »Meuterei in meinem eigenen Haus.« Aber auch er akzeptiert die Veränderung, obwohl er die neuen Namen immer wieder vergisst und man ihm soufflieren muss.

»Timothy ist nett, Mama, nicht wahr?«, sagt Mina. »Er ist wie ein guter Zauberer. Wie Merlin.« Nach dem Tee liest Lydia den Kindern aus T. H. Whites *Der König auf Camelot* vor. »Er hat uns alle verzaubert, stimmt's?«

Und Lydia antwortet ganz verträumt: »Ja, mein Liebling, das hat er.«

»Frag ihn bloß nicht, was er beruflich macht«, schärft ihr Ambrose ein, als sie sich an jenem ersten Abend zum Essen umziehen. »Es ist alles mehr oder weniger geheim. Offiziell unternimmt er Forschungsreisen, aber in Wirklichkeit hat es mit dem Militär zu tun. Ein Teufelskerl. Ein Verrückter. In der Schule war er der Beste, aber es ist ihm praktisch alles in den Schoß gefallen.«

»Er wirkt gar nicht so«, sagt Lydia, legt die Ohrringe an und betrachtet sich kritisch im Spiegel. Ihr schwarzes, hochgestecktes Haar betont das blasse Oval ihres Gesichts und den langen, makellosen Hals. Ihre Augen leuchten in einem neuen, verstörenden Glück. »Er sieht gar nicht aus wie ein Weltenbummler oder Abenteurer.«

»Timothy hat sich stets über alle Konventionen hinweggesetzt«, erwidert Ambrose stolz, als wäre er für die außergewöhnlichen Qualitäten seines Freundes verantwortlich. »Er war ungeheuer beliebt.«

»Ja«, sagt Lydia und lächelte insgeheim ihrem eigenen Spiegelbild zu. »Ja, das kann ich mir vorstellen.«

Im Laufe der Wochen wird Timothy Teil der Familie. Er plaudert mit Ambrose in dessen Arbeitszimmer, geht mit Lydia im Wald spazieren und spielt mit den Kindern am Strand. Bald strotzt Lydia vor Gesundheit, Ambrose verliert die Blässe des Städters und wird braun gebrannt und körperlich fit, und die Kinder sind glücklich und zufrieden.

»Er sollte Kim heißen«, sagt Mina – inzwischen sind auch sie bei Kipling angelangt –, »nicht Tim. Kim, der kleine Freund der ganzen Welt. Nur dass er ein großer Freund ist.«

Als die Ferien vorbei sind und Ambrose und Timothy nach London zurückkehren, ist Lydia erneut schwanger.

5

Von einem dumpfen Angstgefühl überwältigt, wachte Mina auf. Das Schlafzimmer mit seinen Fenstern nach Osten und Süden war bereits vom frühmorgendlichen Sonnenlicht durchflutet. Mina blieb noch einen Augenblick liegen und beobachtete das Spiel von Licht und Schatten an der Wand. Allmählich nahm die namenlose Angst Gestalt an und gewann einen konkreten Inhalt. Mit zunehmendem Alter schwand ihr angeborener Optimismus, und immer öfter beschlich sie die Furcht vor Gebrechlichkeit. Wie lange würde sie noch gesund bleiben und die Kraft besitzen, sich um Nest zu kümmern? Mit enormer Anstrengung lenkte sie ihre Gedanken auf erfreuliche Dinge, bis die Angst wich. Sie setzte sich im Bett auf, zog den Morgenmantel über und murmelte den Hunden etwas zu, die sich in ihren Körben regten und Mina munter ansahen.

»Gehen wir runter, meine Lieblinge? Eine Tasse Tee für mich und einen Leckerbissen für jeden von euch? Was sagt ihr dazu? Ja, ja, du bekommst auch einen, Boyo. Und du auch, alte Dame. Also dann, los.«

Leise vor sich hin summend, ging sie die Galerie entlang und die breite, flache Treppe hinunter in die Küche. Die Hunde folgten ihr. Auf der einen Seite des Raums befand sich der Kochbereich mit dem Esse-Herd und den weiß gestrichenen Regalen und Schränken. Eine Tür führte zur Spülküche. Die Sitzecke an der gegenüberliegenden Wand war gemütlich und einladend. Am Fenster befand sich ein quadratischer Kiefernholztisch, und neben der Glastür, die auf den kleinen Innenhof hinausführte, lud ein Korbstuhl zum Verweilen ein. Auf dem Fensterbrett standen neben einem Alpenveilchen in einem blauen Porzellantopf unterschiedlich gerahmte Fotografien. Der Raum war so gestaltet, dass Nest sich mit ihrem Rollstuhl darin bequem bewegen konnte, die anheimelnde Atmosphäre jedoch erhalten blieb, die Mina geschaffen hatte, als ihre Mutter noch lebte.

»Für zwei ist es ideal, aber für *drei* …?«, schoss es Mina durch den Kopf, doch sie verscheuchte den Gedanken wieder.

Es war genügend Platz für Georgie vorhanden. Allerdings hatten hier im Haus in den vergangenen vierzig Jahren nie mehr als zwei Personen gewohnt. Es mussten durchaus ein paar Vorbereitungen getroffen werden.

»Schließlich ist es nur für kurze Zeit«, sagte sie laut und öffnete die Tür, um die Hunde ins Freie zu lassen. »Eine kleine Abwechslung. Bestimmt wird es ganz nett.«

Die Hunde stürmten in den aufregenden Garten hinter dem Hof, und Mina stellte den frisch gefüllten Wasserkessel auf den Herd. Ihre Worte hingen wie verloren in der Stille. Mit einem leisen Seufzen zog sie den Morgenmantel fester um die schmalen Schultern, nahm die Schere aus dem Einmachglas, in dem sie alle möglichen Utensilien aufbewahrte, und schnitt Beeren von der Weintraube in der Obstschale. Sie halbierte die Beeren, nahm ein paar Scheiben Brot und ging nach draußen, um die Vögel zu füttern. Sie zerbröselte das Brot im Vogelhäuschen und vergewisserte sich, dass die Futterschalen noch mit Nüssen und Samen gefüllt waren. Die Beerenhälften verteilte sie sorgfältig zwischen den Steinen des Gartens, den Lydia vor langer Zeit angelegt hatte.

In Erwartung seines Frühstücks war Captain Cat als Erster zur Stelle. Mina nahm eine Hand voll Hundekuchen aus der Schachtel und ging damit zur Tür. Wie durch Zauberei stand auch Nogood Boyo plötzlich vor ihr, aber Mina wartete, bis die alte Polly Garter in den Hof getrottet kam, ehe sie das Futter verteilte: für jeden zwei Stück, dazu ein freundliches Tätscheln und ein paar liebevolle Worte.

Sie drehte den Korbstuhl zur Sonne, setzte sich, schlürfte zufrieden ihren Tee und hielt Ausschau nach der Amsel. Die Hunde hatten ihre Leckerbissen inzwischen geräuschvoll verschlungen. Nogood Boyo, der als Erster fertig war, spekulierte darauf, dass die beiden anderen ein paar Krümelchen übrig ließen. Captain Cat verscheuchte ihn mit einem heiseren Knurren, aber Polly Garter, die Mutter beziehungsweise Großmutter, überließ ihm großzügig ihren letzten Bissen.

»Du wärst ein braver Boyo«, murmelte Mina lächelnd, »wenn man dich nur ließe!«

Schwarz wie ein Schatten trippelte die Amsel über die Steine, nur der leuchtend gelbe Schnabel verriet sie. Die Hunde, die sich in der Sonne das Fell leckten, achteten nicht auf den Vogel, der sich zwischen den letzten blassen Blüten der Braunwurz sein Frühstück suchte. Unter den Blättern und den herabhängenden roten Blüten der Kolibritrompete war der Vogel, der an den süßen saftigen Beeren pickte, gut versteckt. Ein Weibchen kam über die Steine gehüpft und verscheuchte das Männchen.

Im Vogelhäuschen herrschte ein buntes Treiben: Flügel flatterten, Federn schillerten in goldenen und blauen Farben, Köpfchen schossen auf und nieder. Als Mina ihren Tee längst ausgetrunken hatte, blieb sie noch in der warmen Sonne sitzen und überließ sich ihren Erinnerungen.

Es ist Timothys Idee, einen Steingarten anzulegen. Zu einer Zeit, da Blumenkübel und Topfpflanzen noch nicht ihren Siegeszug angetreten haben, ist der Hof mit seiner Natursteinmauer und den moosbedeckten Steinplatten ein wenig einladender Ort. Lydia, die gern kocht, zieht Küchenkräuter vor dem Haus, und Timothy zeigt ihr, wie sie einen farbenprächtigen Miniaturgarten anlegen kann, der das Auge erfreut, während sie im Haus arbeitet. Nachsichtig lächelnd akzeptiert Ambrose alle Vorschläge Timothys, der gemeinsam mit Lydia in den Gärtnereien von Ilfracombe und Barnstaple nach den geeigneten Pflanzen sucht.

Georgie und Mina schleppen schön geformte Steine herbei, und sogar Henrietta bringt in ihrem Eimer hübsche Steine vom Strand herauf. Der Ziergarten wird zum Hauptgesprächsthema. Auf dem Tisch im Frühstückszimmer liegen Kataloge für Pflanzensamen und alle möglichen Nachschlagewerke, in denen die Namen verschiedener Gewächse rot eingekreist sind. Nach dem Tee, wenn Lydia näht und Henrietta und Josie eifrig in ihren Malheften kritzeln, erzählt Timothy Geschichten von seinen Reisen in die Pyrenäen und Alpen. Er beschreibt die Blumen, die er dort gesehen hat, und lässt für Mina, die mit großen Augen lauscht, sogar ein paar Banditen auftreten. Georgie sitzt demonstrativ auf den Knien ihres Vaters, der wie ein Patriarch gönnerhaft auf die Gruppe herablächelt.

Später, wenn Lydia mit den Kindern wieder allein ist, treffen merkwürdige Pakete ein: seltene Pflanzen aus fernen Ländern, die für den Steingarten bestimmt sind. Während das Kind in ihrem Schoß wächst, wartet Lydia darauf, dass der Frühling kommt und die weiß blühende Gemskresse und die Goldmargeriten aus Südafrika ihre Farbenpracht entfalten. An den Winterabenden, wenn Lydia die Kinder zu Bett gebracht hat, holt sie die Briefe aus ihrem Nähkästchen hervor: dünne Bögen Papier in blau umrandeten Umschlägen mit aufregenden fremdartigen Briefmarken und weit ausschwingenden Schriftzügen in dunkler Tinte. Der rosige Schein des Öllämpchens, das Knistern der Holzscheite im Kamin, ein paar Zweige Winterjasmin in einer grünen Vase – das sind Augenblicke der Glückseligkeit, in denen sie die Abenteuer ihres Geliebten teilt und sich an seinen zärtlichen Worten berauscht.

An den milden Spätnachmittagen eines kalten Frühlings erfüllt das träge Flöten der Amsel Lydia mit schmerzlicher Unruhe. Nach der Vorlesestunde zieht sie ihre Töchter warm an und geht mit ihnen hinunter an den Strand. Das Rauschen des Meeres, dessen Wellen über den steinigen Ufersand rollen, besänftigt ihre Sehnsucht und dämpft ihr Verlangen. Sie sieht ihren Kindern beim Spielen zu, aber ihre Gedanken schweifen in weite Ferne. Georgie und Mina laufen um die Wette. Die Ziellinie haben sie durch einen scharfen Strich mit einem Stein markiert, und als Startpunkt dient ihnen ein weiterer Stein. Der nasse Sand spritzt auf, als sie mit gebeugten Köpfen losrennen.

»Ich hab gewonnen!«, ruft Georgie stolz. »Hast du gesehen, Mama? Ich war Erste!«

Mina folgt ihr atemlos, während sie ihr fliegendes schwarzes Haar zusammenbindet. Lydia winkt sie lachend zu sich, klatscht mit hoch erhobenen Händen Beifall, ohne Josie aus den Augen zu lassen, die neben dem Felsbecken auf allen vieren herumkrabbelt. Sie weiß, dass Georgie schummelt, und deshalb hält sie Mina etwas länger in ihren Armen, als die beiden Mädchen auf sie zustürmen. Henrietta zeigt ihren Korb mit Muschelschalen und Steinen, und als zwischen den kahlen Ästen der Bäume oben in der steilen Schlucht der Mond aufgeht, packen sie ihre Sachen zusammen und machen sich in der Dämmerung auf den Heimweg. Unter den

Bäumen flattern Falter, und über ihre Köpfe flitzen Fledermäuse hinweg, sodass Henrietta laut aufkreischt.

»Sei nicht albern«, sagt Georgie, den herablassenden Tonfall ihres Vaters nachahmend, »sie tun dir nichts.« Aber Henrietta umklammert ängstlich Mamas Hand. Es macht ihr Spaß zu kreischen, es verschafft ein prickelndes Gefühl. Gewöhnlich hört sie nicht auf die Ermahnungen ihrer ältesten Schwester, die gern Papas Stellvertreterin spielt, denn sie spürt, dass Mama diese Allüren missbilligt. Aus Trotz kreischt sie noch einmal und hüpft an Mamas Hand fröhlich herum.

»Müde«, sagt Josie und lässt sich unvermittelt zwischen die Farne am Bach plumpsen. »Tragen.«

»O mein Schatz«, sagt Lydia besorgt. »Schaffst du die paar Stufen wirklich nicht mehr?« Auch sie ist müde, und Josie ist schwer. Lydia hat Angst, das Kind zu verlieren, wo doch die Schwangerschaft bisher so gut verlaufen ist. »Versuch's doch, Liebling!«

»Müde«, quengelt Josie, und schließlich ist es Mina, die sie auf den Arm nimmt und zur Haustür schleppt. Josies gute Laune ist wiederhergestellt. Triumphierend strahlt sie Henrietta an, die ihr die Zunge herausstreckt.

Bald wird Lydia sogar der Spaziergang hinunter ans Meer zu viel, und sie muss sich auf den Garten und das Haus beschränken. Jenna, die junge Frau, die Lydia beim Einkaufen und Saubermachen hilft, kommt jetzt fast täglich mit dem Fahrrad nach Ottercombe. Sie kümmert sich um die kleineren Mädchen, während Georgie und Mina in der Schule sind. Und eines Morgens, kurz nach Beginn der Osterferien, steht Lydia gar nicht mehr auf. Eine Nachricht wird nach London geschickt, und der Arzt kommt in seinem kleinen schwarzen Ford.

»Ich weiß etwas, was du nicht weißt.« Georgie setzt sich neben Mina und blickt zu Jenna hinüber, die gerade am

Strand ein Picknick herrichtet. Henrietta hilft, das Tuch mit Steinen zu beschweren, während Josie hungrig in den großen Weidenkorb lugt. Seit ein paar Tagen herrscht Trubel im Haus. Ihr Vater ist aus London gekommen und hat eine Krankenschwester mitgebracht. Mama verlässt das Schlafzimmer nicht mehr. Georgie ist vom Haus zum Strand hinuntergerannt und völlig außer Atem. Ihr knochiger Brustkorb hebt und senkt sich unter dem Shetlandpulli, den sie tragen muss, denn der April ist zwar sonnig, aber kalt.

»Ich hab Seitenstechen«, stöhnt sie.

»Wir sollten doch hier bleiben, bis wir gerufen werden«, sagt Mina.

Sie weiß zwar, dass Mama ein Kind zur Welt bringt, aber sie hat Angst. Als Henrietta und Josie geboren wurden, war sie noch zu klein, aber jetzt hat sie gesehen, wie das Baby im Bauch ihrer Mutter gewachsen ist, und fragt sich, wie es wohl da herauskommt. Aber Mama wirkt so ruhig und glücklich, dass es doch nicht so schlimm sein kann. »Es ist ein Wunder«, sagt sie zu Mina, »aber du bist noch zu klein, um das zu verstehen. Wenn du größer bist, erkläre ich es dir.«

Ein Wunder. Wie bei der Heilung des Gelähmten oder den anderen biblischen Geschichten. Und außerdem hat Mama schon vier Babys bekommen …

»Ich weiß, wie Babys auf die Welt kommen«, sagt Georgie wichtigtuerisch, »aber ich kann es dir nicht sagen. Es ist ein Geheimnis.« Mina glaubt ihr nicht.

»Ist etwas mit Mama?«, fragt Mina jetzt. Vor Angst krampft sich ihr der Magen zusammen.

»Es ist ein Geheimnis.« Georgie schielt noch immer zu den anderen hinüber. »Rate mal. Ich verrate es dir, wenn du versprichst, dass du nachher überrascht tust, wenn Papa es uns sagt.«

»Versprochen.« Mina nickt erschaudernd, und ihre schwarzen Haare wippen auf und ab. »Ich schwör's dir. Ist Mama tot?«

»Nein«, erwidert Georgie spöttisch. »Natürlich nicht, du Dummkopf. Wir haben ein Brüderchen.« Pause. Eine Wolke schiebt sich über die Sonne, Schatten ziehen über den Strand hinweg, und der Wind streicht eiskalt über ihre nackten Beine. Mina ist so erleichtert, dass sie die Kälte nicht spürt, aber Georgie starrt ihre Schwester mit angstvoll aufgerissenen Augen an. »Ein Brüderchen. Glaubst du, dass Papa uns jetzt noch lieb hat?«

Lyddie schloss die Haustür, tätschelte den Hund, der in dem engen Flur schlief, und trug den wattierten Briefumschlag hinauf in ihr Arbeitszimmer. Es war das Manuskript des neuen Buches, das sie lektorieren sollte: der historische Roman eines Autors, von dem sie schon mehrere Bücher redigiert hatte. Sie freute sich darauf. Die Lektorin im Verlag, eine alte Freundin, für die sie auch früher schon gearbeitet hatte, hatte bereits mit ihr am Telefon darüber gesprochen.

»Wir habe jede Menge Änderungen vorgenommen, der neue Text weicht daher stark von der alten Fassung ab«, hatte sie ihr gesagt. »Sieh zu, dass du den Termin einhalten kannst.«

Sie hatte Lyddie für ein weiteres Projekt in den ersten beiden Dezemberwochen vorgesehen, das Buch eines Autors, der jedes Jahr einen Thriller vorlegte. Sie hatte noch ein Weilchen mit Lyddie geplaudert und ihr gesagt, wie sehr sie sie darum beneidete, dass sie in Cornwall arbeiten konnte. Lyddie ließ sich nicht täuschen. Die meisten ihrer Kolleginnen und Kollegen waren entsetzt gewesen, als sie hörten, dass sie ihre Stelle aufgeben und als freie Mitarbeiterin von Truro aus tätig sein wollte. Die Geschichte, wie sie Liam während eines Urlaubs in Cornwall kennengelernt hatte und wie aus anfänglicher Zuneigung Liebe geworden war, klang allzu romanhaft. Die Tatsache, dass er ihr einen Heiratsantrag gemacht hatte, wirkte zwar ein wenig beruhigend auf ihre Freunde, aber trotzdem war es ein folgenschwerer Schritt. Hört sich alles wunderbar an, sagten sie. Aber ob Lyddie denn London nicht vermisse?

Lyddie studierte den Kalender an ihrer Pinnwand, trug mit blauem Stift das Datum des Manuskripteingangs ein und lächelte versonnen. Es war schwierig gewesen, anderen zu erklären, warum sie London Hals über Kopf verlassen hatte und in das alte Städtchen Truro gezogen war. Als ihre Kolleginnen und Kollegen dann Liam kennenlernten, konnten sie ihre Entscheidung besser nachvollziehen. Sie wussten, dass Lyddie zuverlässig arbeitete, und waren daher bereit, sie mit Lektoratsaufträgen zu versorgen.

»Ich möchte nicht ganz aufhören«, hatte sie zu Liam gesagt, »und das Geld können wir schließlich auch gut gebrauchen.«

Keine Frage. Die Pacht für das Lokal war keineswegs niedrig, und Liam hatte sich nicht mit einer zweitklassigen Ausstattung zufrieden geben wollen. Joe hatte ihm Recht gegeben. Liam kannte sich aus und wusste, was notwendig war – und er hatte Recht behalten. Das *Place* war »in«, hier trafen sich betuchtere Leute. Aber Liam und Joe hatten sich hoch verschuldet.

Während Lyddie mit Rotstift das Abgabedatum für das redigierte Manuskript in ihren Kalender eintrug, überlegte sie, ob sie Liam das Geld anbieten sollte, das sie demnächst als Erbteil von ihrem Elternhaus in Iffley erhalten würde. Liam hatte sie nicht darum gebeten, und sie empfand eine merkwürdige Scheu, das Thema von sich aus anzusprechen. Liam betrachtete das Geschäft ausschließlich als seine Angelegenheit. Das Lokal war sein Kind, seine Welt, und obwohl er Lyddie einlud, dort zu Mittag und zu Abend zu essen, hatte er ihr nie das Gefühl gegeben, dass sie dazugehörte. Er und Joe waren Partner. Das *Place* gehörte ihnen. Keiner von beiden hatte sie jemals um Rat gefragt oder um ihre Meinung gebeten. Sie behandelten sie nach wie vor wie einen Ehrengast. Das hatte natürlich seinen Reiz, denn sie stand in keiner Weise unter Druck, niemand erwartete etwas von ihr. In einer gemütlichen Ecke des Lokals konnte sie sich nach einem anstrengenden Arbeitstag entspannen, ihre Gedanken schweifen lassen und zur Ruhe kommen. Sie wurde nicht von ihrer Tasse Kaffee aufgescheucht wie Rosie, wenn ein Gast an der Bar wartete, und ihr Essen bekam sie mit derselben Höflichkeit serviert wie alle anderen Gäste. Dennoch nahm sie als Liams Ehefrau eine Sonderstellung ein, und das gefiel ihr. Wollte sie diesen Status verändern? War sie wirklich bereit, eine größere Geldsumme in ein Geschäft zu stecken, mit dem sie sonst nichts zu tun hatte und auch nichts zu tun haben wollte? Konnte sie dieses Desinteresse wahren, wenn sie ihr Geld in dieses Unternehmen investierte? Andererseits, was würde es schon ausmachen, wenn sie nichts mitzubestimmen hatte? Immerhin war sie nicht weniger von dem Lokal abhängig als Liam und Joe. Von den Einnahmen aus dem Lokal lebten sie und zahlten den Kredit ab, den sie für das kleine Reihenhaus aufgenommen hatten. Aber nicht ausschließlich. Denn Lyddie hatte eigene Einkünfte, die sie zum Lebensunterhalt beisteuerte, und Liam war sehr stolz auf sie. Wenn er die Rezension eines Romans las, den sie lektoriert hatte, oder wenn er im Radio eine Besprechung hörte, war er ganz begeistert.

Sie scheute sich, an dieser Situation zu rütteln, aber es war ihr auch nicht wohl dabei, das Geld für sich zu behalten. Sie würde mit ihren Tanten sprechen, bevor sie es Liam anbot. Morgen würde sie das Manuskript ruhen lassen, um ins Exmoor zu fahren. Lyddie freute sich schon darauf. Sie setzte sich an den Schreibtisch und machte sich an die Arbeit.

6

Mit gespitzten Ohren saßen die drei Hunde auf der Terrasse. Aus dem Haus drangen Stimmen, mal lauter, dann wieder leiser, aber die Aufmerksamkeit der drei war auf Bosun gerichtet, der unschlüssig in der Verandatür stand. Es war ein stattliches Tier mit pechschwarzem, seidigem Fell, rostbraunen Flecken und weißer Brust, aber die Sealyham-Terrier ließen sich weder durch sein gutes Aussehen noch durch sein gutmütiges Naturell beeindrucken, das sie – oder zumindest Captain Cat – als Schwäche auslegten.

Bosun machte ein paar vorsichtige Schritte hinaus auf die Terrasse und wedelte dabei fast unterwürfig mit dem Schwanz. Captain Cat knurrte, doch es entging ihm nichts, was sich im Haus tat. Nogood Boyo, der sich für ein behutsameres Vorgehen entschieden hatte, setzte sich wieder und legte die Ohren an. Polly Garter, zu alt, um mehr als nur symbolisch ihr Revier zu verteidigen, gähnte mit weit aufgerissenem Maul und rollte sich zusammen, um ein kleines Schläfchen in der Sonne zu halten. Da Bosun einen gewissen Verhandlungsspielraum sah, trat er jetzt ganz auf die Terrasse hinaus und legte sich dann nieder. Er wollte demonstrieren, dass er ausschließlich friedliche Absichten hegte. Also legte er den Kopf auf die Pfoten, aber seine Ohren waren wachsam gespitzt, und sein Schwanz schlug einen leichten Trommeltakt auf den warmen Stein.

Captain Cat rutschte ärgerlich hin und her. Sein hitziges Temperament forderte, sich auf den Eindringling zu stürzen und diesen großen fremden Hund von ihrem gemeinsamen Lieblingsplatz zu vertreiben. Aber er wusste aus langer Erfahrung, dass er sich mit dieser absolut vernünftigen, natürlichen Reaktion nur großes Gezeter einhandeln würde, ja vielleicht sogar den Entzug gewisser Leckerbissen. Mit steifen Beinen und gesträubten Nackenhaaren knurrte er frustriert in sich hinein und starrte den Widersacher herausfordernd an, der sie, wenn er nur einen Funken Ehrgefühl besäße, alle drei zum Lunch verspeist hätte.

Nogood Boyo ließ ein kurzes Winseln hören. Er wusste zwar einen ehrlichen Kampf ebenso zu schätzen wie Captain Cat, aber sein Instinkt riet ihm, sich Bosun mit freundlicher Vorsicht zu nähern. Captain Cat spürte, wie er die Beherrschung verlor, aber bevor die Lage gefährlich wurde, erschienen die drei Frauen auf der Terrasse. Damit verschoben sich die Kräfteverhältnisse, und die Spannung wich.

Bosun erhob sich, wedelte begeistert mit dem Schwanz und setzte sich neben Lyddies Stuhl. Nogood Boyo beschnupperte das gefüllte Tablett auf dem Bambustischchen. Captain Cat ließ mehrmals ein kurzes Bellen hören. Bosun sollte wissen, dass er nur wegen der Frauen mit heiler Haut davongekommen war, und sich gehörig dafür schämen. Dann setzte er sich neben Nests Rollstuhl. Nur Polly Garter blieb träumend in der Sonne liegen. Sie war frei von allen Leidenschaften und gierte weder nach Blut noch nach Liebesbezeugungen oder Futter.

Mina strich ihr über das warme weiche Fell. In Erinnerung an frühere Zeiten lächelte sie still in sich hinein, dann schenkte sie Kaffee ein.

»Wir haben alles fertig«, sagte sie zu Lyddie. »Ihr Zimmer ist sehr hübsch geworden, es fehlen nur noch die Blumen. Hoffentlich gefällt es ihr. Es ist das Zimmer, in dem sie und ich als Kinder während des Kriegs wohnten. Wir haben Georgie eine Ewigkeit nicht gesehen. Über ein Jahr. Es wird doch bestimmt ganz nett, was meinst du, Nest?«

Nest blickte Lyddie an und griff lächelnd nach ihrer Tasse. »Bestimmt«, erwiderte sie. »Wir werden es uns gemütlich machen.«

Lyddie legte Bosun den Arm um den Hals. »Aber wenn es euch zu viel wird, dann sagt mir bitte Bescheid.«

»Unsere Georgie ...«, sagte Mina leichthin, »sie ist doch keine arme Irre. Sie wird nur langsam alt und vergesslich, genau wie wir alle! Ich glaube nicht, dass wir sie körperlich in Schach halten müssen.«

»Und wenn doch«, fügte Nest trocken hinzu und nahm einen Schluck Kaffee, »dann stellen wir sie mit der chemischen Keule ruhig und binden sie ans Bett.«

Lyddie kicherte. »Das traue ich euch beiden durchaus zu«, gab sie zurück.

Mina zog die Augenbrauen hoch. »Wie geht es eigentlich Liam?«

Es entstand eine kurze Pause. Lyddie streichelte den weichen Kopf Bosuns. Mit der anderen Hand zerkrümelte sie ein Stück von ihrem Mürbteigkuchen.

»Ihm geht's blendend«, sagte sie dann. »Alles in Ordnung. Aber ich brauche euren Rat.«

Sie schwieg einen Moment. Mina und Nest hatten Mühe, ihre Ungeduld zu zügeln.

»Doch nichts Schlimmes?«, wagte sich schließlich Mina vor. »Nichts ...« Sie fand nicht die richtigen Worte und sah hilflos zu Nest, die warnend den Kopf schüttelte.

»Nein, nein«, versicherte Lyddie rasch. »Natürlich nicht. Ich weiß nur nicht, was ich mit meinem Geld machen soll, wenn Roger seine Hypothek ausbezahlt bekommt. Ich dürfte hundertfünfzigtausend Pfund bekommen. Liam hat nie etwas gesagt, aber ich weiß, dass das *Place* mit einer gewaltigen Hypothek belastet ist. Was meint ihr, soll ich ihm anbieten, seine Schulden mit abzubezahlen?«

»Nein«, entgegnete Nest scharf, und Mina und Lyddie sahen sie überrascht an.

Lyddie kicherte verlegen. »Na, das ist wenigstens eine ehrliche Antwort«, meinte sie.

»Entschuldige«, sagte Nest hastig. »Das kam ganz aus dem Bauch heraus, aber das ist meine ehrliche Meinung. Verzeih ...«

»Ich hab ja schließlich gefragt«, erwiderte Lyddie. »Du brauchst dich nicht zu entschuldigen. Aber warum bist du dieser Meinung? Schließlich lebe ich auch mit von seinem Verdienst, nicht? Und Liam ist mein Mann. Wäre es nicht besser, wenn man in einer Partnerschaft auch die finanziellen Lasten gemeinsam trägt und ...« Sie zuckte die Schultern. »Ihr wisst schon, was ich meine.«

»Vielleicht solltest du das Geld anlegen«, mischte sich Mina vorsichtig ein. »Für schlechtere Zeiten. Das *Place* ist sehr erfolgreich, sicher, aber es könnte ja auch schief gehen, und da wäre es vielleicht klüger –«

»Das allein ist es nicht«, unterbrach Nest. »Entschuldige, Mina, aber ich glaube, eins muss klar und deutlich gesagt werden, wenn Lyddie uns schon fragt. Ich bin der Meinung, dass das *Place* Liams Angelegenheit ist. Und die von Joe. Mir scheint, dass du da nicht wirklich miteinbezogen wirst. Oder irre ich mich?«

»Nein, du hast vollkommen Recht.« Lyddie saß kerzengerade da, ihr seidig schwarzes Haar glänzte in der Sonne.

Sie wirkte bedrückt, die großen graugrünen Augen blickten nachdenklich. Mina legte Lyddie den Arm um die Schulter so wie früher, als ihre Nichte klein gewesen war. Nest verspürte eine unerklärliche Abneigung gegenüber Liam. Lyddie stieß einen Seufzer aus und fütterte Bosun mit einem Stückchen Mürbteigkuchen. Nogood Boyo trottete zu ihm, und der stattliche Hund blickte wohlwollend auf den kleinen Opportunisten, der zwischen seinen großen Pfoten herumschnüffelte. Ermutigt wedelte Nogood Boyo mit dem Schwanz und ließ sich unter dem Tisch nieder, ein Auge auf Captain Cat gerichtet, der ihn keines Blickes würdigte.

»Du hast den Finger auf den wunden Punkt gelegt«, sagte Lyddie jetzt zu Nest. »Ich werde überhaupt nicht einbezogen. Sie besprechen nie etwas mit mir. Es ist merkwürdig, aber ich kann es andererseits auch verstehen. Liam ist manchmal sehr besitzergreifend. Vielleicht wäre die Situation anders, wenn er keinen Teilhaber hätte.«

»Aber genau das ist doch der Punkt«, warf Nest ein. »Er hat einen Teilhaber. Du würdest nicht nur Liam unterstützen, sondern auch Joe.«

»Vielleicht gäbe es rechtlich eine Möglichkeit, die Anteile zu dritteln. Oder einen Anteil zu erwerben.« Mina war darauf bedacht, alle Aspekte zu erörtern. »Wenn Joe dann aussteigt oder ausbezahlt werden möchte …« Sie hielt inne und runzelte die Stirn, unsicher, worauf sie eigentlich hinauswollte.

»Das ist zu riskant.« Nest reagierte wieder ganz aus dem Bauch heraus. »Und wenn dich Liam nicht darum gebeten hat, warum solltest du ihm das Geld anbieten? Er ist ein ausgesprochen unabhängiger Mensch und möchte das Geschäftliche von der Familie getrennt halten. Eine sehr vernünftige Einstellung. Er und Joe können sich jederzeit zusammenraufen, aber zwei gegen einen, das bedeutet Ärger. Es wäre kaum möglich für dich, Geld ins *Place* zu stecken und dich dann vollkommen rauszuhalten, vor allem dann, wenn etwas schief geht. Im Augenblick ist das allein Liams Problem. Er trifft die Entscheidungen, und du hast nichts damit zu tun. Du brauchst nichts zu fragen oder dich herumzustreiten. Wenn du ihm dein Geld anbietest, wäre alles viel schwieriger für ihn.«

»Wenn er erwarten würde, dass du dich finanziell engagierst«, stimmte Mina zu, »hätte er es doch bestimmt längst gesagt.«

»Vielleicht habt ihr ja Recht.« Lyddie wirkte fast erleichtert. »Ich werde mir alles noch einmal durch den Kopf gehen lassen, aber ihr habt mir einiges klarer gemacht. Tut mir Leid, wenn ich euch beunruhigt habe.«

»Blödsinn«, gab Mina schroff zurück. »Dafür sind wir doch da. Nimm noch ein Stück Kuchen, aber diesmal isst du es selbst. Ich habe ihn für dich gebacken, nicht für Bosun oder für Nogood Boyo. Hier, nimm ein schönes großes Stück und erzähl, woran du gerade arbeitest. Ist es eine Familiensaga? Oder ein spannender Thriller?«

Lyddie musste akzeptieren, dass das Thema abgeschlossen war. Sie dankte für den Kuchen und lehnte sich zurück, um über Bücher zu plaudern.

Sehr viel später, als Nest bereits schlafen gegangen war, setzte sich Mina an den Computer. Ihr Neffe Jack, Timmies Sohn, hatte sie in die Welt des Internet eingeführt, wie er sie einst auch mit dem Satiremagazin *Private Eye* bekannt gemacht hatte. In den ersten Monaten nach dem Autounfall, als Nest vor Schmerzen, Kummer und Schuldgefühlen am Boden zerstört war, hatte Jack Mina gezeigt, wie man mit anderen Menschen Kontakt aufnehmen konnte, die in einer ähnlichen Situation waren: mit Menschen, die sich für andere aufopferten.

»Du musst etwas für *dich* tun«, hatte er ihr gesagt. »Es ist gefährlich, wenn du dich ausschließlich auf Tante Nest konzentrierst. Es wird dir gut tun, im Internet zu surfen. Sprich mit anderen, die ebenfalls jemanden zu betreuen haben. Es gibt so viele Menschen, die in der gleichen Lage sind wie du. Tausche dich mit ihnen aus und lass Dampf ab. Es darf nicht sein, dass du dich zur Sklavin machst wie damals bei Oma. Ja, ich weiß, du liebst sie und kümmerst dich gern um sie. Aber in den vergangenen zehn Jahren hast du auch dein eigenes Leben geführt. Du bist in die Staaten geflogen, hast Tante Josie und die Jungs besucht, bist nach Oxford gefahren, um die Welpen zu kaufen. Ich will nicht, dass du zugrunde gehst.« Damit hatte er ihr einen Kuss auf die Lippen gedrückt.

Es war schon merkwürdig, dass er ihr nicht einen Kuss auf die Wange gab oder sie umarmte, sondern ihre welken Lippen sanft berührte. Als er gegangen war, drückte sie ihre Finger auf den Mund, als wolle sie den Kuss festhalten. Der liebe Jack! Groß und blond war er, genau wie sein Vater, genau wie Timmie.

Ambrose ist ungeheuer stolz und besteht darauf, dass Timothy der Pate seines Sohnes wird. »Wir nennen ihn Timothy«, sagt er zu Lydia. »Was meinst du? Zunächst dachte ich an Ernest, wie mein Vater heißt. Aber nennen wir ihn lieber nach meinem guten alten Freund Timothy. Was hältst du davon?«

Lydia stimmt nur allzu gern zu. Sie wiegt ihren neugeborenen Sohn in den Armen, staunend über sein strahlend blondes Haar, nachdem sie vier dunkelhaarigen Töchtern das Leben geschenkt hat. Ambrose kehrt in prächtiger Laune nach London zurück, während Lydia und ihre Töchter einen neuen Lebensrhythmus finden. Ambroses Entzücken hat einen Mantel der Glückseligkeit über die ganze Familie geworfen. Er ist großzügig wie nie, liebevoll zu allen, und sogar Georgie verspürt keinen Anlass zur Eifersucht. Timmie, wie Josie das Brüderchen bald nennt, ist ein zufriedenes, fröhliches Baby, und seine Schwestern wetteifern miteinander, auf ihn aufzupassen und ihn den wenigen Nachbarn zu präsentieren.

»Wie merkwürdig«, murmelt Enid Goodenough und beugt sich über die Wiege. »So blond. Ganz anders als seine Schwestern.«

Sie wirft ihrem Bruder einen maliziösen Blick zu. Claude steht neben der Wiege und zupft an seinem Schnurrbart. Kichernd zwinkert er Enid zu. »Ein richtiges kleines Kuckucksei.«

Lydia gießt in aller Ruhe Tee ein. »Er schlägt meinem Vater nach«, sagt sie. »Er war auch groß und blond.«

»Wie praktisch«, murmelt Enid Goodenough so leise, dass Lydia es nicht hört.

Aber Mina, immer in der Nähe ihres Brüderchens, hört die Worte und ist verwirrt.

»Ich mag die Goodenoughs nicht«, sagt sie zu Georgie, als die beiden gegangen sind. »Sie sind … hinterhältig.« Aber Georgie ist zu sehr damit beschäftigt, die Älteste zu spielen – eine »richtige kleine Mutter«, wie freundlichere Nachbarn sagen –, als dass sie sich über Enid und Claude groß Gedanken macht. Sie eilt davon, um irgendetwas Wichtiges zu erledigen, und Mina bleibt sich selbst überlassen, bemüht, ihrer Abneigung gegenüber den Goodenoughs auf den Grund zu kommen. Der Besuch der beiden hat eine ungute Stimmung hinterlassen. Mama ist unruhig und macht ein besorgtes Gesicht, als sie das Baby aus der Wiege hebt und ihre Wange an den blonden Haarschopf drückt.

»Zeit für unsere Geschichte, Mama«, sagt Mina, denn sie weiß, dass die Vorlesestunde eine eigene Welt erstehen lässt. »Soll ich die anderen holen?«

Mama lächelt und streicht Mina übers Haar. Sie nickt, und die Besorgnis verschwindet aus ihren Zügen. Mina seufzt erleichtert auf, als sie losstürmt, ihre Schwestern zu holen. Mit neun Jahren sind Bücher ihre ganze Leidenschaft und ihr größter Trost. Mina bevölkert die Schlucht und den Strand mit den Figuren dieser Bücher, die ihr so vertraut sind und deren Worte ihr so leicht über die Lippen kommen. Die Vorlesestunde ist für sie ein magischer Moment des Tages. Wenig später sind alle bereit. Georgie und Mina sitzen auf dem Sofa, den kleinen Timmie zwischen sich. Josie liegt mit ihrem Holzpuzzle auf dem Fußboden, und Henrietta sitzt auf dem Hocker, wo sie die Bilder betrachten kann. Die Fenster sind weit geöffnet, und aus dem sommerlichen Garten dringen Düfte und der Gesang der Vögel herein. Es ist eine friedliche Stimmung. Mina lehnt sich gegen die Kissen und wartet darauf, dass ihre Mutter beginnt. Lydia schlägt das Buch auf und fängt an zu lesen.

»Kapitel siebzehn. Wie die Räuber einer Geistergeschichte lauschen.«

Mina summte vor sich hin, während sie vor dem Bildschirm sitzend Seiten anklickte. Sie musste daran denken, wie sehr ihr ganzes Leben von Büchern geprägt war. Manchmal fragte sie sich besorgt, ob sie die schützenden Mauern des schönen Scheins nie verlassen und ihr Leben in der bezaubernden, friedlichen Welt der Phantasie verbracht hatte. Sie erinnerte sich an ihre verlorene Liebe, an die Kriegsjahre in London, an ihre Ehe und den frühen Tod ihres Mannes in Jerusalem nach dem Krieg. Was für gegensätzliche Erfahrungen sie doch gemacht hatte! Die Jahre in diesem einzigartigen Klima von Tragik und Angst und mit dieser brennenden Sehnsucht nach Leben. Und dann das ruhige, eintönige Zusammenleben mit pflegebedürftigen Menschen. Ihre Liebe zu Büchern hatte Mina davor bewahrt, an Langeweile und

Frustration zugrunde zu gehen. Wieder in Ottercombe, hatte sie sich so sehr in andere Leben versetzt, dass es ihr bisweilen schwer fiel, die Welt der Literatur von der wirklichen Welt zu unterscheiden. Und schließlich war es auch ihre Leidenschaft für die Literatur, die sie mit Elyot zusammengebracht hatte. Seine Frau war schwer krank, und er nutzte ebenfalls das Internet, um mit der Welt jenseits seines eng begrenzten Lebenskreises zu kommunizieren. Er und Mina besuchten einen Chatroom, der als literarisches Forum gedacht war. Da sie sich beide für ein ganz bestimmtes Buch begeisterten, tauschten sie ihre Ansichten darüber aus und gaben einander Lesetipps. Er nannte sich einfach nur »Elyot«. Bald sprachen sie nicht mehr nur über Bücher. Vorsichtig und ohne ihre Lieben zu kompromittieren, begannen sie, über ihre Enttäuschungen und ihre Ängste zu sprechen und sich gegenseitig Mut zu machen.

Es fiel ihnen nicht leicht, gewisse Grenzen zu wahren. Mina hätte gern mehr über diesen intelligenten, witzigen Mann erfahren, obwohl sie befürchtete, dass sie enttäuscht wäre, wenn sie ihn näher kennen lernen würde. Aber mittlerweile hatten sie eine ganz eigene Art der Vertrautheit entwickelt, inspiriert von Romanfiguren und literarischen Zitaten und geprägt von freundlichen Neckereien. Er hatte keine Geschwister und war fasziniert von den Geschichten über ihre Familie und besonders von Georgies bevorstehendem Besuch. Seine letzte E-Mail war voller Bewunderung.

Von: Elyot
An: Mina

Was für eine tapfere Frau du doch bist. Ich werde der Versuchung widerstehen, literarische Bezüge zu gewissen drei Schwestern zu ziehen. Aber im Ernst, ich hoffe, dass du dich nicht übernimmst, liebe Freundin, und trotz allem noch Zeit finden wirst, mir zu mailen.

Albernerweise ging ihr das Herz auf, als sie dieses »liebe Freundin« las. Sie hoffte, ihn zum Schmunzeln zu bringen, wenn sie von »schwarzen mitternächtlichen Unholden« schrieb. Und sie versicherte ihm, dass sie in Kontakt bleiben würden. Jetzt, am Abend, öffnete Mina ihre E-Mails, entschlossen, sich von den drängenden Problemen und von Georgies baldiger Ankunft abzulenken.

7

Dein Tee«, sagte Liam und stellte den Becher vorsichtig zwischen die Manuskriptstapel auf Lyddies Schreibtisch. »Wie kommst du voran?«

Lyddie, die gerade eine altertümliche Wendung in einem Wörterbuch nachschlug, lächelte ihn an.

»In dem Roman kommen eine Jenny, eine Janie und eine Julie vor«, sagte sie, »das ist total verwirrend. Ich fürchte, der Autor muss eine, wenn nicht sogar zwei von ihnen umtaufen.«

Liam ließ seinen Blick anerkennend über ihren professionell organisierten Schreibtisch schweifen. Kein Vergleich mit dem Chaos auf seinem eigenen! Das Manuskript des historischen Romans, an dem Lyddie gerade arbeitete, war mit Bleistiftkorrekturen versehen, und auf einem Din-A-4-Blatt hatte sie Fragen aufgelistet. Ihr geliebtes altes *Collins English Dictionary* lag griffbereit neben anderen Nachschlagewerken. Lyddie trug eine lange weiche dunkelgrüne Strickjacke.

»Meine Güte, ist das kalt hier!«, rief Liam stirnrunzelnd. »Da erfriert man ja, wenn man stundenlang nur sitzt. Und der Winter kommt erst noch.«

Achselzuckend griff Lyddie nach ihrem Teebecher. »Es ist angenehm hier, wenn die Sonne scheint«, sagte sie. »Aber der Raum ist zu klein für einen Heizstrahler, wenn Bosun mir Gesellschaft leistet. Er würde sich das Fell verbrennen.«

Der Hund lag ausgestreckt auf dem Boden. Als er hörte, dass von ihm die Rede war, schlug er mehrmals mit dem Schwanz.

»Wäre dir eine ordentliche Heizung denn nicht lieber als dieser Kerl da?« Liam stupste Bosun mit der Fußspitze an.

»Aber nein«, gab Lyddie beinahe empört zurück. »Er leistet mir Gesellschaft. Dafür hast du ihn mir schließlich geschenkt, weißt du noch?«

»Natürlich.« Er schloss sie in die Arme und küsste sie. »Natürlich weiß ich das noch. Du siehst großartig aus, hab ich dir das schon gesagt? Deine Augen sind heute grün statt grau. Dunkelgrün!« Er rückte ein Stück ab, musterte sie anerkennend und drückte ihr noch einen Kuss auf den Mund. »Ich hab in der Stadt zu tun. Also bis später. Wenn ich es nicht schaffe, zwischendurch heimzukommen, sehen wir uns nachher im *Place.*«

»Ach.« Lyddie konnte ihre Enttäuschung nicht verbergen. »Ich bin in einer Stunde fertig und dachte, wir hätten noch Zeit für einen Spaziergang. Jetzt, da es aufgehört hat zu regnen!«

Liam schob sich an dem Hund vorbei zur Tür. »Tut mir Leid, Schatz. Heute nicht. Aber morgen vielleicht.«

»Gehst du zur Großmarkthalle?« Sie war enttäuscht und fühlte sich verloren. Wie sehr hatte sie sich auf diese gemeinsamen Stunden gefreut! Gegen fünf Uhr war sie mit ihrer Arbeit fertig, und er musste erst um sieben im Restaurant sein. Aber auch diesmal hielt eine innere Stimme sie davon ab, Ansprüche zu stellen. »Nimmst du das Auto?«

»Nein.« Er schüttelte den Kopf. »Ich brauche es nicht. Du kannst es haben.«

»Mal sehen. Jetzt, da es früher dunkel wird, werde ich mit Bosun auch etwas früher rausgehen. Was hast du denn alles zu erledigen?«

»Ach, dies und das. Ich muss mich wegen einer Werbeanzeige in einem neuen Lokalblatt mit jemandem treffen. Und bei der Bank muss ich auch vorbeischauen.« Seine abwehrende Handbewegung unterstrich, dass es sich um langweilige, aber notwendige Erledigungen handelte. »Also dann, bis später.«

Sie hörte, wie er leichtfüßig die Treppen hinuntersprang und die Haustür hinter ihm ins Schloss fiel. Lyddie nahm einen Schluck Tee. Liams kurzer Besuch hatte ihren Seelenfrieden gestört, und sein Kuss hatte sie verwirrt. Liam war in letzter Zeit öfter bei der Bank gewesen, hatte aber nie mit ihr darüber gesprochen. Bestimmt bedrückte ihn irgendetwas. Zu ihr war er liebevoll und zärtlich wie immer, und auch im Lokal ließ er sich, ein echter Profi, nichts anmerken. Trotzdem konnte sich Lyddie des vagen Gefühls nicht erwehren, dass er etwas vor ihr verbarg. Wenn sie miteinander schliefen, war Liam ungestüm und drängend, das erregte sie und machte sie glücklich. Aber ihr widerstrebte der Gedanke, dass er ihr nicht vertraute. Was sie von Anfang an fasziniert hatte, war seine Männlichkeit. Er sah gut aus, wirkte ausgeglichen, verlangte viel von sich und anderen, und die Tatsache, dass er sich aus der großen Schar von Verehrerinnen ausgerechnet für sie entschieden hatte, tat ihrem Selbstbewusstsein ungeheuer gut.

Sie rief sich in Erinnerung, wie er damals, als sie im *Place* zu Mittag gegessen hatte, an ihrem Tisch stehen geblieben war und sie eindringlich gemustert hatte – sie fand das damals sehr schmeichelhaft.

»Sind Sie glücklich?«, hatte er gefragt, als läge ihm tatsächlich daran, die Antwort zu erfahren.

Sie hatte über diesen ungewöhnlichen Annäherungsversuch lachen müssen.

»Beinahe«, hatte sie mit einer Unbekümmertheit erwidert, die sie selbst überraschte, denn normalerweise war sie Fremden gegenüber ausgesprochen zurückhaltend. »Aber nicht ganz.«

Sein Lächeln war entwaffnend, und in seinen braunen Augen blitzte etwas auf, das ihr Herz höher schlagen ließ.

»Und was können wir dagegen tun?«, hatte er gefragt. »Noch eine Tasse Kaffee? Einen Cognac? Es ist doch fürchterlich, beinahe, aber nicht ganz glücklich zu sein. Besser, man fühlt sich absolut mies.«

Sie runzelte die Stirn und versuchte fieberhaft, eine geistreiche und originelle Antwort zu finden, obwohl sie sofort wusste, dass ihr das nicht gelingen würde. Zuvor hatte sie beobachtet, wie er von Tisch zu Tisch ging, die Männer zum Lachen brachte und die Frauen in seinen Bann schlug. Sie wollte anders sein, unberechenbar.

»Ich glaube, da bin ich anderer Meinung als Sie«, gab sie kühl zurück. »Und nach einem so köstlichen Essen würde ich eigentlich am liebsten einen Spaziergang machen.«

Ihr Lächeln wirkte beinahe abweisend, obwohl es sie eine enorme Anstrengung kostete, ihn dabei nicht anzusehen, nach ihrer Handtasche zu greifen und nach der Geldbörse zu suchen, als ob nichts wäre.

»Da haben Sie vollkommen Recht.« Er betrachtete sie nachdenklich. »Ich wüsste, wo man einen schönen Nachmittag verbringen kann, es ist gar nicht weit von hier. Eigentlich wollte ich gerade selbst ein bisschen an die Luft, also könnte ich Ihnen den Weg zeigen. Anschließend haben Sie vielleicht noch Lust auf eine Tasse Kaffee, bevor Sie wieder losmüssen.«

Es war ein verrückter Augenblick, die reinste Magie. Die Gespräche an den anderen Tischen verstummten, als er Joe zuwinkte und sie gemeinsam das Lokal verließen, um den Fluss entlangzuspazieren.

»Warum heißt das Lokal eigentlich *The Place?*«, hatte sie ihn gefragt.

Er zuckte mit den Schultern. »Weil es das beste Lokal ist, der Place eben, die Szenekneipe«, erwiderte er, und sie lachte.

»Und sind Sie jetzt vollkommen glücklich?«, fragte er später, als sie im Schatten der Kathedrale eine kleine Rast einlegten.

»Vollkommen«, erwiderte sie kühn, und so fing alles an.

»Der gute alte Liam ist gar nicht wiederzuerkennen«, hatte Joe zu ihr gesagt. »Du hast ihm wirklich den Kopf verdreht. Und ehrlich gesagt, kann ich es ihm nicht verdenken.«

Er musterte sie anerkennend, ja neidvoll, und sie hatte das Gefühl, in die Haut einer anderen Frau zu schlüpfen, die selbstbewusst, mutig, sexy und klug war. Liam liebte sie und wollte sie heiraten. O ja, ihr Glück war vollkommen. Als er später im Lokal die Runde machte und sie die Enttäuschung der Frauen sah, die ihn begehrten, fühlte sie sich mit einem Mal verletzlich. Gleichzeitig begriff sie, dass die treibende Kraft in Liams Leben das *Place* war: das Lokal, das mit seiner Liebe zu ihr nichts zu tun hatte, ohne das er aber nicht leben konnte. Dafür würde er arbeiten, kämpfen. Es war sein Lebensinhalt.

War die Zukunft des *Place* bedroht? Nach dem Besuch bei ihren Tanten hatte Lyddie beschlossen, ihr Geld nur dann in das Lokal zu investieren, wenn Liam sie explizit darum bat. Wenn er es tat, würde sie ihre Situation neu überdenken. Dennoch, es war eine quälende Vorstellung für sie, dass er sich über die Hypothek den Kopf zerbrach, während sie über die finanziellen Mittel verfügte, ihm unter die Arme zu greifen. Aber sie würde das Geld sowieso erst ausbezahlt bekommen, wenn Roger die Hypothek auf das Haus in Iffley unter

Dach und Fach hatte. Im Augenblick waren alle Überlegungen rein theoretisch.

Lyddie trank ihren Tee aus, nahm den Stift zur Hand und vertiefte sich wieder in das 18. Jahrhundert.

Mina rechte das Laub vom Rasen, als sie den Wagen hörte. Jetzt sah sie ihn auch. Als er auf der freien Fläche neben dem Haus hielt, ließ sie den Rechen fallen und lief über den Rasen, die Hunde voraus. Georgie saß auf dem Beifahrersitz, Helena am Steuer. Während Helena den Motor abstellte und ausstieg, blickten die beiden Schwestern einander durch das Autofenster an. Georgie rührte sich nicht vom Fleck. Ihre Miene war verschlossen und trotzig. Adrett gekleidet mit einem handgestrickten braunen Pullover, unter dem der weiße Kragen ihrer Bluse hervorschaute, und einem braun karierten Rock, wirkte sie wie ein ältliches – und zutiefst beleidigtes – Kind.

Sie sieht genauso aus wie damals, als wir in London zur Schule gingen, schoss es Mina durch den Kopf. Unsere Schuluniform hatte genau dasselbe Braun. Und wir trugen Pullis und Karoröcke. Meine Güte, sie ist wirklich alt geworden.

Der Anblick rührte sie und erfüllte sie mit Liebe zu ihrer älteren Schwester, die so wehrlos und verletzlich schien. Sie öffnete die Beifahrertür.

»Georgie«, sagte sie mit aufrichtiger Herzlichkeit. »Ich freue mich sehr. Schön, dass du da bist.«

Helena umrundete das Auto, umarmte Mina und half dann ihrer Mutter beim Aussteigen.

»Sieh mal!«, rief sie freudig. »Ist es nicht schön hier? Die Fahrt durch das Moor war wunderbar, Tante Mina. Hab ich nicht Recht, Mutter?«

Georgie ließ sich aus dem Wagen helfen, und sie sah Mina forschend an. Wohl wissend, wie unerträglich herablassend Helena sein konnte, grinste Mina und zwinkerte ihrer Schwester verschwörerisch zu. Für den Bruchteil einer Sekunde fühlte sie sich in ihre Kindheit zurückversetzt, als die Geschwister eine verschworene Gemeinschaft bildeten. Georgie stand aufrecht da, machte sich vom Arm ihrer Tochter los und blickte sich um.

»Wo ist Nest?«, fragte sie.

Mina musste ein Schmunzeln unterdrücken. Typisch Georgie, dass sie das gesamte Empfangskomitee erwartete.

»Wahrscheinlich schläft sie noch«, antwortete sie. »Die arme Nest kann nachts schlecht schlafen, deshalb hält sie nach dem Mittagessen ein Nickerchen.«

Georgie schnaubte verächtlich. »Mein ganzes Leben lang habe ich nie am Tag geschlafen«, sagte sie. »Das ist ein Anzeichen von Senilität.«

»Du bist ja auch nicht durch einen Unfall zum Krüppel geworden«, gab Mina scharf zurück.

»Wenn sie nicht den ganzen Nachmittag im Bett liegen würde, könnte sie nachts wahrscheinlich besser schlafen.« Georgie ignorierte die Hunde, die auf dem Kies herumsprangen, um auf sich aufmerksam zu machen, und wandte sich zum Haus.

»Nest hat Schmerzen, sie leidet nicht einfach nur an Schlaflosigkeit.« Trotz ihres Mitgefühls für Georgie wurde Mina langsam ärgerlich. »Versuch doch mal, dich in sie hineinzuversetzen.«

»Aber, aber! Keine Kabbeleien«, rief Helena gut gelaunt und hievte mehrere Koffer aus dem Auto. »Mutter besitzt eine erstaunliche Zähigkeit. Sie wird euch beide mürbe machen, ihr werdet sehen.«

Georgie drehte ruckartig den Kopf, und Mina betrachtete sie aufmerksam. Unverkennbar, Georgie fühlte sich gedemütigt. Alt und hilflos, wie sie war, wurde sie wie ein Paket hin und her geschoben. Ihr empfindlicher Stolz wurde auf schmerzliche Weise getroffen, indem man sie zwang, dies alles widerspruchslos hinzunehmen. Mina durchfuhr es eiskalt. Wie lange würde es noch dauern, bis es ihr und Nest genauso erging? Und wer würde sich dann um sie kümmern?

»Kommt doch rein, trinken wir eine Tasse Tee«, sagte sie.

Mina erkannte sofort, dass Georgie kein Mitgefühl wollte. Es schien unvereinbar mit ihrer Würde – oder dem, was davon noch übrig war. Daher bemühte sich Mina, ihre Gefühle zu unterdrücken. Georgie stapfte auf das Haus zu. Sie war nicht bereit, die Rolle des Gastes zu spielen, und entschlossen, die gleichen Rechte wie ihre Schwestern für sich zu reklamieren.

»Hier hat sich nichts verändert«, sagte sie und sah sich zufrieden im Flur um. »Wo wohne ich?«

»In unserem alten Zimmer, das wir im Krieg geteilt haben.« Mina wartete auf Widerspruch. »Ich dachte, es würde dir dort gefallen.«

»Mmm«, meinte Georgie unverbindlich. »Ich muss aufs Klo.«

Sie durchquerte den Flur und ging schnurstracks nach oben. Die Toilette im Erdgeschoss ließ sie links liegen.

Mina sah Helena fragend an. »Sie scheint in ausgezeichneter Verfassung.«

Es war eine Frage, und Helena reagierte ausweichend. »Sie sieht blendend aus, da hast du Recht. Und sie wirkt absolut klar. Aber …« Sie schüttelte vielsagend den Kopf. »Warte nur ab, du wirst schon sehen. Die Veränderung vollzieht sich schleichend. Sie erinnert sich nicht mehr, sucht nach Worten, all das.«

»Tatsächlich?«, fragte Mina ungläubig.

»Ja, tatsächlich!«, erwiderte Helena voller Ungeduld, doch dann schien sie sich plötzlich zu erinnern, dass es nicht ratsam war, Georgies Probleme allzu sehr zu dramatisieren.

Mina beobachtete ihre zwiespältige Reaktion, amüsiert darüber, wie Helena ihren Ärger hinunterzuschlucken versuchte.

»Sieh mal, Tante Mina. Ich versichere dir, dass wir für sie tun, was wir können. Unser Hausarzt ist derselben Ansicht wie wir, wenn dich das beruhigt. Das Pflegeheim ist wunderschön, und sie wird dort viel glücklicher sein als bei uns, wenn Rupert und ich den ganzen Tag außer Haus sind und sie nur irgendeine Pflegerin um sich hat. Und außerdem …« Helena machte ein verzweifeltes Gesicht. »Außerdem hat sie Rupert nicht gerade ins Herz geschlossen …«

»Ich weiß.« Helenas aufrichtige Worte weckten Minas Mitgefühl. »Ich verstehe eure Schwierigkeiten.«

»Es *ist* schwierig.« Helena verzog das Gesicht, als würde sie gleich in Tränen ausbrechen. »Wir haben wirklich alles für sie getan, wir hatten kaum noch Zeit für uns. Und sie ist derart undankbar. Sie ist grob zu Rupert, und ich, ich kann ihr nie etwas recht machen. Gleichzeitig habe ich schreckliche Schuldgefühle, sie in ein Heim zu geben. Mir ist klar, was ihr alle denkt, aber ich weiß mir keinen anderen Rat. Wir werden nie jemanden finden, der sich den ganzen Tag um sie kümmern kann. Und ich sehe nicht ein, warum ich meine Arbeit aufgeben soll, wo sie nie auch nur die kleinste Geste der Zuneigung zeigt …«

Oben fiel eine Tür ins Schloss, Helena verstummte und biss sich auf die Lippen. Mina tätschelte ihr den Arm, erschrocken über diesen Ausbruch ihrer sonst immer so gefassten Nichte.

»Ich bin überzeugt, dass ihr das Richtige tut«, sagte sie leise. »Du weißt, ich kenne Georgie besser als ihr alle.«

Helena sah sie an. »Ja«, antwortete sie, »ja, natürlich. Und es ist ja nicht für lange.«

»Mach dir keine Gedanken«, sagte Mina. »Wir werden es schon hinkriegen.«

Georgie kam die Treppe herunter, ein Lächeln auf den Lippen.

»Es sieht sehr hübsch aus«, sagte sie zu Mina. »Sehr gemütlich. Also, wie wär's mit einem Tee?«

»Eine Tasse Tee wäre wunderbar«, meinte Helena, die die Fassung wiedergewonnen hatte. »Aber dann muss ich los. Ich habe noch eine lange Fahrt.«

»Wir wollen dich nicht aufhalten«, sagte Georgie spitz. »Trinkt ihr den Tee immer noch im Wohnzimmer, Mina?«

»Ja«, erwiderte Mina, »aber da Helena wenig Zeit hat, bleiben wir besser in der Küche. Später, wenn Nest wach ist, trinken wir noch mal richtig Tee. Das ist unser Ritual.«

Später, als die beiden Schwestern sich von Helena verabschiedet hatten, überkam Mina ein Gefühl der Panik. Georgie sah sie so merkwürdig an, und während das Geräusch des Motors sich allmählich entfernte, überlegte Mina, was sie jetzt sagen sollte. »Herzlich willkommen zu Hause«? Oder besser: »Schön, dass du wieder hier bist«? Aber zu ihrer eigenen Verblüffung sagte sie etwas völlig anderes.

»Weißt du noch«, fragte sie, »wie wir an der Auffahrt auf Papa oder Timothy warteten und dann auf dem Trittbrett mitgefahren sind?«

Es herrschte vollkommene Stille. Plötzlich war der sonnige Garten voller Erinnerungen, und Mina sah, wie Georgie schluckte und das Gesicht verzog. »Los, komm«, sagte Mina und nahm sie am Arm. »Gehen wir hinunter ans Meer.«

Nach Nests Geburt kommt Timothy ungleich häufiger als Ambrose zu Besuch ins Exmoor.

»Schon wieder ein Mädchen«, sagt Ambrose fast gleichgültig. Die Freude über seinen Sohn verblasst angesichts seiner wachsenden Zuneigung für die Witwe in St. John's Wood. Die wohlhabende, angesehene Dame hat keine Kinder, die sie und Ambrose von ihren Bedürfnissen ablenken. Sie ist klug genug, die richtigen Leute einzuladen, um ihm die Zeit zu vertreiben und seinen Ehrgeiz anzustacheln. Nests Geburt liefert Ambrose den idealen Vorwand, Lydia in den langen Sommerferien aus London wegzuschicken, damit sie Ruhe findet und sich körperlich erholt.

»Wir nennen sie Ernestina, nach meinem Vater«, sagt er – und es ist der knapp zweijährige Timmie, der das lange Wort nicht aussprechen kann und sie immer nur Nest nennt. Nest und Timmie sind unzertrennlich. Sie und ihr Bruder sind »die Kleinen«. Lydia lässt Mina die beiden Jüngsten bemuttern, und sogar die sechsjährige Josie fühlt sich im Vergleich zu Timmie und Nest wie eine Erwachsene.

Wenn Timothy zu Besuch kommt, bringt er unbekanntes Spielzeug und köstliche Süßigkeiten mit. Er behandelt die Kinder mit einer Zärtlichkeit, die sie von ihrem Vater nicht kennen. Seine Besuche werden voller Ungeduld erwartet, und wenn die Kinder von der Küstenstraße her das vertraute Hupen hören, laufen sie ihm entgegen. Sie hängen sich an die Autotüren, balancieren auf den Trittbrettern und kreischen vor Begeisterung, wenn sie zum Haus rollen. Sie zerren Timothy aus dem Wagen, alle sind erpicht darauf, ihm etwas Neues zu zeigen. Sie drängen ihn, mit hinunter an den Strand zu gehen.

Aber: »Zuerst Mama.« Timothy besteht darauf, und die Kinder warten ungeduldig, während er ins Haus geht, um Lydia im Frühstückszimmer zu begrüßen.

Aber sie wissen alle, dass es – zum Glück – nicht anders sein wird als sonst: zuerst die lange Wanderung am Strand, dann Tee im Salon und schließlich, als harmonischer Ausklang des Tages, die Vorlesestunde.

8

»Hallo, Verzeihung, wer …? Ach, Jack! Entschuldige, ich bin grade erst reingekommen. Wie geht es dir?« Lyddie hielt in der einen Hand den Hörer, mit der anderen ließ sie ihren Mantel auf einen Küchenstuhl fallen. »Was macht mein Patenkind?«

»Ein richtiger Wildfang«, antwortete ihr Cousin, »und wenn sie ihren zweiten Geburtstag erleben will, muss sie sich gründlich bessern. Wie läuft's bei dir in Truro?«

»Alles bestens.« Lyddie gluckste in sich hinein. »Die arme Flora. Was hat sie denn jetzt wieder angestellt?«

»Die arme *Flora!*«, wiederholte Jack empört. »Und was ist mit den leidgeprüften Eltern? Hannah und ich sind mit den Nerven am Ende, und du sagst ›arme Flora‹! Also, wann besuchst du uns?«

»Ich würde liebend gern kommen, Jack«, seufzte Lyddie.

Sie sah das alte Steinhaus in Dorset vor sich, das im Grünen mitten auf dem Schulgelände lag, und die acht kleinen Jungs, die im ersten Jahr ihrer Internatszeit bei Hannah und Jack wohnten. Die Frau ihres Cousins war aufgeweckt, tüchtig und herzlich – die optimale Ergänzung zu Jack, dem Fels in der Brandung, und die Jungs liebten beide. Der vierjährige Toby hatte auf diese Weise einen ganzen Haufen älterer Brüder, die Flora auf entsetzliche Weise verhätschelten. Ein paar

Tage bei Jack und Hannah waren für Lyddie stets erfrischend und wohltuend.

»Nächste Woche sind Schulferien«, sagte Jack. »Dann sind die Jungs fort, Gott sei Dank, und dein Patenkind würde sich riesig freuen, dich zu sehen.«

»Ja, das wäre wunderbar.« Lyddie überlegte rasch. »Vielleicht eine Übernachtung. Ich muss mit Liam sprechen. Auf jeden Fall wäre es nett, euch zu sehen. Toll, dass ihr mich einladet, obwohl ihr bestimmt völlig erledigt seid.«

»Tja«, sagte Jack. »Um ehrlich zu sein, geht es uns nur um deinen Hund, aber wir wissen ja, dass er ohne dich nicht kommen kann. Spaß beiseite, wie läuft's bei unseren Tanten? Hast du sie besucht?«

»Nicht seit Tante Georgie da ist. Ich habe mit Tante Mina telefoniert. Sie ist, glaube ich, guter Dinge. Allerdings war sie nicht allein und konnte daher nicht offen reden, aber sie klang ganz munter. Ich möchte ihnen am Samstag einen kurzen Besuch abstatten.«

»Wir spielen mit dem Gedanken, während der Ferien runterzufahren. Oder glaubst du, das wird ihnen zu viel?«

»Sie wären überglücklich, das weißt du doch, Jack! Dich, Han und die Kinder lieben sie doch über alles.«

»Du unterschätzt dich«, gab Jack freundlich zurück, »aber danke für das Kompliment. Ja, ich weiß, dass sich Nest und Mina über Besuch freuen, aber bei Tante Georgie bin ich mir nicht so sicher. Wenn sie … na ja, wenn sie das Gefühl hat, zu kurz zu kommen, könnte es schwierig werden. Ich möchte Tante Mina keine Umstände machen. Noch vier Personen zu bekochen! Und Flora ist im Moment eine richtige Nervensäge.«

»Sie werden es schaffen«, versicherte Lyddie. »Wann wolltet ihr fahren?«

»Eigentlich war das der Grund für meinen Anruf. Wir

würden uns danach richten, wann du zu uns kommen kannst. Denn wir wissen ja, dass du unter Termindruck stehst.«

»Ja, das stimmt«, erwiderte Lyddie, dankbar für die Rücksicht. »Ich muss in meinem Kalender nachsehen und mit Liam sprechen. Dann ruf ich heute Abend zurück. Ist das in Ordnung?«

»Wunderbar. Also bis später«, sagte er und legte auf.

Lyddie ließ sich Zeit. Es beschlich sie das merkwürdige, fast schon beunruhigende Gefühl, dass sie im alten Steinhaus ihres Cousins ganz sie selbst sein konnte – ein verführerischer Gedanke. Ihr Leben mit Liam hier in Truro erschien ihr irgendwie unaufrichtig, angespannt. Nachdenklich griff sie nach ihrem Mantel. Sie musste sich eingestehen, dass ihre Beziehung zu Liam nicht frei von Angst war. O nein, sie fürchtete sich nicht vor physischer Gewalt. Es war die Angst, ihn zu verlieren, wenn sie ihm allzu direkt sagte, was sie wollte. Sie sehnte sich danach, Teil seines Lebens zu sein, und sie wünschte sich ein Kind von ihm. Wenn sie, und sei es noch so behutsam, darauf zu sprechen kam, erntete sie nur ein ausweichendes Lächeln, ein Schulterzucken oder eine Liebkosung. Gegen seinen aalglatten Widerstand kam sie einfach nicht an. Aber warum diese Vorsicht? Warum sollte sie nicht frei heraus sprechen? Schließlich waren ihre Wünsche ja nicht unnatürlich. Sie kannte die Antwort, der sie instinktiv auszuweichen suchte: Liam brauchte sie nicht in seinem Leben, und er hatte auch nicht vor, in absehbarer Zeit eine Familie zu gründen. Seine Kraft nährte sich daraus, dass er ihr einen wesentlichen Teil seiner selbst vorenthielt. Er gehörte zu jenen Menschen, die anderen ihre Liebe bewusst entziehen konnten. Eine innere Stimme hielt Lyddie davon ab, Forderungen an ihn zu stellen.

Sie erschauderte bei dem Gedanken, ihn zu verlieren. Zu gut war ihr noch in Erinnerung, wie James sie verlassen hatte, weil er eine feste Bindung scheute. Liam war wenigstens bereit gewesen, sie zu heiraten. Alles Übrige, so hatte sie geglaubt, würde sich dann schon ergeben. Sie musste nur noch ein wenig Geduld haben.

Georgies Ankunft hatte nicht gerade dazu beigetragen, Nests Befürchtungen zu zerstreuen, im Gegenteil: Die Anwesenheit ihrer Schwester machte alles nur noch schlimmer. Schon nach wenigen Tagen war klar, dass der Grat zwischen Normalität und Labilität, auf dem sich Georgie bewegte, sehr schmal war. Ihre hartnäckige Weigerung, sich in die Rolle des Gastes zu fügen, war beinahe beleidigend. Sie verhielt sich, als wären ihre beiden Schwestern junges Gemüse und als hätte sie, die Älteste, ganz allein das Sagen. Der Speiseplan wurde geändert (»Ihr esst doch etwa morgens nicht nur Frühstücksflocken?«), die friedlichen Abende waren dahin (»Zeit für meine Familienserie. Wehe, wenn ich eine Folge verpasse, dann verliere ich den Faden. Es macht euch doch nichts aus, wenn ich den Fernseher einschalte?«). Der Tagesablauf wurde ausschließlich auf ihre Bedürfnisse abgestimmt.

»Heute fahren wir nach Barnstaple«, verkündete sie etwa beim Frühstück, löffelte ihren Porridge und gab Mina mit ungeduldigen Blicken zu verstehen, dass sie auf ihr Rührei wartete. »Ich brauche Wolle und was Neues zum Lesen. Lass die Toastscheiben bloß nicht schwarz werden! Ihr wisst, wie ich verbrannten Toast hasse.«

»Ich bring sie noch um«, schwor Nest nach einem Tag, der besonders anstrengend gewesen war. Georgie hatte sich mit Kopfschmerzen früh zurückgezogen, und Nest und Mina spülten nach dem Abendessen das Geschirr. »Allmählich begreife ich, was Helena und Rupert durchgemacht haben.

Und ich sag dir eins: In dem Heim behalten sie sie nicht länger als eine Woche. Man wird sie vor die Tür setzen … Kann man überhaupt aus einem Pflegeheim hinausgeworfen werden?«

»Nicht bei diesen Kosten«, gab Mina spöttisch zurück. »Je höher die Preise, desto höher die Toleranzschwelle, das ist meine Erfahrung.«

»In dem Fall muss es ganz schön teuer sein«, erwiderte Nest bitter. »Georgie war ja schon immer herrschsüchtig. Trotzdem …«

»Sie kann es nicht ertragen, das Gesicht zu verlieren«, meinte Mina. »Bedenke, wie demütigend es für sie ist, zu uns abgeschoben zu werden. Helena verkauft ihre Wohnung und steckt sie ins Heim. Dieses Gefühl der Ohnmacht muss für Georgie, die immer den Ton angegeben hat, unerträglich sein.«

»Wenn man bedenkt, dass sie dich wie ein Dienstmädchen behandelt, bist du wirklich sehr verständnisvoll.« Nest konnte ihre Empörung über Minas Langmut nur schwer verbergen. »Schließlich ist es dein Haus. Mama hat es dir vermacht. Georgie benimmt sich so, als wären wir um fünfzig Jahre in die Vergangenheit zurückversetzt.«

»Genau das hat sie getan. Ich vermute –«

Die Tür hatte sich langsam und lautlos geöffnet, und plötzlich stand Georgie vor ihnen. Ihre Schwestern starrten sie entgeistert an und fragten sich, wie lange Georgie wohl schon da gestanden hatte. Selbst die Hunde auf ihren Lagern spitzten wachsam die Ohren. Georgie brach als Erste das Schweigen.

»Ich wollte mir ein Glas Wasser holen«, sagte sie.

Sie runzelte die Stirn, als wüsste sie nicht, wo sie war, und machte ein paar zaghafte Schritte. Ihr silbrig weißes Haar war zerrauft, ihr Blick leer. Der lange Morgenmantel und das

Nachthemd mit dem hohen Kragen verliehen ihr etwas Gespenstisches. Nest schluckte nervös.

»Ich dachte, ich hätte dir eines gegeben.« Minas Stimme klang ganz ruhig. »Ist egal. Geh wieder zu Bett, ich bring's dir rauf. Möchtest du etwas Heißes trinken?«

Georgies Gesicht legte sich in Falten, ihre Augen füllten sich mit Tränen, und sie wirkte plötzlich unsäglich traurig. Doch bevor eine ihrer Schwestern etwas sagen konnte, veränderten sich ihre Züge erneut. Sie lauschte auf etwas, das aus weiter Ferne zu kommen schien; einem Gespräch, das die anderen nicht hören konnten.

»Wo ist Mama?«, fragte sie mit klagender Stimme. Ihr Blick irrte von Mina zu Nest, verwirrt und hilflos. Mina nahm sie am Arm.

»Sie ist nicht hier«, sagte sie. »Im Moment nicht. Leg dich wieder ins Bett. Komm, ich bring dich nach oben.«

Georgie ließ sich führen, willig wie ein Kind. Vor Schreck war Nest wie erstarrt. Dann kam Mina wieder, und die Hunde sprangen auf und liefen ihr schwanzwedelnd entgegen.

»Ist alles in Ordnung?«, fragte Nest verstört.

»Ich glaube, ja.« Mina sah mitgenommen aus, als sie ihre Lieblinge tätschelte, was nicht nur den Hunden, sondern auch ihr gut tat. »Ich glaube, sie weiß nicht, wo sie ist. Einen Augenblick dachte sie, ich wäre Mama.«

»Du siehst auch aus wie sie«, sagte Nest. »Wir sehen ihr alle ähnlich, aber du am allermeisten. Ob sie wohl nachts durchs Haus geistert? Es sah fast so aus, als hätte sie den Verstand verloren.«

Mina berührte beruhigend ihren Arm, aber Nest spürte, wie besorgt sie war. »Helena hat mich zwar vorgewarnt, dass sie solche Momente hat«, sagte sie. »Aber so hätte ich es mir nicht vorgestellt.«

»Es war gespenstisch.« Nest überlief ein Schauder. »Und du glaubst nicht, dass sie wieder aufsteht und durchs Haus wandert?«

»Hoffentlich nicht«, erwiderte Mina bekümmert. »Ich würde es nicht wagen, sie einzusperren, auch wenn ich einen Schlüssel hätte. Fünf Minuten später kann sie wieder ganz normal sein, und dann wäre es furchtbar peinlich.«

»Außerdem muss sie vielleicht mal aufs Klo.«

Die Schwestern sahen einander nervös an, beinahe hätten sie beide hysterisch losgelacht. Mina holte tief Luft.

»Geh schlafen«, sagte sie. »Ich seh noch mal nach ihr. Mach dir keine Sorgen. Und nimm am besten eine Schlaftablette. Morgen hast du Physiotherapie und musst ausgeruht und entspannt sein.«

»Du hast Recht.«

Sie umarmten sich, und Nest rollte in ihr Schlafzimmer. Während sie sich bettfertig machte, horchte sie auf Bewegungen und Stimmen. Die Angst machte sie unbeholfen und langsam. Während sie im Bett lag und auf die Wirkung der Tablette wartete, vermischten sich Träume und Erinnerungen zu wirren Bildern, bis sie endlich einschlief.

»Ich kenne ein Geheimnis«, sagt Georgie wichtigtuerisch. Es ist ein heißer Nachmittag, aber die Buchen, die über dem Rasen aufragen, spenden Schatten und halten die stürmischen Winde fern. Das Plätzchen, wo Timmie und Nest eine Teegesellschaft für ihre Plüschtiere und Puppen geben, ist angenehm kühl und geschützt.

»Wetten, dass du mein Geheimnis nicht kennst?« Die elfjährige Josie schlägt Rad, dabei rutscht ihr der Rock ihres gemusterten Baumwollkleids über die Ohren.

Die Kleinen rücken näher zusammen. Sie beneiden Josie, weil sie so unbekümmert ist. Manchmal sind Georgies Geheimnisse furchteinflößend. Einmal hat sie ihnen drei tote Vögelchen in einem Nest gezeigt.

»Das ist eine Lektion«, hat Georgie mahnend erklärt und sich am Entsetzen ihrer Geschwister geweidet. »Merkt euch, ihr dürft im Frühling nie die Vögel in ihren Nestern stören und die Bäume hinaufklettern. Das hat Papa gesagt. Aber erzählt es niemandem, sonst bekommt ihr Ärger. Es ist ein Geheimnis.«

Timmies Lippen zittern, aber er presst sie fest aufeinander und hält Nests Hand, denn sie ist die Jüngste. Die Puppen, ein gestrickter Hase und zwei Teddybären, die um den Picknicktisch sitzen, sind vergessen. Die Kinder starren Georgie an, die sich zu ihnen hinunterbeugt.

»Es wird Krieg geben«, sagt sie.

Sie sehen sie verständnislos, beinahe erleichtert an.

»Was ist Krieg?«, fragt Timmie, der gerade sechs geworden ist. »Was heißt das?«

Bevor Georgie antworten kann, kommt Mina aus dem Haus und ruft ihre Geschwister zum Tee.

»Sagt nichts«, schärft Georgie ihnen noch ein. »Es ist ein Geheimnis. Sonst wird Papa böse.«

Aber Timmie begreift allmählich, dass Georgie blufft und sie mit haltlosen Drohungen einschüchtert. Er will Nest vor schrecklichen Dingen wie dem garstigen Anblick toter kleiner Vögel schützen.

»Aber was ist das?«, fragt er mit lauter Stimme. Er ist jetzt mutiger, denn Mina befindet sich in Hörweite. »Was ist das, Krieg?«

Georgie dreht sich zu Mina um und gibt sich ungezwungen. Sie hofft, dass Mina Timmies drängende Frage nicht gehört hat, aber Timmies hohe, stechend scharfe Kinderstimme tönt durch den stillen Garten. Mina ist zornig, was Timmie noch mehr erschreckt. Über die Köpfe der

Kinder hinweg funkelt sie ihre ältere Schwester wütend an.

»Mama hat ausdrücklich erklärt, dass du ihnen nichts sagen sollst«, erinnert sie ihre Schwester.

Georgie zuckt die Schultern und heuchelt Gleichgültigkeit, aber sie fühlt sich unbehaglich. Verstört über Minas ungewöhnlichen Ausbruch, fängt Nest an zu weinen, sodass Mina abgelenkt ist und Georgie sich verdrücken kann.

»Aber was ist Krieg?« Timmie ist jetzt völlig verängstigt. Offenbar geht es um etwas Ernstes, das womöglich viel schlimmer ist als die toten kleinen Vögel.

»Hier wird nichts passieren.« Mina versucht Nest abzulenken, indem sie tut, als flöße sie dem braunen Strickhasen Milch ein. Nests Tränen trocknen auf ihren Wangen, sie lacht und greift nach der Tasse, um den Hasen selbst zu füttern. Zu Timmie sagt Mina: »Es hat mit uns hier nichts zu tun. Es geht um Länder, die beide etwas haben wollen. Sie streiten sich um ein Stück Land, und dann fangen sie an zu kämpfen, und jeder schlägt sich auf die eine oder andere Seite, verstehst du?«

»Ich glaube, ja.« Er runzelt die Stirn. »Es ist wie mit Josie und Henrietta und den Tennisschuhen. Beide wollen sie haben, aber keiner weiß, wem sie eigentlich gehören.«

Mina lächelt ihn an. »Genau so, nur in größerem Stil. Aber hier wird nichts passieren, außer dass wir Papa nicht mehr so oft sehen. Wir bleiben vorerst hier, aber Papa kann aus London nicht weg. Dort wird er gebraucht. Er ist zwar nicht in Gefahr, aber das Dumme am Krieg ist, dass viele Menschen darin verwickelt werden, auch wenn sie nicht kämpfen.«

Timmie überlegt einen Augenblick. »Aber wir sehen Papa sowieso nicht oft«, meint er schließlich ganz munter. Dann kommt ihm ein anderer Gedanke. »Und Timothy? Muss er kämpfen?«, fragt er besorgt.

»Ich weiß nicht. Wir müssen abwarten. Aber du und Nest, ihr seid absolut sicher. Und jetzt komm und trink deinen Tee.« Sie zögert. »Vielleicht ist es am besten, du sprichst nicht darüber, Timmie. Nest ist jetzt glücklich« – beide blicken auf die kleine Schwester, die ihren Teddybären anzieht und vor sich hin singt –, »und Mama ist … müde.«

Timmie nickt und hat das herrliche Gefühl, mit den Erwachsenen unter einer Decke zu stecken. Die beiden Kleinen folgen Mina ins, Haus. Ihre Spielsachen bleiben auf dem Tisch zurück. Allmählich senkt sich die Dämmerung herab, und die Schatten auf dem Rasen werden immer länger.

9

Mina hing anderen Erinnerungen nach, während sie die Hunde in ihr Zimmer ließ. Die Tür blieb angelehnt, damit sie hören konnte, ob Georgie aufstand. Die vertraute, geliebte Umgebung ihres Zimmers tröstete sie, und als sie in ihren langen flauschigen Morgenmantel geschlüpft war, ein Geburtstagsgeschenk von Lyddie, setzte sie sich vor den Computer, um ihre E-Mails abzufragen. Eine Nachricht war von Josie, die Mina mit Fragen über Georgie bestürmte. In ihrer Antwort ließ Mina vieles unerwähnt. Warum sollte sie Josie beunruhigen? Aus der Ferne konnte sie ohnehin nicht helfen. Gegenüber Elyot war sie sehr viel offener.

Von: Elyot
An: Mina

Wie geht's dir? Heute war ein schlimmer Tag mit Lavinia. Sie erkennt mich nicht und schreit vor Angst, wenn ich ihr nahe komme. Sie verwechselt mich öfters mit anderen Leuten, aber heute hat es mich besonders getroffen. Jetzt liegt sie im Bett, aber ich bleibe noch eine Weile auf und hoffe, mit dir ein wenig plaudern zu können, falls du Zeit hast.

Auch ihm flößte eine solche Situation Angst ein. Diese Erkenntnis erfüllte Mina mit dankbarer Erleichterung, und so nahm sie kein Blatt vor den Mund, als sie ihm jetzt von den Ereignissen dieses Abends berichtete. Seine Antwort kam prompt.

Von: Elyot
An: Mina

Es ist diese Mischung aus Ohnmacht und Angst, nicht? Mir geht es genauso. Manchmal möchte ich sie einfach nur anschreien, weil ich nicht glauben kann, dass sie mich nicht erkennt und denkt, ich könne ihr wehtun. Das kränkt mich, und ich fühle mich unendlich allein.

Mina saß da und starrte auf diese Worte. Der Wunsch, ihn zu trösten, zerriss ihr fast das Herz, und sie empfand eine tiefe Verbundenheit mit ihm.

Von: Mina
An: Elyot

Lieber Elyot, wenn ich dir nur helfen könnte! Hast du Freunde, die dich gelegentlich entlasten? Oder fühlt sich Lavinia auch durch sie bedroht? Du hast mir schon so manche Situation geschildert. Aber wie schlimm es tatsächlich ist, das habe ich unterschätzt. Verglichen mit dem, was du erlebst, ist Georgie harmlos. Mein Verhältnis zu ihr ist wechselhaft, und zwar schon seit der Kindheit, und in den vergangenen vierzig Jahren haben wir uns nicht besonders oft gesehen. Du dagegen hast mit Lavinia all die Jahre zusammengelebt, deshalb ist es gewiss entsetzlich für dich, dass sie dich zurückweist und du erleben musst, wie der Mensch, den du liebst, sich derart verändert. Nachdem ich heute Abend eine Ahnung von diesem Verfallsprozess bekommen habe, kann ich deine Tapferkeit nur umso mehr bewundern.

Die Antwort ließ nicht lange auf sich warten.

Von: Elyot
An: Mina

Du hast andere Dinge erlebt, liebe Freundin, die eine nicht minder schwere Prüfung darstellten. Deine Lieblingsschwester ist zum Krüppel geworden. Es ist ein schreckliches Unglück geschehen, mit dem du ganz plötzlich hast fertig werden müssen, und du trugst Verantwortung nicht nur für Nest, sondern auch für andere aus deiner Familie. Bei mir war das nicht so. Lavinias Krankheit hat sich schleichend entwickelt. »Sollte ich wirklich zum Mittagessen zurück sein? Ach, jeder von uns vergisst mal was, das ist nicht so schlimm.« Zerstreutheit: »Ich weiß nicht mehr, was ich in diesem Laden eigentlich wollte.« Verwirrung: »Ich habe vergessen, was ich sagen wollte. Ein richtiger Blackout.« Für sich betrachtet sind das alles harmlose Kleinigkeiten, bis man erkennt, dass sich die Nebelschleier auf heimtückische Weise zu einer undurchdringlichen Nebelwand verdichtet haben. Ich muss heiter bleiben, damit sie keine Angst bekommt.

Bei dem letzten Satz musste Mina an ihre Mutter und an die Kriegsjahre in Ottercombe denken. Es war geradezu ein körperlicher Schock. Sie saß eine Weile unschlüssig da, dann schrieb sie zurück.

Von: Mina
An: Elyot

Ich kann mich nicht erinnern, dass du in der ganzen Zeit, die wir miteinander korrespondieren, jemals Urlaub von Lavinia gemacht hast. Wäre es nicht gut, einmal auszuspannen? Gibt es denn niemanden, dem du Lavinia anvertrauen könntest, ohne dass dich Schuldgefühle plagen? Auch wenn es so klingt, als wollte ich dich vom Regen in die Traufe schicken: Du kannst jederzeit für ein paar Tage hierher kommen. Lass es dir in aller Ruhe durch den Kopf gehen. Wir reden morgen weiter. Gute Nacht, Elyot.

Sie schaltete den Computer aus. Ihr Herz klopfte heftig. Wie albern! Würde er zusagen? War es möglich, dass sie den Mann, der ihr so viel Trost gegeben hatte, endlich persönlich kennen lernen würde?

»Du bist eine dumme alte Gans«, murmelte sie vor sich hin. Sie horchte ein letztes Mal, ob aus Georgies Zimmer Geräusche drangen, und schloss die Tür. Die Hunde bewegten sich leise knurrend im Schlaf. Mina blieb neben dem Rosenholztisch stehen und betrachtete all die kleinen Gegenstände, die ihr seit der Kindheit vertraut waren. In Mamas letzten Lebensjahren hatten diese Dinge auf ihrem Nachttisch gestanden: ein fein geschnitzter hölzerner Rosenkranz, ein hübsch gemustertes Wedgwood-Schälchen für Bonbons, eine hohe schmale Vase für eine einzelne Blume und schließlich das silberne Kästchen mit dem grünen Flakon.

Mina klappte den Deckel auf und roch an dem Flakon. Noch jetzt, zwanzig Jahre nach Mamas Tod, versetzte der schwache Duft des Riechsalzes Mina zurück in die letzten Lebensjahre ihrer Mutter und noch weiter zurück bis zum Krieg.

»Ich will mit Papa nach London«, sagt Georgie an einem Julimorgen im Jahr 1940. »Ich will nicht länger hier rumsitzen, während draußen der Krieg weitergeht. Es muss doch etwas geben, was ich tun kann. Zumindest kann ich mich um Papa kümmern, solange ich mir überlege, was ich machen will.«

Lydia lässt die dünnen blauen Blätter in den Briefumschlag gleiten und sieht ihre älteste Tochter an. Wie hübsch sie ist mit ihrem zu einem Pagenkopf geschnittenen schwarzen Haar und der makellosen hellen Haut. Wie hübsch – und wie entschlossen.

»Du bist mit der Schule noch nicht fertig«, erwidert sie geduldig, aber fest. »Und du bist gerade siebzehn …«

Die Kleinen halten mit dem Essen inne und lauschen ängstlich, während am Frühstückstisch wieder einmal eine Kraftprobe ausgetragen wird.

»Die Schule hat doch keinen Sinn mehr«, ruft Georgie ungehalten, weil ihre Mutter der harten Tatsache des Krieges nicht ins Auge sehen will. »Wenn ich noch ein Jahr warte, ist die Chance womöglich vertan. Papa sagt, er könnte mir eine Arbeit als Fahrerin im Kriegsministerium verschaffen.«

Lydia greift nach ihrer Kaffeetasse – und stellt sie wieder ab. Nervös streicht sie über den Brief, der zusammengefaltet neben ihr auf dem leeren Teller liegt.

»In einem Jahr ist der Krieg vorbei«, sagt sie zu ihren Kindern.

»Also wirklich!« Georgie rollt verächtlich die Augen. »Das hat man im letzten Krieg auch gesagt: Weihnachten ist alles vorbei. Aber es war nicht so, hab ich Recht?«

Nur Mina hat den flehentlichen Ton in Mamas Stimme herausgehört und gesehen, wie sie bei Georgies Antwort zusammengefahren ist. Sie bemerkt das nervöse Zucken ihrer Hände und die dunklen Schatten unter ihren Augen.

»Ich finde es eine gute Idee, dass Georgie nach London geht«, sagt sie, und Georgie wirft ihr einen dankbaren Blick zu. »Sie muss sich sowieso bald eine Arbeit suchen, und Papa würde sich freuen, wenn sie bei ihm wäre. Ich verstehe, dass sie sich nützlich machen will. Wir alle …«

Lydia sah sie an. »Du etwa auch?«

»Nein, ich nicht.« Mina lächelt sie beruhigend an. »Jedenfalls nicht auf diese Weise. Ich werde hier bleiben und mich um euch alle kümmern. Aber Georgie hat Recht. Es ist sinnlos, weiter zur Schule zu gehen, und du schaffst die viele Arbeit nicht allein, Mama. Nicht jetzt, wo Jean und Sarah mit den Babys da sind, und dazu noch die beiden Kleinen.«

Lydias jüngere Cousinen sind mit ihren Kindern nach Ottercombe evakuiert worden, und das ist einer der Gründe, warum Georgie weg will. Sie ist kein mütterlicher Typ, und es ärgert sie, dass sie sich mit Mina ein Zimmer teilen muss. Die beiden jungen Mütter mit drei Babys beanspruchen viel Platz. Also muss alles gut organisiert werden.

»Ihr habt Glück«, sagt Enid Goodenough, die noch immer mit ihrem Bruder zu Besuch kommt, wenn auch seltener, wegen der Benzinknappheit. »Ihr habt genügend Verwandte, die das Haus füllen, und müsst euch nicht auf Fremde einstellen.« – Inzwischen treffen Evakuierte aus Bristol und Croydon im Exmoor ein.

»Das ist richtig«, gibt Lydia freundlich zurück. Wie üblich ist ihr der bissige Unterton entgangen. »Obwohl man mit neun Kindern auf engstem Raum schnell an Grenzen stößt.«

»Wir haben nur eine Toilette«, sagt die zwölfjährige Henrietta wichtigtuerisch, »aber zum Glück viele Nachttöpfe. Obwohl die Babys –«

»Und Ambrose?«, unterbricht Enid, die sich weder für Nachttöpfe noch für Babys interessiert. »Wie schafft er es bloß, ganz allein zurechtzukommen?«

Sie betont die Wörter »ganz allein«, sodass Mina aufhorcht und sogar Lydia die Stirn runzelt.

»Er ist sehr tüchtig«, antwortet Lydia gelassen, »und seitdem wir das ganze Jahr hier verbringen, schaut Mrs Pointing jeden Tag vorbei. Sie geht uns schon seit Jahren zur Hand, und ich bin sicher, dass Ambrose alles hat, was er braucht.«

»Oh, *darüber* brauchen Sie sich keine Sorgen zu machen.«

Wenn Lydia sich jetzt an diese Worte und an Enid Goodenoughs anzügliches Grinsen erinnert, erscheint ihr Georgies Idee gar nicht so übel.

»Also gut«, sagt sie. »Ich werde mit Papa reden. Ich sehe ein, dass es für euch hier öde ist, wo ihr langsam erwachsen werdet. Keine Partys, kein Tanz, keine Gleichaltrigen. Und angesichts der Bedrohung, der unser Land ausgesetzt ist, will ja jeder einen Beitrag leisten, mag er auch noch so klein sein. Ich werde mit ihm reden, das verspreche ich.«

»Danke«, sagt Georgie später auf ihrem Zimmer zu Mina, »danke für deine Hilfe. Obwohl es unfair ist, dich mit der ganzen Arbeit allein zu lassen.«

Sie sieht ihren Schrank durch, nimmt ein Kleid heraus, hängt ein anderes zurück und betrachtet sich in dem langen Spiegel.

»Das macht mir gar nichts aus«, antwortet Mina wahrheitsgemäß. »Nächstes Jahr bin ich mit der Schule fertig. Ich werde Henrietta und Josie und die Kleinen unterrichten. Eine gute Übung, wenn ich nach dem Krieg Lehrerin werden will. Mama schafft es unmöglich allein. Und Papa würde sich leichter tun, wenn du da bist – falls er überhaupt damit einverstanden ist. Hast du denn keine Angst vor Luftangriffen?«

Georgie zuckt die Schultern, wendet sich vom Spiegel ab und legt sich aufs Bett. »Ich freue mich schon. Sally Hunter sagt, sie amüsiert sich prächtig. Jede Menge gut aussehende Offiziere, Partys und so. Sie chauffiert einen alten General herum, das hat mich auf die Idee gebracht. Von da aus könnte ich in das Women's Royal Army Corps eintreten.«

»Und Papa hat wirklich gesagt, dass er dir eine Stelle als Fahrerin verschaffen kann?«

Georgie nickt, die Hände hinter dem Kopf gefaltet. »Wenn du mich fragst, er hat es satt, so oft allein zu sein. Als ich letztes Mal in London war, hat er mich überallhin mitgenommen. Und mich allen seinen Bekannten vorgestellt. ›Das ist meine älteste Tochter. Sie kümmert sich um ihren alten Vater‹, so auf die Art. Mir hat's gefallen. Er sieht immer noch gut aus, findest du nicht? Hat sich gut gehalten. Ich wusste gar nicht, wie wichtig er ist, und alle waren sehr nett zu mir. Da war eine Frau, die ist überall aufgetaucht, wo wir waren. Sie schien nicht besonders begeistert von mir und hat mich ziemlich von oben herab behandelt. Einmal hat sie geweint, und dann hat sich Papa mit ihr gestritten, aber es war ihm ungeheuer peinlich.«

Georgie runzelt die Stirn, während sie sich an ihre Reaktion erinnert: Abscheu darüber, dass ihr Vater sich ... verstellen musste; das war unwürdig. »Irgendwie merkwürdig.«

Die Schwestern tauschen einen Blick, ratlos, ein wenig ängstlich, einem Erwachsenengeheimnis auf der Spur. Instinktiv wechseln sie das Thema.

»Es ist vielleicht gut, wenn du gehst«, sagt Mina. »Dann kannst du mir schreiben, wann die Partys stattfinden, und ich komme vielleicht auch mal nach London.«

»Natürlich mache ich das«, erwidert Georgie großzügig. »Aber du brauchst ein paar ordentliche Kleider. Das wird ein Spaß!«

Mina beobachtet, wie sich ihre ältere Schwester aus dem Bett schwingt, und bemerkt den seidenen Faltenrock, der sich um ihre langen Beine schmiegt.

»Ist das nicht Mamas Rock?«

»Mhm.« Georgie wirbelt herum. »Von Fortuny. Ich hab ihn in ihrem Schrank in London entdeckt. Sie hat ihn vor einer Ewigkeit in Venedig gekauft und trägt ihn nie. Und da hab ich gefragt, ob ich ihn mir ausleihen kann. In London hängt er sowieso nur nutzlos im Schrank herum. Sie hat jede Menge Sachen, die sie jetzt nicht mehr anzieht. Diese Jacke zum Beispiel. Vikunjawolle.« Georgie hält sie vor sich und dreht sich im Kreis. »Wie findest du sie?«

Mina blickt an sich hinunter auf ihr Baumwollkleid und wird vom Neid gepackt. »Na ja«, sagt sie beiläufig.

Georgie wirft ihrer Schwester einen scharfen Blick zu. »Na ja« ist ihr Codewort, das sie für Personen, Orte und Ereignisse benutzen, um dann loszukichern. Plötzlich merkt Georgie, wie gern sie Mina hat. Angesichts dieses unerwarteten Gefühls der Zuneigung sind alle Streitereien vergessen.

»Du kommst doch nach London, oder?«, sagt sie. »Sally kennt dort jede Menge tolle Männer.«

»Natürlich komme ich«, verspricht Mina. »Aber du kannst mir ja auch schreiben und mir alles erzählen. Zieh dich um, beeil dich. Es gibt gleich Mittagessen.«

Als Mina hinuntergeht, sieht sie im Salon einen Schatten und durchquert den Flur. Ob es Nest oder Timmie ist? Aber es ist Lydia, die vor ihrem Nähkästchen sitzt. Sie blickt über die Schulter, als Mina hereinkommt. Mina hört Papierrascheln und wie sich abrupt eine Schublade schließt.

»Ich dachte, es ist Nest oder Timmie«, sagt Mina. »Sie spielen doch immer Verstecken vor dem Mittagessen … Geht es dir nicht gut, Mama?«

Lydia richtet sich mühsam auf, stützt sich auf die Sofalehne. »Doch, doch. Na ja, ich bin vielleicht ein bisschen müde. Die Babys haben gestern Nacht wieder geschrien, aber sie können ja nichts dafür, die süßen Kleinen.«

Ihr Gesicht ist schmal, und in ihren Augen liegt ein stiller Kummer. Mina erschrickt. Da steckt mehr dahinter als schlaflose Nächte und schreiende Babys. Sie hat Mama nie Fragen gestellt, aber sie spürt, dass sich ihre Beziehung zu ihrer Mutter verändert hat und eine neue Vertrautheit entstanden ist. »Ist es wegen des Briefes …? Ich habe gesehen, wie du ihn beim Frühstück gelesen hast. Enthält er schlechte Nachrichten?«

Sie sind auf gleicher Augenhöhe. Minas Blick, ernst und mitfühlend, trifft den ihrer Mutter, die sich verzweifelt danach sehnt, ihrer Tochter ihr Herz auszuschütten. Sie möchte sich jemandem anvertrauen; warum nicht Mina, mit der sie sich unter ihren Kindern am besten versteht?

»Er ist von Timothy«, flüstert sie. »Er muss auf eine geheime Mission. Näheres darf er nicht sagen … Er lässt uns nur wissen, dass er eine Zeit lang nicht da ist.«

In ihren Augen stehen Tränen, und ihre Lippen zittern. Mina legt ihrer Mutter instinktiv den Arm um die Schultern, so wie sie es bei Timmie oder Nest tun würde.

»Arme Mama. Wir werden ihn alle vermissen. Kommt er nicht noch einmal, damit wir uns verabschieden können?«

Minas unschuldige Reaktion lindert Lydias schlechtes Gewissen und gibt ihr Kraft. Es ist wie eine Erlösung, auch nur seinen Namen laut auszusprechen.

»Nein«, sagt sie. »Das schafft er wohl nicht mehr, aber ich bin froh, dass ich mit dir darüber sprechen kann, Mina. Er tut natürlich so, als wäre es ganz harmlos, aber es ist sehr gefährlich. Das weiß ich …« Sie zögert und blickt ängstlich in die klaren ruhigen Augen ihrer Tochter. »Vielleicht ist es besser, wenn wir den anderen nichts davon sagen.«

»Natürlich«, stimmt Mina eifrig zu. »Sie würden es nicht verstehen, und die Kleinen bekämen nur Angst.«

»Ja«, sagt Lydia kraftlos und erleichtert. »Das denke ich auch. Es bleibt unser beider Geheimnis, mein liebes Kind.«

Mina ist stolz und fühlt sich sehr erwachsen. Sie drückt ihrer Mutter einen flüchtigen Kuss auf die Wange. »Zeit zum Mittagessen«, sagt sie. »Geh und mach dich hübsch, ich hole die Kleinen.«

Sie eilt davon, um die Kinder aus dem Garten zu rufen, und Lydia geht getröstet die Treppe hinauf.

10

In dem Reihenhaus in Truro war etwas Außergewöhnliches im Gange. Bosun lag auf dem Boden im schmalen Flur, die Schnauze auf die Pfoten gebettet, aber er war hellwach. Sein Blick war besorgt auf Herrchen und Frauchen gerichtet, die in dem lang gestreckten Raum, der die gesamte Vorderfront des Hauses einnahm, auf und ab gingen, und er lauschte ihren Stimmen mit Unbehagen. Er spürte, dass etwas Entscheidendes fehlte: der freundliche Tonfall, der ein Gefühl von Wohlbehagen verbreitete und ihm sagte, dass alles in Ordnung war. Jedes Mal, wenn einer der beiden sich der offenen Tür näherte, schlug er unterwürfig mit dem Schwanz und spitzte hoffnungsvoll die Ohren. Ein-, zweimal setzte er sich auf, um die Aufmerksamkeit auf sich zu lenken, aber sie beachteten ihn nicht, sondern liefen wütend auf dem Teppich hin und her. Mit leisem Winseln ließ er sich wieder nieder, die Schnauze auf den Pfoten, wartend und lauschend.

»Gut, dann bin also ich im Unrecht. Es ist mein Fehler, wenn ich mich darüber aufrege, dass du einen Brief öffnest, der an mich adressiert ist. So ist es also.«

»Um Himmels willen.« Lyddie zitterte vor Wut und Entsetzen. Auf eine so heftige Reaktion war sie nicht gefasst gewesen. »Es war ein Fehler. Ich habe nicht genau auf den Absender geschaut. Aber ist das denn so schlimm? Wir haben doch ein gemeinsames Konto. Und überhaupt, warum diese Geheimniskrämerei? Schließlich sind wir verheiratet. Ist es wirklich so schlimm, wenn ich versehentlich einen an dich adressierten Brief aufmache?«

Er blieb stehen und sah sie an, und sie war betroffen darüber, wie fremd er ihr plötzlich vorkam. Das Einverständnis, die Harmonie zwischen ihnen war dahin. Lyddie fühlte sich einsam.

»So weit, so gut«, sagte er. »Nur glaube ich nicht, dass es ein Versehen war.«

Er starrte sie zornig an. Lyddie schluckte und wandte den Blick ab. Leider hatte er mit seinem Verdacht nur allzu Recht. Liam war in letzter Zeit ziemlich gereizt, und das machte ihr Sorgen. Als dann der Brief kam, der nicht richtig verschlossen war, hatte sie nicht widerstehen können, ihn zu öffnen und das Schreiben der Bank zu lesen. Sie schämte sich dafür, aber mit diesem Wutausbruch Liams hatte sie nicht gerechnet.

»Der Brief war nicht richtig verschlossen«, antwortete sie mit ruhiger Stimme, setzte sich an den Tisch und verschränkte die Arme über der Brust. »Und ich habe nicht gesehen, an wen von uns beiden der Brief adressiert war. Aber du hast Recht. Als mir klar wurde, dass es um das *Place* geht und nicht um unser gemeinsames Konto, habe ich ihn trotzdem gelesen. Ich mache mir Sorgen um dich, Liam, und habe das Gefühl, du willst mich schützen vor … wovor auch immer.«

Er lächelte sarkastisch. »Ah, du hast dir also Sorgen um mich gemacht. Was für eine wunderbare Ehefrau! Sieh mal einer an.«

Lyddie biss sich auf die Lippen. Ihre Wangen glühten. »Es ist nicht leicht für mich«, sagte sie, »dass ich aus dem Geschäft, das dir so viel bedeutet und das unseren Lebensunterhalt sichert, ganz ausgeschlossen bin. Es ist … irgendwie unnatürlich, verstehst du das nicht? Du weißt alles über meine Arbeit, du weißt, wie viel ich verdiene.«

»Und du weißt alles über das *Place*. Mein Gott, du bist doch jeden Tag dort. Du wirst behandelt wie die Königin von Saba! Wie kannst du behaupten, dass du ausgeschlossen wirst?«

Sie verschränkte die Finger und versuchte ihre Gedanken zu ordnen. »Ich werde behandelt wie ein Ehrengast«, räumte sie ein. »Das weiß ich, und ich gebe zu, dass ich es genieße. Wem gefällt es nicht, wenn er als etwas Besonderes behandelt wird? Aber trotzdem, ich weiß weniger über das Lokal als … als Rosie.«

»Und was weiß Rosie?«, fragte er scharf zurück.

Sie sah ihn verdutzt an. »Du verstehst schon, was ich meine. Sie wird … einbezogen. Okay, auf einer sehr oberflächlichen Ebene, aber doch mehr als ich.«

»Ich hätte nicht gedacht, dass meine Ehefrau sich den Kopf über die Kellnerinnen zerbricht«, antwortete er bissig.

»Das tue ich doch gar nicht. Ich möchte ja nicht als Bedienung arbeiten oder – ach, können wir nicht damit aufhören?«

Er zog die Augenbrauen hoch und sah sie an. »Ich weiß nicht. Können wir?«

»Ach, Liam. Es tut mir aufrichtig Leid.« Sie beherrschte ihren Drang, auf ihn zuzugehen. Und er sah auch nicht aus, als wäre ihm das willkommen. »Es war ein Fehler, deinen Brief zu lesen, aber du sagst mir ja nichts. Was würdest denn du machen, wenn du das Gefühl hättest, etwas beunruhigt mich, aber ich verschweige es dir?«

»Ich würde denken, dass du ein erwachsener Mensch bist und ein Recht auf deine Privatsphäre hast, und die würde ich respektieren.«

Er hätte ihr genauso gut eine Ohrfeige geben können.

Sie holte tief Luft. »Ich weiß nicht, was ich darauf sagen soll.«

»Und jetzt, da du über meine Probleme Bescheid weißt, wie willst du mir die Last von den Schultern nehmen?«

Sie schwieg, noch immer schwer getroffen.

»Siehst du«, fuhr er nach einer Weile fort. »Es geht nämlich nicht nur um mich, sondern auch um Joe. Vielleicht will er nicht, dass du alle seine Geheimnisse kennst.«

»Aber in dem Brief ging es doch nicht um Joe, oder?«, gab sie traurig zurück, war aber entschlossen, sich nicht unterkriegen zu lassen. »Die Post, die mit dem *Place* zu tun hat, geht doch sicher ans Lokal. Der Brief war an dich adressiert, an dich persönlich.«

»Richtig. Aber du hast ihn trotzdem gelesen.«

»Ja«, sagte sie müde. »Ich habe ihn trotzdem gelesen, und ich weiß, dass du die Hypothek auf dieses Haus erhöhen willst.«

Schweigen. Mit seinem dunklen Haarschopf stand er vor ihr, finster und wütend. Trotzdem wirkte er anziehend, und sie begehrte ihn. Diese Barriere zwischen ihnen musste unbedingt beseitigt werden.

»Warum?«, fragte sie flehentlich. »Warum, Liam, wo du doch weißt, dass ich von dem Haus in Iffley Geld bekomme.« Das Gespräch mit den Tanten und ihr Entschluss waren vergessen. »Warum lässt du dir nicht helfen?«

»Ich will mir nicht ›helfen‹ lassen.« Er sprach das Wort verächtlich aus. »Ich habe dieses Geschäft aufgebaut, und ob es Erfolg hat oder scheitert, ist allein meine Sache. Verstehst du das?«

»Ja, ja, ich verstehe. Aber spiele ich denn dabei überhaupt keine Rolle? Das Haus gehört zwar dir, aber wir wohnen beide darin. Wenn du die Hypothek auf das Haus erhöhst, setzt du es aufs Spiel. Es ist doch auch mein Zuhause.«

»So ist es. Aber ich werde dich schon nicht im Stich lassen. Du wirst lernen müssen, mir zu vertrauen.« Eine winzige Pause trat ein, und seine Anspannung schien sich ein wenig zu lösen. »Oder ist dir das unmöglich?«

»Nein, natürlich nicht.« Sie fühlte sich zu elend, um weiter zu widersprechen. Alles, was sie sich wünschte, war die alte Harmonie. »Das *Place* ist ein großer Erfolg ...« Sie hielt inne, aus Angst, das Tauwetter zwischen ihnen zu gefährden. »Es tut mir aufrichtig Leid, Liam.«

»Mir auch.« Es blieb unklar, ob er damit ihren Fehler meinte oder sich für sein Verhalten entschuldigen wollte. Doch er strich ihr leicht übers Haar, bevor er zur Tür eilte. »Ich habe einen Termin in der Stadt, und danach muss ich gleich ins Lokal. Wir sehen uns dann zum Abendessen.«

Die Tür schloss sich hinter ihm. Lyddie blieb reglos sitzen. Es war schrecklich, so verliebt zu sein, dass nichts anderes zählte als der heiß ersehnte Kuss. Sie rang die Hände, gedemütigt von diesem körperlichen Verlangen. Wenn er nur zurückkäme! Aber nur Bosun erschien in der Tür. Auf leisen Pfoten kam er zu ihr, setzte sich neben sie und bot ihr seine wohltuende Wärme an.

Am Spätnachmittag, als Jack und seine Familie beim Tee zusammensaßen, klingelte das Telefon. Mit einer resignierten Geste stand Jack auf und eilte in sein Arbeitszimmer. Hannah stieß einen ärgerlichen Seufzer aus. Dank ihrer hohen Agilität war sie mit ihren dreiunddreißig Jahren noch genauso schlank wie mit zwanzig. Sie war hübsch und kleidete sich modebewusst. Man konnte sie sich gut in einem schicken Restaurant in der Stadt vorstellen, aber sie schien absolut zufrieden mit ihrer Arbeit in der engen Küche des Internats im ländlichen Dorsetshire. Sie hatte vollauf damit zu tun, Jack, ihre Kinder und die acht Jungs zu versorgen. Daneben gab es noch einen Partyservice, auch wenn sie sich im Augenblick auf das Catering für kleinere Anlässe beschränkte. Sie war eine treusorgende Mutter, und sie liebte Jack, der sie gern neckte und mit seiner chaotischen Arbeitsweise schier zum Wahnsinn trieb. Aber sie wusste, dass Jack für seine kleine Familie alles tun würde. Daher suchte sie den Mittelweg zwischen Vorsicht und Freiheit, ohne die die Entfaltung der Kinder nicht möglich war.

Als Jack in die Küche zurückkam, wirkte er besorgt, doch er lächelte Toby an, während er sich wieder auf seinen Platz neben dem Hochstuhl seines Töchterchens setzte.

»Wer war dran?«, fragte Hannah, »und warum klingelt das Telefon immer ausgerechnet dann, wenn wir zusammen am Tisch sitzen? Das sieht ja fast wie eine Verschwörung aus.«

»Honig«, sagte Flora. »Nicht Marmelade. Nein, nein, nein …«

»Was hat dieses Wörtchen ›nein‹ bloß an sich«, sagte Jack und stellte das klebrige Honigglas mit geübtem Griff außer Floras Reichweite, »dass es die kindliche Phantasie derart beflügelt? Warum nicht ›ja‹ oder ›bitte‹? Das erste Wort, das unsere liebe Kleine gesprochen hat, war, glaube ich, ›nein‹. Nicht etwa ›Mama‹ oder ›Papa‹, wie bei anderen Kindern.«

»Es war ›hau ab‹«, erwiderte Hannah und legte ein Stückchen Toast mit Hefeaufstrich auf Tobys Teller, »und das haben wir Jackson junior zu verdanken.«

Toby blickte mit großen Augen seinen Vater an und formte die Worte mit den Lippen. Jack zwinkerte ihm zu.

»Ein entzückendes Kind war das«, sagte Jack und seufzte nachdenklich. »Wir haben ihm so viel zu verdanken.«

»Allerdings«, stimmte Hannah ernst zu. »Tobys Wortschatz hat sich durch ihn erstaunlich erweitert. Okay, Flora, wenn du es nicht isst, gebe ich es Caligula.«

Flora betrachtete den riesigen getigerten Kater, der lauernd auf dem Boden saß. Sie hatten ihn von dem früheren Geschichtslehrer übernommen. Wehleidig verzog Flora den Mund, ihre Augen füllten sich mit Tränen, und sie bäumte sich in ihrem Stuhl auf. Toby betrachtete seine Schwester voller Mitgefühl. Er wusste, dass ihr Stolz zuerst besänftigt werden musste, bevor sie nachgeben konnte.

»Das ist eine neue Marmelade«, redete er ihr gut zu. »Nicht die alte. Und sie schmeckt sehr, sehr gut.«

Floras Miene heiterte sich ein wenig auf, und sie setzte sich wieder in ihr Stühlchen. Murrend ließ sie sich mit einem winzigen Stück Marmeladenbrot füttern, ohne es wieder auszuspucken. Ihre Eltern atmeten erleichtert auf und lächelten einander an, als wäre eine große Leistung vollbracht.

»Toby ist wie geschaffen für den diplomatischen Dienst«, meinte Jack.

»Da hast du Recht«, pflichtete Hannah ihm bei. »Aber wer war eigentlich am Telefon?«

»Stimmt!« Jacks Miene wurde wieder ernst. »Lyddie hat angerufen. Sie kann uns jetzt doch nicht besuchen.«

»Ach nein!« Hannah stellte ihre Tasse ab und sah ihren Mann enttäuscht an. »Und warum nicht?«

Er zögerte. »Ich weiß nicht genau. Sie klang irgendwie bedrückt, versicherte aber, es sei nichts. Sie meinte nur, im Augenblick stürze alles auf sie ein und sie könne unmöglich weg.«

»So was Blödes!«, meinte Hannah enttäuscht. »Ich hatte mich so gefreut.«

»Ich wollte ihr mein neues Fahrrad zeigen«, warf Toby traurig ein. »Und ein Bild habe ich auch schon für sie gemalt.«

»Flora wollte ihr neues Lieblingswort vorführen«, sagte Jack, um die Runde ein wenig aufzuheitern. »Stimmt's, meine Kleine?«

Flora sah ihn finster an und kaute mit vollen Backen. Er grinste sie an.

»Was für ein neues Wort?«, erkundigte sich Toby interessiert.

»Jack!«, mahnte Hannah. »Es reicht. Meinst du wirklich, bei Lyddie ist alles in Ordnung?«

»Eigentlich nicht«, erwiderte Jack. »Aber sie wollte nicht darüber reden. Die gute Nachricht lautet: Sie hat zugesagt, nach Ottercombe zu kommen, wenn wir am Samstag da sind. Sie möchte die Tanten sehen, und ich habe gedroht, ihr Flora aufzuhalsen, wenn sie nicht auftaucht.«

»Na, das ist immerhin etwas«, meinte Hannah. »Richtig unterhalten kann man sich aber dann nicht.«

»Bringt sie Bosun mit?«, fragte Toby aufgeregt. »Das wäre schön! Flora, du magst ihn doch auch, stimmt's? Ich hätte so gern einen Hund!«

»Ich weiß«, sagte Hannah. »Das hast du schon des Öfteren erwähnt.«

»Ja, und zwar zu jeder vollen Stunde. Lyddie bringt auf jeden Fall den Hund mit. Dann kannst du mit ihm hinunter zum Strand.«

»Das Meer.« Toby war ganz aufgeregt. »Flora! Wir fahren ans Meer.«

»Kik«, verlangte Flora drohend und hämmerte auf ihr Tischchen. »Kik!«

»Wir gehen mit Flora schwimmen«, sagte Jack strahlend. »Gibt es denn keine wissenschaftliche Forschung, die belegt, dass Kleinkinder nicht ertrinken können? Sollen wir's mal ausprobieren?«

»Führ mich nicht in Versuchung«, meinte Hannah, reichte Flora einen Keks und fing an, einen Apfel zu schälen. Dann gab sie ihrem Sohn einen Schnitz. »Iss, Tobes, und dann machen wir alle zusammen einen Spaziergang. Alle«, wiederholte sie mit Nachdruck, als Jack hastig seinen Tee austrank und einen Blick auf die Uhr warf. »Das wird uns gut tun.«

Jack zog Grimassen, was Toby zum Lachen brachte, und selbst Hannah musste unwillkürlich grinsen.

»Ein hoffnungsloser Fall«, sagte sie. »Achtjährige Jungs sind ein besseres Vorbild als du. Schluss jetzt, Flora, es reicht mit den Keksen. Jetzt einen Apfelschnitz. Wenn du fertig bist, gehen wir runter zum Fluss. Du kannst dein Fahrrad mitnehmen, Toby. Daddy nimmt dich Huckepack, Flora. Das gefällt dir doch.«

Flora fand, sie hätte ein natürliches Anrecht darauf, dass ihr Kopf alle anderen überragte. Und so verzehrte sie jetzt voller Begeisterung ihren Apfel. Jack sah seine Frau an.

»Vielen Dank«, sagte er. »Es gibt nichts, was mir mehr Spaß macht, als wenn mir die Ohren platt gedrückt werden und mir Floras Schühchen auf den Brustkorb hämmern.«

»Dann ist ja alles bestens«, erwiderte Hannah gleichmütig. »Ich will, dass alle glücklich sind. Jetzt geh ich schon mal die Mäntel holen. Und stibitze nicht die letzten Schokoladenkekse, Jack. Ich weiß ganz genau, wie viele es waren.«

Sie verließ die Küche, und eine Weile hörte man nur das Schmatzen Floras, die ihren Apfel aß. Toby war bereits fertig und strahlte seinen Vater an, der ihm kameradschaftlich zuzwinkerte.

»Sag mal, Tobes«, fragte er nachdenklich, »hast du schon mal das Wort ›Hexe‹ gehört?«

11

Nest schreckte mit Herzklopfen aus dem Schlaf hoch und spähte nach der Uhr. Noch bevor sie die Leuchtziffern ablesen konnte, wusste sie, dass die Nacht vorbei war. Durch die Vorhänge drangen die Strahlen der Morgensonne, die den Raum in ein rosiges Licht tauchten und Mahagoni und Glas funkeln ließen. An einem solchen Morgen hing der Nebel noch in der Schlucht, und nur die Baumwipfel ragten aus den Dunstschwaden, während das Meer unter der klammen Nebeldecke auf die Sonne wartete, die sich nun in Nests Zimmer stahl.

In den ersten Monaten nach dem Unfall hatte sie sich so hilflos gefühlt, dass sie Nacht für Nacht von Albträumen heimgesucht wurde. Was, wenn im Haus ein Brand ausbrach? Oder wenn ein Einbrecher ins Haus drang? Bewegungsunfähig und wehrlos, war sie ihren Ängsten ausgeliefert. Jack und Mina versuchten mit pragmatischen Maßnahmen dagegen anzugehen: Es wurde ein hochmoderner Rauchmelder installiert, und die Fenster wurden mit Gittern versehen. Der große Frühstücksraum, der seit Lydias Tod kaum genutzt wurde, war das ideale Schlafzimmer für Nest. Da es neben der Küche lag, konnte man es ohne großen Aufwand auf ihre Bedürfnisse abstimmen und sogar ein kleines Bad einbauen. Günstig war auch die Lage im Erdgeschoss, was allerdings

Nests nächtliche Ängste noch steigerte. Mina erlaubte nicht, dass sich Nest einschloss, aber die Fenstergitter beruhigten die Kranke doch ein wenig.

»Es ist verrückt!«, rief Nest unter Tränen der Verzweiflung. »Vor dem Schlafengehen ist alles in Ordnung. Es muss an der Dunkelheit liegen ...« Und Mina erinnerte sich, dass Nest als Kind nachts geschrien hatte, wenn Mutter ihnen unheimliche Geschichten vorgelesen hatte. Die Vorstellung, dass ein Räuber mit einem Messer in der Hand auf leisen Sohlen über den mondbeschienenen Fußboden schleichen könnte, ließ die kleine Nest in ihrem dunklen Bett nicht los. Nach einem solchen Albtraum hatte sie für den Rest der Nacht bei Mina schlafen dürfen. An die Behinderung nach ihrem Unfall hatte sie sich inzwischen gewöhnt, aber die schrecklichen Träume und Angstzustände peinigten sie noch immer.

Als sie nun auf die Uhr sah, erstarrte sie vor Schreck. Sie war nicht allein. Das Blut dröhnte ihr in den Ohren, als sie versuchte, die dunkle Gestalt neben der Tür zu erkennen. Sie stand reglos da und wartete, doch in der atemlosen Stille spürte Nest, dass der Eindringling verwirrt war. Einen kurzen Augenblick hoffte sie inständig, es sei nur ein besonders lebhafter Traum, aber noch bevor sie den Gedanken verwerfen konnte, bewegte sich die Gestalt: Lautlos wurde der Türknauf gedreht, ein Lichtbalken fiel auf den Boden, dann schloss sich die Tür mit einem leisen, aber vernehmlichen Klicken. Schweißgebadet wie sie war, empfand Nest grenzenlose Erleichterung. Sie schluckte mehrmals, schloss die Augen und atmete tief durch. Schließlich schlug sie die Decke zurück, zog sich langsam an und fuhr mit ihrem Rollstuhl zum Frühstück in die Küche.

Hier war es beruhigend hell und freundlich. Nogood Boyo lief schwanzwedelnd zu ihr, Nest streichelte ihn und wünschte ihren Schwestern einen guten Morgen.

Georgie war in einen Katalog vertieft, aber Mina legte die Zeitung beiseite und lächelte Nest an.

»Jack hat gestern Abend eine E-Mail geschickt«, erzählte sie. »Sie kommen am Samstag und bleiben den ganzen Tag. Und Lyddie hat sich auch angekündigt. Sind das nicht gute Nachrichten?«

Nest schob den Wasserkessel auf die Kochplatte. Minas Freude wirkte ansteckend.

»Großartig«, erwiderte sie fröhlich. »Was sagst du dazu, Georgie? Wie lange hast du Toby und Flora nicht mehr gesehen? Seit Floras Taufe, oder?«

»Das war ein Tag«, erinnerte sich Mina. »War es nicht eine glänzende Idee, sie in der Kapelle der Schule taufen zu lassen?«

»Weißt du noch, Georgie?«, hakte Nest nach, als Georgie mit unsicherer Hand eine Seite im Katalog umblätterte. »Erinnerst du dich an Flora?«

»Natürlich tut sie das.« Mina wollte sich ihre Hochstimmung nicht verderben lassen. »Und an den süßen Toby auch.«

»Wann kommen sie?«, erkundigte sich Georgie. »Wann …?«

Mit leerem Blick, den Kopf geneigt, saß sie da und lauschte. Mina warf Nest einen verzweifelten Blick zu. Nest rollte mit ihrem Stuhl zu Georgie und legte ihr die Hand auf den Arm. Sie sah die frischen Eigelbflecken auf dem braunen Pullover und das ungekämmte, wirre Haar ihrer Schwester.

»Georgie«, sagte sie leise und rüttelte ihren schlaffen Unterarm, »Jack und Hannah kommen am Samstag. Ist das nicht schön?«

Georgies Blick wanderte von Nests Hand zu ihrem Gesicht. »Ich kenne ein Geheimnis«, sagte sie und lächelte überlegen. »Ich kenne ein Geheimnis.« Ihre Stimme klang nun kräftiger, und Nest bekam plötzlich Angst.

Mina stand auf. »Ja«, sagte sie mit gezwungener Fröhlichkeit. »Am Samstag. Das wird ein Spaß.« Dann rief sie die Hunde und ging in den Garten hinaus. Nach einer Weile wandte sich Georgie wieder ihrem Katalog zu, als sei nichts geschehen. Nest kehrte nachdenklich an den Herd zurück, um sich Kaffee zu kochen.

»Es war Georgie«, sagte sie zu Mina, als sie später allein im Wohnzimmer saßen. »Du kommst nie in mein Zimmer, ohne anzuklopfen. Wer soll es sonst gewesen sein?«

»Sie ist verwirrt«, erwiderte Mina. »Das weißt du selbst. Meine Güte …«

»Aber warum steht sie im Dunkeln da und sagt keinen Ton? Ich habe einen solchen Schreck bekommen.« Nests Angst hatte sich in Wut verwandelt. »Wenn sie anfängt, hier herumzuschleichen, möchte ich ein Schloss an meiner Tür. Nächstes Mal geistert sie mitten in der Nacht durchs Haus. Kannst du dir vorstellen, wie schlimm es ist, aufzuwachen und zu merken, dass jemand im Zimmer ist?«

»Ja, das kann ich mir durchaus vorstellen«, antwortete Mina bekümmert. »Es tut mir so Leid.«

»Du kannst nichts dafür«, meinte Nest, nun ihrerseits schuldbewusst. »Natürlich nicht. Aber ich komme damit nicht zurecht.« Schweigen. »Mina. Glaubst du, dass Georgie etwas … weiß?«

Jetzt kamen ihre eigentlichen Befürchtungen zum Vorschein. Mina und Nest sahen sich an.

»Keine Ahnung.«

»Aber niemand außer uns wusste Bescheid«, erklärte Nest mit Nachdruck. Sie warf einen Blick auf die geschlossene Tür und fuhr leise fort: »Nur du und ich und Mama.«

»Ich habe es Georgie bestimmt nicht erzählt«, entgegnete Mina mit fester Stimme.

»Ob Mama es ihr gesagt hat?«

»Das kann ich mir nicht vorstellen. Aber vielleicht hat Georgie irgendwo etwas … gehört.«

»Mein Gott!«

»Nur keine Panik«, sagte Mina hastig. »Offensichtlich leidet sie unter Wahnvorstellungen. Altersdemenz … Ich weiß nicht, was sie mit dem Satz gemeint hat, aber es wäre Unsinn, voreilige Schlüsse zu ziehen. Wahrscheinlich glaubt sie einfach, irgendetwas zu wissen. Schließlich gibt es noch andere Geheimnisse auf der Welt.«

Nest blickte hinaus in den Garten. »Ich wünschte, du hast Recht.«

»Und bitte, schließ deine Tür nicht ab«, bat Mina. »Ich würde mir solche Sorgen machen. Wenn du etwas hörst, dann läute einfach. Dafür ist die Glocke schließlich da. Ich weiß, dass du vor Überraschung wie gelähmt warst, aber nächstes Mal –«

»Ich hoffe, es gibt kein nächstes Mal«, entgegnete Nest grimmig.

Durch die offene Glastür rollte sie hinaus auf die Terrasse. Mina strich gedankenverloren über das Nähkästchen ihrer Mutter. Es war aus Rosenholz und hatte, solange sie denken konnte, hier neben ihrem Sessel gestanden.

Timothy schafft es, noch einmal nach Ottercombe zu kommen, bevor er nach Europa zurückkehren muss. Ambrose und Georgie wohnen nun ständig in London, einer benutzt den anderen, um seine Ziele zu erreichen. Da Benzin rationiert ist und Reisebeschränkungen bestehen, haben sie gute Gründe, sich vor der langen Fahrt ins Exmoor zu drücken. Timothy findet trotzdem Mittel und Wege herzukommen: Er nimmt den Zug nach Barnstaple, erreicht den letzten Anschluss nach Parracombe und legt den Rest, beinahe vier

Meilen quer durchs Moor, zu Fuß zurück. An einem stürmischen Märztag kommt er spät abends an. Nur Lydia und Mina sind noch auf. Die glühend heiße Sonne eines fremden Landes hat ihn braun gebrannt, sein Haar ist wie Stroh gebleicht. Er sieht so aufregend und romantisch aus, wie Mina ihn in Erinnerung hat.

Lydia kann ihre Freude kaum bändigen, sie läuft ihm durch den Flur entgegen und wirft sich in seine Arme. Timothy, der eine härtere Schule hinter sich hat, drückt Lydia an sich, während er ihrer Tochter die Hand entgegenstreckt.

»Hast du dir Sorgen gemacht?«, fragt er, und auch seine Augen lächeln. »Hast du Angst um mich gehabt, weil ich nachts das Moor durchquere, wo ich dem bösen Carver Doone oder Tom Faggus begegnen könnte?«

Mina muss lachen. Sie freut sich, dass die alte Vertrautheit so schnell wiederhergestellt ist. Und sie ist gerührt, weil er noch weiß, dass in ihrer Welt vor allem Romanfiguren zu Hause sind.

»Ich war besorgt«, gibt sie zu. »Als du aus Barnstaple angerufen hast, hörte ich ein Tuten, und das Gespräch war unterbrochen. Wir wussten, dass du von Parracombe aus zu Fuß gehen musst, aber ich habe Mama versichert, das sei nichts im Vergleich zu deinen sonstigen Gewaltmärschen.« Sie schenkt ihrer Mutter ein nachsichtiges Lächeln. Lydia ist jetzt ruhiger, nur in ihren Augen liegt ein seltsamer Glanz, und ihre Wangen sind gerötet. »Aber den Kleinen haben wir nichts gesagt, stimmt's, Mama? Sonst wären sie nie zu Bett gegangen.«

»Du hast bestimmt Hunger«, meint Lydia. Timothy lächelt sie an, sie können den Blick nicht voneinander wenden. Aber Mina ist schon in die Küche vorausgelaufen.

»So ein Glück«, ruft sie ihnen zu, »dass es zur Farm nicht weit ist. Dort bekommen wir Sahne, Eier und Käse. Und

Jenna – du kennst doch Jenna? – bringt uns manchmal ein Hühnchen oder ein paar Kaninchen, wenn Seth etwas geschossen hat. Ich glaube, in Kriegszeiten ist es auf dem Land besser, obwohl uns Georgie für Langweiler hält. Hast du Papa und Georgie in London gesehen?«

»Nein.« Inzwischen haben sich alle drei in der Küche versammelt. »Nein, ich habe den Zug nur knapp erreicht. Geht es ihnen gut?«

»Ja, ja.« Mina plaudert munter weiter, während das Wasser auf dem Herd kocht und sie ein einfaches Essen zubereitet. »Jedenfalls haben sie die Bombenangriffe überlebt. Mama hat versucht, Georgie heimzuholen. Sie meint aber, es sei ein großes Abenteuer, und will unbedingt bei Papa bleiben. Sie möchte, dass ich auch nach London komme, aber Mama braucht mich, ich unterrichte die Kinder. Aber Henrietta und Josie sind allmählich zu groß, sie kommen im Herbst aufs Internat. Timmie nimmt in Trentishoe Unterricht beim Vikar. Papa sagt, er muss auch bald aufs Internat …«

Sie wirft einen Blick über die Schulter, als sie merkt, dass niemand außer ihr spricht. Timothy und Lydia lächeln, aber es liegt eine gewisse Spannung in der Luft.

»Du musst schrecklich müde sein«, sagt Mina zu Lydia. »Wir haben den ganzen Nachmittag in der Schlucht Holz gesammelt, um den Wohnzimmerkamin anzuschüren. Warum nimmst du dir dein Essen nicht auf einem Tablett mit rüber? Es ist schon fertig.«

»Das ist eine gute Idee. Obwohl der Herd an ist, wird es hier nicht richtig warm.« Tatsächlich zittert Lydia, als sie Mina umarmt. »Gute Nacht, mein liebes Kind. Es ist schon spät, und morgen haben wir viel zu tun. Geh du jetzt auch ins Bett.«

»Das Haus ist voll.« Mina gibt auch Timothy einen Kuss. »Unsere Cousinen sind mit ihren Babys hier. Du musst Papas Ankleidezimmer nehmen. Es ist ziemlich klein, aber wir haben es gemütlich hergerichtet, nicht wahr, Mama?«

»Richtig gemütlich.« Lydia lächelt. »Keine Angst. Heute Nacht wird er gut schlafen.«

Sie wirft Timothy einen schelmischen Blick zu, aber er wirkt nachdenklich, ja geradezu ungeduldig. Trotz ihrer Freude über Timothys Heimkehr fühlt sich Mina plötzlich als fünftes Rad am Wagen. Lydia greift nach dem Tablett, und Timothy folgt ihr durch den Flur. Keiner von beiden schaut Mina nach, als sie die Treppe hochsteigt und droben auf der Galerie ein letztes Mal »gute Nacht« flüstert.

Die Kinder sind außer sich vor Freude, als Timothy zum Frühstück erscheint. Sogar Henrietta und Josie begraben ihre Streitereien und sind sofort wieder auf vertrautem Fuß mit ihm. Er hat jeder einen hübschen, geblümten Seidenschal mitgebracht – Henrietta einen blauen, Josie einen grünen. Entzückt, dass sie nicht mit den Kleinen in einen Topf geworfen werden, und begeistert über die schillernde, zarte Seide, eilen sie davon, um nach einem Kleid zu suchen, das solcher Pracht gerecht wird.

»Wie klug von dir«, meint Mina erleichtert, »dass du beiden dasselbe schenkst. Sonst hätte es wieder Streit gegeben.«

Sie bemerkt nicht die zärtlichen Blicke, die Lydia und Timothy wechseln, und sie weiß nicht, dass die Geschenke nach Mamas Ratschlägen ausgesucht sind. Timmie packt das Modell einer Spitfire aus, eine Überraschung, die ihm die Sprache verschlägt. Nest erhält eine bezaubernde Stoffpuppe mit mehreren Kleidern zum Wechseln.

»Wie hat das alles bloß in diese kleine Reisetasche gepasst?«, wundert sich Mina. Da sie nun groß ist, kommt ihr gar nicht in den Sinn, dass er auch ihr etwas mitgebracht haben könnte. Und sie ahnt nicht, dass auch Mama insgeheim bedacht worden ist. Mit aufrichtiger Freude sieht sie zu, wie sich die Kleinen mit ihren Spielsachen beschäftigen. Timothy wartet, bis sie allein sind.

»Ich habe auch etwas für dich«, sagt er, als sie in der Küche Kartoffeln schält. Jean und Sarah sind mit den kleineren Kindern an den Strand gegangen, und im Haus ist es still. Er überreicht ihr ein Päckchen und beobachtet, wie sie sich rasch die Hände abtrocknet, bevor sie das Buch aus der Geschenktüte zieht. Schon allein die Tatsache, dass es sich um ein Buch handelt, doppelt kostbar in diesen Zeiten, entlockt ihr einen Freudenschrei. Dann liest sie den Titel. »Nein, eine M.J. Farrell!«, ruft sie. »Das ist das Allerschönste, was du mir schenken konntest. Zwei habe ich bereits, es sind meine Lieblingsbücher. Sie zerfallen schon, so oft habe ich sie gelesen. Das ist bestimmt ihr neuestes Werk. Danke.« Und sie schließt ihn in die Arme. »Du hast mir doch hoffentlich eine Widmung reingeschrieben?« Hastig sieht sie nach und strahlt ihn an. »Ich kann es gar nicht erwarten, damit anzufangen.«

»Das musst du noch ein Weilchen aufschieben.« Wie immer rührt ihn ihre Herzlichkeit und ihre Ähnlichkeit mit Lydia. »Ich möchte, dass du ein paar Fotos für mich machst.«

»Ich?«, fragt sie überrascht, aber geschmeichelt. »Darin bin ich nicht besonders gut«, warnt sie ihn. »Ich schneide den Leuten die Köpfe und Füße ab, aber ich werd's versuchen.«

»Braves Mädchen. Die meisten Kinder sind schon unten am Strand, aber Nest und Mama sind hier. Du kannst mit ihnen üben, und wenn die anderen zurückkommen, bist du eine erfahrene Fotografin.«

Wieder betrachtet sie das Buch, diesen kostbaren Schatz, und steckt es vorsichtig wieder in die Tüte.

»Komm«, sagt er, »solange wir noch Sonne haben.« Und sie folgt ihm durch den Flur hinaus in den Garten.

Vier Monate später überbringt ausgerechnet Ambrose die Nachricht. An einem schwülen Julinachmittag ruft er aus London an. Nichts ahnend hält er sich für denjenigen, der Mitgefühl braucht: Schließlich hat er einen guten Freund verloren.

»Er war einer der Besten«, sagt er immer wieder, bis Lydia am liebsten aufgelegt hätte. »Der arme alte Timothy, ich habe immer gedacht, Unkraut vergeht nicht. Er wird mir fehlen. Solche wie ihn findet man heute nicht mehr. Einer der Besten …«

Als Mina hereinkommt, sitzt Lydia reglos im Wohnzimmer. In der Hand hält sie seinen letzten Brief, der vor einer Woche gekommen ist, und streicht ihn glatt. Mit leerem Blick starrt sie Mina an.

»Mama …?«

»Er ist tot«, sagt sie in beinahe sachlichem Ton. »Tot.«

Mina weiß sofort, dass sie von Timothy spricht, nicht von Papa. Rasch geht sie hinaus auf den Flur, wo die Kinder sich mit Käschern und Eimern zu schaffen machen und zanken.

»Geh mit ihnen ins Frühstückszimmer«, sagt sie zu Henrietta, »und bitte Jean oder Sarah, euch Tee zu machen. Mama geht es nicht gut.«

Im Wohnzimmer sitzt Lydia immer noch wie erstarrt auf ihrem Sessel neben dem Nähkästchen. Mina holt sich einen Hocker und setzt sich zu ihr, nimmt ihr vorsichtig den Brief aus den Händen und legt ihn auf das Nähkästchen. So sitzen sie beisammen, Mina hält Mamas eiskalte Hände, während die Sonne langsam hinter den Klippen untergeht und die Dämmerung sich über den Garten herabsenkt.

Kein Wort fällt. Die Tränen kommen später.

12

»Vielleicht sollten wir Helena Bescheid sagen, dass wir mit Georgie nicht zurechtkommen«, meinte Mina, als sie und Nest nach dem Mittagessen aufräumten. »Wenn es ein Abbauprozess ist, dann vollzieht er sich in mehreren Stufen. Heute geht es noch, aber morgen wachsen uns die Probleme über den Kopf. Ich hätte mich gar nicht erst darauf einlassen sollen.«

»*Wir* haben uns darauf eingelassen«, betonte Nest. »Es war eine gemeinsame Entscheidung. Nur dass sie in mein Zimmer gekommen ist –«

»Ich weiß«, erwiderte Mina rasch. »Bestimmt hat sie nichts Böses im Sinn gehabt. Aber du hattest schon immer eine lebhafte Phantasie.«

Nest kicherte. »Das gilt ja für uns beide. Was haben wir nicht alles gelesen. Und die Romanhelden, in die ich verliebt war! Mr Rochester. Steerforth. Ralph Hingston. Weißt du noch, wie uns Mama *Portrait of Clare* vorgelesen hat? In Ralph war ich richtig verknallt.«

»Du meine Güte, ja.« Auch Mina musste kichern. »Albert Campion. Berry. Richard Hannay. Und Peter Wimsey …«

»Worüber lacht ihr?« Georgie stand in der Tür.

»Ach, nichts Besonderes.« Nest dachte an die kleinen erbitterten Machtkämpfe der Kindheit und widerstand dem

Impuls, ihre älteste Schwester auszuschließen. »Es ging nur um all die Leute, in die wir schon verliebt waren. Wir haben rumgealbert.«

»Komisch, dass ausgerechnet du das sagst.« Georgie trat in die Küche und lächelte hintersinnig. »Ich habe gerade vorhin erst an Tony Luttrell gedacht. Erinnerst du dich an ihn, Mina?«

»Ja«, sagte Mina nach einer Weile. »Natürlich erinnere ich mich an ihn.«

»Ich auch, glaube ich.« Nest runzelte nachdenklich die Stirn. »Aber da muss ich noch klein gewesen sein. Wie merkwürdig! Ich sehe ihn mit Mama vor mir, er war schrecklich aufgeregt ...« Zu spät bemerkte sie den bitteren Ausdruck auf Minas Gesicht und wechselte hastig das Thema. »Wir wollten rausfahren, Georgie«, sagte sie. »Zum Valley of the Rocks. Vielleicht haben sogar *Mother Meldrum's Tea Rooms* noch geöffnet ...?«, plapperte sie weiter, während Georgie ihre Schwestern aufmerksam, ja geradezu amüsiert musterte.

»Ganz bestimmt.« Mina hatte offenbar die Fassung wiedergewonnen. »Bei dem Wetter haben sie auch noch nach den Herbstferien offen. Vielleicht müssen wir ein Stück gehen, also nimm eine warme Jacke mit, Georgie. Ich hole die Hunde, Nest, dann packen wir deinen Rollstuhl in den Bus.«

Langsam fuhren sie die steile Einfahrt hinauf, bogen links ab Richtung Lynton und fuhren dann auf der Hauptstraße die Klippe entlang, die jäh zum Bristolkanal abfiel. An diesem Nachmittag glitzerte das Meer in der Herbstsonne, die Wellen brachen sich schäumend an den schroffen Felsen. Das welkende Farnkraut färbte das Moor in allen Schattierungen von Rostbraun und Gelb, sodass scheue Hirsche hier Deckung fanden. Ein Schwarm Möwen wiegte sich auf den saphirblauen Wellen, während andere höhnisch kreischend von schwindelerregenden Ruheplätzen an der Felswand herabblickten.

Als sie bei Holdstone Down Cross auf die schmale Straße abbogen, die zur Kirche von Trentishoe führte, dachte Nest über Minas Reaktion auf Georgies Bemerkung nach. Sie freute sich an dem Stechginster, der leuchtend gelb blühte, und an den Finken, die auf der Suche nach Bucheckern umherflatterten. Dennoch wurde sie das Gefühl nicht los, dass sie vorhin unabsichtlich auf ein Geheimnis gestoßen war.

Tony Luttrell, dachte Nest. Und ob ich mich an ihn erinnere!

Sie hielt sich an Georgies Rückenlehne fest und beruhigte mit leisen Worten die Hunde, als es neben der Kirche steil bergab ging, vorbei an der Natursteinmauer eines Cottage und an der alten Farm mit den modernisierten Nebengebäuden. Die Straße, die hinunter in die Schlucht führte, war nur einspurig befahrbar. Vor ihrem geistigen Auge sah Nest einen jungen Mann, der mit Mina und Mama lachend auf der Terrasse stand. In der einen Hand hielt er lässig eine Zigarette, mit der anderen untermalte er gestikulierend die Szene, die er gerade schilderte. Ein schmales Gesicht mit einem ausdrucksvollen Mund. Tony Luttrell. Wie seltsam, dass Georgie nach all den Jahren plötzlich an ihn dachte.

»Ich hatte ganz vergessen«, sagte Georgie bedächtig, als sie auf einen Waldweg im Heddon Valley einbogen. »Ich hatte ganz vergessen, wie schön es hier ist.«

Die beiden anderen freuten sich, und während sie zwischen steilen Felsen dahinfuhren, auf denen die ordentlich beschnittenen Buchenhecken in herbstlichem Goldbraun leuchteten, stellte sich für eine Weile eine alte Vertrautheit ein.

Wie ein Stummfilm entfalteten sich Nests Erinnerungsbilder. Die junge Mina neben Tony Luttrell in Uniform auf dem Sofa im Wohnzimmer. Tony im Smoking, an seinem Arm Mina in einem Hauch von rosafarbenem Chiffon. Nest runzelte die Stirn. Ja, auch sie hatte ihn gemocht. Er war immer sehr nett gewesen, hatte mit ihr und Timmie Räuber und Gendarm gespielt, und – ja, genau! – er besaß einen flotten offenen Sportwagen, richtig romantisch. Als Kinder hatten sie sich abwechselnd hinter das Steuer gesetzt und so getan, als würden sie eine Spritztour machen. Timmie hatte Tonys hellgelbe Lederhandschuhe angezogen, viel zu groß für seine kleinen Hände.

Nest lächelte versonnen, während sie langsam die Ausflügler umrundeten, die vor dem *Hunter's Inn* aus dem Bus stiegen. Einige steuerten den Andenkenladen an, andere hatten sich offenbar eine richtige Wanderung vorgenommen.

»Hier könnten wir auf dem Rückweg eine Kleinigkeit essen«, schlug Mina vor. »Jan ist immer so reizend, und Georgie hätte bestimmt Spaß an Charlie, dem Pfau. Was meinst du, Nest?«

»Hm? Ach ja, stimmt. Sehen wir mal, wie spät es ist, wenn wir bei Mother *Meldrum's* ankommen. Erinnerst du dich noch an die wilden Pfauen, Georgie?«

»Natürlich«, entgegnete Georgie mürrisch und gereizt wie immer, wenn sie sich wie eine Fremde behandelt fühlte.

Schon war die brüchige Harmonie gefährdet, und Nest beschlichen die altbekannten Schuldgefühle.

»Tut mir Leid«, sagte sie leise. »Wie dumm von mir …« Sie tätschelte Polly Garter, die auf einer Decke zu ihren Füßen lag.

»Gleich sind wir da«, verkündete Mina, als sie die grünen Klippen oberhalb von Woody Bay überquerten und Nest sich den Hals verrenkte, um einen Tanker zu erspähen, der von Avonmouth abgelegt hatte, um gemächlich den Bristolkanal zu durchqueren. Über den walisischen Bergen jenseits des Kanals lag eine geheimnisvolle träumerische Stille.

Georgie ließ sich von der Schönheit der Landschaft in den Bann ziehen. Auf der bemoosten Brücke hielt Mina kurz an, sodass sie den Wasserfall bewundern konnten, der sich, flankiert von Erlen und Haselsträuchern, über schroffe Felsen ergoss.

»So ein Blödsinn«, meinte sie und deutete auf das Mauthäuschen oberhalb von Cuddycleave Wood.

Schweigend beobachtete sie, wie Mina die Maut bezahlte. Langsam fuhr der Bus vorbei an der Lee Abbey und weiter auf einer schmalen Talstraße zwischen schroffen Felsformationen. Stimmen aus der Kindheit klangen Georgie im Ohr, Bilder von anderen Autofahrten mit zappeligen Geschwistern kamen ihr in den Sinn. Damit Papa sich auf die Straße konzentrieren konnte, hatte Mama die Kinder mit kleinen Spielen abgelenkt: »Ich sehe was, was du nicht siehst«, »Wer von euch entdeckt wohl als Erstes ein Pony?« oder: »Ein Schokoladenkeks für den, der als Erstes einen Bussard erspäht«. Und Georgie hielt die Nase an die Scheibe gepresst, fest entschlossen zu gewinnen.

»Castle Rock!«, rief sie jetzt triumphierend. Wieder war sie die Erste, eifrig ihre Ortskenntnis unter Beweis stellend. »Schau, Mina. Siehst du die Ziegen? Droben auf dem Rugged Jack?«

Erleichtert über Georgies geistige Klarheit, gönnte Mina ihrer Schwester den Triumph und wies Captain Cat scharf zurecht, der etwas gegen die Ziegen zu haben schien. Georgie erspähte auch noch White Lady, und damit war ihre gute Laune vollends wiederhergestellt.

Nest beobachtete die Wildziegen, die sich auf den felsigen Ginsterhängen tummelten, und ihre Gedanken wanderten wieder in die Zeit vor sechzig Jahren zurück. Zu Tony, der mit verzweifelter Miene Mama anflehte, und zu Mina, die in Tränen ausbrach. Warum? Hatte Mama ihrer Tochter die Heirat verboten?

Doch die Vergangenheit gab ihre Geheimnisse nicht preis. *Mother Meldrum's* hatte geöffnet, und so hielten sie an, um einzukehren.

Als Georgie abends, erschöpft von dem Ausflug, im Bett lag und auch Nest sich endlich zur Ruhe begeben hatte, zog sich Mina erleichtert in ihr Zimmer zurück. Am Abend zuvor hatte sie keine Nachricht von Elyot bekommen, und allmählich fürchtete sie, dass ihre Einladung nach Ottercombe zu forsch gewesen war. Vielleicht fiel es ihm schwer, eine höfliche und doch glaubhafte Absage zu formulieren?

»Puh, puh, puh«, stöhnte sie, während sie sich auszog. Den Bus durch abschüssiges Gelände zu lenken fiel ihr nicht mehr so leicht wie früher; Nacken und Arme schmerzten. Wie sollten sie in dieser abgelegenen Gegend zurechtkommen, wenn sie, Mina, nicht mehr Auto fahren konnte?

Mina verscheuchte diese beunruhigenden Gedanken, ließ sich von dem vertrauten Anblick lieb gewordener Dinge trösten und sprach leise mit den Hunden, die sich gähnend auf ihren Lagern ausstreckten. Die Verzweiflung lauerte, vergällte einem Augenblicke des Glücks und zerstörte die gerade gewonnene Zufriedenheit. Ächzend kleidete sie sich aus, dankbar für die Wärme des Heizkörpers. Zentralheizung und Elektrizität hatten in Ottercombe erst spät Einzug gehalten. Mina erinnerte sich noch gut an eiskalte Schlafzimmer, wo man sich unter der Bettdecke anzog, und an das Feuer im Wohnzimmer, um das sich im Winter alle drängten. Richtig warm wurde es nur in der Küche, wenn der Holzofen brannte, der später durch einen ölgefeuerten Herd ersetzt wurde.

Nun hüllte sie sich in ihren langen flauschigen Morgenmantel. Ihr Herz klopfte, als sie den Computer einschaltete und ihre E-Mails abrief. Fünf neue Nachrichten, eine davon von Elyot. Erleichtert öffnete sie seine Mail und überflog sie.

Von: Elyot
An: Mina

Hier läuft es zur Zeit nicht besonders gut. Gestern kam die Pflegerin, um nach Lavinia zu sehen, sodass ich mir für ein paar Stunden die Beine vertreten konnte. Momentan haben wir eher Mai als Oktober, nicht wahr? Ich habe eine wunderbare Wanderung durch die Berge unternommen, aber unglücklicherweise habe ich auf der Rückfahrt ein parkendes Auto gestreift, das hat mich ziemlich mitgenommen. Der Besitzer, ein junger Mann, sagte ganz unverblümt, »alten Knackern« wie mir sollte man den Führerschein abnehmen. Ich fühlte mich richtig gedemütigt. Schlimmer noch, als ich heimkam, war die Pflegerin in großer Sorge und meinte, Lavinias Zustand habe sich verschlechtert und ich würde der Situation vielleicht nicht mehr lange gewachsen sein.

Meine liebe Freundin, ich kann dir versichern, dass ich nach dem Weggang der Pflegerin schrecklich niedergeschlagen war. Erst der dumme Unfall und dann auch noch diese Nachricht. Die frisch aufgetankte Energie war dahin. Was soll nur werden, wenn ich nicht mehr fahren kann? Wie soll ich es über mich bringen, Lavinia in ein Heim zu geben? Gestern Abend war ich einfach zu traurig, um dir zu antworten. Heute klinge ich gewiss auch nicht viel besser, aber ich musste mich einfach melden. In solchen Augenblicken kann einem nur jemand helfen, der in einer ähnlichen Lage ist. Dein Angebot, bei euch ein paar Tage Urlaub zu machen, war wie das Licht am Ende eines langen dunklen Tunnels. Dafür danke ich dir herzlich. Auch wenn es nicht dazu kommen sollte, richtet mich dieser Gedanke auf.

Ich hoffe, bei euch ist alles einigermaßen in Ordnung?

Mina dachte eine Weile nach, dann begann sie bedächtig im Zweifingersystem zu tippen.

Von: Mina
An: Elyot

Wie seltsam, dass wir in letzter Zeit vergleichbare Erfahrungen machen. Georgie und Lavinia leiden offensichtlich unter ähnlichen geistigen Störungen. Auch Georgie bereitet allmählich Schwierigkeiten, obwohl – das war ja schon immer ihre Art! Was mich zermürbt, das ist jedoch dieses Schwanken zwischen Gegenwart und Vergangenheit. Heute Morgen hat sie Nest in Angst und Schrecken versetzt, als sie in aller Hergottsfrühe in deren Zimmer ging. Sie hat nichts getan oder gesagt, sondern stand einfach nur da. Die arme Nest, die schon immer hypersensibel war, hat sich ziemlich aufgeregt. Leider kann man Georgie keine Vorhaltungen machen. Sie ist geistig einfach nicht mehr auf der Höhe. Zwar ist es nicht annähernd so schlimm wie das, was du durchmachst, und ich bin ja auch nicht für Georgie verantwortlich. Wenn ich darauf bestünde, würde Helena sie sofort abholen, aber schließlich ist sie meine Schwester. Schlimm ist nur, dass sie durch ihr Gerede über irgendein Geheimnis Nest zutiefst beunruhigt. Wenn ich doch nur wüsste, was sie meint! Meine Güte! Wie merkwürdig das alles klingt, aber es tut mir gut, mit dir darüber zu sprechen.

Und was das Fahren betrifft, ja! Diese Furcht plagt mich auch. Nach unserem Ausflug heute Nachmittag war ich völlig erschöpft, und wie du habe ich mich voller Bangen gefragt, wie lange ich es wohl noch schaffe. Wir dürfen uns nicht unterkriegen lassen! Eines Tages wirst du uns in Ottercombe besuchen, daran glaube ich fest, und bis dahin genießen wir den Luxus, uns auf diesem Weg austauschen zu können.

Melde dich bald wieder, Elyot. In Gedanken bin ich bei dir.

Seine Antwort kam postwendend.

Von: Elyot
An: Mina

Liebe Mina, du hast mich wieder aufgebaut. Gute Nacht, Gott segne dich.

Mina seufzte erleichtert und verspürte ein leises Glücksgefühl. Mit einem Lächeln auf den Lippen öffnete sie die übrigen Nachrichten.

13

Lyddie lief durch die engen Straßen und hoffte, das *Place* zu erreichen, bevor es richtig zu regnen anfing. Ein feiner grauer Nebel, der vom Westen herübertrieb, hatte sich wie ein Gazevorhang über die untergehende Sonne gelegt, sodass goldene, purpurne und violette Töne ineinander flossen. Lyddie hatte das Farbenspiel vom Weg oberhalb der Stadt beobachtet, als sie Bosun ausführte. Sie wartete, bis der letzte Hauch Rosa verblich, dann machte sie sich auf den Heimweg, um sich für das Abendessen im *Place* umzuziehen. Seit dem Streit waren zwei Tage vergangen, zwischen ihr und Liam herrschte eine Art Waffenstillstand, doch war sie es Leid, dass sie wie höfliche Fremde miteinander umgingen. Entsetzt hatte sie festgestellt, dass diese Krise ihrer Beziehung Liam kalt zu lassen schien. Am Abend nach der Auseinandersetzung hatte sie es nicht über sich gebracht, ins Lokal zu gehen und so zu tun, als sei nichts geschehen. Wie sollte sie ihm nach dieser Szene in der Öffentlichkeit gegenübertreten?

Als er in den frühen Morgenstunden nach Hause kam, war er überrascht, dass sie auf ihn gewartet hatte.

»Warum bist du nicht im Bett?«, fragte er gereizt, und als sie auf ihn zuging, um ihn zu besänftigen, meinte er, für solche Gefühlsausbrüche sei es zu spät, sie sollten sich jetzt besser schlafen legen. Gedemütigt folgte sie ihm nach oben und hoffte, im Bett werde er sich ihr vielleicht zuwenden. Aber er drehte sich sofort auf die andere Seite und schlief ein. Sie aber lag unglücklich neben ihm, starrte in die Dunkelheit und lauschte seinem regelmäßigen Atem. Schließlich stand sie wieder auf, ging nach unten, um sich Tee zu kochen, setzte sich zu Bosun und legte ihm den Arm um den Hals. Der Hund freute sich über ihre Gesellschaft zu dieser ungewöhnlichen Stunde und sah ihr traurig nach, als sie wieder nach oben ging. Gegen Morgen war sie in einen schweren Schlaf gesunken, und als sie aufwachte, war Liam bereits fort.

Auf ihrem Schreibtisch lag ein Zettel: »Heute geht's rund – wir haben den Steuerprüfer im Büro. Wir treffen uns wie üblich heute Abend zum Essen.«

Sie betrachtete die Nachricht als kleines Versöhnungsangebot, das sie nicht ausschlagen wollte, und hatte sich wie üblich im Lokal eingefunden. Liam kam jedoch erst spät aus dem Büro, und selbst Joe wirkte so geistesabwesend, dass es ihr nicht ratsam schien, heikle Themen anzuschneiden. Als sie nach Hause gingen, wagte sie es kaum, ihn nach dem Steuerprüfer zu fragen. Offensichtlich hatte Liam getrunken, was er sonst bei der Arbeit unterließ, und obwohl er sich zugänglicher zeigte als am Abend zuvor, wirkte er dabei beunruhigend gleichgültig, ja gefühllos. Als er mit ihr schlief, war von Zärtlichkeit nichts zu spüren. Dennoch klammerte sie sich an ihn, entschlossen, hinter dieser Fremdheit den Liam zu finden, den sie kannte und liebte.

Wieder schlief er sofort ein, aber wenigstens lag sie in seinen Armen, ließ sich von seiner Wärme trösten und fand selbst bald Schlaf. Am Morgen brachte er ihr eine Tasse Tee, und obwohl ihre Befangenheit noch nicht verflogen war, lächelte sie ihn liebevoll an.

»Und wann fährst du zu deinem Cousin Jack?«, fragte er – und als sie ihm sagte, sie hätte den Besuch abgesagt, war er ziemlich verstimmt.

»Wie soll ich wegfahren, wenn es zwischen uns so steht?«, klagte sie. »Begreifst du denn nicht, dass ich so nicht leben kann?«

»Himmel!«, rief er, »das ist doch kindisch.« Aber dann wurde er weich und griff nach ihrer Hand.

»Für den Ausflug nach Dorset wollte ich sowieso den Tag freimachen«, sagte sie, »könnten wir uns da nicht ein bisschen Zeit füreinander nehmen? Mit Bosun irgendwo spazieren gehen? Es scheint ein schöner Tag zu werden.«

»Das geht beim besten Willen nicht.« Er wandte sich ab und entzog ihr die Hand. »Der Steuerprüfer ist noch nicht fertig. Ich habe ihn noch mindestens bis Mittag am Hals, wenn nicht länger.«

»Aber heute Nachmittag kommst du doch nach Hause?«

»Das hoffe ich. Wenn nicht, werde ich auf jeden Fall mit dir zu Abend essen. Abgemacht?«

»Na klar.« Selbst für dieses kleine Zugeständnis war sie dankbar. »Ich werde da sein.«

Und da war sie nun. Bosun trottete neben ihr her. Lyddie war etwas früher dran als sonst, denn sie wollte sich an ihren üblichen Platz setzen, bevor sich das Lokal füllte. Es war albern, aber sie scheute sich, unter den Blicken der Stammgäste zu ihrem Tisch zu gehen. Sie fürchtete, man könnte ihrem Gesicht ansehen, dass es zwischen ihr und Liam nicht zum Besten stand. Es versetzte ihr einen Stich, dass sie noch immer nicht richtig dazugehörte. Statt mit Wärme und Herzlichkeit wurde sie nur mit höflichen Floskeln empfangen. Viele Gäste würden schadenfroh reagieren, wenn sie bei Liam in Ungnade fiel. Freilich war da noch Joe …

Sie blieb in der Tür stehen und stellte erleichtert fest, dass das Lokal fast leer war. Zwei Männer saßen an der Bar und unterhielten sich leise. Die Hintergrundmusik – Aretha Franklin – sorgte für eine intime Atmosphäre. Lyddie sah sich um, als wäre sie zum ersten Mal hier, und fand Gefallen an dem schwarz-weiß gefliesten Fußboden, den weiß getünchten Wänden und den großen goldgerahmten Spiegeln. Gepolsterte Rohrstühle waren um die runden, schwarz lasierten Buchenholztische gruppiert, auf denen frische Blumen und Kerzen in schmiedeeisernen Haltern standen. Die lange Bar mit den hohen Hockern nahm eine ganze Wand ein, und die Nische mit Lyddies Tisch befand sich neben der Küchentür. In einer Ecke führte ein schmales Treppenhaus ins Obergeschoss, wo die Büro- und Lagerräume und die Toiletten lagen. Diskrete Wandleuchten verbreiteten ein angenehm gedämpftes Licht. Der ganze Raum wirkte frisch und einladend, und durch die schalldämpfenden Glastüren sah Lyddie, wie die Leute in der Küche einander zur Hand gingen.

Sie war fast an ihrem Tisch angelangt, als sie eine leise, aber nervös geführte Unterhaltung hörte. Die Worte verstand sie nicht, aber sie erkannte die Stimmen von Joe und Rosie, die sich offenbar stritten. Sie hätte sich gern bemerkbar gemacht, bevor sie näher trat, aber die Musik war zu laut, und so blieb sie unschlüssig stehen. Bosun bewies weniger Feingefühl. Er drängte an ihr vorbei und lief schwanzwedelnd voraus. Sogleich verstummte der Streit, und Rosie kam auf Lyddie zu, die gerade ihren Regenmantel auszog.

»Hi!« Sie lächelte Rosie zu, als sei sie überrascht, sie zu sehen. »Wir haben es gerade noch rechtzeitig geschafft, bevor der Regen richtig losging.«

Rosie musterte sie schweigend, bis auch Joe aufstand, um Lyddie ein möglichst unbefangenes Lächeln zu schenken.

»Ich bin ein bisschen früh dran«, begann sie, doch zu ihrer Erleichterung trat ein Paar ein, das über das Wetter schimpfte. Rosie verzog sich hinter die Bar.

»Komm und setz dich«, forderte Joe sie freundlich auf. »Du bist tatsächlich früher da als sonst. Liam ist noch im Büro. Ich bringe dir erst mal was zu trinken, dann sage ich ihm Bescheid. Er will nämlich heute Abend auf jeden Fall mit dir essen. Ich habe meine Anweisungen.«

Seine aufmunternden Worte taten ihr gut. Sie setzte sich an den Tisch, und Bosun streckte sich auf dem Boden aus.

»So.« Er servierte ihr ein Glas Weißwein und ließ sich auf der Bank gegenüber nieder. »Wie geht's dir? Gestern Abend war keine Zeit, wegen des Steuerprüfers hatten wir alle Hände voll zu tun. Aber ich glaube, jetzt haben wir's überstanden und nicht einmal schlecht abgeschnitten!«

Seine zur Schau getragene gute Laune konnte Lyddie nicht täuschen.

»Ich mache mir Sorgen wegen Liam.« Es war ihr einfach herausgerutscht, so wie dem unseligen Mädchen im Märchen, dem immerzu Kröten aus dem Mund springen. Seine Miene veränderte sich schlagartig.

»Sorgen?« Joe trank nicht während der Arbeit, also hatte er kein Glas, an dem er nippen konnte, während er sich eine unverfängliche Antwort überlegte. Er verschränkte die Arme und runzelte die Stirn. »Warum denn das? Ich habe den Eindruck, dass es ihm gut geht.« Aber er sah sie nicht an, sondern setzte sich seitlich an den Tisch, sodass er das Lokal überblickte.

»Ich weiß nicht«, erwiderte sie. »Ich hatte gehofft, dass du mir Näheres sagen kannst. Übers Geschäft redet er ja nicht mit mir, aber irgendetwas bedrückt ihn.«

Joe entspannte sich sichtlich. »Ach, das ist typisch Liam«, meinte er. »Nicht einmal ich weiß über das Geschäftliche genau Bescheid. Das war schon immer sein Baby. Es hat keinen Sinn, sich darüber aufzuregen.«

»Es geht um etwas anderes.« Sie überlegte, wie weit sie sich Joe anvertrauen konnte. »Die Sache ist die, ich habe mir überlegt, ob das Geschäft eine Finanzspritze vertragen könnte. Wenn … verflixt, ich weiß nicht, wie ich es sagen soll. Wir hatten deshalb sogar schon Streit.«

Sie sah so unglücklich aus, dass Joe sich ihr nun wieder ganz zuwandte.

»Okay«, sagte er. »Ich weiß, dass du einen Brief von ihm gesehen hast. Liam hat so etwas angedeutet, und ich glaube, da hat er übertrieben reagiert. Schließlich bist du seine Frau. Aber das *Place* ist nun mal sein Ein und Alles, das grenzt schon an eine Obsession. Damit musst du dich wohl oder übel abfinden. Aber wegen der Finanzen brauchst du dir keine Gedanken zu machen. Ehrlich. In einer geschäftlichen Partnerschaft ist es nichts Ungewöhnliches, den eigenen Besitz zu beleihen. Es heißt nur, dass beide Teilhaber gleichermaßen haften. Wir müssen die Küche modernisieren, darum geht's. Also habe ich eine Hypothek auf meine Wohnung aufgenommen. Rosie ist davon nicht gerade begeistert, das kann ich dir versichern.«

»Habt ihr deshalb gestritten?«, fragte sie.

Er errötete, und sie ärgerte sich über ihre Taktlosigkeit.

»Es ist jedenfalls so«, fuhr sie hastig fort, »dass ich etwas erbe, und da habe ich mir überlegt, ob ich ihm nicht helfen könnte.« Sie zuckte die Schultern. »Damit er kein Geld aufnehmen muss.«

»Liam muss immer alles unter Kontrolle haben«, erklärte Joe. »Das ist kompletter Quatsch, wenn du Geld hast und es ihm leihen möchtest, aber Liam ist nun mal so!«

»Wer lästert denn da über mich?« Liam stand in der Tür, schmunzelte, als er die verlegenen Gesichter sah, und streichelte Bosun. »Welche Lügen verbreitet er über mich, hm?«

Dank Aretha Franklin und wegen des Lärms der hereinströmenden Besucher konnte Liam nur die letzten Worte verstanden haben. Nervös nippte Lyddie an ihrem Wein.

»Ich habe ihr nur gerade erzählt, was für ein gemeiner, arroganter Mistkerl du bist.« Fröhlich grinsend stand Joe auf. »Aber die Ärmste hat das vermutlich längst selbst gemerkt.«

»Bestimmt.« Liam setzte sich auf Joes Platz und küsste Lyddie die Hand. »Ich habe sie einfach nicht verdient, das weißt du so gut wie ich.«

Joe lachte. »Ich hol dir ein Bier«, versprach er, »dann sagt ihr mir, was ihr essen wollt.«

»Es ist wirklich wahr«, sagte Liam, ohne ihre Hand loszulassen. »Ich bin ein gemeiner, arroganter Mistkerl. Kannst du mir verzeihen?«

»Ach, Liam.« Sie freute sich so über seinen unbeschwerten Ton und seinen zärtlichen Blick, dass sie ihm alles verziehen hätte. »Das mit dem Brief tut mir ehrlich Leid. Es war nicht richtig von mir –«

»Vergessen wir doch den blöden Brief. Gott sei Dank ist der Steuerprüfer abgezogen, und ich fühle mich wie ein Sträfling, den man begnadigt hat. Kannst du noch ein Glas vertragen?«

»Ja, bitte«, sagte sie dankbar. »Gern.«

Er küsste sie zuerst flüchtig, doch dann wurde ein langer Kuss daraus. Als Joe mit der Speisekarte wiederkam, musste er kräftig auf den Tisch schlagen, um auf sich aufmerksam zu machen. Alle drei lachten, und die Harmonie war wiederhergestellt.

14

Als Lyddie am Samstagmorgen nach Ottercombe fuhr, war ihr leicht ums Herz. In Beziehungen hatte sie sich bislang noch nie mit Kompromissen abfinden wollen. Spannungen waren ihr unerträglich, und über Missstimmung und eisiges Schweigen konnte sie nicht einfach hinwegsehen. Lieber sprach sie sich offen aus, auch wenn es wehtat, das erschien ihr besser als unterschwelliger Groll.

Doch nun schlich sich trotz ihrer Erleichterung über den beigelegten Streit bereits wieder Beklemmung ein. Sie musste sich eingestehen, dass es einen Bereich in Liams Leben gab, zu dem sie keinen Zutritt hatte. War dies von Anfang an so gewesen, oder hatte sie sich etwas vorgemacht, weil sie ihn so sehr begehrte? Obwohl Liam sich für seinen Ausbruch wiederholt entschuldigt hatte und die alte Zärtlichkeit zurückgekehrt war, musste sich Lyddie der Tatsache stellen, dass er keinen Zoll breit von seiner ursprünglichen Position abgerückt war. Das *Place* gehörte ihm, und da hatte sie nichts zu melden. Über die Hypothek auf das Haus und Lyddies Hilfsangebot verlor er kein Wort mehr. Es war, als hätten sie nie darüber gesprochen, und obwohl sich Lyddie sonst mit allen Mitteln um eine Aussprache bemühte, hatte sie diesmal kapituliert. Sie wusste, warum: Auf keinen Fall wollte sie ihr unbeschwertes Liebesleben noch einmal aufs Spiel setzen. Er hatte ihr seine Waffen gezeigt – Liebesentzug, Schweigen, Kälte –, und sie war davor in die Knie gegangen.

Sie tröstete sich damit, dass sie ja noch am Anfang ihrer Beziehung standen. Und sie konnte sich gut in Menschen hineinversetzen, die ihren Job über alles liebten. Sie hatte mit Profis gearbeitet, die verzweifelt versuchten, Karriere und Familie unter einen Hut zu bringen, und wusste, dass man dafür Grenzen ziehen und viel Selbstdisziplin aufbringen musste. Liam hatte fünf Jahre seines Lebens in das Lokal gesteckt, es war seine Welt. Sie musste ihm Zeit geben. Bestimmt hing der Streit auch mit dem Besuch des Steuerprüfers zusammen. Liam war ziemlich nervös gewesen, bis seine Rechnungsbücher abgesegnet waren. Wie rasch hatte er dann eingelenkt, und als sie sich entschuldigte, weil sie den Brief geöffnet hatte, wollte er nichts mehr davon hören. Gleichzeitig stand nun fest, dass das ganze Thema tabu war, und sie hatte sich schweigend damit abgefunden und ihre Grundsätze geopfert, um seine Liebe nicht zu verlieren.

Auf der A39 fuhr sie in flottem Tempo bis zur Abzweigung bei Kentisbury Ford und versuchte sich einzureden, dass sie die Dinge zu dramatisch sah. Wenn sie Liam Zeit ließ, würde er sie schließlich auch in seine geschäftlichen Angelegenheiten einbeziehen. Sie musste Geduld haben. Doch die Angst blieb, ein Schatten, der ihr Glück trübte.

Mina und Nest war dies nicht entgangen, als sie beobachteten, wie ihre Nichte mit Toby und Flora spielte und mit Jack und Hannah redete. Ihre Fröhlichkeit hatte etwas Fiebriges, was die Schwestern beunruhigte.

Doch nach dem Mittagessen beanspruchte Georgies merkwürdiges Benehmen ihre volle Aufmerksamkeit. Dabei hatte sie am Morgen ganz klar gewirkt. Beim Frühstück hatte Nest wohlweislich darauf verzichtet, sie direkt auf Hannah und die Kinder anzusprechen, und sich stattdessen mit Mina über die kleine Familie unterhalten. Georgie hatte sich nicht am Gespräch beteiligt, schien aber zuzuhören und Anteil zu nehmen.

»Jack und Hannah wissen ja, was los ist«, meinte Mina, während sie mit Nest das Geschirr spülte. »Sie sind bestimmt nicht beleidigt, wenn Georgie sie mit anderen Leuten verwechselt, und die Kinder bekommen das sowieso nicht mit.«

»Solange sie nicht …« – Nest zögerte – »… mit irgendetwas herausplatzt.«

»Das Problem ist nur«, meinte Mina bedrückt, »dass wir keine Ahnung haben, was sie weiß.«

Während sie einen angstvollen Blick tauschten, entstand draußen Unruhe. Jack und seine Familie waren eingetroffen. Die Schwestern eilten zur Tür, die Hunde stürmten ihnen voran hinaus. Jack hatte Toby bereits aus dem Kindersitz geholt, und der Junge stürzte freudig auf die Hunde zu. Hannah hatte offenbar mit Flora Probleme, die »Nein, nein!« und »Runter, runter!« schrie, während ihre Mutter die Gurte löste.

Jack lächelte gottergeben und küsste seine Tanten. Inzwischen war Flora aus dem Auto geklettert und stand unsicher auf der kiesbestreuten Auffahrt. Fasziniert betrachtete sie die Hunde.

»Welcher ist Nogood Boyo?«, fragte Toby, der zwischen den drei Tieren kniete. Er fand den Namen ausgesprochen lustig. »Warum heißt er Boyo? Und warum ist er nicht brav?«

»Weil er allerhand Flausen im Kopf hat«, erklärte Mina, »außerdem ist er ein Waliser.«

»Warum ist er ein Waliser?«, wollte Toby wissen, streichelte Nogood Boyo und ließ sich von ihm die Wange abschlecken.

»Geh nicht drauf ein«, murmelte Jack. »Bitte, Tantchen! Sonst kommt er vom Hundertsten ins Tausendste.«

Mina hakte sich lachend bei ihm unter. »Mir hat man noch beigebracht, dass man Kinderfragen immer beantworten soll«, meinte sie, »aber ich muss zugeben, dass dein Vater und Nest mir auch manchmal das Leben ganz schön schwer gemacht haben, als sie klein waren.« Zu Toby sagte sie: »Boyo ist ein Sealyham. Das ist die Hunderasse, zu der er gehört. Und die Sealyhams kommen aus Wales.«

»Hat nicht gerade jemand was von Kaffee gesagt?«, unterbrach Jack.

»Kommt doch rein«, bat Nest, die so glücklich war wie schon seit Wochen nicht mehr. »Du bist ein hoffnungsloser Fall, Jack. Es muss an Hannah liegen, dass du so prächtige Kinder hast.«

»Meine bessere Hälfte hat eine Engelsgeduld.« Er wich geschickt einem Klaps aus, den ihm seine Frau versetzen wollte. »Aber wenn man den ganzen Tag mit kleinen Jungs zu tun hat, lernt man ein paar Tricks im Kampf ums Überleben. Da ist ja Tante Georgie. Guten Morgen, Tantchen, wie geht es dir?«

Georgie ließ sich einen Kuss auf die Wange drücken, starrte Hannah an und beobachtete, wie Flora zum Windelwechseln nach oben getragen wurde. Toby überlegte laut, ob er sich nun für Orangensaft oder Milch entscheiden sollte, während Nest und Mina mit Jack scherzten. Wie immer verbreitete er eine heitere, ungezwungene Atmosphäre, und schließlich stießen Lyddie und Bosun zu der vergnügten Runde. Auch Georgie beteiligte sich am Gespräch, und nachdem man Flora erlaubt hatte, ihren Saft neben Bosun am Boden sitzend zu trinken, zeigte sich das Kind zum allgemeinen Entzücken von seiner sonnigsten Seite.

Das Essen verlief störungsfrei, aber als sie dann bei offenen Terrassentüren im Wohnzimmer Kaffee tranken, fiel

Mina auf, dass mit Georgie eine Veränderung vorging. Verwirrt, geradezu verängstigt, blickte Georgie auf ihre Verwandten. Hier im Wohnzimmer, wo sich die Familie so oft versammelt hatte, verlor sie sich in der Vergangenheit und starrte bald Toby, bald Flora ratlos an. Dann fiel ihr Blick auf Jack. Sie hielt ihn offenbar für Timmie, der sich – mit wem nur? – unterhielt. Saß etwa Nest neben ihm und lauschte wie so oft aufmerksam? Aber da war doch Nest, die in ihrem Stuhl heranrollte und nach ihrer Tasse griff …

Ein Kind sah zu ihr auf, ein kleiner blonder Junge, der Timmies Augen hatte und sich über ihre erstarrte Haltung wunderte. Georgie fixierte ihn und erinnerte sich. Natürlich, die beiden Kleinen waren Timmie und Nest, und die beiden Erwachsenen mussten Timothy und Mama sein. Sie kicherte in sich hinein …

»Ich kenne ein Geheimnis«, verriet sie dem Kind, aber bevor Toby nachhaken konnte, schaltete sich Mina ein.

»Toby«, sagte sie, »bring diese Tasse deiner Mutter, mein Schatz. Vorsichtig, nichts verschütten!«

Toby ließ sich ablenken und brachte Hannah den Kaffee, ließ sich dann neben Bosun nieder, streichelte sein weiches Fell und küsste ihn auf die Schnauze.

»Wenn wir doch auch einen Hund hätten«, jammerte er, und seine Eltern verdrehten verzweifelt die Augen.

Nun wurde eifrig diskutiert, ob Kinder mit Hunden glücklicher aufwuchsen, und Mina seufzte erleichtert, aber sie konnte ihre Nervosität nicht ganz unterdrücken. Nest hob fragend die Augenbrauen, aber Mina sagte nichts, weil sie fürchtete, dass jemand etwas mitbekam. Also lächelte sie Nest nur aufmunternd zu und bedachte ihre älteste Schwester mit einem wachsamen Seitenblick. Georgie wirkte, als hätte man ihr einen Strich durch die Rechnung gemacht, zog ärgerlich die Schultern hoch und presste die Lippen zusammen. Dennoch hatte ihre Miene etwas Triumphierendes, als verfüge sie über eine geheime Macht.

Lyddie erklärte gerade, dass sie ihren Computer nur zum Briefeschreiben benutzte, nicht für ihre Redaktionen.

»Das ist ein ganz anderes Arbeiten«, sagte sie zu Jack, »ich habe sogar schon Aufträge abgelehnt, weil sie auf Diskette waren. Ich müsste es lernen, aber eigentlich möchte ich diese Entwicklung nicht mitmachen.«

»Du solltest flexibler sein«, gab er zu bedenken. »Aufgeschlossen für die neue Technologie. Nimm dir ein Beispiel an Tante Mina und ihrer E-Mail-Korrespondenz.«

»Stimmt.« Lyddie lächelte ihre Tante liebevoll an. »Aber Tante Mina war schon immer ihrer Zeit voraus. Sie hat immer ja zum Leben gesagt.«

»Absolut richtig«, bestätigte Jack. »Da hast du den Nagel auf den Kopf getroffen.«

»Nein, nein«, widersprach Georgie, die aufmerksam zugehört und auf ihre Chance gewartet hatte. »Nicht immer, Mina, stimmt's?«

Mina faltete die Hände. »Ich habe keine Ahnung, wovon ihr alle redet«, gab sie humorvoll zurück und betete um irgendeine Ablenkung.

»Nicht immer«, beharrte Georgie. »Tony Luttrell hast du dein Jawort nicht gegeben.« Sie lächelte, beobachtete die Gesichter, sah, wie sich Verblüffung in Besorgnis und Neugier wandelte, und genoss das unbehagliche Schweigen.

»Das ist schon gar nicht mehr wahr, so lange ist das her«, erklärte Nest in dem bestimmten Ton, mit dem sie einst Grundschüler zur Ruhe gebracht hatte. »Willst du mit den Kindern nicht runter ans Meer gehen, Jack? Der arme Bosun wartet auch schon auf den Spaziergang, den du ihm versprochen hast.«

»Ans Meer! Ans Meer!«, sang Toby und sprang auf. Damit weckte er Flora, die auf Hannahs Schoß eingeschlafen war und nun zu quengeln begann. Erwachsene und Kinder brachen rasch auf. Georgie aber blieb allein auf dem Sofa zurück und lächelte viel sagend.

»Ich kenne ein Geheimnis«, murmelte sie, aber es war niemand mehr da, der ihr zuhörte.

15

Am frühen Abend, als die Gäste gefahren waren, machte Mina ihren Spaziergang mit den Hunden.

»Kommst du zurecht?«, hatte sie Nest gefragt. »Ich muss einfach ein bisschen allein sein. Georgie schläft, du kannst dich also entspannen.«

»Mir geht's gut«, erwiderte Nest. »Aber du machst mir Sorgen.«

Mina lächelte gequält. »Dazu besteht kein Grund. Ich bin bald wieder da.«

Sie zog ihre blaue Guernsey-Jacke an, nahm den Stock aus dem Messingständer neben der Tür und ging über die Terrasse und durch das kleine Gartentor zum Meer hinunter. Vorsichtig suchte sie ihren Weg über die Steine und die Wurzeln der Bäume, die sich am Hang festklammerten. Die Hunde waren vorausgelaufen. Sie verfolgten ein Eichhörnchen, das in den Ästen einer hohen Buche Zuflucht suchte. Der Bach neben dem Weg schoss über glatt geschliffene Felsen und leckte an den farnbewachsenen Ufern; der Regen hatte ihn anschwellen lassen. Das aufgeregte Bellen der Hunde wurde vom Rauschen des Wassers übertönt, aber Polly Garter kam zurück, um nach ihrer Herrin zu sehen. Mina nahm die Hündin kaum wahr. Ihre Gedanken weilten in der Vergangenheit, in jenem Frühling vor fünfundfünfzig Jahren.

Merkwürdig, dass Mina Tony Luttrell ausgerechnet auf einer Party der Goodenoughs kennen lernte – eingebildete Leute, die sie nicht ausstehen konnte.

»Komm doch, Mina«, sagt Enid, als sie und Claude eines Nachmittags im Vorfrühling des Jahres 1943 vorbeischauen. »Es geht da nicht so vornehm zu. Nur eine kleine Gesellschaft mit ein paar Offizieren der leichten Infanterie von Somerset – du hast doch schon davon gehört, Lydia?«, bemerkt sie fröhlich, da sie denkt, dass Lydia hinterm Mond lebt. »Sie verteidigen unsere Küste, aber soviel ich weiß, brechen sie bald zu einer gefährlicheren Mission auf.«

Enid lässt gern durchblicken, dass sie Bescheid weiß, und Lydia, die wegen des Strandes von Ottercombe bereits Besuch von einem der Offiziere hatte, gönnt ihr den Triumph.

»Es fehlen ein paar hübsche Mädchen«, meint Claude mit seinem spöttischen Lächeln. »Wir brauchen Mina als Verstärkung.«

»Und wie steht's mit Henrietta und Josie?«, fragt Enid. »Henrietta ist doch auch schon alt genug für eine Party. Kommen die zwei denn in den Ferien aus dem Internat nach Hause?«

»Du meine Güte!« Lydia verzieht das Gesicht. »Ihr müsst beide einladen oder keine. Sie sind ja nur ein Jahr auseinander, und das Theater, wenn Henrietta geht und Josie hier bleiben muss, könnte ich nicht ertragen.«

»Aber ob es Mina Recht ist, wenn sie Konkurrenz kriegt?« Enid zieht ironisch die Augenbrauen hoch.

Lydia weiß, dass Mina die Goodenoughs verabscheut, und möchte sie nicht unter Druck setzen. Deshalb wirft sie ihrer Tochter einen fragenden Blick zu.

»Das spielt doch keine Rolle«, erwidert Mina, die froh ist, nicht allein zu der Party gehen zu müssen. »Es wird bestimmt nett.«

»Mary Quilter kommt auch«, sagt Enid aufmunternd. »Du kennst doch Mary, oder? Ihr Bruder ist auch bei der Infanterie. Es wird ein amüsanter Abend, das verspreche ich euch.«

In Mina keimt Vorfreude auf. »Aber wie kommen wir zu euch?«, überlegt sie. »Wir könnten mit dem Rad nach Parracombe fahren und dort den Zug nach Lynton nehmen. Oder vielleicht kann uns Seth hinfahren … ?«

»Macht euch deshalb keine Gedanken«, erwidert Enid freundlich. »Wir legen alle unsere Benzinmarken zusammen, sodass einer die Rundfahrt machen kann. Es wird zwar ein bisschen eng werden, aber das gehört dazu, oder? Wir finden, dass wir uns ein bisschen Spaß verdient haben. Das wäre also abgemacht.«

Als die beiden fort sind, wirft Mina ihrer Mutter einen besorgten Blick zu.

»Es wird bestimmt unterhaltsam«, meint Mama. »In dieser Hinsicht kommst du immer zu kurz, Mina. Es tut mir nur Leid, dass du dabei noch ein Auge auf Henrietta und Josie haben musst. Wo du doch hier mehr als genug am Hals hast. Auch wenn es jetzt ruhiger ist, nachdem Jean und Sarah und die Kinder fort sind.«

»Ich habe gar nichts dagegen, wenn sie mitkommen. Ich freue mich sogar. Wenn ich ganz allein wäre, würde ich mich ziemlich unsicher fühlen. Schließlich kenne ich dort so gut wie niemanden.«

»Für Unsicherheit hast du keine Zeit, wenn Henrietta von der Leine gelassen wird«, meint Mama. »Und jetzt müssen wir über dein Kleid nachdenken. Ich habe ein paar hübsche Sachen, aus denen man etwas Nettes für dich machen könnte. Zum Beispiel das schöne grüne Seidenkleid, die Farbe ist ideal für unseren Typ. Natürlich ist es zu lang, aber das kann man ändern. Wir rufen Georgie an und fragen, was jetzt in London Mode ist. Falls es im Krieg überhaupt noch so etwas wie Mode gibt.«

»Aber das ist eins von deinen besten Kleidern«, protestiert Mina erschrocken. »Es wäre schade, es zu zerschneiden.«

»Unsinn.« Mama streicht ihr sanft über die Wange. »Ich ziehe es ohnehin nicht mehr an.«

»Und was ist mit Henrietta und Josie?«

Nest ist begeistert über das schöne Kleid, das Mina bekommt.

»Man trägt heute breite Schultern«, hat ihnen Georgie mit Nachdruck erklärt. »Ich schicke euch Schulterpolster und ein Schnittmuster.« Und Mina nimmt sich die Zeit, aus der abgeschnittenen Schantungseide einen kurzen Glockenrock für ihre kleine Schwester zu nähen. Nest legt den alten karierten Rock ab, den sie von den Großen geerbt hat, und dreht sich glücklich vor Mamas hohem Spiegel.

Zwei Wochen später zwängen sie sich in Claudes großen dunkelgrünen Rover, und Mina ist ganz übel vor Aufregung. Ihr langes schwarzes Haar ist mit Schildpattnadeln hochgesteckt, und die weiche Schantungseide umschmeichelt ihre helle Haut. In ihrem Glück achtet sie gar nicht auf das Gezänk ihrer jüngeren Schwestern, die sich immer noch uneins sind, wem von beiden die schöneren Ballschuhe zustehen. Sie verstummen erst, als der Wagen vor der mittelalterlichen Kirche in Martinhoe hält, um zwei weitere Partygäste zusteigen zu lassen. Schüchtern schweigend setzen sie die Fahrt fort, bis sie vor dem Haus der Goodenoughs ankommen, das hoch über der Kleinstadt Lynton thront.

Als sie ihre Mäntel im Gästezimmer ablegen und Henrietta und Josie sich vor dem Spiegel drängen, erhascht Mina zwischen den Ellbogen der beiden einen Blick auf ihr eigenes Spiegelbild. Der Hauch von Make-up, den Mama gestattet hat, lässt ihre Wangen glühen und unterstreicht die Augen, die in ihrem ovalen Gesicht groß erscheinen. Mit ihren hochgesteckten Haaren wirkt sie sehr elegant, und die weich fallende Seide betont ihre schlanke Figur. Ihre Schwestern ziehen sie mit sich, sie gehen nach unten in den geräumigen, hell erleuchteten Flur – »Wenn wir doch auch elektrisches Licht hätten«, klagt Henrietta – und betreten den Salon, wo sich die anderen Gäste schon versammelt haben.

»Da sind sie ja endlich«, ruft Enid Goodenough mit einer Anwandlung von echter Zuneigung, die die drei Schwestern überrascht. »Jetzt kommt, damit ich euch die jungen Männer vorstellen kann. Sie warten schon.«

Wie betäubt von den vielen fremden Gesichtern und den neuen Namen, lächelt Mina und schüttelt Hände, bis der junge Offizier, der gerade mit einigen anderen Gästen gesprochen hat, sich umdreht und sie begrüßt. Seine blauen Augen leuchten auf, als sei sie die Frau, auf die er gewartet hat, und er umschließt ihre Hand mit seinen warmen Fingern.

»Guten Abend«, sagt er. »Wie nett, Sie kennen zu lernen. Ich bin Tony Luttrell, und Sie müssen eine der bezaubernden Shaw-Schwestern sein.«

Den ganzen April und noch einige Tage im Mai treffen sie sich an der Schlucht, am Strand oder in den Hügeln hoch über dem Bristolkanal. Hier gehen sie inmitten von sprießendem Farnkraut spazieren, während der Westwind die Wellen gegen die grauen Klippen treibt. An warmen Nachmittagen sitzen sie nebeneinander auf den flachen Felsen, die den Strand säumen, und beobachten die Fischotter, die in der Brandung ihre Beute jagen, während die Gischt in der Sonne funkelt. Und an stillen Abenden stehen sie unter Bäumen, eingehüllt in den Duft der Sternhyazinthen, und können nicht voneinander lassen, wie benommen von einer neu entdeckten Zärtlichkeit. Mina weiß nichts von der besinnungslosen Leidenschaft einer Liebe im Krieg und nur wenig von den dramatischen Ereignissen, die sich jenseits dieses stillen Winkels abspielen. Tony, erst einundzwanzig, aber im Begriff, sein Leben zu riskieren, hat kaum mehr Erfahrung als Mina. Also erscheint es ihm als die natürlichste Sache der Welt, Lydia in aller Form um die Hand ihrer Tochter zu bitten.

Das Gespräch findet an einem Maiabend in dem von Öllampen erleuchteten Wohnzimmer statt. Durch die offene Terrassentür dringt warme Luft herein, draußen im Garten singt eine Drossel.

Mit unbewegter Miene lauscht Lydia Tonys gestammelter Erklärung und hütet sich, seinen Ernst zu belächeln. In den vergangenen vier Wochen ist er ihr ans Herz gewachsen. Seine Jugend weckt mütterliche Gefühle, seine Zuneigung zu ihrer geliebten Tochter rührt sie. Er bringt den Kleinen Geschenke mit, lässt sich auf ihre Spiele ein, und seine Freundlichkeit lindert auch ihren eigenen Kummer.

»Ich muss mit meinem Mann sprechen«, sagt sie, »aber was mich betrifft, mein lieber Junge, wissen Sie, wie sehr ich mich freue.«

»Die Einheit wird bald abgezogen«, erklärt er besorgt. »Und wir möchten uns verloben, bevor ich weg muss. Könnten Sie schon bald mit Mr Shaw sprechen?«

»Sehr bald«, verspricht sie ihm, »aber er will Sie bestimmt erst kennen lernen, Tony, und im Moment kann er London nicht verlassen. Die offizielle Verlobung wird also noch ein wenig warten müssen.«

»Aber Ihren Segen haben wir?«

Lydia steht auf, legt ihre Näharbeit beiseite und schließt ihn in die Arme wie einen Sohn. »Meinen Segen habt ihr«, sagt sie. »Solange Sie Mina so lieben wie jetzt.«

Sie lässt die jungen Leute allein vor dem Kaminfeuer sitzen, wo sie ihren Träumen von künftigem Glück nachhängen, bis Tony sich losreißt, um rechtzeitig wieder in der Kaserne zu sein. Wie immer begleitet Mina ihn hinaus, horcht, wie der kleine Sportwagen die Auffahrt hinauffährt und in die Landstraße biegt, die übers Moor führt.

Heute, fünfundfünfzig Jahre später, saß Mina auf einem Felsen, sah den Hunden zu, die am Strand spielten, und dachte an ihre Liebe zurück, die ihr ruhiges beschauliches Leben verwandelt hatte. Diese Liebe hatte ihr alles bedeutet, sie schien die Erfüllung all ihrer Träume, wunderbarer als alle Liebesromane, die sie je verschlungen hatte. Sie liebte ihn über alles, vertraute ihm blindlings und ließ sich von seiner jugendlichen Ritterlichkeit bezaubern. Erst sehr viel später konnte sie sich das Lebensgefühl dieser jungen Männer vorstellen, die fieberhafte Erregung, die sie am Vorabend der Invasion in der Normandie erfüllte. Die Jungen gaben sich reifer, als sie waren. Jetzt wusste sie, dass sein Sündenfall Teil jener Mentalität gewesen war, die im Krieg herrschte: »Lebe jetzt, denn morgen sterben wir.« Sie selbst hatte diese Einstellung erst kennen gelernt, als sie zu Georgie nach London ging.

Mina saß da, während das Tageslicht verblasste. Tränen liefen über ihre runzligen Wangen, und das Herz war ihr schwer. Wie hätte er einer solchen Vergötterung gerecht werden sollen? Im November war seine Einheit zurückgekehrt, um die Küste bei Berwick-upon-Tweed zu verteidigen. Warum nur war er so dumm gewesen und hatte ihr von der Affäre mit einer vor kurzem verwitweten Frau in Cornwall erzählt?

»Es war nichts«, schrie er, als er sah, wie verletzt sie war. »Gar nichts. Ich habe dich so vermisst, und sie hatte ihren

Mann verloren ... Mein Gott! Begreifst du denn nicht, dass ich es dir sage, weil ich es nicht aushalte, dass etwas zwischen uns steht. Es war nichts. Es ist vorbei. Bitte, Mina ...«

Aber sie begriff nichts, für sie war ihre Liebe entweiht, zerstört, in Scherben, und sie wies ihn mit kalter, stolzer Miene ab, hinter der sich ein grenzenloser Kummer verbarg.

Als sie nun in der Dämmerung nach Hause ging und kaum den Tanz der Falter und die Fledermäuse zwischen den Wipfeln der Bäume wahrnahm, dachte sie an diese letzte Begegnung nach sechs Monaten der Trennung zurück, an ihre Vorfreude und das namenlose Entsetzen. Wäre sie erfahrener gewesen, großzügiger, hätte sie ihm seine Jugendtorheit verzeihen können. Aber der Gedanke an die Witwe in Cornwall stand zwischen ihnen und zerstörte jedes Vertrauen.

Wie seltsam, dass es immer noch wehtut, dachte Mina.

Plötzlich hörte sie im Halbdunkel ein dumpfes Dröhnen, es klang wie ein sehnsüchtiges Stöhnen aus einer anderen Welt, Stoff für Sagen und Legenden. Ein Rothirsch forderte einen Rivalen heraus, der aus nächster Nähe antwortete. Mina, der die unheimlichen Rufe durch Mark und Bein gingen, lauschte auf den Zusammenprall der Geweihe, aber es war nur der Ruf einer Eule zu hören, der in der finsteren Schlucht widerhallte. Am Gartentor blieb sie einen Augenblick stehen, dann folgte sie den Hunden, die sich auf die warme gemütliche Küche freuten, wo das Abendessen auf sie wartete.

16

Lyddie parkte den Wagen in der einzigen Lücke, die sie in der schmalen Straße fand, redete dem müden Bosun gut zu und ging ins Haus, um sich umzuziehen. Der Samstagabend im *Place* war stets etwas Besonderes: Man musste einen Tisch reservieren, und man zog sich gut an. Offenbar gab es hier eine stillschweigende Übereinkunft unter den Gästen, und es machte ihnen Spaß, sich in Schale zu werfen. Lyddie wählte für den heutigen Abend ein blauschwarzes Samtkleid, das die Figur betonte. Der Saum schwang um ihre schlanken Waden, und der halbrunde Ausschnitt war mit einem dunkelblauen Satinband umrandet und mit Schlingstichen verziert. Sie duschte rasch, bürstete ihr schwarzes Haar, bis es locker fiel, und legte hübsche Silberarmreife an, die durch die Dreiviertelärmel gut zur Geltung kamen. Dazu graue Strümpfe und dunkelblaue Wildlederpumps. Sie lächelte sich im Spiegel zu, griff nach ihrem bewährten langen Kaschmirmantel, den sie noch aus London hatte, und eilte die Treppe hinunter.

Bosun, der im Flur wieder eingeschlafen war, hob den Kopf. Er konnte es kaum glauben, dass er schon wieder aufgeschreckt wurde. Schließlich hatte er sich den ganzen Tag gegenüber drei kleinen Hunden und zwei Kindern behaupten müssen, war herumgescheucht und genötigt worden, im bitterkalten Wasser zu schwimmen – und jetzt, nach der anstrengenden Autofahrt, wollte man ihn schon wieder hinauszerren. Dabei hatte er noch nicht einmal sein Abendessen bekommen! Von Selbstmitleid erfüllt, setzte er sich auf, doch da drang ein tröstlicher Klang an sein Ohr: Trockenfutter wurde in eine Schale geschüttet, und ein Dosenöffner knirschte. Erfreut stand er auf und schleppte sich in die Küche. Tatsächlich wurde seine Mahlzeit vorbereitet. Er wedelte sachte mit dem Schwanz und leckte sich das Maul. Nach allem, was ihm in den letzten Stunden zugemutet worden war, hatte er sich eine Stärkung wahrlich verdient. Er machte sich genüsslich darüber her, während sein Wassernapf gefüllt wurde, trank dann das kühle frische Wasser und freute sich darauf, gleich weiterzuschlafen. Doch noch bevor er draußen auf dem Flur seine Lieblingsstellung gefunden hatte, wurde ihm die Leine angelegt, und es ging wieder hinaus auf die Straße, wo der Wind pfiff.

»Wenn wir erst einmal da sind, wird es dir gefallen«, versprach ihm Lyddie. »Du genießt es doch, wenn dir die Leute sagen, wie toll du bist. Du wirst noch zum Maskottchen.«

Damit hatte sie nicht ganz Unrecht. Wenn Bosun mit Lyddie hereinkam, begrüßten ihn die Stammgäste erfreut, um den Neulingen zu zeigen, dass sie »dazugehörten«.

Lyddie bahnte sich zwischen den Tischen einen Weg zu ihrem Platz. Merkwürdig, dass der Gedanke an das Wiedersehen mit Liam sie so nervös machte. Trotz der Versöhnung hatte sie eine Vorahnung, die ihre Freude dämpfte. Unmerklich hatte sich etwas verändert. Joe stand hinter der Theke und lächelte ihr zu, während er Bier zapfte, doch sein Gruß ging in dem Stimmengewirr und der Musik unter. Sie blieb mit Bosun kurz an ein, zwei Tischen stehen, damit er sich tätscheln und bewundern lassen konnte. Als sie an ihrem Tisch angelangt war, achtete sie darauf, dass er nicht den Weg zur

Küche und zur Theke blockierte. Erleichtert ließ er sich nieder, legte die Schnauze auf die Pfoten, hob noch einmal höflich den Kopf, um seine glühendsten Verehrer zu grüßen, und schlummerte dann ein. Lyddie zog ihren Mantel aus. Joe würde ihr ein Glas Wein bringen, sobald es etwas ruhiger war.

Linda half Joe hinter der Theke, und Mickey kam durch die Schwingtür aus der Küche, zwei Teller in Schulterhöhe, und zwinkerte ihr im Vorbeigehen zu. Lyddie fand nicht den Mut, nach Liam zu fragen – wahrscheinlich war er oben im Büro, oder er ging in der Küche mit Angelo, dem Koch, die Speisekarte durch. Sie überlegte, ob sie hier jemals mehr sein würde als ein Ehrengast. Schließlich fand Joe einen Augenblick Zeit, während Linda sich um den Ausschank kümmerte. Er brachte Lyddie ein Glas, lehnte sich neben sie an die Wand und ließ den Blick über die Tische gleiten.

»Danke.« Sie lächelte ihm zu. »Alles in Ordnung? Du siehst aus, als hättest du Sorgen.«

»Nein, mir geht's gut.« Er erwiderte ihr Lächeln. »Liam kommt gleich runter. Er macht nur oben im Büro was fertig.«

Sie nippte an ihrem Wein und fühlte sich unbehaglich. »Heute Abend ist viel los. Ist Rosie denn nicht da? Ich sehe sie nirgends.«

»Nein, sie ist nicht da.« Nach einer Pause fuhr er fort: »Sie arbeitet nicht mehr hier. Hat Liam es dir nicht gesagt?«

»Nein.« Lyddie war schockiert. »Aber warum? Hat sie etwas Besseres gefunden?«

»Keine Ahnung. Wir haben uns getrennt. Was sie jetzt vorhat, weiß ich nicht. Zur Zeit wohnt sie bei einer Freundin.«

»Aber das ist ja schrecklich! Es tut mir Leid, Joe.« Lyddie dachte an die leisen, wütenden Stimmen und Rosies Blick nach dem Streit mit Joe. Sie legte die Hand auf seine verschränkten Arme, weil sie nicht wusste, was sie sagen sollte.

»Ich habe es kommen sehen. Aber ich muss sagen, dass es ziemlich hart ist.« Er stand neben ihr, unnahbar. »Da ist ja Liam.«

Bevor sie noch ein Wort sagen konnte, hatte sich Joe wieder hinter die Theke verzogen, und Liam kam auf sie zu. Er nickte den Gästen zu, hob grüßend die Hand, blieb aber nirgends stehen, bis er bei ihr war.

»Da bist du ja. Wie geht's den Tanten? Und Jack?« Er gab ihr einen Kuss, dann trat er einen Schritt zurück und musterte sie. »Heute Abend sind deine Augen blau, weißt du das? Ich kenne sonst keine Frau, deren Augen sich mit der Farbe ihrer Kleider ändern.«

Albernerweise freute sie sich über diese ungewohnte öffentliche Liebesbezeugung, die einigen der weiblichen Gäste nicht entgangen war.

»Das mit Rosie ist schade«, sagte sie. »Der arme Joe.«

»So ist das Leben nun mal. Ein ewiges Auf und Ab.«

Es klang ganz so, als wäre ihm Joes Problem gleichgültig, was sie überraschte. Er bemerkte ihren unwilligen Blick und küsste sie noch einmal.

»Wenn du mich fragst«, flüsterte er ihr ins Ohr, »ist das sein Glück. Joe hat etwas Besseres verdient, das ist jedenfalls meine Meinung.«

»Da hast du nicht Unrecht.« Lyddie konnte ihm kaum widersprechen. »Aber das heißt ja nicht, dass es ihm nicht wehtut.«

»Stimmt.« Liam nickte, richtete sich auf und ließ den Blick umherschweifen, als sei das Thema damit abgeschlossen. »Du könntest bestimmt etwas zu essen vertragen?«, fragte er schließlich.

»Ja, auf jeden Fall.« Lyddie ärgerte sich über seine Mitleidlosigkeit. »Es sei denn, der König möchte erst einmal seine Untertanen begrüßen.«

Amüsiert musterte er sie, die Bemerkung schmeichelte ihm sichtlich. »Die sollen warten«, meinte er und setzte sich ihr gegenüber. »Erzähl mir, was heute los war, während wir etwas aussuchen.«

Später am Abend saß Nest im Bett, einige Kissen im Rücken, ein aufgeschlagenes Buch auf den Knien. Sie konnte sich nicht auf die Lektüre konzentrieren, weil ihr aus den Seiten Minas Gesicht entgegenblickte.

»Wir waren hier völlig von der Welt abgeschnitten«, hatte ihre Schwester vorhin bei einer Tasse Tee gesagt. »Der Krieg erschien uns als eine traurige, öde Zeit, in der es nicht genug zu essen gab. Wir haben gefroren und gehungert, aber Angst hatten wir eigentlich nicht. Mama führte ein richtiges Einsiedlerleben, hörte kaum Radio und wollte vermeiden, dass die Kleinen Angst bekamen. Ottercombe war wie ein anderer Stern. Erst als ich 1944 nach London ging, erlebte ich diese Gier, jeden Augenblick voll auszukosten. Georgie und ich sprachen über Tony. Eigentlich war sie richtig nett zu mir. Da war sie in ihrem Element: Die Stadtmaus zeigte der Feldmaus, wo's langging.«

»War sie der Meinung, du solltest ihm verzeihen?«

»In gewisser Weise.« Mina hing ihren Erinnerungen nach. »Sie konnte sich gut in ihn einfühlen. Seine Kameraden, die ihm zuredeten, der äußere Druck und dieser Drang der Gene nach dem Motto ›Ich will nicht sterben, bevor ich Sex gehabt habe‹ – ein Gefühl, das sich im Angesicht der Gefahr einstellt. Andererseits wäre es ihr nicht recht gewesen, wenn ich vor ihr geheiratet hätte – Georgie wollte immer die Erste sein. Aber sie hat es mir auch gegönnt, dass ich mich amüsiere. Sie meinte, in Ottercombe sei ich lebendig begraben gewesen, und ihr lag wirklich daran, dass ich meinen Spaß habe. Das hatte ich verdient, fand sie.«

»London im Krieg, kurz vor der Invasion in der Normandie! Das muss ein Sprung ins kalte Wasser gewesen sein.«

»Bestimmt. Aber es tat auch gut, keine Zeit zum Nachdenken zu haben. Denn an Tony wollte ich nicht mehr denken. Damals tauchte er ständig in Ottercombe auf, wenn er Urlaub bekam. Ich musste einfach weg.«

»Daran kann ich mich noch erinnern«, warf Nest ein. »Wie er Mama gebeten hat, für ihn ein gutes Wort bei dir einzulegen.«

»Ich habe das nicht verstanden. Ich lebte geistig noch in den dreißiger Jahren. Durch den Krieg geriet die Welt, die wir kannten, aus den Fugen, aber das begriff ich zu spät. Und ich war ja gerade mal neunzehn. Die Männer, die ich kannte, stammten aus Büchern, mit der Realität hatte das nichts zu tun. Mit einem Mann aus Fleisch und Blut hatte ich keine Erfahrung. Ich hatte keine Ahnung von der Vielschichtigkeit der menschlichen Seele. Ich war wohl ganz schön verklemmt!«

»Du warst nicht verklemmt«, widersprach Nest. »Ist doch klar, dass es ein Schock für dich war. Nur schade, dass du so drastisch reagiert hast.«

»Ach so. Du meinst Richard?« Mina schüttelte den Kopf. »Ja, ich war dumm. Als du an der Reihe warst, hast du die richtige Entscheidung getroffen.«

»Wir waren beide dumm. Aber was Richard Bryce betrifft, Mina: Hast du dir wirklich eingebildet, es wäre Liebe?«

»Hm …« Sie lehnte sich nachdenklich zurück. »Ich meinte wohl, dass es unter diesen Umständen nicht drauf ankommt. Und Richard war nett und hat mich aufgemuntert – außerdem hatte er keine Eltern mehr, die ihn gebremst hätten. Er war hin und weg von mir, und die anderen Offiziere fanden die Idee großartig. Ich hatte das Gefühl, ich würde sie alle heiraten, nicht nur Richard. Die Hochzeit hatte etwas Irreales. Als stünden wir auf der Bühne. Wild romantisch und verrückt, wie das so ist im Krieg. Erst dann dämmerte mir allmählich, was in Tony dort unten in Cornwall vorgegangen war. In dieser unwirklichen Atmosphäre tut man oft Dinge, die man normalerweise bleiben lassen würde. Es ist ein Spiel, das nichts mit dem Leben zu tun hat.«

»Und dann«, griff Nest den Faden auf, als Mina schwieg, »kam Richard um, als das *King David Hotel* in Jerusalem in die Luft flog. Aber warum wohnte er in Jerusalem in einem Hotel?«

»Dort war das britische Hauptquartier«, erwiderte Mina. »Und dabei hatte er den Krieg überlebt. Wie grausam doch das Leben ist.«

»Und du bist nach Ottercombe zurückgekommen«, sagte Nest nach längerem Schweigen, »und im Herbst ging ich aufs Internat. Aber du hast so gefasst gewirkt. Ganz anders als damals bei Tony.«

»Ich schäme mich, es zu sagen, aber Richards Tod hat mich nicht besonders schwer getroffen.« Mina stellte ihre Tasse ab. »Als er wieder im Nahen Osten war, sah ich meinen Fehler ein. Er war ein Fremder für mich, ein netter, freundlicher Mensch, aber ich kannte ihn kaum. Und der Gedanke, den Rest meines Lebens mit ihm zu verbringen, machte mir Angst. Als er starb, war ich frei, und deshalb fühle ich mich heute noch schuldig. Blöd, nicht wahr?«

»Ist dir je der Gedanke gekommen, mit Tony Kontakt aufzunehmen?«

Minas zerknirschte Miene heiterte sich ein wenig auf. »Die Goodenoughs haben dafür gesorgt, dass ich erfuhr, er sei glücklich verheiratet«, sagte sie. »Ich hatte zu lange gewartet.«

»Himmel«, meinte Nest schließlich, »was für Narren sind wir Sterbliche doch.«

»Es ist spät.« Mina sah auf die Uhr und schob ihren Stuhl zurück. »Viel zu spät nach so einem anstrengenden Tag. Ab ins Bett mit dir. Ich räume ab und lasse die Hunde noch mal raus.« Ihre Gedanken weilten immer noch in der Vergangenheit, als sie Nest einen Kuss auf die Wange drückte. »Schlaf gut.«

Jetzt lag Nest im Bett und konnte sich nicht auf ihr Buch konzentrieren. Schließlich legte sie es auf den Nachttisch und knipste das Licht aus. Müde schloss sie die Augen, ohne die Bilder der Vergangenheit bannen zu können.

Tonys kleiner Sportwagen parkt in der Einfahrt. Mama sitzt im Wohnzimmer und beobachtet bedrückt, wie er mit unglücklicher Miene, die Hände zu Fäusten geballt, auf und ab geht. Mina ist nirgends zu sehen. Nest, draußen auf dem Flur, hört seine Stimme.

»Bitte lassen Sie mich zu ihr, Mrs Shaw. Ich muss versuchen, es ihr zu erklären. Es war nichts. Nichts, was von Bedeutung ist.«

»Mein lieber Junge, ich habe versucht, mit Mina zu sprechen. Ich verstehe es, das versichere ich Ihnen.«

»Wirklich?« Er bleibt stehen, setzt sich neben sie, sieht sie an. »Verstehen Sie es tatsächlich? Dann können Sie es Mina doch erklären? Wir haben alle Unsinn gemacht. Die Ausbildung war anstrengend, und wir ahnten allmählich, wie es im Krieg zugeht. Diese Frau hatte bei Dünkirchen ihren Mann verloren, sie war einsam.« Er beobachtet sie besorgt, hofft, dass er ihr nicht zu nahe tritt, dass sie ihn versteht. »Wir hatten getrunken, und die Situation geriet außer Kontrolle. Sie fing an zu weinen, und dann … die anderen haben mich ermuntert. Wissen Sie, wie das ist?«

Mama legt ihre Hände auf die seinen. Sie sieht ihn traurig an, als wäre er ihr eigenes Kind.

»Wissen Sie, Tony, das Problem ist, dass Mina es nicht versteht. Sie ist ein romantisches Mädchen, und Sie sind ihre erste Liebe. Für Mina war es kostbarer als alles auf der Welt –«

»Für mich auch!«, ruft er leidenschaftlich. »Das … hatte nichts miteinander zu tun. Ich muss es ihr erklären.«

»Ich glaube kaum, dass sie die beiden Dinge trennen kann.« Mama hält seine Hände fest. »Nicht weil sie grausam wäre, sondern weil sie so etwas noch nicht erlebt hat. Weder Bücher noch Erfahrungen haben sie darauf vorbereitet. Ich habe mit ihr gesprochen, habe ihr gesagt, dass in Kriegszeiten andere Kräfte und Gefühle am Werk sind und wir die Regeln brechen, nach denen wir sonst leben, aber sie kommt nicht damit zu Rande. Diese Liebe war so schön und zerbrechlich, und jetzt liegt sie in Scherben.«

Er lässt den Kopf hängen und schluchzt so bitterlich, dass Nest draußen vor der Tür Angst bekommt. Ihr kommen die Tränen wegen Tony – und auch wegen der armen Mina. Etwas Schreckliches muss geschehen sein, dass Mina sich von Tonys Unglück nicht rühren lässt.

»Warum haben Sie es ihr gesagt?« Mamas Stimme ist voller Mitgefühl. »Mein lieber Junge! Warum nur?«

Tony schluckt, wischt sich die Augen, seine Tränen benetzen ihre Hände.

»Ich habe mich gescheut, ihr gegenüberzutreten. Das klingt dumm, aber es ist die Wahrheit. Ich war schüchtern und unsicher. Und noch etwas. Bei der Truppenübung unten in Cornwall war ich ein anderer geworden. Allmählich hatte ich das Gefühl, dass der Krieg mich etwas angeht, und darauf war ich stolz. Mit dieser Frau, das war meine erste Erfahrung auf dem Gebiet, und als ich hierher kam und Mina wiedersah, war alles so unwirklich, dass es mir geradezu Angst machte. Ich hatte das Gefühl, dass Mina und ich in verschiedenen Welten lebten – und so schnell konnte ich das nicht zusammenbringen. Es war mir wichtig, ihr zu sagen, dass ich mich verändert hatte, dass ich erwachsen geworden und kein Kind mehr war. Sie sollte wissen, dass ich jetzt ein Mann bin, und noch bevor wir wieder zusammenfanden, war es mir schon herausgerutscht. Und erst als ich ihr Gesicht sah, wurde mir klar, was ich angerichtet hatte. Plötzlich ging es mir auf, aber da war es zu spät.«

»Lieber Tony, verstehen Sie denn nicht, dass Minas Glaube an Ihre Liebe erschüttert wurde, weil Sie sich mit einer anderen eingelassen hatten? Mit so etwas könnte sich nur eine weitaus erfahrenere Frau abfinden. Diese Witwe in Cornwall hat etwas ganz Wichtiges genommen, was Mina für sich beanspruchte, und Sie haben es ihr offenbar ohne Zögern gegeben. Damit haben Sie Minas Stolz verletzt und ihr Vertrauen zerstört.«

»Mein Gott …« Wieder beginnt er zu weinen, und während Mama ihn tröstet, sucht Nest nach Mina.

Sie kauert in einer Ecke des Sofas im Frühstückszimmer und schluchzt leise. Nest beobachtet sie durch die halb offene Tür und wünscht, sie könnte die Zeit zurückdrehen und das alte Glück heraufbeschwören.

Im Herbst ist Timmie ins Internat gekommen, und Nest vermisst ihn schrecklich. Sie schleicht in sein Zimmer und betrachtet seine Modellflugzeuge, die an Schnüren unter der Decke schweben. Sanft berührt sie den alten Soldaten, eine Strickpuppe, die an seinem Kissen lehnt. In den Wochen vor Tonys Rückkehr hat Mina sich allerhand einfallen lassen, um Nest zu beschäftigen: Briefe an Timmie schreiben, sich Spiele für die Ferien ausdenken, gemeinsam überlegen, was er zu Weihnachten bekommen soll. Plötzlich hat Mina für solchen Zeitvertreib nichts mehr übrig. Ihre Augen sind geschwollen, und sie ist mit ihren Gedanken ganz woanders.

»Am besten lässt du sie in Ruhe«, meint Mama. »Sie hat schlechte Nachrichten bekommen. Nein, nichts mit Timmie, du Dummerchen. Mach dir keine Gedanken.«

Als Nest nun durch den Türspalt späht, beschließt sie, ihre große Schwester zu trösten. Sie schlüpft ins Zimmer, setzt sich neben Mina und lehnt schweigend den Kopf an ihre Schulter. Sofort legt Mina den Arm um sie und zieht sie an sich, und sie verstehen sich auch ohne Worte.

17

Ich glaube, du bist an der Reihe mit dem Kaffeekochen am Sonntagmorgen«, murmelte Jack ins Kissen.

Von der anderen Seite des Bettes war nur ein leises Brummen zu vernehmen, und Jack drehte sich um.

»Hört sich an wie ein ›Ja‹«, sagte er wie im Selbstgespräch, »ist das ein Glück!«

Er rollte sich bequem zusammen, aber noch bevor Hannah sich aus ihrem Bettdeckenkokon befreit hatte, um ihn über seinen Irrtum aufzuklären, ertönte ein hartnäckiges Gebrüll, und gleich darauf näherten sich tapsende Schritte. Jack wappnete sich gegen alles, was da kommen mochte, als die Schlafzimmertür aufflog.

»Flora ist wach«, verkündete Toby, »und sie stinkt. Das ist echt eklig.«

»Toby trifft immer den Nagel auf den Kopf«, flüsterte Jack seiner Frau zu. »Ist dir das schon mal aufgefallen? Aber lass dich nicht aufhalten. Husch, husch. Und mach bitte den Wasserkocher an, bevor du unser Kind von seinen verdreckten Windeln befreist.«

»Du bist dran.« Hannah machte keine Anstalten aufzustehen. »Das weißt du genau, Jack. Geh jetzt und unternimm was, bevor die Windel platzt.«

»Du bist wirklich dran, Daddy«, versicherte ihm Toby. »Mami hat es letzten Sonntag gemacht, als mir nach Hamishs Geburtstag schlecht war.«

Jack setzte sich mühsam auf und warf Toby einen entrüsteten Blick zu.

»Das nenne ich Männersolidarität«, sagte er. »Danke, Kumpel. Von mir darfst du übrigens keine Unterstützung erwarten, wenn du das nächste Mal jammerst: ›Ach, hätten wir doch einen Hund.‹«

»Jack, hör auf zu reden, und kümmere dich um die Kleine«, stöhnte Hannah und verkroch sich unter ihrem Federbett. »Mit Toby kannst du im Kinderzimmer streiten. Verschwindet.«

Jack schlüpfte in seinen Bademantel und folgte seinem Sohn durch den Flur. Flora stand mit hochrotem Gesicht plärrend in ihrem Gitterbettchen. Als sie Jack sah, hörte sie auf zu schreien, holte schluchzend Luft und bekam einen Schluckauf.

»O je!«, meinte Toby schadenfroh. »Den wird sie jetzt ewig nicht mehr los. Manchmal muss sie dann spucken.«

Noch bevor Jack eine passende Antwort einfiel, stieg ihm ein durchdringender Geruch in die Nase. Er schloss die Augen und erschauderte.

»Mein Gott!«, brummte er. »Wie soll ich danach noch mein Frühstück runterkriegen? Mach schon, Tobes, du weißt doch, was zu tun ist. Hilf mir. Wo ist diese Unterlage? Braver Junge! Genau, leg sie da hin. Und jetzt komm her, Prinzessin.«

Später kochte er Kaffee, während Flora, einen Schokoladenkeks in der Hand, zufrieden in ihrem Hochstuhl saß. (»Mami gibt uns *nie* vor dem Frühstück Kekse. Wenn sie das erfährt, ist sie bestimmt sauer.« – »Dann verrat es ihr nicht, abgemacht?«) Floras Schluckauf hatte sich inzwischen gelegt, und Toby, der schon aufgegessen hatte, begutachtete den neuen Plastik-Dino aus der Cornflakes-Packung.

»Von denen hab ich schon drei«, stellte er betrübt fest und studierte die Rückseite des Kartons. »Immer sind es die gleichen. Warum krieg ich nie einen anderen?«

»Murphys Gesetz, mein Junge«, entgegnete Jack, dessen Laune sich nach einer Tasse heißen schwarzen Kaffees deutlich gebessert hatte. »Dieses Gesetz ist auch daran schuld, dass ich heute Morgen aufstehen musste und dass du deine Unterhose verkehrt herum angezogen hast. Da kann man nichts machen, Tobes. Und jetzt sei ein braver Junge, und pass auf deine Schwester auf, während ich Mami eine Tasse Kaffee raufbringe. In Ordnung? Dauert nicht lange.«

Er ging hinaus, und es herrschte längere Zeit Schweigen.

»Du hast die Schokolade im Gesicht verschmiert«, sagte Toby zu seiner Schwester.

Unbeeindruckt schleckte sie die Schokolade vom Keks und ließ die durchweichten Krümel neben ihren Hochstuhl fallen. Caligula schnupperte misstrauisch daran und verschwand dann durch die Katzenklappe in den Garten. Toby sah sich die Bescherung an und stellte sich vor, was seine Mutter gleich für ein Gesicht machen würde.

»Das ist keine große Hilfe, Schatz«, ahmte er Hannahs Stimme nach und ließ die Dinos unter furchteinflößenden Geräuschen miteinander kämpfen. Flora lachte erfreut und streckte ihre klebrigen Finger nach dem Spielzeug aus.

Droben stellte Jack den Kaffee auf den Nachttisch. Von Hannah unter der Bettdecke war allerdings nicht viel zu sehen.

»Ich schlafe nicht«, war zu vernehmen. »Alles in Ordnung?«

»Den Kindern geht's gut. Hier ist Kaffee, wenn du möchtest.«

»Danke.« Sie kam unter der Decke hervor und griff nach der Tasse.

»Alles unter Kontrolle«, versicherte er. »Schlaf noch ein bisschen, wenn du möchtest.«

»Schön wär's.« Sie zog die Knie an und strich sich die Haare hinter die Ohren. »Jack, ich habe darüber nachgedacht, ob wir uns nicht einen jungen Hund anschaffen sollten. Gestern auf der Heimfahrt von Ottercombe wollte ich wegen Toby nichts sagen, aber es war doch wirklich nett, wie die Kinder mit den Hunden gespielt haben.«

»Stimmt.« Jack lächelte. »Ich habe nichts gegen einen Hund, Han, aber die Arbeit wird letztlich an dir hängen bleiben. Bist du sicher, dass du nicht schon genug am Hals hast? Während der Schulzeit habe ich für Hundeerziehung keine Zeit.«

»Wir könnten ja bis zu den Weihnachtsferien warten«, schlug sie vor. »Dann haben wir drei Wochen Zeit, ihm das Nötigste beizubringen. Ich glaube, das wäre auch gut für die Jungen. Sie könnten sich leichter eingewöhnen und ihr Heimweh vergessen.«

Jack küsste sie auf die Stirn. »Das ist eine großartige Idee. Toby wird sich irrsinnig freuen.«

»Wir müssen noch überlegen, welche Rasse am besten in ein Haus voller Kinder passt.« Sie nahm nachdenklich einen Schluck Kaffee.

Jack strahlte sie an. »Ich habe gehört, dass Dobermänner sehr kinderlieb sind«, meinte er. »Oder waren das Rottweiler? Du kennst doch den Witz. Welcher Hund hat vier Beine und einen Arm? Aber vielleicht sind sie besser als ihr Ruf.«

»Verschwinde«, sagte sie. »Kümmere dich um unseren Wurf. Ich komm gleich runter. Und kein Sterbenswort von einem Hund. Ich möchte Tobys Gesicht sehen, wenn wir es ihm sagen.«

Am selben Vormittag fuhr Nest in ihrem Rollstuhl bedächtig den moosbedeckten Weg entlang, der sich durch den Garten schlängelte. Sie überquerte die kleine Steinbrücke, unter der der Bach floss, und rollte vorbei an den letzten hohen, seidigen Federn des Pampasgrases, die von Minas Gartenschere bisher verschont geblieben waren. Im Sommer wuchsen hier, im Schutz der Klippe, cremefarbener und rosa leuchtender Geißbart und Astilbe zwischen hohen grünen Farnen und purpurrotem Blutweiderich, über dessen Wurzeln sich Johanniskraut ausbreitete und den feuchten Boden mit kleinen runden pelzigen Blättern und gelben Blüten bedeckte. Früh im Jahr tauchten Schneeglöckchen und Primeln zwischen den Wurzeln der hohen Buchen auf, und im Spätfrühling blühten Maiglöckchen und Schachbrettblumen zwischen den raueren Gräsern am Bachufer.

Hier, wo sich das Wasser über den Durchlass ins Tal ergoss, bedeckten neben Rhabarber und Schaublatt die gezackten rotbraunen Blätter des Schildblatts den Boden zwischen den dünnen Stämmen der Weißbirken. In einer Felsspalte, geschützt durch Weiden und Bergulmen, nistete eine Trauerbachstelze. Nest drehte ihren Stuhl der Herbstsonne zu und beobachtete einen Schwarm Goldzeisige, die über einigen Disteln auf und nieder flatterten, als plötzlich weiter unten im Tal der heisere Ruf der Wildente erscholl. Während Nest weiterfuhr, rief sie sich die Spiele in Erinnerung, die sie mit Timmie in diesem verzauberten Garten mit all den Verstecken gespielt hatte. Gab es irgendwo auf der Welt einen schöneren Ort für zwei phantasievolle Kinder? Kaum ein Buch, das sie nicht nachspielten, obwohl gelegentliche Enttäuschungen nicht ausblieben, weil den Erwachsenen naturgemäß das nötige Vorstellungsvermögen fehlte.

Weihnachten 1943 bekommt Timmie seinen ersten Arthur Ransome: *Der Kampf um die Insel.* Nach der Lektüre verwandelt sich der Strand in die Wildkatzeninsel, auch wenn Mama ihnen trotz flehentlicher Bitten ein Segelboot verweigert. Die Strömungen hier an der Küste im Norden der Grafschaft Somerset sind viel zu gefährlich, als dass man es zwei kleinen Kindern erlauben könnte, ihre Phantasieabenteuer bis zum Letzten auszukosten. Sie müssen sich damit begnügen, in den Felsbecken zu schwimmen und die Klippen hochzuklettern. Als Weihnachten vorbei ist, geht Mina nach London, während Timmie und die großen Schwestern ins Internat zurückkehren. Nest bleibt mit Mama allein. Stundenlang sich selbst überlassen, zieht sie sich in eine Traumwelt zurück. Ihre lebhafte Vorstellungskraft berauscht sich an den Geschichten, die ihr Mama vorliest. Von ihrer eigenen Einsamkeit bedrückt, greift Mama nun nicht mehr nur zu den heiß geliebten Kinderbüchern. Am offenen Kamin, auf dem Sofa an ihre Mutter gekuschelt, lauscht Nest Alison Uttleys *The Country Child,* und ihr Herz pocht aufgeregt, als die kleine Susan Garland durch den dunklen Wald von der Schule nach Hause geht. Und als sie zum ersten Mal die Gedichte von Thomas Edward Brown, O'Shaughnessys *Music and Moonlight* und die lyrische Prosa von Richard Jefferies hört, wird sie von einer seltsamen, sehnsuchtsvollen Unruhe gepackt, und das Blut prickelt in ihren Adern.

In diesem Winter und Vorfrühling geistert sie herum – im Kopf Verse und Zitate und eine Flut von Bildern. Wie benommen von der Schönheit der englischen Sprache, beschäftigt sie sich mit Dingen, die sich dem Verständnis einer Neunjährigen entziehen. Mina fehlt ihr genauso wie Timmie. Mamas sanfte Melancholie rührt sie auf unerklärliche Weise, während ihr Herz von vagen Sehnsüchten und wilder Erregung erfüllt ist. Als die Schneeglöckchen ihre zarten

Köpfchen aus der Erde hervorstrecken und die hellgelben Blüten des Winterlings im Gras auftauchen, greift Mama zu *Jane Eyre*, und Nest verliebt sich leidenschaftlich in Edward Rochester. Diese tragisch-romantische Figur wird zum Gegenstand ihrer Leidenschaft. Als die heftigen Märzwinde gewaltige Wogen gegen die Klippen branden lassen und Schneestürme vom Bristolkanal übers Moor fegen, steht Nest am Fenster ihres Zimmers und lauscht erregt dem rastlosen Toben des Meeres, als wolle sie im nächsten Augenblick hinausspringen und mit dem unbezähmbaren Zauber der Elemente verschmelzen.

In den Osterferien ist Timmie bei ihr, und wieder inszenieren sie ihre Stücke, diesmal vor dem Hintergrund der unaufhörlichen Streitereien zwischen Henrietta und Josie. Die beiden sind in eine Rivalität verstrickt, die ihre Mutter zur Verzweiflung treibt und die jüngeren Geschwister fasziniert. Henrietta, kaum zwölf Monate älter als ihre Schwester, wischt der weniger gewitzten, geradlinigeren Josie häufig eins aus. Als Henrietta, begleitet von einer Schulfreundin und deren Bruder, einen Tanztee besuchen darf, ist Josie tagelang eingeschnappt. Der Bruder, ein gutmütiger Siebzehnjähriger, der im Herbst zur Armee muss, lässt sich von Henrietta umgarnen, ist jedoch viel zu wohlerzogen, um Josie ganz zu ignorieren.

Die scharfzüngige Henrietta quält Josie mit ihrer Eroberung. Aber Josie, die alle Höhen und Tiefen der ersten Liebe durchlebt, lässt sich diesmal nicht so leicht unterkriegen.

Ein Tennisnachmittag ist der Anlass für eine offene Feldschlacht: Henrietta teilt Josie erst im letzten Augenblick mit, auch sie sei eingeladen. Sie hofft, dass ihre Schwester sich nicht mehr rechtzeitig fertig machen kann.

»Das ist gemein, Mama!«, ruft Josie, den Tränen nahe. »Meine Tennissachen sind nicht gewaschen, ich habe nichts anzuziehen. Das hat sie absichtlich gemacht, weil sie mit Lionel allein sein will.«

»Also ehrlich!« Henrietta sieht Mama mit großen Augen an, als sei ihre Schwester nicht bei Sinnen. »Wie sollte ich auf einer Tennisparty mit irgendjemandem allein sein? Und überhaupt ist es furchtbar peinlich, wie sie ihn anhimmelt. Sie ist doch noch ein Kind. Er findet das unheimlich witzig.«

»Das stimmt nicht! Er mag mich. Du hast dich ihm doch an den Hals geworfen –«

»Es reicht.« Mama hat die Geduld verloren, und die Mädchen beißen sich auf die Lippen. »Dass Henrietta dir die Einladung verschwiegen hat, war Unrecht, und deshalb möchte ich euch beide nicht gehen lassen …« Josie streckt triumphierend die Zunge heraus, während Henrietta vor Zorn erbleicht. »… nur leider ist Lionel wohl schon unterwegs, um euch abzuholen. Wenn das noch einmal vorkommt, Henrietta, ist es aus und vorbei mit den Partys. Und Josie, du wirst in Zukunft deine Kleider wohl besser in Ordnung halten. Diesmal wirst du wohl daheim bleiben.«

Henrietta stolziert davon und frohlockt insgeheim über ihren Sieg, während die tief enttäuschte Josie die auf Hochglanz gebrachten Tennisschuhe ihrer Schwester im schmutzigen Wasser der Regentonne versenkt. Der Streit, der dann folgt, versetzt sogar Timmie in Angst und Schrecken, und Nest bricht in Tränen aus. Schließlich droht Lydia, wenn Henrietta und Josie sich nicht zusammenreißen würden, wolle sie Lionel verraten, wie schrecklich sich die beiden aufführen. Die Mädchen werden zu Verbündeten wider Willen und ergehen sich stammelnd in Erklärungsversuchen für ihr Missgeschick. Lionel hört sich die wirre Geschichte ratlos an, erklärt aber dann, natürlich müssten sie beide mitkommen. Schuhe und Tenniskleid, meint er mit jugendlicher Zuversicht, könne ihnen seine Schwester leihen. Die beiden Mädchen wollen vor diesem unschuldigen Jungen nicht das Gesicht verlieren, der für Lydia ebenso viel Charme aufbietet wie für die streitsüchtigen Rivalinnen. Danach wird der Kampf lautlos mit Rippenstößen und Zwicken fortgesetzt – und mit wütenden Blicken, die einem zuckersüßen Lächeln weichen, sobald Lionel sie ansieht.

Die Fehde tobt immer heftiger, und die beiden Kleinen müssen mit ansehen, wie Henrietta wutentbrannt eine Kanne kalten Tees über Josies frisch frisiertes Haar kippt und Josie daraufhin den Rock von Henriettas bestem Partykleid in Stücke reißt. Geschrei und Geheul hallen durch die friedliche Schlucht, und Mama versucht es abwechselnd mit gutem Zureden und Strenge. Sosehr Timmie ihr fehlt, ist Nest doch geradezu erleichtert, als die Schule anfängt und sie mit Mama wieder allein ist.

»Schade, dass Mina nicht hier ist«, meint Mama. »Sie strahlt eine solche Ruhe aus.«

Fünfundfünfzig Jahre später lächelte Nest, als sie über den Rasen auf den Kies gelangte. Ja, hinter Minas Wärme stand eine heitere Gelassenheit, der Trauer und Verzweiflung wenig anhaben konnten. Alle Verwandten hatten früher oder später bei Mina Hilfe gefunden und Kraft geschöpft. In diesem Augenblick erschien Mina in der offenen Haustür, hinter ihr stand Georgie.

»Gute Neuigkeiten!«, rief sie, machte aber ein besorgtes Gesicht dabei. Anscheinend ist die Neuigkeit doch nicht so gut, dachte Nest. »Helena und Rupert kommen uns besuchen. Ist das nicht schön?«

18

Lyddie bestellte einen Kurier, der ihr Päckchen abholen sollte. Dann schob sie das fertig redigierte Manuskript mit dem Brief an die Lektorin in die Plastiktüte des Kurierdienstes. Seit einmal ein Manuskript verloren gegangen war, traute sie der Post nicht mehr. Als sie Teewasser aufsetzte, blickte Bosun sie erwartungsvoll an, aber sie schüttelte den Kopf.

»Du musst warten, bis der Kurier da war.« Sie zeigte ihm das Päckchen, und er ließ sich seufzend draußen auf dem Flur nieder.

Fröstelnd zog Lyddie ihre lange grüne Strickjacke enger um sich, während sie wartete, dass das Wasser kochte. Der Winter rückte näher, und an bedeckten Tagen wurde es in ihrem kleinen Arbeitszimmer nicht mehr richtig warm. Vielleicht sollte man doch eine Heizung einbauen. Da Bosun ihr Gesellschaft leistete, kam ein Heizstrahler nicht in Frage. Eine Zentralheizung wäre für das ganze Haus die richtige Lösung. Im Erdgeschoss verbreitete der Holzofen eine wohlige Wärme und verhinderte, dass das Haus auskühlte, aber im Schlafzimmer neben Lyddies Arbeitszimmer war es trotzdem unangenehm kalt.

Als sie den Tee aufbrühte, kam ihr eine Idee. Vielleicht sollte sie das Geld von dem Haus in Iffley in die Zentralheizung stecken? Das würde den Wert des Hauses steigern und das Leben erleichtern. Dagegen konnte Liam doch nichts einzuwenden haben? Die Küche lag in einem kleinen Anbau auf der Rückseite des Hauses und bildete mit dem Wohnzimmer eine L-Form. Die Hintertür führte auf einen kleinen Hof, in dem Lyddie in Töpfen und Wannen Blumen gepflanzt hatte. Jetzt setzte sie sich mit ihrem Tee an den Wohnzimmertisch und schaute auf den Hof hinaus. Die Hauswand und die Holzscheune waren im selben Rosaton gestrichen wie die Wände des Anbaus, und da die Chrysanthemen und die Strauchveronika immer noch farbenfroh blühten, bot sich ihr ein entzückendes Bild. Im Sommer waren die Mauer und das Dach der Holzscheune mit Kletterrosen und Geißblatt bedeckt, aber jetzt, Ende Oktober, war von der einstigen Pracht nicht mehr viel übrig.

Lyddie beobachtete ein Rotkehlchen, das Toastkrumen aufpickte. Wieso war es ihr so wichtig, neben ihrem Einkommen auch noch ihr Erbe hier zu investieren? Warum legte sie das Geld nicht einfach sicher an, damit sie im Notfall etwas auf der hohen Kante hatte? Sie nahm den warmen Teebecher in beide Hände und versuchte, die Situation sachlich zu überdenken. Wenn sie ehrlich war, musste sie zugeben, dass sie sich auch nach zwei Jahren in Truro immer noch nicht eingelebt hatte. Gelegentlich ertappte sie sich bei dem Gedanken: Was tue ich hier eigentlich? Oder sie hatte das entnervende Gefühl, auf etwas zu warten. Meist war sie so in ihre Arbeit vertieft, dass sie außer dem Text, den sie gerade redigierte, gar nichts anderes wahrnahm. In einem Jahr gingen bis zu fünfunddreißig Manuskripte über ihren Schreibtisch – ständig wurden neue Bücher auf den Markt geworfen –, sodass ihr nur wenige Mußestunden blieben, in denen sie über ihre Gefühle nachdenken konnte. Dennoch erfüllte sie eine merkwürdige Erwartung, als befände sie sich in einer Übergangssituation und als müsse bald etwas passieren.

Lyddie stellte ihre Tasse ab und kniete sich vor den Ofen. Sie öffnete die Glastür und entfachte mit etwas Kleinholz und einem Anzünder ein Feuer. Als die Flammen züngelten, schloss sie das Türchen, damit es besser brannte. Eine Weile starrte sie wie gebannt in das Feuer, dann stand sie auf und wusch sich die Hände. Als sie wieder am Tisch saß und nach ihrem Becher griff, überlegte sie stirnrunzelnd, warum ihr das alles hier so wenig beständig erschien.

Vielleicht kam das Gefühl ja daher, weil sie und Liam einen so unterschiedlichen Tagesablauf hatten. Da Liam sein Lokal führte, konnten sie nicht so leben wie andere junge Paare: gemeinsam kochen, gelegentlich essen gehen, einen Abend im Theater oder im Kino verbringen. Allmählich wurde ihr klar, dass der große Tag noch fern war, an dem Liam und Joe sich einen Geschäftsführer leisten konnten, der sie entlastete. Und sie musste sich eingestehen, dass zumindest Liam eine solche Entlastung gar nicht für wünschenswert hielt. Er liebte sein Lokal, es war sein Leben. Und da Lyddie sich von Anfang an angepasst hatte und die Abende nicht ungern im *Place* verbrachte, war das Beziehungsmuster nun eingespielt.

Lyddie seufzte. Der springende Punkt war, dass ihr dieses Leben bisher gefallen hatte. Ein Besuch im *Place* nach einem langen einsamen Tag am Schreibtisch, das freundliche Gewitzel mit Joe, das köstliche Essen, das man ihr servierte, ohne dass sie sich um irgendetwas kümmern musste, war eine großartige Abwechslung, nachdem James sich für New York entschieden hatte und sie ein ganzes Jahr lang in London unglücklich gewesen war. Sie erinnerte sich noch allzu gut, wie sie nach einem anstrengenden Tag und dem langen Heimweg in ihre kleine Wohnung kam und vor dem leeren

Kühlschrank feststellte, dass sie viel zu müde war, um noch einkaufen zu gehen. Sie hatte sich dann einfach mit einer Scheibe Toast vor den Fernseher gesetzt, bis ihr die Augen zufielen. Ihr Job als Lektorin und ihre Freundschaften mit den Kollegen waren ihr Lebensinhalt gewesen. Ihre Arbeit hatte sie zwar immer noch, aber es war nicht leicht, neue Bekanntschaften zu schließen, wenn sie vor der Wahl stand, den Abend mit diesen Bekannten zu verbringen oder ins *Place* zu gehen, wo Liam – vielleicht – Zeit zum Plaudern hatte.

Sie schüttelte den Kopf. Ehrlich gesagt, waren es gar nicht die Freunde, die ihr fehlten – mit wenigen Auserwählten hielt sie immer noch Kontakt, und gelegentlich besuchte sie sie in London. Was sie störte, war, dass Liam sie nicht an sich heranließ. So als hätte er sich innerlich abgekapselt. Er blieb undurchschaubar, und nicht einmal sie, Lyddie, wusste, was sich hinter seinem betörenden Charme, seinem Witz und seinem Scharfsinn verbarg.

»Bist du sicher«, hatte Caroline, ihre beste Freundin, gefragt, »ob du das alles wirklich willst? Natürlich ist er unheimlich attraktiv, er hat Humor und stellt was auf die Beine … aber ist er nicht ein bisschen sehr distanziert?« Und Lyddie hatte albernerweise geglaubt, dass nur sie den echten Liam kannte.

Sie versuchte fair zu bleiben. Dieses merkwürdige Gefühl, in Urlaub zu sein, war wohl auf diesen vollkommen anderen Lebensstil zurückzuführen. Tausende von Menschen – Hoteliers, Wirte und Leute aus der Tourismusbranche – führten ein solches zerstückeltes Leben und kamen gut damit zurecht. Aber das half ihr auch nicht weiter. Tatsache war nun einmal, dass Liam weder vorhatte, seine Haltung zu ändern noch sie in sein Leben einzubeziehen. Dass sie ihr Geld in den Betrieb oder ins Haus stecken wollte, war nichts anderes als der Versuch dazuzugehören. Sie wollte seinen Schutzpanzer durchbrechen und ihn zwingen, sie als ebenbürtige Partnerin anzuerkennen. Durch den Streit waren ihre Ängste an die Oberfläche gekommen, und es fiel ihr schwer, in den alten Zustand der Unschuld zurückzufinden und sich einzureden, dass schon bald alles anders werden konnte: dass ein Geschäftsführer eingestellt würde und sie ihr Geld ins Lokal stecken konnte, dass sie und Liam frei und offen über ihre Gefühle und Ängste reden würden.

Das Kapitel mit dem Brief war abgeschlossen, und Liam war nicht nachtragend. Er wirkte weder verärgert noch kalt, aber vorangekommen waren sie auch nicht. Und doch war nicht alles beim Alten: Die Flitterwochen waren zwar endgültig vorbei, aber der Weg in die Zukunft erschien unklar. An allen denkbaren Gabelungen stand ein Schild »Durchfahrt verboten«. Aber Lyddie war es leid, in der alten Passivität zu verharren. Hatte sie bisher instinktiv dazu geneigt, Liams Standpunkt und seinen Reaktionen Verständnis entgegenzubringen, so ließen sich jetzt ihre eigenen Bedürfnisse nicht länger unterdrücken. Ihre Unsicherheit rührte daher, dass James sie verlassen hatte. Doch die Furcht, auch Liam zu verlieren, wurde durch ihren Gerechtigkeitssinn und ihre Willenskraft allmählich in den Hintergrund gedrängt. Außerdem wünschte sie sich nichts sehnlicher als ein Kind von ihm. War das denn nicht der Ausweg aus der Sackgasse? Vielleicht war ja Liams Desinteresse an Kindern, seine Weigerung, auch nur darüber zu sprechen, darauf zurückzuführen, dass das *Place* sein Ein und Alles war? Sie mussten beide umdenken, aber wie sollte das gehen?

Das Klingeln an der Haustür riss sie aus ihren Gedanken. Bosun wachte auf, erhob sich unsicher und bellte Lyddies Regenmantel im Flur an, bis er seinen Irrtum bemerkte. Schließlich kam er herein und warf Lyddie einen vorwurfsvollen

Blick zu, denn er war es nicht gewohnt, so unsanft geweckt zu werden. Sie griff nach dem Päckchen und eilte zur Tür.

»Wann kommt Helena?«, fragte Georgie nun schon zum fünften Mal seit dem Anruf, und Mina erwiderte geduldig: »Am Wochenende.«

»Und der liebe Rupert kommt auch mit«, fügte Nest boshaft hinzu.

Georgie, die mit hochgezogenen Schultern auf dem Sofa saß, hatte wieder einmal einen Rückfall. Unruhig klopfte sie mit dem Fuß auf den Boden, sogar ihr Gesicht zuckte. Bald runzelte sie die Stirn, bald zog sie einen Schmollmund, so als lausche sie einer Melodie in ihrem Kopf oder stritte sich mit einem unsichtbaren Feind.

»Warum Feind?«, hatte Mina gefragt, als Nest den Gedanken äußerte.

»Weil sie so gereizt wirkt«, antwortete Nest. »Man hat nicht gerade den Eindruck, dass es ihr Freude macht.«

Während sich Georgie in ihre eigene Welt zurückzog, strickte Nest Babykleidung, die vom Frauenverein auf dem Wohltätigkeitsbasar verkauft wurde, und Mina löste ein Kreuzworträtsel. Von den Holzscheiten im Kamin war nur noch matt leuchtende Glut übrig, und der Wind, der durch die Schlucht heulte, rüttelte an den Fenstern und erzeugte im Kamin ein unheimliches Echo.

»Ja, Rupert kommt auch«, erwiderte Mina geistesabwesend. »Wer hat *Von Mäusen und Menschen* geschrieben? Neun Buchstaben, ein B kommt vor.«

»Steinbeck«, sagte Nest. »Ja, den guten alten Rupert vergisst man allzu leicht.«

»Stimmt.« Mina setzte den gesuchten Namen ein. Als ihr klar wurde, was ihre Schwester mit diesen Andeutungen bezweckte, warf sie Georgie einen schuldbewussten Blick zu und sah dann Nest tadelnd an.

Nest grinste und legte ihr Strickzeug beiseite. »Zeit fürs Bett. Wollen wir noch etwas Warmes trinken, Mina?«

»Ja, gern.« Mina nahm die Brille ab und faltete die *Times* zusammen. »Meine Güte, ist es wirklich schon so spät? Ich gehe noch schnell mit den Hunden raus.« Dann erhob sie die Stimme: »Möchtest du auch eine heiße Schokolade, Georgie?«

Georgie blickte auf und wirkte nun wieder halbwegs klar, aber Nest sah, dass sie sich ihre Antwort sorgfältig zurechtlegte.

»Ja, aber mit etwas mehr Kakao als gestern.« Sie machte ein unzufriedenes Gesicht wie ein verzogenes Kind.

»Du lieber Himmel«, meinte Mina mit gespielter Fröhlichkeit. »War die Schokolade nicht in Ordnung? Möchtest du sie dir vielleicht selbst machen?«

Das bedeutete für alle drei eine Herausforderung. Als Georgie das letzte Mal Schokolade machen wollte und Nest in die Küche kam, war die Milch auf dem Herd übergekocht, Minas Lieblingstopf ruiniert und Georgie verschwunden.

»Wenn ihr es nicht schafft, eine Tasse heiße Schokolade zu machen …« Georgie erhob sich leise ächzend von ihrem Sessel. Nest war schon auf dem Weg in die Küche, um die letzten Vorbereitungen für die Nacht zu treffen. Mina holte die Hunde, die sich auf einen letzten Streifzug durch den Garten freuten. Als sie in die Küche trat, kümmerte sich Nest gerade unter Georgies Aufsicht um die Schokolade.

Mina ging in die windige Nacht hinaus und sah zu, wie die Hunde im Garten verschwanden. Zwischen Wolkenfetzen leuchteten die Sterne. Das Rauschen des Wasserfalls mischte sich mit dem Tosen des Sturms, der durch die Bäume an den Steilwänden der Schlucht fegte, und in der Ferne war das rastlose Donnern der Brandung zu hören.

Von der kühlen Luft erfrischt, rief sie nach den Hunden, die nacheinander auftauchten, und kehrte in die stille Küche zurück. Georgie war mit ihrer Schokolade schon hinaufgegangen, Nest weichte gerade den Topf ein, und Minas Tasse war auf dem Herd warm gestellt.

»Das war boshaft«, meinte Mina tadelnd und gab ihrer Schwester einen Gutenachtkuss. »Die Bemerkung über Rupert.«

»Stimmt«, erwiderte Nest frei von Reue, »aber wie du weißt, Mina, gibt es Zeiten, da sticht mich der Hafer. Ich muss aus diesem verdammten Gefängnis ausbrechen, tanzen und laufen …«

Sie wandte sich ab und biss sich auf die Lippen. Mina fühlte sich hilflos, denn es gab nichts, was Nests Schmerz hätte lindern können.

»Andererseits«, meinte Nest und fuhr mit ihrem Rollstuhl zur Tür, »ist mir eine körperliche Behinderung lieber als eine geistige. Eigentlich will ich mich gar nicht über Georgie lustig machen, ich lasse nur Dampf ab. Mein Gott, ist das alles anstrengend! Manchmal könnte ich explodieren. Aber du kannst auch nichts dafür. Tut mir Leid, Mina. Gute Nacht.«

Bedrückt stieg Mina die Treppe hinauf, dicht gefolgt von den Hunden, in einer Hand die Tasse, in der anderen Brille und Buch. Doch als sie die Zimmertür hinter sich geschlossen hatte, fiel die Spannung von ihr ab, und sie betrat ihr kleines Reich mit freudiger Erwartung. Die heiße Schokolade, ein Gedankenaustausch mit Elyot, ein Kapitel in ihrem Buch, all diese Freuden galt es zu genießen. Ihr Blick wanderte über die vertrauten Dinge, die ihr ans Herz gewachsen waren, zu ihrem gemütlichen Bett, in dem die Heizdecke, ein Geschenk von Hannah und Jack, wohlige Wärme verbreitete.

Sie stellte ihre Tasse neben dem Computer ab, während die Hunde es sich auf ihrem Lager bequem machten. Mina zog sich aus, dachte an frühere Nächte, als man bei Kerzenschein unter die eiskalte Bettdecke schlüpfte, und murmelte ein Dankgebet für den Luxus, den sie heute genoss. Dann setzte sie sich an den Computer und nippte an der heißen Schokolade. Erleichtert sah sie, dass er ihr tatsächlich eine Nachricht geschickt hatte, und öffnete sie begierig.

Von: Elyot
An: Mina

Meine liebe Freundin,
wie geht es dir? Hoffentlich hat es euch nicht weggeweht? Heute war es bei uns schon etwas besser …

19

Aber Nest fand keinen Schlaf. Die Dämonen, die sie tagsüber bannte, kehrten nachts wieder, um sie zu quälen. Enttäuschung, Wut, Schuldgefühl und Verzweiflung hießen ihre nächtlichen Gefährten. Als sie, ringsum von Kissen gestützt, im Bett saß, überlegte sie, ob Georgies Besuch nicht ihnen allen, auch Georgie selbst, mehr schadete als nützte. Für Nest war es eindeutig, dass Georgie zwischen Vergangenheit und Gegenwart hin und her schwankte und vergeblich versuchte, sich auf das, was um sie herum geschah, einen Reim zu machen. Manchmal hielt sie Mina für Mama, auch wenn sie dann wieder über längere Zeit völlig klar wirkte. Dennoch war das alles nicht ungefährlich. Sie hatte ja schon Minas Liebe zu Tony Luttrell ausgegraben, womöglich plauderte sie noch andere Dinge aus. Mina war allerdings der Meinung, dass Georgie beileibe nicht so viel wusste, wie sie vorgab.

»Sie hat dieses Machtgefühl immer ausgekostet«, hatte Mina erklärt. »Sie hat Andeutungen fallen lassen, bis wir alle nervös wurden. Aber oft ging es dabei nur um Dinge, die sie sich eingebildet oder irgendwo gehört hatte.«

»Das Problem ist«, hatte Nest erwidert, »wenn man tatsächlich ein Geheimnis hat, das einem Schuldgefühle bereitet, dann treibt einen so etwas zum Wahnsinn.«

»Aber was sollen wir machen?«, hatte Mina verzweifelt gefragt. »Ich werde Helena bitten, sie abzuholen, wenn sie dich wirklich so beunruhigt. Schließlich bin ich in meinem Alter auch nicht unbegrenzt belastbar. Helena und Rupert müssen das einsehen. Wie ich sehe, wird dir das alles zu viel.«

Hin und her gerissen zwischen ihren Befürchtungen und ihrem Mitleid mit Georgie, hatte Nest den Kopf geschüttelt.

»Warten wir ab«, hatte sie gesagt.

Jetzt saß sie in ihrem Bett und ärgerte sich über ihre Nachgiebigkeit. Aber jedes Mal, wenn sie Georgies leeren, verlorenen Blick sah, zog sich ihr Herz vor Mitleid zusammen. Nest wusste, dass ihr eine schlaflose Nacht bevorstand, und nahm eine Schlaftablette. Ihre Gedanken schweiften in die Vergangenheit. Nach und nach kamen die Erinnerungen an die Oberfläche, die sie vor langer Zeit begraben hatte.

Nach dem Krieg hat sich vieles verändert. Georgie ist nun mit einem jungen Mann aus dem Finanzministerium verheiratet, Henrietta und Josie, im Dauerstreit vereint, gehen nach London und finden Arbeit: Josie als Sekretärin an der Londoner Universität und Henrietta in einem kleinen Antiquitätengeschäft, das einer reichen Adligen gehört. Zunächst bewohnen sie den ersten Stock des Londoner Hauses, doch als Ambrose kurz nach seinem vierundfünfzigsten Geburtstag an Lungenkrebs stirbt, wird das Haus aufgeteilt und der Rest vermietet. Georgie will sich um ihre beiden jüngeren Schwestern kümmern. Als Mina nach Richards Tod nach Ottercombe zurückkehrt, beschließt Lydia, sich fortan ihren Gebrechen und Krankheiten zu widmen. Alles hat sich verändert: Ambrose ist tot, Timothy ebenso, eine Tochter ist verheiratet, die zweite verwitwet. Offenbar besitzt sie weder den Willen noch die Kraft, auf Josie und Henrietta, die beiden Dickköpfe, Einfluss zu nehmen; sie sollen sich in dieser neuen, fremdartigen Zeit selbst zurechtfinden.

Mina tröstet sie. »Georgie wird schon auf sie aufpassen«, versichert sie ihrer Mutter, »und ich habe Freunde, die ihnen helfen, wenn sie Probleme haben.«

Lydia glaubt ihr nur allzu gern. Josie und Henrietta haben ihre Nerven in den letzten Kriegsjahren über Gebühr strapaziert, und jetzt freut sie sich, dass Mina bei ihr zu Hause ist. Sie führen ein friedliches, stilles Dasein; nur wenn Nest und Timmie in den Ferien heimkommen, geht es lebhafter zu. Für Phantasiespiele sind sie jetzt schon zu groß; sie wagen sich auch über ihre geliebte Schlucht hinaus. Sie wandern übers Moor, radeln an der Küste entlang nach Countisbury, lauthals jauchzend sausen sie steile Hänge hinunter, dann wieder quälen sie sich stöhnend bergauf. Sie besuchen das Dörfchen Oare und sehen sich die Kirche an, in der Lorna Doone John Ridd das Jawort geben wollte, und stehen vor dem Altar, an dem Lorna von dem Schurken Carver Doone niedergeschossen wurde. Von der windgepeitschten Küstenstraße geht es hinunter in die friedliche Stille der bewaldeten Täler, wo sie am Ufer des East Lyn oder an einem sonnigen Hang im Heidekraut picknicken und die Schwarz- und Braunkehlchen beobachten, die über den runden grauen Felsen herumschwirren. Nur von den Chains, einem wilden Sumpfgebiet, halten sie sich fern, denn hier ist es selbst im Hochsommer feucht, und wer nicht aufpasst, versinkt bis zu den Knien im Moor.

Timmie ist offensichtlich der geborene Soldat. Er besitzt den gleichen Pioniergeist und Wagemut wie sein Pate. Nest ist sehr stolz auf ihn, aber gelegentlich plagt sie auch die Angst.

»Muss er unbedingt Soldat werden?«, fragt sie Mama eines Morgens am Ende der Ferien. Mina ist mit Timmie nach

Combe Martin zum Friseur gefahren. »Was ist, wenn es wieder Krieg gibt?«

Mamas Blick schweift in die Ferne, wie so oft in letzter Zeit. Zu einem längst vergangenen Sommernachmittag, als sie im Flur stand, Timothy anlächelte, seine Hand hielt und er sagte: »Entschuldigung, dass ich einfach so hereinschneie …«

»Mama?«, hakt Nest nach – und Mama kehrt in die Gegenwart zurück, seufzt und streicht ihr sachte über die Wange.

»Da können wir nichts machen, mein Schatz«, sagt sie leise. »In jedem anderen Beruf wäre er unglücklich.«

Als Nest zur Schule zurückkehrt, weiß sie, dass sie nicht mehr viele Ferientage mit Timmie verbringen wird.

Im Herbst 1951 geht Timmie nach Sandhurst, und Nest tritt ihr letztes Schuljahr an. Jetzt ist Mina achtundzwanzig und Nest siebzehn, und die Schwestern stehen sich näher als je zuvor. Lydia hat sich zurückgezogen, sie lebt in der Vergangenheit, in den dreißiger Jahren, arbeitet im Garten, liest und hat auch nichts gegen einen Ausflug einzuwenden, denn inzwischen fährt Mina den kleinen Austin. Hin und wieder kommt Georgie mit ihrem Töchterchen Helena zu Besuch, oder Josie und Henrietta geben sich die Ehre. Josie ist inzwischen mit einem jungen Atomwissenschaftler verheiratet, und da sie nun keine Bedrohung mehr darstellt, kommt Henrietta ganz gut mit ihr aus. Henrietta, glamourös, amüsant und selbstbewusst, ist stets von Bewunderern umgeben. Ihr Humor ist oft erbarmungslos. Nest und Mina lachen Tränen, wenn sie Georgies Tom und Josies Alec parodiert.

»Unglaubliche Langweiler, das lässt sich gar nicht in Worte fassen«, sagt sie und rümpft die Nase. »Tom quasselt nur über die Staatsverschuldung, und Alec interessiert sich ausschließlich für den Inhalt von Reagenzgläsern. Glücklich ist er nur in seinem Labor. Die arme Josie! Vielleicht gehen sie ja nach Amerika, hat sie es euch erzählt?«

Nest findet ihre schöne, moderne ältere Schwester faszinierend, und allmählich freut sie sich darauf, nach Beendigung der Schule nach London zu gehen und auf eigenen Beinen zu stehen. Doch Henrietta ist innerlich nicht so gefestigt wie Mina, und anders als ihre beiden Schwestern macht sie sich nichts aus Büchern. Deshalb fühlt sich Nest mit Mina immer noch am wohlsten. Henrietta verströmt eine fieberhafte Unruhe, sie ist schlagfertig und unduldsam. Wer ihrem Zauber verfällt, muss stets auf der Hut sein, nicht in Ungnade zu fallen. In den Weihnachtsferien hat sie etwas Zeit für ihre jüngere Schwester. Da sie in ihr eine mögliche Rivalin sieht, versucht sie gleich klarzustellen, wer den Ton angibt.

»Findest du wirklich, dass dir die langen Haare stehen? Das macht dein Gesicht so spitz. Vielleicht wäre eine Dauerwelle gut.« Und: »Du meine Güte, ich hatte ganz vergessen, dass ihr hier ja hinterm Mond lebt. Ich hoffe nur, dass du in London nicht in diesem altmodischen Zeug aufkreuzt. Ich weiß, die Rationierung war übel, und man bekommt hier nichts Anständiges, aber trotzdem …«

Als Henrietta fort ist, fühlt sich Nest elend und minderwertig. Besorgt inspiziert sie ihre magere Garderobe, steckt die langen Haare hoch und betrachtet sich im Spiegel.

»Findest du, ich soll mir die Haare abschneiden?«, fragt sie Mina.

Mina begegnet ihrem ängstlichen Blick im Spiegel, sieht den altbewährten Tweedrock auf dem Bett liegen und weiß, dass Henrietta es wieder einmal geschafft hat.

»Nein, das finde ich nicht«, entgegnet sie entschieden. »Dein Haar ist wunderschön, lang und seidig. Henrietta hat sich die Haare auch nicht schneiden lassen, sie steckt sie jetzt nur hoch. Und der Rock ist wirklich gut geschnitten. Er macht schlank.«

Getröstet beschließt Nest, erst in den Osterferien nach London zu fahren. Mit Mina schwelgt sie in den Büchern von Nancy Mitford, sie lernen neue Wörter und Redewendungen kennen, und Lydia lächelt, als sie ihre Töchter so glücklich erlebt.

Und als die Osterferien kommen, wird die Fahrt nach London noch einmal aufgeschoben. Lydia leidet wieder einmal unter Asthmaanfällen, Mina kümmert sich um sie, und Nest wird im Haushalt gebraucht und übernimmt das Kochen. An einem milden Nachmittag Anfang April macht sie einen Spaziergang zum Strand. In der Schlucht bietet sich ihr ein vertrauter Anblick – die weißen Blüten des wilden Birnbaums, die violetten Köpfchen der Hundsveilchen, die hellgrünen Kätzchen der Birke. In der Ferne hört sie das Gelächter des Grünspechts, und in der Nähe lässt der Weidenlaubsänger seinen zirpenden Ruf erklingen.

Als sie an den Strand kommt, hält sie inne. Sie sieht einen Mann, der sich auf einem Felsen ausgestreckt hat und die Sonne genießt. Draußen in der Bucht schaukelt ein kleines Boot auf den Wellen, die Segel liegen zusammengerollt auf dem Deck, und ein hölzernes Dingi wartet auf dem Kies. Hin und wieder haben Segelboote bei Sturmböen in der Bucht Schutz gesucht, aber ihres Wissens ist bisher noch kein Seemann an Land gekommen. Nest tritt vorsichtig näher, um ihn genauer zu betrachten, aber sie schreckt eine Möwe auf, die an einem Felsteich auf Beute lauert und sich nun mit lautem Kreischen in die Lüfte erhebt. Der Mann blickt auf, schirmt die Augen vor der Sonne ab und sieht Nest.

Sie rührt sich nicht, beobachtet ihn nur: Seine Cordhose ist bis zu den Knien hochgekrempelt, er trägt einen derben Fischerpullover und alte Strandschuhe.

»Guten Tag«, sagt er. »In dieser Bucht ist es ja warm wie im Juni, da konnte ich nicht widerstehen. Wollten Sie mir sagen, dass ich mich auf Privatgrund befinde, oder sind Sie eine Waldnymphe, die zufällig vorbeikommt?«

Sie findet seinen irischen Akzent faszinierend, und dann sieht er auch noch verdammt gut aus, wild romantisch, wie er da auf dem Felsen ausgestreckt liegt.

»Nein«, antwortet sie schließlich.

»Was heißt dieses Nein?«, neckt er sie. »Keine Waldnymphe oder kein Privatgrund? Oder beides?«

Sie lächelt, und dann packt sie ein jähes Hochgefühl. »Sie befinden sich auf Privatbesitz«, erklärt sie und geht über den Strand auf ihn zu. »Aber ich werde es niemandem verraten.«

Er wartet, bis sie bei ihm angelangt ist. Mittlerweile hat er sich aufgesetzt, die Arme um die Knie geschlungen und mustert sie. Sein rotbraunes Haar leuchtet in der Sonne, und seine dunkelblauen Augen lachen sie an.

»Und ich hatte gehofft, Sie seien eine Waldnymphe«, meint er. »Sonst habe ich doch auch immer Glück. Dann gehört Ihnen also dieser zauberhafte Ort?«

»Nein, nicht mir.« Sie betrachtet ihn verwirrt, atemlos, schon möchte sie seine Locken berühren, die Hand nach seinem salzverkrusteten Pullover ausstrecken. »Die Bucht gehört meiner Familie.«

»Tatsächlich?« Seine Stimme klingt einschmeichelnd. »Und wollen Sie sie heute Nachmittag mit mir teilen, Lady?«

»Aber ja«, antwortet sie so schlicht und so herzlich, dass er aufspringt und eine altmodische Verbeugung macht.

»Ich bin Connor Lachlin«, sagt er.

»Und ich heiße Nest.« Sie reicht ihm die Hand.

Als er sie ergreift und kurz an die Lippen führt, hat sie das Gefühl, vor unbändiger Freude und Sehnsucht fast ohnmächtig zu werden. Dann setzen sie sich nebeneinander auf den Felsen, er behält ihre Hand in der seinen, und sie weiß nun endlich, wie sich die Welt in einem einzigen Augenblick für immer verändern kann.

20

Aus ihren Träumen aufgeschreckt, drehte Nest sich um. Noch wirkte das Schlafmittel, und sie wollte nicht aufwachen, aber sie bemerkte, dass jemand vor ihrem Bett stand. Sie blinzelte mit schweren Lidern, aber in der Dunkelheit war nichts zu erkennen, und sie hatte noch die Bilder der Vergangenheit vor Augen. Ein Schatten beugte sich über sie, sie spürte einen Atem auf ihrem Gesicht und wusste nicht, ob sie noch träumte.

Die Gestalt war immer noch über ihr, und sie spürte, dass Hände sie berührten. Ein Schauder überlief sie, aber sie konnte den Arm nicht heben und brachte nur ein Stöhnen heraus.

»Mama«, flüsterte eine Stimme. »Warum ist es hier so dunkel, Mama? Warum schläfst du im Frühstückszimmer?«

Nest mühte sich, wach zu werden, aber es gelang ihr nicht. Sie versuchte, »Nein« zu sagen: »Nein, ich bin nicht Mama …« Aber die Worte kamen ihr nicht über die Lippen.

»Ich kenne ein Geheimnis, Mama. *Dein* Geheimnis.« Die wispernde Stimme war furchteinflößend in ihrer überheblichen Zudringlichkeit. »Warum sprichst du nicht mit mir? Soll ich dein Geheimnis verraten, Mama?«

Mit einer gewaltigen Willensanstrengung hob Nest die Arme – wie schwer sie doch waren! – und packte Georgies Handgelenke.

»Ich bin's«, stieß sie hervor. »Ich bin's, Nest. Nicht Mama. Nest …«

Erschöpft sank sie in ihre Kissen zurück.

»Nest?« Georgie schien zu überlegen. Sie kicherte leise. »Über dich weiß ich auch Bescheid, Nest. Ich keine dein Geheimnis. Soll ich es verraten?«

»Nein!«, schrie Nest – aber sie brachte nur ein Flüstern heraus. Von Müdigkeit überwältigt, schloss sie die Augen, kehrte dankbar zum Ort ihrer Sehnsucht zurück, sah und hörte nichts, weder Georgie noch die Tür, die ganz leise geöffnet und wieder geschlossen wurde.

Wieder träumte sie, die Arme auf der Decke, und sah mit flatternden Lidern längst vergangene Ereignisse an sich vorüberziehen.

Unter der Woche, wenn Mina sich um Mama kümmert, geht Connor fast jeden Tag in der Bucht vor Anker. Er wohnt in Porlock in einem kleinen Cottage, das ihm ein Freund samt dem Segelboot überlassen hat.

»Die Küste hier hat's in sich«, erklärt er, »aber wenn man an der irischen Westküste gesegelt ist, kommt man auch mit dem Bristolkanal klar.«

Er lehrt Geschichte an einem College in Oxford und ist mindestens zehn Jahre älter als sie, was ihm nach einigen Tagen Kopfzerbrechen bereitet.

»Als ob es darauf ankäme!«, ruft sie. »Denk mal an Maxim de Winter und das Mädchen in *Rebecca*. Das Alter spielt doch keine Rolle.«

Sie schreibt ihm alle Mannestugenden zu, die Mina vor fast zehn Jahren in Tony entdeckt hat, aber Connor ist nicht so leicht zu beeindrucken, er hat bereits seine Erfahrungen gemacht. Seinen Urlaub verbringt er in Porlock, um Abstand von einem Mädchen zu bekommen, das hinter ihm her ist. Der Gerechtigkeit halber muss gesagt werden, dass er ihr nicht direkt Hoffnungen gemacht hat – aber entmutigt hat er sie auch nicht gerade. Geliebt zu werden, findet Connor ganz angenehm. Doch bei Nest spürt er die Last der Verantwortung gegenüber einem viel jüngeren, unschuldigen Mädchen, das noch dazu aus einer guten Familie stammt.

»Ich sollte sie kennenlernen«, sagt er, »Mina und Mama. Ich komme mir vor wie ein Dieb, Lady, dabei ist mir nicht ganz wohl zumute.«

Seine Skrupel lassen ihn nur noch liebenswerter erscheinen, doch Nest schiebt das Treffen hinaus, da sie fürchtet, dass dann der Zauber verfliegen könnte. Eines Morgens erzählt sie Mina, sie wolle eine längere Radtour machen, und trifft sich mit Connor an der Straße oberhalb von Trentishoe Down. Er kann dem Reiz des Abenteuers und der romantischen Heimlichtuerei nicht widerstehen, das Fahrrad wird im Ginster versteckt, und sie machen eine Spritztour in seinem alten Cabriolet, fahren auf Straßen, über die Nest einst mit Timmie geradelt ist, und singen, während ihnen der warme Westwind durch die Haare fährt und die Haut für die leiseste Berührung empfänglich macht.

In Brendon trinken sie ein Bier und essen ein Sandwich, und sie erzählt ihm von dem Ponymarkt, der hier im Oktober stattfindet. Anschließend muss er mit ihr zu der Kirche in Oare fahren, damit sie ihm das schmale gotische Fenster zeigen kann, durch das der Schurke Carver die junge Lorna in ihrem Kleid »von reinem Weiß, von Lavendel umhüllt« niedergeschossen hat. Er neckt sie, weil sie in ihren Büchern lebt, doch als er sie küsst, vergisst sie die Liebesszenen mit

Ralph Hingston und Edward Rochester, die sie sich in aller Unschuld ausgemalt hat, für immer.

Als er schließlich nach Oxford zurückkehrt, wünscht sich Nest, sie hätte ihn doch Mama und Mina vorgestellt. Jetzt sieht sie ein, dass ihre Bedenken kindisch waren. Und was noch wichtiger ist: Es bedeutet, dass sie ihm weder schreiben noch mit ihm telefonieren kann. Sogar Mina wäre schockiert – und gekränkt –, wenn sie erführe, dass Nest sie fast zwei Wochen lang hintergangen hat. Wenn er die beiden doch nur kennen gelernt hätte, dann könnte sie sich nun von seinen Briefen trösten und von seiner Stimme aufmuntern lassen! So aber hatten sie auf eine höchst unbefriedigende Weise Abschied nehmen müssen.

Doch als sie am Strand auf »seinem« Felsen sitzt und den Sonnenuntergang beobachtet, die hohen Klippen, die sich schwarz vor den flammenden Streifen des Himmels abheben, während das Meer von Gold überflutet zu sein scheint, bereut sie nichts. Wie hätte solch ein Zauber dem tristen Alltag standhalten sollen? Der Stoff, aus dem die Märchen sind, hat im gewöhnlichen Leben eben doch keinen Platz. Nest durchlebt noch einmal jeden Augenblick ihrer Begegnung. Jedem Blick, jedem Wort verleiht sie etwas von der Leidenschaft, die sie selbst empfindet. Sie schreibt Connor alle Eigenschaften ihrer Romanhelden zu, ohne zu vergessen, wie sich dieser Mann aus Fleisch und Blut anfühlt. Später steht sie an ihrem Schlafzimmerfenster. Sie sieht, wie das Mondlicht in die Schlucht fällt, lauscht dem Ruf des Ziegenmelkers, und ihr Herz fließt über vor Freude und Hoffnung. Es muss etwas geschehen, damit dieses Märchen wahr wird! Schließlich geschehen doch Wunder, es gibt Geschichten mit Happyend – jedenfalls für Menschen wie sie und Connor, die daran glauben.

So überrascht es sie kaum, als sie, wieder im Internat, eingeladen wird, ein paar Ferientage bei einer Freundin zu verbringen. Es ist nicht das erste Mal, dass sie und Laura einander besuchen, aber diesmal erkennt Nest, dass sich hier noch andere Möglichkeiten bieten. Mina ist einverstanden: Mama gehe es zwar besser, aber sie brauche noch Zeit, bis sie wieder auf die Beine komme. Nest solle sich mit den jungen Leuten ruhig ein paar schöne Tage machen.

In der Schule geht es streng zu: Gäste müssen sich anmelden, Briefe werden gelesen. Auch wenn Nest behauptet hätte, Connor sei ihr Cousin, hätte man das durch einen Anruf bei Mama überprüft, und wenn Connor nachmittags mit ihr hätte ausgehen wollen, wäre Mamas Erlaubnis eingeholt worden. Die Schulleiterin kennt die Tricks der Mädchen und geht auf Nummer sicher. Schließlich muss sie sich den Eltern gegenüber verantworten. Dass Nest mit Minas Erlaubnis ein paar Tage bei Laura verbringt, ist jedoch völlig in Ordnung. Um ihre Chance zu nutzen, muss Nest ihre Freundin ins Vertrauen ziehen. Laura findet die Sache aufregend und richtig romantisch. Ein Brief an Connor wird aus dem Internat geschmuggelt, und die Antwort wartet auf sie, als sie bei Lauras Familie in Gloucester eintrifft. Sie verabreden sich. Die Mädchen fahren in die Stadt, wo Laura einkaufen, zu Mittag essen und eine Nachmittagsvorstellung im Kino besuchen will, um sich dann zur Heimfahrt wieder mit Nest zu treffen.

»Gut, dass *Begegnung* läuft«, sagt Nest im Zug, »den habe ich schon gesehen. Nur falls deine Mutter nach dem Film fragt. Ich finde ihn phantastisch, und Celia Johnson ist einfach himmlisch. Aber er endet so traurig, du wirst dir die Augen ausweinen. Hoffentlich hast du genug Taschentücher dabei.«

Laura spürt, dass Nests Arm vor Aufregung zittert. »Ich kann es gar nicht erwarten, ihn kennen zu lernen«, sagt sie halb mitfühlend, halb neidisch.

Nest starrt aus dem Zugfenster und beißt sich auf die Lippen. Das war die Bedingung dafür, dass Laura mitspielt

(»Mami bringt mich um, wenn sie das rauskriegt«), und Nest hofft, dass Connor nichts dagegen hat. Sie ist abwechselnd nervös und fieberhaft erregt. Jetzt, da sie ihn in ein paar Minuten sehen wird, ist die Angst größer als die Freude, und sie schaudert, wenn sie sich das Gesicht ihrer Mutter vorstellt, falls sie ihr auf die Schliche kommt. Doch sogleich wird sie wieder übermütig und euphorisch. Bald hat sie die Schule hinter sich, in sechs Wochen wird sie achtzehn, und mit dieser albernen Heimlichtuerei ist es vorbei. Und als der Zug in die Stadt einfährt, verwirft sie den Gedanken, dass ihre Liebe zu Connor nichts mit der alltäglichen Wirklichkeit zu tun hat. Hier im Abteil sitzen die müde Frau mit dem schweren Einkaufskorb, der Mann, der mit gefurchter Stirn die Zeitung liest, die junge Mutter, die das zappelnde Kind auf ihrem Schoß beruhigt. Draußen vor dem Fenster sieht Nest Autos, Büros, Fabriken, und neben sich im schaukelnden Waggon spürt sie Lauras warmen Körper. Das alles ist die Wirklichkeit.

Sie treten durch die Absperrung hinaus in den Sonnenschein – und da steht er, an das Auto gelehnt, und wartet auf sie.

»Donnerwetter!«, murmelt Laura ehrfurchtsvoll. Im Vergleich zu diesem erwachsenen Mann sind die Freunde ihres Bruders noch grün hinter den Ohren. Nest ist plötzlich sehr stolz.

Doch als er ihre Hand nimmt, wird Nest blutrot. Er drückt ihr einen Kuss auf die Wange und schüttelt Laura, halb ernst und halb schelmisch galant, die Hand und erobert damit für immer ihr Herz. Laura sieht den beiden nach, als sie davonfahren. Ein neidisches Lächeln spielt um ihre Lippen, dann wendet sie sich ab. Vor ihr liegt ein langer, einsamer Tag.

Auch als sie allein sind, bringt Nest vor Schüchternheit kein Wort heraus. Verstohlen sieht sie ihn an, versucht sich wieder mit ihm vertraut zu machen, während er den Wagen geschickt durch den Verkehr lenkt. Statt legerer Kleidung trägt er einen Tweedmantel und Flanellanzug, statt Strandlatschen polierte Straßenschuhe. Er wirkt älter und ernster, auch er ist jetzt Teil der wirklichen Welt. Nest schluckt, ihr Mund ist trocken. Er sieht sie an und lächelt. Sofort ist ihre Zuversicht wieder da, sie entspannt sich, wartet, bis sie dort angelangt sind, wo er mit ihr den Tag verbringen möchte.

Als er den Wagen auf einer Anhöhe abstellt, wo sich ein wunderbarer Blick über die hügelige Landschaft mit Wiesen und Äckern bietet, sieht er sie an. Aber sie wendet sich schüchtern ab und starrt aus dem Fenster.

»Findest du das nicht ein bisschen unbesonnen?«, fragt er freundlich. »Obwohl ich mich natürlich freue, dich zu sehen.«

Die Frage ist beunruhigend, und sie blickt ihn so angstvoll an, dass er ihr Gesicht in beide Hände nimmt und sie küsst, bis ihr das Blut in den Ohren pocht und sie sich an ihn klammert. Sanft nimmt er ihre Hände in die seinen.

»Ich habe ein Picknick mitgebracht«, erklärt er, »alles, was das Herz begehrt – jedenfalls habe ich mich bemüht, alles aufzutreiben, was du aussuchen würdest. Leider war Nektar schon ausverkauft, und Ambrosia gab es auch nicht mehr …«

Sie lacht, sie findet ihn umwerfend, aber er ist noch nicht fertig.

»Ein wunderbarer Tag liegt vor uns«, sagt er ernst, »aber wir sehen uns erst wieder, Lady, wenn ich bei deiner Familie war. Das machst du mit mir nicht noch mal.«

Überglücklich und erleichtert stimmt sie zu. Aber obwohl das Picknick köstlich ist und die Sonne wärmt, hat sich etwas eingeschlichen, das sie nicht benennen kann. Die frühere Unbefangenheit ist dahin, der Ferienzauber hat seinen Glanz verloren, das Idyll ist getrübt. Der unsichtbare Schutzmantel, der sie im Exmoor umgab, ist nicht mehr da, und als sie vorschlägt, irgendwo Tee zu trinken, zeigt er keine große Begeisterung. In der kleinen Teestube verhält er sich noch distanzierter und schlägt einen amüsierten Ton an, der keine Vertrautheit aufkommen lässt. Sie fühlt sich wie ein Schulmädchen, das von einem älteren Verwandten eingeladen wurde. Auf der Toilette betrachtet sie sich in dem kleinen Spiegel, mustert ihr Blusenkleid und überlegt, ob sie neben diesem eleganten, selbstbewussten Mann nicht zu jung aussieht. Als sie zurückkommt, bemerkt sie den Verschwörerblick, den ihm die Kellnerin zuwirft, und fragt sich entsetzt, ob Connor wohl mit ihr geflirtet hat. Der Zauber ist verflogen, fern sind jetzt der Strand und das Moor. Wie natürlich und unkompliziert ihre Liebe dort noch war!

»So«, sagt Connor, als sie wieder im Wagen sitzen – was in ihr vorgeht, bemerkt er gar nicht. »Gibst du mir jetzt eine Adresse oder Telefonnummer, damit ich deine Familie kennenlernen kann?«

Sie nickt unglücklich, und er greift ihr unters Kinn, sodass sie ihn ansehen muss.

»Wenn du das noch willst«, flüstert sie – und er küsst sie lachend.

»Um meine Sünden zu büßen«, sagt er. »Und bei wem soll ich hereinschneien? Du hast doch Schwestern in London, wäre das nicht der geeignete Weg?«

»Nein, es müssen Mina und Mama sein.« Jetzt fühlt sie sich besser. Sie wirft ihre kleinlichen Ängste über Bord und schämt sich. Er will offen und ehrlich mit der Sache umgehen, und sie hat ihm gleich alles Mögliche unterstellt. »Aber sie wohnen ja nicht gerade in der Nähe.«

»Ich fahre noch mal übers Wochenende nach Porlock. Dann werde ich bei ihnen vorbeischauen.«

»Und was erzählst du ihnen?« Seine unbekümmerte Art fasziniert sie.

»Kein Problem. Ich werde sagen, dass ich dich durch deine Freundin Laura auf einer Party kennengelernt habe. Und du hättest mir vorgeschlagen, die beiden zu besuchen, wenn ich in die Gegend komme. Wie hört sich das an?«

»Großartig.« Sie ist wieder überglücklich. »Sie werden von dir begeistert sein.«

Er lächelt. »Bestimmt.« Und du könntest ihnen schreiben, dass du jemanden kennengelernt hast, der vielleicht mal vorbeikommt. Und wir nehmen keinen Kontakt auf, bis ich es hinter mir habe. Versprochen?«

»O ja, versprochen. Nur wie –«

»Keine Fragen. Überlass es mir. Vertraust du mir denn nicht?«

»Natürlich vertraue ich dir.« Sie schmilzt dahin, sehnt sich danach, dass er sie in die Arme nimmt.

»Ich bring dich zurück«, sagt er schließlich, »und du wirst nie erfahren, wie schwer mir das fällt. Dafür sollte ich einen Orden bekommen. Kämm dir die Haare, damit deiner Freundin nicht die Augen aus dem Kopf fallen. So ist's gut. Und jetzt gib mir noch einen Kuss. Wir verabschieden uns hier, nicht in aller Öffentlichkeit auf dem Bahnhof …«

»Ich liebe dich«, murmelt Nest. Zum ersten Mal kommen ihr diese Worte über die Lippen, aber er ist so mit dem Ausparken beschäftigt, dass er sie nicht hört.

21

Am Freitagabend nahm Lyddie all ihren Mut zusammen, um mit Liam über die Zentralheizung zu sprechen. Anders als Samstag herrschte am Freitag im *Place* eine lockere und ausgelassene Atmosphäre, und man spürte förmlich, wie sich alle aufs Wochenende freuten. Wie immer herrschte reger Betrieb an der Bar, aber Joe winkte ihr vergnügt zu, und mehrere Stammgäste streichelten Bosun, staunten über seine Größe und fragten Lyddie, was er fresse und wie viel Auslauf er brauche. Überrascht bemerkte sie, dass Liam bereits an ihrem Tisch auf sie wartete. Er winkte und zog sie neben sich auf die Bank.

»So ein Lärm!«, sagte er. »Freitagabend haben wir die reinsten Rowdys hier. Ich glaube, ich muss die Preise erhöhen.«

»Mir gefällt's«, meinte Lyddie und küsste ihn. »Ist doch schön. Aber heute ist offenbar mehr los als sonst. Hast du auf mich gewartet?«

»Hab ich. Heute feiert hier jemand Geburtstag, deshalb sollten wir bestellen, bevor die Leute essen wollen.«

»Mir soll's recht sein.« Er half ihr aus dem Mantel. »Wir haben einen langen Spaziergang hinter uns, und ich bin am Verhungern.«

Liams Blick wanderte hinüber zur Bar, und Lyddie sah in dieselbe Richtung. Dort wurde Joe von einem hübschen blonden Mädchen unterstützt, und er lächelte ihr zu, worauf sie scherzhaft eine Grimasse zog.

»Wer ist denn das?«, fragte Lyddie überrascht.

»Unsere neue Kellnerin, Zoë. Sie kennt den Job und gibt sich Mühe. Aber es ist ihr erster Abend, deshalb behalten wir sie ein bisschen im Auge.«

»Sie ist an Rosies Stelle hier?«

Er nickte und beobachtete, wie Zoë einen Gast bediente. »Anscheinend weiß sie, wie der Hase läuft.«

Lyddie war verwundert, dass sie so schnell Ersatz für Rosie gefunden hatten, aber sie schwieg. Joe nickte Zoë freundlich zu. Sie stellte eine Frage, und die beiden steckten die Köpfe zusammen, während er ihr etwas unter der Bar zeigte.

»Vielleicht«, meinte sie nachdenklich, »wird sie ja in mehr als einer Hinsicht Rosies Stelle einnehmen.«

Liam lächelte. »Du alte Romantikerin. Aber warum nicht? Also, was möchtest du essen?«

Sie unterhielten sich und beobachteten das Treiben im Lokal. Nach dem Essen löste Liam Joe an der Bar ab.

»Wie macht sich Zoë?«, fragte Lyddie, als sich Joe auf der Bank gegenüber niedergelassen hatte. »Sie wirkt ziemlich kompetent.«

»Sie ist ein Profi. Jetzt muss sie nur noch lernen, wo was zu finden ist.«

Sie musterte ihn, während er seine Fettuccine aß. Gern hätte sie ihn gefragt, wie es ihm ging und ob er etwas von Rosie gehört hatte. Er blickte auf.

»Alles in Ordnung?« Sie erwiderte sein Lächeln. »Du siehst müde aus.«

Er zog die Augenbrauen hoch. »Erstaunt dich das? Ich *bin* müde. Ein Arbeitstag von vierzehn Stunden macht einen k.o.«

»Könnt ihr nicht bald einen Geschäftsführer einstellen?«

Er schüttelte warnend den Kopf. »Auf die Diskussion lasse

ich mich nicht ein. Ich möchte nicht bei einem Ehepaar zwischen die Fronten geraten. Irgendwann mal ist es so weit.«

»Vermutlich.« Sie blickte zur Bar, wo Liam einem Stammgast Witze erzählte. Beide lachten schallend, und Lyddie seufzte. »Liam wird anscheinend nie müde, bei der Arbeit blüht er regelrecht auf. Je mehr er schuftet, umso mehr Energie hat er. Ist das nicht seltsam?«

»Es gibt eine Menge Leute wie Liam«, meinte Joe. »Das muss genetisch bedingt sein. Sie werden von irgendetwas getrieben. Wenn sie aufhören, fallen sie wahrscheinlich tot um.«

»Sag so etwas nicht. Ich will nicht, dass wir für den Rest unseres Lebens so weitermachen. Gelegentlich sollte auch mal Zeit für einen Urlaub sein, Zeit füreinander. Ich wünsche mir Kinder, eine Familie, wie jeder normale Mensch.«

Joe sah sie voller Mitgefühl an. »Aber Liam ist kein normaler Mensch«, entgegnete er freundlich. »Er ist besessen. Das müsstest du inzwischen wissen.«

»Ja«, sagte sie. »Ja, das weiß ich.«

Als Liam sich wieder zu ihr setzte und Joe das Feld räumte, sprühte er förmlich vor Vitalität. Er küsste sie und legte ihr den Arm um die Schultern. Joe grinste, als er durch die Schwingtür aus der Küche kam.

»Bei euch beiden sollte man gelegentlich den Vorhang zuziehen«, meinte er. »Einfach unanständig, wie ihr euch in der Öffentlichkeit aufführt.« Sie lachten ihm zu, während Liam ihr noch einen Kuss auf die Lippen drückte.

»Die Atmosphäre hier steigt dir zu Kopf«, sagte sie.

»Nicht nur die Atmosphäre«, antwortete er. »Habe ich dir schon gesagt, wie schön du heute bist?«

Mickey brachte ihnen Kaffee, den sie in einträchtigem Schweigen tranken.

»Ich habe darüber nachgedacht«, sagte sie schließlich, »ob wir nicht eine Zentralheizung einbauen lassen könnten. Du hast Recht, in meinem Zimmer wird es im Winter ziemlich kalt. Ich könnte zwar den Heizstrahler benutzen, aber auf die Dauer kommt das teuer. Wie wär's, wenn wir in den sauren Apfel beißen und eine richtige Heizung installieren lassen? Das würde auch den Wert des Hauses steigern.«

»Stimmt.« Er blickte in seine Tasse und rührte nachdenklich um. »Aber hast du eine Vorstellung, was das kostet?«

Wieder trat eine Pause ein. Er rührte immer noch in seinem Kaffee, der Löffel drehte sich endlos im Kreis, und sie hatte den Eindruck, dass er ihr gar nicht zuhörte, sondern mit seiner Aufmerksamkeit ganz woanders war. Einerseits war sie erleichtert, dass er ihren Vorschlag nicht gleich verworfen hatte, andererseits wusste sie nicht, was sie von seinem Benehmen halten sollte. Doch er antwortete, bevor sie ihre Frage wiederholen konnte.

»Das ist eine Überlegung wert.« Er nahm einen Schluck Kaffee, lehnte sich zurück, streckte sich und lächelte ein wenig. »Wirklich.«

Sie entspannte sich. »Gut.«

»Ich muss jetzt meine Gästerunde machen«, sagte er und lachte unvermittelt. »Wie hast du das genannt? Der König begrüßt seine Untertanen.« Er leerte seine Tasse, stand auf, lächelte ihr zu und zwinkerte. »Bin gleich wieder da.«

Sie lehnte sich entspannt zurück. Nachdem sie nun ihren Vorschlag gemacht hatte, fühlte sie sich matt, aber seine liebenswürdige Reaktion erstaunte sie. Sie schenkte sich Kaffee nach und beobachtete, wie er von Tisch zu Tisch ging, dem einen zunickte, einem anderen auf die Schulter klopfte, einer hübschen Frau Komplimente machte, mit einigen Stammgästen etwas länger plauderte. Nach einer Weile merkte sie, dass jemand sie ansah, und als ihr Blick zur Bar wanderte, merkte sie, dass Joe sie halb liebevoll, halb mitleidig musterte.

Mina legte sorgfältig die Backgammonsteine auf das Brett, stellte die Würfelbecher bereit und wartete, bis Nest ihren Stuhl an den Tisch herangerollt hatte. Im Fernsehen jagten Inspektor Morse und sein treuer Begleiter Lewis die Verbrecher von Oxford, während Georgie gespannt zusah und gelegentlich etwas vor sich hinmurmelte. Mina würfelte eine Fünf, Nest eine Zwei, und Mina durfte beginnen.

»Georgie ist gestern Nacht wieder in mein Zimmer gekommen«, berichtete Nest mit leiser, aber möglichst normaler Stimme. Solange der Fernseher lief, verstand Georgie zwar nicht, was sie sagten, aber Nest wollte auch nicht durch einen verschwörerischen Tonfall auf sich aufmerksam machen.

»Nein!« Mina sammelte ihre Würfel wieder ein und starrte sie besorgt an. »Was ist passiert?«

»Ich habe tief und fest geschlafen.« Nest würfelte einen Viererpasch. »Erst dachte ich, es wäre ein Traum. Du weißt ja, wie es ist, wenn man eine Schlaftablette geschluckt hat. Man fühlt sich wie benommen.« Sie zog. »Georgie dachte, ich sei Mama, und wunderte sich, dass ich im Frühstückszimmer schlief.«

Mina würfelte eine Sechs und eine Vier. Ihre Hand verharrte zögernd über den Steinen.

»Sie sagte, sie kenne Mamas Geheimnis, und fragte, ob sie es verraten solle.«

Minas Hand zitterte, hastig bewegte sie einen Stein.

»Und dann?«, fragte sie.

Nest war am Zug und nahm einen von Minas ungeschützten Steinen.

»Ich habe ihr gesagt, dass ich es bin, Nest.«

»Ist ja klar, dass ich zwei Sechsen würfle, wenn ich sie nicht gebrauchen kann. Du bist dran. Was hat sie geantwortet?«

»Zuerst gar nichts. Dann meinte sie: ›Ich kenne auch ein Geheimnis über dich. Soll ich es verraten?‹«

Sie tauschten einen Blick. Das Spiel war vergessen. Da erfüllte ohrenbetäubende Musik und das Geschnatter der Werbung den Raum. Nest zuckte zusammen, und ebenso unvermittelt kehrte Ruhe ein.

»Tut mir Leid«, rief Georgie fröhlich. »Ich habe mich mit der Lautstärke vertan.« Sie stand auf und trat zu ihnen. »Ich habe die Folge schon mal gesehen. Der Professor ist der Mörder. Komisch, nicht wahr? Man möchte nicht glauben, was in Oxford alles passiert. Ich dachte immer, die Professoren in Oxford wären hochanständige Leute.« Ihre Augen blickten wachsam. »Soll ich das Tablett holen, während die Werbung läuft? Der Kaffee ist doch schon vorbereitet, oder? Man muss nur noch kochendes Wasser in die Kanne schütten.«

Sie ging. Nest biss sich auf die Lippen, und Mina nahm ihre Hand.

»Ich habe von Connor geträumt«, sagte Nest hastig. »Erinnerst du dich an den Tag, als Connor euch hier zum ersten Mal besucht hat?«

Mina seufzte, sie blickte zurück auf einen fernen Junitag.

»Ja«, erwiderte sie leise. »Ja, natürlich. Wir waren nach dem Mittagessen im Garten. Ich pflanzte ein paar Blumen, und Henrietta unterhielt sich mit mir. Sie hatte sich einen Gartenstuhl herausgestellt, rauchte und plauderte, während ich arbeitete. Mama hatte sich hingelegt. Henrietta machte sich über Mama lustig, weil sie missbilligte, dass Henrietta Hosen trug. Du weißt ja, wie altmodisch Mama in dieser Hinsicht war. Die Hose war richtig schick, muss ich sagen, wunderbares marineblaues Leinen. Dazu trug sie eine hellgelbe Bluse ...«

»Sprich weiter«, entgegnete Nest bitter. »Ich kann mir die Szene gut vorstellen.«

»Nun, Connor kam die Auffahrt herunter – wir hatten natürlich keine Ahnung, wer er war. Er entschuldigte sich, dass er unangemeldet auftauchte, und erzählte, er hätte dich auf einer Party kennen gelernt und du hättest ihm empfohlen, mal vorbeizuschauen.« Sie hielt inne und überlegte angestrengt.

»Weiter«, drängte Nest und lauschte auf Georgie.

»Henrietta war hin und weg. Sie stand auf und sagte, sie habe nicht gewusst, dass ihre kleine Schwester so gute Ideen habe. Er ergriff ihre Hand, verbeugte sich, aber man merkte ...« Mina zögerte. »Sprich weiter«, drängte Nest. »... dass es ihm die Sprache verschlagen hatte. Ich muss aber zugeben, dass sie großartig aussah. Sie war so ... atemberaubend englisch. Er war wie geblendet. Liebe auf den ersten Blick – das sah ich, weil es mir einmal genauso ergangen war. Dann schüttelte er mir zerstreut die Hand. Ich fragte, ob er gern eine Tasse Tee hätte. Richtig charmant war er mit seinem leichten irischen Akzent, und Henrietta nahm ihn mit ins Haus, damit er ihr beim Teekochen half. Ich glaube, sie hatte Angst, ich könnte ihm schöne Augen machen.« Nach einer Pause fuhr Mina fort: »Du weißt ja, dass er eher in unserem Alter war als in deinem.«

»Daran brauchst du mich nicht zu erinnern«, antwortete Nest grimmig. »Im Vergleich zu Henrietta war ich wohl ein linkisches Schulmädchen. Das hat er mir nämlich dann geschrieben. Natürlich drückte er sich anders aus, aber so war es gemeint. Selbstverständlich erwähnte er nicht, dass er mit Henrietta ausging – das fand ich erst viel später heraus –, aber er hat von unserem Altersunterschied gesprochen. Erst hat er mich zum Tee ausgeführt, um es mir wie ein Ehrenmann persönlich mitzuteilen, aber dann hat er mir noch mal geschrieben. Wahrscheinlich vermutete er, dass ich es nicht wahrhaben wollte, und damit hatte er vollkommen Recht. In dem Brief wiederholte er, er habe sich lange den Kopf zerbrochen und schließlich eingesehen, dass es falsch sei, unsere

Freundschaft so weiterlaufen zu lassen. Unsere erste Begegnung sei so romantisch gewesen, dass wir uns Illusionen gemacht hätten, und ich würde bald merken, dass meine Gefühle für ihn nur die Schwärmerei eines Schulmädchens wären. Er war sehr, sehr freundlich.« Sie sah Mina über das vergessene Backgammonbrett hinweg in die Augen. »Ich habe diesen Brief so oft gelesen, bis ich ihn auswendig konnte«, sagte sie finster.

»Da bin ich wieder!« Georgie war mit dem Tablett eingetreten. »Oh, es hat schon wieder angefangen!« Mina und Nest blickten schuldbewusst auf den stummen Bildschirm. »Ihr hättet mich rufen sollen«, meinte Georgie vorwurfsvoll.

»Wenn du den Film schon mal gesehen hast, kommst du sicher leicht wieder rein«, erwiderte Mina beschwichtigend. »Das Spiel hat uns abgelenkt.«

Georgie stellte das Tablett auf das Tischchen neben dem offenen Kamin und warf einen Blick auf das Brett.

»Ein ziemliches Durcheinander«, fand sie. »Weißt du noch, wie ich dich besiegt habe, Mina?«

»Ja.« Mina lächelte. »Das weiß ich noch genau. Ziemlich clever hast du das angestellt. Jetzt sieh dir mal deinen Film an. Ich schenke den Kaffee ein und mache Tee für Nest.«

Captain Cat und Nogood Boyo erhoben sich von ihrem Lager und spitzten hoffnungsvoll die Ohren. Mina fütterte sie mit Kekskrümeln, murmelte zärtliche Worte und gab auch Polly Garter, die liegen geblieben war, ein Stückchen. Als sich Mina mit ihrem Kaffee und Nests Kräutertee wieder an das Spielbrett setzte, war der Augenblick der Vertraulichkeit vorüber, und während die beiden schweigend weiterspielten, hing jede ihren Erinnerungen nach.

22

Als Helena und Rupert am späten Samstagvormittag endlich eintrafen, waren alle drei Schwestern ziemlich angespannt. Georgies Stimmung schwankte zwischen Nörgellaune, Verdruss und Gleichgültigkeit, als ob sie sich schlagartig bewusst würde, warum sie hier in Ottercombe war. Nest hatte eine unruhige Nacht hinter sich. Immerzu hatte sie an Connor denken müssen, und da sie kein Schlafmittel genommen hatte, sah sie jetzt müde und erschöpft aus. Mina ließ sich nichts anmerken, obwohl ihr Georgies Stimmungsumschwünge und die Sorge um Nest schwer zu schaffen machten. Sie wusste noch immer nicht, ob sie wirklich verlangen sollte, dass Helena und Rupert Georgie mitnahmen.

Am Abend zuvor hatte sie Elyot eine E-Mail geschickt.

Von: Mina
An: Elyot

Mein lieber Freund, ich bin in einer Zwickmühle. Es steht außer Frage, dass Georgie die Büchse der Pandora geöffnet hat und all unsere Leichen aus dem Keller holt. Oder bringe ich da zwei Metaphern durcheinander? Zuerst waren ich und Tony Luttrell dran, jetzt sind Nest und Connor an der Reihe. Ich weiß einfach nicht, was ich tun soll …

Von: Elyot
An: Mina

Wenn ich dir raten darf: Warte ab. Warte auf den Augenblick, der dir zeigt, was das Richtige ist. Manche Dinge lösen sich ganz von selbst, und was wir brauchen, das ist einzig und allein Geduld. Du meine Güte! Das klingt so einfach – und es ist gewiss leichter gesagt als getan. Aber gib nicht auf, liebe alte Freundin, und lass mich wissen, wie der Tag war – wenn du am Abend noch die Kraft dazu findest …

Mina war zu Bett gegangen, entschlossen, seinen Rat zu beherzigen. Sie hielt Lydias Rosenkranz in der Hand und ließ die holzgeschnitzten Perlen durch ihre Finger gleiten, bis ihr müdes Gehirn zur Ruhe kam und sie einschlief. Als sie aufwachte, fühlte sie sich richtig erholt. Doch Georgies Launen und Nests bedrückte Miene weckten in ihr die Angst zu versagen. Deshalb atmete sie förmlich auf, als Helena und Rupert eintrafen.

»Mutter!« Begeistert sprang Helena aus dem Auto und lief auf Georgie zu, als hätte man sie monatelang mit Gewalt von ihr fern gehalten. »Wie geht's dir?« Sie umarmte sie und trat dann einen Schritt zurück, um sie zu begutachten. »Gut siehst du aus!«

Sie strahlte Georgie an, doch die machte ein mürrisches, misstrauisches Gesicht, und Nest fürchtete, gleich in hysterisches Gelächter auszubrechen. Sie fing Minas Blick auf. Rupert hatte die Alarmanlage eingeschaltet und den Wagen sorgfältig abgesperrt und kam jetzt auf sie zu – »Hat er etwa gedacht, im Garten halten sich Diebe versteckt?«, fragte Mina später entrüstet. Er gab allen einen Begrüßungskuss auf die Wange und ergriff Georgies Hand, die den Druck nicht erwiderte.

»Na, Schwiegermama«, sagte er in dem gnadenlos leutseligen Tonfall eines Oberlehrers gegenüber einem dummen kleinen Schulmädchen. »Sind wir auch schön brav gewesen?«

Man sah Georgie an, wie gedemütigt sie sich fühlte. Sie straffte die schmalen Schultern, und ihre blassen Wangen röteten sich. Höflich, aber bestimmt entwand sie sich seinem Griff und kehrte ihm den Rücken zu.

Mina und Nest wechselten einen Blick und begannen dann gleichzeitig zu reden und die ganze Gesellschaft ins Haus zu komplimentieren. »In diesem Moment«, sagte Nest später, »wusste ich, dass wir es nicht übers Herz bringen würden zu fragen, ob sie sie mitnehmen. Mein Gott! Was für ein aufgeblasener Trottel er doch ist!«

Es war unverkennbar, dass Helena sich für Ruperts herablassende Art schämte, auch wenn sie sich nicht gegen ihn stellte. Ihre Mutter hatte sie im Lauf der Jahre mit so vielen bissigen Bemerkungen bedacht, dass ihr Verhältnis stark abgekühlt war. Übrig blieb das dürre Gerippe kindlichen Verantwortungsgefühls gegenüber einer alten Frau, die ihre Tochter und ihren Schwiegersohn nie sonderlich höflich oder großzügig behandelt hatte.

Georgie kannte zwar den Spruch »Man erntet, was man gesät hat«, aber es wäre ihr nie in den Sinn gekommen, ihn auf sich zu beziehen. Jetzt ging sie tief gekränkt ins Haus und musste allein mit ihrem Groll fertig werden. Mina konnte zwar ein gewisses Verständnis für Helena und Rupert aufbringen, stand aber trotzdem auf der Seite ihrer älteren Schwester. Sie war daher erleichtert zu sehen, dass auch Nest zu Georgie hielt.

Am Ende hatte Elyot Recht behalten: Der entscheidende Augenblick war gekommen, und die Probleme hatten sich wie von selbst gelöst. Es geschah nichts, was die Meinung der beiden Schwestern hätte ändern können. Nach dem unglücklichen Auftakt ging es ähnlich verheerend weiter. Helena bemühte sich, die gekränkte Georgie zu besänftigen, und Mina fiel es schwer, mit anzusehen, wie sich ihre Nichte einerseits schützend vor ihren Mann stellte und gleichzeitig versuchte, es ihrer Mutter recht zu machen. Nach dem Mittagessen verkündete sie, jetzt sei die Zeit für Nests Mittagsschläfchen gekommen.

»Ihr drei wollt vermutlich ein Weilchen allein sein«, meinte sie mit strahlender Miene. Und ohne eine Antwort auf ihre optimistische Behauptung abzuwarten, schob sie Nest in ihrem Rollstuhl aus dem Wohnzimmer und schloss die Tür hinter sich.

In Nests Schlafzimmer sahen die beiden Schwestern einander ängstlich an, als erwarteten sie, dass man sie verfolgen würde. Aber dann stieß Nest einen Seufzer der Erleichterung aus, und Mina sank auf das Bett.

»Ist dir klar«, fragte Nest jetzt, »dass uns noch fast vierundzwanzig Stunden in dieser Hölle bevorstehen?«

»Denk nicht dran«, erwiderte Mina. Dann fügte sie hinzu:
»Die arme Georgie«, sagte Nest. »War das nicht grauenhaft? Es war eine unglaubliche Demütigung, das hat man ihr angesehen.«

»Ja.« Mina überlegte kurz, ob sie Helena und Rupert verteidigen sollte, entschied sich dann aber dagegen. Ihr Gebet war, so schien es, erhört worden. Was gab es da noch zu beschönigen? »Die arme Georgie. Ich glaube mittlerweile auch, dass sie in einem Heim besser aufgehoben wäre.«

»Meine Rede«, pflichtete Nest ihr bei. »Hast du übrigens gehört? Rupert hat gesagt, dass er mit Helena eine Woche in Urlaub fahren will. Sieht aus, als hätten wir gar keine andere Wahl, als Georgie bei uns zu behalten. Ehrlich gesagt, Mina, dieser Mann ist wirklich das Allerletzte!«

Von: Mina
An: Elyot

… und um ehrlich zu sein, passierte nichts, was uns von unserem Entschluss hätte abbringen können. Es ist schon traurig, dass sie nicht besser miteinander zurechtkommen, aber man kann die Uhr nicht zurückdrehen. Und schließlich bleibt Georgie nur noch drei Wochen bei uns. Es hat mich sehr berührt, dass Nest ihre Meinung geändert hat. Ich kann nur beten, dass nichts geschieht, was sie ihren Entschluss bereuen lässt.

Montag Morgen um halb elf, nach einem langen Spaziergang am Flüsschen Malpas, ließ Lyddie den erschöpften Bosun im Hof zurück. Er blickte sie flehend an, aber sie kraulte ihm nur ungestüm das Fell und drückte ihm einen Kuss auf die Schnauze.

»Bin bald wieder da«, sagte sie. »Ich muss mir einfach was zum Anziehen kaufen, und da kann ich dich unmöglich mitnehmen. Am besten, du machst ein ausgiebiges Mittagsschläfchen, und später gehen wir zusammen raus. Sei ein braver Hund!«

Er sah ihr nach, wie sie in der Küche verschwand, und hörte dann, wie der Schlüssel umgedreht wurde. Als die Haustür ins Schloss fiel und sich Lyddies Schritte entfernten, stieß er einen schweren Seufzer aus und ließ sich den Hundekuchen schmecken, den sie ihm hingestellt hatte. Zehn Minuten später schlief er tief und fest.

Lyddie hörte die Glocken der Kathedrale die Dreiviertelstunde läuten, während sie die Pydar Street entlanglief. Es war ein strahlender, aber kühler Oktobertag, und sie war froh, dass sie ihre Wolljacke anhatte. Die kalte Luft tat ihr gut. Nach dem langen Spaziergang mit Bosun sprühte sie vor

Energie und genoss das Gefühl der Freiheit. Ein Autor war mit seinem Manuskript, einem umfangreichen Roman, nicht rechtzeitig fertig geworden, und Lyddie, die für dieses Lektorat zwei Wochen fest eingeplant hatte, befand sich in der ungewöhnlichen Situation, einmal entspannen zu können. Aus irgendeinem Grund hatte sie Liam nichts von diesem unverhofften Glück verraten. Sie beschloss, ein paar Einkäufe zu erledigen und vielleicht einmal ausnahmsweise schon mittags im *Place* vorbeizuschauen.

Sie durchstreifte den Body Shop und steuerte dann auf die Mounts Bay Trading Company zu, wo sie einen entzückenden Pullover aus Seide und Wolle kaufte und sehnsüchtig einen eng geschnittenen eleganten dunkelgrünen Rock aus weicher Merinowolle betrachtete.

»Ich überleg's mir noch«, sagte sie lachend zu der Verkäuferin. »Nein, nein, führen Sie mich nicht in Versuchung. Hängen Sie ihn zurück auf den Bügel. Ich geh einen Kaffee trinken und denk darüber nach.«

Sie eilte hinaus in den hellen Sonnenschein, zurück zur Boscawan Street. Am Geldautomaten der Bank hatte sich eine kleine Schlange gebildet, und sie warf einen Blick auf ihre Uhr. Kurz vor halb zwölf. Sollte sie in der Patisserie in der Lemon Street oder lieber im *Terrace* einen Kaffee trinken? Lyddie steckte ihre Karte in den Schlitz, tippte ihre Geheimzahl ein und wartete. Natürlich würde sie auch im *Place* einen Kaffee bekommen, aber sie verwarf den Gedanken schnell wieder. Liam würde sich wohl kaum eine halbe Stunde Zeit nehmen, um mit ihr Kaffee zu trinken. Aber irgendwann musste er schließlich etwas essen, und so war es besser, ihn mittags mit ihrem Besuch zu überraschen.

In letzter Zeit war er glänzender Laune: amüsant, zärtlich und leidenschaftlich. Sie glaubte zu spüren, dass er sein »Bis hierher und nicht weiter« allmählich ablegte. Jetzt war der richtige Zeitpunkt, um endlich über ihren Kinderwunsch zu sprechen; nichts wünschte sie sich sehnlicher als eine eigene Familie. Sie steckte die Scheine in ihre Börse, warf einen Blick in die Tüte mit dem neuen Pullover und dachte an die vergangene Nacht, an die wundervollen Stunden in seinen Armen. Ich bin glücklich, dachte Lyddie. Sie blieb stehen und genoss diesen Zustand reiner, ungetrübter Freude – ein paar Sekunden, in denen nichts existierte außer diesem berauschenden Gefühl. Der Mann hinter ihr in der Schlange räusperte sich ungeduldig, und Lyddie schenkte ihm ein zerstreutes Lächeln, bevor sie ging.

Sie passierte den schmalen Durchgang zur Cathedral Lane, als sie sie am anderen Ende der Gasse erblickte: Liam und Rosie. Liam hob abwehrend die Hände, während Rosie ihm Vorwürfe zu machen schien. Lyddie war weitergegangen und wandte automatisch den Blick zu einem Schaufenster, während ihr richtig klar wurde, was sie gerade eben gesehen hatte. Lyddie ging die paar Schritte zurück und warf noch einen Blick in die Gasse. In diesem Moment drehte sich Liam um und ging Richtung *Place* davon. Rosie starrte ihm nach. Niedergeschlagen steckte sie die Hände in die Hosentaschen, wandte sich um und entdeckte Lyddie. Sie erstarrte, zögerte kurz, und dann bewegten sich die beiden Frauen, wie magisch angezogen, aufeinander zu.

»Rosie«, sagte Lyddie freundlich, »schön, dich zu sehen. Es hat mir sehr Leid getan, dass du … gegangen bist. Wie läuft es bei dir?«

Rosie musterte sie mit dem altbekannten berechnenden Blick und lächelte gequält. »Nicht wie, sondern ob es läuft, das ist die Frage.«

»Mein Gott«, rief Lyddie voller Mitgefühl. Sie hätte Rosie gern geholfen, wusste aber nicht wie. Wahrscheinlich hatte Rosie Liam gebeten, sie wieder einzustellen, und er hatte sich geweigert. »Ich wollte gerade eine Tasse Kaffee trinken. Hast du Lust mitzukommen?«

Rosie schien mit sich zu kämpfen. »Ja, gut, okay. Gehen wir ins *Terrace.*«

Das Café mit den weißen Korbstühlen, den Spiegeln und dem Efeu in den Blumenkörben war anheimelnd, aber ein ganz anderer Stil als im *Place.*

»Ich habe immer ein schlechtes Gewissen, wenn ich hierher komme«, sagte Lyddie, als der Kaffee serviert war. Sie gluckste in sich hinein. »So, als würde man fremdgehen, verstehst du?«

»Darüber solltest du dir nun wirklich nicht den Kopf zerbrechen«, gab Rosie spöttisch zurück.

Lyddie war verblüfft, hatte sie doch die Spitze deutlich herausgehört. »Wie meinst du das?«, fragte sie.

»Warum solltest ausgerechnet du dir über Untreue Gedanken machen.« Rosie beobachtete Lyddies Reaktion und zuckte ungeduldig die Schultern. »Ich *meine*« – sie betonte das Wort, als wäre Lyddie schwer von Begriff –, »dass du da mit einem Experten verheiratet bist.«

»Ich versteh dich nicht.« Lyddie rang um Gelassenheit. »Entschuldige. Sieh mal, du bist, glaube ich, ein bisschen durcheinander.«

»Nein, sieh *du* mal.« Rosie beugte sich vor, sodass Lyddie die anderen Gäste nicht mehr sah. »Mach ein einziges Mal die Augen auf. Es wird wirklich Zeit. Ich fand immer, du solltest es erfahren …« Sie lehnte sich wieder zurück und bedachte Lyddie mit einem prüfenden Blick. »Aber vielleicht weißt du ja längst, dass Liam dich betrügt.«

Lyddie lächelte ungläubig. »Betrügt …?«

»Ach, du meine Güte!« Rosie wandte den Blick ab und faltete die Hände. Dann sah sie Lyddie an. »Joe meinte immer, du hättest keine Ahnung, aber ich habe ihm nicht geglaubt.

Mein Gott, Lyddie! Du siehst doch, wie er mit den Gästen umgeht. Mit den Frauen.«

»Ja«, erwiderte Lyddie vorsichtig, »und ich habe mich gefragt, ob er vor unserer Hochzeit mit der einen oder anderen etwas hatte –«

»Mit der einen oder anderen?« Rosie prustete vor Lachen. »Allerdings. Und mit allen übrigen auch.«

»Das glaube ich nicht.« Lyddies Stimme klang ganz ruhig, obwohl sie ein eisiger Schauer durchzuckte. »Dass Liam mit einigen dieser Frauen zusammen war, bevor wir uns kennen lernten, ist ja in Ordnung. Er war schließlich ein freier Mann, warum sollte er nicht? Du sagst das nur, weil er dich nicht wieder einstellt –«

»Wir schlafen miteinander, Lyddie. Liam und ich. Wir waren schon zusammen, bevor du in das *Place* hineingeschneit bist und ihm mit deinem Superauftritt den Kopf verdreht hast …«

»Um so mehr Grund hast du –«

»Bitte«, unterbrach Rosie müde. »Nein, bitte, unterstell mir nicht die Masche der verschmähten Geliebten. Ich bin aus freien Stücken gegangen. Liam und ich haben seit letztem Jahr ein Verhältnis – mit einer kurzen Unterbrechung, nachdem ihr geheiratet habt –, und jetzt hat er eine Neue. Er hat mir nicht den Laufpass gegeben, o nein, so etwas tut Liam nicht. Je mehr, desto besser, das ist seine Devise. Er schart gern einen Harem um sich. Konkurrenz belebt die Sache. Mein Gott, Lyddie, mach doch nicht so ein Gesicht. Was zum Teufel hast du denn gedacht, als er dir jeden Tag sagte, er müsse zur Bank oder zum Großmarkt?«

»Und Joe?«

»Joe?« Rosie schien die Frage zu verblüffen, dann schüttelte sie den Kopf. »Du willst einen hieb- und stichfesten Beweis, stimmt's? Joe und ich waren nie ernsthaft zusammen, nur eine kurze Zeit, nachdem ihr geheiratet habt. Als es mit Liam und mir wieder losging, wahrte Joe den Schein, weil er nicht wollte, dass du gekränkt bist. Er war wütend, aber er konnte nichts dagegen tun. Sie sind Geschäftspartner. Das *Place* ist ihnen wichtiger als alles andere, ist dir das noch nicht aufgefallen? Ich habe Joe gesagt, ich würde dir reinen Wein einschenken, bevor es eine von Liams anderen Weibern tut, aber er war stinksauer auf mich. Deshalb haben wir auch an dem Abend gestritten, als du aus dem Regen hereingekommen bist.«

Sie vermied es, Lyddie anzusehen, die blass geworden war. »Es ist keine Gehässigkeit«, sagte sie beschwörend. »Es ist nur ... du sollst es wissen, bevor etwas passiert. Liam hat eine geradezu magische Anziehungskraft, aber es könnte sein, dass sich eine von ihm löst und beschließt, es ihm heimzuzahlen. Du bist nicht sonderlich beliebt, weißt du. Du bist hier aufgekreuzt und hast ihn uns vor der Nase weggeschnappt.«

Lyddie schwieg. Sie nahm einen Schluck Kaffee, auch wenn ihre Hand zitterte und die Tasse klapperte, als sie sie wieder abstellte. Rosie musterte sie nicht ohne Bewunderung.

»Du glaubst mir immer noch nicht?«, sagte sie. »Würdest du mir Recht geben, wenn ich sage, dass Liam in den letzten Tagen, sagen wir, seit Donnerstag, feurig und leidenschaftlich ist, wenn du verstehst, was ich meine?« Sie lächelte. »Ja, eben. Und weißt du auch, warum? Der Grund dafür trägt einen Namen: Zoë. Man spürt es genau, wenn Liam eine Neue an Land gezogen hat. Die Eroberung steigt ihm zu Kopf wie Champagner, und er möchte alle daran teilhaben lassen. Ich wette, du kennst das Kämmerchen im ersten Stock nicht. Für den Fall, dass es jemandem nicht gut geht oder er übernachten muss. Tja, die Kammer ist ausgesprochen nützlich. Da war er gestern Nachmittag. Und ich wette, du hast eine heiße Nacht mit ihm verbracht!«

Wieder wandte sie den Blick von Lyddies entsetztem Gesicht ab und biss sich auf die Lippen.

»Ich mach dir einen Vorschlag«, fuhr sie fort. »Du brauchst mir nicht zu glauben. Geh hin und überzeug dich selbst. Tut mir Leid, Lyddie, wirklich, denn du bist ein lieber Mensch. Er hätte dich in Ruhe lassen sollen. Aber ich liebe ihn auch, und ich habe ältere Rechte.« Sie stand auf und griff nach ihrer Handtasche. »Und jetzt«, sagte sie finster, »lässt dich der Zweifel nicht mehr los, stimmt's? Jetzt siehst du sie alle mit anderen Augen. Die, die ihn anlächeln, und die, die er nicht beachtet, was noch verdächtiger ist. Und du weißt nie, was wirklich los ist.« Sie lachte bitter. »Willkommen im Club!«

Damit drehte sie sich um und ging hinaus auf die Boscawan Street. Lyddie blieb zurück, ihr war flau im Magen, und ihre Hände zitterten. Mechanisch trank sie ihren Kaffee aus. Erstaunlicherweise hatte sie noch die Kraft, aufzustehen, die Rechnung zu bezahlen und sich in den Sonnenschein hinaus zu begeben. Doch sie konnte keinen klaren Gedanken fassen. Sie überquerte die Straße und ging durch die Cathedral Road Richtung *Place*. Sie öffnete die Tür und blieb im Türrahmen stehen. Es war wenig los, nur ein paar Gäste, erschöpft vom morgendlichen Einkaufsbummel, tranken ihren Kaffee. Niemand war hinter der Bar. Zoë stand an dem Tisch in der Nische und lächelte jemanden an, der dort saß. Als Lyddie genauer hinsah, entdeckte sie die Hand, die Zoës nackten Rücken unter ihrem knappen T-Shirt streichelte. Zoë beugte sich lachend über ihn. Als Liam aufstand, wich Lyddie zurück. Nach einer kurzen, noch intimeren Liebkosung schob er Zoë zärtlich, aber entschieden zur Seite und verschwand in der Küche.

Lyddie eilte davon, mit glühenden Wangen und klopfendem Herzen. Sie hastete durch die Straßen, als würde sie verfolgt, schließlich rannte sie sogar, bis sie zu Hause angelangt war und die Tür hinter sich zuschlug.

23

Über Nacht war von Westen her ein Sturm aufgekommen, der hohe Wellen an die felsige Küste gepeitscht hatte. Weit über die Hochwassermarke hinaus war Seegras angeschwemmt worden, und die Hunde liefen aufgeregt zwischen dem braun glänzenden Tang herum und beschnüffelten die angeschwemmten Schätze aus dem Meer. Mina folgte ihnen gemächlich und klaubte glattes, ausgebleichtes, salzdurchtränktes Treibholz auf, das später im Wohnzimmerkamin in den magischen Farben rot, grün und blau aufflammen würde. Georgie bückte sich nach einem Kieselstein, drehte ihn zwischen den Fingern und steckte ihn in die Tasche. Sie hatte ein Faible für leblose Gegenstände entwickelt. Einen Stein, ein Stück Schnur, einen alten Bleistiftstummel – all das arrangierte sie zu Hause zu einem kuriosen Stillleben, über das sie immer wieder die Finger gleiten ließ. Nun wurde ihre Aufmerksamkeit von etwas gefesselt, das halb im nassen Sand vergraben war. Sie kauerte nieder und beförderte einen Gegenstand zutage.

»Sieh mal!« Sie richtete sich auf, und der Wind trug ihre Worte fort, als sie sich zu ihrer Schwester umdrehte. »Sieh mal, was ich gefunden habe.«

Mina eilte neugierig herbei. »Was ist das?«

»Ein Spielzeugauto.« Georgie war entzückt. »Siehst du, die Reifen fehlen, und die Farbe ist abgegangen, aber man erkennt es noch genau.«

Mina sah es an, ohne es zu berühren. Georgie würde es gewiss nicht aus der Hand geben.

»Stimmt.« Sie lachte ungläubig. »Glaubst du, es hat Timmie gehört? Schon komisch, nach all den Jahren. Wie lange es wohl unter dem Sand gesteckt hat? Es könnte natürlich auch von Toby stammen.«

»Nein.« Georgie schüttelte entschieden den Kopf. »Dafür ist es zu alt. Nein, es hat Timmie gehört. Ich erkenne es wieder. Timothy hat es ihm zu seinem siebten Geburtstag geschickt, als der Krieg begann. Er war außer sich vor Freude. Mama auch. Du erinnerst dich doch? Das war eine Aufregung, als das Paket ankam. Für *sie* hatte er natürlich einen Brief mitgeschickt.«

Mina hatte plötzlich das Gefühl, die Zeit stehe still. Das heisere Geschrei der Möwen über ihnen, das rhythmische Schlagen der Wellen, das wilde Gebell der streunenden Hunde, all diese Geräusche schienen zurückzuweichen, als sie jetzt Georgie ansah. Auf dem Gesicht ihrer Schwester malte sich helle Freude, als sie das Auto in ihrer Hand betrachtete, aber auch wissender Spott.

»Hast du ihre Briefe gelesen?«, fragte Mina schließlich. »Timothys Briefe an Mama meine ich. Hast du sie damals gelesen, Georgie?«

Georgie zuckte verächtlich mit den Schultern. Dann veränderte sich ihre Miene schlagartig, als lausche sie einem anderen Gespräch, in dem Vorwürfe gegen sie erhoben wurden.

»Sag, Georgie, hast du ihre Briefe gelesen?« Mina ließ nicht locker.

»Briefe?« Georgie sah von dem Spielzeug auf, dessen silbrige, sandverklebte Oberfläche in der winterlichen Sonne glänzte. Ihr Blick war misstrauisch, aber sie schien ganz klar im Kopf.

»Sie hatte sie in ihrem Nähkästchen aufbewahrt, in einem Geheimfach.« Mina schaute aufs Meer hinaus. »Schon merkwürdig, diese viktorianische Vorliebe für Geheimfächer. Ich bin einmal ins Wohnzimmer gekommen, als sie einen Brief hineingesteckt hat. Hast du das auch einmal gesehen?«

»Ich habe etwas gehört.« Georgie ließ sich bereitwillig in die Welt der Erinnerungen hineinziehen. »Ein hartes ruckartiges Geräusch. Sie hatte nicht bemerkt, dass ich auf dem Sofa lag. Ich war übers Wochenende aus London gekommen. Es war im Krieg. Noch ziemlich am Anfang, glaube ich, nach den ersten Luftangriffen.«

»Und du hast gehört, wie sie die Schublade schloss?«

»Ja, ich sah auf, aber da verließ sie schon das Zimmer.« Georgie schwieg nachdenklich. »Ich war neugierig«, fuhr sie nach einer Weile fort. »Es hatte so etwas … Verstohlenes. Ganz untypisch für Mama, die sonst immer die Ruhe selbst war. Aber in dem Moment wirkte sie so aufgeregt, so geheimnistuerisch, dass ich dachte: Was hat sie bloß?«

»Und dann bist du aufgestanden und hast nachgesehen?«, fragte Mina in verschwörerischem Ton.

»Ja. Es war ganz einfach, die Sprungfeder zu finden. Meine Güte, ich konnte es gar nicht fassen, all diese Briefe. Dutzende von Briefen.«

»Es waren eine ganze Menge«, bestätigte Mina. »Die meisten waren natürlich aus dem Ausland … Hast du sie auch *gelesen?*«

»Einige.« Georgies Blick traf Mina und schweifte dann ab. »Genug, um Bescheid zu wissen, was zwischen ihnen war.«

»Und du hast mit niemandem darüber gesprochen?«

»Nein!«, protestierte Georgie beinahe entrüstet. »Wahrscheinlich wäre ich schockierter gewesen, wenn ich noch nicht in London gelebt hätte. Aber diese ziemlich altmodische Liebesaffäre war typisch für die damalige Zeit. Timothy tat irgendwo in einem entlegenen Winkel des Empire seinen Dienst, während Mama zu Hause auf ihn wartete.«

Es entstand eine Pause.

»Hattest du nicht das Gefühl, es Papa sagen zu müssen?«

»Nein, überhaupt nicht!«, antwortete Georgie rasch. »Ich habe bald herausgefunden, was es mit dieser grässlichen Witwe auf sich hatte, derentwegen Mama und wir alle nach Ottercombe abgeschoben wurden. Er war lieber mit ihr zusammen als mit uns, seiner Familie. Ehrlich gesagt, empfand ich eine gewisse Genugtuung, dass Mama es ihm gebührend heimgezahlt hat.« Sie blickte ihre Schwester vielsagend an. »Hast *du* es ihm etwa gesagt?«

»Ich habe die Briefe erst nach ihrem Tod gelesen«, erwiderte Mina leise. »Da lebte er ja längst nicht mehr. Er hätte aber einen ungeheuren Krach geschlagen, Witwe hin oder her, und deshalb hätte ich es wohl für mich behalten. Während du …« Mina kicherte. »Du liebst Geheimnisse, stimmt's?«

Georgie sah auf das Spielzeug in ihrer Hand und schmunzelte in sich hinein. »Manchmal«, sagte sie keck, fast kindisch. »Timmie hat dieses Auto geliebt, weißt du. Er nahm es überallhin mit. Einmal habe ich es versteckt, um es ihm heimzuzahlen.« Ihr Lächeln schwand. »Er war Mamas Liebling. Und Papas. *Ich* war die Älteste. *Ich* war die Erstgeborene, aber ihn liebten sie am meisten, weil er ein Junge war. Gelegentlich musste man ihm eine Lektion erteilen.«

»Ich glaube nicht, dass er der Liebling von Papa und Mama war«, erwiderte Mina bestürzt. »Sie haben jeden von uns auf eine ganz eigene Art geliebt.«

Sie sprach betont freundlich, denn sie wollte sich nicht anmerken lassen, wie sehr sie Georgies Enthüllung entsetzte –

eine junge Frau von siebzehn, achtzehn Jahren, die aus reiner Bosheit ein Kinderspielzeug versteckt. Ihre Schwester musterte sie amüsiert.

»Dann soll das wohl ein Witz sein? Der blonde und groß gewachsene Timmie, der uns anderen kein bisschen ähnlich sah. Und Papa war so stolz auf seinen einzigen Sohn!« Sie fing an zu lachen. »Alle haben sich darüber ausgelassen. Aber die ganze Zeit ...« – sie lachte unbändig –, »die ganze Zeit ...«

»Ich weiß«, sagte Mina schnell. »Ich habe die Briefe auch gelesen.«

Georgies Lachen erstarb. Plötzlich wirkte sie verwirrt.

»Es ist ein Geheimnis«, murmelte sie leise.

»Ja«, erwiderte Mina beschwörend. »Unser Geheimnis. Niemand darf es erfahren.«

Georgie wandte sich ab, strich über das Spielzeugauto und murmelte vor sich hin.

»Ich möchte nach Hause«, sagte sie.

Damit stapfte sie los. Seufzend griff Mina nach ihrer Tüte mit dem Feuerholz, rief die Hunde und folgte ihrer Schwester.

Es dunkelte schon, als Lyddie merkte, wie kalt es im Haus war. Sie war mit Bosun früher als gewöhnlich spazieren gegangen und mit großen Schritten durch die Stadt gelaufen, als könne sie damit die lähmende Angst bezwingen, die sie zu überwältigen drohte. Selbst wenn sie es im *Place* nicht mit eigenen Augen gesehen hätte, hätte sie Rosie geglaubt. Es war alles so sonnenklar. Während sie, die Hände tief in den Manteltaschen vergraben, durch die Gassen streifte und der Hund neben ihr hertrottete, erinnerte sie sich voll glühender Scham an die Blicke all der anderen Frauen, denen sie jetzt eine völlig neue Bedeutung beimaß. Sie fühlte sich zutiefst gedemütigt. Wie blind sie doch gewesen war, wie dumm!

Als sie sich niederkniete, um den Ofen anzuschüren, überlegte sie, was schwerer wog, ihr verletzter Stolz oder die zerstörte Liebe. Diese Frauen – wie viele es wohl sein mochten? – hatten genau wie Rosie mit Liam unter einer Decke gesteckt, um sie, Lyddie, zu täuschen und sich hinter ihrem Rücken über sie lustig zu machen, während sie im *Place* ein und aus gegangen war – ohne an Liams Treue zu zweifeln, obwohl die Eifersucht immer wieder aufgeflackert war. Die Szene zwischen Liam und Zoë hatte sich in ihr Gehirn eingebrannt. Dieses Bild stand ihr stets vor Augen, wohin sie den Blick auch wandte. Darin war alles gebündelt, was Rosie ihr erzählt hatte. Lyddie wusste, dass sie das *Place* nie wieder betreten konnte, und fragte sich voller Panik, wohin sie jetzt gehen und was sie anfangen sollte.

Sie kochte sich einen Tee, nur um überhaupt irgendetwas Normales zu tun, und setzte sich mit ihrer Tasse an den Tisch. Bosun wachte auf und sah sie erwartungsvoll an, also gab sie ihm zu fressen und sprach mit ihm, wie sie es auch sonst tat. Dann streckte er sich wieder neben ihr auf dem Boden aus. Als das Telefon läutete, hob sie nicht ab, sondern starrte es nur an. Anrufbeantworter und Fax waren in ihrem Arbeitszimmer, aber sie rührte sich nicht von der Stelle, um die Nachricht abzuhören. Als es eine Stunde später erneut läutete, nahm sie zwar wieder nicht ab, wurde jedoch von einer schrecklichen Unruhe gepackt. Sie musste entscheiden, was sie tun sollte, war aber unfähig, einen klaren Gedanken zu fassen.

Als sie sich neben dem Hund niederkauerte und sich an ihn schmiegte, hörte sie, wie der Schlüssel im Schloss umgedreht wurde, und im nächsten Augenblick stand Liam im Zimmer. Der Schock über seine plötzliche Anwesenheit riss sie aus ihrer Betäubung. Mit einem Schlag wurde ihr schmerzlich bewusst, was sie verloren hatte, und sie erkannte, dass nichts wieder so sein würde wie zuvor. Sie rappelte sich auf und starrte ihn an. Er wirkte zornig, doch sogar in ihrem Elend erkannte sie, dass sich sein Ärger nicht gegen sie richtete. Seine Augen funkelten, und er ballte die Fäuste.

»Warum bist du nicht ans Telefon gegangen?«, fragte er abrupt, und sie runzelte die Stirn, überrascht wie ein Schüler, der mit einer solchen Frage nicht gerechnet hat.

Sie brachte kein Wort heraus – es gab keine Worte für diese Situation –, sondern sah ihn unverwandt an, als stünde ein völlig fremder Mensch vor ihr.

Er seufzte und wandte den Blick ab. Offenbar wusste er nicht so recht, was er sagen sollte.

»Als du nicht zum Abendessen kamst und dann auch nicht ans Telefon gegangen bist, habe ich angefangen, mir Sorgen zu machen.« Er hatte beschlossen, nicht lange um den heißen Brei herumzureden. »Joe hat es mir gesagt. Du warst also mit Rosie Kaffee trinken?«

»Nicht nur Kaffee trinken.« Sie war erleichtert, dass ihre Stimme einigermaßen normal klang. »Sie fand, es sei Zeit, dass ich erkenne, in welcher Illusion ich bisher gelebt habe.«

»Ich liebe dich. Das ist keine Illusion. Wir sind verheiratet. Das ist eine Tatsache.«

»Ja.« Das ließ sich nicht bestreiten. »Meine Illusion war, dass ich mir eingebildet habe, du wärst mir treu.«

»O mein Gott!« Er seufzte ungeduldig. »Du musst begreifen, dass diese Frauen für mich absolut unwichtig sind. Ich liebe dich, sonst niemanden. Siehst du das denn nicht? Ich hätte jede von ihnen heiraten können, aber ich habe dich geheiratet … Was amüsiert dich so?«

»Ich habe dich für origineller gehalten. Aber es ist alles andere als amüsant, wenn man von der Lieblingsnebenfrau seines Ehemanns erfährt, dass er ein Frauenheld ist.«

»Aber es fiel dir nicht schwer, ihr zu glauben?«

Die Rolle der gekränkten Unschuld stand ihm gar nicht gut zu Gesicht.

»Doch, doch«, gab sie zurück. »Es fiel mir maßlos schwer. Es war keine Überraschung für mich, dass sie mit dir eine Affäre hatte, bevor wir heirateten – warum auch nicht? Aber ich dachte zuerst, sie wollte sich rächen, weil du sie entlassen hast. Mir war nicht klar, dass sie selbst gekündigt hat.«

»Rosie hängt ihr Fähnchen nach dem Wind, das war immer schon so.«

»O ja, das glaube ich. Aber deshalb ist sie noch lange keine Lügnerin.« Er schwieg. »Heißt das, du streitest es ab?«

In der langen Stille, die ihrer Frage folgte, hatte Lyddie das Gefühl, dass alle Gewissheiten ihres Lebens zerbrachen.

»Nein«, sagte er schließlich. »Das hätte keinen Sinn. Ich sage nur, es ist unwichtig. Es braucht unser Zusammenleben nicht zu tangieren.«

»Aber das tut es!«, schrie Lyddie. »Glaubst du wirklich, ich könnte jemals wieder dein Lokal betreten? In aller Ruhe zu Abend essen, während du um die Tische schleichst, im Geist jede Frau fickst, die deine Phantasie erregt, und von dem Barmädchen träumst, das du vorhin in der Vorratskammer flachgelegt hast?«

Er verzog das Gesicht zu einer schmerzlichen Grimasse, und sie sah, dass er im Grunde seines Herzens ein Puritaner war, dem ihre Unverblümtheit gar nicht gefiel. Eine Woge der blanken, durch keinen Funken Selbstmitleid getrübten Wut stieg in ihr auf und schwemmte jede Sentimentalität mit sich fort.

»Ich habe dich vorhin gesehen«, sagte sie. »Als ich mittags ins Lokal kam, sah ich, was du mit Zoë gemacht hast. Und wie sie darauf reagierte. Meinst du im Ernst, dass ich dort am Tisch sitzen soll, während sie hinter vorgehaltener Hand kichert, so wie Rosie im vergangenen Jahr? Hältst du mich für so stark, Liam, dass ich derartige Demütigungen heroisch ertragen könnte? Glaubst du wirklich, dass du das wert bist?«

Er schwieg. Sie merkte, dass ihn die Enthüllung über ihren mittäglichen Besuch im *Place* tief getroffen hatte. Offenbar überlegte er fieberhaft, was er als Nächstes tun sollte.

»Hast du einen Vorschlag, wie es weitergehen soll?«, fragte er schließlich.

»Ich nehme an, du hast nicht vor, dein Verhalten zu ändern?«

»Oh, das könnte ich mir durchaus vornehmen«, erwiderte er und klang dabei sogar aufrichtig, »aber es wäre nicht von Dauer. Ich habe es eine Zeit lang versucht, nach unserer Heirat, aber … es ging nicht.« Er hob abwehrend beide Hände. »Es hat keinen Sinn, Versprechungen zu machen, die man nicht halten kann.«

»Tja, eins zu null für dich und deine Ehrlichkeit.«

Er setzte zu einer Erwiderung an, überlegte es sich aber dann anders.

»Ich muss zurück«, sagte er.

»Du erstaunst mich wirklich«, warf sie sarkastisch ein.

»Wäre es dir lieber, wenn ich im *Place* übernachte? Damit du in Ruhe nachdenken kannst.«

»Warum nicht?« Sie zuckte die Schultern, erleichtert und zugleich maßlos enttäuscht. »Zumal ich weiß, dass du es dort sehr gemütlich hast.«

»Ich komme morgen früh«, sagte er mit tonloser Stimme. »So gegen zehn.« Und bevor sie antworten konnte, drehte er sich um und schloss leise die Tür hinter sich.

24

»Erinnerst du dich wirklich noch an das Auto, Nest?«, fragte Mina, als Georgie schlafen gegangen war. »Schon merkwürdig, dass wir es nach all den Jahren wiedergefunden haben.«

»O ja.« Nest bewegte ihren Rollstuhl durch die Küche zur Anrichte, wo das Spielzeug stand. »Alles, was von Timothy kam, war etwas Besonderes. Die Ansichtskarten und die ungewöhnlichen Geschenke. Ich habe noch immer eine wunderschöne peruanische Puppe, die er mir zum Geburtstag geschickt hat. Wir alle haben Timmie darum beneidet, dass Timothy sein Pate war. Ich als die Jüngste habe wahrscheinlich die schwächsten Erinnerungen an ihn, aber ich habe das Gefühl, er war ein ganz besonderer Mensch, der von allen geliebt wurde. Oder war das nur meine kindliche Einbildung?«

»Nein«, sagte Mina. »O nein. Timothy war tatsächlich ein ganz besonderer Mensch. Ich freue mich, dass du dich noch an ihn erinnerst. Wo du gerade sieben warst, als er ums Leben kam.«

»Ich habe eher ein vages Bild als eine klare Vorstellung von ihm.« Nest kniff die Augen zusammen. »Er kam mir so groß vor, viel größer als Papa, und er war blond.«

Sie betrachtete das Spielzeugauto. »Jetzt entsinne ich mich wieder. Timmie hat es verlegt, kurz nachdem er es von Timothy bekommen hatte, und war sehr traurig darüber. Zum Glück ist es dann wieder aufgetaucht.«

Mina musste an das denken, was Georgie ihr unten am Strand gestanden hatte, aber sie schwieg. Nest, ein Tablett mit den Sachen für die Nacht auf den Knien balancierend, gab ihr einen Gutenachtkuss und rollte hinaus in den Flur. Mina schaltete das Licht aus und stieg die Treppe hinauf. Als sie vor der Tür ihres Schlafzimmers stand, klingelte das Telefon. Sie eilte hinein und hob ab.

»Tante Mina? Ich bin's, Lyddie. Ich habe gerade erst gesehen, wie spät es schon ist. Tut mir Leid. Habe ich dich geweckt?«

»Um Himmels willen, nein, mein Kind«, gab Mina fröhlich zurück. »Ich wollte noch meine E-Mails abrufen. Wie geht es dir?«

Pause. »Käme es euch furchtbar ungelegen, wenn ich ein paar Tage bei euch verbringe?«

»Ganz und gar nicht, mein Schatz«, sagte Mina. »Möchtest du jetzt reden oder lieber erst, wenn du da bist?«

»Ich ... ich habe einen richtigen Schock erlebt.«

Mina hörte, dass ihre Nichte den Tränen nahe war, und ihr Herz pochte vor Angst.

»Liam betrügt mich mit anderen Frauen. Rosie hat es mir gesagt. Sie selbst war das ganze letzte Jahr mit ihm liiert, und er hat auch andere Frauen.«

»Und hast du Liam zur Rede gestellt?«, fragte Mina scharf.

»O ja«, gab Lyddie geknickt zurück. »Ich habe mit ihm gesprochen. Er leugnet es nicht, und außerdem ... habe ich ihn selbst mit einer gesehen.«

»Mein armer Schatz.« Mina war entsetzt. »Es muss schlimm für dich sein. Wann kommst du?«

»Ich versuche ein bisschen zu schlafen und fahre morgen

in aller Frühe los. So gegen zehn? Ist das nicht zu früh für euch?«

»Komm, wann immer es dir passt. Wir erwarten dich.«

»Danke. Dann bis morgen.«

»Fahr vorsichtig, Lyddie.«

Mina legte auf und starrte ins Leere. Nogood Boyo strich um ihre Füße, ein Plastikspielzeug vor sich herschiebend. Captain Cat beäugte es mit verächtlicher Miene. Polly Garter streckte sich genüsslich auf ihrem Lager aus und rollte sich dann zusammen.

»Jetzt aber ab ins Körbchen«, sagte Mina. »Los, Jungs, Zeit zum Schlafen.«

Sie gehorchten nur widerwillig. Captain Cat setzte eine indignierte Miene auf, als hätte er sich sowieso gerade hinlegen wollen, doch Nogood Boyo stupste sein Spielzeug immer noch aufgeregt herum.

In ihrem Alkoven las Mina ihre E-Mails: Helena bedankte sich für das reizende Wochenende – Mina schnitt eine Grimasse –, und Jacks Mail brachte sie wie immer zum Lachen. Schließlich öffnete sie Elyots Nachricht.

Von: Elyot
An: Mina

Nach einer ruhigeren Phase hat Lavinia einen neuen Rückschlag erlitten. Sie hat eine unerklärliche Feindseligkeit gegenüber unserem Hausarzt entwickelt, einem ausgesprochen liebenswürdigen Menschen, und ich weiß mir keinen Rat mehr. Offenbar ist sie tief enttäuscht von ihm. Obwohl ich mir gut vorstellen kann, wie elend sie sich fühlt, versuche ich sie zu beschwichtigen, und sage ihr, dass sie sich das alles nur einbildet. Aber das bringt sie noch mehr auf, und sie wirft mir vor, ich würde mich gegen sie stellen und so weiter und so fort. Außerdem war ich beim Augentest. Seit dem Unfall bin ich furchtbar nervös, wenn ich am Steuer sitze, und jetzt ist das schreckliche Wort »grauer Star« gefallen. Je mehr mein Selbstvertrauen schwindet, desto größer ist die Gefahr, dass ich einen Unfall baue. Aber ich kann Lavinia nicht lange allein lassen, auch nicht, wenn jemand bei ihr ist, den sie kennt. Deshalb sind die öffentlichen Verkehrsmittel keine Alternative. Ich fürchte, der Tag ist nicht mehr weit, an dem wir das Haus hier aufgeben und in die Stadt oder sogar in ein Pflegeheim müssen. Was mich am meisten zermürbt, ist diese Ungewissheit. Und je mehr Lavinias Verwirrung und Argwohn wachsen, desto kleiner wird der Kreis von Menschen, die ich um Hilfe bitten kann. Manchmal wirkt sie ganz zufrieden, wenn eine Freundin bei ihr ist. Aber es kann sein, dass sie sie fünf Minuten später nicht mehr kennt. Wenn ich dann zurückkomme, erlebe ich ein Drama. Lavinia schluchzt, ist wütend auf mich und verängstigt, die Freundin empört und zutiefst gekränkt.

Es ist interessant zu sehen, wie schnell eine Freundschaft zerbricht, wenn jemand sich zurückgewiesen fühlt – selbst wenn derjenige, der ihn oder sie zurückweist, ganz offensichtlich nicht bei Verstand ist. Mitgefühl, Mitleid und Verständnis sind dann plötzlich wie ausgelöscht. Man nimmt alles persönlich, und die Liebe ist nicht stark genug, um es dem anderen nachzusehen. Was für ein Armutszeugnis! Ich nehme mich selbst davon nicht aus. Manchmal würde ich sie am liebsten anschreien oder sogar schlagen, damit sie mir zuhört. Lavinia war schon immer eigensinnig, rechthaberisch und cholerisch. Es scheint, als würden ihre vorteilhaften Eigenschaften zunehmend in den Hintergrund gedrängt und als träten diese negativen Züge immer deutlicher hervor – jetzt, da die dünne Schicht des zivilisierten Verhaltens zerbrochen ist.

Meine liebe alte Freundin, ich sollte so etwas nicht sagen, nicht einmal zu dir. Ich bin zu oft allein und versuche zu verstehen, was hier geschieht, versuche, es zu analysieren und besser damit umzugehen. Du weißt gar nicht, wie viel Kraft mir der Gedanke gibt, dass auch du in Ottercombe tapfer durchhältst. Dank deiner Schilderungen von Nest und Georgie habe ich das Gefühl, euch alle gut zu kennen. Ich empfinde euch als meine Freunde, an die ich mich in größter Verzweiflung wenden könnte. In einer Woche kommt William – wie sehr mich dieser Gedanke tröstet! –, auch wenn er seine eigenen Sorgen hat.

Jetzt ist es aber genug! Schreib mir, wie es dir geht. Hoffentlich hast du dich von dem anstrengenden Wochenende erholt.

Mina las die Mail mehrmals, und in ihr stieg ein völlig unvernünftiger Groll gegen die ihr unbekannte Lavinia auf. Sie dachte über dieses Gefühl nach. Ihre Sympathie galt Elyot, wie konnte es auch anders sein? Ihn »kannte« sie besser als seine anstrengende Ehefrau. Aber natürlich war es auch viel leichter, sich auf Elyots Seite zu schlagen. Er war geistig klar und verstand mit Schicksalsschlägen umzugehen. Lavinia dagegen schien auch in ihren guten Tagen keine sonderlich sympathische Frau gewesen zu sein: stur, engstirnig, intolerant und selbstgerecht …

Mina wies sich selbst zurecht: Wie ungeheuer dumm war es doch, einem Mann gegenüber Besitzansprüche zu stellen, den sie nie kennengelernt hatte und wahrscheinlich auch nie kennenlernen würde! Und wenn, dann würde er sich von seiner besten Seite zeigen. Aber er hat doch zugegeben, widersprach eine innere Stimme, dass er Lavinia am liebsten anschreien, ja sogar schlagen würde. Eine natürliche Reaktion, die er offen und ehrlich eingestand. »Es würde ihr guttun, wenn er ihr einmal tüchtig den Hintern versohlte«, murmelte Mina böse vor sich hin und musste plötzlich über sich selbst lachen. Um Himmels willen! Du bist vierundsiebzig Jahre alt und benimmst dich wie ein eifersüchtiger Teenager! »Vergiss nicht«, ermahnte sie sich, »du hast ihn noch nie gesehen. Ja, natürlich hast du ein Bild von ihm: groß und stattlich, mit dichtem grauem Haar, eine distinguierte Erscheinung. Mit verschmitzten Augen und Sexappeal. Wahrscheinlich ist er einsfünfzig groß und hat eine Glatze. ›Ohne Augen, ohne Zahn, Geschmack und alles‹, wie es bei Shakespeare heißt.« Mina riss sich zusammen und schrieb eine Antwortmail.

Von: Mina
An: Elyot

Hallo Elyot,
es klingt, als wärst du in einer schwierigen Lage. Ich meine weniger den grauen Star – eine lästige Sache, aber soweit ich weiß, ist die Behandlung relativ unkompliziert. Ich meine Lavinia. Das ist eine vertrackte Situation, und ich weiß nicht, ob es klug ist, ihr die Augen zu öffnen und ihr zu sagen, dass sie sich alles nur einbildet. Auch wenn es dir widerstrebt, ihre Hirngespinste unwidersprochen hinzunehmen – wenn du sie ihr auszureden versuchst, könnte es sein, dass sie sich noch mehr darauf versteift und dass sie ihr Vertrauen zu dir verliert. Sie soll doch das Gefühl haben, dass du zu ihr hältst; da ist es eigentlich egal, wenn du ein bisschen flunkerst. Euer Hausarzt wird sicher Verständnis dafür haben – er hat bestimmt Erfahrung mit solchen Fällen.

25

Dieser widerliche Kerl!«, meinte Nest empört. »Ich habe ihn nie gemocht. Ein aalglatter, schmieriger Typ. Man soll niemandem trauen, der immerfort lächelt.«

»Ach, Nest.« Mina musste kichern. »Jetzt ist es zu spät zu sagen: Trau, schau, wem.«

Nest sah sie an. »Das hat Mama immer gesagt«, erwiderte sie, »weißt du noch?« Und dann lachten sie beide, bis Georgie zum Frühstücken hereinkam.

»Was ist los?«, fragte sie, und Nest erwiderte: »Uns ist gerade eingefallen, dass Mama immer gesagt hat: Trau, schau, wem. Ist das nicht albern?«

»Aber es stimmt«, gab Georgie zurück. »Diese alten Redensarten enthalten immer ein Körnchen Wahrheit. Gibt es heute Porridge zum Frühstück, Mina?«

Nest und Mina tauschten einen erleichterten Blick. Georgie schien heute Morgen völlig klar im Kopf.

»Wenn du magst«, sagte Mina fröhlich. »Ach ja, Lyddie kommt heute im Laufe des Vormittags. Sie will ein paar Tage bleiben. Sie braucht eine Verschnaufpause zwischen ihren Lektoraten.«

»Oh.« Georgie machte ein überraschtes Gesicht. »Aber ich wollte heute Morgen nach Lynton fahren und meine neuen

Bücher holen.« Sie runzelte die Stirn. »Hab ich nicht gesagt, dass sie da sind?«

»Ja«, erwiderte Nest hastig. »Richtig. Die Bibliothekarin hat gestern Nachmittag angerufen.«

»Ich fahr dich hin«, bot Mina an.

Im selben Moment bellten die Hunde, und sie hörten Lyddies Stimme im Flur.

Mina war als Erste bei ihr und schloss sie in die Arme.

»Schön, dass du da bist«, sagte sie. »Mein liebes Kind …«. Nest folgte ihr in ihrem Rollstuhl. Lyddies kummervolle Miene ging ihr sichtlich nahe. Sie drückte Lyddies Hand, bis sich ihre Nichte zu ihr hinunterbeugte und ihr einen Kuss auf die Wange drückte.

»Mir geht's nicht besonders«, murmelte sie, mit den Tränen kämpfend.

»Wir reden gleich«, sagte sie, »wenn du möchtest. Fühlst du dich in der Lage, Georgie zu begrüßen?«

Lyddie nickte und rang sich ein Lächeln ab.

»Mein Hund«, sagte sie. »Soll ich ihn aus dem Auto lassen? Ihr wisst, dass er sich schlecht mit Captain Cat versteht. Er ist sowieso verängstigt, weil er spürt, dass … etwas nicht stimmt.«

»Du musst ihn sofort rauslassen«, rief Mina, »und wenn Captain Cat sich nicht zu benehmen weiß, sperre ich ihn in den Schuppen. Hol ihn. Ich wollte gerade mit Georgie nach Lynton fahren. Du und Nest, ihr könnt euch dann in aller Ruhe unterhalten. Ich lasse die Hunde ins Freie, und du kannst Bosun mit ins Haus nehmen, damit er sich an die neue Umgebung gewöhnt.«

Bosun freute sich über die neu gewonnene Freiheit. Auch wenn eine Auseinandersetzung mit Captain Cat drohte, spürte er hier eine Sicherheit, die er während der letzten vierundzwanzig Stunden in Truro vermisst hatte. Jetzt waren sie im Haus, und Lyddie rief Mina zu, dass die Luft rein sei. Mina öffnete die Küchentür, und die drei Hunde schossen laut bellend in den Hof hinaus, umrundeten die Vorderseite des Hauses und suchten nach dem Eindringling.

»Ich nehme sie mit, wenn wir fahren«, sagte Mina und kraulte Bosun den Kopf. »Keine Sorge, sie werden sich schon aneinander gewöhnen. Du Ärmster siehst wirklich arg mitgenommen aus.«

Bosun legte die Ohren an. Minas Mitgefühl tat ihm gut, und er schaffte es, gleichzeitig traurig und tapfer auszusehen. Er war wirklich erschöpft nach der zweistündigen Autofahrt. In aller Herrgottsfrühe aus dem Schlaf gerissen zu werden, noch in der Morgendämmerung einen Spaziergang machen zu müssen und anschließend ins Auto verfrachtet zu werden, war kein Zuckerschlecken. Sein Schwanz schlug erwartungsvoll gegen Georgies Stuhl, die ihn nachdenklich ansah, während Mina ihm als Trostpflaster für all seine Leiden ein paar Hundekuchen gab. Beglückt verzehrte er sie, und Georgie tätschelte seinen Kopf.

»Du bist ein wunderbarer Hund«, sagte sie. »Ein Spaziergang am Strand würde ihm bestimmt gefallen.«

»Sicher«, erwiderte Mina, »aber Lyddie braucht einen Kaffee, und wir beide müssen nach Lynton. Brauchst du noch etwas außer den Büchern?«

»Ich weiß nicht.« Georgie machte ein ratloses Gesicht. »Hab's vergessen.«

»Spielt keine Rolle.« Mina ließ sich nicht aus der Ruhe bringen. »Wir haben den ganzen Vormittag Zeit. Mach dich fertig, ich schreibe unterdessen die Einkaufsliste.«

Als Georgie gegangen war, machte sich Befangenheit breit. Mina bereitete den Kaffee für Lyddie, und Nest sagte, sie würde auch gern noch eine Tasse trinken. Währenddessen waren alle drei darauf bedacht, einander nicht anzusehen.

Schließlich erschienen die drei Hunde an der Verandatür. Empört starrten sie durch die Scheibe auf Bosun, der tief und fest schlafend am Boden ausgestreckt lag.

»Gibt's denn so was?«, meinte Mina, an niemanden Bestimmten gerichtet, und sogar Lyddie musste lachen. Georgie erschien in Mantel und Hut, mit einer riesigen Einkaufstasche in der Hand, und Mina packte ihre Sachen zusammen und ging mit ihr nach draußen. Es folgte das übliche Theater, als die Hunde in den Bus verfrachtet wurden, dann war das Geräusch des Motors zu hören, und schließlich trat Stille ein.

Lyddie nahm einen Schluck Kaffee und putzte sich die Nase. Nest sah sie mitfühlend an.

»Wenn du nicht reden möchtest, ist das völlig in Ordnung«, sagte sie. »Wie es dir am liebsten ist.« Sie drehte ihren Rollstuhl vom Tisch weg und blickte hinaus auf den Steingarten, den ihre Mutter vor so langer Zeit angelegt hatte.

»Das ist das Gute an dir und Tante Mina«, meinte Lyddie. »Ihr seid wie Gleichaltrige für mich. Schon merkwürdig, ich wüsste gar nicht, zu wem ich sonst gehen könnte. Roger und ich haben nie so ein Vertrauensverhältnis entwickelt, und Teresa kenne ich kaum. Ich hatte an Jack und Han gedacht, aber sie haben ja das Haus voller Kinder. Und ich wusste mir einfach keinen anderen Rat. Hat Mina es dir erzählt?«

Nest nickte.

»Ich habe die halbe Nacht und während der ganzen Fahrt darüber nachgedacht.« Lyddie schob ihre Tasse beiseite und stützte den Kopf in die Hände. »Ich kann einfach nicht so weitermachen, als sei nichts geschehen. Rosie hat Recht, wenn sie sagt, dass ich von nun an nie mehr sicher sein könnte, ob er nicht gerade wieder etwas mit einer anderen hat. Und ich fühle mich so gedemütigt. Wie könnte ich jemals wieder das *Place* betreten?«

»Ganz schön gerissen von Rosie, nicht wahr? Sie hat eurer Ehe den Todesstoß versetzt.«

»Er findet wohl, dass es mir nichts ausmachen sollte, weil er mir die Ehre erwiesen hat, mich zu heiraten. Alles andere sei unwichtig. Das hat er wörtlich gesagt.«

»Und anscheinend meint er es auch so.«

Lyddies Stuhl scharrte über den Fußboden. »Findest du etwa, dass ich mich damit abfinden soll?« Ihre Stimme klang ängstlich. »Wie würdest du dich fühlen, wenn der Mann, den du liebst, mit einer anderen ein Verhältnis hat?«

Schweigen. Bosun knurrte im Schlaf und streckte sich, während ein Rotkehlchen vor der Verandatür ein paar Toastkrümel aufpickte.

»Ich wäre am Boden zerstört«, erwiderte Nest schließlich. »Ich wäre krank vor Eifersucht. Ich würde mich verkriechen, ich würde mich hilflos und ohnmächtig fühlen. Aber das Schlimmste und Demütigendste wäre, dass ich ihn immer noch liebte und ihn mehr begehrte als alles auf der Welt.«

»Das trifft es genau«, sagte Lyddie nach einer kurzen Pause. »Du hast so etwas also selbst erlebt? Und was hast du gemacht?«

»Mir blieben nicht viele Möglichkeiten«, erwiderte Nest, »und wir waren nicht verheiratet. Es war eine andere Situation. Aber wenn du wissen willst, ob ich um ihn gekämpft habe, so lautet die Antwort: nein. Die Kränkung war einfach zu groß, und ich wollte nicht, dass irgendjemand davon erfährt.«

»Tja, dieses Privileg habe ich nicht«, gab Lyddie bitter zurück. »Mir wird ganz übel, wenn ich an die vielen Abende denke, die ich in diesem gottverdammten Lokal verbrachte. Alle dachten: Die Ärmste, wenn sie wüsste. Und diese Frauen …« Sie schluckte. »Wie konnte er mir das nur antun?«

Nest schüttelte den Kopf. »Du fragst dich, ob er so denkt wie andere Menschen, nicht?«, sagte sie. »Du fragst dich, was in seinem Kopf vor sich geht. Es ist, als fehlte ihm das Gespür für andere Menschen oder als nehme er das Recht in Anspruch, sich über die üblichen Normen hinwegzusetzen. Liam ist von einem unbezähmbaren Leistungsdrang besessen, und seine sexuellen Bedürfnisse sind ein Teil davon. Das erklärt seine Leidenschaft für sein Lokal und seinen unbedingten Erfolgswillen. Er ist darauf fixiert und opfert alles und jeden diesem Ziel.« Nest erschrak über Lyddies Blässe und die dunklen Ringe unter ihren Augen.

»Du siehst erschöpft aus«, sagte sie. »Mein armes Kind. Willst du nicht ein wenig schlafen?«

»Ich hab gestern Nacht kein Auge zugetan«, sagte Lyddie, »und ich bin völlig erledigt. Ich habe das Gefühl, mein Kopf zerspringt.«

»Nimm ein Schlafmittel und leg dich ins Bett«, schlug Nest vor.

»Vielleicht hast du Recht. Jetzt, da ich hier bin und mich ausgesprochen habe, kann ich womöglich schlafen. Bin ich in demselben Zimmer wie sonst untergebracht? Wunderbar. Bis später. Und danke, Nest.« Sie beugte sich hinunter und küsste ihre Tante auf die Wange. »Du bist großartig.«

Erst als Lyddie nach oben gegangen war, wurde Nest bewusst, dass Lyddie sie zum ersten Mal nicht »Tante Nest« genannt hatte. Sie schmunzelte. Ob das ein Kompliment war? Sie blieb sitzen, lauschte auf den regelmäßigen Atem von Bosun und dachte an Connor.

26

Es ist Mina, die nichts ahnend kurz vor dem Ende des Schuljahrs ein Treffen zwischen Nest und Connor arrangiert. Als er sich mit einem Brief an Mina für den Nachmittag in Ottercombe bedankt, macht er beiläufig diesen Vorschlag, da er am folgenden Wochenende in der Nähe von Nests Schule sei. »Falls deine Mutter einverstanden ist«, fügt er hinzu, »und die Schuldirektorin es erlaubt.«

Nest ist erleichtert, als sie erfährt, dass Connor in Ottercombe war, aber Minas Brief an sie enthält Bemerkungen, die sie aufhorchen lassen: »Er ist amüsant und hat uns alle zum Lachen gebracht. Mama war von ihm entzückt, aber nicht so sehr wie er von Henrietta, die übers Wochenende hier war. Er hat mir einen Dankesbrief geschickt und fragt, ob du mit ihm Tee trinken möchtest …«

»Es scheint, du bist bei meiner Familie gut angekommen«, sagt sie leichthin, als sie in der Teestube des kleinen Städtchens Platz genommen haben. An den Nachbartischen sitzen andere Familien mit ihren Töchtern, und sie muss sich zusammenreißen, um nicht aus der Rolle zu fallen. »Mina sagt, Mama war sehr beeindruckt von dir.«

»Sie ist eine reizende Frau.« Nach außen hin wirkt Connor ruhig und gelassen, aber sie spürt seine innere Anspannung. Angst packt sie, und sie zerknüllt die Papierserviette in ihrem Schoß. »Jetzt weiß ich, wem ihr nachgeschlagen seid, du und deine Schwestern.«

»Wir sehen uns alle sehr ähnlich.« Sie sehnt sich danach, seine Hand zu nehmen und ihn zu zwingen, sie anzusehen. Aber aus den Augenwinkeln beobachtet sie, dass die Mutter der kleinen Lettice Crowe zu ihr herüberlächelt. »Wie findest du Mina?«

»Ah, Mina.« Es ist dieses vertraute Lächeln, und das Herz geht ihr auf. »Sie ist ein lieber Kerl. Ich hätte sie sofort erkannt, nach allem, was du mir von ihr erzählt hast. Ein ganz besonderer Mensch.«

»Und Henrietta? Ist sie auch ein ganz besonderer Mensch? Wie ich gehört habe, hast du ihre Bekanntschaft gemacht.«

Der Tee kommt, und Connor gewinnt Zeit, sich eine Antwort zu überlegen. Doch Nest hat ihn beobachtet und weiß, dass ihre Vorahnung richtig ist. Er lächelt der Bedienung zu, hantiert mit den Tassen und prüft das heiße Wasser. Schließlich sieht er sie an, und in seinen Augen liegt die Wahrheit offen zutage.

»Ja«, sagt er. »Ich habe Henriettas Bekanntschaft gemacht.«

Als er das Teesieb nimmt und aus der Kanne Tee in die beiden Tassen gießt, weiß Nest, dass sie das niemals mit so ruhiger Hand tun könnte. In diesem Augenblick liegen die zehn Jahre Altersunterschied wie ein Abgrund zwischen ihnen: Er wirkt beherrscht und gelassen, während sie den Tränen nahe ist. Sie denkt an Henrietta, an ihre Schönheit, ihre Schlagfertigkeit, ihre Raffinesse und ihre Selbstsicherheit und ist sich ihrer eigenen Unreife schmerzlich bewusst. Er schiebt ihr Milch und Zucker hin und reicht ihr die Teetasse.

»Trink.«

Der ruhige, knappe Befehlston hat zur Folge, dass sie die Augen hebt und ihn ansieht. Mit einer leichten Kopfbewegung bedeutet er ihr, dass sie nicht allein sind, und sie fügt sich instinktiv. Folgsam trinkt sie ihren Tee, hebt die Tasse mit zitternder Hand zum Mund und stellt sie mit einem leisen Scheppern auf die Untertasse zurück. Er füllt heißes Wasser in die Kanne und dreht die dreistöckige Kuchenplatte langsam zu ihr hin. Sie starrt auf die Platte: Hörnchen mit kandierten Kirschen, ein Schokoladeneclair mit Cremefüllung in einer Papiermanschette, verschiedene Gebäckstücke mit Zuckerguss und kandierten Orangenscheiben. Der Magen dreht sich ihr um, und sie schluckt bei dem Gedanken an die klebrige Süße. Connor dreht die Platte weiter und beobachtet sie. Sie greift nach einem Hörnchen, das ihr am wenigsten Ekel bereitet, und legt es auf ihren Teller.

»Ich wollte dich sehen«, sagt er leise, »weil ich es dir persönlich sagen will, nicht in einem Brief. Es hat nicht nur mit Henrietta zu tun. Ich bin zu alt für dich, Nest, und du weißt, dass mich das von Anfang an belastet hat. Als ich deine Familie kennenlernte, hat sich dieses Gefühl verstärkt. Ich bin Minas Jahrgang, ich bin sogar älter als Henrietta. Es kam ihnen keine Sekunde in den Sinn, dass es zwischen uns mehr geben könnte als eine zufällige Bekanntschaft, weil ich in Porlock Freunde habe. Für sie bist du noch ein Kind – ja, ich weiß, du wirst bald achtzehn –, aber plötzlich sah ich alles mit ihren Augen und begriff, was ich getan habe.«

Er beugt sich vor und lächelt, als erzähle er eine Geschichte. Damit möchte er seine innere Anspannung vor ihren Schulfreundinnen und deren Eltern verbergen. Es ist eine groteske Parodie jener Nähe, nach der sie sich sehnt. Jetzt erkennt sie, dass er ihr absichtlich diesen Platz zugewiesen hat, damit sie den Blicken der anderen wenigstens teilweise entzogen ist. Mrs Crowe versucht immer noch, Connors Aufmerksamkeit auf sich zu lenken.

»Sich an Kindern vergreifen nennt man das.« Seine einschmeichelnde Stimme erweckt den Eindruck, als erzähle er etwas Amüsantes. »Ich kann nicht, Nest. Es war einer jener magischen Momente, die in der harten Wirklichkeit keinen Bestand haben. Das wurde mir schlagartig bewusst, als ich deine Familie besuchte.«

Sie nimmt noch einen Schluck Tee und zerkrümelt ihr Hörnchen. Ihr wohl behütetes Leben in Ottercombe und in der Schule hat sie auf eine solche Situation nicht vorbereitet. Wenn sie allein wären, könnte sie sich an ihn klammern und versuchen, ihn umzustimmen. Aber hier, in diesem plüschigen, gepflegten Ambiente und umgeben von ihren Mitschülerinnen, was kann sie hier machen?

»Versuch bitte, nicht allzu hart mit mir ins Gericht zu gehen. Glaub mir, Nest, es fällt mir wirklich nicht leicht, dich loszulassen.«

Merkwürdigerweise ist es dieser Appell an ihr Mitgefühl, das ihr Kraft gibt, die Situation durchzustehen. Sie schiebt ihren Teller beiseite und lässt die zerknüllte Serviette darauf fallen.

»Ich habe furchtbare Kopfschmerzen«, sagt sie laut und deutlich, damit alle es hören können. »Tut mir furchtbar Leid, Connor, aber ich kriege keinen Kuchen hinunter. Könntest du mich bitte zurückfahren?«

Als sie nach draußen geht, lächelt sie ihren Freundinnen zu und ignoriert Mrs Crowes ostentativ besorgte Miene. Schweigend fahren sie die halbe Meile zur Schule zurück. Er ist viel zu klug, um nachzuhaken und einen Tränenausbruch, Bitten oder Vorwürfe zu riskieren. Denn er weiß, dass Nest ihren ganzen Stolz und Mut zusammenraffen muss, um hoch erhobenen Hauptes in die Schule zurückzukehren.

Ein paar Tage später erhält sie einen kurzen Brief von ihm, in dem er freundlich, aber bestimmt wiederholt, was er bereits gesagt hat. Aber sie kann es immer noch nicht glauben, sie liebt ihn viel zu sehr. Noch einen Monat später, wieder in Ottercombe, träumt sie davon, dass er zu ihr zurückkehren wird. Sie rennt ans Telefon, nimmt die Post entgegen und sehnt sich danach, Mina ihr Herz auszuschütten. Dann, am Morgen des 15. August, erhält Mina einen Brief von Henrietta.

Als Mina Henriettas Brief am Frühstückstisch vorliest – wenn auch mit gewissen Auslassungen –, begreift Nest, dass es endgültig vorbei ist.

»›Connor und ich treffen uns häufig‹ – du erinnerst dich doch an Connor, Mama? Er hat uns einmal besucht – ›und er kommt ziemlich oft nach London. Wir haben entdeckt, dass wir gemeinsame Freunde haben, und er hat mich für nächstes Wochenende zu einer Party eingeladen, die sicher ein großer Spaß werden wird …‹«

Nest wird von einer so namenlosen Eifersucht gepackt, dass der Rest des Briefes an ihr vorbeirauscht. Jetzt weiß sie, dass sie keine Chance mehr hat, seine Liebe zurückzugewinnen. Mit ihrer glamourösen Schwester kann sie nicht konkurrieren.

Mina liest den Brief zu Ende, faltet ihn zusammen und legt ihn neben ihren Teller. Nest starrt ins Leere, in eine Zukunft ohne Connor. Der Regen, der gegen die Fenster peitscht, wirkt umso bedrückender.

»Einen so feuchten Sommer hatten wir noch nie«, sagt Lydia. »Der Rasen ist voll gesogen wie ein Schwamm.«

»Viele Flüsse sind über die Ufer getreten«, sagt Mina, »sogar unser kleiner Bach hat die Wiese überschwemmt.«

Bei einem Spaziergang am Strand beobachtet Nest eine Entenmutter und ihre Jungen, die auf den Wellen treiben und gegen Felsbrocken und überhängende Äste geschleudert werden. Die Kleinen folgen ihrer Mutter zu einer geschützten Stelle. Nest ist so besorgt um sie, dass sie erst nach einer ganzen Weile begreift, mit welcher Wucht das Wasser vom Hochmoor herunterschießt. Von den steilen Felsen sprudelt das schäumende Nass in zahllosen Rinnsalen in die Tiefe, als würden »die Felsen ausgewrungen«, wie die Einheimischen sagen. Auf seinem Lauf hinunter zum Meer schwillt der Bach immer stärker an. Die Dramatik dieses Naturschauspiels, das Tosen des Wassers und das Kreischen der Möwen passt zu Nests Stimmung. Trotzdem hat sie eine böse Ahnung, als wäre diesmal die Kraft der Natur zu gewaltig. Sonst hat die Natur etwas Tröstliches für sie, aber heute liegt in dem tosenden Lärm etwas Wildes und Bedrohliches. Das Wasser stürzt von den Klippen herab, hohe Wellen brechen sich krachend am Ufer, und immer heftiger prasselt der Regen auf das Gestein.

Zu Hause stellt sie erleichtert fest, dass Mina bereits Feuer im Kamin gemacht hat.

»Mama ist so nervös«, sagt sie zu Nest. »Daran ist dieses abscheuliche Wetter schuld. Eigentlich ist es verrückt, im August den Kamin anzuschüren, aber bei der Kälte! Ich habe gerade Teewasser aufgesetzt. Zieh deinen Regenmantel aus, Nest, und setz dich zu ihr. Immer schön fröhlich sein, sonst kriegt sie Angst! Nicht vor etwas Bestimmtem, es ist nur so ein Gefühl. Wenn bloß dieser verdammte Regen endlich aufhören würde!«

Aber der Regen hört nicht auf, er wird im Laufe des Abends noch stärker. Innerhalb einer Stunde fallen zwölfeinhalb Zentimeter Regen. Sturzbachartig ergießt sich das Wasser aus dem Moor und bahnt sich seinen Weg zum Meer hinunter. Dicke Gesteinsbrocken und entwurzelte Bäume werden von den Fluten mitgerissen. Häuser stürzen in sich zusammen. Der West Lyn ändert seinen Lauf und verwüstet Straßen, eine Kapelle, Geschäfte, Wohngebäude.

In Ottercombe schichten Mina und Nest alte Sandsäcke auf, um das Wasser aus der Küche fern zu halten. Sie beobachten, wie sich der angeschwollene Bach über den Rasen ergießt und bald die Terrasse erreicht. Um ihre eigene Sicherheit besorgt, verschwenden sie keinen Gedanken daran, was weiter oben an der Küste geschieht. Erst am nächsten Morgen zeigt sich das ganze Ausmaß der Verwüstung. Auf der Straße nach Lynmouth sind Häuser und Hotels spurlos verschwunden, die Straße ist unter Geröll und Erdreich begraben, und unweit der Küste liegen entwurzelte Baumriesen dort, wo die Flut sie gerade hingetragen hat. Geschichten von Heldentaten und Tragödien machen die Runde.

Die Frauen in Ottercombe lauschen den Nachrichten im Radio, lesen entsetzt die Zeitungen und danken Gott, dass sie mit dem Schrecken davongekommen sind. Für Nest sind das Hochwasser von Lynmouth und der Verlust Connors von nun an unauflöslich miteinander verbunden.

27

Von: Mina
An: Elyot

Lieber Elyot,
was sind wir bloß für eine Familie! Lyddie kam kurz nachdem wir gefrühstückt hatten, und sie sah ganz elend aus. Die Ärmste! Die Lage ist so ernst, wie wir befürchtet hatten. Ich fuhr mit Georgie nach Lynton – das ist eine andere Geschichte! –, sodass Nest und Lyddie sich in aller Ruhe unterhalten konnten. Zwischen diesem Satz und dem nächsten gab es eine lange Pause, was du nicht wissen kannst. Mein lieber Elyot, ich bin schockiert, wenn ich mir klarmache, was ich dir alles anvertraut habe. Ich habe dir so viele unserer Geheimnisse verraten und mich damit von einer Last befreit, aber gleichzeitig habe ich sehr viel über uns preisgegeben. Schon merkwürdig, wenn man sich einem Menschen so verbunden fühlt, obwohl man ihn nie gesehen hat. Sicher, es hat eine Weile gedauert, bis wir uns einander anvertraut haben, aber trotzdem ist es für mich beängstigend, mit welcher Leichtigkeit ich dir mein Herz geöffnet habe. Jetzt verstehe ich, warum Eltern oft besorgt sind, wenn ihre Kinder im Internet chatten. Ob es am Telefon auch so einfach wäre? Ich glaube nicht. Jedenfalls ginge es nicht so schnell. Jeder kennt

diese merkwürdigen Begegnungen mit Fremden, bei denen man sich ohne Scheu die Sorgen von der Seele redet, weil man weiß, dass man bald wieder getrennte Wege geht. Aber der Rat und die Ermunterung, die ich von dir bekomme, haben eine ganz andere Qualität. Beim Schreiben entsteht offenbar leicht eine Atmosphäre ungezwungener Vertrautheit.

Für Nest jedenfalls ist die ganze Situation schwierig. »Wie würdest du dich fühlen, wenn der Mann, den du liebst, mit einer anderen ein Verhältnis hat?« – so ähnlich hat Lyddie gefragt. Und Nest hat ihr haarklein dargelegt, wie es ihr ergangen war. Jetzt macht sie sich Sorgen, dass Lyddie weiter nachfragt. Ach, wie doch Täuschung und Selbsttäuschung uns zu Gefangenen unserer selbst machen! Aber schließlich war es nicht Nests Schuld, dass diese Lüge all die Jahre aufrechterhalten wurde. Sie wurde dazu gezwungen. Wir haben es geschafft, den Tag ohne weitere Schrecknisse hinter uns zu bringen, doch wir sind wie Katzen auf dem heißen Blechdach. Ich habe das Gefühl, Elyot, dass wir bald für die Folgen unserer Taten einstehen müssen. Nest hatte als Erste so eine Ahnung. Schon vor Wochen, als Helena anrief und fragte, ob wir Georgie bei uns aufnehmen könnten, bis im Heim ein Platz für sie frei ist. Nest hat es als Erste gespürt.

Und was Georgie betrifft … Du wirst es nicht glauben, Elyot, aber heute Morgen habe ich Georgie verloren! Der Schreck sitzt mir noch in allen Gliedern, auch wenn ich jetzt darüber lachen muss. Sie hatte sich fein herausgeputzt für Lynton, und nur wer genauer hinsah, bemerkte, dass sie ein Paar verschiedenfarbige Schuhe trug, einen schwarzen und einen braunen. Wir brachen vergnügt auf, die Hunde hinten im Bus. Sie war auch völlig klar im Kopf und erinnerte sich sehr genau an alle möglichen Orte unserer Kindheit. Ich frage mich immer wieder, ob wir Georgie nicht etwas Schlimmes angetan haben, als wir sie nach Ottercombe brachten. Sie wurde in die Vergangenheit zurückkatapultiert, und man kann regelrecht beobachten, wie sie darum kämpft, die Verankerung in der Gegenwart nicht zu verlieren. Mir scheint, es ist einfacher für sie, sich in die Vergangenheit zurückgleiten zu lassen. An Ereignisse, die vierzig Jahre zurückliegen, erinnert sie sich besser als an das, was wir gestern unternommen haben. Das ist wohl ein Symptom der Demenz. Natürlich leidet heute niemand mehr unter Demenz und schon gar nicht unter Altersdemenz. Wie politisch inkorrekt doch dieses Wort »Alter« ist!

Wie auch immer, Georgie lässt sich gern in die Vergangenheit zurückgleiten und erinnert sich an die merkwürdigsten Dinge. Heute Morgen sprachen wir davon, dass Papa gleich nach dem Krieg gestorben ist und dass sie, Georgie, auf Josie und Henrietta aufgepasst hat, als die beiden noch unverheiratet waren. In Lynton parkten wir den Bus und machten uns auf den Weg in die Bücherei. Wir sind in dem Alter, lieber Elyot, dass die Einheimischen uns gegenüber ihre beste Seite herauskehren. Man ist hilfsbereit, geduldig und lächelt uns an. Das ist wirklich sehr nett. Wir verstauten die Einkäufe im Bus, aber erst als wir im Café sitzen, fällt mir ein, dass ich noch Brot kaufen muss. Ich sage Georgie, dass ich loslaufe, um welches zu holen, und dass sie sich nicht von der Stelle rühren soll, bis ich zurückkomme.

Ich laufe also los, kaufe das Brot, und als ich zurückkomme, ist Georgie wie vom Erdboden verschluckt. Die Bedienung wundert sich über meine Besorgnis und meint, Georgie wäre plötzlich etwas eingefallen, dann sei sie gegangen. Auch wenn ich dir gegenüber auf bestürzende Weise indiskret war, lieber Freund, habe ich die Einheimischen bislang nicht in unsere persönlichen Probleme eingeweiht. Ich konnte also nichts weiter tun als fragen, ob sie die Rechnung bezahlt habe – das hatte sie! –, und raus auf die Straße laufen. Welche Richtung hat sie wohl eingeschlagen? Atemlos renne ich umher, suche ihre Lieblingsorte auf. Von Georgie keine Spur! Die Leute musterten mich befremdet, und ich betrachtete mich in einem Spiegelglasfenster: eine nervöse alte Dame mit roten Wangen, den Hut schief auf dem Kopf und mit wehendem Schal. Lynton ist eine Kleinstadt, und bald habe ich alle Hauptstraßen abgesucht. Sogar im Fitness-Center schaue ich nach. Plötzlich fällt mir ein, dass sie ja auch zum Bus gegangen sein könnte. Wenn das wahr wäre! Vielleicht, so denke ich, sitzt sie ja seelenruhig im Auto und wartet auf mich. Ich laufe los – warum hatte ich bloß nicht früher daran gedacht? Ich sperre den Bus nie ab, damit im Notfall die Hunde rausgeholt werden können. Wenn jemand einen klapprigen, zehn Jahre alten Campingbus mit von Hunden zerschlissenen Sitzpolstern klaut, dann muss seine Not größer sein als meine! Aber im Bus ist sie auch nicht. Captain Cat bellt munter, Nogood Boyo starrt mich ängstlich durch die Scheibe an, aber Georgie ist nicht da.

Gerade als ich beschließe, zur Polizei zu gehen, entdecke ich sie auf dem Gehsteig in einer kleinen Seitenstraße, den Blick auf ein Reihenhaus gerichtet. Irgendetwas an ihrer Haltung hält mich davon ab, sie anzuschreien. Ganz ruhig gehe ich auf sie zu. »Ich habe dich gesucht«, sage ich. »Alles in Ordnung?« Sie sieht mich an, mit verdutzter, trauriger Miene. »Ich wollte Jenna besuchen«, erwidert sie wehmütig, »aber ich finde sie nicht. Keiner hier kennt sie.« Jenna, die auf uns aufgepasst hat, als wir klein waren, ist seit über zehn Jahren tot. In den sechziger Jahren ist sie mit ihrem Mann nach Lynton gezogen, in genau dieses Haus, hinter dessen Fenstern sich die Vorhänge bewegen, als beobachte man uns misstrauisch. Ich packe Georgie am Arm. »Jenna ist weggezogen«, sage ich – das ist nicht ganz gelogen, auch wenn ich hoffe, dass sie nicht fragt, wohin; denn der Friedhof ist ein ganz schönes Stück entfernt – »und wir müssen jetzt nach Hause.« Sie sträubt sich nicht. Als wir im Auto sitzen und ich feststelle, dass Nogood Boyo das Brot angebissen hat, hätte ich am liebsten geheult. Beim Losfahren hatte ich ein Bild vor Augen: zwei verrückte alte Weiber, die mit einem klapprigen Campingbus die halsbrecherischen Kurven nehmen – und auf einmal musste ich lachen. Georgie – die Gute – stimmte ein, und die Hunde bellten außer Rand und Band, bis ich in Brendon Two Gates an den Straßenrand fuhr, um Luft zu holen. »Das war ein Spaß«, meinte Georgie fröhlich. »Und wohin fahren wir als Nächstes?«

Nun, Elyot, das war ein knapper Abriss des vergangenen Tages. Und wie war's bei dir?

Von: Elyot
An: Mina

Liebe Mina,
ich muss gestehen, liebe alte Freundin, dass ich auch lachen musste, obwohl mir die Sache mit Georgie vor Jennas Haus einen Stich versetzt hat. Diese Situation kann ich nur allzu gut nachvollziehen. Dieses Hin und Her zwischen Normalität und – wie soll ich sagen? – »den Faden verlieren«, wie William es nennen würde. Bei uns werden diese Phasen der geistigen Klarheit leider immer seltener. Stundenlang dasselbe Spiel: dieselbe Frage, dasselbe Wort. Das treibt einen in den Wahnsinn und ist doch so mitleiderregend.

Aber jetzt hör zu! Ich bin deinem Rat gefolgt und habe es aufgegeben, Lavinia ihre Flausen wegen unseres Hausarztes austreiben zu wollen. Ich höre mir schweigend an, was sie zusammenphantasiert, und nicke oder mache ein entsetztes Gesicht. Ich muss schon sagen, dass mir das gegen den Strich geht – dumm von mir, ich weiß –, weil ich das Gefühl habe, sie in ihrem Fehlurteil über einen bewundernswerten, arbeitsamen und ausgesprochen vernünftigen Menschen zu bestärken. Vor allem aber befürchte ich, dass sie sich irgendwann weigert, ihn zu empfangen. Momentan treiben wir in dieser Welt des zunehmenden Verfalls dahin. Ich ahne, dass bald etwas geschehen wird, das ich nicht mehr in den Griff bekommen kann. Du hast Recht, man muss die Situation akzeptieren, wie sie ist. Lavinia ist ruhiger geworden, weil sie mich nicht mehr überzeugen muss, dass die schrecklichen Dinge, die sich ihr verwirrter Geist ausmalt, tatsächlich existieren. Damit ist sie weniger darauf fixiert und lässt sich leichter ablenken.

Meine liebe Mina, auch ich bin erstaunt darüber, dass wir so leicht Vertrauen zueinander gefasst haben. Seit der Chatgroup, mit der alles begonnen hat, haben wir einen weiten Weg zurückgelegt, nicht wahr? Ehrlich gesagt, glaube ich, dass wir mit unserer Lebenssituation jetzt leichter zurechtkommen, weil wir Dampf ablassen können. Und dass wir so offen zueinander sein können, liegt vielleicht gerade daran, dass wir uns nie begegnet sind. Auch ich habe mich gefragt, ob wir damit unsere Lieben hintergehen, und bin zu dem Schluss gekommen, dass unser Austausch letztlich nichts anderes als ein »Beratungsgespräch« ist. Wir haben festgestellt, dass wir derselben Generation angehören, dass wir ähnlich denken, und daraus hat sich auf ganz natürliche Weise eine Freundschaft entwickelt. Aber ich weiß, was in dir vorgeht. Wir haben einander nicht nur von uns selbst erzählt, sondern auch von den Menschen, die uns nahe stehen. Und manchmal fragen wir uns, ob wir deren Vertrauen missbraucht haben. Und wenn schon? Wir haben es aus Liebe und Sorge um diese Menschen getan – und im Bemühen, sie zu verstehen und Kraft zu schöpfen, um unsere Aufgabe weiter zu erfüllen.

Deshalb möchte ich einen Toast ausbringen: Auf das Familienleben!

28

Das Unglaubliche an der ganzen Sache …«, begann Lyddie, »das absolut Unglaubliche ist, dass ich ihn immer noch liebe.«

Ihre dreitägige Erholungspause war vorüber, nach dem Mittagessen wollte sie nach Truro zurückfahren. Jetzt kniete sie auf dem Küchenboden und bürstete Bosun das Fell. Gelegentlich stieß er ein leises Knurren aus und räkelte sich wohlig, aber die meiste Zeit lag er reglos da, erschöpft von einem langen Morgenspaziergang über Trentishoe Down. Nach dem Frühstück waren Mina, Georgie und die Hunde an den Strand gegangen, während Nest bei Lyddie in der vom Sonnenlicht durchfluteten Küche saß.

»Natürlich tust du das«, pflichtete ihr Nest bei. »Das ist ganz normal. Liebe ist nichts, was man auf Knopfdruck an- oder ausschalten kann.«

»Dabei muss es gar nicht um den Partner gehen.« Lyddie war kurzzeitig von ihrem eigenen Kummer abgelenkt. »Das kann auch das Verhältnis zu den Eltern prägen.«

»Ja«, sagte Nest nach kurzem Überlegen. »Oder zu den Kindern.«

»Die Hilflosigkeit kleiner Kinder ist erschreckend«, erwiderte Lyddie. »Jack sagt, er lebt in ständiger Angst, dass Toby und Flora etwas zustößt. Und das Schlimmste dabei ist, dass man sie andauernd ermuntern muss, Dinge zu tun, die sie in Gefahr bringen. Aber schließlich kann man sie nicht zu Hause einsperren. Man muss ständig entscheiden, ob sie so weit sind, den nächsten großen Schritt zu wagen.«

»Es gibt Schlimmeres«, entgegnete Nest knapp – und verstummte.

Lyddie sah sie forschend an. »Was meinst du?«, fragte sie.

»Wenn andere über das eigene Kind entscheiden«, antwortete Nest zögernd.

Nachdenklich fuhr Lyddie fort, Bosuns schwarzbraunes Fell zu bürsten.

»Das klingt, als würdest du aus eigener Erfahrung sprechen«, sagte sie schließlich.

Nest musterte ihre Nichte, die neben dem dösenden Hund kauerte. In diesem Moment sah Lyddie selbst wie ein Kind aus. Aber Nest wusste instinktiv, dass der Augenblick der Wahrheit gekommen war.

»Ich spreche tatsächlich aus eigener Erfahrung«, sagte sie mit fester Stimme, obwohl ihr das Herz bis zum Hals schlug. »Ich hatte ein Kind, weißt du, vor vielen Jahren.« Sie wandte den Blick von Lyddie ab, die ihre Tante überrascht anstarrte. Wenn sie sich nicht ganz auf ihre Geschichte konzentrierte, würde sie kein Wort mehr herausbekommen. »Es war damals nicht so einfach, eine allein erziehende Mutter zu sein. Abgesehen von dem Makel, der einem anhaftete, gab es keinerlei finanzielle Unterstützung, wie es heute der Fall ist. Man musste schon sehr begütert sein, um sich ein Kindermädchen leisten zu können, während man selbst seinem Beruf nachging. Ich war Englischlehrerin, das weißt du ja, und arbeitete in einer Privatschule …«

»Hat man dich rausgeworfen?« Lyddies Stimme klang so empört, dass Nest unwillkürlich lächeln musste.

»Nein«, sagte sie. »Die Direktorin war sehr fair. Und sehr vernünftig. Sie beurlaubte mich für ein Jahr. Ich wurde im Herbst schwanger und blieb im Frühjahr und Sommer der Schule fern. Wenn irgendjemand in der Schule etwas ahnte, hat er nie etwas verlauten lassen. Ich war froh, dass ich im September wieder arbeiten konnte.«

»Wie hat Großmutter reagiert? Und Tante Mina? Wusste sie Bescheid?«

»O ja. Mina wusste Bescheid. Deine Großmutter war zuerst entsetzt, aber Mina konnte sie beruhigen. Am schlimmsten war für sie natürlich der Makel, dass ihre unverheiratete Tochter schwanger war. In der heutigen aufgeklärten Zeit kann man sich das gar nicht mehr vorstellen, aber noch Mitte der sechziger Jahre war es eine Schande …«

»Und der Vater?«, unterbrach sie Lyddie.

»Er war verheiratet.« Nest sprach so leise, dass Lyddie aufstand und sich auf den Stuhl neben ihre Tante setzte, die Bürste noch in der Hand.

»Oh, Nest …«

Nest sah sie an. »Wir waren kein Paar«, fuhr sie fort, und es fiel ihr sichtlich schwer weiterzusprechen. »Es passierte nur ein einziges Mal. Aber ich habe ihn geliebt, weißt du.«

Sie verstummte.

»Und Großmutter wollte, dass das Baby zur Adoption freigegeben wird?«, fügte Lyddie mit leiser, teilnahmsvoller Stimme hinzu.

Nest holte tief Luft. Sie starrte hinaus in den Hof und nickte.

»Mmm.« Es dauerte eine Weile, bis sie sich wieder gefasst hatte. »Auch Mina bestand darauf. Alle meinten, das sei das Beste.«

Lyddie erhob sich, ließ die Bürste fallen und kniete sich neben Nests Stuhl. Angesichts eines solchen Kummers schien ihr eigener Schmerz bedeutungslos.

»Wie entsetzlich.«

»Es war tatsächlich entsetzlich.« Nest blickte auf Lyddies Hand, die warm auf der ihren lag.

»Aber wer war das: alle? Wusste die ganze Familie Bescheid?«

»Nein. Josie und Alec lebten damals schon in Amerika, und Georgie war mit Tom in Genua. Timmie war in Deutschland stationiert, aber er wusste es. Timmie hat mich sehr getröstet.«

»Und meine Mutter? Wusste sie davon?«

Nests Blick irrte durch den Raum und wanderte dann wieder zu Lyddie.

»Ich habe dieses Gespräch Hunderte Mal im Geist durchgespielt«, sagte sie. »Es gibt keine andere Möglichkeit als die volle Wahrheit. Ja, Henrietta wusste es. Denn sie war es, die mein Baby adoptierte.« Lyddie sah sie verwirrt an, dann dämmerte es ihr langsam. Blut schoss in ihre Wangen. »Verzeih mir, Liebes, dass ich jetzt das Schweigen breche. Es ist einfach –«

»*Dein* Kind?«

»Henrietta hatte große Probleme, ein Baby auszutragen. Sie erlitt mehrere Fehlgeburten, und nach Roger konnte sie keine Kinder mehr bekommen.« Nest sprach hastig, als wolle sie dadurch die Wirkung der Enthüllung abmildern. »Und sie sehnte sich so nach einem zweiten Kind … O Gott! Es ist schrecklich!« Nest verstummte. Sie fühlte sich schwach und krank, wollte es aber dem Mädchen nicht zeigen, das noch immer mit weit aufgerissenen Augen neben ihr kniete.

»Ich könnte alle möglichen Entschuldigungen anführen: dass wir das Gefühl hatten, es sei für dich am besten so; dass du bei Henrietta und Connor besser aufgehoben warst; dass du in der Familie bleiben würdest.« Sie stieß einen verächtlichen Seufzer aus. »Nichts von all dem zählt, wenn ich mir vorstelle, wie *du* dich jetzt fühlen musst. Das Problem ist, ich weiß nicht, wie du dich fühlst. Bestimmt stehst du unter Schock. Fühlst dich hintergangen.« Sie schluckte.

»Und mein Vater?«, fragte Lyddie nach einer Weile. »War er der Mann, der dich verlassen hat?«

Nest bemerkte überrascht, dass Lyddie noch immer ihre Hände umklammert hielt. Sie nahm all ihren Mut zusammen, bevor sie fortfuhr.

»Ja«, sagte sie. »Und ich habe ihn geliebt.« Das erschien ihr furchtbar wichtig. »Und er …« Sie wusste, dass Lyddie im Licht ihrer eigenen jüngsten Erfahrungen über sie urteilen würde.

»Und er war verheiratet.« Lyddie beendete den Satz an ihrer Stelle, doch mit erstaunlicher Gelassenheit.

»Es war Connor.« Nest konnte es nicht ertragen, Lyddie noch länger im Ungewissen zu lassen. »Dein Vater ist … war dein Vater. Er und ich –« Sie verstummte. Wie konnte sie es ausdrücken, ohne Connor als Ehebrecher zu brandmarken? »Er und ich –«

»Ihr wart ein Liebespaar, bevor Henrietta aufkreuzte.«

Nest und Lyddie zuckten zusammen, als sie Minas Stimme von hinten hörten, und ihre Hände krampften sich noch fester ineinander.

»Georgie ist noch mit den Hunden im Garten.« Das war zur Beruhigung gedacht. Mina lächelte Nest an. »Ich habe das Gefühl, du hast die Geschichte verkehrt herum erzählt. Du kennst doch die Regel: Immer schön der Reihe nach. Komm, Kind.« Sie streckte Lyddie, die sich mühsam hochrappelte, die Hand entgegen. Offensichtlich war ihre Nichte ziemlich durcheinander. »Nest muss sich ausruhen, und ich habe dir einiges zu erzählen. Wenn du die ganze Geschichte kennst, könnt ihr weiterreden, du und Nest.«

Sie legte Lyddie den Arm um die Schultern und führte sie aus der Küche die Treppe hinauf. Wenig später lenkte

Nest den Rollstuhl in ihr Zimmer und schloss die Tür hinter sich.

Sobald sie allein war, fing sie an zu zittern. Dass es nach mehr als dreißig Jahren des Schweigens auf diese Art und Weise herauskam. Nach Wochen größter Sorge und Anspannung! Es hatte sich so ergeben, und sie hatte die Gelegenheit ergriffen. Jetzt war sie unglaublich erleichtert. Sie atmete tief und hastig ein, um ihr inneres Gleichgewicht wiederzufinden. Was hatte Lyddie eigentlich gesagt? Wie hatte sie reagiert? Wie immer war Mina als rettender Engel genau im richtigen Moment aufgetaucht. Wie damals, als nach dem Hochwasser Henriettas Brief eingetroffen war, hatte sich Nest Hilfe suchend an ihre große Schwester gewandt. Mina würde Lyddie die Sache plausibel darlegen können – wie damals, als sie vor all den Jahren mit Mama geredet hatte.

Mina steht zwischen Nest und Mama, die ein erschrockenes Gesicht macht.

»Davon geht die Welt nicht unter«, sagt sie mit Nachdruck. »Nicht wahr, Mama? So etwas kann jedem passieren. Stimmt's, Mama?«

Trotz ihres Entsetzens begreift Mama schließlich, worauf Mina mit ihrer eindringlichen Frage hinaus will. Sie blinzelt und wendet sich ab.

»Ja«, erwidert sie, »ja, natürlich. Trotzdem …«

»Wir werden eine Lösung finden«, meint Mina und lächelt Nest zuversichtlich an. »Nur keine Panik.«

Später, als sie allein sind, kämpft Nest mit den Tränen und bringt kein Wort heraus. Mina fragt: »Es ist Connor, stimmt's?«

»Es war nur ein einziges Mal, ehrlich.« Nest zittert am ganzen Körper. »Am Tag von Jacks Taufe. Connor kam direkt von einer Konferenz. Roger war krank, und Henrietta konnte nicht weg.« Voller Verbitterung und Angst schreit sie: »Es war ein einziges Mal.«

Als sie sich jetzt aus dem Rollstuhl hievte, aufs Bett sinken ließ und nach ihrer Medizin griff, erinnerte sich Nest an all die Begegnungen und Feste im Familienkreis, an die Demütigungen und die Verzweiflung. Nur Mina kannte die Wahrheit. Hilflos sah sie zu, wie Nest ihre hartnäckige Liebe zu Connor zu ersticken versuchte. Mina hatte mit ihr gelitten, sie zum Lachen gebracht und ihr Mut zugesprochen.

»Noch ein einziges Mal«, hatte sie energisch und aufmunternd gesagt, als wieder einmal eine qualvolle Begegnung mit Connor bevorstand. »Wenn du die Hochzeit überstanden hast, dann wirst du auch das überstehen.«

Die Hochzeit war zum Maßstab ihrer Qualen geworden.

29

Aber natürlich musst du meine Brautjungfer sein«, ruft Henrietta. »Nein, du bist nicht zu alt. Ich weiß, kleine Kinder sehen süß aus, aber ich will dich haben. Mina hat Mama am Hals, Georgie und Josie müssen sich um ihre Babys kümmern. Wie auch immer, ich möchte meine kleine Schwester als Brautjungfer. Wenn du nicht gewesen wärst, hätten wir uns nie kennen gelernt, Connor und ich!«

Sie dreht sich mit funkelnden Augen zu ihm und hakt sich bei ihm unter.

»Das stimmt«, meint er.

Nest wagt kaum, ihn anzusehen. Diese besitzergreifenden Gesten und Liebkosungen, die ihn an ihre Schwester binden, sind unerträglich. Trotzdem hört sie genau hin, wie er Henrietta anspricht. Sie nennt ihn »Liebling«, aber er verwendet ihr gegenüber keine Kosenamen. Nest findet darin bitteren Trost und bewahrt die Erinnerung an die Momente, in denen er sie »Lady« genannt und mit seiner Stimme verzaubert hatte. Er ist peinlich darauf bedacht, in ihr keine Erwartungen zu wecken, geht ihr aber auch nicht aus dem Weg. Vielmehr behandelt er sie mit der ungezwungenen Zuneigung eines älteren Bruders, und sie muss lernen, sich zu verstellen, ihm mit freundlichem Gleichmut zu begegnen.

Die Hochzeit ist eine Folter anderer Art. Von der ersten Brautjungfer erwartet man eine strahlende Miene. Sie muss Freude über das Glück ihrer Schwester zeigen, und sie muss Connors Ansprache über sich ergehen lassen, in der er von der Schönheit seiner Braut spricht und darüber scherzt, wie einem zumute ist, wenn man in eine Familie mit überdurchschnittlich vielen schönen Frauen einheiratet. Minas Miene ist ernst und undurchdringlich. Nest spürt das Mitgefühl ihrer Schwester. Als Geschenk überreicht ihr der Bräutigam ein silbernes Korallenarmband, feingliedrig und wunderschön – »genau wie du, Lady«, flüstert er, hebt ihre Hand mit dem Armband an seine Lippen und drückt einen flüchtigen Kuss darauf. Ausgerechnet in diesem atemberaubenden Moment platzt Henrietta herein. Nests Herz klopft bis zum Hals, während Connor ganz ruhig bleibt.

»Er hat darauf bestanden, es selbst auszusuchen«, sagt Henrietta stolz und bewundert das Armband. »Ist es nicht ein Glück, dass ich einen Mann mit Geschmack habe?« – und Nest kann nur nicken und lächeln, bis sie das Gefühl hat, ihre Wangenknochen müssten zerspringen.

»Es ist dieses Gefühl der Ohnmacht«, sagt sie später zu Mina. »Wie lernt man, nicht mehr zu lieben?«

»Man lernt es nie«, erwidert Mina grimmig. Nest, die die Geschichte mit Tony Luttrell nicht kennt, glaubt, sie meine Richard, und legt ihr tröstend den Arm um die Schulter.

Timmie tut, was er kann, um seine Schwester aufzumuntern. Er lädt sie zu Partys und Bällen ein, macht sie mit charmanten jungen Männern bekannt, die sich erfreulicherweise in sie verlieben. Aber keiner von ihnen ist Connor, und verglichen mit Connors Zärtlichkeiten erscheinen ihr alle anderen plump und unreif.

Nest macht eine Ausbildung als Lehrerin und hat mehrere kurze Affären. In diesen Jahren zwischen zwanzig und dreißig ist ihr Verhältnis zu Mina enger als je zuvor. Zuerst unterrichtet Nest an einer Schule in Barnstaple. Mina fährt sie jeden Morgen nach Parracombe zum Zug und holt sie am Nachmittag ab. Sie unternehmen lange Wanderungen, arbeiten zusammen im Garten und kümmern sich um Lydia.

Henrietta findet, dass Nest zu neuen Ufern aufbrechen und Ottercombe verlassen sollte.

»Bei dir ist das etwas anderes«, meint sie zu Mina. »Du hast mehrere Jahre in London gelebt und Richard geheiratet. Du hast ein eigenes Leben geführt – zugegebenermaßen nur für kurze Zeit, aber immerhin –, bevor du dich hier eingeigelt hast. Oh, du darfst nicht glauben, wir seien undankbar, ich und Josie und Georgie, dass du dich um Mama kümmerst. Aber um ehrlich zu sein, Mina, ich glaube, du bist ganz zufrieden damit. Nest ist zehn Jahre jünger als du, und abgesehen vom Lehrerseminar war sie nie von zu Hause weg. Sie ist fünfundzwanzig, und bald wird es zu spät sein. Eine Freundin von uns unterrichtet in einer Schule in Surrey, ein erstklassiges Mädcheninternat. Sie hat mir gesagt, dass dort eine Englischlehrerin für die Unterstufe gesucht wird. Eine wirklich gute Stelle. Überrede sie doch, sich zu bewerben. Sie wird zwar im Internat wohnen, aber immerhin kann sie dort neue Leute kennen lernen. Bitte, Mina. Sie hat es nicht verdient, hier zu versauern. Sicher, du wirst sie vermissen …«

Diese letzte Bemerkung, die Mina gewisse egoistische Motive unterstellt, gibt den Ausschlag dafür, dass sie mit Nest spricht. Nest bewirbt sich und bekommt die Stelle.

»Wenn's dir dort nicht gefällt«, sagt Mina, als der Abschied näher rückt, »kannst du ja jederzeit zurückkommen. Und außerdem gibt es die Ferien …«

In Surrey lässt es sich nicht vermeiden, dass Nest häufiger mit Henrietta und Connor zusammentrifft. Sie laden sie in den Schulferien zu sich ein und machen sie mit ihren Freunden bekannt. Nest muss aufpassen, dass die kaum verheilten Wunden ihrer Liebe nicht wieder aufbrechen. Noch immer besteht eine Spannung zwischen ihnen, vor allem, wenn sie allein sind. Und ab und zu, nicht oft, erhascht sie im Lauf der Jahre einen Blick von ihm: einen zärtlichen, beinah verblüfften Blick, als würde er seine Entscheidung in Frage stellen. Aber sie fürchtet sich, zu viel hineinzulesen. Sie will ihren mühsam wiedergewonnenen Seelenfrieden nicht gefährden und geht ihm möglichst aus dem Weg. Sie nimmt an Geburtstagsfeiern, Hochzeiten und Weihnachtsfesten im Kreis der Familie teil und verdrängt ihre Liebe – bis zu jenem Wochenende, an dem man zu Jacks Taufe zusammenkommt.

Zehn Jahre kluger Zurückhaltung – sie sind an einem einzigen Abend dahin!

Timmies Frau Anthea will nicht, dass ihr Sohn in der Garnisonskirche getauft wird, sie entscheidet sich für die Kirche ihres Heimatdorfes Herefordshire. Die Angehörigen, die sich am Nachmittag zur Taufe treffen, reservieren Zimmer in dem Dorfgasthof, nur Lydia und Mina wohnen bei Antheas Familie. Als Nest reichlich spät ein Zimmer im Gasthof buchen will, erfährt sie, dass alles belegt ist. Man empfiehlt ihr eine Unterkunft in einem hübschen Hotel gleich hinter der Grenze der Grafschaft Shropshire.

Während sie sich zum Mittagessen im Hotel fertig macht, entdeckt sie Connors Auto, das gerade auf den Parkplatz einbiegt. Hinter einer Gardine versteckt, beobachtet sie, wie er aussteigt und die Autotür zuschlägt. Er wirft einen kurzen Blick auf das Fachwerkhaus, und dabei wirkt seine Miene ziemlich angespannt. Sie wendet sich ab, durchmisst das Zimmer mit nachdenklich gesenktem Kopf, während eine fiebrige Erregung in ihr wächst. Dann greift sie nach ihrer Jacke und geht hinunter an die Bar, wo sie das Mittagessen bestellt – ein Omelett und einen Whisky. Als Connor auftaucht, sitzt sie an einem kleinen Tisch am Fenster vor ihrem Glas.

»Da bist du ja.« Er hat also erwartet, sie hier zu sehen. »Was trinkst du da? Scotch? Ja, ich glaube, ich nehme auch einen. Möchtest du noch ein Glas?«

Sie schüttelt den Kopf und blickt ihm nach, wie er zur Bar geht. Er sieht gut aus in seinem eleganten Anzug, und ihr Herz klopft noch erregter. Zur Beruhigung nippt sie an ihrem Glas.

»Was für ein Theater!« Er ist wieder da, stellt sein Glas hin und setzt sich ihr gegenüber. Er wirkt verärgert, aber auch belustigt. »Deine Familie!«, ruft er aus.

»Ich dachte, du und Henrietta, ihr übernachtet im Hotel«, sagt sie ruhig.

»Das wollten wir ja«, erwidert er. »Aber dann bekam Roger eine dieser Kinderkrankheiten, und jetzt muss sie bei ihm bleiben. Als ich den Gasthof betrat, machten Georgie und Tom gerade einen Aufstand. Sie hatten nicht reserviert, weil sie dachten, Ende Oktober wäre das nicht mehr nötig. Jetzt standen sie da ohne ein Zimmer für sich und die liebe kleine Helena. Da habe ich ihnen unser Zimmer angeboten. Die Empfangsdame war mir zweifellos dankbar, weil ich sie von Georgies Wortschwall erlöst habe, und hat mich hierher geschickt. Sie sagte, jemand von den Festgästen wäre bereits hier untergebracht, und war sogar so freundlich, mir den Namen der Betreffenden zu verraten.«

»Und da bist du nun.«

Vielleicht ist es der Whisky, der sie in diese merkwürdig vertrauensselige, sorglose Stimmung versetzt hat. Er sieht sie an und lächelt. Sie ringt nach Luft.

»Tja, und da bin ich nun.«

Im Nachhinein fragt sie sich, was an diesem Nachmittag und Abend geschehen ist. Wodurch wurde dieser Zauber heraufbeschworen, der sie in die Vergangenheit zurückkatapultierte und zehn Jahre eiserne Selbstbescheidung mit einem Schlag auslöschte? Beigetragen hat gewiss der Umstand, dass Henrietta und – genauso wichtig – Mina nicht dabei waren. Als Nest und Connor zu der Festgesellschaft im Hotel stoßen, um zu Fuß zur Kirche zu gehen, erfahren sie, dass Lydia einen Asthmaanfall hat und sie und Mina nicht kommen können.

»So was Dummes«, ruft Georgie verärgert. »Tom und ich fliegen in vierzehn Tagen nach Genua. Ich hatte gehofft, sie hier zu sehen, bevor wir aufbrechen. Jetzt muss ich runter ins Exmoor fahren. Als ob ich nichts Besseres zu tun hätte …«

Nests und Connors Blicke begegnen sich, und beide schmunzeln verständnisinnig, genau wie früher.

»Die kindliche Liebe zu den Eltern ist doch etwas Wunderbares«, murmelt er und fasst sie am Ellbogen, als sie auf die Kirche zusteuern.

»Du bist ein solcher Zyniker«, gibt sie zurück und erbebt unter seiner Berührung.

»Ich, Lady?« Er macht ein entsetztes Gesicht. »Gott bewahre.«

Im Laufe des Nachmittags und Abends wird aus dem Spiel zwischen ihnen unmerklich Ernst. Antheas Eltern sind großzügige Gastgeber, es wird viel gelacht, und der Festtrubel ist groß. Niemand stört sich daran, dass Nest und Connor in diesen Stunden unzertrennlich sind. Ohne ihre Anstandsdamen finden sie zu einer unbeschwerten Nähe. Wein und Champagner tun ein Übriges, die Zwänge der vergangenen Jahre sind vergessen. Und als sie in ihr Hotel zurückkehren, entladen sich Enttäuschung und Einsamkeit vieler Jahre in einer langen Liebesnacht.

30

Nest erwachte, als Mina ihr eine Tasse Tee brachte. Schlaftrunken setzte sie sich in ihren Kissen auf.

»Lyddie«, fragte sie besorgt, »wie geht es ihr? Was hat sie gesagt?«

Mina stellte den Tee auf das Nachtkästchen. »Lyddie ist nach Truro zurückgefahren. Nein!«, fügte sie hinzu, als Nest einen erschrockenen Laut von sich gab. »Nein, das hat nichts zu bedeuten, absolut nicht. Sie wollte sowieso fahren, weißt du nicht mehr?«

»Ja, natürlich. Was für ein Trottel ich doch bin, Mina. Mit alldem gerade jetzt herauszuplatzen, wo sie selbst so viele Probleme hat … Wie hat sie reagiert?«

Mina richtete die Kissen in Nests Rücken und setzte sich auf den Bettrand.

»Sie hat es überraschend gelassen aufgenommen«, erwiderte sie leise. »Natürlich ist es ein schwerer Schock, aber sie hat sich die ganze Geschichte angehört, hat sachliche Fragen gestellt und meinte sehr vernünftig, dass es wohl eine Weile dauern werde, bis sie das alles wirklich begreift.«

»Ach, Mina. Zwei derartige Schocks innerhalb einer einzigen Woche! Sie ist bestimmt völlig durcheinander. Ob es richtig war, sie fahren zu lassen?«

»Die Fahrt wird sie ablenken. Und offen gesagt, es wäre für euch nicht gerade einfach gewesen, einander beim Mittagessen gegenüberzusitzen, meinst du nicht? Der Abstand wird euch beiden gut tun. Übrigens lässt sie dich ganz herzlich grüßen.«

»Wirklich?«, fragte Nest eifrig. »Hat sie das wirklich gesagt?«

»Ja.« Mina blickte in Nests kummervolles Gesicht. »Du und Lyddie, ihr habt seit mehr als dreißig Jahren eine liebevolle Beziehung. Das darf man nicht unterschätzen. Sie ist kein Kind mehr, sie wird alles gerecht und ausgewogen beurteilen. Aber natürlich braucht sie Zeit, um sich auf die neue Situation einzustellen.«

»Angesichts des Problems mit Liam schätze ich, dass sie sehr lange dafür brauchen wird.«

»Da bin ich nicht so sicher«, sagte Mina bedächtig. »Sie fand es ungeheuer mutig, dass du es ihr gesagt hast. Sie meinte: ›Jeder hat ein Anrecht darauf, seine Geschichte zu erfahren.‹ Und bedenke, am unduldsamsten sind meistens die Menschen, die selbst nie Kummer erfahren haben. Lyddie wird fair sein und dich nicht verurteilen, da bin ich mir sicher. Aber das heißt natürlich nicht, dass es kein Schock war.«

»Aber sicher war das ein Schock!«, rief Nest. »Meine Güte! Zu erfahren, dass die eigene Mutter nicht die ist, die man bisher dafür gehalten hat!« Sie schüttelte den Kopf. »Wie soll einer das verkraften? Wie oft habe ich mir diese Frage gestellt, als ich überlegte, ob ich ihr jemals die Wahrheit sagen soll.«

»Mhm.« Mina machte ein nachdenkliches Gesicht. »Aber sie hat den Nagel auf den Kopf getroffen, findest du nicht? Damit, dass jeder Mensch ein Anrecht darauf hat, seine Geschichte zu erfahren!«

»Ja, ich bin froh, dass sie so denkt. Hoffentlich nimmt sie es mir nicht übel, dass ich ihr die Wahrheit so lange verschwiegen habe. Wenn ich dieser Überzeugung gewesen wäre, hätte ich es ihr doch nach Connors und Henriettas Tod gestanden. Sie hatten mir das Versprechen abgenommen, es ihr nicht zu sagen. Wenn ich mir vorstelle, Georgie hätte die Katze aus dem Sack gelassen …« Nest stöhnte auf.

»Georgie war der Auslöser«, sagte Mina. »Sie hat am Rädchen gedreht. Und jetzt schlaf noch ein bisschen. Du siehst erschöpft aus, ist ja auch kein Wunder. Trink deinen Tee und ruh dich aus. Alles wird gut. Das Schlimmste ist vorüber.«

Mina gab Nest einen Kuss auf die Wange und verließ das Zimmer. Von Georgie war weit und breit keine Spur, aber die Teekanne in der Küche war leer, und das Wasser im Kessel verdampfte auf dem heißen Herd. Leise fluchend nahm ihn Mina herunter und ging in die Spülküche, um ihn zu füllen. Es zischte, als sie den Deckel hochhob und kaltes Wasser hineinlaufen ließ, aber sie hatte anderes im Kopf, als sich lange über Georgie zu ärgern. Sie dachte an Lyddie.

Jeder hat ein Anrecht darauf, seine Geschichte zu erfahren.

Nachdenklich stellte sie den Wasserkessel wieder auf den Herd und ging hinaus in den Hof, um die Hunde zu rufen.

Lyddie überquerte in Bideford die Torridge Bridge. Sie fuhr ziemlich unkonzentriert, und plötzlich wurde ihr klar, dass die ganze Fahrt bis hierher wie im Traum vergangen war. Sie bremste und sah im Rückspiegel Bosun, der sich mit seinem massigen Körper gegen das Absperrgitter drückte und die draußen vorbeiziehende Landschaft betrachtete.

»Das war die schlimmste Woche meines ganzen Lebens«, sagte sie zu ihm, und er lauschte mit gespitzten Ohren.

Aber stimmte das überhaupt? War es nicht viel schlimmer – oder mindestens genauso schlimm – gewesen, als sie erfahren hatte, dass ihre Eltern bei einem Autounfall ums Leben gekommen waren? Der Schock damals war unbeschreiblich gewesen, und doch hatte die Zeit den Schmerz gelindert. Der Kummer blieb, aber er war unerträglich. Sie hatte ein schlechtes Gewissen, als sie sich dessen bewusst wurde. »Aber das ist eine Notwendigkeit«, hatte Jack einmal gesagt, als er über den Tod seines Vaters sprach. »Wie könnten wir weiterleben, wenn der Schmerz über den Verlust ständig präsent wäre?« Seine Worte hatten sie getröstet, und sie hatte nicht mehr das Gefühl, dass jemand, der halbwegs über den Schmerz hinwegkommt, sich egoistisch und lieblos verhält. Es gab schlimme Momente – ihre Hochzeit zum Beispiel –, in denen sie ihre Eltern schrecklich vermisste, aber sie hatte gelernt, mit der Trauer zu leben.

»Und jetzt?«, murmelte sie vor sich hin. »Ja, was ist jetzt? Ich kann gar nicht klar denken.«

Es schien unmöglich, Henrietta in einem anderen Licht zu sehen. Sie war ihre Mutter und hatte ihr all die Fürsorge und Liebe geschenkt, die eine glückliche Kindheit ausmachen. Aber Nest war ihre leibliche Mutter. »Und wenn schon?«, schoss es ihr durch den müden Kopf, und sofort fühlte sie sich schuldig. Vielleicht war es möglich, beide Bilder nebeneinander stehen zu lassen – auf der einen Seite Nest, auf der anderen Seite Henrietta? Die zwei Frauen, die sie beide auf ihre Art geliebt und umsorgt hatten.

»Nest hat alles verloren«, hatte Tante Mina gesagt. »Zuerst Connor – du weißt, was das bedeutet, Lyddie – und dann dich. Sie hatte keine Wahl. Mama bestand darauf, das Baby zur Adoption zu geben, und auch Connor drängte sie dazu. Natürlich wussten weder Mama noch Henrietta, dass du Connors Tochter warst, aber du kannst dir vorstellen, was es für Nest bedeutet hat, von allen Seiten bedrängt zu werden. Connor wollte dich unbedingt haben, aber was konnte er tun? Sollte er seine Frau und sein Kind verlassen, um mit dir und Nest zu leben? So oder so, es war eine grauenhafte Entscheidung. Bei jeder Lösung hätte jemand verloren, und so war es Nest, die den Kürzeren zog. Sie hat für diesen kurzen Augenblick, als sie ihrer Sehnsucht folgte, teuer bezahlt. Sie hat nicht aufgehört, ihn zu lieben, weißt du, und ich glaube, er hat sie beide geliebt, Nest und Henrietta. Für Connor waren es zwei Seiten einer Medaille. Und Henrietta hat sich aufrichtig gefreut, Nest helfen zu können, als sie dich als ihr Kind annahm. Sie war stets bereit, Nest in deine Erziehung einzubeziehen – soweit es möglich und sinnvoll war. Nur ein einziges Mal –«

Mina hielt inne, und Lyddie, die immer noch damit beschäftigt war, die Ereignisse zu ordnen, hakte nicht nach.

»Dann war Daddy also kein Mann, der fremdging?«

»Nein«, gab Mina ohne Zögern zurück. »Oh, er hatte viele Gelegenheiten, aber er ergriff keine. Connor war alles andere als ein Frauenheld. Wenn er nicht diese Skrupel gehabt hätte, weil Nest zehn Jahre jünger war als er, hätte er sie geheiratet. Henrietta war bereits das, was Nest zu werden versprach, und er war von ihr hingerissen. Er hatte eine Entscheidung getroffen, und er stand dazu. Nest ist nie über ihn hinweggekommen, das war die Tragödie. O ja, sie hat es versucht, aber kein anderer Mann konnte es mit Connor aufnehmen.«

Lyddie empfand tiefes Mitgefühl für Nest. Sie konnte sich nur allzu gut vorstellen, wie schwer es war, dem Mann zu entsagen, den man über alles liebte. Wie schaffte man das? Ihre Gedanken wanderten zu Rosie. Seltsam, durch sie war Rosie in eine ähnliche Situation geraten wie Nest durch Henrietta!

»Ich war lange vor dir mit ihm zusammen«, hatte Rosie gesagt. Aber Rosie war nicht bereit gewesen zu verzichten. Sie hatte gekämpft. Ob Liam Rosie je wirklich geliebt hatte?

»Ich kann mir Nest gar nicht als meine Mutter vorstellen«, sagte sie verzweifelt. »Es ist … es ist einfach unmöglich. Mami war meine Mutter. Nicht, dass ich Nest nicht lieben würde. Ich liebe sie, und sie war großartig zu mir, aber ich kann einfach nicht.«

»Das musst du auch nicht«, hatte Tante Mina tröstend erwidert. »Nest erwartet nicht, dass du deine Gefühle ihr oder Henrietta gegenüber änderst. Das würde sie niemals tun. Es wäre auch unmöglich. Und unnötig obendrein. Sie ist Nest, und sie hat eine ganz eigene Beziehung zu dir. Sie hofft nur, dass du sie nicht hassen wirst, weil sie dir diesen Schock zugefügt hat.«

»Ich könnte Nest niemals hassen«, erwiderte Lyddie nach einer Weile – und erleichtert stellte sie fest, dass dies die Wahrheit war. »Sie bedeutet mir zu viel. Aber ich möchte sie nicht in einem anderen Licht sehen. Es ist … es ist einfach nicht richtig.«

»Ich stimme dir völlig zu«, beeilte sich Mina zu erwidern. »Henrietta war in jeder Hinsicht deine Mutter, nur biologisch nicht. Muttersein ist mehr als nur Zeugung und Entbindung. Nest bittet nur darum, dass du sie und deinen Vater nicht verurteilst.«

»Warum hat sie es mir nicht früher gesagt?«

Tante Mina holte tief Luft und stieß einen Seufzer aus. »Die Frage ist berechtigt. Nach all den Jahren des Schweigens erscheint es fast grausam, diese Bombe ausgerechnet jetzt platzen zu lassen, nachdem du gerade einen anderen furchtbaren Schock erlebt hast. Die Wahrheit ist, sie hatte Angst, dass es dir jemand anderes sagt.«

»Wer weiß es denn noch?«, fragte Lyddie. Plötzlich überkamen sie Angst und Wut. »Wer …? Jack etwa?«

»Niemand weiß es«, erwiderte ihre Tante ruhig. »Da bin ich mir sicher. Nur deine Tante Georgie hat eine vage Ahnung von einigen Ereignissen der Vergangenheit und macht sich damit wichtig. Nest entwickelte deswegen eine regelrechte Paranoia und hat sich eingebildet, dass Georgie das eine oder andere Geheimnis ausplaudert.«

»Könnte Tante Georgie es denn wissen?«

»Das halte ich für ziemlich unwahrscheinlich. Georgie, Josie und Timmie und ihre Familien waren zu der Zeit im Ausland. Timmie wusste zwar von Nests Schwangerschaft, aber er hatte keine Ahnung von Connors Rolle dabei. Georgie war schon immer eine Unruhestifterin; und jetzt ist sie geistig verwirrt. Nest hat ihr Geheimnis so lange mit sich herumgetragen, und ich glaube, die Belastung ist für sie jetzt einfach zu groß geworden.«

»Es muss schrecklich sein, mit einem solchen Geheimnis zu leben.«

»Ja«, meinte Mina seufzend. »Eine furchtbare Last. Und ständig stellt sich die Frage, ob es richtig ist, es für sich zu behalten. Ich muss sagen, ich bin erleichtert, dass das Schweigen endlich gebrochen ist – falls du es einigermaßen verkraftest.«

»Ich werd's schon verkraften«, erwiderte Lyddie. »Und ich bin froh, dass ich es weiß. Jeder hat ein Anrecht darauf, seine Geschichte zu erfahren.«

»Da ist noch etwas, das du wissen solltest.« Mina fiel es sichtlich schwer fortzufahren. »Vielleicht erinnerst du dich noch daran: Henrietta wollte, dass du nach Abschluss deines Studiums bei ihr in dieser Boutique einsteigst.«

»Ja, ich erinnere mich. Das war ein Theater! Eine richtige Schnapsidee.«

»Connor hatte – wenn auch widerwillig – eine hohe Hypothek auf das Haus aufgenommen, um die Miete bezahlen zu können und den Laden auszustatten. Und als das Geschäft dann in die roten Zahlen kam, versteifte sich Henrietta darauf, dass du ihr helfen solltest, um das Gehalt für eine Angestellte einzusparen. Connor und Nest waren strikt dagegen. Es war das erste und einzige Mal, dass Nest sich einmischte. Sie wollte nicht, dass du deinen Berufswunsch aufgibst ...« Mina hielt inne. »Während dieser letzten Autofahrt haben die drei heftig darüber gestritten. Nest ist überzeugt, wenn sie nicht so wütend gewesen wäre, hätte sich Henrietta am Steuer besser konzentriert und der Unfall wäre nicht passiert.«

Lyddie sah sie erschrocken an. »Aber ... das ist ja verrückt.«

»Mag sein. Das Gefühl der Schuld, dass sie überlebt hat, war unerträglich, und der Schmerz und die Depressionen haben alles nur noch schlimmer gemacht. Ich erwähne das nur, weil du wissen sollst, dass sie danach beschlossen hat, den Strand nicht mehr zu betreten. Seit mehr als zehn Jahren war sie nicht mehr dort. Sie liebt das Meer und hat sich eine solche Strafe auferlegt.«

»Die arme Nest. Der Unfall kann durch weiß Gott was verursacht worden sein. Wahrscheinlich hat Mami versucht, sich eine Zigarette anzuzünden. In solchen Momenten war sie immer unaufmerksam.«

»Das ist es, was ich dir noch sagen wollte«, wiederholte Tante Mina. »Du brauchst mit Nest nicht darüber zu sprechen. Aber wenn du ihr zeigen kannst, dass du ihr verziehen hast, kann sie sich am Ende vielleicht selbst verzeihen.«

Es folgte langes Schweigen.

»Wir müssen miteinander reden, Nest und ich«, sagte Lyddie dann. »Aber nicht jetzt. Ich muss das alles erst einmal verdauen. Das Beste ist, ich fahre zurück nach Truro. Richte Nest ganz herzliche Grüße von mir aus, und sag ihr, ich komme bald wieder.«

»Und Liam?«, fragte Mina leise. »Bist du zu einer Entscheidung gekommen?«

Lyddie schüttelte verzweifelt den Kopf. »Aber ich muss ihn sehen. Vergiss nicht, Nest meinen Gruß auszurichten.«

Ihre Tante küsste und umarmte sie fest. »Ich werde es nicht vergessen«, versprach sie.

Unterwegs nach Truro überlegte Lyddie, was Liam ihr wohl zu sagen hatte – und was sie ihm sagen sollte. Ihr Herz verkrampfte sich in banger Erwartung, und der Gedanke an die bevorstehende Begegnung ließ alles andere in den Hintergrund treten.

31

Er wartete schon auf sie. Er saß am Küchentisch am Fenster und las Zeitung. Bestimmt hatte er gehört, wie der Schlüssel im Schloss umgedreht wurde und sie ihren Koffer im Flur abstellte. Aber als sie mit Bosun hereinkam, schien er in die Zeitung vertieft und blickte dann mit einer Miene freudiger Überraschung auf.

»Hallo«, sagte er – und begrüßte den Hund, der schwanzwedelnd auf ihn zukam.

»Hallo.« Lyddie stand verlegen in der Tür. Liam konnte seine Befangenheit dadurch überspielen, dass er Bosun die Ohren kraulte, aber Lyddie wusste nicht, was tun. Sie schaute sich ratlos im Zimmer um, und als sie schließlich Liam ansah, erlebte sie einen weiteren Schock. Er war ein Fremder: gut aussehend, mit Sexappeal, aber ein Fremder. Auch das Zimmer kam ihr verändert vor. Sie runzelte die Stirn und versuchte, sich einen Reim darauf zu machen. Bildete sie sich das etwa nur ein? Schließlich hatte sie eine anstrengende Woche hinter sich und war sehr müde.

»Möchtest du einen Tee? Oder was Stärkeres?« Er stand auf, machte aber keinen Schritt auf sie zu. »Du siehst groggy aus.«

»Bin ich auch«, gab sie zu – und die Erkenntnis, dass es völlig unmöglich war, ihm Nests Enthüllung anzuvertrauen, versetzte ihr einen Stich. Es wäre, als würde sie einem freundlichen Bekannten das innerste Wesen eines anderen Menschen offen legen. Ein Gefühl grenzenloser Verlassenheit bemächtigte sich ihrer. Mühsam unterdrückte sie die Tränen. »Danke, eine Tasse Tee wäre nicht schlecht.«

Sie sehnte sich danach, ein paar Minuten allein zu sein, um die Fassung wiederzugewinnen. Während er den Tee bereitete, kam er nicht wie sonst aus der Küche, um zu fragen, wie es ihren Tanten ginge und welche Neuigkeiten es sonst noch gebe. Lyddie saß stumm am Tisch, krampfhaft bemüht, einen einigermaßen intelligenten Gedanken zu fassen.

Er sprach mit dem Hund und füllte den Napf mit frischem Wasser, während er in der Küche hantierte. Sie hörte, wie Bosun trank und sich anschließend behaglich knurrend im Flur ausstreckte. Liam stellte einen Becher Tee vor Lyddie auf den Tisch und setzte sich wieder. Ihre Blicke trafen sich, ein freundliches, aber nichtssagendes Lächeln umspielte seinen Mund, und schließlich hob er fragend die Augenbrauen. Sie war zu müde und innerlich viel zu aufgewühlt, um lange um den heißen Brei herumzureden.

»Dann hast du mich also nicht sonderlich vermisst«, sagte sie tonlos und griff nach ihrer Tasse.

Es war eher eine Feststellung als eine Frage, und sie sah die Überraschung in seinen Augen, bevor er wieder seine Maske aufsetzte. »Und wer hat dir das gesagt?«

»Das vermute ich. Wie geht's so?«

»Wie's so geht?« Er betonte jedes Wort mit fast spöttischem Unterton. »Gut.«

»Und wie geht's den anderen?«

»Den anderen? Wen meinst du damit? Du sprichst in Rätseln.«

»Nun …« Sie wog die Tasse in der Hand, als würde sie nachdenken. »Joe? Rosie? Zoë?«

Sein Lächeln erstarb, und sein Blick wurde unfreundlich. »Ist das eine Suggestivfrage?«

»Du hast sie vermutlich gesehen?«

»Wir arbeiten zusammen, vergiss das nicht. Wäre merkwürdig, wenn ich sie nicht gesehen hätte.«

»Dann arbeitet Rosie also wieder bei euch?«

Seine Miene war jetzt offen feindselig. »Nein, tut sie nicht.«

»Dann hast du Rosie also nicht gesehen?« Die Pause, die jetzt entstand, war eine Spur zu lang. »Deinem Schweigen entnehme ich, dass die Antwort ›doch‹ lautet. Ich habe mir schon gedacht, dass sie sich keine Gelegenheit entgehen lässt.«

»Du warst es, die weggegangen ist«, gab er zurück.

Sie konnte es nicht fassen. »Willst du damit sagen, dass alles meine Schuld ist?«

Er schüttelte den Kopf. »Ich sage gar nichts.«

»Aber du hast Rosie gesehen.«

Allmählich verlor er die Geduld. »Richtig, ich habe Rosie gesehen. Schließlich kenne ich sie sehr viel länger als dich.«

»Das hat sie mir nicht verschwiegen. Und ich habe das Gefühl, Liam, dass du die Trennung von ihr bereust.«

Das Schweigen war bedrückend, und diesmal brach Lyddie es nicht. Sie beobachtete ihn, und ihre Beklemmung wuchs.

»Sie akzeptiert mich so, wie ich bin«, sagte er schließlich unwirsch. »Sie nimmt das Inklusivpaket.«

Lyddie trank einen Schluck Tee und stellte den Becher dann vorsichtig auf das kleine runde Set. Die Untersetzer waren ein Hochzeitsgeschenk: sechs unterschiedliche Cartoons eines zotteligen Hundes. Sie dachte an ihren Hochzeitstag, und der Schmerz wurde übermächtig.

»Ich habe nachgedacht«, sagte sie und drehte dabei den Becher auf dem Untersetzer hin und her, »und mir überlegt, wie eine Lösung aussehen könnte. Ich bin nicht wie Rosie. Ich kann dich nicht mit anderen teilen. Es geht einfach nicht. Aber angenommen, wir fangen von vorne an. Gingen woanders hin, und du eröffnest woanders ein Lokal …«

Er starrte sie fassungslos an.

»Mein Gott«, sagte er dann. »Bist du verrückt? Und was wird aus dem *Place?* Soll ich einfach abhauen?«

»Joe könnte das Lokal ganz übernehmen. Du könntest das gleiche Lokal in einer anderen Stadt aufbauen. Warum nicht? Das ist doch ganz normal. Läden und Bars beginnen mit einem Partner, dann werden es zwei, und die Dinge entwickeln sich weiter.« Plötzlich erinnerte sie sich an ihr erstes Gespräch mit ihm und an seine Antwort auf die Frage, warum er sein Lokal *Place* genannt hatte. »Du könntest auch sagen, das beste Lokal, der Place eben, die Szenekneipe.«

Einen kurzen Moment ließ er sich diesen Gedanken durch den Kopf gehen. Seine Augen funkelten, doch dann wurde seine Miene wieder gleichgültig.

»Wir könnten es uns nicht leisten«, sagte er, »selbst wenn ich es wollte. Joe schafft es nicht, den Betrieb allein zu führen, und einen Geschäftsführer können wir bisher noch nicht bezahlen. Wir würden doch niemals einen Kredit bekommen, um ein neues Lokal aufzumachen.«

»Und wenn wir das Geld von dem Haus in Iffley dafür verwenden?«

Er lachte und schüttelte den Kopf. »Ich habe mich schon gefragt, wann du damit ankommst. Ein Tropfen auf den heißen Stein …«

»Du könntest dieses Haus verkaufen.«

»Hast du vergessen, dass es mit einer hohen Hypothek belastet ist? Da ist gar nicht daran zu denken.«

Erneut eine Pause.

»Du hast soeben gesagt: ›Selbst wenn ich es wollte.‹« Lyddie wählte ihre Worte mit Bedacht. »Das ist doch der Punkt, nicht wahr? Du willst keine Veränderung. Du willst das *Place* nicht aufgeben, und wenn du ehrlich bist, willst du auch nicht, dass wir beide es noch einmal versuchen.«

»Ich verstehe nicht, was die ganze Aufregung soll. Du warst doch absolut glücklich bisher. Es hat sich nichts geändert.«

»O doch«, sagte sie schnell. »Für mich hat sich alles geändert.«

»Ich bin derselbe wie vorher.«

»Ja, schon. Aber weißt du, den Menschen, der du bisher gewesen bist, den kannte ich gar nicht. Ich kannte nur einen Teil von dir, und in diesen Teil habe ich mich verliebt. Aber jetzt weiß ich, dass du lügst und mich betrügst. In Zukunft werde ich nie sicher sein können, ob du wirklich zur Bank und zum Großmarkt gehst oder ob du dich mit der neuen Kellnerin nach oben in den Lagerraum verziehst. Und das ist eine enorme Veränderung.« Sie musterte ihn eindringlich. »Das leuchtet dir nicht ein, oder?«

Er zuckte die Schultern. »Was hast du also vor?«

»Du kennst meinen Vorschlag.«

»Das kommt nicht in Frage.«

Sie verstummte. Ihr war hundeelend zumute.

»Ich wusste, dass es vorbei war, als ich hereinkam und dich sah«, sagte sie schließlich. »Du warst ein Fremder. Als ob du dich in diesen drei Tagen in einen völlig anderen Menschen verwandelt hättest.«

Er wandte den Blick ab. »Du hättest nicht weggehen sollen«, sagte er.

»Was willst du damit sagen?«, rief sie. »Wenn ich geblieben wäre, hättest du dir dann meinen Vorschlag ernsthaft überlegt?«

»Nein«, antwortete er. »Nein, das hätte ich nicht. Aber so hatte ich Zeit zu sehen, dass ...«

Er zögerte so lange, dass sie erriet, was er sagen wollte. »Es hat dir die Zeit gegeben zu erkennen, dass du mich nicht so sehr brauchst, als dass du dich ändern würdest. Uns zuliebe.«

Er nickte, ohne sie anzusehen. »So ungefähr.«

»Und wie sehr hat Rosie zu dieser Erkenntnis beigetragen?«

»Rosie war immer da, wenn ich sie brauchte.«

Es war wie ein Schlag ins Gesicht. »Und wie oft war das in den vergangenen zwei Jahren der Fall?«, fragte sie wütend. »Mein Gott! Und ich dachte, wir wären glücklich.«

Er runzelte beinahe angewidert die Stirn, als wäre sie ihm zu nahe getreten.

»Du hast Recht«, sagte er. »Es hat sich verändert, aber –«, er hob die Hände und ließ sie wieder sinken. »Ich sehe keinen Sinn darin, weiter darüber zu reden.«

»Gut«, sagte sie. »Großartig. Das war's dann also. Nach zwei Jahren Ehe. Einfach so.«

»Ich muss gehen.« Er stand auf. »Tut mir Leid. Tut mir wirklich Leid, Lyddie. Ich habe den Fehler gemacht, mich zu verlieben. Du warst anders. Konntest dich gut ausdrücken, warst unnahbar. Eine Herausforderung für mich. Aber ich brauche das nicht, das weiß ich jetzt. Nicht, wenn es zu Streitereien führt. Ich kann das nicht ausstehen. Rosie kennt mich, wir haben die gleiche Wellenlänge. Sie weiß, was das *Place* für mich bedeutet, und sie richtet sich danach. Sie akzeptiert, dass ich ab und zu eine kleine Abwechslung brauche. Ihr gefällt das zwar auch nicht, aber sie beklagt sich nicht darüber. Sie weiß, dass ich keine Kinder will, und sie will auch keine. Sie wird sich arrangieren mit dem, was ich mache und was ich will.«

»Und was soll *ich* machen?«

»Tja.« Immerhin versuchte er, auf die Frage einzugehen. »Du hast deine Arbeit, und dann« – er lachte kurz auf –, »dann hast du immer noch das Geld von dem Haus in Iffley.« Er schien selbst zu spüren, wie verletzend diese Bemerkung war, und biss sich auf die Lippen. »Entschuldige«, sagte er. »Das war gemein. Bei so etwas bin ich wohl ziemlich ungeschickt. Du hast immer noch deine Tanten, die für dich da sind.«

»Danke«, sagte sie. »Das stimmt.«

»Du findest mich im *Place*«, sagte er, »wenn du mich brauchst. Am besten, du sprichst mit deinem Anwalt.« Er hielt inne, die Jacke über der Schulter, den Kopf gesenkt. »Und danke, Lyddie.« Er sah sie traurig an. »Es war eine schöne Zeit.«

Sie hörte, wie er draußen vor dem Fenster vorbeiging und seine Schritte verhallten. Der Hund tapste herein und sah sie erwartungsvoll an. Sie fragte sich, ob sie wohl die Kraft aufbringen würde, sich von diesem Tisch fortzubewegen. Nach einer Weile stand sie auf, nahm den Mantel vom Haken und ging mit Bosun hinaus in die Dämmerung.

32

»Selbstverständlich soll sie kommen«, sagte Hannah. »Auf jeden Fall. Die Kinder können für ein paar Tage zu meiner Mutter.«

»Sie bleibt nur zwei Nächte, dann fährt sie nach Ottercombe, bis es ihr wieder besser geht«, erwiderte Jack, der mit dem laut schnurrenden Caligula auf dem Sofa saß. »Wie es aussieht, muss sie nächstes Wochenende wieder arbeiten – sie ist bis Weihnachten ausgebucht und will niemanden hängen lassen. Ein Glück, dass sich dieser Auftrag verzögert hat.«

»Sie will ihre Kontakte nicht aufs Spiel setzen, das verstehe ich«, meinte Hannah. »Sie braucht ihre Arbeit, aber kann sie wirklich davon leben?«

Jack schüttelte den Kopf. »Keine Ahnung. Roger bezahlt ihr jedenfalls Zinsen für ihren Anteil am Haus. Das ist bestimmt eine Hilfe.«

»Die arme Lyddie. Es ist schrecklich, wenn man jemandem vertraut und dann feststellen muss, dass er einen betrogen hat. Hättest du das gedacht?«

»Eigentlich nicht. Als wir uns das letzte Mal in Ottercombe gesehen haben, schien alles in Ordnung zu sein. Ich fand sogar, dass sie ausgesprochen fröhlich wirkte.«

»Vielleicht zu fröhlich?«, meinte Hannah.

»Schlimm ist es, dass man ihr überhaupt nicht helfen kann. Es gibt nichts, was den Schmerz lindern oder die Dinge ungeschehen machen könnte. Warum tut es bloß so verdammt weh, jemanden zu lieben?«

Sie lächelte ihn an. »Als ich dich geheiratet habe, hatte ich keine Ahnung, dass du eine solche Glucke bist. Ich hätte es mir denken können, als ich die kleinen Jungs sah, die du im Schlepptau hattest. ›Sir, ich habe das verloren …‹ oder ›Sir, ich habe das gemacht …‹ Und du hast das liebe alte Kindermädchen gespielt.«

»Ich spiele keineswegs das liebe alte Kindermädchen«, gab er empört zurück. »Ich nehme die kleinen Monster ganz schön hart ran. Meine Güte! Sie haben Angst vor mir.«

»Ja«, stimmte sie spöttisch zu. »Todesangst. So wie Hobbes neulich Abend, als du ihm um zehn noch eine Geschichte vorgelesen hast?«

»Ihm fehlt seine Mama«, verteidigte sich Jack, »und ich wollte nicht, dass er die anderen aufweckt …« Hannah schüttelte zweifelnd den Kopf – »und er hatte einen schlimmen Tag hinter sich.«

»Mit dir können sie machen, was sie wollen, das wissen sie ganz genau«, entgegnete sie grinsend. »Ein Herz aus Marshmallows. Flora konnte dich schon um den kleinen Finger wickeln, als sie drei Tage alt war.«

Jetzt grinste auch er. »Unsere Tochter hat einen untrüglichen Instinkt für die Schwachpunkte eines Menschen«, stimmte er zu. Nach einer Pause fragte er: »Kommt denn deine Mutter mit den Kindern klar?«

»Jetzt fang nicht wieder damit an!«, rief Hannah genervt. »Sie kommt wunderbar mit ihnen zurecht, und sie sind unheimlich gern bei ihr. Das weißt du doch.«

»Stimmt.«

»Na dann. Ich sage ihr Bescheid, und wenn es passt, fahre ich sie zu ihr rüber. Ich glaube, Lyddie kann sich ihren Kummer leichter von der Seele reden, wenn wir unter uns sind. In so einer Verfassung ist nichts schlimmer, als alle fünf Minuten unterbrochen zu werden. Und wir können uns nicht auf Lyddie konzentrieren, wenn Flora da ist.«

»Da hast du vollkommen Recht«, fand er. »Ich sehe mir jetzt die Nachrichten an, und wenn du mit deiner Mutter gesprochen habe, bekommst du einen Kaffee.«

»Das klingt ja wunderbar.« An der Tür blieb sie stehen und sah ihn zärtlich an. »Hab ich dir schon mal gesagt, dass ich eine Schwäche für Glucken habe?«

»Jetzt ist es zu spät für Schmeicheleien«, antwortete er indigniert. »Mein Gefieder sträubt sich schon.« Er warf sich in die Brust, als würde er sich aufplustern, und gab Gluckgeräusche von sich wie eine Henne. »Ist dir das nicht aufgefallen?«

»Sieht super aus«, meinte sie in bewunderndem Tonfall. »Ich komme später wieder und rupfe dir ein paar Schwanzfedern aus.«

Sie ging, Jack seufzte schwer und griff nach der Fernbedienung. »Und die Leute fragen, woher Flora das hat«, flüsterte er Caligula zu. »Na ja, wir wissen ja alle, wer in diesem Haus die Hosen anhat.« Er schaltete den Fernseher an, legte die Beine hoch und schloss die Augen.

In Ottercombe machte sich Mina bettfertig. Lyddie hatte angerufen und ihnen gesagt, dass Liam nicht bereit sei, sein Leben zu ändern. Also bleibe ihr nichts anderes übrig, als ihre Zelte in Truro abzubrechen und zu fragen, ob sie bei ihren Tanten leben könne, bis sie wusste, wie es weitergehen solle. Trotz der traurigen Nachricht waren Mina und Nest doch sehr erleichtert, dass Lyddie bei ihnen Zuflucht suchte. Daran zeigte sich, dass sie ihre Vergangenheit akzeptiert hatte. Aber zuerst wollten Jack und Hannah zu Besuch kommen, was die Tanten sehr begrüßten. Sie mochten Lyddies Cousin und seine Frau sehr gern. Bei ihnen konnte sie sich aussprechen und Trost finden.

»Roger muss die Sache mit der Hypothek regeln«, hatte Nest gesagt. »Gott sei Dank ist das große Darlehen, das Henrietta für ihre Boutique aufgenommen hatte, durch die Lebensversicherung beglichen. Wie dumm von Connor, dass er sich auf so etwas eingelassen hat.«

»Henrietta hat ja nicht nachgegeben«, erinnerte sich Mina. »Sie hatte es sich einfach in den Kopf gesetzt. Für ihre Pläne hätte sie sogar Lyddie geopfert.«

Da wurde Nest aufmerksam. »Hast du ihr von dem Unfall erzählt?«, fragte sie besorgt.

»Ich habe ihr gesagt«, erwiderte Mina vorsichtig, »dass ihr eine hitzige Auseinandersetzung über die Frage hattet, ob Lyddie in der Boutique arbeiten sollte, und dass du glaubst, Henrietta hätte sich wegen dieses Streits nicht auf den Verkehr konzentrieren können.«

»Aber das ist nicht die ganze Wahrheit«, entgegnete Nest scharf.

»Mag sein«, erwiderte Mina energisch, »aber mehr kannst du ihr nicht sagen. Den Unfall haben Connor, Henrietta und du zu verantworten. Nicht Lyddie. Es wäre falsch, sie damit zu belasten. Sie kann dir nicht im Namen ihrer Eltern verzeihen. Ihr die ganze Wahrheit zu sagen wäre meiner Meinung nach unverantwortlich.«

Nest warf ihr einen geradezu schockierten Blick zu. »Unverantwortlich?«

»Ja«, rief Mina. »Du musst mit dieser Bürde allein zurechtkommen, Nest. Und wenn Lyddie die Vergangenheit akzeptiert hat, musst du dir endlich selbst verzeihen. Es ist vorbei.«

Sie hatte gesehen, wie Nest schluckte und ihre Hände die Armenlehnen des Rollstuhls umklammerten. Und obwohl sie sich ihrer Grausamkeit bewusst war, hatte Mina ihre Schwester allein gelassen.

Als sie nun ihr weißes Haar bürstete, fragte sie sich, ob sie wirklich Recht hatte. Nogood Boyo suchte unterdessen auf dem Teppich nach seinem Spielzeug, während Captain Cat ihn von seinem Korb aus aufmerksam beobachtete. In einer Anwandlung von Unmut hatte er das Spielzeug gepackt und hinter dem Vorhang versteckt. Jetzt sah er mit gespitzten Ohren zu, wie sein Sohn es überall suchte. Mina spürte, wie er aufgeregt zu ihren Füßen herumschnupperte.

»Was machst du da?«, fragte sie. »Dummer Boyo. Was suchst du denn?«

Captain Cat, der befürchtete, dass Boyo eine Verbündete gefunden hatte, wurde unruhig, aber sein Frauchen erriet nicht, welches Problem Nogood Boyo hatte, und zog sich in den Alkoven zurück. Sie setzte sich an den Computer und rief ihre E-Mails ab.

Von: Elyot
An: Mina

Ein guter Tag. William ist da! Wie groß war die Freude, als er wohlbehalten hier ankam. Lavinia hat ihn sofort erkannt. Obwohl sie nicht recht wusste, wo er gewesen war, hatte sie einen lichten Moment. Anscheinend hat sie aber keine Erinnerung an Marianne, seine Exfrau, was unter den gegebenen Umständen gar nicht so schlecht ist. Aber sein unerwarteter Besuch tut ihr wirklich gut. Ich hatte sie nicht vorgewarnt, für den Fall, dass etwas dazwischen kommen würde. Die freudige Überraschung hat offenbar etwas in ihrem Gehirn ausgelöst, sodass sie wieder die Alte ist, hätte ich beinahe gesagt, doch das trifft leider nicht zu. Aber immerhin ist sie so weit bei Sinnen, dass es mich richtiggehend aufbaut. Ich hatte ihr Lächeln schon fast vergessen. In letzter Zeit brütete sie meist vor sich hin.

William sieht gut aus und hat bis nach Weihnachten Urlaub. Anschließend tritt er einen Posten im Verteidigungsministerium an. Wie schön, ihn eine Weile hier bei uns auf dem Land zu haben. Natürlich möchte ich nicht, dass wir ihm zur Last fallen, aber ich weiß, wir können uns auf ihn verlassen. Außerdem bringt er mich zum Lachen, was sehr wichtig ist. Wie du, meine liebe alte Freundin, hat er die segensreiche Fähigkeit, gute Laune zu verbreiten.

Genug erzählt. Wie steht's in Ottercombe?

Elyot

Mina machte den Computer aus und ging zu Bett. Nachdem sie die Nachttischlampe ausgeschaltet hatte, lag sie da und starrte in die Dunkelheit.

Jeder hat ein Anrecht darauf, seine Geschichte zu erfahren.

Nach einer Weile nahm sie Lydias Rosenkranz und ließ die glatten, kühlen Perlen durch ihre Finger gleiten, aber Schlaf fand sie nicht.

33

Auch Nest lag wach und dachte über Minas Worte nach. Es war richtig gewesen, dass sie Lyddie den Unfall so und nicht anders erklärt hatte; richtig war auch, dass sie, Nest, mit der Wahrheit allein zurechtkommen musste, ohne Lyddie um Verzeihung bitten zu können. Es wäre tatsächlich grausam, sie mit dieser Sache zu belasten.

Nest schloss die Augen und sah Connor vor sich, wie er sich zu ihr umdrehte. Sie waren bis spät in die Nacht bei Freunden gewesen, wo es etwas zu feiern gab. Henrietta saß am Steuer. Nest hatte nur eingewilligt, bei Connor und Henrietta zu übernachten, weil Connor sie gebeten hatte, mit ihrer Schwester über Lyddie zu sprechen. Er war in die Schule in Scurry gekommen und hatte sie ersucht, Henrietta ihren Plan auszureden.

»Für Lyddie wäre das vertane Zeit«, ruft er. »Sie hat einen guten Abschluss gemacht, und jetzt hat ihr ein großer Verlag eine Stelle angeboten. Sie ist überglücklich darüber. Das eigentliche Problem ist, dass sich Henrietta wegen der Rückzahlung des Darlehens Sorgen macht und Lyddie drängt, uns zu helfen. Ständig appelliert sie an ihren Familiensinn. Henrietta bildet sich ein, sie bräuchte Lyddie keinen Lohn zu bezahlen, weil sie ja zu Hause wohnen kann. So würde sie eine Vollzeitkraft einsparen. Was für eine Zukunft wäre das für

Lyddie, frage ich dich? Sie glaubt, wenn Lyddie in der Boutique arbeitet, würde das mehr junge Leute anlocken und zu einem Aufschwung führen. Ihr ist völlig schleierhaft, warum Lyddie diese Idee nicht auch großartig findet. Ich werde nicht zulassen, dass sie Lyddies Zukunft ruiniert ...«

Auch Nest ist der Meinung, dass Lyddie ihre Chance in London nutzen sollte. Gleichzeitig fragt sie sich, wie es kommt, dass die Geburt ihrer Tochter jede Leidenschaft für ihn abgetötet hat. Als seien mit einem Schwerthieb alle Bande zerschnitten worden, die sie an ihn gefesselt hatten.

Wie schwer, wie schrecklich schwer es ist, das eigene Kind wegzugeben. Und doch. Aber nachdem sie schließlich den »Vertragsbedingungen« zugestimmt hat, wie sie verbittert sagt, ist die Zeit ihrer Schwangerschaft eine der glücklichsten ihres Lebens. Sie fühlt sich so gesund, so wohl, »obgleich ich«, wie sie nach einem Arztbesuch zu Mina sagt, »eine Spätgebärende bin«.

Selbst Mama ist, nachdem alles geregelt ist – »nachdem ich klein beigegeben habe«, stellt Nest richtig –, wieder liebevoll und heiter.

Vielleicht ist das Nachgeben, das Sich-Abfinden die Quelle dieser neuen Zufriedenheit. Das Entsetzen und die Sorge um die Zukunft des Kindes – und ihre eigene – weicht einer ruhigen Zuversicht. In Ottercombe fühlt sie sich, als sei sie aus der Welt, und kann sich ganz auf diese wunderbare neue Erfahrung einlassen, ohne an die Zukunft zu denken. Die drei Frauen knüpfen wieder da an, wo Nest vor fünf Jahren eine Zäsur gesetzt hat. Nest lässt sich gern von Mina umsorgen. Auf langen Spaziergängen übers Moor und am Meer genießt sie den tiefen Frieden dieser Landschaft.

Timmie kommt, sooft er kann. Er bringt Anthea und den kleinen Jack mit. Wie Mama hat auch er keine Ahnung, wer der Vater des Kindes ist. Darüber wird nicht gesprochen. Er ist nur einfach für sie da und lässt sie seine Liebe spüren. Alle begeistern sich für Jack, vor allem Lydia, die ihn gern auf dem Schoß hält und es genießt, wenn er sich schläfrig an sie kuschelt. Wenn Nest mit ihm schmust, seine Wärme und sein Gewicht spürt, erscheint es ihr unvorstellbar, dass sie ihr eigenes Kind nicht auch so in den Armen halten wird. Doch eine Art Selbstschutz verhindert, dass sie solche Gedanken weiterspinnt. Sie schiebt sie behutsam, aber entschlossen beiseite, um ihren Seelenfrieden nicht zu gefährden. Man kommt überein, dass Nest den Namen für ihr Kind aussuchen darf, und in dieser Hinsicht gibt es keine Zweifel: Wenn das Baby ein Junge wird, soll er Timothy heißen, ein Mädchen Lydia.

Im Winter und Vorfrühling leidet Lydia wie immer unter Asthma. Nest lauscht ihren quälenden Hustenanfällen und sieht besorgt, wie rasch die Kräfte ihrer Mutter schwinden. Sie denkt an die Kriegsjahre, als Mina in London gelebt und Mama ihr, Nest, Gedichte vorgelesen hat. Jetzt haben sie die Rollen getauscht, und Nest liest Lydia am Wohnzimmerkamin vor, während Mina für das Baby strickt und näht.

»Fühlst du dich manchmal einsam?«, fragt sie Mina eines Abends, als Lydia schon im Bett ist. Sie denkt daran, wie sie vor fünf Jahren fortgegangen ist, um ein neues Leben anzufangen, während Mina mit Lydia im abgeschiedenen Ottercombe allein zurückblieb.

»Einsam?« Mina überlegt. »Eigentlich nicht. Ich habe Mama, die ja viel Aufmerksamkeit verlangt. Ehrlich gesagt, glaube ich, dass ich von Natur aus eine Einzelgängerin bin. Dann muss ich mich ja auch noch um das Haus und den Garten kümmern. Und von jeher habe ich diese Leidenschaft für Bücher gehabt. Ich lebe darin, weißt du, und die Personen sind für mich ganz real. Sie sind meine Freunde, und ihre Welt erschien mir schon immer viel befriedigender als die Wirklichkeit da draußen.«

Doch auch wenn die Außenwelt sich nicht wegschieben lässt, beweist Mina Mut und gute Laune. Und in Nests schlimmsten Zeiten, als sie Connor verliert, in den qualvollen Wochen, nachdem Henrietta das Baby abgeholt hat, und später, in den Monaten unmittelbar nach dem Unfall – in all diesen Krisen steht ihr Mina zur Seite. Sie ist ihre Stütze, sie gibt ihr die Kraft weiterzumachen, sie holt Nest ins Leben zurück.

Nest wälzte sich unruhig im Bett hin und her, sah auf den Wecker – kurz vor halb zwei – und beschloss, etwas Warmes zu trinken. Mühsam richtete sie sich auf, schlüpfte in ihren Morgenmantel und hievte sich in ihren Rollstuhl. Leise öffnete sie die Tür, lauschte kurz und begab sich in die Küche. Sie saß am Tisch und trank Kamillentee, als Mina hereinkam.

»Meine Güte«, sagte sie. »Kannst du auch nicht schlafen? Du bist hoffentlich nicht ins Grübeln gekommen?«

»Doch.« Nest stellte ihre Tasse ab. »Ich habe über den Unfall nachgedacht und mich gefragt, ob Henrietta überhaupt mitbekommen hat, was ich gesagt habe. Immer wieder geht es mir durch den Kopf. In dieser Nacht hat es wie aus Kübeln gegossen, weißt du noch? Die Scheibenwischer summten, der Verkehr dröhnte, und die Reifen auf der nassen Straße waren auch nicht gerade leise. Wie alle anderen musste ich schreien, um mich verständlich zu machen. Connor und ich hatten zu viel getrunken, und Henrietta war gereizt, weil sie merkte, dass sie ihren Kopf nicht durchsetzen konnte. Das war sie gar nicht gewohnt. Es erboste sie, dass Connor mich zur Unterstützung dazugeholt hatte. »Auch wenn ich nicht Lyddies Mutter bin«, meinte sie sarkastisch, und ich entgegnete, ohne nachzudenken: »Nein, aber Connor ist ihr Vater …« Ich weiß noch, dass ich mir die Hand vor den Mund schlug. Sie drehte abrupt den Kopf und sah Connor an. Und da prallte der Wagen gegen den Laster auf der Gegenfahrbahn. Ich werde dieses Geräusch nie vergessen …«

Mina legte den Arm um sie und zog sie an sich.

»Vielleicht hat sie gar nicht verstanden, was du gesagt hast. Schuldgefühle können die Erinnerung verzerren. Vielleicht hat sie ja nur den Kopf gedreht, um besser zu hören.«

»Kann sein. Jedenfalls finde ich auch, dass Lyddie es nicht zu erfahren braucht. Da hast du vollkommen Recht. Ich würde nur gern wissen, … wie sie mit allem anderen zurechtkommt.«

Mina richtete sich auf und steckte die Hände in die Taschen ihres Morgenmantels, wo sie den Rosenkranz fand, den sie unbewusst eingesteckt hatte. Unentschlossen stand sie da, dann legte sie den Rosenkranz auf den Tisch neben Nests Tasse. Nest betrachtete ihn.

»Der hat Mama gehört, nicht wahr?«, fragte sie zerstreut. »Hat nicht Timothy ihn ihr geschenkt?«

Mina stellte den Kessel auf den Herd und nahm sich eine Tasse. »Nicht direkt«, erwiderte sie. »Er hat zwar Timothy gehört, aber er wurde ihr mit seinen persönlichen Sachen zugeschickt, nachdem er gestorben war.«

»Das war seltsam, findest du nicht?« Nest griff nach dem Rosenkranz und ließ die Perlen durch die Finger gleiten. »Warum Mama? Hatte er denn selbst keine Familie?«

»Soweit ich weiß, nicht. Sie hat auch ihre Briefe an ihn zurückerhalten. Timothys Wohnung in London war ausgebombt, und als er starb, hatte er nicht viel bei sich. Nur seinen Rosenkranz, die Briefe und ein paar Fotos.«

»Ich weiß noch, dass Briefe von ihm kamen.« Nest lächelte versonnen, in Erinnerung an glücklichere Zeiten. »Und hin und wieder Geschenke für uns.«

»Timothy war sehr einfühlsam«, sagte Mina. »Im Lauf der Zeit lernte er uns alle kennen, und seine Geschenke waren immer genau das Richtige. Er war Forscher und Soldat, und ich glaube, dass er im Krieg für den Nachrichtendienst gearbeitet hat. Papa war sein Freund, und eines Tages hat er ihn mit nach Ottercombe gebracht. Timothy blieb fast einen Monat bei uns. Es war im Jahr, bevor Timmie zur Welt kam, einer der schönsten Sommer, an die ich mich erinnere.« Sie goss ihren Tee auf und schwieg einen Augenblick. »Wir waren alle hingerissen von ihm. Timothy hat uns auch unsere Namen gegeben.«

»Wie meinst du das?«, fragte Nest erstaunt.

»Bevor Timmie geboren wurde, waren unsere Namen ziemlich verstümmelt. Papa nannte uns George, Bill, Henry und Jo. Ich erinnere mich noch an den Tag, als Timothy uns zum ersten Mal besuchte. Wir kamen vom Strand herauf, und Papa stellte uns vor. Er nannte uns spaßeshalber die ›Bandar-log‹. ›Hier sind meine Bandar-log‹, sagte er und nannte unsere Namen. ›Aber warum Jungennamen?‹, fragte Timothy, sichtlich verstört. ›So hübsche Kinder!‹, sagte er. Und Papa entgegnete: ›Wenn ich schon keine Söhne habe.‹ Mama machte ein Gesicht, als wäre sie geschlagen worden. Timothy hat uns dann neue Namen gegeben, die weiblicher klangen.«

»Und was hat Papa dazu gesagt?«, fragte Nest, ganz im Bann von Minas Geschichte.

»Der springende Punkt war, dass auch er Timothy sehr mochte.« Mina setzte sich an den Tisch. »So wie wir alle. Wir haben immer gestritten, wer neben ihm sitzen oder wer an seiner Hand gehen durfte. Wir haben ihm unsere geheimen Schätze gezeigt, Bilder für ihn gemalt. Und er sah so gut aus. Weißt du noch? Groß, blond und braun gebrannt, als würde er den ganzen Tag im Freien verbringen. Er war ein richtiger Naturbursche und dabei so liebenswert.« Nach einer kleinen Pause fuhr sie fort: »Ich war mir nie im Klaren, wie viel Mama über Papas Witwe in London wusste. Damals hat sie bestimmt noch nichts geahnt, aber ich glaube, er hat ihre Asthmaanfälle als Vorwand genutzt, um uns, sooft es ging, nach Ottercombe abzuschieben. Für sie war das natürlich keine Strafe – sie hat dieses Haus so geliebt. Aber ich frage mich, ob ihr Papa oder überhaupt das Gespräch mit Erwachsenen nicht gefehlt hat. Sie hatte mehrere Fehlgeburten und war nie besonders stark, aber Timothy hat ihr neuen Lebensmut geschenkt. Wenn er da war, blühte sie regelrecht auf, und er stellte sich immer schützend vor uns, wenn Papa grob war. Wir waren alle in ihn verliebt, nicht nur Mama.«

Nest blickte von dem Rosenkranz auf.

»Nicht nur Mama?«

»Sie haben sich verliebt«, sagte Mina verträumt. »Damals habe ich das nicht begriffen, ich war zu jung, aber jetzt weiß ich es. Außerdem habe ich die Briefe gelesen.«

Nest machte große Augen. »Waren es Liebesbriefe?«

»O ja. Nachdem ich sie gelesen hatte, war alles sonnenklar. Dieser wunderbare Sommer, bevor Timmie zur Welt kam …«

»Einen Augenblick«, wandte Nest ein. »›Bevor Timmie zur Welt kam.‹ Das ist es, stimmt's? Das ist das Geheimnis, das Georgie kennt. Jetzt verstehe ich. Ein Junge nach all den Mädchen, und Timmie war groß und blond – er trägt sogar seinen Namen! Hab ich Recht? Timothy war Timmies Vater. Meine Güte, stell dir vor, Mama …«

»Du irrst dich«, entgegnete Mina leise. »Obwohl auch andere Leute das geglaubt haben. Diese schrecklichen Goodenoughs haben ständig Andeutungen gemacht. Aber so war es nicht, obwohl ein Körnchen Wahrheit darin steckt. Dank Timothy hat sich Mama entspannt, er machte sie glücklich, und ich glaube, dass sie deshalb schwanger werden konnte.

Aber Timmie war Papas Sohn. Erst im Jahr danach begann die Liebesbeziehung zwischen Timothy und Mama. Und ihr gemeinsames Kind bist du, Nest. Du warst das Kind der Liebe, das Baby, das er nicht das Seine nennen durfte.«

Sie verstummte. In der Küche war es mucksmäuschenstill.

»*Timothys* Kind?«

Mina nickte. »So sehr hat sie ihn geliebt. Ist es nicht seltsam, wie sich die Geschichte wiederholt? Mama und Timothy. Ich und Tony. Du und Connor.«

Die Schwestern tauschten einen Blick, und Mina entdeckte in Nests Gesicht weder Entsetzen noch Verzweiflung, nur ein ehrfürchtiges Staunen.

»Fang noch mal von vorne an, und erzähl mir alles, was du weißt«, sagte sie.

34

Lyddie legte ihren Koffer aufs Bett und sah sich in dem kleinen Zimmer um. Neben dem Bett war gerade noch genug Platz für eine Kommode und einen Stuhl.

»Es ist wirklich kaum mehr als eine Abstellkammer, aber wenigstens müssen wir Gäste nicht bei Tobes oder Flora unterbringen«, meinte Hannah. »Komm runter, wenn du so weit bist.«

Sie ging, und Lyddie packte ihr Köfferchen aus. In Truro hatte sie alles, was sie zum Arbeiten brauchte – Laptop, Nachschlagewerke, Atlanten – ins Auto gepackt, hatte ihre Handynummer bei ihren vier wichtigsten Auftraggebern hinterlassen und ihre Wintersachen aussortiert. Sie musste auf jeden Fall noch einmal zurück und den Rest holen, aber erst einmal wollte sie einen deutlichen Schlusspunkt setzen.

Zweifellos hätte sie auch bei Roger und Teresa unterkommen können, aber in dem Haus in Iffley fühlte sie sich nicht mehr daheim. Teresa führte dort das Regiment, und die beiden standen ihr ohnehin nicht so nahe wie Hannah und Jack.

Auf der Fahrt nach Dorset überlegte sie auch, warum sie sich mit Jack so viel besser verstand als mit Roger.

»Er weiß es doch nicht etwa?«, hatte sie Mina besorgt gefragt.

»Nein, nein. Damals war er ja erst drei oder vier Jahre alt. Nein, Roger hat nicht die leiseste Ahnung.«

Auf jeden Fall wäre es ihr leichter gefallen, Nests Enthüllung Jack anzuvertrauen als Roger, obwohl sie wusste, dass sie es vorläufig überhaupt niemandem sagen konnte. Das stand ihr gar nicht zu, denn es waren zu viele Menschen betroffen. Doch nicht nur das. Zwar wäre es tröstlich gewesen, mit Jack darüber zu sprechen, aber dazu war es noch zu früh: Sie brauchte Zeit, sich über ihre Gefühle klar zu werden, bevor sie die Meinungen anderer hören wollte. Dennoch war die Vorstellung merkwürdig, dass Roger zugleich ihr Halbbruder und ihr Cousin war.

Jack erwartete sie, als sie ausgepackt hatte und in die Küche trat. An den Küchenschrank gelehnt, saß er auf dem Boden und sprach mit Bosun, der ihn erstaunt und wohlwollend ansah. Lyddie musste lachen, und im Nu war jede Befangenheit verflogen.

»Caligula hat ihn geärgert«, erklärte Jack. »Hunde sind ja so sensibel, und Caligula war ziemlich unhöflich. Stimmt's?«, fragte er Bosun, der Jack dankbar die Nase leckte und mit dem Schwanz auf den Boden klopfte.

»Ziemlich verrückt«, meinte Hannah resigniert. »Aber das braucht dich nicht zu beunruhigen. Dir ist wahrscheinlich klar, was passiert, wenn die Jungs nach dem Essen wiederkommen und den Hund sehen.«

»Bisher war ich immer nur in den Ferien hier«, sagte Lyddie. »Meine Güte, am besten verstecken wir ihn in der Garage.«

»Das kommt nicht in Frage«, entgegnete Jack empört. »Die Jungs werden sich so freuen. Ich kann es gar nicht erwarten, ihre Gesichter zu sehen. Hat Hannah dir erzählt, dass wir uns auch einen Hund anschaffen wollen?«

»Nein.« Lyddie grinste. »Tobes ist doch bestimmt ganz aus dem Häuschen vor Freude.«

»Er weiß es noch nicht.« Hannah schenkte Lyddie Tee ein. »Wir haben beschlossen, bis zu den Ferien zu warten, damit wir Zeit haben, dem Welpen Manieren beizubringen. Und ich möchte vermeiden, dass Tobes alle fünf Minuten fragt, wann die Ferien endlich anfangen.«

Jack drückte Bosun noch einmal an sich und stand auf. »Du siehst ziemlich mitgenommen aus.« Er musterte Lyddie eingehend. »Später kriegst du was Vernünftiges zu trinken. Ich darf mir das erst erlauben, wenn die kleinen Engel im Bett sind.«

»Aber das heißt nicht, dass wir uns nichts gönnen dürfen«, entgegnete Hannah resolut und nickte Lyddie aufmunternd zu. »Jack ist sowieso nur hier, um hallo zu sagen, bevor er die Hausaufgaben und anschließend das Abendessen überwacht. Wir können nicht auf ihn warten.«

Lyddie kicherte. »Hört sich gut an. Mach dir nichts draus, Jack, du holst unseren Vorsprung schon noch ein.«

»Ich dachte, du begleitest mich vielleicht hinüber zur Schule«, schlug er vor, »damit du dir ein bisschen die Beine vertrittst nach der langen Fahrt. Und der Hund braucht ja auch Auslauf.«

»Ja, gern. Das ist eine gute Idee.«

Als sie über den Rasen unter den Kastanienbäumen gingen, hängte sich Lyddie bei Jack ein, und er lächelte sie an.

»Arme Lyddie«, sagte er. »Willst du reden?«

»Ich muss dir etwas Merkwürdiges erzählen«, begann sie. »Mir wird richtig schlecht, wenn ich daran denke, wie Liam sich benommen hat. Ich begehre ihn immer noch und finde es wirklich tragisch, aber gleichzeitig empfinde ich … beinahe so etwas wie Erleichterung. Ach!«, rief sie frustriert. »Es ist so schwer zu erklären, weil es sich anhört, als wäre es mir egal, und das stimmt nicht. Es tut weh, wenn ich an ihn denke, aber während unserer Ehe hatte ich stets das merkwürdige Gefühl, dass alles so unwirklich ist. Verstehst du das, Jack? Als wäre ich im Urlaub. Natürlich habe ich gearbeitet, das war real, aber andererseits war es seltsam, den ganzen Tag zu Hause am Schreibtisch zu sitzen und anschließend jeden Abend ins *Place* zu gehen und mit Joe herumzualbern. Ich habe mir gesagt, dass Tausende von Menschen in der Gastronomie so leben, aber es war trotzdem irgendwie unwirklich.«

»Der Unterschied«, meinte Jack nach einer Weile, »war wohl, dass die meisten Ehepaare in der Gastronomie den Laden gemeinsam schmeißen. Das verbindet sie. Jeder hat seine Aufgaben, und das ganze Leben spielt sich dort ab. Du hast mir gesagt, dass Liam dir nie den Vorschlag gemacht hat, in seinem Lokal mitzuarbeiten, sondern sich sogar regelrecht dagegen gesträubt hat. Du hast weiterhin das gemacht, was du gelernt hast, und das *Place* war für dich nur eine Kneipe für den Feierabend. Ehrlich gesagt, habe ich mir oft überlegt, wie lange das so weitergehen kann. Ich habe mich gefragt, ob du mit fünfzig immer noch den ganzen Tag allein zu Hause arbeitest und jeden Abend im Lokal sitzt, während Liam sein eigenes Leben führt.«

»Hattest du den Verdacht, dass Liam mich betrügt?«

Nachdenklich runzelte er die Stirn. »Ich hatte das Gefühl, er spielt Theater. Du weißt schon, sein Rundgang durch die Kneipe, das Geplauder mit den Stammgästen, die Art, wie er sich in Szene setzt. Tut mir Leid.« Er drückte ihre Hand. »Ich will niemanden beleidigen, aber er hat etwas von einem Schaumschläger – einem durchaus attraktiven Schaumschläger. Ich kann mir vorstellen, dass Frauen auf ihn fliegen.«

»Auf mich hat er jedenfalls gewirkt.« Lyddie seufzte. »Ich glaube, du hast vollkommen Recht. Ein richtiges Familienleben konnte sich so nicht entwickeln, ohne Wochenenden und Ferien. Vielleicht liegt es daran, dass ich fast erleichtert bin. Nicht, dass es deshalb weniger wehtut.«

»Nein, aber daran kannst du dich festhalten«, meinte Jack. »Dass es letztlich ein Fehler war. Ich muss sagen, dass ich deine Heirat ein bisschen überstürzt fand, nach der Sache mit James.«

»Mein Selbstbewusstsein ist jetzt jedenfalls restlos im Eimer«, sagte Lyddie. »Wenn einen ein Mann sitzen lässt, kann man das noch als Irrtum gelten lassen, aber beim zweiten ....«

»Völliger Quatsch«, widersprach Jack. »Wie wär's mit: Aller guten Dinge sind drei? Ich bestehe aber darauf, den nächsten Kandidaten vorher unter die Lupe zu nehmen.«

»Du glaubst also nicht, dass es ein Fehler ist, mich von Liam zu trennen? Immerhin sind wir verheiratet.« Sie stellte überrascht fest, wie wichtig ihr seine Meinung war.

»Ich habe den Eindruck, dass dir gar keine andere Wahl bleibt. Du hast ihm ein Angebot gemacht, und er hat es ausgeschlagen. Ich wüsste nicht, was du sonst noch machen kannst.«

»Findest du nicht, ich sollte mich darauf einlassen?«

»Nein, verdammt noch mal«, entgegnete er mit Nachdruck. »Großer Gott, Lyddie! Sei doch nicht dumm. Und wenn du ihn noch so sehr liebst, niemand kann von dir erwarten, dass du dich mit so einer Rolle abfindest. Er hat die Karten auf den Tisch gelegt, und du kannst weiterspielen oder passen. Du hast dich entschieden zu passen.«

Sie lächelte und drückte seinen Arm. »Danke, Jack.«

»Ich weiß zwar nicht, wofür du dich bedankst, aber gern geschehen. Wirst du mit unseren beiden Tanten ein Weilchen zurechtkommen?«

»Ich glaube schon. Wenigstens kann ich dort in Ruhe arbeiten. Ich bin nur froh, dass ich Roger nicht gedrängt habe, das Haus zu verkaufen, damit ich mein Erbteil bekomme. Damals hätte er mich nicht auszahlen können. Jetzt ist es kein Problem für ihn, und ich kann den Notgroschen gut gebrauchen.«

»Du könntest wieder nach London gehen und in deinem alten Beruf weiterarbeiten.«

»Darüber habe ich auch schon nachgedacht.« Sie zögerte. »Ich muss es mir in Ruhe durch den Kopf gehen lassen. Dafür habe ich in Ottercombe Zeit genug.«

»Nirgends kann man sich besser erholen als bei unseren alten Tanten«, sagte er liebevoll. »Wenn du an den Hecken vorbeigehst, kommst du zurück zum Haus, und der Hund kann sich ein bisschen austoben. Findest du dich zurecht?«

»Klar. Jack, du bist wirklich großartig.«

Er schenkte ihr ein Lächeln. »Du machst schon alles richtig«, versicherte er. »Es kann nur besser werden. Bis später. Heute Abend reden wir weiter.«

Sie beobachtete, wie er auf die Gebäude im georgianischen Stil zueilte und ihm die kleinen Rugby-Spieler zuwinkten, und verspürte eine überwältigende Zuneigung.

»Komm«, sagte sie zu Bosun. Die Hände in den Taschen, schlug sie den Rückweg ein. Jetzt war ihr schon ein wenig leichter ums Herz.

35

Nest saß im Wohnzimmer vor dem Kamin. Es war ein düsterer Novembernachmittag. Ein rauer Wind peitschte den Nieselregen gegen die Fenster, denen man gern den Rücken zuwandte, um stattdessen in die behaglich flackernden Flammen zu blicken. Mina war trotz des Wetters mit den Hunden zum Strand hinuntergegangen, und Georgie, die nach dem morgendlichen Einkaufsbummel in Barnstaple erschöpft war, ruhte sich aus. Es war schön, in diesem friedlichen Zimmer allein zu sein, nachdem sie sich endlich der Last des Geheimnisses entledigt hatte, das sie seit über dreißig Jahren bedrückte. Jetzt konnte sie in Ruhe über Minas Enthüllungen nachdenken.

Nest betrachtete die Dinge auf ihrem Schoß: ein paar Fotografien, Mamas Briefe, eine Osterkarte, einen Rosenkranz. Das war alles, was ihr von ihrem Vater geblieben war. Dazu kamen seine Briefe an Mama, insgesamt etwa zwanzig. Nest hatte sie in chronologischer Reihenfolge gelesen. Dabei war ihr wieder eingefallen, wie Mama sie am Frühstückstisch geöffnet hatte: Die hauchdünnen Bögen raschelten in ihrer Hand, und sie strich immer wieder mit dem Finger darüber, wie um sich ihrer zu vergewissern. In Anbetracht der Umstände waren die Briefe von geradezu schockierender Offenheit.

»Mein Schatz«, hatte sie geschrieben. »Wie soll ich diese endlose Trennung ertragen?« Und seine seitenlangen Antworten, die immer mit den Worten »Meine Geliebte« begannen, bestanden nur aus Liebesergüssen.

»Ich erwarte dein Kind und empfinde nichts als tiefste Freude. Warum nur habe ich keine Angst? Ich bin so glücklich …«

Es stand nicht zur Diskussion, ob sie Ambrose verlassen sollte, der glücklicherweise ein paar Wochen nach Timothy Ottercombe besuchte. Daher hegte er keinerlei Zweifel, dass Nest sein Kind war. Natürlich hatte Lydia nie in Erwägung gezogen, ihre Kinder zu verlassen, und ebenso klar war, dass Timothy das nicht von ihr verlangte.

… denn was für ein Leben könnte ich dir bieten, meine Geliebte, wie könnte ich dir die Sicherheit geben, die du und deine Kinder brauchen? Wie sollten wir ein Glück genießen, das auf ihre Kosten geht? Ich habe sie so gern, und wenn wir ihnen irgendwie Schaden zufügten, wäre unsere Liebe nichts als Staub und Asche …

Sie antwortete ihm:

… zu wissen, dass dies dein Kind ist, macht mich überglücklich, und ich habe ja auch den kleinen Timothy, dein Patenkind. Wenn ich Timmie ansehe, denke ich an unsere erste Begegnung zurück, wie du im Flur standest und sagtest: »Entschuldigung, dass ich so hereinschneie.« Und da wusste ich, dass ich mich in dich verlieben würde …

Nest war schockiert über die Direktheit dieser Briefe. Die beiden waren wie Kinder, die diese Liebe, die ihnen geschenkt war, voller Ehrfurcht betrachteten. Zunächst hatte

Nest die Briefe, die ihre Geschichte erzählten, regelrecht verschlungen. Später hatte sie sich geschämt.

»Es ist, als ob ich sie belauscht habe«, sagte sie zu Mina. »Irgendwie erscheint mir das nicht richtig. Sie waren so … *unschuldig,* wenn du verstehst, was ich meine.«

»Ich weiß genau, was du meinst«, sagte Mina zerknirscht. »Mir ging es ähnlich, aber als Mama starb, wusste ich nicht, was ich mit den Briefen machen sollte. Kurz vor ihrem Ende begann sie von Timothy zu sprechen. Sie glaubte, er sei hier bei ihr, und da konnte man zwei und zwei zusammenzählen. Ich fühlte mich nicht berechtigt, die Briefe zu vernichten. Schließlich las ich sie und beschloss, sie für alle Fälle aufzubewahren.«

»Ich bin wirklich froh, dass du das getan hast«, entgegnete Nest mit Nachdruck. »Das Seltsame ist nur, dass ich einerseits das Gefühl habe, eine Indiskretion zu begehen, andererseits aber stolz bin, aus einer solchen Liebe hervorgegangen zu sein. Himmel! Das klingt wohl ziemlich verrückt …?«

»Überhaupt nicht«, erwiderte Mina rasch. »Wirklich nicht. Wir alle hätten es großartig gefunden, wenn Timothy unser Vater gewesen wäre. Du kannst ruhig stolz darauf sein.«

»Ich wünschte«, begann Nest nach einer Weile, »Lyddie könnte das auch über ihre Herkunft sagen.«

»Die Liebe und Freundschaft, die du Lyddie seit dreißig Jahren geschenkt hast, sind, glaube ich, mehr wert als alles andere. Dass Henrietta seit über zehn Jahren tot ist, macht alles auch ein wenig leichter. Vielleicht klingt es brutal, aber Lyddie wird ihre Erinnerungen an Henrietta mit ein wenig Abstand besser einordnen können, und am Ende ist es allein die Liebe, die zählt. Lyddie braucht sich nicht zwischen zwei Personen zu entscheiden. Sie muss einfach nur zulassen, dass du sie liebst, wie du sie immer geliebt hast.«

Nest lauschte dem Regen, der gegen die Scheiben trommelte, und betrachtete noch einmal ihre Schätze. Ein Foto zeigte Lydia und Timothy mit der siebenjährigen Nest, die zwischen ihnen stand. Die Füße übereinander geschlagen, eine Stoffpuppe unterm Arm, blickte sie den Fotografen aufmerksam an. Timothy hielt Lydias Schulter umfasst, und sie neigte sich ein wenig zu ihm, ihre Hand ruhte auf Nests Kopf. Er lächelte in die Kamera, während Lydia Timothy voller Liebe ansah. Auf der Rückseite stand mit verblasster Tinte: »1941. Lydia und Timothy mit Nest in Ottercombe.«

»Wahrscheinlich habe ich die Aufnahme gemacht«, meinte Mina. »Timothy besaß eine Kamera, er fotografierte ja gern. Er hat es geschickt angestellt, dass nur ihr drei darauf zu sehen seid. Ich vermute, sie haben die anderen voraus zum Strand geschickt, um die Gelegenheit zu nutzen. Du siehst ja, dass auf allen anderen Fotos immer ein paar von uns mit drauf sind.«

Nest betrachtete das Bild und versuchte angestrengt, sich an jenen Tag zu erinnern. Worte aus einem der Briefe kamen ihr in den Sinn:

Sie ist so ein goldiges Baby, aber, o je, Ambrose besteht darauf, dass sie Ernestina heißen soll!!! Auch Timmie hatte er ursprünglich nach seinem Vater Ernst nennen wollen, dann aber zu meiner Freude entschieden, ihm deinen Namen zu geben. Aber diesmal lässt er sich nicht erweichen. So ein schwerfälliger Namen für so ein reizendes kleines Wesen …

Nest versuchte sich an den Mann zu erinnern, den sie immer als Vater angesehen hatte, doch das erwies sich als schwierig. Er war selten da gewesen, auch nach dem Krieg kam er kaum nach Ottercombe, und bei seinem Tod war sie noch keine fünfzehn gewesen. An Timothy jedoch erinnerte sie sich genau, es war jedes Mal aufregend gewesen, wenn er kam. Und außerdem fühlte man sich bei ihm so geborgen.

»Ich kann nicht älter als sieben oder acht gewesen sein, als er starb«, hatte sie zu Mina gesagt. »Seltsam, findest du nicht?«

»Du kannst dich wohl an die Atmosphäre erinnern.« Mina lächelte versonnen. »Wenn Timothy kam, war es wie Weihnachten, Ostern und Geburtstag auf einmal. Er war ein ganz besonderer Mensch.«

»Wie Timmie. Oder Jack«, ergänzte Nest.

»Ich habe oft überlegt, ob Mamas Begegnung mit Timothy, ihre Gedanken während der Schwangerschaft, als sie hier mit uns allein war, Einfluss auf das Kind in ihrem Schoß hatten. Ich weiß, es klingt abwegig, aber ich kann mir vorstellen, dass Timmie durch ihre Liebe irgendwie geprägt worden ist, und das wurde dann an Jack weitergegeben. Ehrlich gesagt, konnte man leicht auf die Idee kommen, dass Timmie Timothys Sohn war, aber die Briefe zeigen, dass die Liebesbeziehung erst im Jahr darauf begann.«

Jetzt, allein im stillen Wohnzimmer, strich Nest sanft über die abgegriffene Fotografie und betrachtete die zweite: ein Porträt von Lydia, vermutlich von Timothy selbst aufgenommen. Ihr zärtlicher Blick konnte nur ihm gelten, ihr schöner Mund lächelte sehnsuchtsvoll. Auf der Rückseite stand: »Lydia – 1934.« Damals war sie gerade fünfunddreißig Jahre alt. Das letzte Foto kannte Nest schon länger: Lydia auf einem Stuhl draußen vor der Verandatür, ihre Kinder um sie geschart. Sie hielt die kleine Nest auf dem Schoß, Henrietta und Josie saßen vor ihr auf dem Boden. Timmie stand neben ihr, Mina hinter ihm, die Hände auf seinen Schultern, und Georgie rechts von Lydia sah aus, als führe sie das Regiment. Nest betrachtete jedes Gesicht ganz genau. Lydia lächelte zufrieden, umschloss mit einer Hand den Kopf des Babys, um es vor der Sonne zu schützen. Henrietta und Josie, beide mit reizenden Zahnlücken, ähnelten sich erstaunlich; für diesen Anlass hatten sie ausnahmsweise das Kriegsbeil begraben. Timmie hielt eifrig seinen Spielzeugsoldaten in die Höhe, damit auch er für die Nachwelt festgehalten würde. Mina lächelte glücklich und unbeschwert, während Georgie eher mürrisch dreinblickte. Auf der Rückseite stand: »Ottercombe, 1936.«

Mit einem leisen Seufzer legte Nest die Fotos aufeinander und sah sich die Osterkarte an. Unter einem schlichten Aquarell mit dem leeren Kreuz im Sonnenschein hieß es: »Er ist auferstanden.« Innen hatte Lydia geschrieben: »Liebe Grüße von uns allen aus Ottercombe«, und alle hatten unterschrieben. Georgies Schriftzug wirkte klar und bedächtig, Minas geschwungen und großzügig, während die beiden kleineren Mädchen sich mit braver Schönschrift verewigt hatten. Timmie hatte seinen Namen doppelt so groß wie alle anderen mit wackeligen Großbuchstaben hingemalt, und offensichtlich hatte Lydia der kleinen Nest die Hand geführt. Auf der Seite gegenüber stand ein Gedicht:

Der Lärm und das Geschrei verschwand;
Feldherrn und Könige sind abgezogen:
Noch hat Dein altes Opfer Fortbestand,
Ein Herz, bescheiden stets und nicht verlogen.
Herr, steh uns bei, Du sollst obwalten,
Damit wir's dennoch im Gedächtnis halten!

Sie überlegte, welche Bedeutung diese Verse aus Kiplings Schlusschoral für ihren Vater gehabt hatten und warum er sie bei sich trug. Oder symbolisierte die Karte für ihn einfach die Liebe seiner »Familie«? Während sie noch nachdachte, drang eine Stimme an ihr Ohr:

»Was hast du denn da?«

Erst nach einer Schrecksekunde hatte sich Nest wieder gefasst und konnte Georgie halbwegs ruhig ansehen, während sie ihre Schätze in dem Beutel verschwinden ließ, in dem sie ihre Brille und ihr Buch aufbewahrte.

»Nichts Besonderes«, antwortete sie scheinbar gleichgültig. »Ich hatte dich nicht kommen hören.«

Georgie ließ sich in der Sofaecke nieder. »Ich konnte nicht schlafen.« Ihr Blick wanderte von Nest zum Kamin.

»Mina kommt bestimmt gleich wieder.« Nest atmete tief durch und wurde plötzlich gelassen. Sie hatte ganz vergessen, dass Georgie ihr nun nichts mehr anhaben konnte.

»Ich glaube«, hatte Mina gesagt, als sie Nest die Briefe gab, »dass Georgie über dich und Connor nichts weiß. Das hier ist das Geheimnis, das Georgie kennt. Sie hat die Briefe auch gelesen.« Mina hatte erleichtert geseufzt. »Wie schön, dass endlich alles gesagt ist.«

Nest betrachtete Georgie voller Mitgefühl. Jetzt hatte ihre Schwester über niemanden mehr Macht.

»Erinnerst du dich an Timothy?«, fragte sie unbekümmert.

Georgie warf ihr einen verschlagenen Blick zu, zuckte verächtlich mit den Schultern und lächelte.

Nest dachte: Sie ist wie ein Kind, das weiß, dass es etwas angestellt hat, und dann trotzig sagt: »Ist mir doch egal.«

»Ich kenne ein Geheimnis«, sagte Georgie – und aus dem Nirgendwo kam Nest die Erinnerung an einen warmen Sommernachmittag: Sie und Timmie haben auf dem Rasen den Tisch für ihre Puppen gedeckt. Georgie ragt bedrohlich über ihnen auf, und Timmie hat Angst: Nest spürt es, denn sie hält seine verschwitzte Hand. Selbst Mina kann mit ihrem Erscheinen die Harmonie nicht retten. Die Unbeschwertheit ist verflogen, der sonnige Nachmittag verdorben durch böse

Bemerkungen, und sie, Nest, weint Tränen der Hilflosigkeit, fühlt sich am Boden zerstört: Das Ende der Kindheit und der Verlust der Unschuld werfen ihre Schatten voraus.

Jetzt, mehr als sechzig Jahre später, berührte sie sachte Georgies Arm.

»Ich auch«, sagte sie.

36

Auf dem Rückweg vom Meer war es Mina so leicht ums Herz wie schon lange nicht mehr. Die Wochen seit Georgies Ankunft hatten sie weit mehr Kraft gekostet als die Pflege Lydias oder die Sorge um Nest. Immer wieder hatte sie Schwindelanfälle erlebt und sich schrecklich erschöpft gefühlt. Seltsam, dass die seelische Belastung schwerer wog als jede körperliche Anstrengung. Als es mit ihrer Mutter zu Ende ging, hatte sie Lydias Bettwäsche häufig wechseln müssen, war Dutzende Male am Tag die Treppe hinauf- und hinuntergelaufen. Ihre Mutter hatte genau geregelte Mahlzeiten und viel Gesellschaft gebraucht, aber sie war niemals gereizt gewesen und hatte nie an ihrer Tochter herumgemäkelt. Sie hatte Mina einfach gern um sich – »Wie schön, du hast deine Tasse mit raufgebracht, dann können wir zusammen Kaffee trinken.« Und sie mochte es, wenn Mina ihr vorlas. Das Fernsehen machte sie nervös, sie hatte Mühe, den Dialogen zu folgen und auch die Handlung ging ihr zu schnell. Für einen historischen Film war sie aber immer zu haben, und von Wimbledon versäumte sie keine Sekunde.

Mina war dankbar für jede Atempause gewesen, aber Lydia hatte sie stets in ihrer Nähe haben wollen. Und besonders glücklich war sie, wenn sich in Ottercombe Kinder und

Enkel um sie scharten. Auch Josies Jungen in Amerika hatte sie regelmäßig geschrieben. Voller Stolz zeigte sie jedem, der sich ein paar Minuten Zeit nahm, Fotos von ihnen. Im Winter verschlimmerten sich ihre Asthmaanfälle, aber sie hatte sich mit erstaunlicher Zähigkeit ans Leben geklammert. Mina hielt sie in den Armen, während sie unter einem Handtuch inhalierte, und selbst da hatten sie noch gemeinsam über die Misslichkeiten des Alters gelacht. Kurz vor ihrem achtzigsten Geburtstag setzte dann eine Reihe von Schlaganfällen ihrem geduldigen Leiden ein Ende.

Mina zog ihre Kapuze über, da der Sturm nun heftiger wurde. Die großen Buchen, die noch nicht all ihr kupferbraunes Laub abgeworfen hatten, ächzten. Zwischen ihren dicken Wurzeln suchten Wildenten Schutz vor den aufgewühlten Fluten. Die Hunde streiften durchs Schilf und folgten der Fährte von Biber und Hirsch die steile Schlucht hinauf. Als Mina sie rief, wurde ihre Stimme vom Wind fortgetragen.

Sie dachte an Lyddie und Nest und betete, dass sich alles zum Guten wenden würde. Sie erinnerte sich, wie Nest ihren Schmerz verbergen musste, wenn sie beobachtete, wie ihre Tochter von ihrer Schwester umsorgt wurde, während sie selbst sich mit der Rolle der Tante begnügen musste.

»Manchmal«, hatte ihr Nest verzweifelt anvertraut, »frage ich mich, ob es nicht besser wäre, sie gar nicht zu sehen. Ich kann dir gar nicht sagen, wie sehr ich mich danach sehne, sie in meinen Armen zu halten. Und wenn Henrietta sie mir gibt, habe ich Angst, dass ich zusammenbreche oder dass ich aufstehe und mit ihr weglaufe. Dann sitze ich nur stocksteif da und bemühe mich, meine Gefühle zu beherrschen.«

»Ich muss sagen, dass Henrietta sich wirklich anständig benimmt«, räumte Mina ein. »Dennoch muss es für dich qualvoll sein, Lyddie zu sehen.«

»Ich habe schon überlegt, für eine Weile ins Ausland zu gehen. Aber Miss Ayres war so nett, mir meine Stelle freizuhalten, und zeigt sich derart vorurteilsfrei, dass ich nicht undankbar sein will. Früher habe ich mich immer nach Connor gesehnt«, sagte sie, »jetzt sehne ich mich nach Lyddie.«

Mina legte den Arm um sie und drückte sie. »Du hast dich die ganze Zeit nach Connor gesehnt?«

»Ja.« Nest sah sie zerstreut an. »Seltsam, nicht wahr? Aber nach Lyddies Geburt hatte ich das Gefühl, das Kapitel ist abgeschlossen. Ich war kalt, distanziert. Vielleicht war es eine Art Selbstschutzmechanismus. Ich dachte, ich werde verrückt, wenn ich weiterhin die alten Gefühle für ihn hege. Selbst wenn ich ihn mit Lyddie sehe, empfinde ich nichts als Erleichterung darüber, dass er sie so sehr liebt. Dann weiß ich, dass ich die richtige Entscheidung getroffen habe – wenn ich die Kleine schon nicht behalten konnte.«

Mina blieb stehen und sammelte ein paar Zweige auf, die sich zum Feueranfachen eigneten. Sie richtete sich zu schnell auf, wieder wurde ihr schwindlig, und sie musste sich an den bemoosten Baumstamm lehnen.

»Ist das nicht seltsam«, hatte Nest empört gerufen, nachdem sie die Briefe gelesen hatte, »dass Mama ein Kind von Timothy bekommt und dann so entsetzt ist, als mir dasselbe passiert? Sie hat darauf beharrt, dass ich mein Baby keinesfalls behalten dürfe, und hat sich aufgeführt, als sei das eine schreckliche Schande.«

»Ich glaube, da muss man Verschiedenes bedenken«, hatte Mina vorsichtig geantwortet. »Erstens ist zwischen ihrer Schwangerschaft und deiner sehr viel Zeit verstrichen. Es ist erstaunlich, was Menschen im Rückblick alles vergessen, da erscheint ihnen plötzlich alles in einem anderen Licht. Außerdem gab es bei ihr ein zutiefst romantisches Element, das sie bei dir nicht sah. Hätte Mama gewusst, wie verliebt du warst, dann hätte sie wohl verständnisvoller reagiert. Aber in deiner Lage warst du gezwungen, die Sache als einen Fehltritt hinzustellen. Und dann hatte sie den Status einer verheirateten Frau und genoss den Schutz eines Ehemanns.«

»Trotzdem«, meinte Nest traurig, »hätte sie ihre viktorianische Strenge ablegen können – in Anbetracht der Umstände.«

»Ich glaube, sie ist ihrer viktorianischen Erziehung wahrhaftig treu geblieben, einschließlich der Doppelmoral und der Heuchelei«, erwiderte Mina lachend. »Aber du musst zugeben, dass Mama nicht liebevoller hätte sein können, nachdem die Adoption geregelt war.«

»Ist schon gut.« Nest grinste. »Ich will jetzt auf meine alten Tage nicht nachtragend werden. Es ist nur einfach unglaublich. Ich kann mir nicht vorstellen, dass ich mit Lyddie in nächster Zeit darüber rede, wenn überhaupt. Sie hat, glaube ich, genug zu verarbeiten.«

»Ja, da gebe ich dir Recht, aber es würde euch noch stärker aneinander binden, was meinst du? Wer weiß, vielleicht kannst du es ihr eines Tages doch anvertrauen.«

»Schon möglich. Die nächste Begegnung wird ohnehin ziemlich nervenaufreibend. Mir geht immerzu durch den Kopf, dass ihre Großzügigkeit zu schön ist, um wahr zu sein. Vielleicht hat sie es ja noch gar nicht richtig begriffen …«

»Natürlich hat sie es begriffen. So ein Unsinn. Ich glaube, dass es ihr weitaus schwerer fällt, mit Liams Treuebruch zurechtzukommen.«

»Wie es nun wohl weitergeht?« Nest machte ein bedrücktes Gesicht. »Glaubst du, sie zieht wieder nach London?«

»Und geht zurück zu dem Verlag?« Mina schüttelte den Kopf. »Ich weiß es nicht. Ich kann mir nicht vorstellen, was dann mit Bosun werden soll. Jack könnte ihn nehmen. Aber eigentlich wollten sie sich einen Welpen anschaffen. Oder wir nehmen ihn.«

»Captain Cat müsste sich damit abfinden.«

Als Mina nun die Küchentür öffnete, tätschelte sie Captain Cat, wie um sich für ihr mangelndes Zartgefühl zu entschuldigen. Sie schickte die Hunde in ihre Körbchen, setzte den Wasserkessel auf und ging ins Wohnzimmer. Nest war nirgends zu sehen, aber Georgie saß zusammengesunken in der Sofaecke. Sie war wie erstarrt, und auch als Mina sie ansprach, rührte sie sich nicht. Angstvoll beugte sich Mina über sie.

»Georgie«, sagte sie heiser und schluckte. »Georgie?«

Ihre Schwester schlug die Augen auf und sah sie an.

»Wo warst du eigentlich so lange?«, fragte Georgie unwirsch. »Längst Zeit für den Tee.«

Am liebsten hätte Mina ihr eine Ohrfeige gegeben.

»Das Wasser ist schon aufgesetzt«, sagte sie. »Es dauert nicht mehr lange.«

Wieder in der Küche, griff sie mit zitternden Händen nach der Teekanne.

»Nur noch eine Woche«, murmelte sie grimmig und bereitete den Tee.

Von: Mina
An: Elyot

… obwohl ich sagen muss, dass ich hinterher darüber lachen musste. Wahrscheinlich eine Art nervöse Hysterie. Meine Güte, was für ein Moment das war! Nest kam in die Küche und wunderte sich, was los war, der Wasserkessel auf dem Herd kochte munter vor sich hin, und ich saß da und lachte Tränen. Einen schrecklichen Moment lang hatte ich geglaubt, Georgie sei tot. Deshalb war ich nun einfach grenzenlos erleichtert. Schließlich goss Nest den Tee auf, und als wir wieder ins Wohnzimmer kamen, war Georgie geradezu unverschämt. Ich glaube aber, dass sich ihr Zustand insgesamt zunehmend verschlechtert.

Jedenfalls bin ich froh, wenn ich die Verantwortung wieder abgeben kann. Das klingt zwar schrecklich, weil sie meine Schwester ist, aber allmählich werde ich zu alt für solche Aufregungen. Bald kommt Lyddie wieder zu uns, und die arme Nest ist ziemlich nervös. Aber es wird wunderbar sein, sie bei uns zu haben, bis sie sich entschieden hat, wie es weitergehen soll. Ihr Geld von dem Haus bei Oxford dürfte reichen, um eine kleine Wohnung zu kaufen – aber wo? Ich glaube, dass ihr rein rechtlich auch ein Anteil an dem Haus in Truro und sogar am Restaurant zusteht, aber ich vermute, dass in beiden Fällen Darlehen an die Bank zurückzuzahlen sind, und Lyddie ist kein Mensch, der auf sein Recht pocht. Sie kann natürlich hier bleiben, so lange sie möchte …

Von: Elyot
An: Mina

Pass auf dich auf, alte Freundin. Du hast dir wirklich eine Ruhepause verdient. Ich bin so froh, dass William hier ist und die Einkaufsfahrten für mich erledigt. Mein Selbstvertrauen hat gerade einen Tiefpunkt erreicht, und er ist mir eine große Hilfe. Lyddie soll sich einen guten Anwalt nehmen – nicht dass es mich etwas anginge …

37

Ich weiß nicht, ob es mir gut tut, mit euch beiden zusammen zu sein«, sagte Lyddie, als sie mit Hannah zum Einkaufen nach Dorchester fuhr. »Bei euch herrscht eine solche Harmonie. Da wird mir nur umso deutlicher bewusst, was ich verloren habe.«

»Bist du dir sicher?«, fragte Hannah. »Ich meine, hast du so eine Harmonie mit Liam überhaupt erlebt? Habt ihr wirklich so gut zusammengepasst?«

Lyddie beobachtete durch die Windschutzscheibe, wie der Wind den Regen über die sanft gewölbten Hügel trieb.

»Wahrscheinlich nicht«, sagte sie schließlich. »Jedenfalls nicht so wie du und Jack – aber es gab Augenblicke …«

»Natürlich gab es die«, erwiderte Hannah. »Tut mir Leid, ich will deine Ehe wirklich nicht schlecht machen. Es wäre auch falsch, so zu tun, als wäre Liam ein Ungeheuer und du wärst nie glücklich mit ihm gewesen. Viele Leute reden sich ein, dass es niemals gute Zeiten gegeben hat.«

»Ich glaube, das passiert häufiger bei dem, der Schluss macht, als bei dem, der verlassen wurde«, meinte Lyddie nachdenklich. »Wer die Beziehung beendet, will seine Entscheidung vor sich und anderen rechtfertigen, also muss er klarstellen, dass es jede Menge Probleme gegeben hat. Das ist eigentlich dumm, aber man kann es andererseits auch verstehen.«

»Es ist wirklich dumm«, fand Hannah und bog von der Nebenstrecke auf eine größere Straße ab, »weil die Freunde meistens genau wissen, wie es wirklich war, man kann ihnen also kaum etwas weismachen. Andererseits gibt es Fälle, wo das Gegenteil zutrifft. Man sieht, dass Freunde in ihr Unglück rennen, und wünscht, dass ihnen die Schuppen von den Augen fallen und sie ihren Mut zusammenraffen und die Beziehung beenden.«

»Habt ihr euch das bei mir auch gedacht?«, fragte Lyddie traurig.

»Nein, natürlich nicht.« Hannah griff nach Lyddies Hand und drückte sie. »Du warst doch glücklich. Das Problem ist, dass man kaum beurteilen kann, wer der richtige Partner für einen Menschen ist, den man gern hat. Ich habe Freunde, die unsagbar glücklich mit Leuten sind, die mich zu Tode langweilen oder nach zehn Minuten auf die Palme bringen würden.«

»Was hast du von Liam gehalten? Sei ehrlich.«

»Willst du die Wahrheit hören?«, fragte Hannah nach einer Pause.

»Ja«, entgegnete Lyddie entschlossen.

»Als ich ihn zum ersten Mal sah, dachte ich, da hat Lyddie aber einen guten Griff getan! Ein ausgesprochen attraktiver Mann, das lässt sich nicht leugnen. Aber nach einer Weile hatte ich das Gefühl, er ist ein Getriebener, und nichts und niemand wird ihn davon abbringen, seine Ziele zu verfolgen. Ich befürchtete, dass ihm die Ehe über kurz oder lang zu anstrengend wird und er dich irgendwo am Wegesrand zurücklässt. Zum Beispiel konnte ich mir Liam einfach nicht als Vater vorstellen. Das wäre in Ordnung gewesen, wenn ich nicht gewusst hätte, dass du dir Kinder wünschst. Und überhaupt habt ihr ein merkwürdiges Leben geführt.«

»Und weiter?«

»Für mich hat er bei aller Lebendigkeit etwas Unstetes, Verzweifeltes an sich. Er verhält sich wie ein Besessener. Solange du bereit bist, dich selbst aufzuopfern, geht das gut. Sobald du aber aus der Reihe tanzt, lässt er dich fallen. Ich glaube, in einer anderen Epoche hätte er neue Welten erobern oder mit Scott zum Südpol ziehen können, aber andererseits …« Hannah verstummte und runzelte nachdenklich die Stirn.

»Andererseits?«, hakte Lyddie nach.

Hannah biss sich auf die Lippen. »Ich wollte etwas Gemeines sagen«, gab sie zu.

»Nur raus damit. Ich kann es verkraften.«

»Ich wollte sagen, andererseits auch wieder nicht, weil Liam etwas Kleinkariertes an sich hat. Er wird wohl immer der große Frosch im kleinen Teich bleiben.« Sie warf Lyddie einen Seitenblick zu. »Habe ich dich verletzt?«

»Nein«, erwiderte Lyddie und dachte an Liams Gesicht, als sie über eine Restaurantkette gesprochen hatten – er hatte sich für einen Augenblick dem Gedankenspiel hingegeben und dann einen Rückzieher gemacht. »Nur meinen Stolz hast du angekratzt. Ich fühle mich wie ein Idiot, dass ich auf so jemanden hereingefallen bin.«

»Verdammt!«, rief Hannah. »Jede hätte auf ihn reinfallen können. Er sieht schließlich umwerfend aus. Welche Frau würde da nicht schwach werden? Mir hat er auch gefallen. Erst nach einer Weile habe ich … Verdacht geschöpft.«

»Das macht es ein bisschen leichter. Ach, ich weiß immer noch nicht, ob es die richtige Entscheidung ist, ihn zu verlassen. Schließlich sind wir verheiratet.«

»Aber du kannst dich doch nicht mit einer Situation abfinden, in der dein Mann sagt: ›Ich brauche die Freiheit, genau das zu tun, was mir Spaß macht, auch wenn es dich noch so sehr verletzt und demütigt.‹ Das geht einfach nicht, Ehe hin oder her ... Es sei denn, du kannst nicht ohne ihn leben.« Sie warf Lyddie einen besorgten Blick zu. »Trifft das zu?«

Lyddie seufzte. »Manchmal habe ich solche Sehnsucht nach ihm, dass ich in Versuchung geraten könnte. Aber ich brauche nur an Rosie zu denken oder mir vorzustellen, dass ich sein Lokal noch einmal betrete, und dann weiß ich, dass es keinen Sinn hat. Ich muss irgendwie drüber wegkommen.«

»Willst du wieder nach London gehen?«

»Keine Ahnung. Momentan kann ich es mir nicht vorstellen. Es wäre ein Neuanfang. Nur dass ich nicht mehr einundzwanzig bin und meine Freunde größtenteils verheiratet sind.« Sie schüttelte den Kopf und versuchte einen heiteren Ton anzuschlagen. »Und was soll ich mit Bosun anfangen?«

»Wenn du es ernsthaft vorhast, ist das bestimmt das geringste Problem.«

Lyddie lächelte. »Danke. Ich wünschte, ich wüsste, was ich tun soll.«

»Könntest du denn von deiner jetzigen Arbeit leben?«

»So gerade eben – vorausgesetzt, ich bekomme mein Geld von dem Haus und kaufe mir eine Wohnung, mag sie noch so klein sein. Ohne Miete oder Hypothek könnte ich über die Runden kommen.«

»Wird Liam das Haus in Truro verkaufen? Da steht dir doch bestimmt ein Anteil zu?«

»Es ist ohnehin schon mit Hypotheken belastet, und ich möchte da keine Forderungen stellen. Er hat schon genug finanzielle Probleme.«

Hannah zog die Brauen hoch.

»Am besten, du triffst die wichtigen Entscheidungen erst nach Weihnachten«, meinte sie schließlich. »Wir besuchen euch mal in Ottercombe und machen uns gemeinsam einen schönen Tag. Über Silvester könntest du zu uns kommen, was meinst du?«

Lyddie nahm das Angebot dankbar an, und sie wechselten das Thema.

38

Erst ein paar Tage später fand Mina wieder Zeit, an Elyot zu schreiben:

Von: Mina
An: Elyot

Der Tag ist nicht mehr fern. Ich habe das Gefühl, es ist Lichtjahre her, dass ich dir Georgies Besuch angekündigt habe – und jetzt ist es bald überstanden. Wir haben es überlebt, und obwohl ihr Besuch so viele Erinnerungen wachgerufen und wahrlich eine Büchse der Pandora geöffnet hat, kann ich sagen, dass er doch etwas Gutes bewirkt hat. Nest sieht viel besser aus – zufriedener und jünger. Zwischen ihr und Lyddie entwickelt sich ein neues Verhältnis. Ich selbst war gezwungen, mich mit einer törichten Entscheidung auseinander zu setzen, die ich als junges Mädchen getroffen habe. Nest und ich haben uns der Vergangenheit gemeinsam gestellt, und das hat uns noch enger zusammengeschmiedet. Ich wünschte, ich könnte dir noch mehr darüber berichten, lieber Elyot, aber diese Geheimnisse betreffen nicht nur mich, und du weißt schon so viel von dem, was sich hier in Ottercombe abgespielt hat. Ich glaube fest daran, dass du eines Tages doch noch hierher kommen und uns alle kennen lernen wirst.

Jetzt, da Georgies Abreise naht, empfinde ich immer mehr Zuneigung für sie! Aber auch wenn es traurig ist, dass sie in ein Heim kommt, weiß ich doch, dass wir sie nicht hier behalten können. In diesen wenigen Wochen konnte ich ihren schleichenden Verfall genau beobachten. Ich wäre völlig hilflos, wenn es hier zu irgendeiner Katastrophe käme. Außerdem muss ich in erster Linie an Nest denken. Trotzdem gibt es Augenblicke, in denen es mich hart ankommt, Georgie wegzuschicken. Ich weiß, dass Helena alles korrekt regeln wird – das klingt kalt, nicht wahr? –, aber ich habe auch das Gefühl, dass Georgie schon bald nicht mehr mitbekommen wird, wo sie ist. Auch wenn es sich so anhört, als wolle ich mich selbst trösten – was wohl stimmt –, glaube ich tatsächlich, dass sie allmählich nicht mehr versteht, was um sie herum vor sich geht. Sie ist immer häufiger benebelt, und dieser Zustand dauert immer länger an, und ich muss mir ständig Sorgen machen, wo sie steckt und was sie gerade anstellt.

Lyddie hält sich tapfer, wenngleich ich vermute, dass sie Liam schrecklich vermisst. Sie arbeitet viel, so hält sie ihren Geist beschäftigt und grübelt nicht ständig. Aber wenn man genauer hinsieht, erkennt man, wie elend sie sich fühlt.

Auch die Hunde gewöhnen sich aneinander. Meine liebe alte Polly Garter verschläft den Großteil des Tages, aber Nogood Boyo freut sich aufrichtig über seinen neuen Freund. Ihm tut es gut, dass er einen jungen Spielgefährten hat. Er und Bosun haben sich ein paar tolle Spiele ausgedacht. Boyo kann jetzt seinen bärbeißigen Vater leichter ignorieren. Er stolziert nun großspurig herum, als wollte er sagen: ich und mein Freund Bosun! Und auch Bosun gewinnt allmählich mehr Selbstbewusstsein und wagt sich nun sogar in einen Raum, in dem Captain Cat residiert. Wobei er allerdings ziemlich nervös wirkt und sich möglichst von ihm fern hält!

Und was tut sich bei dir? Wie steht's mit Lavinia? Was macht William? Ich hoffe, es geht allen gut?

Von: Elyot
An: Mina

Ich habe mich sehr über deinen Lagebericht gefreut. Deinen Zwiespalt wegen Georgie kann ich gut nachvollziehen. So wie ich dich kenne, meine liebe alte Freundin, würdest du sie am liebsten auf Dauer unter deine Fittiche nehmen, aber es ist richtig, dass du dieser Versuchung widerstehst. Ich habe die bittere Erfahrung gemacht, dass die Demenz immer weiter voranschreitet, mal schleichend, dann mal in Schüben, sodass man nie weiß, was der nächste Tag bringt. So, wie ihr lebt, könnt ihr diese Verantwortung einfach nicht übernehmen. Wenn etwas Schlimmes passiert, würdest du dir das nie verzeihen.

Wenn du Besorgnis oder sogar Angst aus meinen Zeilen heraushörst, dann liegst du goldrichtig. Gestern ging es mit Lavinia ganz unvermutet bergab. Sie wusste nicht mehr, wer ich bin, schrie auf, als ich auf sie zuging, und griff mich an. Sie wollte mir entwischen, aber bei dem Versuch, die Haustür zu öffnen, stürzte sie und musste ins Krankenhaus gebracht werden. Sie hat sich das Handgelenk gebrochen und den Knöchel verstaucht. Es geht ihr sehr schlecht. Wie du weißt, hat sie öfter diese Aussetzer, aber letztlich konnte ich sie dann doch immer wieder beruhigen. Diese heftige Reaktion war für uns beide beängstigend – unglücklicherweise war William gerade einkaufen gegangen. Ich kann weder ihren entsetzten Gesichtsausdruck vergessen noch den bemitleidenswerten Anblick, den sie nach ihrem Sturz bot.

Wie froh bin ich, dass William bei mir ist. Melde dich bald.

Von: Mina
An: Elyot

Mein lieber Elyot,
dein Bericht über Lavinias Unfall hat mich sehr bestürzt. Eine teuflische Krankheit, die einem den Verstand und das Erinnerungsvermögen raubt. Ich freue mich so, dass du William bei dir hast, und finde es großartig, dass du mir in dieser schwierigen Zeit bei meiner Entscheidung den Rücken stärkst. Du hast Recht, eigentlich würde ich Georgie lieber hier behalten, aber jetzt sehe ich, dass es falsch wäre – selbst wenn Helena und Rupert einverstanden wären, was ich bezweifle.

Aber genug von mir! Ich denke so oft an dich. Kann ich irgendetwas für dich tun?

Von: Elyot
An: Mina

Sei nur einfach da, hör mir zu, und gib mir das Gefühl, eine gute Freundin zu haben. Ich bin mir bewusst, dass dieser Unfall eine Wende bedeutet. Jetzt gibt es kein Zurück mehr, und ich muss mich der Tatsache stellen, dass wir nicht mehr lange so hätten weitermachen können. Dass Lavinia im Krankenhaus betreut wird, ist bereits eine Erleichterung gegenüber der vorherigen Situation, in der alles an mir hing. Mir wird jetzt klar, dass ich immer von einem Tag zum nächsten gelebt und vor der Zukunft die Augen verschlossen habe.

Was für ein Glück, dass William hier ist.

Von: Mina
An: Elyot

Natürlich bin ich für dich da, das weißt du doch. Mein lieber Freund, wie sehr mir das alles zu Herzen geht! Bestimmt fehlt dir Lavinia schrecklich und du hättest lieber so weitergemacht wie bisher. Es ist sogar noch schwerer, wenn man für den anderen so unentbehrlich war. Plötzlich kommt einem alles sinnlos vor, eine schreckliche Leere lässt das Leben, das vor einem liegt, grau und öde erscheinen. – Dabei sollte ich dich doch trösten!!! Was soll ich sagen?

Von: Elyot
An: Mina

Dein aufrichtiges Verständnis ist tausendmal mehr wert als die Gemeinplätze, die man sonst zu hören kriegt. Du hast mir immer Trost gespendet und mir das Gefühl gegeben, nicht allein dazustehen. Obwohl William mich sehr unterstützt, braucht man in solchen Zeiten einen Menschen, der Ähnliches durchgemacht hat. Liebe Mina, ich kann heute Abend nichts weiter schreiben, als dass ich dir unendlich dankbar bin.

Alles Liebe und gute Nacht.

Von: Mina
An: Elyot

Ich weiß, dass du meine Antwort heute Abend nicht mehr lesen wirst, und das ist gut so. Du brauchst Ruhe. Doch ich kann nicht zu Bett gehen, ohne dir noch einmal zu versichern, dass wir hier sind, wenn du uns brauchst. Vielleicht würde eine Fahrt nach Ottercombe dir und William gut tun.

Du hast mir ja einmal geschrieben, dass ihr bei Taunton lebt. Das ist nicht allzu weit.

Wie auch immer! Für solche Pläne ist es ja möglicherweise noch zu früh. Bestimmt verbringst du viel Zeit bei Lavinia im Krankenhaus, aber die Einladung gilt.

Gute Nacht, lieber Elyot.

39

Helena wollte gegen Mittag kommen, um ihre Mutter abzuholen. Für die drei in Ottercombe zogen sich die Stunden nach dem Frühstück unerträglich in die Länge.

»Nicht dass ich sie loshaben möchte«, hatte Mina Nest verzweifelt versichert, »sie sieht so unglücklich aus. Ich fühle mich wie eine Verräterin.«

»Das kann ich mir vorstellen. Mir geht's genauso, aber was sollen wir machen? Du weißt so gut wie ich, dass du die Verantwortung für sie nicht bis in alle Ewigkeit übernehmen kannst.«

Lyddie machte ein bestürztes Gesicht. Sie war aus ihrem Arbeitszimmer heruntergekommen, um sich eine Tasse Kaffee zu machen, und sah nun, wie schlimm die Situation für ihre Tanten war.

»Will sie denn nicht gehen?«, fragte sie.

»Es ist nur so, dass sie in diesem Heim niemanden kennt«, erklärte Mina händeringend. »Ehrlich gesagt, habe ich keine Ahnung, ob sie überhaupt weiß, was auf sie zukommt. Aber sie macht ein so vorwurfsvolles Gesicht, als wollte sie sagen: Ich bin hier zu Hause, und ihr werft mich raus. Ihr Besuch hat sie – und uns – in die alten Zeiten zurückversetzt. Vielleicht weiß sie nicht mehr, was war, bevor sie hierher kam.«

»Das weiß sie ganz bestimmt«, gab Lyddie zurück. »Schließlich fragt sie ja nicht, wer Helena ist, oder? Und sie stellt auch nicht in Frage, ob ihre Tochter das Recht hat, sie abzuholen.«

»Nein«, gab Mina zu. »Das tut sie nicht. Aber trotzdem habe ich das Gefühl, dass mit ihr eine Veränderung vorgegangen ist.«

Nest biss sich auf die Lippen. Sie wurde das Gefühl nicht los, dass die Veränderung eingesetzt hatte, als sie im Wohnzimmer ihrer Schwester begegnet war und Georgie gesagt hatte: »Ich kenne ein Geheimnis.« Nest hatte erwidert: »Ich auch.« Danach hatte sie beobachtet, wie sich Überraschung, Verwirrung und schließlich Verzweiflung auf Georgies Gesicht spiegelten. Das verschlagene Lächeln und die klammheimliche Freude waren dahin. Georgie verkroch sich in die Sofaecke. Sie antwortete nicht und wandte das Gesicht ab. Schließlich war Nest hinausgegangen. Aber sie fühlte sich schuldig, weil sie Georgie Paroli geboten und ihr damit ihre Macht genommen hatte.

Auch an den folgenden Tagen verharrte Georgie in dieser trüben Stimmung, schlurfte durchs Haus, saß auf dem Sofa und war nicht ansprechbar. Als Mina ihr sagte, Helena wolle sie nach Hause bringen – bei dem Wort kam sie ins Stottern –, hatte Georgie sie teilnahmslos angesehen, war dann aber widerstandslos mit ihr nach oben gegangen, um zu packen.

»Es handelt sich um eine schleichende Krankheit«, erklärte Lyddie jetzt. »Man weiß nie, was als Nächstes passiert, und ihr seid hier einfach nicht dafür gerüstet. Sie könnte weglaufen, hinauf ins Moor oder hinunter an den Strand. Du kannst nicht ihre Aufpasserin spielen, Tante Mina. Man wird sie im Heim gut versorgen, und wahrscheinlich gefällt es ihr, weil sie dort Gesellschaft hat. Wir fahren hin und besuchen sie. Jetzt, da die Versicherung für den Bus auch auf mich läuft, kann ich dich und Nest hinfahren, und wir übernachten dort in einem Hotel. Das wird schön.«

Mina war ihr unendlich dankbar. Zwar hätte sie um keinen Preis zugegeben, dass ihr vielleicht einmal die Kraft fehlen würde, für Nest zu sorgen oder Ottercombe in Schuss zu halten, aber es war eine unglaubliche Erleichterung, einen jungen tatkräftigen Menschen um sich zu haben. Erst jetzt spürte sie, wie sehr die letzten Wochen sie ausgelaugt hatten. Am liebsten wäre sie in Tränen ausgebrochen.

»Das ist eine … wunderbare Idee.« Von einem Schwindelgefühl überwältigt, ließ sie sich auf einen Küchenstuhl sinken. Nest rollte mit ihrem Stuhl zu ihr, während Lyddie den Kaffee machte.

»Wie schön, dass du endlich einmal einen Chauffeur hast nach all den Jahren«, meinte Nest lächelnd. »Überleg mal. Wenn du nicht am Steuer sitzt, kannst du wieder mal in Ruhe die Landschaft und das Meer bewundern.«

»Ich habe mich gerade gefragt …«, begann Lyddie, aber noch bevor sie ihre Idee mitteilen konnte, kam Georgie herein. Misstrauisch musterte sie die kleine Runde. Mina wollte schon aufstehen, aber Lyddie nahm die Sache in die Hand, und Mina lehnte sich dankbar zurück.

»Du kommst genau richtig, Tante Georgie«, verkündete Lyddie fröhlich. »Der Kaffee ist fertig, und ich wollte dich gerade holen.«

Georgie antwortete nicht und sah sich stirnrunzelnd in der Küche um. Minas gute Laune war verflogen. Nest setzte ihren Stuhl in Bewegung und berührte im Vorbeifahren tröstend Minas Arm.

»Suchst du etwas?«, fragte sie Georgie freundlich.

Georgie warf ihr einen argwöhnischen Blick zu und wandte sich dann dem Küchenschrank zu. Tastend griff sie in eines der Regale. Die anderen beobachteten sie mit atemlosem Schweigen.

»Aaah ...«, seufzte sie erleichtert.

»Hast du es gefunden?«, fragte Nest betont unbekümmert.

Georgie überlegte eine Weile, dann öffnete sie die Hand und zeigte ihren Schatz. Es war Timmies Auto, vom Spiel der Gezeiten blank gescheuert. Nest hätte es ihr am liebsten entrissen.

»Ich habe es ihm schon einmal weggenommen«, verriet Georgie. »Er ist zwar Papas Liebling, aber ich bin die Älteste. Ich werde es verstecken.« Verwirrt betrachtete sie Nest, als sähe sie sie zum ersten Mal im Rollstuhl. Dann bemerkte sie Lyddie, die sie mitleidig beobachtete. »Mama?«, murmelte sie. Ihr Gesicht verzerrte sich vor Angst. Mina ging auf sie zu und nahm ihren Arm.

»Komm, wir packen es ein, damit es nicht wieder verloren geht«, sagte sie, »und dann trinken wir Kaffee.«

Sie gingen zusammen hinaus.

»Das war ja richtig unheimlich«, meinte Lyddie. »Was ist mit dem Auto?«

»Es gehörte Timmie«, sagte Nest. »Timothy ... sein Pate hat es ihm geschenkt, und Timmie hat es heiß und innig geliebt. Georgie fand es vor einer Woche am Strand. Da hatte es all die Jahre gelegen, aber sie erkannte es wieder. Eigentlich hätte ich es gern selbst behalten, aus verschiedenen Gründen, aber du siehst ja ...«

»Das ist aber schade«, rief Lyddie. »Es war wohl ein Andenken? Timmie und du, ihr seid ja miteinander aufgewachsen.«

»Ja«, sagte Nest nachdenklich. »Timmie und ich haben uns gut verstanden, ich hatte ihn sehr gern ...« – »und außerdem«, hätte sie gern hinzugefügt, »war es ein Geschenk meines Vaters, und mir ist nur so wenig von ihm geblieben.«

Aber sie sagte nur: »Wahrscheinlich mag ich deshalb auch Jack so gern.«

»Sie sind einfach großartig«, sagte Lyddie. »Jack und Hannah. Aber es ist schön, hier zu sein, Nest.«

Sie wechselten einen schüchternen Blick. Beide dachten an die Liebe und Zuneigung zurück, die sie all die Jahre miteinander verbunden hatten, fanden aber nicht den Mut, sich in die Arme zu nehmen.

»Ich bin froh, dass du dich bei uns wohl fühlst«, erwiderte Nest. »Reicht dir der kleine Raum? Früher war das Timmies Zimmer.«

»Es ist wunderbar. Tante Mina hat mir einen großen Tisch besorgt, an dem ich arbeiten kann, und ein Regal für meine Nachschlagewerke, und jetzt habe ich auch meinen guten Stuhl. Es war nett von Liam, dass er mir das Auto überlassen hat. Bei der letzten Fahrt konnte ich den Großteil meiner Sachen transportieren.«

»Aber du hast ihn nicht gesehen?«

Lyddie schüttelte den Kopf. »Ich habe ihm gesagt, wann ich komme, und er hat sich nicht blicken lassen.« Sie lachte freudlos. »Ich wusste nicht, ob ich erleichtert oder enttäuscht sein soll.«

»Beides, nehme ich an«, meinte Nest. »Alles andere wäre unnatürlich.«

»Ich habe kurz die Versuchung verspürt, ins *Place* zu gehen und mir wie ein ganz normaler Gast einen Kaffee zu bestellen. Aber dann brachte ich es doch nicht fertig.«

Nest kicherte. »Das überrascht mich nicht. Für solche Mutproben ist es noch ein bisschen früh.«

Lyddie fragte sich, wie Nest es geschafft hatte, Connor als Schwager zu behandeln. Wie sie ihren Schmerz und ihre Sehnsucht hatte verbergen können. Ihre Achtung vor Nest wuchs, und sie begriff, dass Menschen sich erst wirklich nahe kommen, wenn sie sich in das Schicksal des anderen einfühlen können. Beide spürten, dass diese neue Nähe ihre Beziehung veränderte, aber bevor sie noch ein Wort sagen konnten, läutete es an der Tür. Die Hunde sprangen aus ihren Körbchen auf und bellten lauthals, während Bosun sie erstaunt ansah.

Die Haustür öffnete sich, eine Stimme rief »Hallo!«, und schon stand Helena in der Küchentür.

»Du kommst genau richtig.« Nest riss sich zusammen. »Der Kaffee ist fertig. Hattest du eine gute Fahrt?«

Helena schien zu fürchten, dass ihr ein gewisser Unmut entgegenschlagen würde, und nahm vorsorglich eine forsche Abwehrhaltung ein. Aber angesichts der Wärme, mit der sie begrüßt wurde, konnte sie sich ganz entspannt zum Kaffeetrinken an den Tisch setzen, Bosun bewundern und die Fahrt schildern. Niemand wollte den Abschied in die Länge ziehen, und als Georgie ein paar Minuten später mit Mina eintrat, kam man stillschweigend überein, dass die beiden gleich aufbrechen sollten.

»Wir machen zwischendurch Rast und legen eine Mittagspause ein«, versprach Helena, »damit es sie nicht zu sehr anstrengt. Und ihr müsst uns bald besuchen.«

»Das machen wir«, rief Lyddie fröhlich, »wir haben schon Pläne geschmiedet. Du musst uns ein Hotel suchen, wo man mit Rollstuhl klarkommt, Helena. Auf Wiedersehen, Tante Georgie. Bis bald.«

Lyddies Zuversicht machte den schmerzlichen Abschied leichter. Georgie, die immer noch verwirrt wirkte, wurde geküsst, umarmt und ins Auto gesetzt, und Helena fuhr los.

Die drei Zurückgebliebenen standen in der Einfahrt und winkten dem Auto nach. Mina kämpfte mit den Tränen. Sie dachte an den Tag, an dem Georgie gekommen war.

»Weißt du noch«, hatte sie damals ihre Schwester gefragt, »wie wir an der Auffahrt auf Papa und Timothy warteten und dann auf dem Trittbrett mitfuhren?« Plötzlich war der sonnendurchflutete Garten voller Erinnerungen, und Georgie war davon tief berührt gewesen.

Nest legte den Arm um Mina.

»Ich weiß, dass ich sie nicht wiedersehen werde«, sagte Mina leise.

»Wir besuchen sie«, versicherte ihr Nest, »Lyddie wird uns hinfahren.«

Sie warf Lyddie einen hilflosen Blick zu, die beide lächelnd in die Arme schloss.

»Auf jeden Fall«, erwiderte sie, »aber ich brauche ein bisschen Übung mit deinem alten Ungetüm, Tante Mina. Deshalb schlage ich vor, wir fahren nach Dulverton und essen im *Copper Kettle* zu Mittag. Die Fahrt übers Moor ist an so einem Tag bestimmt wunderbar.«

»Eine großartige Idee«, fand Mina, immer noch den Tränen nahe. »Das könnten wir uns wirklich gönnen. Aber hast du denn Zeit dafür, Liebes?«

»Ich habe heute sehr früh angefangen«, sagte Lyddie, die, wenn sie nicht schlafen konnte, oft die halbe Nacht arbeitete, um nicht ständig an Liam zu denken. »Und heute Abend kann ich auch noch etwas tun. Jetzt geht es darum, diesen phantastischen Tag zu nutzen, bevor die Sonne weg ist.«

Rasch holten sie ihre Mäntel. Als Nest gerade ihre warme Fleecejacke überzog, trat Mina zu ihr.

»Ich glaube, das gehört dir.« In ihrer offenen Hand lag das silberne Spielzeugauto.

Nest starrte es ungläubig an. »Wie um alles in der Welt ...?«

»Mach dir darüber keine Gedanken«, meinte Mina energisch. »Es hätte ohnehin bald keine Bedeutung mehr für sie gehabt. Auch wenn Helena es nicht entdeckt und in den Papierkorb geschmissen hätte. Und dir ist es wichtig.«

»Ja«, sagte Nest, den Tränen nahe, »mir ist es wirklich wichtig.«

»Dann steck es weg und komm. Wir machen jetzt unseren Ausflug.«

Der Kleinbus stand schon vor der Tür, als Nest in ihrem Stuhl nach draußen rollte.

»Aber was ist mit den Hunden?«, fragte Mina besorgt.

»Die Hunde kommen schon zurecht«, erklärte Lyddie entschlossen. »Jetzt rein mit dir, Nest. So. Du setzt dich zu mir nach vorne, Tante Mina, und du musst Captain Cat zu dir nehmen. Die gute alte Polly liegt schon auf ihrer Decke. Und jetzt gehst du zu Nest, Boyo, braver Junge …«

Kurze Zeit später waren alle so weit. Captain Cat saß auf Minas Schoß und blickte über ihre Schulter hinweg grimmig auf Bosun, der es sich neben Nests Rollstuhl bequem gemacht hatte. Nogood Boyo sah sich mit selbstgefälliger Miene um, als wolle er sagen: »Schaut mich und meinen großen Freund an.« Captain Cat bellte kurz und verächtlich und wandte sich ab. Dann stieg Lyddie ein und fuhr die holprige Einfahrt hinauf.

40

Eine ganze Woche lang hielt das goldene Herbstwetter und wurde täglich für Ausflüge genutzt: hinüber nach Simonsbath in das kleine Café; zum Lunch ins *Hunter's Inn*, wo die frei herumlaufenden Pfaue Bosun erschreckten; eine Fahrt die Küste entlang und durch das Valley of Rocks. Lyddie, wegen ihrer Schlafprobleme stets übermüdet, freute sich dennoch, dass sie helfen konnte und gebraucht wurde – und außerdem machte es ihr auch wirklich Spaß. Mina und Nest waren ihr immer wichtig gewesen, aber erst jetzt, da sie bei ihnen wohnte, ging ihr auf, mit wie viel Humor und Tapferkeit sich die beiden durchs Leben schlugen.

»Mit den beiden ist es nie langweilig«, sagte sie zu Jack, als er kurz vor Weihnachten mit seiner Familie zu Besuch kam.

»Ein freies Wochenende«, hatte er am Telefon verkündet, »die kleinen Plagegeister fahren nach Hause, also könnten wir am Sonntag kommen, wenn's recht ist.«

Der Besuch gab Lyddie das Gefühl, dass das Leben weiterging, und allmählich wuchs ihre Zuversicht, dass sie ihren Kummer hinter sich lassen konnte.

»Ich glaube, ich werde noch eine Weile hier bleiben, Jack. Nicht nur, weil ich Mina die Fahrten und noch einiges andere abnehmen kann, sondern auch aus dem eigennützigen Grund, weil sie mir helfen.«

»Stimmt«, meinte Jack. »Das ist das Tragische in der heutigen Zeit, dass wir nicht mehr sehen, was ältere Menschen uns geben können. Ihr Mut, ihre Weisheit und Lebenserfahrung werden einfach nicht gewürdigt. Wahrscheinlich geben sie dir mehr, als du ihnen geben kannst.«

»Stimmt, ich brauche sie. Und dich natürlich auch. Trotzdem frage ich mich, ob es richtig ist zu bleiben. Aus verschiedenen Gründen.«

»Du machst dir wohl Sorgen, dass sie von dir abhängig werden und du es dann nicht mehr übers Herz bringst, sie zu verlassen.«

»So in etwa«, gab sie zu. »Obwohl ich mir im Augenblick nicht vorstellen kann, irgendwo anders zu leben. Ich fürchte aber, dass ich Ottercombe als Zufluchtsort betrachte und wenn es mir besser geht, doch wieder etwas anderes will. Ich möchte Mina und Nest nicht ausnützen.«

»Ich glaube, da kannst du dich auf den gesunden Menschenverstand der beiden verlassen«, sagte Jack. »Nimm es, wie es ist, und gräm dich nicht. Genieße die Zeit mit ihnen und zerbrich dir nicht den Kopf über Dinge, die vielleicht nie eintreten werden. Abgemacht?«

Sie grinste. »Danke, Jack«, sagte sie.

»Darf ich dir dann auch einen Internetanschluss einrichten, damit du deinen Freunden E-Mails schreiben kannst so wie Tante Mina? Komm schon, Lyddie, brich auf ins zwanzigste Jahrhundert, bevor es zu spät ist. Wir haben nur noch ein Jahr! Nutze deine Chance!«

»Ich lass es mir durch den Kopf gehen«, versprach sie.

Toby platzte herein. »Das Essen ist fertig«, verkündete er. »Und Mami sagt, dass es kalt wird, wenn ihr nicht *sofort* kommt.«

»Das ist ein Befehl, dem ich mich nie widersetze, stimmt's, Tobes? Mamis Wort ist mir ein ehernes Gesetz, vor allem, wenn's ums Essen geht.«

»Was ist ein ehernes Gesetz?«, wollte Toby wissen.

»Frag deine Tante Lyddie«, antwortete Jack und verschwand Richtung Küche.

Toby strahlte Lyddie an. »Nach dem Mittagessen gehen wir zum Strand hinunter. Mit den Hunden. Bosun mag ich am liebsten. Hätten wir doch auch einen Hund! Kann er schwimmen? Mami sagt, dass alle zum Strand runtergehen. Außer Tante Nest.«

Lyddie fiel ein, was Mina ihr gesagt hatte. »Nein«, erwiderte sie nachdenklich. »Sie geht nie runter. Wahrscheinlich wird sie sich nach dem Essen hinlegen.«

Hannah rief nach ihnen, und Toby nahm Lyddies Hand. »Komm«, sagte er. »Essen.«

Später, als die anderen zum Strand aufbrachen, sagte Lyddie, sie wolle bei Nest bleiben und den Abwasch erledigen.

»Nehmt doch Bosun mit. Auf Tante Mina hört er.«

Nachdem sich die Tür hinter ihnen geschlossen hatte, herrschte wohltuende Stille.

»Möchtest du dich nicht ausruhen?«, fragte Lyddie. »Ich räume gern allein auf, wirklich.«

Nest verzog ein wenig das Gesicht. »Ehrlich gesagt, würde ich mich ganz gern hinlegen«, gab sie zu. »So lieb ich sie habe, sind ein paar Stunden mit ihnen doch ziemlich anstrengend. Meinst du wirklich …?«

»Aber ja. Ab mit dir. Später bringe ich dir eine Tasse Tee, wenn du möchtest«

Lyddie blieb allein in der Küche zurück und machte sich an die Arbeit. Nach einer Weile merkte sie, dass sie vor sich hin summte. Solche kleinen Glücksmomente kamen ganz überraschend, und sie empfand tiefe Dankbarkeit dafür, dass sie hier Zuflucht gefunden hatte.

Als das Geschirr abgewaschen und alles aufgeräumt war, hörte sie, wie die Kinder hereinstürmten.

»Es war nicht leicht, sie vom Strand wegzulotsen«, sagte Jack, »aber wir müssen bald los. Die Fahrt ist lang, und heute Abend kommen die Jungs wieder.«

Nest gesellte sich für die letzten zehn Minuten zu ihnen. Dann wurden die Kinder nach einem tränenreichen Abschied von den Hunden ins Auto gepackt, und die Erwachsenen umarmten sich.

»Weihnachten sehen wir uns wieder«, versprach Jack, als er Lyddie in die Arme schloss. »Wir überlegen uns was.« Er küsste Nest und drückte ihre Hand. Zu Mina sagte er leise: »Lyddie sieht gut aus.«

»Nicht wahr?«, erwiderte Mina eifrig. »Und es ist eine wahre Freude, sie hier zu haben.«

Er küsste sie sanft auf die Lippen. »Ich hab dich lieb«, sagte er zärtlich. »Wenn wir zu Hause sind, schicke ich dir eine Mail.«

»Pass auf dich auf. Und fahr vorsichtig.«

Als sie alle im Wagen saßen, winkte Toby eifrig, und die drei winkten zurück, bis der Wagen auf die Landstraße bog, die übers Moor führte.

»Und jetzt«, sagte Lyddie, »ruhst du dich ein bisschen aus, Tante Mina. Ich habe den Kamin im Wohnzimmer angeschürt. Schenk dir noch eine Tasse Tee ein, und mach es dir gemütlich.«

»Das klingt gut«, meinte Mina, »aber was ist mit euch?«

»Tja.« Lyddie griff nach Nests Rollstuhllehne. »Ich glaube, jetzt ist es an der Zeit, dass Nest und ich ans Meer hinuntergehen. Was meinst du, Nest?«

Es trat Schweigen ein, und Mina hielt den Atem an. Schließlich sah Nest ihrem Kind in die Augen.

»Das ist wirklich eine gute Idee.«

Es war noch genau so, wie sie es in Erinnerung hatte. Die Steilwände der Schlucht mit den Lärchen, den Eichen und den hohen Buchen, die ihre kahlen Äste in den zartblauen Himmel reckten. Die Rhododendronsträucher unter den Felsen am Rande des Moors, die hellgrünen Farne am Wasser. Im Schatten von Weiden schlängelte sich der Bach zwischen glatt geschliffenen Findlingen durch das schmale Tal. Enten suchten Schutz im Schilf, und der würzige Duft des Ginsters erfüllte die Luft. Nest umklammerte die Armlehnen ihres Stuhls, jede Wegbiegung weckte Erinnerungen, bis sich schließlich die Schlucht zum Halbrund der von hohen Klippen geschützten Bucht öffnete, wo der Bach ins Meer mündete.

Das Meer. Ohne dass Nest es so recht begriffen hatte, stand ihr Rollstuhl plötzlich still. Sie befand sich auf einem flachen Felsen und beobachtete das Spiel der Wellen, die über den Strand rollten. Der Wind trug Stimmen herbei.

Sie merkte gar nicht, dass ihr Tränen über die kalten Wangen liefen, als sie dem Auf und Ab der Wellen lauschte. Schließlich sah sie, dass Lyddie neben ihr kniete. Mit einem Taschentuch trocknete sie Nests Tränen und küsste sie.

»Wir müssen zurück, bevor es dunkel wird«, sagte sie. »Aber wir kommen wieder … was meinst du?«

»O ja«, sagte Nest, um Fassung ringend. »Wir kommen wieder. Danke, Lyddie.«

Lyddie steckte das Taschentuch ein, sah ein letztes Mal aufs Meer hinaus und trat dann mit Nest den Heimweg an.

Mina hatte ihnen voller Wärme und Dankbarkeit nachgeschaut. Das Wunder war geschehen. Die Zuneigung zwischen Nest und Lyddie war stetig gewachsen, und alle Vorbehalte, die Mina noch gehabt haben mochte, waren dahin. Sie rief nach den Hunden, beschloss, auf eine zweite Tasse Tee zu verzichten, und ging wie benommen vor Freude ins Wohnzimmer. Unwillkürlich legte sie die Finger auf die Lippen und spürte Jacks Kuss nach. Dann ließ sie sich aufs Sofa sinken, während sich die Hunde müde auf ihrem Lager ausstreckten. Den Blick aufs lodernde Feuer gerichtet, dachte Mina über die vergangenen Wochen nach: Ausflüge mit dem Kleinbus, ruhige gemütliche Abende, Spaziergänge mit den Hunden. Dann ging sie weiter in die Vergangenheit zurück, sah zwischen den brennenden Scheiten Bilder und hörte Stimmen im Wispern der Flammen.

»Ich werde euch eine Geschichte erzählen«, sagte die Stimme, *»aber ihr dürft nicht rascheln, husten oder euch ständig die Nase putzen …«*

»Entschuldigen Sie, dass ich so hereinschneie.«

»Er sollte Kim heißen, nicht Tim. Kim, der kleine Freund der ganzen Welt.«

»Er ist tot. Tot.«

Mina schrak auf, als sei sie eingenickt. Sie dachte zuerst an Timmie, dann an Jack und seine Familie. Leise betete sie, dass sie wohlbehalten ankämen. Dann sah sie, von einem Schwindel überwältigt, ganz deutlich, wie Lyddie Nest anlächelte und sagte: »Ich glaube, es ist Zeit, dass Nest und ich ans Meer hinuntergehen.« Und gewahrte die Liebe und das Vertrauen in Nests Augen. Das war ihr letzter bewusster Gedanke.

41

Früh am Morgen ging Lyddie mit den Hunden übers Moor. Nun musste sie auch noch mit diesem Schicksalsschlag fertig werden. Ohne Tante Mina hatte sie das Gefühl, den Halt verloren zu haben. Im Notarztwagen – die kreidebleiche, aber entschlossene Nest hatte ihr zugerufen: »Du musst mit! Sie darf jetzt nicht allein sein. Ich komme schon zurecht!« – hatte sie Minas kalte Hand gehalten und angstvoll ihr ruhiges heiteres Gesicht betrachtet. Als sie dann allein im Krankenhaus wartete, ahnte sie bereits, dass eine Zukunft ohne Tante Mina vor ihr lag.

Als Jack in Ottercombe anrief, um sich heil zurückzumelden, hörte er, was geschehen war und fuhr sofort zurück.

An diesem Morgen, dem vierten nach Minas Tod, blickte Lyddie in die aufgehende Sonne und spürte, wie ihr die Tränen in die Augen schossen.

»Sie und Nest waren immer für mich da«, hatte Lyddie zu Jack gesagt, »nach dem Tod meiner Eltern. Ich kann mir ein Leben ohne Tante Mina nicht vorstellen.«

»Sie hat dir Ottercombe hinterlassen, ihren ganzen Besitz«, sagte Jack. »Und sie hat mich als Testamentsvollstrecker eingesetzt. Tante Nest hat Wohnrecht auf Lebenszeit, aber das ist natürlich graue Theorie. Allein käme sie dort nie zurecht.«

»Sie ist nicht allein. Ich bin ja bei ihr.«

Jack musterte sie nachdenklich. »Willst du in Ottercombe bleiben?«

»Ja, auf jeden Fall. Selbst wenn ich es wollte, könnte ich sie jetzt nicht woandershin verfrachten. Sie ist hier verwurzelt. Für Nest war es ein entsetzlicher Schock. Nach allem, was sie durchgemacht hat, wäre das einfach zu viel. Und ich möchte sowieso nicht fort. Mir gefällt es hier, und ich kann mir nicht vorstellen, wo ich sonst leben sollte. Ich hatte aber keine Ahnung, dass mir Tante Mina das Haus hinterlassen wollte.«

»Sie wusste, dass sie dir die Sorge um Tante Nest anvertrauen kann, und möglicherweise …« Er zögerte.

»Möglicherweise hat sie geahnt, dass ich ein Dach über dem Kopf gebrauchen könnte«, beendete sie seinen Satz.

Er zuckte die Achseln. »Vielleicht. Wenn du sagst, was Nest alles ›durchgemacht‹ hat, meinst du da den Unfall?«

»Hm, ja …« Ihr fiel wieder ein, dass ihr Cousin ja nicht wusste, welche Beziehung sie mit Nest verband. Welch ein merkwürdiges Gefühl, vor Jack Geheimnisse zu haben! »Ja, natürlich. Findest du das verrückt? Dass wir zusammen in Ottercombe wohnen wollen?«

»Absolut nicht. Wenn Tante Mina hier zurechtgekommen ist, dann schaffst du das auch. Aber du musst bedenken, dass du einen Vollzeitjob hast. Natürlich ist da noch etwas Geld vorhanden. Richard Bryce hat Tante Mina einiges hinterlassen. Nein, es geht darum, dass Tante Mina ihr Leben unserer Großmutter und dann Tante Nest gewidmet hat. Ich möchte nicht, dass du auch so ein Opfer bringst.«

»War es denn ein Opfer? Ich wüsste niemanden, der zufriedener gewesen wäre als Tante Mina. Und wie klug sie war, wenn man bedenkt, dass sie nur ein paar Jahre lang aus Ottercombe herausgekommen ist! Wir konnten doch alle immer zu ihr kommen, wenn wir Probleme hatten.«

»Stimmt.« Jack lächelte. »Tante Mina war sehr aufgeschlossen, und es ist ihr irgendwie gelungen, ihre geistige Unabhängigkeit zu wahren. Sie hat sich nie abgeschottet. Ich finde es großartig, dass ihr beide, du und Nest, jetzt zusammenlebt. Aber du solltest nicht vergessen, dass es auch außerhalb von Ottercombe noch ein Leben gibt.«

»Keine Angst«, hatte sie versprochen. »Vielleicht kommt es ja irgendwann einmal so weit, dass wir das Haus verkaufen und in die Stadt ziehen. Aber ich möchte nichts überstürzen, und ich will Nest nicht noch mehr zumuten.«

»Schön.« Nach einer Weile hatte er hinzugefügt: »Mir ist aufgefallen, dass du sie in letzter Zeit nicht mehr Tante nennst.«

In Ottercombe saß Nest auf der Bettkante und machte sich für den Tag fertig. Sie zog einen langen warmen Flanellrock in sanften Blau- und Rottönen über. Mina hatte die Idee gehabt, dass diese wunderbar bequemen Röcke und Hosen mit Gummibund ihrer Schwester stehen könnten. Sie hatte gewollt, dass Nest sich weiterhin modisch kleidete, da das ihr Selbstbewusstsein stärken würde. Während sie sich anzog, kämpfte sie wie so oft mit den Tränen. Mina war allgegenwärtig: Sie arbeitete im Garten, kochte in der Küche, las vor dem Kamin. Nest sah sie noch vor sich, wie sie in der schrecklichen Zeit nach dem Autounfall auf der Terrasse herumtanzte, ein Hündchen auf den Armen, dessen Pfötchen sie anmutig in die Höhe hielt; wie sie vor dem Essen einen dringend benötigten Aperitif einschenkte; wie sie den Rollstuhl durch den Supermarkt schob, damit Nest sich etwas Besonderes zum Geburtstag aussuchen konnte.

»Ich bleibe hier«, hatte ihr Lyddie versichert. »Wir gehören zusammen, du und ich. Gemeinsam werden wir es schaffen. Du kennst dich aus und musst mir alles zeigen.«

Nest war glücklich und dankbar, murmelte aber, sie wolle ihr nicht zur Last fallen.

»Und wo soll ich sonst hin?«, hatte Lyddie gefragt. »Ich hoffe, du hast nicht vor, mich an die Luft zu setzen? Schließlich muss sich jemand um die Hunde kümmern.«

Jack organisierte die Beerdigung, und Nest war sehr froh, dass er ihr das abnahm.

»Sag mir nur, wen ich noch alles einladen soll«, hatte er gesagt. »Ich hoffe, es ist in Ordnung, dass ich ihre E-Mail-Korrespondenz durchgesehen habe. Einige Leute aus ihrem Adressverzeichnis habe ich schon benachrichtigt. Mir ist klar, dass ich ihre Briefe eigentlich nicht lesen dürfte. Aber ich habe mir überlegt, dass sich der ein oder andere bestimmt wundert, wenn sie nichts mehr von sich hören lässt. Mit einigen Leuten hat sie regelmäßig korrespondiert, vor allem mit einem Mann namens Elyot. Hat sie dir von ihm erzählt?«

Nest schüttelte den Kopf. »Ich glaube nicht. Sie hat nur ganz allgemein von ihren Brieffreunden gesprochen. Ich weiß, dass sie Kontakt zu Leuten hatte, die sich auch um behinderte Angehörige kümmern.«

»Dieser Elyot war ziemlich besorgt, als sie sich nicht mehr meldete. Anscheinend liegt seine Frau im Krankenhaus. Ich vermute, dass sie ihn in einem Chatroom für Angehörige von Behinderten kennen gelernt hat. Aus ihren E-Mails geht hervor, dass sie recht gut befreundet waren. Ich werde sie für dich ausdrucken.« Er zögerte. »Es klingt vielleicht merkwürdig, aber ich finde, du solltest sie auch lesen. Jedenfalls wissen jetzt alle Bescheid, die sie näher gekannt haben.«

»Das ist lieb von dir.« Wieder kamen Nest die Tränen. »Tut mir Leid, ich bin so dumm.«

»Wein dich ruhig aus«, hatte er ihr voller Mitgefühl geraten. »Ich tue das auch regelmäßig.«

Nun war sie vollständig angekleidet und hievte sich in ihren Stuhl. Sie hörte, wie Lyddie mit Jack sprach, und vernahm Hundegebell. Polly Garter war schon so alt, dass sie Minas Abwesenheit nur ein wenig verwirrend fand, und Nogood Boy war zu jung und zu sehr auf Bosun fixiert, um sich Sorgen zu machen. Doch der arme Captain Cat trauerte herzzerreißend um Mina. Er wählte sich Nest als seine Beschützerin, saß treu neben ihrem Rollstuhl und folgte ihr überallhin, bis Lyddie ihn zum Spaziergang mit den anderen holte. Die vier Hunde schliefen nun gemeinsam in der Küche, aber seltsamerweise war es für Nest tröstlich, ihre Trauer mit Captain Cat zu teilen. Oft nahm sie ihn auf den Schoß, sprach mit ihm und streichelte seinen warmen weißen Kopf, wie Mina es früher getan hatte. Bestimmt wartete er nun schon mit Lyddie und Jack auf sie.

Nest straffte die Schultern, zwang sich zu einem Lächeln und rollte in die Küche.

42

Vor der Beerdigung war das Haus gründlich geputzt worden. Im Wohnzimmer spiegelte sich das Kaminfeuer in schimmerndem Rosenholz und Mahagoni. Der Duft von Freesien erfüllte die Räume, und sogar die Decken der Hunde waren gewaschen worden. Als die Familie nach der Kirche auf den Besuch der Freunde wartete, verströmte das Haus den anheimelnden Geruch von Holzfeuer, Blumen, Bienenwachs und Hunden.

Man sah den Zimmern an, mit welchem Eifer Lyddie geputzt und poliert, abgestaubt und geschrubbt hatte.

»Ich bin froh, etwas zu tun zu haben«, sagte sie und empfand sofort Gewissensbisse, weil Nest dazu ja nur sehr eingeschränkt in der Lage war.

»Ich arrangiere die Blumen«, hatte Nest fröhlich erwidert. »Wenigstens das kann ich übernehmen.«

Hannah war zwei Tage vorher gekommen. Die Kinder hatte sie bei ihrer Mutter gelassen. »Mit Tobes wäre es gerade noch gegangen«, hatte sie gemeint, »aber nicht mit Flora. Ich fürchte, Tobes hat es schwer mitgenommen. Er hing sehr an Tante Mina. Es wäre einfach zu viel für ihn gewesen. Schließlich habe ich mich entschieden, allein zu kommen, dann kann ich mich wenigstens in Ruhe auf die Bewirtung der Gäste konzentrieren. Wie viele sind wir eigentlich?«

»Ich weiß es nicht genau.« Lyddie schluckte. Seltsam, wie diese Trauer sie immer wieder packte und ihr das Herz zerriss. »Hier im Haus sind wir zu acht. Nest und ich, du und Jack, Helena und Rupert, und Tante Josie kommt mit Paul, ihrem jüngsten Sohn, aus Philadelphia. Roger und Teresa reisen morgen in aller Frühe mit dem Auto an. Aber ich weiß nicht, wie viele Leute beim Trauergottesdienst erscheinen und anschließend mit hierher kommen.«

Hannah bemerkte die dunklen Ringe unter Lyddies Augen und den verhärmten Zug um ihren Mund.

»Hast du die Betten schon vorbereitet?«, fragte sie.

Lyddie nickte. »Alles ist fertig. Wir müssen uns nur noch ums Essen kümmern.«

»Dann setzen wir uns jetzt in die Küche und machen eine Einkaufsliste. Wir fahren nach Barnstaple, da kriegen wir alles.«

»Das wäre schön.« Plötzlich sehnte sich Lyddie danach, von Ottercombe wegzukommen, zu sehen, dass das Leben draußen weiterging, und wenigstens für einen kurzen Augenblick zu vergessen, dass sie Tante Mina nie wiedersehen würde.

Überraschenderweise hob sich die Stimmung, als Josie und Paul eintrafen. Josie lebte schon so lange in den Staaten, dass ihre Trauer etwas milder ausfiel und mit schönen Erinnerungen an glückliche Zeiten verknüpft war – »Weißt du noch …?« Auf Nest wirkte das gleichermaßen tröstlich und anregend. Sie war geradezu fasziniert von dieser kleinen, schlanken, vitalen Frau, die so elegant und absolut amerikanisch wirkte und Henrietta doch verblüffend ähnlich sah. Nest unterhielt sich auch gern mit Josies Sohn Paul, einem ruhigen, gut aussehenden Mann. Als sich Jack, Rupert und Paul mit einer Flasche Whisky zurückzogen, setzte sich Helena zu Lyddie und Hannah und erzählte, wie Georgie sich im Heim eingelebt hatte.

»Sie spricht nur wenig und bekommt anscheinend auch nicht viel mit. Ich besuche sie jeden Tag auf dem Heimweg von der Arbeit, und an den Wochenenden gehen wir beide hin, aber sie nimmt kaum Notiz von uns. Da fand ich, dass es wirklich nicht viel Sinn hat, sie mitzubringen.«

»Bestimmt nicht«, erwiderte Lyddie rasch. »Für sie wäre es schrecklich, wahrscheinlich sogar beängstigend. So kann sie sich wenigstens ihre schönen Erinnerungen bewahren.«

»Arme Helena«, meinte Hannah mitfühlend. »Ich glaube, für die Angehörigen, die den Verfall mit ansehen müssen, ist es viel schlimmer als für die Betroffenen selbst.«

Helena warf ihr einen dankbaren Blick zu. »Manchmal denke ich das auch. Aber wir wissen schließlich nicht, was in ihren Köpfen vor sich geht. Vielleicht leiden sie, und wir ahnen nichts davon.«

Tränen traten ihr in die Augen, und Lyddie ergriff ihre Hand. »Bitte nicht, Helena, sonst heulen wir gleich alle los.« Und die drei lachten, wenn auch ein wenig zittrig.

»So viele Erinnerungen«, sagte Josie zu Nest. »Meine Güte, wenn ich daran denke! Ich und Henrietta wie Hund und Katz, und Mina, die Friedensstifterin. Die arme Mama! Du und Timmie, ihr wart natürlich nur Babys für uns. Weißt du noch, wir haben euch ›die Kleinen‹ genannt?« Ihre Miene verdüsterte sich. »Ach, Nest. Timmie und Henrietta sind schon gegangen, und jetzt auch noch Mina. All die Jahre hat sie sich um Mama gekümmert, und dann …«

»Dann kamen all die Jahre mit mir?«

Nest lächelte, doch Josie schnitt eine Grimasse. »Ich quassle einfach zu viel«, meinte sie fröhlich. »So bin ich nun mal! Aber Mina war eine Heilige. Ich konnte es gar nicht erwarten, nach dem Krieg hier wegzukommen. Es war fürchterlich, hier festzusitzen und nicht zu wissen, was man mit seinem Leben anfangen sollte. In den ersten Kriegsjahren, als wir noch klein waren, war es nicht so schlimm. Mein Gott, erinnerst du dich noch an die grässlichen Kinder unserer ausgebombten Cousine Jean …?«

»Ja.« Nest tat, als müsse sie nachdenken. »Und erinnerst du dich an Timothy?«

Josies Miene heiterte sich auf. »Timothy«, wiederholte sie versonnen. »Natürlich. Er war wie ein Gast aus einer anderen Welt. Henrietta und ich haben Timmie beneidet, weil Timothy sein Pate war. Aber er war ja zu uns allen so nett. *Viel* netter als Papa. Bestimmt entsinnst du dich auch an ihn, Nest?«

»O ja. Wenn auch nicht so gut wie du. Ich war ja viel jünger.«

»Tja.« Josie machte es sich auf ihrem Sessel bequem und überlegte. »Mal sehen, was ich noch weiß …«

»Wie steht's?«, fragte Rupert und nahm einen Schluck Whisky. »Alles im grünen Bereich?«

Jack warf einen Blick hinüber zu den Frauen. »Ich denke schon. Aber ich bin froh, wenn wir es morgen hinter uns haben.«

Rupert klopfte ihm auf die Schulter. »Wir werden es schon schaffen«, beruhigte er ihn.

Jack schenkte Paul nach. »Trinken wir. Ich hoffe, du bleibst eine Weile. Würdest du nicht gern mal ein typisch englisches Internat live erleben?«

Und jetzt warteten sie verlegen auf die ersten Trauergäste. In der Küche war ein Büfett aufgebaut. Auf dem Klapptisch im Wohnzimmer standen Platten mit Häppchen, auf der Kommode entkorkte Rotweinflaschen, und der Weißwein lag im

Kühlschrank bereit. Aus dem ganzen Haus waren Stühle herbeigeholt, Gläser und Porzellan aus den Schränken geräumt worden. Endlich hörte man Motorgeräusche, ein Wagen kam die Einfahrt herunter. Lyddie lächelte Nest aufmunternd zu, während Jack die Haustür öffnete.

In der Kirche waren erstaunlich viele Trauergäste erschienen: Ladenbesitzer aus Lynton, Bauern aus der Umgebung, Freunde der Familie und auch ein paar Fremde.

Während Nest den vertrauten Worten des Gottesdiensts lauschte und Lyddies Hand fest umklammert hielt, hatte sie versucht, an nichts zu denken und den Blick vom Sarg zu wenden. Vor ihrem inneren Auge zogen Bilder vorüber: Mina, die sie in den Garten schob, um ihr die ersten Primeln zu zeigen; Mina, die sang, wenn sie die Küstenstraße entlangfuhr; Mina, die mit den Hunden sprach. Die Trauer schnürte Nest die Kehle zu. Nur Lyddies warme Hand gab ihr Halt.

Jetzt lächelte sie die lieben Menschen an, die alle auf ihre Art Mina gern gehabt hatten. Sie nahm die Beileidsbekundungen entgegen und dankte ihnen, dass sie gekommen waren. Während ihr ein alter Farmer und seine Frau versicherten, sie könnten sich noch gut an Lydia erinnern, sah sie zwei Männer eintreten. Sie waren auch in der Kirche gewesen, in einer der letzten Reihen, und als sie die Kirche verließ, hatte sie das Gefühl gehabt, den Jüngeren zu erkennen. Nun sah sie, wie sich die beiden Gäste schüchtern umschauten. Lyddie trat auf sie zu und reichte ihnen lächelnd die Hand.

Der jüngere Mann ergriff sie, ebenfalls lächelnd.

»Entschuldigen Sie, dass wir so hereinschneien«, sagte er – und Nest verspürte einen Schock.

Entschuldigen Sie, dass ich so hereinschneie.

»Mein Vater kann zur Zeit nicht Auto fahren. Deshalb hat er mich gebeten, ihn herzubringen«, sagte er, ohne Lyddies Hand loszulassen. »Sie wissen bestimmt nicht, wer wir sind.«

Als der ältere Mann vortrat, setzte Nest ihren Rollstuhl in Bewegung.

»Aber ich weiß es«, sagte sie, und verspürte eine Freude, als hätte Mina gerade sachte ihre Schulter berührt. Sie blickte zuerst dem jüngeren, dann dem älteren Gast ins Gesicht, und dann strahlte sie. »Sie sind Tony Luttrell«, sagte sie und reichte dem alten Mann die Hand. »Willkommen in Ottercombe.«

43

In den folgenden Tagen war es diese neu geknüpfte Bekanntschaft, die Lyddie und Nest Lebensmut gab.

»Obwohl die Bekanntschaft nicht gerade neu ist«, sagte Lyddie. »Es ist wirklich unglaublich! Ich habe das Gefühl, als hätte Mina uns die beiden geschickt. Und du hast ihn einfach so erkannt nach all den Jahren!«

»Eigentlich habe ich nicht Tony erkannt«, stellte Nest richtig, »sondern William.« Sie kicherte. »Wie albern das klingt. Der springende Punkt ist, er gleicht Tony, als wir ihn damals kennen lernten. Natürlich ist er schon etwas älter – William muss Ende dreißig sein —, aber die Ähnlichkeit ist unverkennbar. Als ich ihn in der Kirche sah, hatte ich schon so eine Ahnung, aber ich war viel zu mitgenommen, um einen klaren Gedanken zu fassen. Der Groschen ist gefallen, als William auf dich zutrat und ...«

Sie schwieg. Es widerstrebte ihr, Williams Worte zu wiederholen, jene Worte, mit denen ihr eigener Vater vor so vielen Jahren ihre Mutter begrüßt hatte. Lyddie war von dieser eigenartigen Begegnung so gerührt, dass sie Nests Verstummen nicht bemerkte. Stattdessen bat sie Nest ein ums andre Mal, ihr Minas Geschichte noch einmal zu erzählen. Und dann wollte sie all die anderen Geschichten hören, von Nest und Timmie, als sie noch die »Kleinen« waren, von Henriettas

Dauerfehde mit Josie, von den Picknicks und den Spielen – und von den Geschichten, die Mama ihnen abends vorlas.

Wenn Nest ihre Erzählungen beendet hatte, seufzte Lyddie glücklich. Der Gedanke an das Leben, das sich hier in diesem Haus abgespielt hatte, half ihr, mit ihrem Schmerz fertig zu werden.

»Vielleicht kommt William morgen«, meinte sie dann beiläufig und versuchte, ihre Vorfreude zu bezähmen.

»Es ist zu früh«, ermahnte sie sich streng. »Sei nicht dumm! Als es mit James aus war, ist es dir mit Liam genauso gegangen …« Aber sie wusste, dass William nichts mit Liam gemein hatte. Sein klarer Blick und sein ruhiges Lächeln deuteten auf einen völlig anderen Charakter hin. Wenn er da war, fühlte Lyddie sich gelöst und zufrieden. Beide hatten gescheiterte Beziehungen hinter sich und keine Eile, sich erneut zu binden. Sie genossen es, zusammen zu sein und einander besser kennen zu lernen. Und wenn sie miteinander durch den Wald hinunter ans Meer gingen und das unentwegte Rauschen der Wellen hörten, fand Lyddie Frieden.

Auch Nest fühlte sich getröstet, nicht nur, wenn sie Lyddie und William zusammen sah, sondern auch, wenn Tony sie besuchte. Wie merkwürdig, dass er ausgerechnet jetzt, nach Minas Tod, auftauchte! Wenn irgend möglich begleitete er William nach Ottercombe. Lavinias Zustand hatte sich verschlechtert, und er verbrachte jeden Tag viel Zeit an ihrem Krankenlager.

»Wenn Mina doch nur gewusst hätte, wer du bist«, hatte Nest geklagt, als Tony von Jacks E-Mail und seinen »Gesprächen« mit Mina erzählte.

»Ich habe mich nicht getraut, es ihr zu sagen.« Sein Gesicht wurde traurig. »Ich war völlig verblüfft, als ich ihren Namen sah. Sie hatte nicht versucht, ihre Identität zu verbergen. Ich war vorsichtiger, als ich mich dem Internet zuwandte, und beschloss, ein paar Buchstaben meines Namens zu nehmen und mich Elyot zu nennen. Es dauerte nicht lange, da erwähnte sie Ottercombe und dich, und dann wusste ich Bescheid. Ach, Nest, ich kann dir gar nicht sagen, was ich empfunden habe! Wie oft ich mich danach gesehnt habe, ihr die Wahrheit zu sagen. Aber ich wusste nicht, ob sie mich immer noch hasst, und habe es nicht gewagt. Sie war mir zu wichtig, als dass ich das Risiko eingehen wollte, es mir mit ihr zu verscherzen.«

»Sie hat dich niemals gehasst«, erwiderte Nest sanft. Und erneut fügte es sich, dass sie Minas Geschichte erzählte, und zwar die ganze Wahrheit, sodass Tony seine Gefühle nicht mehr beherrschen konnte und sie im Dämmerlicht beieinander saßen und sich gegenseitig trösteten.

»Du warst auch wichtig für sie«, versicherte ihm Nest. »Du hast ihr in dieser letzten Zeit sehr geholfen. Das musst du doch wissen.« Sie zögerte. »Ich muss gestehen, dass Jack eure ›Gespräche‹ ausgedruckt und mir gezeigt hat.«

Er schnäuzte sich. »Ich werde diese E-Mail von Jack nie vergessen. Es war, als hätte ich Mina noch einmal verloren. Ich musste einfach kommen, wenigstens ein einziges Mal, um dieses Haus und dich zu sehen.«

»Und jetzt kommst du hoffentlich öfter. Du und William.«

Er sah sie an, und in seinen Augen glänzten nie vergossene Tränen. »Das würde mir viel bedeuten. Danke, Nest.«

Jetzt war es noch eine Woche bis Weihnachten, und wieder wurden Gäste erwartet: Jack, Hannah, die Kinder und ihr junger Hund.

»Ich finde es hochanständig von euch, dass ihr auch unseren Welpen nehmt«, sagte Hannah am Telefon zu Lyddie. »Armer Captain Cat!«

»Daran muss er sich gewöhnen«, meinte Lyddie mitleidlos. »Es ist wirklich nett, dass ihr kommt, Han.«

»Wir können es kaum erwarten! Als Toby hörte, dass euer Kamin weihnachtsmännertauglich ist, war er im siebten Himmel. Und Weihnachten mit *fünf* Hunden? Ich bitte dich, was kann das Leben mehr bieten?«

»Hast du schon einen Baum?«

»In einem Eimer in der Scheune«, erwiderte Lyddie prompt, »und jede Menge Schmuck. Hannah, ich freue mich so darauf, euch alle wiederzusehen.«

»Ich mich auch!«, rief Hannah. »Jack bringt Getränke mit. Er sagt, er traut euch beiden nicht zu, das Richtige für seinen empfindlichen Gaumen zu finden.« Nach einer Pause fuhr sie fort: »Richtig. Ich war auch sprachlos. Und dann gab's Prügel!«

Lyddie musste lachen. »Umarme sie alle von uns. Bis bald.«

Jetzt liegt friedliche Stille über dem Haus. William ist da und hat Lyddie und die Hunde an den Strand entführt. Alles ist bereit. Langsam lässt Nest ihren Stuhl aus dem Schatten rollen, die Gummireifen gleiten weich über den Boden. Vor der Wohnzimmertür hält sie inne. Bunt eingepackte Weihnachtsgeschenke stapeln sich auf der alten Bank, und auf dem Eichentisch neben der Lampe, deren Licht sich auf der Platte spiegelt, steht ein Krug mit Pfaffenhütchenzweigen. Stille erfüllt die Räume, als sie den Kopf neigt, die Augen schließt und lauscht. Sie sieht nun nicht mehr Georgie und Mina mit Timmie auf dem Sofa, auch nicht Josie mit ihrem Puzzle auf dem Boden, und Henrietta, die an das Sofa gelehnt Bilder betrachtet. Mamas Stimme ist verstummt, die Kinder sind fort.

All das ist Vergangenheit. Ein neues Kapitel beginnt.

Marcia Willett

Der Ruf der Amsel

Roman

Aus dem Englischen von
Marieke Heimburger

Weltbild

Für Kathleen und Reg

1

Phyllida Makepeace träumte. Sie murmelte im Schlaf und tastete neben sich. Vom Gefühl des kühlen Lakens wachte sie auf, und sie kuschelte sich tiefer in ihre Decke, um die schönen Traumbilder so langsam wie möglich vor der enttäuschenden Wirklichkeit verblassen zu lassen. Sie hatte geträumt, dass Alistair sie angerufen hatte. Das U-Boot hatte einen Defekt, und sie mussten ein paar Tage an Land bleiben, hatte er ihr erzählt, und sie war herumgewirbelt, um alles für seine Ankunft vorzubereiten.

Phyllida klemmte sich die Decke fest unter das Kinn. Es war fast unmöglich, die großen, hohen Räume der viktorianischen Villa zu heizen, aber sie liebte das Haus mit seinem von Mauern geschützten Garten und der Aussicht hinüber auf Dartmoor. Sie hob den Kopf, um einen Blick auf die Uhr neben dem Bett zu werfen, und wusste, dass die vierjährige Lucy bald aufwachen würde. Trotzdem blieb sie noch einen Moment liegen. Plötzlich erinnerte sie sich an das neue Leben in ihr; ein wohliger warmer Schauder ergriff sie, und sie schlug die Decke zurück und stand auf. In einem von Alistairs alten Hemden und einem Paar dicker, warmer Socken sah sie reichlich merkwürdig aus. Aber mit ihren sechsundzwanzig Jahren war sie immer noch jung genug, seine Kleider auf ihrer Haut als Trost für seine Abwesenheit zu empfinden, und sie zog das Hemd fest um sich, als sie über den Treppenabsatz eilte.

Während sie im ungeheizten Badezimmer vor Kälte zitterte, fiel ihr ein, dass heute Valentinstag war, und sie fragte sich, ob Alistair wohl an sie gedacht hatte. Er war sehr aufmerksam, was besondere Anlässe wie Geburts- und Jahrestage anging, und unternahm große Anstrengungen, damit Karten und Geschenke pünktlich zu Hause eintrafen, wenn er auf See war. Sie liebte ihn so sehr, doch obwohl er ihre Liebe ganz offensichtlich erwiderte, war es ihr immer noch ein Rätsel, warum er ausgerechnet sie und nicht eine seiner vielen anderen Freundinnen zu seiner Frau gemacht hatte.

Ihr großer Bruder Matthew hatte Alistair einmal für ein Wochenende mit nach Hause gebracht, als Phyllida gerade die Ausbildung zur Erzieherin in Norland abgeschlossen hatte und ihre neunmonatige Probezeit absolvierte. Sie hatte sich auf der Stelle in ihn verliebt, seinen Heiratsantrag drei Monate später angenommen und sofort alle eigenen Berufspläne aufgegeben. Mit ihrer fröhlichen, offenen Art stürzte sie sich begeistert in das Marineleben und fand schnell Anschluss. Alistair war damals neunundzwanzig und gerade im Begriff, das Kommando auf einem U-Boot zu übernehmen, und die Frauen seiner Offizierskollegen waren einige Jahre älter als Phyllida. Sie mochten ihr freundliches, zurückhaltendes Wesen, fühlten sich geschmeichelt von ihrem Respekt angesichts der Erfahrung und Klugheit der älteren Frauen und nicht im Geringsten bedroht von Phyllidas Aussehen. Obwohl sie sechs bis sieben Jahre jünger war als sie, erregte ihr Äußeres durchaus keinen Neid. Phyllidas Schönheit war nicht offensichtlich. Ihre Attraktivität war von schlichter, unaufdringlicher Art, nicht so augenfällig, dass sich jemand nach ihr umdrehen würde. Ihr Gesicht war von gleichmäßiger ovaler Form, ihre Augen groß und grau, ihr Lächeln warm. Die Offiziersmesse nahm sie unter ihre Fittiche und hielt große Stücke auf sie, und die Tatsache, dass sie die Frau des Kapitäns war, verdarb sie nicht im Geringsten.

Dass Alistair sie und seine Familie vergötterte, war unschwer zu erkennen, und seine Freunde hatten erleichtert aufgeatmet, als er endlich bereit gewesen war, sesshaft zu werden. Die meisten waren der Ansicht, dass er schon viel zu lange den Herzensbrecher gespielt hatte, aber die etwas Zynischeren – und Abgewiesenen – musterten Phyllida und fragten sich, wie lange es wohl dauern würde, bis Alistair wieder ein Auge auf andere Frauen werfen würde. Was findet er bloß an ihr?, fragten sie sich. Er hatte so viele schillernde, schöne Frauen erobert, und obwohl Phyllida süß war, besaß sie doch kaum die gleiche Klasse und Schönheit wie seine sonstigen Freundinnen. Augenbrauen und Schultern wurden ratlos hochgezogen. Die etwas Gütigeren – und die, die von Phyllidas besonderem Charme bezaubert worden waren – betonten, dass ein atemberaubendes Äußeres nicht alles sei. Alistair, etwas stämmig und nicht größer als der Durchschnitt, entsprach auch nicht dem üblichen Schönheitsideal; jedoch lag etwas in seinem Blick und seinem Lächeln, was bewirkte, dass die meisten Frauen in seiner Gegenwart den Bauch einzogen und sich ärgerten, dass ihre Haare nicht frisch gewaschen waren.

Achtzehn Monate nach der Hochzeit hatte Phyllida eine Tochter zur Welt gebracht, die wie ihre Mutter mit braunen Haaren, grauen Augen und einer heiteren Art gesegnet war. Als Phyllida an diesem Valentinstag in ihr Schlafzimmer zurückkehrte und sich fragte, ob sie wohl eine Karte von Alistair bekommen würde, hörte sie, wie Lucy vor sich hin sang. Phyllida blieb wie immer am Fenster stehen. Die hohen Granitfelsen in Dartmoor waren in Sonne getaucht, obwohl der sie umgebende Boden noch im Schatten lag. Trotz des klaren hellblauen Himmels wusste sie, dass der Winter das Land noch immer fest im Griff hatte. Gerade trommelte ein Hagelschauer gegen das Fenster. Sie fröstelte und eilte ins Schlafzimmer, um sich wärmer anzuziehen.

Phyllida trug Kordhosen und einen von Alistairs Norwegerpullovern, als sie Lucy ihre wärmsten, ältesten Kleider anzog – genau das Richtige für ihren Spielgruppentag. Sie gingen gemeinsam hinunter, und während Phyllida das Frühstück machte, kam die Post, die sie sofort durchsah. Ja, Alistair hatte daran gedacht. Ein breites Grinsen überzog ihr Gesicht, als sie den Umschlag öffnete und die Karte hinauszog, noch während sie im Flur stand. Sie betrachtete den hiesigen Poststempel und fragte sich, wer von ihren Freunden die Karte wohl für ihn abgeschickt hatte. Obwohl sie ausreichend Gelegenheit hatte, sich an seine langen Abwesenheiten zu gewöhnen, vermisste sie ihn immer wieder furchtbar, aber die Karte war ein angenehmer Trost.

Sie zehrte immer noch von diesem Gefühl, nachdem sie Lucy im Dorfgemeinschaftshaus abgeliefert hatte und auf dem Weg zu einer Tasse Kaffee bei Prudence Appleby, einer Marineoffizierswitwe, war. Obwohl Prudence fast fünfzehn Jahre älter war als Phyllida, hatten sie sich auf Anhieb gut leiden können, als sie sich vor etwa vier Jahren, kurz nach Stephens Unfalltod, kennengelernt hatten. Prudence wohnte in einem viktorianischen Haus in dem Moordorf Clearbrook, und Phyllida genoss die Treffen mit ihr in ihrer schmuddeligen Küche. Heute Morgen stand allerdings Liz Whelans Auto vor dem Haus, und Phyllidas Mut sank ein wenig. Liz war zwar genauso alt wie die gütige Prudence, ansonsten aber ein ganz anderer Charakter. Sie war eine kleine Frau mit braunem Haar, die etwas Sardonisches, Verbittertes an sich hatte, das in Phyllida stets ein Gefühl des Unwohlseins weckte.

Sie parkte und ging um das Haus zur Hintertür. Sie trommelte ihr Klopfzeichen an die Tür, machte sie auf und steckte den Kopf hinein.

»Hi! Ich bin's.«

Die Tür führte direkt in die Küche, wo Prudence schnell aufstand, um sie zu begrüßen, während Liz am Tisch sitzen blieb, lediglich leicht die Augenbrauen hob und auf Phyllidas Lächeln mit einem angedeuteten Nicken antwortete.

»Phyllida!« Prudence gab ihr ein Küsschen. »Komm rein und wärm dich auf. Was für ein Wetter! Ich habe gehört, es soll schneien.« Sie nahm Phyllida den Mantel ab und machte sich daran, noch mehr Kaffee zu kochen, wobei sie von einem Thema zum nächsten stürzte. Prudence redete immer wie ein Wasserfall, kam vom Hundertsten ins Tausendste, was je nach eigener Laune entweder lustig oder ärgerlich sein konnte. »Na los, erzähl schon! Wie geht es Lucy? Meine Güte!« Sie schüttelte den Kopf. »Das Kind wächst vielleicht!«

»Es geht ihr gut.« Phyllida nippte dankbar an dem heißen Kaffee. »Und das Kleidchen ist so reizend. Sie liebt es. Wollte es heute Morgen zur Spielgruppe anziehen.«

Prudence hatte Schneiderin gelernt. Sie arbeitete hart, um ihre Witwenrente aufzubessern, und hatte eine Menge Kunden. Ihre Tochter arbeitete in einer Werbeagentur in London, ihr Sohn studierte Medizin. Nach Begleichung aller Rechnungen wanderte jeder Penny, den sie übrig hatte, zu ihren Kindern, während sie selbst an allen Ecken und Enden knauserte und sparte. Sie war dünn, weil sie so hart arbeitete, nicht genug aß und sich zu viele Sorgen machte. Ihre warmen, dunklen, haselnussbraunen Augen spähten ängstlich durch die Hornbrille.

»Sie sah bezaubernd darin aus«, stimmte sie zu und lächelte beim Gedanken an das kleine Mädchen in dem Kleid. »Und ich kann dir die freudige Mitteilung machen, dass ich mehrere Bestellungen bekommen habe nach der Party, auf der sie es anhatte. Danke, Phyllida.«

»Ich kann überhaupt nichts dafür. Das Kleid hat sich selbst verkauft. Alle Mütter wollten so eins für ihre Tochter. Du bist ganz schön clever, Prudence.«

»Ich habe eine Menge Aufträge zurzeit.« Prudence wirkte

sehr zufrieden. »Wenn es so weitergeht, brauche ich bald jemanden für die Buchhaltung. Wie wär's, Liz?«

»Musst nur Bescheid sagen«, antwortete Liz. »Du kriegst natürlich Sonderkonditionen.« Sie sah zu Phyllida. »Und wie geht es Alistair?«

Phyllida spürte Prudences vorsichtigen Blick und runzelte ein wenig die Stirn, als sie antwortete.

»Gut, soweit ich weiß. Er ist auf See. Aber ich habe heute Morgen eine Valentinskarte gekriegt.« Unwillkürlich schlich sich ein Lächeln auf ihr Gesicht. »Hat er dich gebeten, sie abzuschicken, Prudence?«

»Ja«, gab Prudence zu. »Er ist so aufmerksam«, fügte sie etwas trotzig hinzu, als sie Liz' amüsierter Verachtung gewahr wurde.

Liz schnaubte, worauf Phyllida wieder einmal verlegen wurde und sich unwohl fühlte. Liz implizierte immer, dass Alistairs Aufmerksamkeit entweder geheuchelt war, um eventuell zu vermutendes schlechtes Benehmen zu vertuschen, oder etwas Krankhaftes, Verachtenswertes. Und ganz gleich, wie beharrlich Phyllida und Prudence versuchten, sie von diesem Thema abzulenken – Liz schaffte es stets, seinen Namen in das Gespräch einfließen zu lassen. »Valentinskarten!«, spöttelte sie jetzt, als wenn dieser alte Brauch schlecht und lächerlich wäre, aber noch bevor die anderen beiden Alistair oder seine Valentinskarte verteidigen konnten, hatte Liz auch schon ihren Kaffee ausgetrunken und war aufgestanden.

»Ich muss los«, verkündete sie. »Ich bin zum Mittagessen verabredet. Bis bald, Prudence! Danke für den Kaffee. Wiedersehen, Phyllida.«

Kaum hatte sich die Küchentür hinter ihr geschlossen, warf Prudence einen besorgten Blick auf Phyllida.

»Warum tut sie das?«, fragte Phyllida verärgert. »Sie bringt es jedes Mal fertig, anzudeuten, dass ich Alistair nicht so blind vertrauen sollte und dass er etwas vor mir verbirgt.«

»Ach, Phyllida!« Prudence sah gequält aus. »Du weißt doch, Liz ist ziemlich verbittert, und es wäre gar nicht klug, auf sie zu hören. Die Ehe mit Tony war kein Zuckerschlecken, und die Scheidung hat ihr sehr wehgetan. Sie hat ihn wirklich geliebt, weißt du. Na ja, du kannst es dir ja vorstellen …«

»Das weiß ich ja alles«, sagte Phyllida, die sich von dieser Erklärung nicht besänftigen ließ. »Aber ich verstehe nicht, warum sie andere Leute verunsichern muss. Ich kenne Alistairs Ruf. Wie denn auch nicht! Das musste mir ja jeder immer wieder erzählen.«

»Das Problem ist, dass Liz Tony immer noch liebt.« Prudence versuchte wieder einmal zu trösten, ohne ungerecht zu werden. »Er hat sie nur wegen des Kindes geheiratet, und treu ist er ihr nie gewesen.«

»Ich weiß.« Phyllida lächelte sie an. »Aber sie bringt mich halt immer wieder aus dem Gleichgewicht. Vergessen wir das! Ich hab was zu erzählen.« Prudence schaute sie erwartungsvoll an, sie schien es schon zu ahnen, und Phyllida grinste. »Du kannst es dir schon denken, oder?«

»Ich glaube schon«, sagte sie vorsichtig.

»Ich bin schwanger! Ist das nicht wunderbar? Termin ist Anfang September. Dann ist Lucy gerade fünf.«

»Herzlichen Glückwunsch!« Prudence kam um den Tisch und nahm sie in den Arm. »Weiß Alistair es schon?«

»Nein, noch nicht. Ich wollte erst ganz sicher sein. Er war so viel unterwegs in letzter Zeit, dass ich schon dachte, wir würden gar kein Zweites mehr zustande kriegen. Er wird sich wahnsinnig freuen. Ich warte aber noch, bis er nach Hause kommt, das dauert ja nur noch drei Wochen. Ich will sein Gesicht sehen, wenn ich es ihm sage.«

»Natürlich. Wie aufregend! Hast du es Lucy schon erzählt?«

Phyllida schüttelte den Kopf. »Ich weiß noch nicht genau, wie ich es anstellen soll, aber ich will auf jeden Fall bis nach dem Wochenende warten. Mein Bruder Matthew besucht uns mit seiner Frau und seinen zwei Kindern, und ich will nicht, dass es irgendjemand vor Alistair erfährt. Lucy würde sich bestimmt verplappern, und dann müsste ich überall Erklärungen abgeben.«

»Das kann ich gut verstehen. Ich werde schweigen wie ein Grab.«

»Ich musste es nur irgendjemandem erzählen, aber bitte behalt es für dich. Erzähl es vor allem nicht Liz!«

»Wieso sollte ich? Ich werde keinen Ton sagen. Du darfst dich wirklich nicht so aus der Ruhe bringen lassen von ihr. Wahrscheinlich ist es nur der altbekannte Neid. Tony hat sich nie gewandelt so wie Alistair.«

»Gewandelt!« Phyllida lachte. »Danke, Prudence! Das hört sich an, als wäre er ein zweiter Blaubart! Jetzt werde ich wirklich langsam nervös!«

»Ach, nein«, setzte Prudence an, der ihre eigene Taktlosigkeit peinlich war, »so habe ich das doch nicht gemeint …«

Phyllida schob den Stuhl zurück und stand auf. »Ich zieh dich doch bloß auf«, sagte sie. »Jetzt muss ich mich aber beeilen. Ich muss unbedingt noch einkaufen, bevor ich Lucy abhole.«

Als sie zurück nach Yelverton fuhr, verspürte Phyllida aber doch einen Anflug von der Beklemmung, die ihr schon früher zu schaffen gemacht hatte, wenn sie Alistairs ehemaligen Freundinnen vorgestellt worden war. Ein paar von ihnen waren sehr freundlich gewesen, aber die meisten eher aufgebracht. Sie hatten großen Wert darauf gelegt, auf ihre Beziehungen zu Alistair hinzuweisen – sie erinnerten ihn an gemeinsame Witze, näherten sich ihm auf sehr vertraute Weise, ignorierten Phyllida –, und ihr Selbstvertrauen war auf eine harte Probe gestellt worden. Immer wieder hatte sie sich gefragt, warum er sich für sie entschieden hatte, wenn er doch eine andere, viel schönere, viel gelassenere, viel erfahrenere Frau hätte haben können. Alistairs Verhalten war tadellos gewesen. Er hatte jenen besonders entschlossenen Exemplaren klargemacht, dass er mit der Vergangenheit abgeschlossen habe und dass seine Liebe und Treue jetzt ganz Phyllida gehören würden. Er hatte sein Bestes getan, um hart, aber nicht zu verletzend zu sein, und nach und nach war die Situation akzeptiert worden, und Phyllida hatte sich entspannen können. Jetzt, sechs Jahre später, fühlte sie sich stark in seiner Liebe, sodass solche Befürchtungen sie nur noch selten überfielen – aber heute Morgen verwandelte sich der Anflug von Beklemmung in handfeste Angst. Liz' Zynismus hatte ihre sichere Überzeugung untergraben; Phyllida ließ die Frage, ob Alistair ihr wohl jemals untreu war, tatsächlich zu. Wenn man seinen Ruf bedachte, hatte sie ihm vielleicht zu blauäugig vertraut, hatte ihm viel zu bereitwillig geglaubt, dass er mit der Vergangenheit so mir nichts, dir nichts abgeschlossen hatte. Gelegenheiten boten sich ihm jedenfalls genug. Ihr Herz fing wild an zu klopfen, als sie sich ausmalte, wo er überall in Versuchung geführt werden konnte, und sie umklammerte krampfhaft das Steuer und wehrte die Bilder ab, die sich in ihren Kopf schlichen.

Als ihr wieder einfiel, welch zerstörerische Kraft solche Ängste entfalten können, nahm sie sich fest vor, sich ihr Vertrauen nicht untergraben zu lassen, und zwang sich, an das ungeborene Baby zu denken. Ihre Laune besserte sich ein wenig, und ihr Selbstvertrauen kehrte zumindest teilweise zurück.

Blöde Liz!, dachte sie, als sie das Auto parkte und durch einen plötzlichen Hagelschauer zu den Läden eilte. Sie schnappte sich einen Wagen, kramte ihren Einkaufszettel hervor, schob den Gedanken an Liz und ihre Andeutungen entschlossen beiseite und konzentrierte sich darauf, was sie für das kommende Wochenende benötigte.

2

Quentin Halliwell machte sich gerade Frühstück, als er den Sonnenstrahl auf Clemmies Schlüsselblume bemerkte, die in einem Topf auf der breiten Fensterbank überwinterte. Es war der erste Sonnenstrahl in diesem Jahr, der es in die Küche geschafft hatte, und Quentins Herz hüpfte förmlich vor Freude, als er ihn in stiller Dankbarkeit betrachtete. Seine Seele verneigte sich tief, da es ihm vergönnt war, seinen achtzigsten Frühling zu erleben; und er sog diesen Augenblick wie ein Schwamm in sich auf, um Clemmie eingehend davon berichten zu können, wenn sie aufwachte. Steife Gelenke und ein Ziehen hier und dort führten dazu, dass Quentin selten eine schmerzfreie Nacht verbrachte und bereitwillig früh aufstand, um Clemmie noch etwas friedlichen Schlaf zu ermöglichen, ungestört von seiner Ruhelosigkeit. Jedes Mal, wenn er sie mit seiner Herumwälzerei weckte, hatte er ein schlechtes Gewissen, während sie wiederum oft wach lag und kaum zu atmen wagte, bis er endlich eingeschlafen war und sie sofort zur Toilette gehen musste. Sie lachten gemeinsam darüber und hatten auch schon die Vorteile erörtert, die getrennte Betten boten – ein jeder voller Sorge, dass der andere dies für eine vernünftige Lösung halten würde –, und waren beide unendlich erleichtert gewesen, als keiner von ihnen bereit gewesen war, diese Maßnahme ernsthaft in Betracht zu ziehen.

»Wir schlafen seit fünfundfünfzig Jahren in einem Bett«, hatte Clemmie gesagt und seine Hand einen Moment ganz fest gedrückt. »Ich wüsste nicht, warum wir diese Gewohnheit jetzt ändern sollten.«

Als er seinen Porridge aß und den Sonnenstrahl auf seiner Wanderung durch die Küche beobachtete, erinnerte Quentin sich an seine Erleichterung. Es war unvorstellbar, ohne die zu einer Kugel zusammengerollte Clemmie an seinem Rücken einzuschlafen. Während sein Toast auf der Kochplatte des Holzofens röstete, öffnete er die Hintertür und sah in den Hof. Das alte Granithaus formte ein L, das zwei der Mauern des Hofes stellte. Die dritte, südliche Mauer war ein Steinschuppen, den Quentin in eine lange Gartenlaube verwandelt hatte, und in der Mitte der vierten befand sich ein Tor zum Garten. Die Sonne stand noch zu tief, um in den Hof zu fallen, doch würde es nicht mehr lange dauern, bis Clemmie wieder in der Laube sitzen, die Sonne genießen und das Rotkehlchen beobachten konnte, das sie mit ein paar Brotkrumen fütterte.

Quentin aß seinen Toast und dachte über ein paar Sätze nach, mit denen er diesen denkwürdigen Morgen angemessen in seinem Tagebuch festhalten könnte, als ihm auffiel, dass Valentinstag war. Ihm kam ein wunderbarer Gedanke, und nachdem er seinen Toast aufgegessen und die Krümel zwischen dem Rotkehlchen und Punch, dem schwarzen Retriever, aufgeteilt hatte, nahm er seinen Mantel vom Haken und ging in den Garten. Außerhalb des geschützten Hofes wehte ein frischer, schneidender Wind über das Moor. Quentin blieb einen Augenblick stehen, um seinen Mantel richtig zuzubinden, zog seine Tweedmütze aus der Tasche und stapfte mit Punch an der Seite über die Wiese. Eine Reihe stark geneigter, verkrüppelter Bäume tat ihr Bestes, um das Grundstück vor den meist von Südwest kommenden Stürmen zu schützen, und im Norden erhoben sich steil die Tore, Dartmoors bizarre Felsformationen, doch Quentin, der eine geschütztere Umgebung vorzog, kletterte über die Trockenmauer am Ende der Wiese und marschierte flott hinunter in den Wald.

Als er den Schutz der Bäume erreicht hatte, verlangsamte er das Tempo, bis er auf dem Pfad am Ufer des Flusses gelandet war. Das tote Laub der Buchen breitete sich wie ein dicker Teppich unter seinen Füßen aus, als er zwischen den glatten Stämmen umherwanderte, bis er die Primeln wiederfand, die er bei einem früheren Spaziergang entdeckt hatte. Seine Gelenke knackten, als er in die Knie ging, um ganz vorsichtig die blassen Blüten zu pflücken und sie zärtlich in ein Taschentuch zu legen. Er setzte seinen Marsch hinter dem Wall aus Rhododendren und Lorbeerbäumen fort, der die Sicht auf den Fluss versperrte, sodass Quentin ihn durch die Zweige nur als einen hellen, im Sonnenlicht glitzernden Streifen wahrnahm. Ein Stückchen weiter, wo der Pfad etwas lichter wurde und Kieselstrand einen Teil des Ufers bildete, fand er Veilchen, von denen er einige seinem kleinen Strauß hinzufügte. Ein paar Zweige früher Weidenkätzchen vervollständigten seine Gabe zum Valentinstag. Jetzt, da seine Mission erfüllt war, nahm er sich die Zeit, die Natur um sich herum zu beobachten, das turbulente, nach wochenlangem Regen torfbraune Wasser. Zu seiner Freude erhaschte er einen Blick auf die Wasseramsel. Sie hüpfte auf einem glatten, großen Stein unter der grauen Steinbrücke umher, die ihren Namen dem neben ihr wachsenden Schwarzdorn verdankte. Entzückt beobachtete Quentin die regelmäßigen Bewegungen des Vogels. Sein runder brauner Rücken und seine schneeweiße Brust boten ihm an den graubraunen Fluten mit den weißen Schaumkronen die optimale Tarnung. Auf einmal stürzte der Vogel sich in den Fluss und verschwand vollständig, während Quentin vergeblich versuchte, ihn auszumachen. Wenige Augenblicke später saß der Vogel wieder auf dem Stein, putzte sich eine Weile das Gefieder und flog dann zielstrebig nur wenige Zentimeter über der Wasseroberfläche flussaufwärts davon.

Seit Jahren schon war die Wasseramsel ein Symbol der Hoffnung und des Glücks für Quentin und Clemmie, und jedes Mal, wenn Quentin so einen Vogel sah, durchströmte ihn ein Hochgefühl und er schickte ein Stoßgebet der Freude und Dankbarkeit gen Himmel. Beschwingt machte er sich auf den Heimweg.

Clemmie sah ihn vom Schlafzimmerfenster aus über das Moor oberhalb des Waldes kommen, seine Beute wie einen Schatz in der Hand, Punch keuchend hinter ihm. Auf diese Entfernung, mit der Mütze auf dem Kopf, die sein weißes Haar verbarg, hätte er auch der junge Quentin sein können, der von einer seiner zahllosen Wanderungen der letzten Jahrzehnte durch diese geliebte Landschaft zurückkehrte. Sie waren vor zwanzig Jahren in dieses Haus gezogen, nach dem Tod von Clemmies Mutter, die es ihnen hinterlassen hatte, zu einem Zeitpunkt, da Quentin seine Richterlaufbahn – die ihr Sohn Gerard ebenfalls eingeschlagen hatte – gern beenden wollte.

Wie schnell diese zwanzig Jahre verflogen sind, und wie glücklich sie waren! Sie hatten früher so häufig ihre Ferien auf *The Grange* verbracht, dass der Einzug einer Heimkehr geglichen hatte und sie sich problemlos einleben konnten. Clemmie war es so vorgekommen, als wäre sie kaum fort gewesen, und die Erinnerung an die Jahre in London verblasste immer mehr, bis es ihr schien, als hätten sie ihr ganzes Leben hier verbracht. Selbst Quentins Mutter war nach dem Tod ihres Mannes regelmäßig mit von der Partie gewesen, wenn Clemmie und Quentin zweimal im Jahr – zu Weihnachten und im Sommer – die Ferien auf *The Grange* verbrachten; und ihr Sohn Gerard hatte oft seine Frau und seine Kinder mitgebracht. *The Grange* war ein richtiges Zuhause gewesen, doch seit die Enkelkinder das

Nest verlassen und sich überall auf der Welt niedergelassen hatten und seit der verwitwete Gerard eine Frau geheiratet hatte, deren Wurzeln im Norden lagen, wurden die Besuche immer seltener und viele der Zimmer nicht mehr genutzt.

Clemmie fröstelte, als unvermittelt Hagelkörner gegen das Fenster prasselten. Sie sah Quentins große, breite Gestalt über die Wiese eilen und aus ihrem Blick verschwinden. Sie ging zurück zum Bett, kletterte hinein und zog sich die Decke bis zu den Ohren. Gott sei Dank hatten sie den Winter überlebt! Sie fürchteten beide den Tag, an dem sie ernsthaft darüber nachdenken sollten, *The Grange* zu verlassen. Freunde und Familie schüttelten schon seit geraumer Zeit verständnislos den Kopf und versuchten ihnen klarzumachen, dass es viel vernünftiger wäre, in der Stadt zu wohnen. Sie redeten von den Vorteilen, die es böte, die Läden, die Bücherei und den Arzt zu Fuß erreichen zu können, und schienen überhaupt nicht zu verstehen, dass nichts davon für Clemmie und Quentin die großartige Aussicht und die Spaziergänge, die sie direkt von ihrer Haustür aus unternahmen, ersetzen konnte. Doch Clemmie machte sich Sorgen. Obwohl Quentin sich körperlich ertüchtigte, litt er sehr unter seiner Arthritis, und auch sie, die nur wenige Jahre jünger war, wurde langsam erschreckend unbeweglich.

»Kein Wunder bei all dem Regen da oben im Moor und dem kalten, zugigen alten Haus!«, schimpften dieselben Freunde, die empfahlen, in die Stadt zu ziehen.

Aber wir lieben es, dachte Clemmie, als sie mit Mühe die Knie anzog und unverwandt auf das sich bis zum Fluss erstreckende bewaldete Tal und die hohen Hänge des Moors dahinter blickte. Warum können die Leute das nicht verstehen? In der Stadt würden wir eingehen.

Doch je älter die Menschen werden, desto mehr konzentrieren sich die Sorgen der anderen auf deren körperliches Wohlergehen, und die geistigen Bedürfnisse rücken an zweite Stelle.

Selbst die engsten, besten Freunde glaubten offenbar, dass die Bequemlichkeit alles sei, was zähle. Junge Menschen akzeptierten noch eher, dass die innere Ausgeglichenheit ausgesprochen wichtig war, wahrscheinlich weil sie mit schmerzenden Gelenken und schlaflosen Nächten noch keine Erfahrungen hatten. Clemmie dachte an Quentins Patensohn Oliver Wivenhoe. Olivers Großvater, General Oliver Mackworth, war ein guter, geliebter Freund gewesen; sein Tod hatte die Halliwells erschüttert. Zwischen Quentin und dem jungen Oliver – der seinem Großvater sehr ähnlich sah und der sowohl dessen scharfen Verstand als auch dessen fürsorgliche Art geerbt hatte – hatte sich eine tiefe Beziehung entwickelt. Oliver war einer der wenigen, der verstand, was *The Grange* für sie bedeutete, und obwohl er in London bei einem alten Freund wohnte, während er auf Arbeitssuche war, nahm er sich immer die Zeit, Quentin und Clemmie zu besuchen, wenn er sich bei seiner Familie auf der anderen Seite des Moors aufhielt. Clemmie schüttelte ein wenig den Kopf, als sie darüber nachdachte, wie merkwürdig – und traurig – es war, dass Quentin mit Oliver mehr gemeinsam hatte als mit seinem eigenen Sohn.

Sie hing noch immer diesen Gedanken nach, als die Tür aufging und Quentin mit ihrem Morgentee hereinkam. Er lächelte, als er von ihrer kleinen, unter die Decke gekuschelten Gestalt nur die strahlenden braunen Augen und den wie ein Heiligenschein wirkenden, weil zu Berge stehenden, spärlichen Schopf sah. Er stellte das Tablett neben ihr auf dem Bett ab, und der Anblick des kleinen Straußes in der Miniaturvase entlockte ihr einen Ausruf des Entzückens.

»Die ersten Primeln«, sagte Quentin stolz und beugte sich hinunter, um sie zu küssen. »Alles Gute zum Valentinstag!«

»Ach!« Clemmie wirkte betrübt, als sie an den Veilchen schnupperte. »Das habe ich ja ganz vergessen. Tut mir leid, Liebling.«

»Hatte ich ja auch«, gab Quentin zu. »Aber als heute Morgen zum ersten Mal in diesem Jahr die Sonne in die Küche schien, habe ich über das Datum nachgedacht. Es wird Frühling, Clemmie!«

»Wie schön!« Sie strahlten einander an, beide mit dem triumphierenden Gefühl, den Winter überlebt zu haben. »Ach, Quentin! Wenn die Sonne schon in die Küche scheint, dann kommt sie auch bald in den Hof, und wir können dort am Vormittag Kaffee trinken.« Fröhlich schenkte sie Tee ein. »Es war bestimmt herrlich im Wald.«

»Ich habe die Wasseramsel gesehen.« Er warf ihr einen stolzen Blick zu, bevor er einen Korbsessel ans Bett zog und die Tasse annahm, die sie ihm entgegenhielt. Seine zweite Tasse Tee trank er immer zusammen mit ihr. »Sie war auf dem Stein unter der Brücke. Der Fluss führt viel Wasser.«

»Kein Wunder. Ich dachte schon, es würde nie mehr aufhören zu regnen.« Clemmie nippte an ihrem Tee. »Ich bin froh, dass du die Wasseramsel gesehen hast. Es ist schon Wochen her, seit wir sie das letzte Mal gesichtet haben.« Vorsichtig berührte sie die Veilchen und lächelte ihn an. Sie tauschten einen Blick, der keine Worte brauchte. »Was steht heute auf dem Programm?«

»Wenn es trocken bleibt, gibt es ein paar Dinge, die ich draußen erledigen will; außerdem dachte ich, wir könnten die Bücher in Tavistock abgeben und unsere Einkäufe erledigen. Besser, wenn die Speisekammer voll ist. Wenn wir noch mal Schnee kriegen, dann in den nächsten Wochen.«

Früher war die Vorstellung, einzuschneien, aufregend gewesen und der Winter eine Jahreszeit, die man hinnahm oder auf die man sich sogar freuen konnte und der man eigene Waffen entgegensetzte. Nahrungsmittel- und Holzvorräte waren ausreichend vorhanden, in jedem der von ihnen benutzten Zimmer stand eine Petroleumlampe, und im ganzen Haus waren

Kerzen und Streichholzschachteln verteilt. Vor drei Jahren waren sie einmal mehrere Tage von der Außenwelt abgeschnitten gewesen, und als sie wieder hinauskamen, hatten sie erfahren, dass ein Sträfling aus dem Gefängnis in Princetown ausgebrochen war. In diesem Winter jedoch hatten sie bisher kein katastrophales Wetter gehabt, nur die üblichen Stürme. Dennoch hatte Quentin recht. Man musste sich auf alles gefasst machen.

»Ich schreibe einen Einkaufszettel, während ich frühstücke«, unterstützte Clemmie seinen Vorschlag. »Und du könntest nachsehen, ob noch genug Petroleum da ist.«

In trauter Zweisamkeit tranken sie den Tee aus, dann nahm Quentin das Tablett zur Hand. Clemmie schlug die Decke zurück.

»Zieh dich warm an!«, riet er ihr, in der Tür stehend. »Die Sonne scheint zwar, aber es ist bitterkalt draußen.«

Clemmie legte ihre Winteruniform an: Wollstrümpfe, einen dicken Tweedrock und einen Wollpullover. Sie ging nach unten in die Küche. Quentin war schon draußen, sie konnte ihn vom Küchenfenster aus am Ende des Gartens sehen. Wieder machte sich Besorgnis in ihr breit, und sie wünschte, sie könnten sich jemanden leisten, der ihnen ab und zu im Garten half. Sehr viel gab es da zwar nicht zu tun, denn in diesem rauen Klima gedieh ohnehin nur das widerstandsfähigste Gestrüpp, aber trotzdem … Clemmie seufzte und wandte sich vom Fenster ab. Sie sollte sich besser auf ihr Frühstück konzentrieren und den Einkaufszettel schreiben, statt sich ständig zu sorgen. Quentin zog den vermoderten Ast, der im letzten Sturm heruntergekommen war, von der Trockenmauer und begutachtete den Schaden, den er angerichtet hatte. Es war nicht zu schlimm, er würde schon damit fertig werden, aber es war sehr wichtig, die Grenzmauern immer ordentlich auszubessern, weil sonst die Schafe und Ponys vom Moor her in ihren Garten eindrangen, das Gras niedertrampelten und die wenigen Sträucher kahl fraßen, die

Clemmie hier mit Mühe kultiviert hatte. Während er unter Stöhnen und mit zahlreichen Verschnaufpausen die Steine aufhob und an ihren Platz zurücklegte, fragte er sich, wo die Zeit geblieben war. Er konnte sich noch genau erinnern, wie er sich gefühlt hatte, als sie hierher gezogen waren damals, mit sechzig: stark und fit und voller Energie. Die vor ihm liegende Zeit war ihm unendlich lang vorgekommen, und er hatte gedacht, er werde ewig leben. Er dachte an seine verstorbenen Freunde: William Hope-Latymer, Oliver Mackworth, James und Louisa Morley. Sie alle waren nicht mehr, und ihre Kinder waren längst erwachsen und hatten ihrerseits Kinder. Der junge William verwaltete den Besitz der Hope-Latymers, und Henry Morley hatte auf Nethercombe die Zügel in der Hand, während Olivers Enkel Oliver Wivenhoe immer noch viele schöne Stunden mit Quentin verbrachte, in denen sie die Wälder und das Moor erkundeten. Er wünschte, Gerard würde Interesse zeigen, die Familientradition auf *The Grange* fortzuführen, aber er mutmaßte, dass sein Sohn das Haus als eine Belastung empfinden und so schnell wie möglich verkaufen würde. Natürlich war *The Grange* kein Anwesen, von dem man leben konnte, doch selbst wenn es so wäre – Quentin konnte sich nicht vorstellen, dass Gerard so einfach die Verantwortung für Land und Pächter übernehmen würde, wie William und Henry es getan hatten. Er wusste, dass Gerard eine Stadtpflanze war, die auf dem Lande nicht gedeihen würde. Trotzdem wäre Quentin glücklicher gewesen, wenn er daran hätte glauben können, dass Gerard *The Grange* behalten würde – zum Beispiel als Ferienhaus –, bis seine Kinder es übernehmen könnten. Der Tag, an dem das Haus in die Hände von Fremden fiel, würde ein trauriger Tag.

Quentin schüttelte den Kopf und hievte den letzten Stein an seinen Platz. Der Gedanke war unerträglich. Er streckte den Rücken und sah ins Tal hinunter. Er dachte an all die Jahreszeiten, die er erlebt hatte: kahle Zweige, die langsam grün wurden, sich nach einer Weile unter schwerem, glänzendem Laub neigten, das sich schon bald braun, orangegelb und rot färbte und schließlich abfiel und davonwirbelte, bis die Zweige wieder kahl waren. Wie schrecklich wäre es, wenn man seinen Tod voraussehen könnte und wüsste: Dies ist mein letzter Frühling oder Herbst.

Quentin dachte an seine Freude über den Sonnenstrahl in der Küche und die Primeln. Er wusste genau, wo im Verlauf der Jahreszeiten Blumen zu finden waren, wo die ersten Anemonen am Fluss blühten, wo die Glockenblumen unter den Bäumen einen Teppich bildeten und wo der erste strenge Duft des wilden Knoblauchs in der Luft hing. Er dachte an ein paar Zeilen des Dichters Housman:

Und weil, um Blühendes zu seh'n,
Fünfzig Frühjahr' schnell vergeh'n,
Heut' wieder ins Gehölz ich geh,
Zu seh'n die Kirsche voller Schnee.[1]

Manche sagten ja, Housman sei vom Tod besessen, aber vielleicht war er eigentlich vom Leben und dessen Kürze besessen. Sogar zwanzig Frühjahre waren Quentin wie die Ewigkeit vorgekommen, doch wenn man das Glück hatte, auf *The Grange* zu leben, war selbst die Ewigkeit nicht lang genug, um den Wechsel der Jahreszeiten zu beobachten und Gott für sein Werk zu danken.

Quentin ging langsam über die Wiese, zerrte den toten Ast hinter sich her und legte ihn neben den Schuppen für das Brennholz, wo er ihn später zersägen würde. Ohne Vorwar-

[1] Übersetzt von Susanne Steuer. In: Englische Gedichte von W. Shakespeare bis Alfred S. Housman, Hamburg 1998

nung prasselten Hagelkörner vom Himmel, und er lief in den Hof und von dort in die Küche.

»Himmel!« Er klopfte sich die Eiskörner von der alten Tweedjacke und grinste Clemmie an, die am Küchentisch saß, Toast mit Marmelade aß und sich Notizen machte. »Es ist doch noch nicht Frühling.«

»Aber er kommt, Liebling, und wir werden ihn gemeinsam erleben.«

Er schaute sie kurz an und fragte sich, wie sie seine Gedanken erraten hatte. Sie stand auf, ging zu ihm und legte die Arme um ihn.

»Bist du mein Valentin?«, fragte er, und sie fing an zu lachen und stellte sich auf die Zehenspitzen, um ihn zu küssen. »Also, jemand anderes wird es wohl kaum sein, wenn ich da ein Wörtchen mitzureden habe«, sagte sie. »Und bevor wir gehen, noch einen Kaffee für dich, mein Junge. Du bist ja ganz steif vor Kälte.«

Er lehnte sich rückwärts an den Holzofen, dankbar für die Wärme, und lächelte sie an. »Da doch heute Valentinstag ist –«, sagte er, »wie wäre es mit einem Sandwich im *Bedford*, wenn wir fertig sind mit einkaufen?«

»Glänzende Idee!« Sie freute sich und reichte ihm eine Tasse dampfenden Kaffee. »Und ich werde uns von meiner Rente ein Glas Wein spendieren. Das ist wohl das Mindeste.«

3

Claudia Maynard hatte überhaupt keine Angst, dass ihr Mann Jeffrey den Valentinstag vergessen würde. Es war stets Verlass darauf, dass Jeff ihr an ihrem Geburtstag Blumen schenkte, an ihrem Hochzeitstag einen Tisch in ihrem Lieblingsrestaurant reservierte und all jene eintönigen Pflichten erledigte, die an sich unwichtig waren, an denen sich aber dennoch so manches Mal ein Ehekrach entzündete, wenn sie zu häufig nicht erledigt wurden – wie zum Beispiel den Herd zu reinigen, die Arbeitsplatte abzuwischen oder die Schmutzwäsche in den Wäschekorb zu werfen. Außerdem sah Jeff ungewöhnlich gut aus, und Claudias Freundinnen beneideten sie alle um diesen dunklen Adonis. Claudia bereitete dieser Umstand eine gewisse Genugtuung, die sie weidlich auskostete. Ganz gleich, wie sehr er umschwärmt und belagert wurde, wenn sie ausgingen – Jeff wich nie lange von ihrer Seite und kümmerte sich stets rührend um sie; sehr zum Ärgernis der besagten Freundinnen.

Niemanden wunderte das. Auch Claudia war eine Schönheit, zartgliedrig, elegant und vom Typ her in dem Maße hell, wie Jeff dunkel war. Ihr Haar war stets gepflegt, ihr Nagellack nie abgeblättert, und sie war stets hübsch gekleidet. Es gab einige böse Zungen, die unter anderem sagten, Claudia und Jeff seien einfach zu perfekt, um wahr zu sein, und die munkelten, dass es doch merkwürdig sei, dass die beiden trotz ihres makellosen Aussehens kein bisschen sexy waren ... Da hatten sie recht. Jeff war amüsant, geistreich, höflich, aber er flirtete nie. Und Claudia nahm alles viel zu wörtlich und zu ernst und war viel zu sehr damit beschäftigt, überall einen guten Eindruck zu machen, als dass man mit ihr hätte herumalbern können. Außerdem hatten sie keine wirklich engen Freunde. Keiner von ihnen konnte sich so richtig entspannen, und beide hatten die Angewohnheit, andere Menschen auf Distanz zu halten. Dem Steuerberater Jeff schien dieser Zustand recht zu sein, doch Claudia, die den wachsenden Drang empfand, sich den anderen zu öffnen und ein anerkanntes Mitglied der Clique zu werden, war geradezu erleichtert – wenn auch überrascht –, als Jeff vorschlug, von Sussex nach Westengland zu ziehen. Er hatte sich sogar schon um eine Stelle in Tavistock beworben und war zum Vorstellungsgespräch eingeladen worden. Als ihm die Stelle angeboten wurde, verkauften die Maynards ihr Haus und zogen in ein kleines, aber bezauberndes georgianisches Stadthaus. Claudia verspürte ein seltsames Gefühl von Freiheit.

Claudia war von Natur aus eigentlich nicht verschlossen, aber sie hatte ein Geheimnis. Am Anfang hatte sie die Tatsache, dass Jeff nur selten mit ihr schlafen wollte, frustriert, aber nicht beunruhigt. Er war ein ziemlich emotionsloser, ruhiger Mann, der seine Liebe eher durch Fürsorge und Aufmerksamkeit zeigte als durch körperliche Zuwendung. Claudia, die selbst eine recht reservierte Person gewesen war, bis sie Jeff kennenlernte, hatte stets versucht, seine Indifferenz auf die eine oder andere Weise zu erklären, doch als sie sich mehr mit den jungen Frauen aus der Nachbarschaft anfreundete, wurde ihr bewusst, dass ein solches Verhalten nicht die Regel war. Erst war sie nur ein bisschen ängstlich, dann wurde sie panisch – denn Claudia hatte noch ein Geheimnis: Sie wusste sehr wohl, dass sie es gewesen war, die unermüdlich hinter Jeff her gewesen war, bis er ihr einen Heiratsantrag gemacht hatte, und nun fürchtete sie, dass er sie gar nicht wirklich liebte. Zwar scherzte sie, wie hingebungsvoll er sei, und deutete mit hochgezogenen Augenbrauen und beredtem Schweigen an, dass er im Bett ein Tier sei, doch sie lebte stets in der Angst, dass eine dieser neugierigen Frauen die Wahrheit herausfinden könnte.

Claudia war daher mehr als froh, die Nachbarinnen hinter sich zu lassen – obwohl es sie andererseits ausgesprochen deprimierte, eine aufregende neue Entwicklung in ihrer eigenen Laufbahn als Modedesignerin opfern zu müssen. Die neue Umgebung und die Tatsache, dass Jeff seit ihrem Umzug nach Devon leidenschaftlicher war als je zuvor, entschädigten sie aber für vieles. Sie hatte gelesen – und sie las inzwischen eine ganze Menge zu diesem Thema –, dass Männer, die im Beruf zu sehr unter Stress standen, häufig zu müde waren, um im Bett noch zufriedenstellende Leistungen zu erbringen, und sie fragte sich, ob er vielleicht wirklich einfach nur zu sehr belastet gewesen war. Ständig hatte er weiterkommen wollen auf der Karriereleiter, hatte immer wieder noch mehr Arbeit angenommen, war früh aufgestanden und hatte bis spät in die Nacht gearbeitet. Jetzt, in dieser ruhigeren, bedächtigen Atmosphäre, schien er sich von irgendeiner mentalen Last befreit zu haben, und Claudia schöpfte Hoffnung.

Er blieb allerdings unnachgiebig, was das Thema Kinder anging. Er sagte, er sei ganz einfach noch nicht reif für die Vaterrolle, und Claudia, die auch nicht besonders mütterlich war, hatte nichts dagegen, das Thema eine Weile ruhen zu lassen und das Leben zu genießen, wie es war. Seit ihrem College-Abschluss hatte sie in einem Designerstudio in Brighton gearbeitet, doch nun wollte sie sich etwas Ferien gönnen. Aber selbst wenn sie hätte arbeiten wollen – hier war kaum etwas zu finden. Der Westen Englands steckte mitten in einer Rezession, und die Maynards waren froh, dass sie ihr Haus in Sussex zu einem guten Preis verkaufen, die Krise auf dem Immobilienmarkt ausnutzen und einen ansehnlichen Gewinn zur Seite legen konnten.

Sie hatten sich beide sehr gefreut, als Jeff mit der Nachricht nach Hause gekommen war, dass man ihn mit der Führung der Bücher eines beträchtlichen Anwesens in Dartmoor betraut habe. Das war eine ziemliche Ehre für einen Neuling wie ihn, und sie gingen in ihren Lieblingspub, das *Elephant's Nest*, um die Angelegenheit zu feiern. Er erzählte ihr von den Hope-Latymers, der Familie, die schon seit Jahrhunderten in dem elisabethanischen Herrenhaus lebte, das in Teilen sogar aus dem dreizehnten Jahrhundert stammte. Claudia war fasziniert und wahnsinnig stolz auf ihren Mann. Er sah so gut aus, während er dasaß und ihr alles beschrieb, ganz rot vor Aufregung angesichts dieser neuen Herausforderung, dass sie ihm bald gar nicht mehr zuhörte, sondern nur noch die Bewegungen seiner Lippen und Hände beobachtete. Sie tat etwas Ungewöhnliches, als sie impulsiv eine seiner kantigen, langfingrigen Hände ergriff, und er hielt inne und lächelte sie an.

»Rede ich zu viel?«

»Nein. Oh, nein.« Sie schüttelte den Kopf. »Es ist wahnsinnig aufregend. Es ist nur … Ach!« Sie zuckte leicht mit den Schultern. »Du weißt schon. Ich liebe dich.«

Sie lehnte sich zu ihm hinüber und flüsterte, damit die anderen Gäste es nicht hören konnten, und er, völlig überrascht von diesem unerwarteten Gefühlsausbruch, drückte ihre Hand und küsste sie kurz, bevor er sie wieder losließ. Sie war ganz schwach vor Liebe für ihn und wünschte sich einen Moment lang, mit ihm allein zu sein … Doch als sie nach Hause kamen und sie sich ihr verführerischstes Nachthemd angezogen hatte, dauerte es noch eine ganze Weile, bis er auftauchte.

»Gut«, sagte er. »Du bist ja schon bettfertig. Geh doch schon schlafen! Ich möchte noch ein paar Sachen durchackern. Hab morgen ja einen großen Tag. Ich schlafe dann wohl im Gästezimmer, damit ich dich nicht störe. Gute Nacht!«

Er hatte sie flüchtig auf die Stirn geküsst und war verschwunden, während sie weiter an ihrem Frisiertisch saß und mit der Verletzung, der Demütigung und dem Verlangen kämpfte. Sie war noch immer wach, als sie ihn nach oben kommen und in das Gästezimmer gehen hörte, doch ihr Stolz verbot es ihr, ihn zu rufen. Er durfte niemals erfahren, dass sie ihn brauchte, es war einfach zu demütigend. Sie lag wach und suchte eine plausible Erklärung für seine Gleichgültigkeit: Seine neue Aufgabe, die Buchführung für das Hope-Latymer-Anwesen, war ihm sehr wichtig, und morgen – beziehungsweise heute – würde er sich mit William Hope-Latymer persönlich treffen. Es war nur natürlich, dass er überarbeitet, nervös und müde war. Es brachte ja nichts, zu viel zu erwarten, und bestimmt sähe morgen alles schon ganz anders aus … Endlich schlief sie ein.

Nun, einige Monate später, arrangierte Claudia das Dutzend roter Rosen in einer Vase und lächelte über das Kärtchen. Nein, Jeff würde niemals den Valentinstag vergessen. Ihr Lächeln erstarb. Was den Sex anging, war keine Besserung eingetreten. Die Leidenschaft der ersten Wochen in Devon hatte immer mehr nachgelassen, bis sie praktisch erloschen war, und Claudia hatte Angst. Ihre Befürchtungen, dass Jeff sie nicht wirklich liebte, hatten sie wieder beschlichen, und seitdem beobachtete sie ihn. Wenn er seine Aufmerksamkeit einer Frau schenkte, wurde sie eifersüchtig und fühlte sich elend, ganz gleich, wie harmlos es war, und sie stattete seinem Büro sogar einen unangemeldeten Kontrollbesuch ab, um die dort arbeitenden Frauen zu inspizieren. Viele waren es ohnehin nicht, und mit einer von ihnen, Liz Whelan, hatte sie sich auch schon angefreundet. Wenigstens hatte Claudia von Liz nichts zu befürchten. Seit ihrer Scheidung hatte Liz anscheinend keine Zeit für Männer, sodass Claudia sich in ihrer Gegenwart entspannen konnte. Ab und zu aßen sie gemeinsam zu Mittag, und bei einer dieser Gelegenheiten stellte Liz sie Abby Hope-Latymer vor. Claudia war beeindruckt von Abbys Freundlichkeit und entzückt, als sie sich zu ihnen an den Tisch setzte. Liz kannte sie offenbar schon seit Jahren, sie plauderten über ihre Kinder – Liz hatte eine fünfzehnjährige Tochter – und gemeinsame Freunde. Die Namen – Wivenhoe, Barrett-Thompson, Lampeter – sagten Claudia nichts, doch sie hörte aufmerksam zu und lächelte Abby jedes Mal an, wenn diese kurz zu ihr sah. Sie hoffte auf eine Einladung zum Kaffee oder zum Mittagessen, aber als sie sich voneinander verabschiedeten, hob Abby bloß die Hand, sagte »Richten Sie Ihrem Mann aus, er soll weiter so tüchtig arbeiten« und entfernte sich.

Heute, an diesem Vormittag des Valentinstags, betrat Claudia das Hotel *Bedford*, wo sie mit Liz zum Mittagessen verabredet war. Die erste Bekannte, die sie sah, war Abby, die mit einem älteren Ehepaar an einem Ecktisch saß. Claudia lächelte und winkte ihr, doch Abby runzelte nur ein wenig die Stirn, nickte kühl und unterhielt sich weiter. Claudia setzte sich, nahm die Karte zur Hand und wusste nicht recht, ob sie beleidigt oder verwirrt sein sollte. Vielleicht hatte Abby sie nicht erkannt? Ein paar Minuten später kam Liz und wurde am Tisch in der Ecke viel herzlicher begrüßt. Claudia fragte sich, ob Abby jetzt, da sie sicher zwei und zwei zusammengezählt hatte, doch noch freundlich grüßen würde, aber als Liz schließlich zu Claudia trat, wandte Abby sich einfach wieder dem älteren Ehepaar zu.

Claudia tat, als sei ihr dies gleichgültig, doch innerlich kochte sie. Nach allem, was Liz ihr über diese Leute erzählt hatte, schienen sie ein kleines Grüppchen von Freunden zu sein, zu dem sie nur zu gern dazugehören würde, aber seitdem sie Claudia Abby vorgestellt hatte, hatte Liz keine weiteren Anstalten gemacht, sie in diesen Kreis einzuführen. Claudia hatte sich eigentlich vorgestellt, dass Jeff in das Herrenhaus eingeladen würde, doch nun schien alles ausschließlich im Büro besprochen zu werden; Claudia wurde klar, dass es an ihr wäre, etwas zu unternehmen, wenn sie an einer neuen Freundschaft interessiert war.

»Sind das Abbys Eltern?«, fragte sie locker.

»Nein, nein.« Liz studierte die Karte. »Die Halliwells sind gute Freunde von Williams Vater. Clemmies Familie lebt schon seit Jahrhunderten im Moor, genauso wie Williams. Sie und Quentin sind in ihr Elternhaus gezogen, nachdem ihre Mutter gestorben war und er sich zur Ruhe gesetzt hatte. Früher haben sie mit Williams Vater und General Mackworth Bridge gespielt. Sie sind die Pateneltern von Abbys Kindern, und Quentin ist der Patenonkel vom Enkel des Generals, Cass Wivenhoes ältestem Sohn, Oliver. Im Krieg war er der Berater des Generals. Quentin, meine ich. Hier ist jeder mit jedem irgendwie verbunden, weißt du. Man muss aufpassen, was man sagt. Was isst du? Wir können ja schon mal was trinken, während wir aussuchen.«

Als Liz an der Bar bestellte, beobachtete Claudia noch einmal das Grüppchen. Sie verrannte sich immer mehr in den Wunsch dazuzugehören, und dachte gerade darüber nach, wie sie den Prozess etwas beschleunigen könnte, als Liz ihr zuvorkam.

»Ich wollte dich gerne einer Freundin vorstellen«, sagte sie, als sie sich wieder setzte und Claudia ein Glas reichte.

»Wirklich?« Claudias Herz schlug heftig. »Wem denn?«

»Sie heißt Phyllida Makepeace. Ist mit einem Marineoffizier verheiratet und ziemlich viel allein. Ihr Mann ist ein gutes Stück älter als sie und hat einen gewissen Ruf … Ich glaube, er ist nur ein zweiter Tony, und finde, dass sie ihm keinen Deut trauen sollte, aber sie ist halt so eine Vertrauensselige. Sie tut mir irgendwie leid.«

»Die Arme!«, sagte Claudia mit einem schönen Gefühl der Überlegenheit und fragte sich, ob dies wohl eine Möglichkeit wäre, in den intimen Kreis vorzustoßen. »Bring sie doch mal mit!«

»Gute Idee. Oder ich gebe ihr deine Telefonnummer, wenn dir das recht ist. Sie mag mich nicht besonders, in erster Linie, weil ihr Mann und ich nicht miteinander können.«

»Schön.« Claudia sah in die Ecke hinüber. »Weißt du, ich hatte überlegt, ob wir nicht eine kleine Party geben sollten, jetzt, wo wir uns eingelebt haben und ich das Haus in Ordnung habe.«

»Hört sich gut an.« Liz nahm wieder die Karte zur Hand. »Kennst du denn schon genug Leute für eine Party?«

»Na ja.« Claudia war etwas verdutzt. »Eine besonders große Party würde es nicht werden. Vielleicht«, sie nahm allen Mut zusammen, »vielleicht könntest du mich mit ein paar Leuten bekannt machen. Mit anderen als mit dieser Phyllida.«

Liz wirkte überrascht. »Ja, sicher. Ich kenne aber selbst nicht so viele Leute. Seit ich wieder Vollzeit arbeite, bleibt mir nicht viel Zeit für Geselligkeit. Ich schätze, da sind ein oder zwei im Büro, aber die kennst du sicher schon.«

»Oh, ja. Ja, die kenne ich schon. Ich hatte mehr an … na ja …« Sie zögerte. »Also, du kennst doch sicher viele Marineleute«, fügte sie lahm hinzu.

»Und wie ich die kenne!«, sagte Liz bitter. »Aber als der große Knall kam, haben sich die meisten auf Tonys Seite geschlagen. Deswegen war ich auch auf die Idee gekommen, dass Phyllida ein paar Freunde unter Zivilisten nicht schaden könnten. Man weiß ja nie.«

»Ja, ja, schon klar.« Claudia wollte sich von den Problemen der ihr unbekannten Phyllida nicht ablenken lassen, zumal diese nicht zu dem magischen Zirkel zu gehören schien. Sie ging aufs Ganze. »Vielleicht würden Abby und William gerne kommen. William und Jeff haben sich im Büro schon kennengelernt. Und ich kenne Abby.«

Instinktiv schaute Liz zu der Gruppe in der Ecke, bevor sie sich mit einem halb verlegenen, halb bemitleidenden Blick wieder Claudia zuwandte. »Das glaube ich kaum«, sagte sie schonungslos. »Das ist mehr so was wie eine geschlossene Gesellschaft, um ehrlich zu sein.«

Claudia fühlte sich vor den Kopf gestoßen.

»Jeff hat gesagt, dass William sehr charmant zu ihm war«, verteidigte sie sich.

»Das war er ganz bestimmt.« Liz schob ihr Glas beiseite. »Williams Manieren sind einwandfrei, aber glaub mir einfach, was ich dir sage. Wir arbeiten für die Hope-Latymers, wir führen ihre Bücher und erledigen ihre Steuerangelegenheiten – nicht mehr und nicht weniger.«

Claudia dachte an Abbys gerunzelte Stirn und das kühle Nicken. Sie fühlte sich gedemütigt, wollte es aber nicht zeigen.

»Ich dachte, diese Art von Snobismus wäre mit der Sintflut ausgerottet worden«, scherzte sie.

»Ach ja?« Liz musterte sie eindringlich. »Vielleicht da, wo ihr herkommt, aber ich versichere dir: Hier herrscht ein Klassendenken wie eh und je.«

»Aber du bist doch auch mit ihnen befreundet, obwohl du bloß Buchhalterin bist.« Claudia konnte nicht lockerlassen.

»Die war ich aber nicht immer.« Liz' Stimme hatte an Schärfe gewonnen, und Claudia war plötzlich mittendrin im Klassendenken. »Ich war die Tochter eines Admirals. Dann war ich die Frau eines Marineoffiziers. Die Prüfung zur Buchhalterin habe ich erst nach der Scheidung abgelegt. Das ist etwas anderes.«

»Und woher willst du wissen, dass ich nicht auch die Tochter eines Admirals bin?«, fragte Claudia in dem unbeschwerten Versuch, den früheren Status quo wiederherzustellen.

Liz starrte Claudia an; ihr wurde bewusst, dass ihr Versuch, sie abzulenken, fehlgeschlagen war. Doch die Unverblümtheit, die seit ihrer Scheidung ein wichtiger Bestandteil ihrer Persönlichkeit geworden war, war ausnahmsweise nicht stark genug. Sie schüttelte den Kopf.

»Hören wir auf damit, Claudia!«, sagte sie. »Ist es nicht sowieso egal? Abby Hope-Latymer und ihre Busenfreunde sind ja nicht die einzigen Menschen in der Gegend. Sie sind nur zufällig schon am längsten hier, und darum ist es schwer, in ihren Kreis aufgenommen zu werden. In den alten Bauerndörfern ist es das Gleiche. Man kann so etwas nicht erzwingen; alles hat seine Zeit. Und jetzt bestellen wir, ja?«

Liz ging zur Bar, und Claudia beobachtete sie aufgebracht und enttäuscht wie ein Kind, das von einem ungeduldigen Erwachsenen zurechtgewiesen worden war. Als Abby und das ältere Ehepaar aufstanden, reckte Claudia das Kinn und starrte auf Liz' Rücken, um nicht zu den dreien zu sehen.

Abby blieb kurz bei Liz stehen und plauderte ein paar Takte mit ihr, und auf ihrem Weg zur Tür winkte sie Claudia zu.

Claudia strahlte sie an und wurde sich ihrer völlig übertriebenen Freude ob dieser Geste bewusst.

4

Anfang März schneite es. Die hohen Kuppen des Moores hoben sich weiß und klar gegen die dunklen, schneeträchtigen Wolken ab, und Quentin zitterte vor Kälte, als er nach seinem Morgenspaziergang zur Brücke in die Küche zurückkam. Selbst Punch hatte sich geweigert, ihn zu begleiten. Er hatte einen Blick nach draußen geworfen und war dann in seinen warmen Korb neben dem Herd zurückgekehrt.

»Kommt bestimmt noch mehr runter«, prophezeite Quentin, hängte seinen Mantel hinter die Tür und zog sich die Stiefel aus. »Gut, dass wir eingekauft haben.«

»Der Postbote ist durchgekommen«, sagte Clemmie. Sie wedelte mit einem Brief herum und machte dann eine Tasse Kaffee für ihren Mann. »Wir sind eingeladen.«

»Himmel!« Quentin nahm den Brief und lehnte sich an den Herd. »Wer sollte … Ach, Cass, die gute Seele. Sie will nur ein paar Freunde zu Olivers Geburtstag dahaben.« Er drehte die Karte um. »Und die wollen wirklich so alte Knochen wie uns dabeihaben?«

»Mich hat das auch gewundert«, gab Clemmie zu und drückte ihm die Kaffeetasse in die kalten Hände. »Und ich dachte … Na ja, sie müssen uns nicht einladen. Aber schließlich bist du ja sein Patenonkel, also habe ich beschlossen, dass sie uns wirklich dabeihaben wollen und dass es bestimmt nett wird.«

»Gut.« Er lächelte sie an und erinnerte sich an eine Zeit, in der sie Einladungen gehasst und gefürchtet hatte, und spürte plötzlich wieder das schlechte Gewissen, das diese Erinnerungen jedes Mal begleitete. »Dann gehen wir hin.«

»Ich freue mich darauf, sie alle zu sehen.« Clemmie nahm ihm das Blatt Papier aus der Hand und las den Text noch einmal. »Oliver wird dreiundzwanzig.« Sie schüttelte den Kopf. »Das kann doch gar nicht sein. Wo sind nur all die Jahre geblieben, Quentin?«

Traurig sah er sie an und fragte sich, ob irgendjemand jemals am Ende seines Lebens hundertprozentig zufrieden ist mit der ihm gegebenen Anzahl von Jahren.

»Wo immer sie geblieben sind, sie sind zu schnell vergangen«, sagte er, bemühte sich dann aber, die Melancholie zu verdrängen. »Na, dann haben wir ja etwas, worauf wir uns freuen können, was? Hoffentlich haben wir dann besseres Wetter.«

»Bestimmt. Ist doch erst nach Ostern, sind noch fast vier Wochen bis dahin. Das hier dauert nicht lang, wirst schon sehen.«

»Na ja, dann können wir ja wieder einen gemütlichen Nachmittag am Kamin verbringen.« Quentin war jetzt wieder warm genug, um sich vom Herd zu lösen und seine Schuhe zu suchen. »Hast du genug zu lesen? Ich werde mich meinem Tagebuch widmen, muss einiges nachtragen.«

»Würdest du noch Brennholz hereinholen?« Sie lächelte ihn an, und als er sich umdrehte, um zu tun, worum sie ihn gebeten hatte, wurde sie auf einmal traurig. Sie hatte seine Melancholie sehr wohl bemerkt, und sie kannte den Grund dafür. Wenn dieser dünne, aber hartnäckige Schatten doch verscheucht werden könnte, bevor einer von ihnen starb!

Claudia war wild entschlossen, ihre Party zu geben. Für gewöhnlich setzte sie ihren Willen auch durch, ganz einfach indem sie einen Beschluss fasste und dann unbeirrt daran festhielt. Einwände und Hindernisse wurden entweder aus dem Weg geräumt oder leise niedergewalzt. Nicht dass sie den Bedürfnissen und Forderungen der anderen gegenüber unsensibel gewesen wäre – sie ging ganz einfach davon aus, dass die Leute ganz genauso dachten und reagierten wie sie, und übersah und überhörte alles, was auf das Gegenteil hindeuten könnte. Claudia wollte jedenfalls ihre Party, und sie wollte Abby und William dabeihaben. Was das anging, hatte sie zunächst mächtiges Glück. Eines Mittags war sie zum Büro gegangen, um Jeff zum Essen abzuholen, und da Liz gleichzeitig Pause machte, gingen sie zu dritt und stießen förmlich mit Abby zusammen, die aus dem Delikatessengeschäft in der Brook Street kam. Liz blieb natürlich stehen, und sobald sie Jeff Abby vorgestellt hatte, erklärte Claudia wortreich und voller Begeisterung, wie gern sie sich das Herrenhaus der Hope-Latymers einmal ansehen würde. Nach allem, was sie höre, müsse es wunderschön sein, sagte sie sehnsüchtig – während Liz sich ärgerlich auf die Lippen biss und Jeff das alles ziemlich peinlich war – und erkundigte sich, ob es jemals für die Öffentlichkeit zugänglich sei.

Abby, die sowohl ihrer Freundin Liz als auch Williams Steuerberater gegenüber unbedingt höflich bleiben wollte, lächelte kurz und erklärte: »Nein, ganz sicher nicht.« Aber wenn ihr so viel daran läge, es zu sehen, solle sie doch einmal mit Liz zum Kaffee vorbeikommen.

Claudia war entzückt; sie ignorierte, dass sie die Einladung förmlich erzwungen hatte, und drängte Liz so lange, bis sie schließlich nachgab und sie zum Landsitz der Hope-Latymers mitnahm. Abby und Liz hatten einen Tag ausgesucht, an dem Abby zum Mittagessen verabredet war, sodass die ganze Angelegenheit so kurz wie möglich gehalten werden konnte. Claudia war ein winziges bisschen enttäuscht, dass niemand von den anderen Freunden, von denen sie so viel gehört hatte, da war, und sie war leicht verstimmt, dass sie in einem solchen Tempo abgefertigt wurde; aber sie sah es ein, als Liz ihr erklärte, wie wahnsinnig viel Abby um die Ohren habe. Claudia brachte es fertig, jedes Mal, wenn sie Bekannte traf, im Gespräch ihren Besuch bei Abby nicht nur zu erwähnen, sondern auch noch detailreich auszuschmücken, bis sie ihre Übertreibungen fast selbst glaubte und aus der vorgetäuschten Zugehörigkeit zu Abbys Zirkel neues Selbstvertrauen bezog.

Inzwischen hatte sie auch Phyllida kennengelernt, die Liz ihr in der Hoffnung vorgestellt hatte, Claudia auf diese Weise von Abby abzulenken. Anfangs war Claudia leicht verärgert gewesen und hatte sich Phyllida gegenüber ziemlich herablassend verhalten, nachdem sie herausgefunden hatte, dass sie mit niemandem aus dem magischen Kreis vertraut war. Sie wir beleidigt, dass Liz ihr nicht noch mehr von ihren besonderen Freunden vorstellte, und neigte dazu, Phyllida als jemanden zu betrachten, der ihr aufgedrängt worden war, um sie ruhig zu stellen. Außerdem fürchtete sie noch immer, dass jemand dahinterkommen könnte, dass ihre Ehe gar nicht so wunderbar glücklich war, und prahlte umso mehr mit Jeffs Vorzügen, wobei sie sich tröstlich überlegen fühlte, da Liz ihr ja einiges über Alistair erzählt hatte. Phyllida brauchte aber nicht lange, um Claudias aufgeblasenes Getue zu durchschauen, und sie beschloss, dass es das Beste war, gar nicht großartig darauf zu reagieren und zu hoffen, dass Claudia sich irgendwann entspannen würde. Sie hatte erkannt, dass in der stacheligen Schale ein guter Kern steckte, und nachdem sie sich ein paarmal getroffen hatten, ging alles etwas leichter.

Claudia ihrerseits fand Phyllidas schlichte Einstellung sowohl beruhigend als auch schmeichelnd. Rückhaltlos bewunderte Phyllida ihr bezauberndes georgianisches Haus, machte Claudia Komplimente zu ihrem eleganten Aussehen und erzählte ihr, wie großartig sie Jeff fand, ohne dass sie den geringsten Versuch unternahm, mit ihm zu flirten. Sie war beeindruckt von Claudias Erfahrungen in der Welt der Designer, und obwohl sie bedauerte, dass ihre Karriere mit dem Umzug in den Westen unterbrochen wurde, stellte sie diese Entwicklung nicht infrage. Phyllida war daran gewöhnt, mit einem Mann zusammenzuleben, dessen Beruf stets an erster Stelle stand, und sie akzeptierte, dass es bei Claudia und Jeff genauso war.

Claudia, die ihre Entscheidung, die eigene Karriere hintanzustellen, immer wieder hatte rechtfertigen müssen, war unglaublich erleichtert, fühlte sich aber sofort genötigt, nun ihren Standpunkt zum Thema Kinder zu verteidigen. Sie wollte nicht, dass Phyllida dachte, sie sei nicht mütterlich, aber sie wusste auch nicht recht, wie sie Jeffs kategorische Ablehnung erklären sollte, ohne dass es unnatürlich klang. Sie musste doch weiter das Bild der perfekten Ehe vermitteln.

»Ich habe das Gefühl, Jeff ist einfach noch nicht so weit, um Vater zu werden«, sagte sie, während sie eines Abends Lucy beim Baden zuschaute. Sie war zum Tee gekommen und länger geblieben, als sie eigentlich vorgehabt hatte, da sie wusste, dass Jeff spät nach Hause kommen würde. »Er arbeitet so hart und trägt so viel Verantwortung.«

»Ihr habt doch noch Zeit genug«, sagte Phyllida nachsichtig. »Alistair war ja auch schon einunddreißig bei Lucys Geburt. Ich finde, er hat viel mehr Geduld mit ihr als viele junge Väter mit ihren Kindern haben.«

Sie hob Lucy aus der Wanne und legte sie auf das große Handtuch quer über ihren Schoß. Claudia sah die beiden an – sie sahen sich absurd ähnlich mit ihrem zerzausten, kurzen braunen Haar und den großen grauen Augen – und empfand einen ungewöhnlichen Frieden. Phyllida wusste, dass Claudia sich noch nicht genügend vergessen konnte, um herumzutollen oder Geschichten vorzulesen, und dass sie daher mit einem Drink im Wohnzimmer besser aufgehoben war, während sie selbst Lucy ins Bett brachte.

»Geh doch runter und nimm dir etwas zu trinken!«, schlug sie zu Claudias Erleichterung vor. »Ich komme gleich nach. Und verschwinde noch nicht.«

Mit einem Glas Wein in der Hand schlenderte Claudia durch das gemütliche, unordentliche Wohnzimmer, sah sich Fotos in silbernen Rahmen an und hob Bücher und Spielsachen auf. Trotz der Unordnung und der schäbigen Möbel und Vorhänge, die mitsamt dem Haus vermietet wurden, war sie ganz entspannt und fragte sich, warum. Fast wünschte sie, sie könne Äußerlichkeiten gegenüber genauso gleichgültig sein wie Phyllida; zufrieden sein mit alter, bequemer Kleidung und einem Leben in Unordnung. Zwar versuchte Phyllida nie, ihre Nase in Claudias Privatleben zu stecken, doch wurde aus ihren eigenen Schilderungen deutlich, dass sie und Alistair sehr glücklich miteinander waren; Claudia vermutete, dass es genau diese Sicherheit war, die Phyllida Selbstvertrauen verlieh und es ihr erlaubte, so zu leben, wie es ihr gefiel, ohne sich um die Meinung der anderen zu kümmern. Sie grübelte noch immer darüber nach, als eine erschöpft wirkende Phyllida erschien, die einen Drink gebrauchen konnte.

»Ich bin immer hin- und hergerissen um diese Zeit«, seufzte sie und ließ sich auf das Sofa sinken. »Auf der einen Seite bin ich froh, dass Lucy im Bett ist und ich entspannen kann, aber auf der anderen Seite wünschte ich, sie könnte aufbleiben und mir Gesellschaft leisten. Die Abende sind manchmal so lang.«

»Das muss schlimm sein.« Claudia versuchte sich vorzustellen, ein solch seltsames Leben zu führen. »Irgendwie ist das doch eine schöne Zeitverschwendung, oder?« Sie konnte sich nicht helfen, sie empfand eine gewisse Selbstgefälligkeit, als sie an ihr eigenes optimal durchorganisiertes Leben dachte.

»Ja, wahrscheinlich. Aber es hat ja keinen Sinn zu klagen. Man kann keinen Seemann heiraten und dann nörgeln, wenn er auf See ist.«

»Sicher.« Claudia hob Lucys Stoffpuppe auf und setzte sie in eine Sofaecke. »Man gewöhnt sich bestimmt daran.«

»Im Winter ist es am schlimmsten.« Phyllida zerwühlte sich das Haar und gähnte ausgiebig. »Tut mir leid. Bin etwas müde. Lucy war etwas anstrengend heute Abend. Ich glaube, sie kriegt eine Erkältung. Ich fürchte, das wird wieder mal so eine Nacht. Das ist etwas, was man wirklich vermisst. Jemanden, mit dem man die Last teilen kann. Spielsachen aufräumen, abwaschen, Tee machen. Verstehst du?«

»Hm.« Claudia nickte und dachte daran, dass Jeff stets seinen Beitrag zum Haushalt leistete. »Früher, als wir beide gearbeitet haben, haben wir uns natürlich abgewechselt mit der Hausarbeit. Essen machen, Wäsche waschen und so. Jeff ist super. Wahrscheinlich nehme ich ihn für zu selbstverständlich. Jetzt, wo ich den ganzen Tag zu Hause bin, tut er nicht mehr so viel. Sicher fühlst du dich einsam, wenn du immer alles allein machen musst.«

»Vor Lucys Geburt war es noch schlimmer.« Phyllida ließ die Schuhe auf den Boden plumpsen und zog die Füße auf das Sofa. Sie ignorierte Claudias Anflüge von Herablassung, die diese immer noch nicht ganz unterdrücken konnte. »Da habe ich mich furchtbar einsam gefühlt. Manchmal mag ich das aber auch. Ich muss nicht ständig dafür sorgen, dass etwas Warmes auf dem Tisch steht, und zu bügeln habe ich auch kaum. Ich kann so einigermaßen tun, wozu ich Lust habe.«

»Aber wenn Lucy erst mal zur Schule geht, wird sie dir sicher fehlen«, merkte Claudia verständnisvoll an. »Willst du dann wieder arbeiten?«

Phyllida zögerte, doch der Drang, ihr Geheimnis mit Claudia zu teilen, war stärker.

»Ich erwarte noch ein Kind«, sagte sie, und Claudia entfuhr vor Überraschung ein Schrei. »Ist das nicht toll? Ich dachte schon, langsam würde Lucy zu alt. Ich finde zu große Abstände zwischen den Kindern nicht so gut. Aber ich glaube, es wird hinhauen.«

»Natürlich wird es das.« Claudia unterdrückte den aufkommenden Neid. »Wahrscheinlich ist es so besser, als wenn die Kinder zu nah beieinander sind und sich ständig streiten. Lucy ist alt genug, um vernünftig an die Sache heranzugehen.« Sie hörte sich sehr optimistisch an, als sie das Glas hob. »Herzlichen Glückwunsch!«

»Danke.« Phyllida lächelte in das Feuer. »Ich kann es gar nicht abwarten, es Alistair zu erzählen. Ach, übrigens, bitte sag niemandem etwas davon. Du und Prudence, ihr seid die Einzigen, die es bisher wissen.«

»Ich freue mich wirklich darauf, Alistair kennenzulernen«, sagte Claudia, die sich inzwischen ein ganz neues Bild von ihm gemacht hatte. »Schön, dass er rechtzeitig für meine Party zurückkommt.«

»Wird bestimmt lustig.« Phyllida grinste. »Nimm dir doch noch etwas Wein!«

»Nein danke, ich muss jetzt wirklich gehen.« Claudia schien das zu bedauern. »Jeff kommt bald nach Hause, und ich muss noch für das Abendessen sorgen. Tut mir leid, dich allein zu lassen.«

»Macht doch nichts, das bin ich ja gewöhnt«, wehrte Phyllida fröhlich ab. »Fahr vorsichtig! Es soll wieder frieren.«

Kaum hatte sie die Haustür hinter Claudia geschlossen, klingelte das Telefon. Es war Alistair, der ihr mitteilte, dass sich das Programm geändert habe und er erst zwei Wochen später nach Hause kommen werde. Phyllidas Enttäuschung war grenzenlos. In den letzten sechs Jahren als Ehefrau eines Marineoffiziers hatte sie sich zwar daran gewöhnt, dass das militärische Leben nicht besonders verlässlich war und dass die einzige Möglichkeit, damit umzugehen, war, jedes Mal das Beste daraus zu machen – aber dieses Mal hatte sie echte Probleme, die

Sache so philosophisch zu sehen. Sie hatte sich so darauf gefreut, Alistairs Gesicht zu sehen, wenn sie ihm von dem Baby erzählte, aber in diesem Moment beschloss sie, dass das Telefon als Offenbarungsmedium herhalten musste.

»Es tut mir so leid, Phylly«, sagte er, als er ihr die Verspätung erklärte. »Das ist einfach ganz großes Pech. Aber dafür kann ich dann länger zu Hause bleiben, wenn ich erst mal da bin. Wie läuft's sonst?«

»Alles in Ordnung«, sagte sie und versuchte, fröhlich zu klingen. »Na ja, Lucy schnieft ein bisschen rum, ist aber nichts Ernstes. Matthew und Clare waren hier, und ihre beiden waren erkältet. Allerdings …« Sie zögerte.

»Spuck's aus!«, ermunterte er sie. »Bankkonto geplündert? Ist nicht so schlimm.«

»Nein, etwas anderes.«

An ihrer Stimme konnte er hören, dass sie lächelte, und auch er lächelte, als er sich die zarte Person am anderen Ende der Leitung vorstellte. »Was hast du an?« Die Sehnsucht, sie in seinen Armen zu halten, war nahezu unerträglich.

»Einen von deinen Pullovern.« Sie kicherte. »Hier friert es. Und Schnee liegt auch.«

»Ich liebe dich«, sagte er, und ihr Herz schmolz nur so dahin.

»Ich dich auch«, sagte sie zitternd. »Ach, Alistair. Wir bekommen noch ein Baby.«

Es folgte eine Totenstille, und Phyllida hielt die Luft an, bis sie leise seinen Namen aussprach, weil sie fürchtete, dass die Leitung unterbrochen worden war.

»Oh, Phylly. Ja, ja, ich bin noch da. Was für eine Überraschung! Oh, Liebling, das ist ja wunderbar!«

»Ich wollte eigentlich warten, bis du hier bist«, erklärte sie, »aber jetzt, wo es noch länger dauert, konnte ich mich einfach nicht mehr beherrschen.«

»Das freut mich. Weiß Lucy es schon?«

»Nein, noch nicht. Ich wollte, dass du es als Erster erfährst.«

»Ach, Liebes … Scheiße!« Seine Stimme schlug um. »Ich muss gehen. Hör zu, ich schreibe dir heute Abend und schicke den Brief los, bevor wir ablegen. Pass auf dich auf und gib Lucy einen Kuss. Ich liebe dich.«

Er legte auf, und Phyllida stand wie gebannt da und hielt den Hörer ganz fest. Sie seufzte, als sie auflegte. Sie war froh, dass er es jetzt wusste, und wenigstens konnte sie sich nun auf seinen Brief freuen – es sei denn, er beschloss zu feiern und sich zu betrinken, bevor er Stift und Papier zur Hand nahm. Wie dem auch sei, Phyllida empfand ein plötzliches Gefühl der Leere und ärgerte sich ein wenig.

Sie schaltete das Radio ein und wünschte, Claudia wäre länger geblieben. Nina Simones unverkennbare raue Stimme sang »If I Should Lose You«, eins von Alistairs Lieblingsliedern auf einer uralten Kassette. Phyllida verzehrte sich förmlich nach ihm und fühlte sich unendlich einsam. Doch bevor sie sich ganz dieser depressiven Stimmung hingeben konnte, hörte sie Lucy rufen. Sofort überwog die Sorge; Lucy war den ganzen Tag so unruhig gewesen wegen der nahenden Erkältung, und Phyllida fragte sich, wie lange es wohl dauern würde, bis sie wieder einschlief. Während sie ein paar Spielsachen zusammensammelte, die Lucy trösten könnten, und die Treppe zum Schlafzimmer ihrer Tochter hinaufeilte, verfluchte sie den Umstand, dass kleine Kinder immer nachts oder am Wochenende krank wurden, wenn die Arztpraxen geschlossen waren.

Liz und ihre fünfzehnjährige Tochter Christina wollten mit Abby in der großen Küche im Herrenhaus zu Mittag essen, als Claudia anrief, um Abby und William zu ihrer Party einzuladen. Abby war völlig überrascht und konnte sich nur bedanken und sagen, dass sie zwar erst William fragen müsste, dass sie ansonsten aber nicht wüsste, warum sie nicht kommen sollten. Sie knallte den Hörer auf und stieß murmelnd Verwünschungen aus. Liz sah sie amüsiert an.

»Wer war das denn bloß?«

»Claudia«, zischte Abby. »Hat uns zu irgendeiner Party eingeladen. Warum kann sie nicht akzeptieren, dass ich genügend Freunde habe und nicht noch mehr brauche?«

»Sie ist in Ordnung«, sagte Liz. »Ich glaube, sie ist einsam.«

»Das ist doch nicht mein Problem. Warum sucht sie sich keine Arbeit?«

»Sie ist Modedesignerin.« Liz zuckte mit den Schultern. »Glaube nicht, dass von denen viele gesucht werden hier. Ehrlich gesagt verstehe ich gar nicht, warum die beiden aus Sussex weggezogen sind. Oder sagen wir, warum sie nach Tavistock gezogen sind. Die Liebe zum Leben auf dem Land war es bestimmt nicht.«

»Vielleicht waren sie mal im Urlaub hier«, überlegte Christina, die dem Gespräch mit halbem Ohr lauschte, während sie sich an dem Kreuzworträtsel in Abbys Daily Telegraph versuchte. »So viele Leute ziehen nach Devon, bloß weil sie die Sommerferien hier verbracht und sich in diese Gegend verliebt haben.«

»Und ziehen nach dem ersten langen, nassen Winter wieder zurück«, stimmte Abby zynisch zu.

»Wenn sie dir so auf die Nerven geht, warum bietest du ihr dann nicht an, in einem deiner Komitees mitzuarbeiten?«, fragte Liz beiläufig. »Dann hätte sie was zu tun, würde sich akzeptiert fühlen und dich vielleicht in Ruhe lassen.«

Abby glotzte sie an. »Das ist ja brillant«, sagte sie. »Ich nehme sie in das Rotkreuzkomitee auf. Das trifft sich immer hier – wo sie doch so gern hierherkommen will! –, und dann kriegt sie Jeff bestimmt dazu, ehrenamtlich unsere Buchführung zu machen. Was für ein helles Köpfchen du bist!«

»Vergiss es«, winkte Liz ab. »Übrigens bringe ich zu dem Mittagessen am Sonntag noch einen zusätzlichen Gast mit.«

»Herrje!« Abby zog die Augenbrauen ganz weit hoch. »Doch wohl keinen Mann?«

»Doch, schon, aber nicht, wie du denkst. Onkel Eustace hat beschlossen, uns für etwa eine Woche mit seiner Anwesenheit zu beglücken.«

»Sehr schön!« Abby klatschte vor Freude mit den Händen. Sie kannte Liz' Onkel schon seit vielen Jahren und hatte ihn – wie fast alle ihre Freunde – ins Herz geschlossen. Sie freute sich immer auf seinen Besuch. »Er sorgt immer für Stimmung.«

»Ja, und wie«, brummte Liz mürrisch. »Als hätte man einen riesigen herrischen kleinen Jungen zu Besuch.«

»Ach, Mum!«, protestierte Christina. »Er ist überhaupt nicht herrisch. Und er ist überhaupt nicht wie andere alte Leute, man kann richtig Spaß haben mit ihm. Ich liebe ihn.«

»Tun wir das nicht alle?«, sagte Abby. »Ich tu's zumindest.«

»Also, wirklich! Er ist ein Musterexemplar von einem männlichen Chauvinistenschwein. Ich verstehe überhaupt nicht, wie Tante Monica ihn ertragen konnte.«

»Sie hat ihn vergöttert, ganz wie wir alle.« Abby deckte den Tisch. »Er vermisst sie fürchterlich.«

»Natürlich tut er das«, sagte Liz sarkastisch. »Jetzt hat er niemanden mehr, der ihm die Socken wäscht, das Essen macht, ihm hinterherrennt …«

»Nun sei doch nicht so verbiestert«, sagte Abby und zwinkerte Christina zu, die ihre Mutter vorwurfsvoll angesehen hatte. »Du hast mir noch gar nicht erzählt, was du von Jeff hältst. Dufter Typ, finde ich.«

»Wer ist Jeff?«, fragte Christina und schob die Zeitung beiseite.

»Er sieht ausgesprochen gut aus«, räumte Liz ein. »Aber er ist so schrecklich korrekt. Weißt du, was ich meine? Er ist so perfekt in allem, dass er fast schon zu gut ist, um wahr zu sein.«

Abby fing an zu lachen und schüttelte den Kopf. »Du bist aber auch nie zufrieden, was?«, fragte sie. »Egal. Ich sorge für das Essen, und dann wechseln wir uns damit ab, den perfekten Mann zu erfinden! Leg jetzt endlich das Kreuzworträtsel weg, Christina, und mach dich nützlich.«

5

Als Abby Claudia anrief, um ihr mitzuteilen, dass William und sie leider doch nicht zu ihrer Party kommen konnten, schob sie eilig den Vorschlag hinterher, dass Claudia sich in das Rotkreuzkomitee wählen lassen könnte. Claudia war so überrascht von dieser Anfrage, dass ihr Protest sofort verstummte, und Abby ging aufs Ganze, erklärte ihr den Wahlvorgang, bat sie dringend, darüber nachzudenken, und bot ihr an, sich auf einen kleinen Plausch mit ihr zu treffen, wenn sie interessiert sei. Das entschädigte Claudia für alles. Eine Party dauerte schließlich nur ein paar Stunden – wenn sie dagegen in einem von Abbys Komitees säße, bedeutete das nicht nur eine längerfristige Beziehung zu ihr, sondern auch Sitzungen im Herrenhaus und nicht zuletzt eine Verbindung zu der Gruppe, der sie so gerne angehören wollte. Schon, als sie den Hörer auflegte – das Versprechen, sich bald zu treffen, noch im Ohr –, malte sie sich aus, wie sie diese neue Entwicklung in ihre Gespräche einflechten konnte, wie sie den anderen in beiläufigen Bemerkungen immer wieder vermitteln konnte, was für ein gesellschaftliches Ansehen sie genoss und wie sie ihrem Selbstvertrauen dadurch Auftrieb geben konnte.

Claudia platzte fast vor Stolz und Freude und stürzte sich gut gelaunt in die Partyvorbereitungen. Dank Liz würden doch einige Gäste kommen, und Claudia dichtete schon kleine Sätze, die sie im Verlauf des Abends ganz lässig im gegebenen Augenblick loswerden konnte.

»Wie schade, dass Abby und William nicht kommen konnten … Ja, richtig, Hope-Latymer. Kennen Sie sie? … Oh, ja. Sehr gut sogar. Ich bin Mitglied in einem von Abbys Komitees … Sie arbeitet unermüdlich, aber sie ist ein toller Kumpel, wenn man sie erst mal näher kennt.«

Claudia seufzte zufrieden, als sie sich an ihren Frisiertisch setzte und sich Ohrringe anschraubte. Jeff stand hinter ihr und ging etwas in die Knie, um sich sehen zu können, während er sich die Krawatte band, und sie lächelte ihn im Spiegel an. Ihr fiel auf, dass er in den letzten Tagen ziemlich ruhig gewesen war.

»Alles in Ordnung?«, fragte sie, drehte sich auf dem Hocker um und sah ihm forschend ins Gesicht.

»Natürlich.«

Er lächelte sie an und war für sie auf einmal das, was er so oft für sie war: ein charmanter Fremder. Sie fragte sich, ob das etwas mit ihrem mehr als dürftigen Sexleben zu tun hatte, schüttelte den Gedanken aber wieder ab. Sie hatte keine Lust, sich zum tausendsten Mal mit diesen stets ergebnislosen Überlegungen zu quälen, und schon gar nicht am Abend ihrer großen Party. Er war sehr attraktiv in seinem dunklen Anzug. Trotz seines Bürojobs war seine Haut immer leicht gebräunt und sein sehr kurzes Haar – Claudia mochte es so kurz – dick und glänzend. Eine warme Woge des Verlangens überkam und schwächte sie, und Claudia stand schnell auf.

»Du siehst gut aus.«

Sie stellte sich ganz dicht vor ihn, aber er hob nur ihre Hand an seine Lippen und küsste sie, wie er es sehr häufig tat. »Und du bist schön. Ich will aber nicht dein Make-up zerstören.«

Sie wusste, dass er stillschweigend zur Kenntnis genommen hatte, dass sie nach mehr als dieser galanten Geste verlangte, und sie wusste, dass er so seine Unzulänglichkeit entschuldigte, aber sie wünschte, er würde sie packen, ihr die Kleider vom Leib reißen und ihr sorgfältig aufgelegtes Make-up ruinieren. Eine grausame Sekunde lang starrten sie einander in die Augen – er in dem Bewusstsein, dass sie ihn begehrte, sie in dem Bewusstsein, dass sie ihn abschreckte. Schnell und instinktiv versuchten sie beide gleichzeitig, ihre Erkenntnis zu verbergen.

»Ich geh schon schnell runter und schenke uns etwas zu trinken ein«, sagte Jeff. Mit einer unerträglichen Zärtlichkeit lächelte er sie an. »Ich glaube, wir sind beide etwas überspannt. Ich auf jeden Fall.«

»Sicher.« Erleichtert stimmte sie seiner Erklärung zu. »Die erste Party in einem neuen Haus ist immer nervenaufreibend. Geh schon vor. Ich komme gleich nach.«

Als er gegangen war, setzte sie sich wieder und betrachtete sich starr im Spiegel. Ihre alten Ängste waren wieder da. Er fand sie einfach nicht anziehend. Dabei war sie doch hübsch und schlank und achtete peinlichst darauf, jeden Abend frisch gebadet zu sein und gut zu duften. Ihre Umgebung war immer gepflegt, das Schlafzimmer immer geschmackvoll eingerichtet und sauber. Das ganze Haus war perfekt eingerichtet, alles passte im Stil zueinander, und sie freute sich darauf, vor ihren neuen Freunden damit anzugeben. Sie verdrängte ihre Ängste und konzentrierte sich wieder auf ihre Freude über Abbys Angebot. Es war doch albern, sich so verrückt zu machen, wahrscheinlich überbewertete sie das alles völlig. So wichtig war Sex schließlich nicht. Sie musste nur wieder mehr zu tun haben, beschäftigt sein, dann würde sie schon wieder auf den Teppich kommen. Wer weiß, vielleicht boten sich ja noch andere Komitees, Mittagessen …

Claudia ging nach unten und wurde wieder aufgeregt. Jeff kam aus der Küche, um ihr ein Glas Wein zu reichen, und als sie es ihm abnahm, sah er, dass ihr Lächeln von Herzen kam und der gefährliche Augenblick vorüber war. Mit einem Seufzer der Erleichterung sah er sie in den bezaubernden georgianischen Salon gehen, um zu überprüfen, ob alles in Ordnung war. Manchmal erdrückten ihn seine Schuldgefühle fast. Er wusste, dass er sie niemals hätte heiraten dürfen, aber sie hatte ihm so unermüdlich nachgestellt, dass ihm eine Heirat mit ihr letzten Endes der einfachste und weiseste Weg zu sein schien. Auch er hatte einmal geliebt – leidenschaftlich, verzweifelt, total –, und seine Liebe war erwidert worden. Doch dann, ganz plötzlich, war alles vorbei gewesen, und selbst jetzt trieb die Erinnerung an die Zurückweisung und den Schmerz Jeff schnell zurück in die Küche, wo er starr stehen blieb und mit der Verzweiflung kämpfte. Er hatte beschlossen, sich nie wieder so wehtun zu lassen, wobei Claudia ihm als ein Schutzschild gegen die Versuchung diente, aber er wusste, dass sie unglücklich war. Wenn er doch nur in der Lage wäre, Sex und Liebe voneinander zu trennen, dann könnte er wenigstens ihre ganz natürlichen Bedürfnisse befriedigen! Aber Sex und Liebe gehörten für Jeff untrennbar zusammen, und je mehr er sich anstrengte, desto schwieriger wurde alles.

Er füllte sein Glas auf. Wenn Claudia doch nur etwas lockerer und entspannter sein könnte, es weniger offensichtlich darauf anlegen und vorbereiten würde! Es reichte zu sehen, wie sie gepudert und parfümiert, förmlich gnadenlos einsatzbereit abends auf ihn wartete, um jegliche Ambitionen seinerseits bereits im Keim zu ersticken. Jeff trank einen großen Schluck Wein und schüttelte den Kopf. Es war unverschämt von ihm, ihr die Schuld zu geben. Die ganze schreckliche Schuld lag allein bei ihm, und er wusste es. Es klingelte an der Tür, er richtete sich auf und stellte das Glas ab. Automatisch betastete er die Krawatte, setzte das berühmte Jeff-Lächeln auf und ging in den Flur, um seine Gäste zu begrüßen.

Es sah fast so aus, als würden alle auf einmal kommen: mehrere mit der Marine verbundene Ehepaare, die alle miteinander befreundet waren, ein Paar von der Reitschule, wo Jeff reiten ging, Phyllida und Prudence und Liz kurz dahinter. Claudia konnte zwar nur über Abbys Komitee reden, wenn sie sicher war, dass Liz außer Hörweite war, aber sie amüsierte sich trotzdem. Sie sonnte sich in der allgemeinen Bewunderung des Hauses und des Essens, zog bei jedem Kompliment die Augenbrauen hoch, die Mundwinkel herunter und zuckte mit den Schultern, als ob sie andeuten wollte, dass all das ganz selbstverständlich sei für sie, dass es das auch schon immer gewesen sei, aber dass sie sich natürlich freute, wenn andere es zu schätzen wussten. Sie lieferte eine ausgezeichnete Show, und einzig Liz war amüsiert. Die anderen waren viel zu beschäftigt mit Essen und Trinken und Reden, als dass sie sich irgendwelche Gedanken gemacht hätten. Die meisten von ihnen kannten Claudia und Jeff kaum und waren recht überrascht gewesen, zu dieser Einweihungsparty, wie Claudia es nun genannt hatte, eingeladen zu werden. Die meisten von ihnen waren Freunde von Liz, gingen immer gern auf Partys und nahmen die Einladung in dem Glauben an, dass Claudia und Jeff ein freundliches Paar waren, das sich in der neuen Umgebung möglichst schnell einleben wollte. Und warum auch nicht? Die meisten von ihnen kannten Prudence und bezogen sie und Phyllida in ihre Gespräche ein, wobei Phyllida allerdings Schwierigkeiten hatte, sich zu entspannen, weil sie sich um Lucy sorgte, die einen Hautausschlag bekommen hatte.

Die Party war im vollen Gange, als es an der Tür klingelte und Liz, die von der Toilette wieder herunterkam, aufmachte. Claudia wurde auf die neuen Gäste aufmerksam, als sie Jeffs Gesichtsausdruck sah. Mit einem Teller in jeder Hand stand er wie versteinert da und starrte zur Tür. Blitzartig drehte Claudia sich um. Sie sah eine junge Frau dort stehen, auf deren Gesicht sich gespannte Erwartung und eine leichte Scheu mischten. Ihr kurzes Haar mit blonden Strähnen umrahmte das lebhafte Gesicht wie ein Heiligenschein. Als sie den Raum betrat, sah Claudia, dass sie einen superkurzen Minirock trug, unter dem ihre makellosen Beine in schwarzen Strümpfen besonders betont wurden. Sofort stieg in Claudia heftige Abneigung gegenüber dieser Unbekannten auf. Sie blickte noch einmal zu Jeff, der aussah wie hypnotisiert, doch bevor Claudia etwas sagen konnte, schob Liz sie auch schon durch die Menge auf sie zu.

»Das ist Jenny«, stellte sie vor. »Ist von unserem Büro in Bristol hierhergekommen. Das ist Jeff. Ihr kennt euch ja noch nicht. Und das ist Claudia.«

»Eigentlich wollten wir mit Sue und Jerry kommen«, erklärte Jenny etwas atemlos. »Sie hatten aber Probleme mit dem Auto und haben uns angerufen und gesagt, wir sollten schon vorgehen.« Sie lächelte Claudia noch immer etwas scheu an. »Wir dachten, es sei vielleicht etwas unhöflich, aber sie haben gesagt, das wäre Ihnen recht.«

»Ist es ja auch.« Jeff hörte sich genauso atemlos an wie Jenny, und er drehte sich um, stellte die Teller ab und schüttelte ihr die Hand. »Liz hat mir erzählt, dass Sie angekommen sind, und da dachte ich, Ihnen könnte es auch nicht schaden, ein paar Leute kennenzulernen.«

»Das ist sehr nett.« Jenny war richtig dankbar. »Das hier ist ein richtiger kleiner Kulturschock nach Bristol, das sehe ich jetzt schon. Aber ich wollte ja weg von dort. Oh!« Sie kreischte bestürzt. »Wie peinlich. Das hier ist Gavin. Er wohnt in der Wohnung über mir und hat mir beim Einzug geholfen. Er war klasse.«

Das glaube ich gern, dachte Claudia sauer, die erst jetzt den schlanken jungen Mann bemerkte, der sich lässig hinter Jenny herumlümmelte und nun auf die anderen zukam. Er grinste, wobei weiße Zähne in seinem knochigen, braunen Gesicht aufblitzten. Sein aschblondes Haar war nicht besonders ordentlich kurz geschnitten, und seine ganz hellblauen Augen saßen schräg wie die einer Katze. Er hatte ein T-Shirt und Jeans an, doch störte es ihn offenbar nicht im Geringsten, dass er in diesem eleganten Raum unter den fein angezogenen Gästen völlig deplatziert wirkte, fast wie ein Tiger unter lauter hübschen Hauskatzen. Jenny wirkte genauso deplatziert. Mit ihrem toupierten Haar und dem Glitzer-Make-up verbreitete sie Großstadtluft. Ihre Seidenbluse bot tiefe Einblicke, und ihre kleinen Füße steckten in schwarzen, wildledernen Robin-Hood-Stiefeln.

»Nun hol Jenny doch endlich etwas zu trinken, Jeff«, sagte Claudia unvermittelt in dem verzweifelten Versuch, ihn aus seiner Selbstvergessenheit zu reißen. Als Gavin sie anlächelte, sah sie weg. Sein Lächeln hatte etwas Komplizenhaftes, als durchschaue er Jeffs Reaktion und Claudias Entsetzen. »Und Gavin natürlich auch. Was möchten Sie trinken?«

»Gibt's Bier?« Er sprach ganz locker mit leichtem Londoner Akzent.

»Ich glaube, in der Küche ist welches.« Jeff ließ Jenny nicht aus den Augen.

»Na, dann geht ihr zwei doch los und holt euch Bier, und ich besorge Wein für Jenny.« Claudia war fest entschlossen, sie voneinander zu trennen. Sie zwang sich, Jenny anzulächeln. »Kommen Sie, Jenny. Wir holen Ihnen etwas zu trinken, und dann stelle ich Sie der restlichen Bande vor.«

»Danke.« Jenny lächelte Jeff und Gavin noch einmal zu, bevor sie Claudia folgte.

»Na, dann.« Gavin zog die Augenbrauen hoch und kräuselte die Lippen, und einen Moment später lächelte Jeff ihn kurz an. »Dann sind wir beide wohl ganz allein, Mann. Also, wo ist das Bier?«

Als Phyllida erfuhr, dass sowohl Lucy als auch sie selbst sich bei Matthews Kindern mit Röteln angesteckt hatten, brach eine Welt für sie zusammen, und das einzige Gefühl, dessen sie fähig war, war Verzweiflung. Ihre Hausärztin, eine freundliche Frau in den Dreißigern, die selbst Kinder hatte, war unglaublich einfühlsam, machte Phyllida aber dennoch unmissverständlich klar, dass die Auswirkungen auf das ungeborene Baby katastrophal sein könnten. Sie bot ihr einen Schwangerschaftsabbruch an und schlug ihr vor, darüber nachzudenken und mit ihrem Mann darüber zu sprechen.

Alistair, der wenige Tage später ganz aufgeregt nach Hause kam, war ebenso erschüttert von dieser Nachricht wie Phyllida. Es glückte ihnen, vor Lucy stark zu bleiben, doch sobald sie im Bett war, schenkte Alistair ihnen beiden einen großen Drink ein und zog Phyllida auf dem Sofa an sich. Sie vergrub sofort das Gesicht in seinem Pullover und weinte und schluchzte, als wolle sie nie wieder aufhören. Mit versteinerter Miene saß er ganz still und hielt sie einfach nur fest, ohne den Versuch zu unternehmen, sie zu trösten. Sie sollte sich erst ausweinen. Als sie sich schließlich aufrichtete, trocknete er ihr zärtlich mit seinem Taschentuch das Gesicht.

»Das passiert mir ständig«, sagte sie mit bebender Stimme. »Ich komme einfach nicht darüber hinweg. Es ist so schrecklich. Wir können doch nicht … unser Baby umbringen.«

Er nahm sie wieder in den Arm und sprach mit fester Stimme, obgleich ihm Tränen in den Augen standen.

»Aber es ist doch nicht so, dass du ein gesundes Baby loswerden willst, bloß weil du es nicht haben willst. Die ganze Sache ist tragisch, aber du willst es doch nicht etwa riskieren, oder? Du musst an das Kind denken.«

»Es ist aber doch nicht sicher, dass es geschädigt sein wird.«

»Ich weiß.« Er strich ihr sachte über das Haar. »Aber die

Wahrscheinlichkeit ist sehr groß. Es wäre nicht fair. Euch beiden gegenüber nicht.«

Er löste sich von ihr, um ihr das Glas zu reichen. Sie nahm es, hielt es mit beiden Händen fest und nippte daran. Alistair beobachtete sie. Ihm wurde bewusst, dass sein eigener Schock und seine Enttäuschung nichts waren, verglichen mit ihrem Zustand, und er dankte Gott, dass dieses Unglück zu einem Zeitpunkt passierte, da er einige Monate an Land sein würde. Für ihn bestand überhaupt kein Zweifel, dass die Schwangerschaft abgebrochen werden musste, aber er wusste auch, dass Phyllida sich neben der Traurigkeit auch mit Schuldgefühlen herumplagen würde, und als sie anfing zu reden, bestätigte sich seine Vermutung.

»Wenn ich doch bloß Matthew und Clare nicht eingeladen hätte«, sagte sie und wischte sich eine neue Träne von der Wange. »Wenn ich doch nur geimpft gewesen wäre! Mum dachte, ich hätte Röteln gehabt, als ich klein war.«

»Du kannst nichts dafür. Du kannst dir nicht die Schuld geben, Phylly. Wir dürfen uns nicht entmutigen lassen. Wir haben doch genug Zeit für noch mehr Kinder. Sowie du dich erholt hast und dir danach ist, versuchen wir es wieder.«

Er wischte noch eine Träne weg und hob ihr Kinn an. Sie versuchte zu lächeln und nickte.

»Ich weiß.«

»Und es macht so einen Spaß, es zu versuchen.«

Sie wusste, dass er sein Bestes tat, um sie zu trösten, und versuchte, ihrerseits tapfer zu sein.

»Ich bin so froh, dass du zu Hause bist. Mit dir zusammen ist das alles leichter zu ertragen.«

»Ich bin auch froh. Es wäre schrecklich gewesen für mich, unterwegs zu sein während dieser Geschichte. Ich habe zwei Wochen Urlaub, bevor ich nach Greenwich muss, also wäre es das Beste, wenn … wenn es sofort gemacht wird. Ich kann mich um Lucy kümmern, und du kannst dich richtig erholen … danach.«

Sie nickte und trank einen großen Schluck, und er seufzte vor Erleichterung. Eine Zeitlang hatte er befürchtet, sie würde darauf beharren, das Kind auszutragen, denn dann hätte er energischer eingreifen müssen. Er küsste sie, und sie rang sich ein Lächeln ab. Sie würden das schon durchstehen, dessen war er sich sicher. Sie brauchte jetzt seine volle Unterstützung.

»Es kann Jahre dauern, bis ich wieder schwanger werde. Dieses Mal hat es ja auch lange gedauert.« Sie sah traurig aus. »Ich wollte so viele Kinder haben.«

»Können wir doch immer noch.« Er versuchte wirklich, es mit Humor zu nehmen. »Wir müssen uns nur ein bisschen mehr anstrengen. Gut, dass ich an den Wochenenden nach Hause kommen werde. An den Tagen dazwischen muss ich mich dann aber erholen!«

Sie lächelte, und er legte den Arm um sie und drückte sie aufmunternd an sich.

»Ich weiß ja, dass du recht hast, aber es ist so schrecklich.«

»Ich weiß.« Alistair nahm die leeren Gläser und stand auf, um nachzuschenken. Es schien ihm das einzig Aufmunternde zu sein, das er tun konnte, denn echten Trost konnte er Phyllida ohnehin nicht spenden.

6

Oliver Wivenhoe hatte erkennen müssen, dass ein gutes Cambridge-Examen bei der Jobsuche keine große Hilfe war, und deshalb das Angebot seines alten Schulfreundes Giles Webster angenommen. Giles betrieb ein Fotostudio in London und hatte Oliver vorgeschlagen, befristet bei ihm mitzumachen, wofür er mit einem minimalen Gehalt und Kost und Logis in Giles' Wohnung entlohnt wurde.

Da nicht besonders viel zu tun war, hatte Oliver die Gelegenheit genutzt, um seine Familie zu besuchen. Als er aus dem Buchladen in Tavistock trat und um die Ecke zum Bedford Square bog, sah er Abby an der Straßenecke stehen und auf eine Gelegenheit zum Überqueren der Straße warten.

»Wo willst du denn hin?«, murmelte er ihr ins Ohr.

»Oliver!« Hast du mich erschreckt. Ich wusste gar nicht, dass du in der Gegend bist. Trinkst du einen Kaffee mit mir?«

»Warum nicht?« Er bot ihr seinen Arm an, und sie überquerten gemeinsam die Straße. »Gehe ich recht in der Annahme, dass wir das *Bedford* ansteuern?«

»Das tust du. Quentin und Clemmie kommen zum Markt, und ich habe mich mit ihnen verabredet. Mittagessen wäre ihnen zu spät geworden, darum haben wir uns auf Vormittagskaffee geeinigt.«

»Und wozu brauchst du mich dann?«, erkundigte Oliver

sich, als sie die Treppe zum Hotel hinaufgingen. »Nicht, dass ich sie nicht gern sehen würde.«

»Das Problem ist«, sagte Abby, sah sich schnell um und hielt dann auf einen Tisch in der Ecke zu, »dass man mir nachstellt.«

»Lieber Himmel!« Oliver riss die Augenbrauen in die Höhe. »Weiß William davon?«

»Nein, nein.« Abby wühlte in ihrer Ledermappe nach dem Portemonnaie. »Es ist eine Frau. Ihr Mann arbeitet mit Liz zusammen. Er führt seit neuestem unsere Bücher, und sie ist wild entschlossen, meine Busenfreundin zu werden. Sie ist jetzt Mitglied in meinem Rotekreuzkomitee, und mir wurde zugetragen, dass sie überall von ›meiner besten Freundin Abby Hope-Latymer‹ redet.«

»›Jane Fairfax hier, Jane Fairfax da!‹«, murmelte Oliver. »›Himmel! Ich will doch nicht hoffen, dass sie auch ständig von Emma Woodhouse spricht!‹«

»Wovon zum Teufel redest du?« Abby glotzte ihn an. »Sie heißt Claudia Maynard.«

Oliver fing an zu lachen. »Ich habe dem Gerücht ja nie Glauben geschenkt, dass du nicht lesen kannst«, sagte er. »Aber vielleicht stimmt es ja doch.«

»Ach, spiel dich jetzt bloß nicht auf!«, sagte Abby. »Nur, weil du auf einer Elite-Uni studiert hast. Geh und hol uns Kaffee, und wenn eine junge schlanke Blondine sich nähert, setze ich darauf, dass du sie abfängst.«

Oliver nahm das Geld, das sie ihm in die Hand drücken wollte, nicht an und trollte sich zur Bar. Abby suchte ihre Zigaretten und lehnte sich zurück, um ihn zu beobachten. Je älter er wurde, desto ähnlicher sah er dem Vater seiner Mutter. In diesem Moment, da er sich ihr halb abwandte und sich als Silhouette dunkel gegen das helle Fenster abhob, war die Ähnlichkeit frappierend. Seine Gestik, während er mit der Frau hinter dem Tresen Witze machte. Sein helles Haar war länger, als das des Generals jemals gewesen war, aber seine Augen waren genauso dunkelblau, und Abby lächelte ihn voller Zuneigung an, als er das Tablett auf ihrem Tisch abstellte.

»So früh am Tag flirtest du schon?«, zog sie ihn auf. »Ich hab dich beobachtet.«

»Ich dachte, du hättest aufgehört zu rauchen?«, konterte Oliver und setzte sich.

»Ach, fang du nicht auch noch an!«, beschwerte sich Abby, während sie Kaffee einschenkte. »William nervt mich schon den ganzen Tag damit. Oh!«

Oliver wollte schon vom Stuhl aufspringen, aber es war Liz, die Abby gesehen hatte. Sie hatte eine Frau Mitte zwanzig dabei, und Oliver zog fragend eine Augenbraue hoch, doch Abby schüttelte den Kopf. Liz kam zu ihnen, die etwas käsig aussehende junge Frau folgte ihr.

»Das ist Phyllida«, stellte Liz sie vor, »eine Freundin von mir. Ihr Mann ist Marineoffizier und unterwegs. Das sind Abby Hope-Latymer und Oliver Wivenhoe, Phyllida. Wir sind uns auf dem Markt über den Weg gelaufen, und da habe ich sie zwangsverpflichtet, mit mir Kaffee zu trinken.«

»Ich hole noch welchen«, sagte Oliver und lächelte Phyllida an. Phyllida lächelte zurück, murmelte etwas und verschwand in Richtung Damentoilette.

»Tut mir leid, dass wir hier so reinplatzen.« Liz verzog das Gesicht und ließ sich auf einen Stuhl sinken. »Die Arme hat vor zwei Monaten eine Fehlgeburt gehabt und ist immer noch nicht wieder ganz in Form. Ich dachte, ich könnte sie vielleicht aufheitern, und mit mehr Leuten ist das natürlich einfacher. Macht es dir was aus?«

»Dann ist das also nicht Mrs Elton?«, fragte Oliver, und Liz runzelte ratlos die Stirn. »Wer?«

»Achte nicht auf ihn!«, riet Abby. »Er gibt ein bisschen an, um zu beweisen, dass er studiert hat. Ich habe ihm von Claudia Maynard erzählt, und dann fing er an, von irgendeiner Jane Fairfax und einer Emma Soundso zu faseln.«

Liz verharrte einen Moment und brach dann in schallendes Gelächter aus.

»Ja, natürlich. Verstehe. Nein, sicher nicht! Phyllida ist keine Mrs Elton, versprochen.«

»Jetzt fang du nicht auch noch an«, schalt Abby angewidert. »Solange sie keine Claudia ist, ist mir alles andere egal.«

»Ich weiß wirklich nicht, was du eigentlich gegen sie hast«, sagte Liz, als sie sich setzte.

»Ich ehrlich gesagt auch nicht«, gab Abby zu. »Wahrscheinlich kann ich es nur nicht leiden, wenn man mir eine Freundschaft aufzwingen will, an der ich gar nicht interessiert bin. Ah! Da kommen sie ja.« Sie winkte Clemmie und Quentin zu und lehnte sich zufrieden zurück. »Sehr schön. Ich liebe Partys. Und selbst wenn Claudia jetzt noch auftauchen sollte – kein Platz mehr für sie!«

Als der Sommer Einzug hielt, hatte Claudia sich schon davon überzeugt, dass ihre schlimmsten Albträume wahr geworden waren und Jeff sich in Jenny verliebt hatte. Zunächst hatte er sich einfach nur zurückgezogen. Die liebevolle Aufmerksamkeit, mit der er all ihre kleinen Wünsche und Erwartungen erfüllt hatte – und die sie lange Zeit zu einem gewissen Grad für seine körperliche Unzulänglichkeit entschädigt hatte –, verwandelte sich in Mechanik. Sie hatte ihn mehrmals dabei ertappt, wie er aus dem Fenster starrte und gar nicht bemerkte, dass das Wasser im Kessel neben ihm schon lange kochte. Manchmal vergaß er auch, kleine Besorgungen für sie zu erledigen. Ein paar Wochen nach ihrer eigenen Party lud Jenny sie dann zum Abendessen ein. Claudia war sofort misstrauisch und beschloss, das Thema in Angriff zu nehmen.

»Müssen wir da hin?«, fragte sie ziemlich genervt, nachdem Jeff ihr von der Einladung berichtet hatte.

Sie genoss die Abendsonne und ein Glas Wein auf der kleinen Terrasse hinter dem Haus. Vormittags war sie bei Abby Hope-Latymer zu einem Meeting gewesen, und sie hatte angefangen, Abby nicht nur in ihren Angewohnheiten, sondern auch in ihrer Art zu reden nachzuahmen. Jeff blieb in der Tür stehen und lehnte sich mit überkreuzten Füßen und den Händen in den Taschen gegen den Pfosten.

»Hast du keine Lust?« Die Frage hörte sich ganz neutral an, doch Claudia konnte spüren, dass er sie beobachtete, dass er innerlich angespannt war, obwohl er so lässig dastand.

»Du etwa?« Sie legte die Stirn in Falten und setzte ein Lächeln auf, als könne sie gar nicht glauben, dass er an etwas derart Lästigem interessiert sei.

»Na ja.« Unter ihren halb geschlossenen Lidern hindurch sah Claudia, wie er die Stellung wechselte. »Es würde etwas komisch aussehen, wenn wir nicht hingehen.«

»Wieso?«, fragte Claudia scharf und trank einen Schluck Wein, um sich zu beruhigen.

»Das ist doch immer etwas problematisch, wenn es um Kollegen geht, meinst du nicht?«

»Meinst du?«

Jeff kam näher und setzte sich neben Claudia. Sie registrierte, dass diese Einladung ihn so eingenommen hatte, dass er immer noch in seinem Anzug steckte. Normalerweise zog er sich sofort um, wenn er abends nach Hause kam.

»In einer Kleinstadt wie dieser auf jeden Fall. Und außerdem kann es nie schaden, sich zu zeigen. Magst du sie etwa nicht?«

Diese direkte Frage brachte Claudia kurzzeitig aus dem Konzept, doch dann hatte ihr Stolz sie wieder im Griff. »Ehrlich gesagt, habe ich überhaupt nicht weiter über sie nachgedacht.« Sie spielte die Gleichgültige. »Sie ist so etwas von überhaupt nicht mein Typ, dass ich nicht einmal sagen kann, ob ich sie mag oder nicht. Ich möchte jedenfalls nicht, dass sie denkt, wir könnten Freundinnen werden.«

Jeff sah in den langen, schmalen Garten mit den hohen Steinmauern, an denen Spalierobst wuchs. Der Garten war genauso sauber und ordentlich wie das ganze Haus; der Anblick ließ Verzweiflung in ihm aufsteigen.

»Wenn du nicht willst, gehen wir eben nicht hin«, sagte er.

Claudia sah ihn kurz an. »Aber du willst doch offensichtlich.«

»Ich könnte kurz reinschauen«, sagte er und richtete sich ein wenig auf. »Ja, genau, das ist es. Ich schaue kurz rein. Dann ist sie zufrieden und du kannst hierbleiben.«

Claudias Herz raste, und sie zwang sich, noch einen Schluck Wein zu trinken, bevor sie antwortete.

»Also, wenn es dir so wichtig ist«, sagte sie und zuckte dabei leicht mit den Schultern, »dann gehen wir eben beide.«

»Im Ernst?« Er wandte sich zu ihr um, und als er sie ansah, wusste sie sofort, dass er sie nicht dabeihaben wollte, jetzt, da ihm aufgegangen war, dass er ja auch allein gehen könnte. »Es ist doch gar nicht nötig, dass du mitkommst …«

Claudia stand auf »Meine Güte! Das ist doch alles völlig egal. Ich weiß gar nicht, warum du so einen Aufstand um die Sache machst. Wir gehen beide. Ich muss nur eben das Abendessen kalt stellen.«

Sie ging ins Haus und blieb – das Weinglas noch immer in der Hand – einen Moment stehen. Ihr Herz schlug wie wild. Dann stellte sie das Glas ab, schaltete den Herd aus und ging nach oben. Sie sank auf den Hocker vor ihrer Frisierkommode und betrachtete sich im Spiegel. Sie sah so gut aus wie noch nie. Ihr glänzendes blondes Haar war flott geschnitten und sah durch die geschickt eingefärbten Strähnen aus, als wäre es von der Sonne gebleicht. Stundenlanges behutsames Sonnenbaden hatte ihre Haut honigbraun werden lassen. Ihre Baumwollbluse und die Leinenshorts waren frisch gewaschen und modisch, und an ihren Handgelenken glitzerten goldene Armbänder. Wie konnte ihm denn diese ätzende kleine Göre mit den gefärbten Haaren und dem übertriebenen Make-up bloß besser gefallen?

Claudia stützte die Ellbogen auf dem Frisiertisch ab und vergrub das Gesicht in den Händen. Seit ihrer Party war er wie ausgewechselt. Sie konnte sich noch genau erinnern, wie er Jenny angestarrt hatte, als sie in der Tür stand, Gavin hinter sich und Liz vorneweg. Seit diesem Augenblick schien für Jeff niemand anderes mehr zu existieren, und Claudia wusste, dass ihre Ängste begründet gewesen waren und Jeff sich hoffnungslos in Jenny verliebt hatte. Er führte sich auf wie ein liebeskranker Schuljunge. Er hatte keinen Appetit mehr, war ständig in Gedanken woanders und sah morgens, wenn er zur Arbeit fuhr, aus, als ginge er zu einer Party. Vielleicht versuchte er, es zu verbergen, aber Claudia ließ sich nicht täuschen. Wenn er abends nach Hause kam, fragte sie ihn freundlich, wie sein Tag gewesen war, doch er erwähnte keinen Namen häufiger als den anderen. Sie hatte gehört, dass einige aus dem Büro regelmäßig gemeinsam in einem nahe gelegenen Pub zu Mittag aßen, doch als sie näher nachfragte, fand Claudia heraus, dass Liz auch meistens dabei war und dass Gavin, der nun als Jennys Freund gehandelt wurde, hinter dem Tresen arbeitete.

Das Abendessen bei Jenny war eigentlich eine Grillparty in dem kleinen Garten hinter dem Haus, bei der sich alle prächtig amüsierten – außer Claudia. Die Maynards kannten einige der anderen Gäste nicht, die aber ihrerseits alle locker und umgänglich waren und ihnen freundlich begegneten. Gavin war braun gebrannt und stand mit alten Shorts und einem ausgefransten T-Shirt am Grill, während Jenny, kichernd und Getränke anbietend, in einem äußerst knappen Sommerkleid herumdüste, das kein Geheimnis daraus machte, dass sie darunter einen mindestens ebenso knappen Slip trug.

Claudia bemäntelte die Panik in ihrem Inneren mit einem frostigen Äußeren. Es gelang ihr, den angesichts dieser Szenerie empfundenen Abscheu mittels amüsierter, hochmütiger Miene zum Ausdruck zu bringen, und jedes Mal, wenn Jeff besorgt zu ihr sah, machte sie deutlich, dass sie sich zu Tode langweilte. Jenny, die weiterhin von hier nach da huschte in dem Bemühen, alle ihre Gäste zufrieden zu sehen, und die jeden Kommentar zu ihrem Kleid schlagfertig beantwortete, witterte Claudias Feindseligkeit. Sie war es schon gewöhnt, den eifersüchtigen Zorn verheirateter Frauen auf sich zu ziehen, und versuchte Claudia zu besänftigen, indem sie sich ganz locker mit ihr unterhielt und beteuerte, wie elegant sie wieder sei, und sich erkundigte, wo sie sich die Haare schneiden ließ. Claudia antwortete so knapp wie möglich, und als Jenny genug hatte von ihrer unerträglich herablassenden Art, wurde sie übermütig, ließ Gavin Musik auflegen und zog Jeff zum Tanzen mit sich. Er warf der angewiderten Claudia humorvolle, hilflose Blicke zu und ließ sich unter dem Applaus der anderen in deren Mitte bugsieren. Doch damit nicht genug: Als Gavin ihm Jennys Sonnenhut aufgesetzt und ihm eine Dose Bier in die Hand gedrückt hatte, beschloss Jeff offensichtlich, sich von der allgemeinen Stimmung tragen zu lassen und auf ihre possenhaften Annäherungsversuche zu reagieren.

Die Darbietung war so offenkundig harmlos, dass Claudia ihre Reaktion selbst überraschte. Dass der sonst so korrekte, emotionslose, wohlerzogene Jeff sich derartig gehen ließ, war zu viel für sie. Sie biss sich auf die Lippen, wendete sich gekränkt ab und begegnete Gavins amüsiertem Blick, mit dem er wieder einmal Komplizenschaft implizierte und ihr zu verstehen gab, dass er genau wusste, was sie dachte und wie sie sich fühlte. Dass sie sich so leicht durchschauen ließ, machte ihre

Demütigung komplett, und sie strafte ihn mit einem arroganten Blick, bevor sie wieder woanders hinsah. Kurz darauf war alles vorbei. Jeff stülpte Jenny den Hut wieder auf, machte einen tiefen Diener vor ihr und kehrte dann an Claudias Seite zurück.

»Puh«, keuchte er. »Das war mein Einsatz für heute Abend!« Er trank einen ausgiebigen Schluck aus der Bierdose, und Claudia sah, wie Gavin ihm mit seiner Dose zuprostete und grinste.

»Na, dann«, sagte sie frostig. »Wenn du damit fertig bist, dich zum Affen zu machen, können wir vielleicht gehen.«

Im Laufe des warmen, trockenen Sommers wurden sie immer häufiger eingeladen. Da sich bei diesen Gelegenheiten aber immer eine größere Gruppe traf und Jenny immer von Gavin begleitet wurde, lieferten sie keine neue Nahrung für Claudias Verdacht. Und doch wusste sie, dass etwas im Gange war. Ihre Angst wurde zu Zorn, und da ihr Stolz ihr direkte Anschuldigungen verbot, verlegte sie sich darauf, Jenny indirekt zu verhöhnen, um sie so bei Jeff schlechtzumachen. Doch Jeff schwieg. Er stimmte ihr weder zu, noch verteidigte er Jenny. Claudia war frustriert und ratlos.

Mit Abby kam sie auch nicht weiter. Abby wehrte Claudias Versuche, aus ihrer Bekanntschaft eine Freundschaft zu machen, höflich und elegant ab, und als der Sommer sich seinem Ende neigte, hatte Claudia das Gefühl, von unsichtbarer Hand in einem Schwebezustand gehalten zu werden.

Phyllida erging es mit ihren neuen Freunden deutlich besser. Nachdem Liz von Prudence erfahren hatte, wie tapfer Phyllida den Verlust des Babys trug, versuchte sie, ihr Beistand zu leisten. Sie erzählte Abby streng vertraulich, was passiert war, und Abby beschloss, Phyllida unter ihre Fittiche zu nehmen. Sie stellte sie den Leuten vor, denen Claudia so gerne vorgestellt werden wollte, und nahm sie gelegentlich mit, wenn sie eingeladen war, unter anderem zu Clemmie und Quentin, die Abby recht häufig besuchte.

Phyllida war bezaubert von dem alten Granithaus und dem warmen, geschützten Hof, wo sie eines Vormittags Kaffee tranken. Lucy thronte schon bald auf Clemmies Schoß und spielte mit den Sachen, die die alte Dame noch aus der Zeit hatte, da ihre Enkelkinder klein waren, und es war Clemmie, die Quentin vorschlug, mit Phyllida einen Spaziergang zum Fluss zu unternehmen. Abby wollte einfach nur dasitzen und mit Clemmie plaudern, und Lucy war viel zu beschäftigt mit dem Spielzeug, als dass sie es hätte zurücklassen wollen, also zogen Quentin und Phyllida allein los.

Anfangs hatte sie das Gefühl gehabt, dass er nicht wirklich wollte, und sich gefragt, ob er vielleicht lieber in der Sonne sitzen geblieben wäre und mit Abby geredet hätte, aber da löste sich seine Zurückhaltung auch schon in Luft auf, und sie redeten so unbefangen miteinander wie alte Freunde. Es war herrlich im Wald. Durch das dichte Blattwerk drangen nur vereinzelte Sonnenstrahlen in den kühlen Schatten vor. Das Rauschen des Flusses und das ferne Gelächter des Grünspechts beruhigten Phyllida, und während sie dem kleinen, sandigen Pfad folgten, verspürte sie fast vergessenen inneren Frieden. Sie erreichten die Brücke und blieben auf ihr stehen, um ins Wasser hinunterzusehen.

»Ich liebe diese alten Brücken«, sagte Phyllida und strich über den warmen, bröckeligen Stein. »Wie heißt sie?«

»Blackthorn Bridge«, antwortete Quentin. »Da drüben wächst ein Schwarzdorn. Die ganze Hecke besteht daraus, im Frühling steht alles über und über in weißer Blüte. Atemberaubend, wirklich. Früher, bevor die Brücke gebaut wurde, war hier eine Furt. Nicht besonders tief, schätze ich, aber doch tief genug, um eine Brücke erforderlich zu machen, als die Transportmittel weiterentwickelt wurden.«

»Ich finde es faszinierend, wie solche alten Namen entstanden sind. Sie nicht?« Vorsichtig berührte Phyllida die spitzen schwarzen Dornen am Zweig neben ihr. »Manche haben inzwischen fast gar nichts mehr mit ihrem Ursprung zu tun, sodass man niemals darauf kommen würde. Ich finde es aufregend, mir vorzustellen, wie die alten Karren damals durch die Furt gerumpelt sind und wie die Menschen hindurchwaten mussten.«

»Im Winter kam man wahrscheinlich gar nicht durch«, sagte Quentin. »Darum auch die Brücke. Fast jedes Jahr nistet eine Wasseramsel unter ihr.«

»Ich glaube, ich habe noch nie eine Wasseramsel gesehen«, sagte Phyllida, lehnte sich über die Brüstung und sah hinunter. »Hier könnte man prima Bötchen fahren lassen.«

»Das haben wir früher auch immer gemacht –«, setzte Quentin an, doch dann verstummte er. »Wollen wir zurückgehen? Oder möchten Sie die Brücke ganz überqueren und die Straße hinaufgehen?«

»Nein, nein.« Phyllida hatte die Veränderung in seiner Stimme bemerkt und wusste instinktiv, dass sich ein Schatten auf ihre Freundschaft gelegt hatte. »Wir kehren besser um.«

Sie lächelte ihn an. Sie fühlte sich hingezogen zu diesem gütigen alten Mann und wollte ihn so gerne wieder glücklich sehen. Er erwiderte ihr Lächeln und folgte ihr.

»Und was war das für ein Vogel, den wir vorhin gesehen haben?« Sie ging ihm auf dem Pfad voraus und guckte über die Schulter, um mit ihm zu sprechen. »Eine Wasseramsel?«

»Nein. Das war eine Bergstelze.«

»Ach, ja. Jetzt weiß ich wieder. Sie haben gesagt, es sei eine graue Bergstelze, obwohl sie doch gelb ist.«

Quentin lächelte in sich hinein. »Ich weiß, es ist nicht so einfach, die verschiedenen Arten von Stelzen voneinander zu unterscheiden«, gab er zu. »Aber wenn Sie erst einmal eine

Englische Schafstelze gesehen haben, werden Sie mich verstehen. Die Schafstelzen haben eine sehr gelbe Unterseite, gelbe Gesichter und grüne Rücken. Die Bergstelzen haben zwar auch eine gelbe Unterseite, sind aber ansonsten grau.«

»Und wie sieht die Wasseramsel aus?«

»Sie ist hervorragend getarnt«, sagte er und beschrieb ihre Färbung und ihr Verhalten, als sie einen Moment stehen blieben, um nach dem scheuen Vogel Ausschau zu halten. »Man sieht sie nur selten.«

Auf einmal wurde ihm bewusst, dass er die Wasseramsel mit ihr zusammen gar nicht sehen wollte. Er versuchte seine Gefühle zu analysieren und kam zu dem Schluss, dass er Clemmie auf bestimmte Weise untreu wäre, wenn er ihren ganz besonderen, bedeutungsvollen Vogel mit einer Fremden sah, ganz gleich, wie liebenswürdig sie war. Vielleicht war ihm der Gedanke mit der Treue gekommen, weil er Phyllida als eine solch angenehme Gesellschaft empfand. Er war erleichtert, dass der Vorschlag, mit Phyllida in den Wald zu gehen, von Clemmie gekommen war und nicht von ihm, aber dennoch wollte er lieber nicht zu lange verweilen. Phyllida merkte, dass Quentin unruhig wurde, und wandte sich wieder zum Gehen.

»Ich hoffe nur, dass Lucy sich ordentlich benimmt«, sagte sie, als sie über die Trockenmauer kletterten und über die Wiese gingen.

Als Quentin die Hoftür öffnete, bot sich ihnen ein friedvolles Bild: Lucy war auf einem Liegestuhl eingeschlafen, und Clemmie sah Phyllida schuldbewusst an.

»Ich hoffe, das bringt jetzt nicht irgendeinen wichtigen Rhythmus durcheinander«, sagte sie. »Eben hat sie noch gespielt, und im nächsten Augenblick war sie fest eingeschlafen.«

»Das macht gar nichts.« Phyllida lächelte Clemmie an, als sie sich setzte. »Sie schläft zurzeit nicht besonders gut. Es wird ihr guttun.«

Es folgte ein winziger Moment des Schweigens, der Phyllida verriet, dass Abby Clemmie von dem Baby erzählt hatte. Sie war selbst überrascht, wie wenig sie das störte, und als sie wieder zu Clemmie blickte, sah sie etwas in ihrem Gesicht, das sie nicht deuten konnte.

»Bleiben Sie doch zum Essen«, sagte sie schnell. »Bitte, bleiben Sie. Es wäre doch zu schade, die Kleine zu wecken, wo sie gerade so friedlich schläft. Abby, was sagst du?«

»Von mir aus gern.« Abby streckte die Beine aus und wendete das Gesicht der Sonne zu. »Ich habe heute mal einen Tag ganz für mich allein.«

»Na, dann.« Hoffnungsvoll sah Clemmie zu Phyllida.

»Was sagen Sie? Nur ein schnelles, frühes Mittagessen. Wir halten Sie nicht lange auf.«

»Sehr gerne«, sagte Phyllida. »Wenn es Ihnen nicht zu viele Umstände macht. Es ist so herrlich hier. So friedlich.«

Clemmie registrierte den sehnsuchtsvollen Ausdruck in ihrem Gesicht und ließ sich von Quentin aus dem Stuhl helfen.

»Hervorragend. Ihr bleibt schön hier sitzen, während Quentin und ich etwas zu essen zaubern.«

Phyllida sah ihnen nach, wie sie ins Haus gingen, und lehnte sich mit einem Seufzer der Zufriedenheit zurück.

»Was sind das für nette Menschen!«, sagte sie zu Abby und schloss die von der Sonne geblendeten Augen. »Ich fühle mich so wohl hier.«

7

Es wurde Herbst, und Liz war nicht sonderlich begeistert, als Onkel Eustace anrief und wieder einmal seinen Besuch ankündigte. Liz vermutete, dass er sich seit Monicas Tod viel einsamer fühlte, als er zugeben wollte, und brachte es nicht übers Herz, ihn abzuweisen. Er und Tante Monica waren immer gern gesehene Gäste, nicht nur bei Tony und Christina, sondern auch bei fast allen ihren Freunden. Mit ihrer lockeren, amüsanten, sehr lebhaften Art hatten sie die Altersgrenzen ohne Schwierigkeiten überbrückt, und wenn sie zweimal im Jahr bei den Whelans zu Besuch waren, riss deren Bekanntenkreis sich förmlich darum, sie für ein Abendessen, ein Mittagessen oder eine Cocktailparty für sich zu gewinnen.

Als Tony und sie sich scheiden ließen, waren Eustace und Monica sehr lieb zu ihr gewesen, aber Liz vermutete, dass Onkel Eustace eigentlich mit Tony sympathisierte. Sie ging davon aus, dass er von ihr erwartet hatte, über Tonys Untreue hinwegzusehen, und durch ihre zunehmende Bitterkeit hatte sich in den Jahren seit der Scheidung eine immer größere Kluft zwischen ihnen gebildet. Seit Monica vor eineinhalb Jahren nach langer schwerer Krankheit gestorben war, war Eustace allein. Aus der Ehe waren keine Kinder hervorgegangen, die ihm ein Trost hätten sein können, und Liz fragte sich, ob er seine Nichte wohl deshalb plötzlich so häufig besuchte, weil er glaubte, in ihrem männerlosen Haushalt den Pascha spielen zu können. Christina machte immer ein wahnsinniges Aufheben um ihn, und auch Liz hatte ihn trotz ihrer distanzierten Art im Grunde sehr gern.

Sie holte ihn am Bahnhof in Plymouth ab, wo ihm – wie sie zynisch zur Kenntnis nahm – zwei junge Burschen das Gepäck trugen.

»Hallo, Liebes«, begrüßte er sie mit seiner rauen Stimme, die ihm zufolge das teure Produkt Tausender Zigaretten und guten Maltwhiskeys war. »Wie geht es dir? Diese netten jungen Herren haben mir ihre Hilfe angeboten. Wo ist das Auto?«

Sie sah die Jungs mit einem Blick an, der diese eigentlich dazu einladen sollte, ihre Resignation oder gar ihren Ärger zu erkennen zu geben, doch die beiden strahlten Liz glücklich an, und so war sie es, die sich wieder einmal über die Fähigkeit ihres Onkels ärgerte, selbst wildfremden Menschen das dringende Bedürfnis einflößen zu können, ihm einen Gefallen zu tun.

»Auf dem Parkplatz gegenüber.« Sie ging ihnen voraus über die Straße. »Hier ist es.« Sie öffnete den Kofferraum. »Wenn Sie das alles hier reintun könnten. Danke.«

»Ich habe die beiden zu uns eingeladen«, sagte Eustace, während er beim Beladen des Wagens zusah. »Sie gehen auf die Hochschule und sind schon früher gekommen, um sich in ihren neuen Zimmern einzurichten. Sie haben einen Freund mit Auto, der sie zu uns rausfahren könnte. Wäre doch eine prima Abwechslung für Christina, dachte ich.«

Liz schluckte ihre Wut über Onkel Eustace' großzügigen Umgang mit ihrer Gastfreundschaft hinunter. »Er hat ihnen sicher die Adresse gegeben«, frotzelte sie, doch die Jungs grinsten voller Vorfreude. »Vielleicht sollten wir Ihnen auch noch die Telefonnummer geben. Es wär doch eine Schande, wenn Sie den weiten Weg machten und wir gar nicht da sind.«

»Haben sie schon«, sagte Eustace, der genau wusste, was Liz dachte. »Keine Sorge. Wenn alle Stricke reißen, gehen wir halt in den Pub. Also, bis demnächst dann. Danke für eure Hilfe!« Er winkte ihnen und zwängte sich in den Wagen.

Sie fuhren aus Plymouth hinaus aufs Moor. Der Hauch von Herbst in der dünnen, kalten Luft ließ Eustace an Kaminfeuer, Kreuzworträtsel und steifen Grog nach langen Spaziergängen denken und zufrieden aufseufzen.

»Es ist so schön, wieder hier zu sein«, sagte er. »Nun guck dir diese netten Damen an.« Liz verlangsamte das Tempo, um ein paar stattliche Kühe zu überholen, die auf der Straße herumirrten, und Eustace kurbelte das Fenster herunter, um mit ihnen zu plaudern. »Das war's, mein Schatz«, sagte er zu der letzten Kuh, gab ihr einen Klaps auf die breite Flanke und kurbelte das Fenster wieder hoch. »Sie ist fast so groß wie das Auto, die gute alte. Mannomann, ein Königreich für eine ordentliche Tasse Tee.«

Liz stellte den Wagen vor ihrem Cottage am Stadtrand von Whitchurch ab und half Eustace, das Gepäck hochzutragen. Er war in dem Gästezimmer mit Blick aufs Moor untergebracht; und sobald er ein paar von seinen Sachen ausgepackt hatte, sah das ansonsten große, schmucklose, saubere und eher unpersönliche Zimmer aus, als würde er schon seit Jahren darin schlafen. Er schloss den leeren Koffer und tastete seine Taschen auf der Suche nach Zigaretten ab. Liz beobachtete ihn. Sie hatte ihm absichtlich keinen Aschenbecher hingestellt.

»Fühl dich ganz wie zu Hause«, sagte sie spitz, kam sich dann aber doch gemein vor. »Ich mache uns einen Tee. Komm doch runter, wenn du fertig bist.«

Er sah ihr nach, schüttelte leicht den Kopf und ging zum Fenster hinüber. Er öffnete es, setzte sich auf die Sitzbank unter dem Fenster, hängte den Arm hinaus, sodass der Rauch in die frische Herbstluft abzog, und ließ die Gedanken schweifen.

Schon seit längerem sah er – der umtriebige Geschäftsmann mit der unstillbaren Neugier und der unbändigen Lebenslust – mit einem gewissen Entsetzen seinem Lebensabend entgegen. Als Monica starb, hatte er es noch mehr mit der Angst bekommen. Sie hatten das Gleiche vom Leben erwartet, seine positiven Seiten genossen, Freunde und Verwandte stets mit toleranter Großzügigkeit behandelt und sich gegenseitig so manche Fehler und Schwächen nachgesehen. Er hatte sich auch im Ruhestand nicht völlig aus dem Geschäftsleben zurückgezogen, und sie hatten sich ein Haus in Shropshire gekauft, wo sie viele glückliche Stünden mit Freunden verbrachten, die bereits einige Jahre zuvor dorthin gezogen waren. Eustace hätte sich lieber in Devon niedergelassen, aber für Monica hatten ihre eigenen Interessen Priorität: ihr Bridgeclub, ihre Golffreunde, ihre Kaffeekränzchen und ihre Begeisterung für die Marktstadt Ludlow. Also zogen sie nach Shropshire, und sollte Eustace diese kleine Clique älterer Leute mit ihrer festgefahrenen Routine als etwas langweilig empfunden haben, so erwähnte er es nie. Sie kamen beide immer gern nach Devon, und als Tony sich absetzte, taten sie ihr Bestes, um Liz zu trösten.

Jetzt, da Monica tot war, zog es Eustace immer mehr und immer öfter in diese wundervolle Ecke Devons zu seiner unglücklichen Nichte und deren entzückenden Tochter. Ihm war klar, dass er mit seinen unbeholfenen Versuchen, Liz' Bitterkeit zu durchbrechen, ihr oft mehr wehtat als half; dennoch war er der Ansicht, dass man ihr beibringen musste, alles etwas leichter zu nehmen, nachsichtig zu sein mit den Fehlern der anderen, eine gewisse Toleranz zu üben. Liz war wie ihr Vater, sein großer Bruder: vernünftig, vorsichtig, stets urteilsfähig und gnadenlos unbarmherzig den eigenen und den Schwächen anderer gegenüber. Mit solchen Menschen lebte es sich nicht so einfach, und es war schwierig, ihnen zu helfen. Nur einmal war Liz von ihren strengen Moralvorstellungen abgewichen, und das war, als sie

Tony kennenlernte und heiratete. Eustace konnte sich noch so lebhaft an den Zorn seines Bruders erinnern, dass er selbst jetzt, sechzehn Jahre später, noch zusammenzuckte. Seit dem Tag, an dem Eustace versucht hatte, seinen Bruder dazu zu bewegen, das Vergehen seiner Tochter etwas menschlicher und verständnisvoller zu betrachten, hatten sie kaum mehr miteinander gesprochen. Die Scheidung war dann noch schlimmer gewesen, sodass ein allgemeines erleichtertes Raunen zu vernehmen war, als Liz' Eltern sich entschlossen, ihren Lebensabend in der Provence zu verbringen.

Eustace war selbst immer das Enfant terrible gewesen und schüttelte nun traurig den Kopf. Er wünschte sich, dass es nicht so gewesen wäre. Er kehrte in die Gegenwart zurück, und als er aus dem Fenster blickte, nahm sein altes Gesicht wieder weichere Züge an.

»Herrlich!«, murmelte er, als er in der Ferne die nebligen Hänge sah, die sich in der Nachmittagssonne einer neben dem anderen friedlich vor ihm ausbreiteten. »Wunderschön.«

Er warf die Zigarettenkippe aus dem Fenster, griff nach seiner Reisetasche und sah hinein. Der silberne Flachmann strahlte ihn trostreich aus dem Durcheinander an. Er betastete wieder seine Taschen auf der Suche nach Zigaretten und ging dann nach unten, wo Liz in der Küche mit dem Tee wartete.

Phyllida hatte sich mit Lucys Teddy auf das Sofa gekuschelt und sah fern. Es war Freitagabend, Lucy lag im Bett, und Phyllida fürchtete sich vor dem langen, einsamen Wochenende. Alistairs Kurs in Greenwich war vorbei, er befand sich in Schottland. Für sie waren die Wochenenden, die traditionell die Zeit waren, in der die Familien zusammen waren und Zeit füreinander hatten, schon immer einsamer und länger gewesen als die Tage der Woche, sodass Alistair ihr dann auch mehr fehlte als sonst. Phyllida dachte an ihn und bekam ein schlechtes Gewissen.

Während seiner Zeit in Greenwich hatte er jedes Wochenende nach Hause kommen können, und sie hatte sich regelmäßig bei ihm ausgeheult und ihn als seelischen Mülleimer benutzt, seit sie das Kind verloren hatte. Am Anfang war sie so deprimiert gewesen, dass sie die Wochen bis zu Alistairs Ankunft am Freitagabend nur mit Mühe überstanden hatte. Die Menschen um sie herum hatten sich zwar rührend um sie gekümmert, doch hatte sie sich immer genötigt gefühlt, eine tapfere Haltung zu bewahren, und war erst dann, wenn Alistair bei ihr war, völlig zusammengebrochen.

Sie verzog das Gesicht. Es war sicher nicht einfach gewesen für ihn. Ihn hatte die Geschichte zwar auch mitgenommen, aber er hatte sich schneller wieder erholt. Schließlich hatten sie das Kind ja noch nicht gekannt, rechtfertigte er sich, als sie ihm das schweigend vorwarf. Die Angelegenheit war abgeschlossen und vorbei, und sie mussten versuchen, sie zu vergessen.

Leichter gesagt als getan, dachte Phyllida.

Sie setzte den Teddy neben sich, entknotete ihre Beine und stand auf. Sie wollte sich etwas zu essen machen, um sich abzulenken, doch die Gedanken folgten ihr in die Küche. Das einzig Positive, das die Sache mit sich gebracht hatte, war die Freundschaft mit Claudia. Deren ehrliches Mitgefühl und Verständnis hatten Phyllida überrascht; schien sie doch selbst an Kindern eher weniger interessiert und – obwohl sie Lucy gegenüber ein Schatz war – nicht gerade mütterlich veranlagt zu sein. Wie dem auch sei, Phyllida war Claudia für ihre Unterstützung sehr dankbar, zumal sie vermutete, dass Claudia selbst Probleme hatte. Zwar ließ diese niemals auch nur ansatzweise durchblicken, dass irgendetwas nicht perfekt lief, aber … Sie zuckte zusammen, als das Telefon klingelte, und beeilte sich, abzunehmen.

»Hallo, Phylly.« Es war Alistair.

»Hallo!« Ihr Herz machte vor Freude einen Sprung. »Wie geht es dir?«

»Gut. Ich wollte nur sicher sein, dass bei dir auch alles in Ordnung ist. Oder bist du wieder unglücklich?«

»Nein, nein. Ehrlich. Alles okay.«

»Gut. Und Lucy?«

»Der geht's auch gut.« Phyllida kicherte. »Sie hat heute in der Schule ein riesiges Bild für dich gemalt, das ich dir unbedingt schicken soll. Nicht, dass du dich wunderst, wenn es kommt.«

»Danke für die Vorwarnung. Schatz, ich muss wieder. Wollte dir nur eben schnell sagen, dass ich dich liebe. Ich ruf dich am Wochenende wieder an.«

»Ich liebe dich auch. Bis dann.«

Sie legte auf und stand einen Moment lang nur da, während sie mit den Tränen kämpfte, die ihr seit dem Verlust des Babys nur zu leicht in die Augen traten.

»Lass dich nicht so gehen!«, rief sie sich selbst zur Ordnung und zuckte zusammen, als das Telefon noch einmal klingelte.

»Hallo«, meldete sie sich und schluckte die Tränen hinunter. Am anderen Ende herrschte Schweigen, sodass sie noch einmal »Hallo« sagte, diesmal etwas lauter.

»Spreche ich mit Phyllida?«, fragte eine Frauenstimme.

»Ja.«

»Clemmie Halliwell hier.«

»Oh, hallo, wie geht es Ihnen?«

»Uns geht es gut, danke. Wir hatten gehofft, dass Sie sich dazu entschließen könnten, am Sonntag mit uns zu Mittag zu essen. Wir würden Sie so gerne wiedersehen. Und Lucy natürlich auch. Könnten Sie das einrichten?«

Unsicherheit ließ die Stimme leiser werden, und Phyllida beeilte sich zu antworten.

»Wir würden sehr gerne kommen. Wie nett von Ihnen, uns einzuladen.«

»Ach was, wir freuen uns. Sagen wir, gegen Mittag? Sie finden zu uns?«

»Oh, ja. Danke. Wir freuen uns auch.«

Phyllida legte auf. Vielleicht würde das Wochenende doch nicht lang und leer. Als sie sich nun endlich etwas zu essen machen wollte, klingelte das Telefon zum dritten Mal. Dieses Mal war Liz dran.

»Hallo, Phyllida. Wie geht es dir? Gut. Ja, danke, mir auch. Du kannst dich doch noch an Onkel Eustace erinnern, oder? Ja. Also, er ist mal wieder in der Gegend und würde dich so gerne sehen. Ich hatte gedacht, du könntest vielleicht morgen Mittag zum Essen kommen? Lucy kannst du natürlich auch mitbringen. Prudence kommt auch, und noch ein paar Leute. Wie sieht's aus?«

»Sehr gerne«, sagte Phyllida von ganzem Herzen. »Ich freue mich wirklich. Vielen Dank.«

»Schön. Also, gegen zwölf dann, ja? Gut. Bis morgen.« Deutlich besser gelaunt als noch vor einer halben Stunde, fing Phyllida wieder an, sich Gedanken über ihr Abendessen zu machen. Sie schenkte sich ein Glas Wein ein, dachte an Alistair und hörte seine Stimme sagen: »Ich liebe dich.« Was für ein Glück sie doch mit ihm hatte, wie gut er zu ihr gewesen war! Auf einmal empfand sie neue Stärke und ungewohnten Optimismus, vor allem, da nun ein unternehmungsreiches Wochenende vor ihr lag, und nicht zwei endlose, einsame Tage. Sie stieß mit sich selbst an und beschloss, bis zum nächsten Wochenende, wenn Alistair kam, über den Verlust des Babys hinwegzukommen und wieder die alte, fröhliche Phyllida zu sein.

»Sie sagt, sie würde sich sehr freuen«, berichtete Clemmie Quentin, der das Scrabblespiel auf dem Tischchen vor dem Kamin aufbaute. »Sie hörte sich sehr merkwürdig an, als sie abnahm. Ich glaube, sie hat geweint.«

»Das arme Kind.« Quentin räusperte sich und sprach etwas fester weiter. »Sie muss sich ganz schön einsam fühlen.«

Clemmie beobachtete seinen nach unten geneigten Kopf. Sie hatte sich sehr unwohl gefühlt, als Abby ihr im Vertrauen von Phyllidas Baby erzählt hatte. Abby wollte damit nur erklären, warum sie Phyllida überhaupt mitgebracht hatte, und ahnte gar nicht, welche Geister sie damit heraufbeschwor. Sie dachte, Clemmie sei deswegen so still, weil sie an ihr eigenes Kind dachte, das sie verloren hatte. Nachdem sie gegangen waren, fürchtete Clemmie jedes Mal, wenn sie erwog, mit Quentin darüber zu sprechen, dass er es als einen versteckten Vorwurf gegen seine kurze Affäre, die mit dem Tod ihrer Tochter in Zusammenhang stand, verstehen würde. Wie albern, dass sie nach so vielen Jahren immer noch so empfindlich waren! Sie wusste, dass Quentin nur deshalb gezögert hatte, mit Phyllida in den Wald zu gehen, weil er nicht wollte, dass Clemmie es ihm in ihrer immer noch auftretenden, irrationalen Eifersucht übel nahm. Plötzlich war ihr klar geworden, dass dies der Moment war, auf den sie so lange gewartet hatte. Sie war sich absolut sicher, dass sich ihnen jetzt die Gelegenheit bot, die – wenn sie sie ergriffen – den Schatten für immer vertreiben würde. Sie wusste noch nicht, wie, aber sie wusste, dass es so weit war.

Als sie Phyllidas liebliches Gesicht mit den großen grauen Augen betrachtet hatte, hatte sie den alten Schmerz wieder gespürt. Sie wusste, was Phyllida durchmachte, und sehnte sich danach, ihren Schmerz zu lindern. Sie hatte sie zur Brücke geschickt und gehofft, dass Quentin erkennen würde, dass sie keine Angst hatte. Und sie hatte gesehen, wie Phyllida sich auf dem Spaziergang entspannt hatte. Und doch konnte sie mit Quentin noch nicht darüber sprechen. Alte Ängste und Vorurteile ließen sich nicht über Nacht zerstreuen, und sie konnte wohl kaum erwarten, dass er so instinktiv reagierte wie sie.

Clemmie strich ihm sacht über den Kopf, und er lächelte sie an, als sie sich ihm gegenübersetzte. »Es muss schrecklich sein, mit einem Seemann verheiratet zu sein«, pflichtete sie ihm bei und akzeptierte damit seine Erklärung für Phyllidas belegte Stimme am Telefon. »Gut. Wer fängt an?«

Phyllida freute sich sehr, Oliver am nächsten Tag bei Liz wiederzusehen. Er begrüßte sie, als wenn sie alte Freunde wären, und als sie ihm Prudence vorstellte, fanden sie heraus, dass sie einige gemeinsame Freunde bei der Marine hatten. Onkel Eustace war in Hochform und sprach davon, an Weihnachten wieder herzukommen. Liz warf ihm einen bitterbösen Blick zu, sie hatte seine List durchschaut – schließlich konnte sie ihm vor all den Freunden keine Absage erteilen. Christina schlang vor Freude den Arm um seine korpulente Taille und drückte ihn an sich. Liz zuckte kurz mit den Schultern, sagte so freundlich wie möglich, dass er willkommen sei, und wandte sich dann einer alten Schulfreundin zu, die gerade in der Gegend Urlaub machte.

»Mann, ist die hässlich«, raunte Onkel Eustace Oliver ins Ohr. »Ich dachte erst, das sei ein Mann. Wie peinlich.«

»Onkelchen!« Oliver sah ihn entsetzt an: »So etwas darfst du heute nicht mehr sagen. Politisch inkorrekt.«

»Was meinst du denn damit?«, ereiferte Onkel Eustace sich, der die alte Schulfreundin noch immer anstarrte. »Aber sie ist hässlich! Da beißt die Maus keinen Faden ab! Was würdest du denn sagen?«

»Ästhetisch minderprivilegiert«, spuckte Oliver prompt aus. »Genau so, wie du nicht ›alt‹ bist, sondern ganz einfach ›früh geboren‹.«

»Ich bin nicht alt«, protestierte Onkel Eustace. »Verdammt noch mal! Ich bin gerade erst siebzig geworden!«

»Wäre dir ›hochgradig versiert‹ lieber?« Oliver grinste ihn an. »Ich sehe schon, du musst noch eine Menge lernen, Onkelchen. Ich glaube, ich leihe dir mal mein Handbuch.«

Phyllida gesellte sich zu ihnen, und der alte Mann strahlte sie an. »Oliver erzieht mich gerade«, erklärte er. »Bringt mir bei, dass ich Leute nicht mehr alt oder hässlich nennen darf. Wussten Sie das?«

»Habe so was munkeln hören«, gab Phyllida zu. »Ganz schön verwirrend.«

»Kommt, wir trinken noch etwas«, schlug er wieder etwas fröhlicher vor. »Dann geht es vielleicht leichter. Oder gibt es gegen ›betrunken‹ auch etwas einzuwenden?«

»Vorübergehend entnüchtert«, murmelte Oliver und lächelte Phyllida an, als Onkel Eustace auf der Suche nach mehr Wein verschwand. »Ich habe gehört, dass wir uns morgen bei den Halliwells sehen.«

»Wie schön.« Phyllida schien sich zu freuen. »Ist das nicht komisch? Ich hatte solche Angst vor diesem Wochenende, und jetzt bin ich so viel unter netten Menschen.«

Oliver sah sie an und überlegte, ob er sie fragen sollte, warum sie vor dem Wochenende Angst gehabt hatte, entschied sich dann aber dagegen. Es hatte ihn überrascht, wie sehr er sich über das Wiedersehen mit ihr gefreut hatte, doch bevor er seine Gefühle eingehender analysieren konnte, war Onkel Eustace zurück und verkündete, dass das Essen fertig sei.

8

Im September wurde Alistair befördert; er erhielt das Kommando über ein Polar-U-Boot. Obwohl dies gewissermaßen einen Sprung ins kalte Wasser darstellte, freute Alistair sich sowohl über die Beförderung als auch über das Kommando. Er musste in Faslane an einem Kurs teilnehmen, bevor er seine neue Aufgabe wahrnahm, kam aber vorher noch für ein Wochenende nach Hause. Phyllida freute sich sehr für ihn, obgleich sie andererseits enttäuscht war, dass er schon so bald wieder auf See sein würde. Sie sprachen über die Möglichkeit, in eine Familienunterkunft in der Nähe des Stützpunktes zu ziehen, waren sich jedoch einig, dass dieses ein ungünstiger Zeitpunkt wäre, da Lucy gerade eingeschult worden war und sich in ihrer Schule sehr wohl fühlte.

»Denk drüber nach, dann reden wir weiter, wenn ich wiederkomme«, sagte Alistair, als sie ihn zum Bahnhof fuhr. »Ich schätze, ich bekomme noch ein paar Tage Urlaub, bevor wir ablegen.«

Auf dem Rückweg nach Yelverton beschloss Phyllida, kurz bei Prudence hereinzuschauen, um ihr von Alistairs Beförderung zu erzählen. Schließlich war das alles so plötzlich gekommen, dass sie noch gar keine Gelegenheit gehabt hatte, mit irgendjemandem darüber zu sprechen. Sie sah Liz' Auto vor dem Haus stehen, doch das Unbehagen, das sie früher empfunden hätte, stellte sich nicht ein. Seit Phyllida das Baby verloren hatte, stichelte Liz bedeutend weniger. Nachdem sie ihr übliches Klopfzeichen an die Hintertür getrommelt hatte, machte Phyllida auf und steckte den Kopf hinein.

»Darf ich reinkommen, oder störe ich?«

Einen Moment lang herrschte Schweigen, und Phyllida wusste sofort, dass die beiden Frauen über sie gesprochen hatten. Prudence hatte mit dem Rücken zum Ofen gestanden und kam nun auf sie zu, um sie zu umarmen, sah aber sehr verlegen und aufgeregt aus. Sie plauderte wie üblich drauflos, während sie noch eine Kanne Tee machte, aber Phyllida hatte das untrügliche Gefühl, dass sie es heute nur tat, um die peinliche Situation zu überspielen, oder gar, um Liz nicht zu Wort kommen zu lassen.

Sie setzte sich an den Tisch, nahm die Tasse Tee gern an und sah kurz zu Liz, deren fast schon berechnender Blick ihr nicht behaglich war. Offensichtlich empfand Prudence das genauso. Sie sah Liz sehr ernst an, wobei sie kurz den Kopf schüttelte; dann wandte sie sich wieder Phyllida zu.

»Wir haben uns seit dem Mittagessen bei Liz nicht mehr gesehen. Wie geht es Lucy?«

»Gut. Ich wollte eigentlich auch nur kurz reinschauen, um dir etwas zu erzählen. Alistair ist befördert worden. Er bekommt das Kommando auf der Ruthless. Der Kapitän ist krank geworden, daher kommt alles ein bisschen plötzlich, aber er freut sich natürlich riesig.«

»Natürlich«, beeilte Prudence sich zu sagen. »Wie schön für ihn. Bestell ihm herzliche Glückwünsche.«

Liz rührte sich. Sie fand diese Neuigkeit offenbar nicht sehr aufregend.

»Zieht ihr nach Faslane?«, fragte sie, und Phyllida witterte etwas mehr als nur das übliche Interesse hinter dieser Frage.

»Ich weiß noch nicht«, sagte sie. »Lucy hat sich so gut eingelebt in der Schule, aber ich denke schon, dass sie einen Umzug verkraften könnte. Der Punkt ist, dass ich nicht unbedingt hier weg möchte. Ich habe so viele Freundschaften geschlossen hier, aber andererseits finde ich, dass ich ihn unterstützen sollte. Meint ihr nicht auch?«

Prudence nickte, aber ihr Blick haftete auf der anderen Frau, und sie zuckte zusammen, als Liz ihren Stuhl zurückschob und aufstand.

»Ich muss dir etwas sagen«, richtete sie das Wort an Phyllida.

Auch Prudence stand nun auf. »Nein. Bitte, Liz. Wir haben darüber gesprochen, und ich habe dich gebeten, es nicht zu tun.«

»Warum soll sie es denn nicht wissen? Warum soll sie denn genauso zum Narren gehalten werden wie ich damals?« Liz drehte sich abrupt zu Prudence um. »Ich wünschte, mir hätte seinerzeit jemand erzählt, dass Tony wieder mit anderen Frauen herumgemacht hat. Sie hat ein Recht darauf, es zu erfahren!«

»Moment!« Phyllida starrte die beiden abwechselnd an. »Bitte. Was ist hier überhaupt los? Ein Recht, was zu erfahren?«

»Alistair hat eine Affäre mit einem Marinemäuschen«, schlug Liz ihr um die Ohren, »und ich weiß wirklich nicht, warum du die Letzte sein solltest, die es erfährt.«

Prudence, die Liz instinktiv den Rücken zugewandt hatte, als wolle sie sich von ihr distanzieren, drehte sich sofort wieder um und ging zu Phyllida. Sie legte ihr eine Hand auf die Schulter und starrte Liz über Phyllidas Kopf hinweg an. »Ich finde, du solltest erst einmal ganz sicher sein, dass es sich hier um Tatsachen handelt.«

»Ach, sei doch nicht naiv, Prudence«, antwortete Liz ungeduldig. »Es ist genau das Gleiche wie damals mit mir und Tony. Immer hab ich es als Letzte erfahren, und ich fand das verdammt erniedrigend. Alle haben sie hinter meinem Rücken getuschelt, aber keiner hatte den Mumm, es mir zu sagen. Warum soll Phyllida ihr Leben hier aufgeben, um nach Faslane zu ziehen und ihn zu unterstützen? Kannst du dir das Gerede und den Tratsch überhaupt vorstellen? Warum soll sie denn nicht auf ihre Art zurückschlagen? Zumindest sollte sie aber doch die Wahrheit kennen.«

»Bitte«, sagte Phyllida, die versuchte, sich unter Prudences Hand und nach diesem niederschmetternden Schlag aufzurichten. »Bitte sprecht nicht über mich, als wenn ich nicht da wäre. Abgesehen davon glaube ich kein Wort davon. Alistair hat einen schlechten Ruf gehabt, bevor wir geheiratet haben, das weiß ich, und er ist ihn nicht richtig losgeworden. Die Leute tratschen halt gerne.«

»Ganz genau«, sagte Prudence nach einer Weile. Sie glotzte Liz herausfordernd an, und Liz glotzte zurück.

»Okay«, sagte sie und lachte traurig. »So habe ich am Anfang auch gedacht. Da ist einem alles lieber als die Wahrheit, wenn sie wehtut. Aber irgendwann muss man sich den Tatsachen stellen. Ich für meinen Teil möchte lieber wissen, wo ich stehe, vielleicht siehst du das anders. Ist schon gut, Prudence. Ich gehe. Du brauchst mich nicht mehr so anzuglotzen. Entschuldigen werde ich mich nicht, Phyllida. Wer sagt, Unwissen sei ein Segen, ist ein verdammter Heuchler. Denk gut darüber nach, bevor du irgendwelche Opfer bringst, das ist alles! Danke für den Tee, Prudence. Bis bald.«

Sie ging hinaus. Phyllida blieb wie versteinert stehen, und Prudence beeilte sich, noch einmal Wasser aufzusetzen.

»Noch etwas Tee, oder?«, fragte sie und sah Phyllida besorgt an. »Hör zu, ich habe dir schon einmal gesagt, du darfst nicht darauf hören …«

»Sie hat gesagt: ›mit einem Marinemäuschen‹«, unterbrach Phyllida sie. »Das ist ja wohl recht konkret.«

»Ach, Liebchen. Es wird immer geredet. Das weißt du doch.«

»Hat sie gesagt, mit wem genau?«

»Nein«, log Prudence beklommen. »Nein, ganz bestimmt nicht. Es ist bloß boshafter Tratsch. Ach, es ist so gemein.«

Sie schenkte Phyllida neu ein und drückte ihr die Tasse in die Hand. »Setz dich, trink und vergiss das alles. Meine Güte! Hast du denn so wenig Vertrauen zu Alistair, dass du gleich dem ersten bisschen Tratsch, den du hörst, glaubst? Was hältst du von ein wenig Loyalität? Wo er doch so gut zu dir war, seit du das Baby verloren hast.«

Phyllida hatte Schwierigkeiten, sich auf solche Gedanken zu konzentrieren – sie sah Alistair mit einer anderen Frau im Bett vor sich. Mühsam löste sie sich von diesem Bild, und Prudence beobachtete sie ängstlich.

»Ja«, sagte sie schließlich. »Ja, das war er.«

»Jedes Wochenende kommt er den langen Weg hierher«, bemerkte Prudence, »fast jeden Abend ruft er an, er schreibt an Lucy. Hört sich das etwa nach dem Verhalten eines untreuen Ehemannes an?«

Phyllida riss sich zusammen und lächelte Prudence an. Sie hatte entsetzliche Angst, dass ein untreuer Ehemann sich genauso verhalten würde. Ihr Magen drehte sich ihr um, und ihre Hände wurden eiskalt.

»Nein, bestimmt nicht«, antwortete sie, doch der gesunde Menschenverstand sagte ihr, dass Prudence' Erleichterung völlig übertrieben war, wenn sie tatsächlich an Alistairs Unschuld glaubte.

»Dann vergessen wir es doch am besten. Ich bin sicher, es sind nur bösartige Gerüchte.« Prudence sah sich um auf der Suche nach etwas, mit dem sie Phyllida ablenken könnte.

»Ich wollte dir ein paar Stoffe zeigen, die ich bei Dingle's gefunden habe …«

Doch Phyllida trank ihren Tee so schnell sie konnte aus. Sie musste ganz einfach allein sein, um über das nachzudenken, was Liz ihr erzählt hatte, und um ihre eigene Reaktion darauf auszuloten. Sie hatte Angst, sie fühlte sich elend, sie musste den Schock verdauen und sich überlegen, wie sie sich verhalten sollte.

»Ich muss gehen«, sagte sie mit vorgegebenem Bedauern. »Ich wollte wirklich nur ganz kurz reinschauen, um von der Beförderung zu erzählen. Mach dir keine Sorgen. Mir geht's gut.« Sie lächelte strahlend in Prudence' besorgtes Gesicht und nickte bekräftigend. »Ich verspreche, ich werde keine Dummheiten machen. Ich bin nämlich daran gewöhnt, mit Alistairs Ruf zu leben, weißt du.«

Sie schaffte es, ein so überzeugend jämmerliches Grinsen aufzusetzen, dass Prudence ihr einen Kuss gab und sie gehen ließ – wenn auch ungern. Kaum saß Phyllida hinter dem Steuer, merkte sie, dass sie zitterte, und als sie erst einmal mit aller Vorsicht bis ins offene Moor gefahren war, fuhr sie an den Straßenrand und schaltete den Motor ab. Sie wusste und bezweifelte keine Sekunde, dass Liz die Wahrheit gesagt hatte. Sie wusste nicht, warum sie so sicher war, aber irgendwie war sie tief im Innern überzeugt. Von Anfang an hatten einige dafür gesorgt, dass sie von seinem Ruf wusste – eifersüchtig, dass er sie ihnen vorgezogen hatte. Sie war so glücklich gewesen und hatte so fest an seine Liebe geglaubt, dass sie es ertragen und stets verdrängt hatte. Jetzt wurde ihr bewusst – und ihr Magen zog sich dabei zusammen –, dass Liebe und Vertrauen nicht genug waren. Zwar war auch sie mitunter unsicher gewesen, aber in ihrer Naivität hatte sie nie wirklich daran geglaubt, dass jemand, der über Jahre so liebevoll und zärtlich war, in der Lage sein konnte, dieses Vertrauen zu verraten.

Phyllida starrte auf die strahlende, windgepeitschte Landschaft, gelähmt vor Entsetzen und Verzweiflung. Sie wusste einfach nicht, wie sie weitermachen sollte. Wie sollte sie die Tage bis zu seiner Rückkehr, bis er ihr die Wahrheit sagte, überstehen? Und warum war sie sich so sicher, dass dies die Wahrheit war? Etwa, weil Liz keine Rechnung mit ihm offen hatte? Sie war keine von Alistairs Exfreundinnen, und nachdem sie selbst so gelitten hatte, würde sie doch wohl kaum jemand anderem unbedacht solchen Schmerz zumuten? Außerdem war Liz so freundlich zu ihr gewesen, gar nicht mehr abweisend, seit sie das Baby verloren hatte. Sie hatte doch sicher gute Gründe für ihren Auftritt? Phyllida versuchte sich vorzustellen, wie sie Alistair zur Rede stellte. Wie sollte sie das tun? Heiter, als wäre das Ganze ein Witz, über den er sicher lachen würde? Ernst, als erwarte sie, dass er sich verteidigen und seine Unschuld beweisen müsse?

Ihr wurde bewusst, dass sie sich eine solche Szene überhaupt nicht vorstellen konnte, und wusste, dass, ganz gleich, was das Ergebnis war, sich alles zwischen ihnen ändern würde. Selbst wenn er es abstritt und sie sich versucht fühlte, ihm zu glauben – sie wusste, dass sie ihm niemals wieder so bedingungslos würde vertrauen können; dass ihr Gefühl der Sicherheit nachhaltig erschüttert sein würde. Liz' Worte hatten alles zerstört, hatten Schatten des Zweifels ausgeworfen und ausgeschlossen, dass es jemals wieder so sein würde wie früher.

Claudia nahm ihre Knüpfarbeit zur Hand, stellte den Nähkasten auf einem niedrigen Schemel ab und setzte sich ans Feuer. Es war ein kalter und trüber Oktobertag. Der Wind schleuderte immer wieder Regen gegen das Fenster, und das Tageslicht schwand schnell. Da ihr die staubige Asche eines normalen Holzkamins ein Gräuel gewesen war, hatte sie darauf bestanden, dass ein täuschend echt aussehendes, gasbetriebenes Feuer mit falschen Holzscheiten installiert würde. Sie saß neben dem aufmunternden Feuerschein, doch ruhte die Handarbeit in ihrem Schoß und ihr Blick leer auf den Flammen.

Während des Herbstes war eine undefinierbare Wandlung mit Jeff vor sich gegangen. Er war gar nicht mehr geistesabwesend, stattdessen eher übereifrig, wenn es darum ging, ihr Aufmerksamkeit zu schenken. Er tat all die Dinge, die er immer für sie getan hatte, aber jetzt steckte eine Art von Verzweiflung hinter allem, was er tat, und diese Tatsache beruhigte Claudia keineswegs. Es war, als wollte er irgendetwas beweisen, aber ob sich selbst oder ihr, dessen war sie sich nicht sicher. Vielleicht ihnen beiden. Claudia verbrachte Stunden damit, sein Verhalten zu analysieren. Anfangs war sie überzeugt gewesen, dass er sich in Jenny verliebt hatte und dass dieses Verliebtsein – so beleidigend und ärgerlich es auch war – schon rasch einen recht schmerzlosen Tod sterben würde. Die vorliegende Veränderung aber war beunruhigender. Claudia fürchtete, dass Jeffs Gefühle für das Mädchen so stark geworden waren, dass er nun mit aller Macht gegen sie ankämpfen musste. Wann immer sie ihre Panik in Schach hatte, schaffte sie es fast, sich davon zu überzeugen, dass es sich lediglich um eine Sommerlaune handelte, die mit der Jahreszeit vergehen würde. Jenny war so überhaupt nicht sein Typ, dass es sich nur um eine dumme Schwärmerei handeln konnte. Diesen Glauben sah sie in Jeffs kindischem Verhalten bestätigt. In Jennys Gegenwart führte er sich auf wie ein Schuljunge, und das passte so gar nicht zu dem vernünftigen, ruhigen Charakter des Jeff, den sie kannte. Die Tanzerei an dem Grillabend war so ein Beispiel dafür, und bei dieser wie bei anderen Gelegenheiten hatte Gavin ihn angefeuert und genauso viel gelacht wie die anderen. Und doch waren er und Jenny immer zusammen, sie traten als Paar auf und wurden als solches zu Partys eingeladen. Wenn also irgendein Grund bestände, misstrauisch oder ärgerlich zu sein, würde Gavin – der ganz und gar nicht der Typ Mann war, der einfach zusah und sich zum Narren halten ließ – doch sicher nicht so ruhig bleiben?

Da sie wusste, wie empfindlich und unausgeglichen sie in solchen Situationen sein konnte, versuchte Claudia, vernünftig zu bleiben. Wenn Gavin keinen Anlass zur Besorgnis sah, warum sollte sie es dann? Natürlich war das alles nicht so einfach. Jenny – da musste sie fair bleiben – unternahm keinen ernsthaften Versuch, sich an Jeff heranzumachen. Mit ihrer witzigen, leichtherzigen Freundlichkeit begegnete sie jedem, und sie schien Gavin wirklich zu mögen – und Gavin sie. Nein, nicht Jenny machte Claudia Sorgen, sondern Jeff, der möglicherweise für Jenny all das empfand, was er nie für sie empfunden hatte. Dass er ihr eine andere Frau vorziehen könnte, war unerträglich. Dass es eine dumme, angemalte, kleine Sexbombe sein würde, war mehr, als ein Mensch aushalten konnte. Für Claudia war es eine Beleidigung.

Sie war nicht mehr in der Lage, die Sache mit Jeff zu besprechen oder sich dem Thema anders als mit blinder Wut zu nähern. Angriff war ihre einzige Verteidigung. Da sie für gewöhnlich vor allem um ihren eigenen Stolz besorgt war, richteten sich ihre Beobachtungen einzig auf Jenny, nie auf Jeff. Sie tat, als ginge sie davon aus, dass er der gleichen Meinung sei wie sie, und spottete geringschätzig, während sie versuchte, gleichgültig zu erscheinen.

»Was ist sie nur für ein gewöhnliches kleines Ding ... Ich verstehe gar nicht, warum sie sich überhaupt ein Kleid angezogen hat, du etwa? Es zeigt doch sowieso schon alles, was sie hat ... Ich weiß auch nicht, aber ich werde das Gefühl nicht los, dass das arme Ding ganz furchtbar unsicher ist. Diese Sucht nach Aufmerksamkeit!«

Wenn solche Kommentare keine Reaktion hervorriefen, wallte die Wut noch mehr in ihr auf und trieb sie weiter an.

»Das Problem mit Leuten, die sich gerne schlecht benehmen, ist, dass sie andere auf ihr Niveau herunterziehen ... Und Männer lassen sich ja so leicht beeindrucken, nicht? Sie können einfach nicht widerstehen, wenn sie ihnen eine Gelegenheit bietet, ihr Ego aufzubauen ... Nein, wie Mitleid erregend. Glauben, es sei so clever, dabei machen sie sich so lächerlich. Aber das ist es natürlich, was Frauen wie Jenny toll finden. Sie lieben den Triumph über Ehefrauen und Freundinnen, die nicht im Traum darauf kämen, so billig zu sein …«

Von Jeff kam nie eine Reaktion. Er hörte zu und schwieg, während Claudia innerlich kochte. So war es den ganzen Sommer gegangen, und auch den frühen Herbst. Der jetzige Wandel war aufs Neue alarmierend. Sie musste sich etwas einfallen lassen, womit sie ihn an sich binden konnte. Wenigstens würde es im Winter nicht so viele Einladungen geben. Aber er sah sie ja trotzdem jeden Tag im Büro …

Claudias Hand verkrampfte sich, als sie an die zahllosen Gelegenheiten dachte, bei denen sie sich unterhalten und Witze machen konnten, die täglichen Mittagessen im Pub gar nicht mitgerechnet. Zu Letzteren war sie eine Zeitlang mitgegangen, aber die anderen fanden es offensichtlich merkwürdig, dass sie immer dabei war, obwohl Jeff immer erfreut schien, sie zu sehen. Irgendwann fürchtete sie, die anderen würden den Grund ihrer Anwesenheit durchschauen, und manchmal fiel ihr Gavins sardonischer Blick von seinem Platz hinter der Bar auf. Sie hatte es schließlich aufgegeben, hinzugehen, ihr Stolz ließ es einfach nicht mehr zu, aber sie schäumte ohnmächtig bei dem Gedanken an diese informellen, fröhlichen Treffen.

Das Läuten der Türklingel unterbrach sie in ihren Gedanken. Sie legte den Knüpfrahmen beiseite und ging zur Tür. Gavin stand davor. Claudia sah ihn überrascht an und empfand gleich darauf eine absurde ängstliche Erregung. Er erwiderte lächelnd ihren Blick, und sie hatte wieder einmal das Gefühl, dass er genau wusste, was in ihrem Kopf vor sich ging.

»Komm rein«, sagte sie, drehte sich um und ging zurück in das Wohnzimmer.

Er folgte ihr wachsam und entspannt zugleich ins Haus und registrierte in seiner lockeren, nüchternen Art den Raum. Trotz des kalten Oktobertags trug er nur ein Sweatshirt zu seiner Jeans, doch strahlte er vor Vitalität und passte überhaupt nicht in dieses feine, aufgeräumte Zimmer. Nachdem er sich umgesehen und alles in sich aufgenommen hatte, drehte er sich zu ihr um und lächelte. Claudia starrte ihn an. Am liebsten hätte sie sich hingesetzt und die Handarbeit wieder aufgenommen, um ihn in Verlegenheit zu bringen und ihm zu zeigen, dass sie keinen Grund für seinen Besuch sah, dass er ihrer Ansicht nach in ihrem Haus nichts verloren hatte. Stattdessen blieb sie stehen und starrte ihn an – während er weiter lächelte.

»Sieht aus, als wenn du gerade erst eingezogen wärst«, bemerkte er. »Alles so ordentlich und sauber. Sieht eigentlich gar nicht so aus, als würdest du wirklich hier wohnen.«

»Es muss ja nicht jeder wie im Schweinestall hausen«, antwortete sie mit wachsendem Ärger. Er schien nämlich nicht im Geringsten beeindruckt oder eingeschüchtert zu sein, sondern sich im Gegenteil über sie lustig zu machen. Sie dachte an Jennys schmuddelige, unordentliche Wohnung – Gavins hatte sie noch nicht gesehen – und wurde noch wütender. »Was willst du?«

Er lachte sie offen an, und sie spürte, wie ihr die Hitze ins Gesicht stieg.

»Arme Claudia«, sagte er mit so echtem Bedauern, dass es sie quälte. »Ich hatte so das Gefühl, dass bei dir nicht alles so einwandfrei läuft, und da dachte ich mir, schaue ich auf dem Rückweg vom Pub mal vorbei und frage, ob ich dir irgendwie helfen kann.«

Eine Beleidigung nach der anderen! Der bloße Gedanke daran, dass er annahm, ihr irgendwie helfen zu können, war so grotesk, dass sie ihm beinahe ins Gesicht lachte.

»Ich weiß überhaupt nicht, wie du auf einen solchen Blödsinn kommst«, sagte sie frostig. »Wenn du mich jetzt bitte entschuldigen würdest ...«

»Ach, nun spiel mal nicht die Grande Dame«, sagte er und klang sogar in seiner Verachtung noch freundlich. »So bist du doch gar nicht wirklich, oder? Hör auf, so zu tun, als wärst du auch nur einen Deut besser als die anderen. Warum bist du nicht einfach mal locker und versuchst, das Leben zu genießen?«

Sprachlos starrte sie ihn an. Er hatte einen wunden Punkt getroffen, und auf einmal hatte sie das Gefühl, dass sie die Fassung verlieren und zusammenbrechen könnte. Gavin erkannte diesen schwachen Moment und stürzte sich darauf. Er packte ihren Arm, und sein warmer, fester Griff ließ sie schaudern.

»Ich sag dir mal was«, klärte er sie sanft, fast schon zärtlich auf, »die unglücklichsten Menschen auf der Welt sind die, die vorgeben, etwas zu sein, was sie nicht sind. Das ist so anstrengend. Wenn man die Maske erst einmal aufgesetzt hat, wagt man nicht mehr, sie auch nur für eine Sekunde abzulegen. Manchen Leuten kann man manchmal etwas vormachen, aber man schafft es nie, alle reinzulegen. Ein paar fallen vielleicht drauf rein – das ist nett, man kann vor ihnen angeben und sich so richtig gut fühlen. Aber die, die man nachzumachen versucht, durchschauen und verachten einen, und man kann sich nie ganz entspannen in ihrer Gegenwart, weil man Angst hat, sich zu verraten. Und der Rest? Dem Rest ist das alles egal. Der ist viel zu sehr damit beschäftigt, das eigene Leben zu leben und sich zu amüsieren. Ist es das wert? Du täuschst keinen, weißt du.«

Schweigen. Sie konnte ihn nicht ansehen. Plötzlich nahm er ihr Kinn und küsste sie. Unter normalen Umständen hätte sie sich gewehrt, hätte ihn geschlagen, getreten. Aber jetzt, da er ihr die so mühsam ausgearbeitete Maske brutal entrissen hatte, fühlte sie sich so schlaff in seinem Arm, so wehrlos gegen die ihren Kiefer umklammernden Finger ... Als seine Zunge ihre berührte, durchzuckte sie ein körperliches Verlangen wie ein elektrischer Schlag. Sie sprang zurück, um diese zweite Beleidigung zu verbergen – doch er hatte bemerkt, dass sie seinen Kuss erwidert hatte.

»Bitte geh«, sagte sie mit zitternder Stimme. »Wie kannst du es wagen …?«

»Siehst du?« Er sprach immer noch ganz ruhig, geradezu amüsiert. »Du verleugnest dich schon wieder. Warum entspannst du dich nicht, akzeptierst dich so, wie du bist? Du bist wunderschön, Claudia. Attraktiv. Ich kann nichts dafür, dass du mich anmachst. Kannst du dir wohl inzwischen denken.«

Wenn er irgendetwas anderes gesagt hätte, hätte sie es vielleicht ausgehalten, hätte ihre Gefühle unter Kontrolle behalten und ihn weggeschickt, aber genau dieses Kompliment, unmittelbar nach einem solchen Schock, machte sie fertig.

»Das glaube ich nicht. Das ist völliger Quatsch«, sagte sie schwach. »Ich finde, du solltest jetzt gehen.«

Hinter ihrem Rücken lächelte Gavin in sich hinein.

»Ich glaube schon, dass du es glaubst«, sagte er leise. »Du hast doch gesehen, wie ich dich angucke. Du bist nicht wie Jenny. So offenherzig und freizügig. Nein, du bist cool. Viel sexyer. Jeff ist ein Glückskind. Ich hoffe nur, er hat dich verdient, das ist alles. Scheint mir ein bisschen ein kalter Fisch zu sein.«

Die Pause wurde viel zu lang, und Gavin lächelte breiter.

»Nein«, widersprach Claudia schließlich schwach. »Nein, ist er nicht …«

»Na«, er stand jetzt ganz dicht hinter ihr, »du wirst es wohl am besten wissen.« Er schlang die Arme um sie, seine Lippen berührten ihr Ohr. »Aber ich hatte gedacht …«

Das Telefon schrillte und ließ sie auseinanderfahren. Gavin fluchte leise, als Claudia zitternd den Hörer abnahm.

»Hallo? Oh, Abby. Hallo.« Nichts anderes hätte sie sich derart zusammenreißen lassen wie Abbys Stimme. »Kleinen Moment eben. Ich verabschiede nur gerade einen Freund …« Sie legte den Hörer ab und lächelte Gavin mit falscher Heiterkeit an. »Du gehst jetzt besser. Ich denke, das hier dauert länger.«

Er grinste über ihren lauten, bewusst kultivierten Ton und den entsetzten Blick, nahm ihr Gesicht in die Hände und küsste sie noch einmal.

»Bis bald«, sagte er und ging hinaus. Die Haustür fiel ins Schloss.

Claudia zitterte am ganzen Körper, als sie den Hörer wieder in die Hand nahm.

»Tut mit leid, Abby … Nein, nein, gar nicht. Er … sie wollten gerade gehen. Also, was kann ich für Sie tun?«

9

Phyllida hatte schon gedacht, die Wochen bis zu Alistairs Rückkehr würden überhaupt nicht mehr vergehen. Erst jetzt, da jeder Tag sich elend in die Länge zog, wurde ihr bewusst, wie glücklich sie bis dahin gewesen war. Manchmal schaffte sie es fast, sich einzureden, dass Liz' Enthüllung nicht wahr war, dass die Geschichte von Alistairs Untreue nur ein böses Gerücht war. Tief in ihrem Innern nagte aber weiter der Zweifel, und schon kurze Zeit später überkam sie wieder das heulende Elend, das ihr die Kehle so zuschnürte, dass sie kaum mehr schlucken oder sprechen konnte. Jetzt fragte sie sich, warum sie all die Warnungen seinerzeit so leichtsinnig in den Wind geschlagen hatte. Selbst Matthew, ihr Bruder und ein guter Freund Alistairs, hatte es für richtig gehalten, sie auf mögliche Gefahren hinzuweisen. Doch im Überschwang der aufregenden Gefühle war es ganz und gar undenkbar gewesen für sie, dass Alistair ihr jemals wehtun könnte, und über die Momente, in denen sie einen Stich verspürte, weil sie eine seiner Exfreundinnen sah oder gezeigt bekam, half ihr seine vor allen anderen erklärte Liebe hinweg.

Jetzt dachte sie auf einmal an all diese Frauen zurück und stellte sich entsetzlich plastisch vor, wie Alistair mit ihnen schlief. Sie war ganz krank vor Elend und dankbar, dass sie Lucy hatte, deren Gesellschaft sie zumindest tagsüber ablenkte. Doch die langen, leeren Abende waren furchtbar. Phyllida brachte es nicht einmal fertig, Alistair zu schreiben, und schlug die Zeit, bis sie ins Bett ging, damit tot, dass sie sich auf das Sofa zurückzog und stumpf fernsah. Wenn sie dann erst mal im Bett lag, konnte sie nicht einschlafen und trauerte den glücklichen, weil ahnungslosen Zeiten nach. Morgens hatte sie verquollene Augen, war matt und vermied jede Gesellschaft. Als Alistair endlich nach Hause kommen sollte, war Phyllida erleichtert, dass er an einem Nachmittag anreiste, an dem Lucy auf einer Geburtstagsfeier war.

Ein Offizierskollege hatte ihn mitgenommen, und Phyllida beobachtete vom Schlafzimmerfenster aus, wie er ausstieg, die Autotür zuschlug und die Einfahrt hinaufrannte. Ihr Herz setzte aus bei seinem Anblick, ihr wurde klar, dass all ihre hundertmal geprobten Vorträge für die Katz waren, wenn Alistair in Fleisch und Blut vor ihr stand. Sie hörte die Haustür ins Schloss fallen und seine Schritte im Flur, aber sie konnte sich nicht rühren. Sie war weder auf die Woge der Liebe vorbereitet gewesen, die sie fast fortriss, als sie ihn wiedersah, noch auf den dunklen, unterschwelligen Zorn darüber, dass er ihre Liebe verraten und ihre Beziehung zerstört hatte. Sie hörte ihn nach ihr rufen und zwang sich, zur Tür zu gehen. Sie öffnete sie in dem Moment, in dem Alistair auf dem oberen Treppenabsatz angekommen war. Freudestrahlend lief er auf sie zu und nahm sie stürmisch in den Arm.

»Ich habe mich schon gewundert, wo du steckst«, brachte er zwischen den Küssen hervor. »Gott, wie ich dich vermisst habe! Hast du meinen Brief bekommen? Ich habe schon seit Ewigkeiten nichts mehr von dir gehört, und am Telefon hast du dich so komisch angehört.«

Da fiel ihm auf, dass er lange nicht so herzlich empfangen wurde wie sonst, und er sah Phyllida forschend an, während er sie weiter im Arm hielt. Als er die Schatten unter ihren Augen sah und den abgehärmten Zug um den Mund, zog er sie fester an sich.

»Ist alles in Ordnung?«, fragte er. »Du siehst völlig fertig aus. Was ist denn mit dir los? Ist was mit Lucy?«

Sie wich seinem besorgten, liebevollen Blick aus und versuchte sich aus seinem Arm zu winden.

»Mir geht es gut. Uns geht es beiden gut. Lucy ist auf einer Geburtstagsfeier. Lass uns runtergehen, Alistair. Ich muss mit dir reden.«

Während der letzten Worte hatte sie ihn wieder angesehen – und sein gehetzter, schuldbewusster Blick verriet, dass er sofort Bescheid wusste. Alistair ließ die Arme sinken. Sie starrte ihn entgeistert an, und diesmal war er es, der wegsah.

»Dann stimmt es also«, flüsterte sie und glaubte, sie müsste zusammenbrechen, wenn sie nicht jemand hielt. Erst jetzt wurde ihr bewusst, wie sehr sie darauf gezählt hatte, dass er es abstreiten würde.

»Wer hat es dir erzählt?«, fragte er, und sie musste sich an der Balustrade festhalten.

»Liz.« Sie dachte, es würde ihr das Herz zerreißen vor Schmerz. »Liz Whelan. Ich wollte es nicht glauben …«

»Hast du aber. Deswegen hast du mir nicht geschrieben.« Er klang sehr barsch, und sie vermutete, dass er verbergen wollte, wie sehr es ihn verletzte, dass sie so einfach schlecht von ihm dachte.

Einen Moment lang plagte sie ein schlechtes Gewissen, als sei sie es gewesen, die ihn betrogen hatte, dann überwog aber wieder ihr Schmerz. Hatte er es nicht schon gestanden? Sie drehte sich zu ihm um und umklammerte hinter ihrem Rücken weiter das Treppengeländer.

»Ich wusste einfach nicht, was ich schreiben sollte«, sagte sie. »Liz war so überzeugend. Sie hat gesagt, du würdest genau das Gleiche tun wie ihr Mann, und ich sollte die Wahrheit erfahren.« Sie starrten einander im Halbdunkel an. »Es war so unglaublich, aber trotzdem wusste ich irgendwie, dass es stimmte. Und es stimmt.« Ihre Lippen bebten. »Oder?«

Er nickte. »Aber es war nicht das Gleiche wie mit Liz und Tony. Ja, ja, ich weiß.« Er hob die Hand, um ihren Einspruch abzuwehren. »Aber es ist wirklich nicht das Gleiche. Tony hat Liz geheiratet, weil sie von ihm schwanger war. Er hat sie nie geliebt. Er hat Cass Wivenhoe geliebt, und als sie mit ihm Schluss gemacht hat, hat er Liz geheiratet. Ich liebe dich, Phyllida. Das weißt du doch!«

»Aber warum?«, rief sie heiser vor Schmerz. »Warum? Du hast alles kaputtgemacht, siehst du das denn nicht? War es das wert?«

»Habe ich das?« Er streckte die Arme nach ihr aus, und ihm wurde angst und bange, als sie seine versöhnliche Geste heftig abwehrte. »Es war nichts.« Er steckte die Hände in die Taschen und zog die Schultern hoch. »Oh, scheiße.«

»Liz hat gesagt, es war eine Marinehelferin.« Phyllida hatte sich wieder etwas gefasst, doch die Hände hinter ihrem Rücken zitterten.

»Ja.« Alistair seufzte, blickte sich um, als suche er etwas, und sah sie dann wieder an. Ihm war, als stünde er vor einer Fremden. »Ich kenne Janie schon ewig. Wir hatten mal eine kurze Affäre, aber ich habe sie nie geliebt. Das wusste sie.« Er bemühte sich um eine starke, überzeugende Stimme, wurde aber immer leiser. »Sie war auch in Greenwich, als ich die paar Wochen da war. Ich war so durcheinander wegen … wegen dem Baby, und sie war so verständnisvoll. Sie hatte eine Opernkarte übrig, und ich dachte mir nichts dabei, mitzugehen. Wir waren ja zu mehreren, und nach der Oper sind wir noch zu ihr gegangen …« Er verstummte einen langen Augenblick, doch Phyllida machte keine Anstalten, ihm entgegenzukommen. »Es ist immer gefährlich«, sagte er schließlich, als würde ihm das erst jetzt aufgehen, »sich wieder mit jemandem anzufreunden, mit dem man mal liiert war.«

Phyllida rührte sich. »Du«, sagte sie. »Nicht ›man‹. Du. Versuch doch nicht, von dir abzulenken.«

Alistair biss sich auf die Lippen. »Gut«, sagte er. »Du hast recht. Ich habe es zwar ganz allgemein gemeint, aber du hast natürlich recht. Man kennt sich schon so gut, man erinnert sich an alte Gewohnheiten. Irgendwie hat man nicht so sehr das Gefühl, etwas Falsches zu tun, wie wenn man ganz bewusst eine Unbekannte anspricht.«

»Ich sehe da überhaupt keinen Unterschied.«

»Natürlich nicht, und ich versuche auch gar nicht, mich herauszureden –«

»Na, prima.« Phyllida war selbst erstaunt über ihren zynisch-kalten Tonfall. Sie hörte sich fast an wie Liz. »Heißt das jetzt also, dass ich ab sofort jedes Mal, wenn du eine deiner verflossenen Mätressen wiedersiehst – und an denen mangelt es, wie wir wissen, ja nicht –, in Kauf nehmen muss, dass du wahrscheinlich mit ihr ins Bett gehst? Der guten alten Zeiten wegen?«

»Nein. Nein, das tu ich nicht.« Er wurde wütend. »Es ist nur ein Mal passiert, ob du es nun glaubst oder nicht, ganz wie du willst. Ein einziges Mal mit Janie, und ich habe es sofort bereut. Ich hätte wissen müssen, dass es nach dir mit keiner anderen mehr funktionieren würde. Ich war ein bisschen down und habe mir Sorgen um dich gemacht, wir hatten etwas getrunken. Ihr ist auch klar geworden, dass es ein Fehler war. Wir sind aber trotzdem noch ein paarmal gemeinsam ausgegangen, und so sind die Gerüchte aufgekommen. Ich war aber nur ein Mal mit ihr im Bett.«

Diese letzten Worte hatten eine sonderbare Wirkung auf Phyllida. Ihre furchtbaren Vermutungen und Ängste waren beim Namen genannt worden – jetzt konnte sie sich etwas Konkretes vorstellen. Vor ein paar Jahren hatte sie Janie kurz kennengelernt, sie sah sie ganz deutlich vor sich: langbeinig, mit glänzenden braunen Augen und einer dunklen Mähne. Unerträgliche Eifersucht wallte in ihr auf, und der Schmerz durchbohrte ihr Herz.

»Einmal oder hundertmal, das ist doch völlig egal!«, rief sie. »Du hast alles kaputtgemacht! Ich kann dir nie wieder vertrauen. Wie konntest du nur? Wie konntest du alles zerstören, was wir hatten?«

Bleich starrte er sie an. »Ich liebe dich«, sagte er noch einmal. »Bitte, Phyllida. Bitte, versuch mich zu verstehen. Ich verspreche dir –«

»Nein!«, schrie sie. »Du hast mir schon so vieles versprochen. Wie soll ich dir denn jemals wieder glauben? Fass mich nicht an!« Sie schlug seine ausgestreckte Hand weg. »Ich muss Lucy abholen.«

Sie lief an ihm vorbei die Treppe hinunter und verschwand durch die Küche nach draußen. Die Hintertür schlug zu, er hörte das Auto die Einfahrt hinunterfahren, und dann herrschte Stille.

Alistairs langes Wochenende war unerträglich. Mit Rücksicht auf Lucy bemühte Phyllida sich, ihm gegenüber nicht zu kalt zu sein. Sie wollte einfach nicht, dass das Kind, das seinen Vater liebte und verehrte und an liebevolle Harmonie zwischen den Eltern gewöhnt war, in die Sache hineingezogen und verunsichert wurde – und Alistair nutzte diese Lage so gut es ging aus. Doch sobald sie allein waren, widerstand Phyllida seinem Bitten und Flehen. Sie sagte, dass sie Zeit zum Nachdenken brauche, konnte aber beim besten Willen zu keiner rationalen Entscheidung kommen. Im Grunde gab es ohnehin nur zwei Möglichkeiten: Entweder trennten sie sich – Phyllida erschrak bei dem Gedanken und verzweifelte fast bei der Vorstellung, ohne ihn zu leben –, oder sie ließen seine Untreue hinter sich und fingen noch einmal von vorn an. Aber wie sollte das funktionieren? Er wollte mit ihr schlafen, doch sie wies ihn ab, ihr wurde übel, da sie sicher war, dass er sie mit der großartigen Janie vergleichen und sie denkbar schlecht abschneiden würde. An seinem letzten Abend waren sie auf einer Party gewesen, und sie hatte mehr als sonst getrunken, um sich bei Laune zu halten und die anderen keinen Verdacht schöpfen zu lassen. Da sie wusste, wie deprimiert er war und wie sehr er seinen Fehltritt bereute, und da sie ihre eigene Sehnsucht nicht länger unterdrücken konnte, hatte sie es nach dieser Party zugelassen, dass er sie in den Arm nahm. Seine aus der Reue geborene Leidenschaft legte ihre Hemmungen lahm, sodass sie sich ihm hingab und sie sich auf eine Weise liebten, die Phyllida bebend zurückließ.

Am nächsten Morgen empfand sie allerdings wieder das gleiche Entsetzen, die gleiche Bitterkeit wie zuvor, und sie konnte nicht einfach alles vergessen und weitermachen – obwohl dies natürlich genau das war, was Alistair nach einer solchen Liebesnacht erwartet hatte. Er war so offenkundig enttäuscht, dass Phyllida sich um ein Haar erweichen ließ; doch dann sah sie wieder Janies Gesicht und Körper vor sich und fragte sich trotz seiner Versprechungen und seiner ehrlichen Verzweiflung, ob sie ihm jemals wieder würde vertrauen können. Dass sie so hungrig auf seine Leidenschaft reagiert hatte, beschämte sie nun, da sie meinte, sich ihm billig an den Hals geworfen zu haben. Frustriert und unglücklich kehrte er nach Schottland zurück und hoffte, Phyllida würde Ordnung in ihr Gefühlsleben bringen.

Prudence war entsetzt, als Phyllida ihr von Alistair und der Marinehelferin erzählte. Scheidung war etwas, das Prudence prinzipiell ablehnte, und von diesem Prinzip wich sie nur in ganz extremen Fällen ab. Sie bedrängte Phyllida, Alistair zu glauben und zu versuchen, ihm wieder zu vertrauen, wenn er schwor, so etwas nie wieder zu tun.

»Das ist leichter gesagt als getan«, sagte Phyllida, die Prudence dabei beobachtete, wie sie, am Küchentisch sitzend, ein winziges Kleid säumte. »Ein Teil in mir will das ja, aber ein anderer Teil sieht ihn immer wieder mit dieser Frau vor sich.«

Sie sah Prudence unverwandt an, Abscheu stand ihr ins Gesicht geschrieben. Prudence nickte verständnisvoll.

»Ja, sicher, das kann ich verstehen«, sagte sie sofort. »Ganz natürlich. Aber überleg es dir gut, Phyllida. Eine Scheidung ist wirklich ein drastischer Schritt, der auch und vor allem Lucy betrifft.«

»Glaubst du etwa, daran hätte ich noch nicht gedacht?«, rief Phyllida. »Großer Gott! Ich denke an nichts anderes mehr! Aber immerhin habe ich mich entschlossen, nicht nach Faslane zu ziehen. Ich brauche Zeit. Ich könnte es nicht ertragen, im Marinequartier zu leben und zu wissen, dass alle über uns reden.«

»Ach, Phyllida –«

»Natürlich tun sie das. Du weißt es. Sieh doch, wie schnell Liz davon Wind bekommen hat.«

»Und du meinst nicht«, wagte Prudence sich vor, »dass es besser wäre, wenn du bei ihm wärst?«

»Nein.« Bekümmert legte Phyllida die Stirn in Falten. »Verstehst du es denn nicht, Prudence, ich kann das einfach nicht. Ich würde mich fühlen wie ein Wachhund. Und er würde sich immer dann gut benehmen, wenn ich in der Nähe bin. Wie schrecklich! Letztendlich müsste ich ja überall mit ihm hingehen, oder? Müsste jedes Mal Angst haben, wenn er einer hübschen Frau begegnet oder mit einer seiner Exfreundinnen tanzt. Kannst du dir das vorstellen? Und was passiert, wenn er auf See ist?«

Prudence sah sie besorgt an.

»Und was stellst du dir jetzt vor?«

»Entweder funktioniert es richtig oder gar nicht.«

»Aber wie?«, fragte Prudence nach einer Weile.

»Das ist ja das Problem. So weit bin ich noch nicht. Aber wenn ich bei ihm bleibe, dann ist das eigentlich nicht eine Frage des Vertrauens, oder?«

»Ach?« Prudence guckte verdutzt. »Ich dachte, das wäre genau das, worum es hier geht?«

»Ach, Prudence.« Phyllida seufzte ungeduldig. »Versuch es doch mal von meinem Standpunkt aus zu sehen. Wie kann ich Alistair denn jemals wieder vertrauen? Ich glaube, wenn so etwas einmal zerstört worden ist, ist es unmöglich, es wiederherzustellen. Man kann es zwar irgendwie flicken, aber es wird immer wahnsinnig zerbrechlich bleiben. Oder?«

»Na ja – ja«, stimmte Prudence zu und versuchte sich zu konzentrieren. »Aber wenn du sagst, dass du ihm niemals wieder richtig vertrauen kannst – und das kann ich vollkommen verstehen –, wie soll es dann gehen?«

»Das ist genau das, worauf ich hinauswill«, erklärte Phyllida. »Ich habe immer wieder darüber nachgedacht, und die zentrale Frage ist jedes Mal, ob ich Alistair genug lieben kann. Bedingungslos. Keine Vorwürfe, keine Verdächtigungen, einfach nur Liebe.«

»Da nimmst du dir aber ganz schön was vor«, sagte Prudence schließlich.

»Ich weiß.« Phyllida sah ernst aus. »Ich sage ja auch nicht, dass ich es kann. Ich sage nur, dass das für mich die einzige Lösung ist.«

»Was ist mit Alistair?«

»Alistair ist mit allem einverstanden, solange ich mich nicht scheiden lasse. Er liebt mich, das weiß ich. Und dann ist da noch Lucy.« Phyllida stützte die Ellbogen auf dem Tisch auf und massierte sich die Stirn. »Deswegen ziehe ich nicht nach Faslane. Es soll so eine Art Probezeit für mich sein. Ich will ausprobieren, was ich empfinde, wenn er nach Hause kommt. Wie ich reagiere. Ob mein Misstrauen zu groß ist und solche Sachen.« Sie sah Prudence an. »Was meinst du?«

»Ich finde, das ist eine hervorragende Idee«, sagte Prudence. Sie bewunderte Phyllida für ihren tapferen, großzügigen Versuch, ihre Ehe zu retten, und war gerührt beim Gedanken an die ihr bevorstehenden einsamen Stunden und Tage. »Könnt ihr denn in dem Haus in Yelverton bleiben?«

»Ich hoffe es. Lucy fühlt sich so wohl in ihrer Schule. Vielleicht suche ich mir eine Arbeit oder so …« Sie seufzte und stützte den Kopf auf die Hände.

Prudence stand auf.

»Mittagessen«, sagte sie. »Und ein Gläschen Geistreiches. Leider ziemlich billig, aber auf jeden Fall beruhigend. Du bleibst natürlich.« Sie stellte ein Glas Wein neben sie auf den Tisch und tätschelte ihr die Schultern. »Trink das.«

Phyllida versuchte zu lächeln und nahm das Glas in die Hand.

»Wenigstens ist bald Weihnachten, da können wir uns immerhin auf etwas freuen«, sagte sie und trank einen großen Schluck. Es würde nicht einfach werden, sich zu guter Laune zu zwingen, um Lucy ein frohes Fest zu bereiten.

10

Clemmie stützte sich schwerer als sonst auf ihrem Stock ab, als sie die Wiese unterhalb von *The Grange* überquerte. Es war ein milder Nachmittag, an dem sich der Himmel blassgrau über das Moor wölbte, und als sie sich dem Wald näherte, erfüllte nach und nach das Rauschen des Flusses die Stille des Tages. Das im Sommer so üppig gewachsene Unterholz war abgestorben, die letzten Blätter waren gefallen, und der gesamte Wald sah aus, als wenn er einmal in Sepiatinte getaucht worden sei. Grau- und Brauntöne gingen ineinander über, und die leuchtend roten Beeren der Stechpalme an der Biegung des Pfades wirkten in dieser malerischen Landschaft geradezu störend. Die sich wie dürre Finger gen Himmel reckenden Zweige hoben sich dunkel und scharf gegen die weiche, blasse Wolke über ihnen ab, und das Wasser, das sich tosend durch das felsige Flussbett stürzte, war braun von der Moorerde, die es mit sich zum Meer trug. Clemmie hielt Ausschau nach der Wasseramsel, und ihr Herz blieb beinahe stehen, als sie sie fast augenblicklich entdeckte, wie sie auf einem niedrigen Ast eines der weit über das Wasser geneigten Bäume auf der gegenüberliegenden Flussseite herumhüpfte.

Erst als sie Quentin kennenlernte, hatte Clemmie dem Vogel magische Fähigkeiten angedichtet. Sie konnte sich noch sehr gut an ihre erste Begegnung erinnern. Sie hatte Quentin auf dem Herrensitz der Hope-Latymers bei einer Party kennengelernt, die der Vater des heutigen William gegeben hatte, Quentin und William waren zusammen in Oxford gewesen, hatten sich angefreundet und nie aus den Augen verloren, nachdem sie ihren Abschluss gemacht hatten. So kam es, dass Quentin zu jener Party eingeladen worden war und ein paar Tage in der Gegend Urlaub machte.

Clemmie hatte sich auf der Stelle in ihn verliebt. Der dunkle Smoking hatte seine dunkle, schlanke, attraktive Erscheinung nur noch unterstrichen, und sie hatte sich königlich amüsiert in seiner Gegenwart. Er war so geistreich und amüsant gewesen und hatte der schüchternen, jungen Clemmie, die in ihrem langen Kleid ebenfalls hübsch anzusehen war, so viel Zeit gewidmet, wie es sich eben schickte. In den darauf folgenden Tagen hatten sie sich häufig gesehen – mal waren Quentin und William zum Tee nach *The Grange* gekommen, mal hatten sie in einer Gruppe eine Wanderung zum Sheepstor unternommen. Als Quentin nach London zurückkehrte, war Clemmie am Fluss entlanggeschlendert. Ihr Herz hatte gerast, wenn sie an ihn dachte und sich fragte, ob er ihr wohl – wie versprochen – schreiben würde.

»Wenn ich die Wasseramsel sehe«, hatte sie sich gesagt, »kommt morgen ein Brief von ihm.«

Dann war sie weitergelaufen und hatte den Fluss und seine Ufer nach dem scheuen Vogel abgesucht, der in dieser Umgebung so gut getarnt war. Sie war schon auf der Brücke angelangt, als sie ihn sah, wie er dicht über der Wasseroberfläche unter ihr segelte. Er ließ sich auf einem großen Felsen etwas weiter flussabwärts nieder, und sie beobachtete entzückt, wie er sich putzte und ein wenig herumhüpfte, bevor er ins Wasser lief und verschwand. Sie war nach Hause gegangen und hatte über sich selbst gelacht. Wie albern! Wie ein Kind, das sich auf irgendeinen Zauberspruch verließ, um sich damit Unglück vom Leib zu halten. Aber als der Brief am nächsten Morgen ankam und Clemmie las: »… verspürte heute Nachmittag auf einmal das dringende Bedürfnis, dir zu schreiben …«, war sie sich sicher, dass das gewesen sein musste, als sie die Wasseramsel beobachtet hatte, und dass er gespürt haben musste, wie sehr sie sich danach sehnte, von ihm zu hören. Von dem Moment an war der Vogel zu einem Symbol geworden.

»Wenn ich die Wasseramsel sehe, hält er heute Abend um meine Hand an … kommt er heil aus dem Krieg zurück … wird das Kind unter meinem Herzen ein Junge …« Der Vogel hatte zu so vielen Gelegenheiten Anlass zu Hoffnung gegeben, und die Versprechungen waren immer erfüllt worden. Sie erinnerte sich noch an jenen Abend, an dem sie mit vor Verzweiflung schwerem Herzen die Mücken beobachtet hatte, wie sie in einer flirrenden goldenen Wolke über dem langsam fließenden Wasser des nach einem langen, heißen Sommer halb ausgetrockneten Flusses tanzten. Die Sonne fiel durch das Blattwerk der Buchen und hatte die Steine der Brücke aufgeheizt. »Wenn ich die Wasseramsel sehe, dann bleibt Pippa am Leben«, hatte sie gedacht und dann gewartet und nach dem Vogel Ausschau gehalten, bis die Sonne hinter den Bäumen versunken war und deren Stämme dunkle Schatten geworfen hatten. Sie hatte nicht aufgegeben und das Wasser weiter abgesucht, bis es dunkel geworden war. Dann war sie nach Hause geeilt, wo ihre kleine, an Kinderlähmung erkrankte Tochter von ihrer Großmutter gepflegt wurde. Pippa starb, und Clemmie verblieb in tiefster Trauer auf *The Grange*, bis ein alter Freund sie in einem Brief darauf hinwies, dass Quentin sich anderweitig tröstete. Sie war mit ihrem Sohn, der sich wie durch ein Wunder nicht mit der Krankheit seiner Schwester angesteckt hatte, nach London geeilt, wo sie Quentin – unglücklich, einsam, erschüttert über den Tod seiner geliebten Tochter – in den Armen einer geschiedenen Freundin fand.

Jetzt, vierzig Jahre später, war die rasende Eifersucht immer noch da – gedämpft zwar nach all den Jahren, aber Clemmie konnte sie noch immer spüren. Seine Untreue so kurz nach Pippas Tod war ein vernichtender Schlag gewesen, und sie fragte sich selbst heute noch, wie sie es damals geschafft hatten, sich davon zu erholen und ihr gemeinsames Leben neu zu gestalten. Sie war so kurz davor gewesen, ihn zu verlassen! Ihr war so elend gewesen vor Trauer und Demütigung, dass sie es für unmöglich gehalten hatte, neu anzufangen, aber Quentin, der sich seiner Untreue so sehr schämte und so verzweifelt gewesen war, hatte sie auf Knien angefleht, ihm zu verzeihen. Sie war in den Ferien zu ihren Eltern gefahren und hatte ihre Zukunft bei einem Spaziergang am Fluss wieder einmal in die Hände des Schicksals in Gestalt der Wasseramsel gelegt. »Wenn ich die Wasseramsel sehe, kehre ich zu ihm zurück.« Kaum hatte sie dies gedacht, sah sie den Vogel auf dem großen Stein unter der Brücke, und Clemmie hatte gewusst, dass sie versuchen musste, Quentin zu verzeihen, dass sie anders keine Chance hatten. Also war sie zu ihm zurückgekehrt und hatte versucht, zu vergeben und zu vergessen, und gelegentlich geglaubt, dass sie es geschafft hätte. Doch sie hatte ihm nie wieder vertrauen können, und dieser Schatten war mit den Jahren immer länger geworden und hatte sich auf ihr ansonsten so glückliches Zusammenleben gelegt.

Sie wussten es beide. Quentin trug seine Schuld jahrzehntelang mit sich herum und wartete sehnsüchtig auf ein Wort oder eine Geste, die ihn endlich von seiner Last befreien würde – und Clemmie beobachtete das hilflos, da sie nicht in der Lage war, dieses Wort zu äußern oder diese Geste zu machen. Zwar hatten sie es geschafft, wieder liebevoll und zärtlich miteinander umzugehen, doch hatte Clemmie die Angst nie ganz überwinden können. Sie hatte eine Abneigung gegen jede Art von geselligen Zusammenkünften entwickelt, da sie immer wieder unkontrollierbare Eifersucht empfand, wenn sie ihn mit einer anderen Frau sah – ganz egal, wie unverfänglich. Quentin konnte ihre Gefühle gut verstehen und tat alles, was er konnte, um ihr Vertrauen zu ihm wiederherzustellen. Kein einziges Mal hatte er ihr in den folgenden Jahren auch nur eine Sekunde Anlass zur Besorgnis gegeben, und doch wusste er, dass sie ihm noch immer misstraute, trotz all ihrer eigenen Anstrengungen, dieses Misstrauen zu überwinden.

Plötzlich schwang sich die Wasseramsel auf. Schnurgerade flog sie dicht über dem Wasser flussabwärts, bis sie hinter der Flussbiegung verschwunden war. Clemmie kehrte erschreckt in die Gegenwart zurück und fragte sich, wie lange sie wohl schon so dagestanden und den Vogel beobachtet hatte. Sie fröstelte, ging weiter und dachte an ihr Gespräch mit Abby vor ein paar Tagen. Sie hatte Clemmie von Alistair und der Marinehelferin erzählt, und Clemmie war entsetzt gewesen, wie sehr Phyllidas Situation ihrer eigenen damals entsprach. Sie machte sich sehr große Sorgen und dachte immer mehr an die junge Frau. Sie wollte ihr so gerne helfen, wusste aber nicht, ob und wie sie, die sie selbst so kläglich versagt hatte, jemandem in der gleichen misslichen Lage überhaupt helfen konnte.

Nicht lange nach jenem Gespräch mit Abby waren Phyllida und Lucy an einem Sonntag zum Mittagessen auf *The Grange* gekommen, und Clemmie hatte wieder jenes seltsame Gefühl beschlichen, dass sie durch diese beiden Menschen endlich mit ihren eigenen Ängsten fertig werden könnte. Sie hatte sich nicht unter vier Augen mit Phyllida unterhalten können, aber als sie und Lucy gegangen waren, hatte Clemmie am Kamin gesessen und nachdenklich ins Feuer gesehen. Das Haus war so still gewesen, und die leeren Zimmer und Flure um sie herum waren ihr bewusster als sonst.

»Müde?«, hatte Quentin gefragt, als er mit einer Tasse Tee hereinkam und sie neben Clemmie auf einem Tischchen abstellte.

Sie sah zu ihm auf. »Ich mag Phyllida mit jedem Mal lieber«, sagte sie. »Und die kleine Lucy auch.«

»Ja.« Quentin setzte sich ihr gegenüber. »Sie … sie ist ein süßes Kind«, sagte er zaghaft.

Clemmie betrachtete ihn heiter. »Das sind sie beide«, sagte sie. »Ich habe das Gefühl, Phyllida ist so, wie Pippa gewesen wäre, wenn sie noch leben würde, und Lucy ist so, wie sie damals war. Ich weiß, das ist albern, aber trotzdem … Ich entwickle merkwürdige Sympathien auf meine alten Tage. Ich liebe die kleine Lucy jetzt schon, und Phyllida fühle ich mich seltsam verbunden.«

»Vielleicht …« Quentin zögerte, doch dann sprach er mutig weiter. »Vielleicht kommt das daher, weil du weißt, dass sie die gleichen Probleme hat wie du damals.«

Clemmie sah ihn kurz an. »Woher weißt du das?«, fragte sie. Es hatte keinen Sinn, so zu tun, als würde sie ihn nicht verstehen.

Quentin seufzte. »Abby hat es mir erzählt. Sie hat es nur so nebenbei erwähnt und war erstaunt, dass du es mir nicht erzählt hattest.«

Ihr war nicht wohl in ihrer Haut. »Wahrscheinlich hätte ich es erzählen sollen. Ich dachte nur …« Sie zögerte, und als er resigniert-verständnisvoll nickte, tat es ihr leid.

»Schon gut«, sagte er. »Ich weiß, dass das ein sensibles Thema ist.«

»Das sollte es aber nicht sein!«, rief sie. »Nicht nach all den Jahren. Es ist doch einfach albern. Es ist lächerlich, dass wir uns in unserem Alter so aufführen. Als ich Phyllida kennengelernt habe und Abby mir von dem Baby erzählt hat, hatte ich das Gefühl, dass das meine Chance ist, endgültig mit alldem abzuschließen. Ganz schön töricht, oder? Ich dachte, dass ich durch sie endlich damit fertig werden könnte. Besser kann ich es nicht beschreiben. Und durch die letzte Geschichte ist dann alles wieder hochgekommen, und sie tut mir so leid. Natürlich tut sie mir leid. Aber ich finde, sie ist viel tapferer, als ich es damals war. Viel vernünftiger.«

»Quatsch«, widersprach er ihr sehr gefasst. »Das kannst du so nicht sagen. Du weißt doch gar nicht, wie sie ist, wenn sie allein ist. Wenn man mit anderen zusammen ist, setzt man immer eine tapfere Miene auf. Das hast du auch gemacht.«

Clemmies Gesicht verdunkelte sich. »Du hast recht«, gab sie zu. »Ich habe bloß den Eindruck, dass sie viel besser mit der Situation fertig werden wird als ich damals.«

»Ach, Clemmie.« Quentin sah unendlich unglücklich aus. »Ich würde alles geben, um es ungeschehen zu machen …«

»Nein, nein.« Sie streckte ihm ihre dünne Hand entgegen. »Nicht. Bitte. Das Letzte, was ich will, ist, das alles noch einmal aufzuwärmen. Es ist vorbei. Es ist schon seit vierzig Jahren vorbei, und es hätte anständig begraben werden sollen. Gott weiß, du hast alles getan, was du konntest, um alles wieder in Ordnung zu bringen. Nicht du, ich habe es immer wieder hervorgekramt in den vielen Jahren. Ich musste immer wieder zurückgehen und es wieder ausgraben, um es mir noch einmal anzusehen. Ich glaube, Phyllida wird es besser machen.«

Er nahm ihre Hand zwischen seine warmen Hände, konnte sie aber nicht ansehen. »Ich liebe dich«, sagte er, und ihre Finger klammerten sich um seine.

»Ich weiß«, sagte sie. »Ich liebe dich auch. Ich weiß nur nie, ob es besser ist, zu viel zu lieben oder zu wenig. Wenn ich dich weniger geliebt hätte, hätte mir das alles nicht so viel ausgemacht, und wenn ich dich mehr geliebt hätte, hätte ich dir leichter verzeihen können.«

Er lächelte ein wenig. »Wenn man es von der positiven Seite sehen will«, sagte er, »könnte man sagen, es ist schon sehr schmeichelhaft, dass meine Frau noch immer eifersüchtig ist, auch wenn ich schon alt und hässlich bin. Obwohl«, beeilte er sich hinzuzufügen, »dazu natürlich überhaupt kein Grund besteht.«

Er war erleichtert, als sie auch lächelte. Es hatte Zeiten gegeben, da hätte er niemals gewagt, hierüber Witze zu machen.

»Ich weiß, ich habe mich dämlich aufgeführt«, gab sie zu. »Ich war noch nie besonders selbstbewusst. Kleine Unschuld vom Lande. Und du warst so selbstbewusst und klug, und du kanntest so viele Frauen ...«

»Ach, Clemmie.« Quentin schüttelte traurig den Kopf. »Das hatte doch damit nichts zu tun. Und du weißt das.«

»Natürlich weiß ich das«, pflichtete sie ihm sofort bei. »Es war Pippa. Ich hätte nach London zurückkommen sollen, damit wir gemeinsam hätten trauern können. Das wissen wir beide. Ich war genauso schuld wie du. Ich bin hiergeblieben und bin in meiner Trauer versunken und habe keine Sekunde daran gedacht, wie es dir wohl gehen mag.«

»Du warst erschöpft. Fix und fertig, weil du Pippa gepflegt hast. Für das, was ich getan habe, gibt es keine Entschuldigung, außer der alten Ausrede, dass jeder Mensch Schwächen hat.«

»Vertrauen ist eine merkwürdige Sache.« Sie hielt seine Hände noch immer ganz fest. »Es kann einem helfen, so viel zu erreichen, aber wenn es zerstört wird, kann man so weit abrutschen, und dann ist es so schwer, wieder hinaufzuklettern. Ich habe länger dafür gebraucht als die meisten anderen, das ist alles, obwohl du mir nach Kräften geholfen hast. Aber wir sind glücklich, Quentin. Das dürfen wir nicht vergessen.«

»Der Tee ist kalt.« Er stand auf »Ich hol dir frischen.« Er nahm ihre Tasse und ging hinaus. Clemmie seufzte tief. Sie hatte recht gehabt. Endlich war der Schatten vertrieben worden, und sie empfand einen herrlichen Frieden. Ihre Gedanken kreisten wieder um Phyllida, die nicht wusste, dass sie diese Erlösung herbeigeführt hatte, und Clemmie überlegte, wie sie ihr nun helfen könnte. Phyllida würde es wohl kaum für möglich halten, dass zwei alte Menschen noch nach vierzig Jahren unter den Nachwirkungen von Eifersucht und Reue litten.

Der Punkt ist, dachte Clemmie jetzt, da sie sich auf die Brüstung lehnte und dem Wasser nachsah, dass wir uns nicht alt fühlen. In uns drin sind wir irgendwo zwischendurch stehen geblieben, und wir sind gar nicht so unempfänglich für Leidenschaft und Schmerz, wie die jungen Leute immer denken. Es sieht nur einfach komisch aus, wenn man krumm und bucklig ist.

Sie dachte an den jungen, großen, starken Quentin, wie er Pippa auf den Schultern herumtrug, während Gerard neben ihm hergerannt war, und daran, wie ihr Herz geschlagen hatte bei diesem Anblick. Sie lächelte und schüttelte den Kopf über ihre dummen Gedanken. Sie nahm ihren Stock zur Hand, verließ die Brücke und machte sich auf den Weg nach Hause.

Christina saß im Zug auf dem Weg nach Hause und freute sich darauf, dass Onkel Eustace Weihnachten bei ihnen sein würde. Das verlieh dem etwas einseitig femininen Ambiente ihres Cottages doch eine willkommene männliche Note. Sie fragte sich, wie sie wohl reagieren würde, wenn ihre Mutter sich jemals entschließen sollte, wieder zu heiraten. Obwohl das äußerst unwahrscheinlich war. Soweit sie das überblicken konnte, waren alle Männer im Bekanntenkreis ihrer Mutter bereits vergeben, und abgesehen davon sah es ganz so aus, als bemerke sie die Leerstelle in ihrem Leben gar nicht. Aber Christina wusste, dass unerwartete Dinge durchaus passieren können im Leben, das hatte sie oft genug bei ihren Schulfreundinnen beobachtet, deren Leben sich mitunter über Nacht komplett verändert hatte. Manche von ihnen waren eifersüchtig gewesen, und Christina versuchte, sich vorzustellen, wie sie sich wohl in einer solchen Situation fühlen würde. Das war schon schwierig genug, aber noch schwieriger war es, sich ihre Mutter in einer solchen Lage vorzustellen. Und es war so gut wie unmöglich, sich auszumalen, dass ihre Mutter zärtlich sein konnte, geschweige denn leidenschaftlich. Dazu war sie viel zu reserviert und beherrscht.

Christina sah die winterliche Landschaft vorüberziehen. Sie mochte Männer, auch wenn sie so alt waren wie Onkel Eustace; sie faszinierten sie, sie beobachtete sie gern und hörte ihnen gern zu. Sie liebte ihren Vater, obwohl sie doch wusste, was er ihrer Mutter angetan hatte. Sie konnte nichts dafür, sie liebte ihn einfach. Er war unkompliziert, fröhlich, amüsant, und obwohl es ihr selbst unangenehm war, dass sie einen Menschen liebte, der ihrer Mutter so wehgetan hatte, brauchte sie ihn. Glücklicherweise hatte er nie versucht, sich vor ihr zu rechtfertigen oder ihre Liebe zu ihrer Mutter zu untergraben. Er fand sich mit der Tatsache ab, dass er ein schwacher Mensch war, dass er sich schlecht benommen hatte und dass es jetzt zu spät war, um noch etwas zu kitten. Seine Liebe zu Christina jedoch war unverändert stark und vermittelte ihr ein Gefühl der Sicherheit.

In Exeter verließen unzählige Reisende den Zug, und als die Fahrt weiterging, betrachtete Christina mit der üblichen kindlichen Aufregung im Bauch die vertraute Landschaft. Die Flut spülte in die Mündung des Exe, und das Licht der untergehenden Sonne brach sich in Millionen goldener Splitter auf der unruhigen Wasseroberfläche. Der Strand von Dawlish war menschenleer, der Sand lag glatt und glitzernd da, nachdem die ersten kalten, grauen Wellen des steigenden Wassers ihn überzogen hatten. In Teignmouth sah, sie durch die Dämmerung die Lichter von Shaldon blinken, und ein wohliges Gefühl des Nachhausekommens durchströmte Christina.

Voller Vorfreude dachte sie an Weihnachten. Bestimmt würden wieder viele Partys gegeben, aber was ihr das meiste Kitzeln im Bauch bereitete, war die Aussicht, Oliver wiederzusehen. Sie kannte ihn zwar schon ihr ganzes Leben, aber erst in den letzten

Ferien hatte sie ihn mit einem Mal als Mann wahrgenommen und nicht mehr als Sandkastenfreund. Ihr Herz schlug etwas schneller, als sie an ihn dachte. Seine breiten Schultern, seine langen Beine, seine blauen Augen. Wenn sie doch nur schon etwas älter wäre … Christina seufzte, steckte sich den Kopfhörer in die Ohren, schaltete ihren Walkman ein und gab sich einem schönen, langen Tagtraum hin.

11

Phyllidas Weihnachtsfest verlief ungleich schöner, als sie sich jemals erhofft hätte. Alistair war für den Dienst auf See eingeteilt, und als sie das hörte, wusste sie nicht, ob sie nun erleichtert oder enttäuscht sein sollte. Genau genommen war sie beides ein bisschen. Weihnachten war immer eine so sentimentale Zeit, und sie hatte Angst gehabt, dass sie sich durch seine Anwesenheit vergessen und auf Dinge eingelassen hätte, zu denen sie noch gar nicht bereit war. Ihre Gefühle für Alistair waren noch immer alles andere als geordnet. Es gab Momente, in denen sie dachte, ihre Liebe sei stark genug, um über diesen einen Ausrutscher hinwegzukommen, aber wenn er dann zwischen den Einsätzen nach Hause kam, merkte sie, dass der Unmut, der alles so schwierig machte, immer noch da war. Es war nun mal nicht so einfach. Sie schaffte es nicht, Janie zu vergessen, und quälte sich weiter mit dem Gefühl der Unzulänglichkeit, das sich wie eine Mauer zwischen sie und Alistair schob. Wie konnte er so etwas tun und mich immer noch aufrichtig lieben?, fragte sie sich.

Sie hatte all ihren Mut zusammengenommen und ihm ganz genau erklärt, wie sie sich fühlte und was sie sich vorgenommen hatte, und er war so erleichtert gewesen, dass sie ihrer Ehe noch eine Chance geben wollte, dass er allen daran geknüpften Bedingungen bereitwillig zugestimmt hatte. Zwar war die Entfernung zwischen Devon und der Westküste Schottlands beträchtlich, aber die Hin- und Herfahrerei war nun wirklich das Mindeste, was er in die Erhaltung der Ehe investieren konnte. Die meiste Zeit würde er ohnehin auf See sein, und wenn er an Land war, musste er an diversen Kursen teilnehmen, also nahm er sich vor, das Beste daraus zu machen. Was hätte er dafür gegeben, wenn er die Zeit zurückdrehen und die Nacht mit Janie ungeschehen machen könnte! Was für ein Idiot er doch gewesen war! Wenn er Phyllidas unglückliches Gesicht sah und spürte, mit welcher Reserviertheit sie ihn behandelte, hätte er heulen können vor Verbitterung und Wut über seine eigene Dummheit.

Manchmal weinte er tatsächlich ein wenig, dann liefen ihm ein paar Tränen über die Wangen, weil er sich nach der Zärtlichkeit und der Vertrautheit sehnte, die einst zwischen ihnen geherrscht hatte und die er so leichtsinnig aufs Spiel gesetzt hatte. Er achtete aber darauf, dass Phyllida ihn niemals weinen sah. Er wollte alles vermeiden, was ihr Mitleid hätte erregen können. Und abgesehen davon hätte das nach Betrug ausgesehen. Er tat alles, was er konnte, um das frühere Vertrauen zwischen ihnen wiederherzustellen.

Er erkannte schnell, dass sie dankbar dafür war, dass er ihr keine Szenen machte, und bemühte sich sehr, ihre Hoffnung als Fundament für einen Neuanfang zu begreifen. Sie wünschte sich inniglich, dass ihre Beziehung wieder funktionierte, sie wünschte sich, dass ihre Liebe zu ihm stärker war als jedes andere Gefühl, das in ihr aufsteigen mochte – und sie hoffte, dass das genug sein würde, um neu anzufangen. Genug! Es war weitaus mehr, als er verdient hatte, und das wusste er sehr wohl. Er konnte sich ungefähr vorstellen, wie sehr es sie gedemütigt haben musste, als ihr die Gerüchte, die die Klatschmäuler der Marine so schnell verbreitet hatten, zu Ohren gekommen waren, und er wäre vor Scham am liebsten im Boden versunken, wenn er daran dachte, wie er sie bloßgestellt hatte. Jetzt versuchte er gleichzeitig, seinerseits keine Forderungen zu stellen, aber doch klarzumachen, dass er nichts mehr wollte, als mit ihr einen neuen Anfang zu wagen. Er wusste sehr wohl, dass es eine Fortsetzung des Gewesenen nicht geben konnte. Mit einer gedankenlosen Handlung hatte er ihr gemeinsames Leben zerstört – jetzt musste er von vorn anfangen. Die Reife, die Phyllida im Umgang mit dieser Sache an den Tag legte, berührte ihn tief. Seit jener ersten schrecklichen Szene hatte sie sich der Angelegenheit stets auf eine so gefasste, konstruktive und reife Art und Weise genähert, die er ihr vorher nie zugetraut hätte. Sie war immer so süß, so nachgiebig gewesen, hatte sich so bemüht, es allen recht zu machen, jeden Rat gern angenommen und war so viel jünger als seine Freunde gewesen, dass diese sich angewöhnt hatten, sie wie eine kleine Schwester zu behandeln, die man ärgern, aber auch umsorgen konnte. Alistair kannte Phyllida natürlich besser, aber dennoch hatte ihn ihre neuerliche nachdenkliche Stärke sehr überrascht und beeindruckt, und jetzt war er entschlossener denn je, sie nicht zu verlieren.

Als er nach Schottland zurückfuhr, war er zwar etwas enttäuscht, dass er noch nicht mehr erreicht hatte, mahnte sich aber selbst, nicht zu verzweifeln – vielleicht war es ja ganz gut, dass er auf See war, während Phyllida in Ruhe versuchen konnte, alles zu verdauen. Er wusste, dass sie jene Kluft, die sich zwischen ihnen aufgetan hatte, gern überwinden wollte, dass ihr das aber noch nicht recht gelang. Aber wenigstens hatte sie sich ihm nicht verweigert, als er nach Prudence' Vorweihnachstfeier zärtlich geworden war.

Zu einem bestimmten Zeitpunkt hätten sich die Dinge deutlich zum Schlechteren wenden können. Auf Prudence' Party hatte er sich einen Moment lang gegen seine eigene unterwürfige Dankbarkeit dafür, dass Phyllida ihm noch eine Chance gab, gesträubt. Er war sich ganz sicher, dass auch Prudence in den Tratsch eingeweiht war. Sie hatte ihn reserviert begrüßt, und als er gesehen hatte, wie Liz ihn vom anderen Ende des Raumes beobachtete, war ihm mit einem Schlag klar geworden, wie die Kunde von seiner Versündigung sich bis zu Phyllida fortgepflanzt hatte. Liz hatte ihn nie leiden können, das wusste er, und als er sie anlächelte, bedachte sie ihn lediglich mit einem kalten Blick und einem kurzen Nicken. Mit einem Mal machte sich in ihm ein Groll gegen die Frauen im Allgemeinen und Liz im Besonderen breit. Er wusste, dass sie verbittert war, und konnte nachvollziehen, dass sie es als ihre Pflicht angesehen hatte, Phyllida zu warnen – dass sie es allerdings offenbar ebenfalls für nötig befunden hatte, diverse andere Bekannte zu informieren, stieß ihm bitter auf. Er bekam sehr mit, dass er mitunter besonders eingehend beäugt wurde und manche die Köpfe zusammensteckten und tuschelten. Er wusste, dass Phyllida mit Sicherheit noch viel mehr leiden musste als er jetzt, doch er hatte ihnen allen den Rücken gekehrt und Onkel Eustace angesteuert.

»Hallo, mein Junge.« Die große, vertraute Gestalt am Kamin schien sich zu freuen, ihn zu sehen. »Und, wie geht's dir?«

»Hallo, Onkelchen.« Alistair nahm sich ein Glas Punsch und prostete ihm zu. »Frohe Weihnachten. Mir geht's gut. Dich brauche ich ja wohl nicht zu fragen. Du siehst so jung aus wie noch nie.«

»Mir kann man gar nicht genug schmeicheln, alter Junge.« Onkel Eustace strahlte ihn an. Dann sprach er etwas leiser weiter. »Ich hab gehört, du warst unartig.«

»Ach, komm schon.« Alistair fand das gar nicht komisch. »Fang du nicht auch noch an. Ich dachte, bei dir wäre ich vom Tratsch verschont.«

»Bist du auch, mein Junge. Bist du auch. Kein Vorwurf wird über meine Lippen kommen.«

»Das wäre ja auch noch schöner!«, sagte Alistair in einem Anflug von Heiterkeit. »Erzähl mir bloß nicht, dass du unschuldig wie der erste Schnee durchs Leben gegangen bist, Onkelchen, denn das glaube ich dir sowieso nicht.«

»Da hast du auch ganz recht.« Onkel Eustace nickte stolz. »Ich bin keiner von diesen modernen Männern. Zu meiner Zeit wussten wir noch, wie man sich amüsierte.«

»Ja. Aber das dürfen wir ja heutzutage nicht mehr«, sagte Alistair verbittert, da sich sein Groll noch nicht gelegt hatte. »Kein Sex, kein Nikotin, kein Alkohol. Das Wasser ist vergiftet und die Luft verschmutzt. Wenn was gut schmeckt, kann man sicher sein, dass es ungesund ist. Wir dürfen nichts machen, was richtig Spaß macht, und was gefährlich ist, schon gar nicht. Wir sind so verdammt kostbar heutzutage, wir sind so sehr damit beschäftigt, uns den Tod vom Leib zu halten, dass wir ganz vergessen, zu leben.«

»Du hörst dich aber ganz schön frustriert an.« Onkel Eustace sah ihn an. »Was du brauchst, ist ein ordentlicher Drink.«

»Um Gottes willen!«, rief Alistair gespielt entsetzt. »Nach dem hier ist Schluss. Ich fahre.«

»Oje.« Onkel Eustace schüttelte den Kopf. »Dir geht's wirklich nicht gut. Nicht verbittern, Junge. Hast die unverzeihliche Sünde begangen. Musst deine Medizin nehmen.«

»Du meinst, ich soll auf die Knie fallen? ›Mea culpa, Vater, ich habe gesündigt‹?« Zornig kippte Alistair den Punsch hinunter. »Wegen dem einen Mal?«

»Nun ja«, räumte Onkel Eustace ein, »ich meinte damit eigentlich weniger deine kleine, äh, Liebelei. Ich meinte die Tatsache, dass du dich hast erwischen lassen. Das war zu meiner Zeit die unverzeihliche Sünde.«

Mitleidig, doch mit dem Schalk im Nacken, sah er Alistair an, der einen Moment zögerte und dann anfing zu lachen.

»Du alter Teufel!«, sagte er. »Okay. Dann mal los. Hol mir was

Anständiges zu trinken – zur Hölle mit den ganzen Regeln und Vorschriften!«

Als er im Zug nach Norden an dieses Gespräch zurückdachte, musste Alistair unwillkürlich lächeln. Er wusste, dass es eine Mischung aus seinem eigenen Ärger und der männlichen Solidarität von Onkel Eustace gewesen war, die ihm an dem Abend den Rücken gestärkt und den Mut gegeben hatte, Phyllida in sein Bett zu ziehen. Er hatte sich gedacht, dass es gar nicht schaden könne, ein bisschen Stärke zu markieren, schließlich war es eher unwahrscheinlich, dass Phyllida ihren Stolz überwinden und den ersten Schritt zu einer körperlichen Versöhnung machen würde. Wenn er sie ein wenig drängte, konnte sie sich hinterher immer noch damit trösten, dass sie sich passiv verhalten hatte. Und so ein ganz simpler, befreiender Liebesakt würde ihnen vielleicht sogar helfen. Letztes Mal war ein ziemlicher Reinfall gewesen, aber dieses Geschleiche um den heißen Brei ging nun wirklich langsam zu weit und würde unter Umständen nur in eine Sackgasse führen, in der er zu nervös war, sich ihr noch zu nähern, und sie zu stolz, um ihn darum zu bitten.

Alistair war sich ganz sicher, dass er vernünftig gehandelt hatte. Er fand es ganz wichtig, dass sie wusste, wie sehr er sie begehrte und was für eine starke Anziehung sie auf ihn ausübte. Hinterher hatte er sie ganz fest an sich gedrückt, da er das Gefühl hatte, dass sie glaubte, er habe die Gelegenheit schamlos ausgenutzt. Er versuchte, seine Gefühle in dem Moment auf zärtliche Dankbarkeit zu reduzieren. Sie durfte auf keinen Fall spüren, dass er einen leichten Triumph empfand, und er war erleichtert, als sie rasch einschlief. Onkel Eustace' Humor hatte dafür gesorgt, dass sein diffuser Ärger sich in zielgerichtete Energie verwandelt hatte, und der Whisky hatte ihm den Mut gegeben, das Ziel tatsächlich in Angriff zu nehmen. Alistair lächelte noch immer, als er sich umdrehte und endlich bereit war, einzuschlafen.

Phyllida war froh, jetzt etwas Zeit für sich zu haben, in der sie sich erholen konnte. Es war gut gewesen, dass Alistair die Initiative ergriffen hatte. Komischerweise hatte Liz' offenkundige Abneigung Alistair gegenüber in Phyllida nicht das Gefühl geweckt, die Verletzte zu sein, die moralische Unterstützung brauchte oder wollte. Phyllida hatte vielmehr ein gewisses Mitleid mit Alistair empfunden. Als er sich von ihnen abgewandt hatte und zu Onkel Eustace gegangen war, hatte sie sich seltsam verlassen gefühlt. Ihre Loyalität Alistair gegenüber war geweckt worden, und obgleich sie meinte, eigentlich etwas ganz anderes empfinden zu müssen, wäre sie ihm in diesem Moment am liebsten gefolgt und hätte öffentlich verkündet, was sie zu der gegenwärtigen Situation zu sagen hatte.

Doch der Mut hatte sie verlassen. Sie hatte seinen finsteren Blick gesehen und seinen Zorn gewittert, den Onkel Eustace mit einem Lachen wegzuwischen schien, bevor er verschwand und kurz darauf mit einem gefüllten Whiskyglas wiederkam. Sie hatte sehen können, dass sich zwischen den beiden Männern eine Art Komplizenschaft entsponnen hatte, die sie nicht zu stören wagte, obwohl sie sich so sehr danach sehnte, wieder eins zu sein mit Alistair. Sie war unendlich erleichtert gewesen, als er zärtlich geworden war. Er hatte ihr weder die Gelegenheit zu eigener Initiative gegeben, noch hatte er peinliche verbale Annäherungsversuche gemacht, die sie aus falschem Stolz abgewehrt hätte. Er hatte sie einfach mit einer solchen Zärtlichkeit und Leidenschaft genommen, die alle anderen Gefühle daneben schlicht banal aussehen ließen.

Phyllida hatte ihn mehr vermisst, als sie für möglich gehalten hatte. Sie hatte sich vorgestellt, dass sie ihn mit dem Wissen, das sie belastete, weniger vermissen würde, dass ihr Zorn ihr Kraft geben würde – denn zornig war sie, ihren tapferen Versuchen, die Sache vernünftig anzugehen, zum Trotz. Alistairs Verhalten während seiner freien Tage hatte sie aber neue Hoffnung schöpfen lassen. Er hatte sich so bemüht, alles wiedergutzumachen, dass sie innerlich weich geworden war – aber sie war entschlossen, keine falschen Schritte zu unternehmen. Sie hatten noch einen langen Weg vor sich, und jeder einzelne Schritt musste wohlbedacht und sicher gesetzt sein. Es plagten sie Schuldgefühle, weil sie durch ihre Weigerung, nach Faslane zu ziehen, Lucy eines großen Teils der ohnehin knappen Gesellschaft ihres Vaters beraubte, aber der gesunde Menschenverstand sagte ihr, dass es besser war, jetzt gewisse Opfer zu bringen. Schließlich war Lucy daran gewöhnt, dass ihr Vater auf See war und nur unregelmäßig zu Hause auftauchte. Außerdem beanspruchte die neue Welt der Schule Lucys ganze Aufmerksamkeit, und solange sie nicht mitbekam, dass zwischen Phyllida und Alistair etwas nicht stimmte, nahm sie auch keinen Schaden.

Als Alistair abgereist war, hatte Phyllida tief durchgeatmet und über Weihnachten nachgedacht. Sie hatte gewusst, dass sie nicht die Kraft hatte, sich ihrer eigenen Familie zu stellen – ihre Mutter mit ihrem siebten Sinn würde sofort bemerken, dass etwas nicht stimmte, und nachbohren und nachbohren, bis sie die Wahrheit erfuhr. Phyllida brauchte Zeit. Kaum hatten ihre Freunde gehört, dass sie an Weihnachten allein sein würde, wurde sie mit Einladungen überhäuft: von Prudence, von Abby, von Clemmie und Quentin. Sie war gerührt, dass diese Leute sie genug mochten, um gemeinsam mit ihr und Lucy diese wohl intimste Zeit des Jahres verbringen zu wollen, aber sie war fest entschlossen, sich mit ihrer Tochter auch ein eigenes kleines Weihnachtsfest zu gestalten. Den Heiligen Abend und den Vormittag des ersten Weihnachtsfeiertages hatte sie daher rigoros freigehalten. Sie schmückten den Baum; dann machten sie Pasteten für den Weihnachtsmann, wobei Lucy auf einem Küchenstuhl stand und hoch konzentriert völlig schiefe Kreise aus dem Teig schnitt. Phyllida erkannte schnell, dass ihr Abendessen aus diesen extrem liebevoll zubereiteten Köstlichkeiten bestehen würde, und brachte Lucy von ihrem Plan ab, das gesamte Rentiergespann zu versorgen. Lucy stellte den üppig beladenen Teller neben den Kamin. Phyllida hatte sich bereits darauf gefasst gemacht, erklären zu müssen, wie der dicke Mann sich wohl durch den schmalen viktorianischen Schornstein zwängen würde, und war erleichtert, als sich Lucy dieses Problems gar nicht bewusst wurde, weil ihr eingefallen war, dass die Rentiere bestimmt Karotten mochten, wenn schon keine Pasteten. Sie verschwand in der Speisekammer und kam mit einer guten Hand voll Möhren wieder, die sie neben den Teller legte. Dann fiel ihr ein, dass Onkel Eustace ihr eingeschärft hatte, unbedingt ein Glas Portwein für den Weihnachtsmann hinzustellen, mit dem er sich aufwärmen konnte. Sie stellte das Glas mit dem Sherry – Phyllida mochte keinen Portwein – zu den anderen Leckereien und atmete tief und zufrieden ein.

»Das schmeckt ihm bestimmt, oder, Mummy?«

»Ganz sicher.« Phyllida lächelte die kleine, runde Gestalt mit den zwei glänzenden Zöpfen in dem roten Morgenmantel an. »Und er wird sich in den Sessel setzen und sich richtig ausruhen, während er das alles isst.«

»Meinst du, du siehst ihn?« Lucy machte riesige Augen bei der Vorstellung, aber Phyllida schürzte die Lippen und schüttelte den Kopf.

»Wohl kaum. Er kommt wirklich ziemlich spät. Ich glaube, da schlafe ich schon.«

»Also, wenn ich groß wäre«, sagte Lucy, offensichtlich enttäuscht vom mangelnden Unternehmungsgeist der Mutter, »dann würde ich so lange aufbleiben. Mir wäre es egal, wie spät es wird.«

»Dann würde ich sagen, mach das doch so, wenn du groß bist.« Phyllida schwang sie in die Luft und drückte sie an sich.

Lucy klammerte sich mit beiden Armen an den Hals ihrer Mutter und drückte ihr einen Schmatzer auf die Wange.

»Und wie kommt er in das U-Boot zu Daddy?«

Gute Frage!, dachte Phyllida. Und ich hatte gedacht, der Schornstein-Kelch sei an mir vorübergegangen!

»Ganz einfach durch die Luke«, erklärte sie unbekümmert. »Die Leiter steht schon bereit für ihn. Viel einfacher als Schornsteine. Da kann er Rudolf und die anderen Rentiere einfach obendrauf parken. Gar kein Problem. Um Daddy brauchst du dir keine Sorgen zu machen.«

»Machen die Matrosen ihm auch Pasteten?« Lucy sah sie besorgt an.

Phyllida war relativ sicher, dass der Weihnachtsmann deutlich mehr als nur Pasteten bekommen würde, wenn er am Heiligen Abend in der Offiziersmesse in einem der U-Boote der königlichen Flotte auftauchen sollte, aber sie überlegte sich ihre Antwort gut.

»Vielleicht nicht unbedingt Pasteten«, sagte sie schließlich. »Es kann ja nicht jeder wissen, wie gern er die mag.«

»Dann ist ja gut.« Lucy schlang die Beine eng um Phyllidas Taille, dann tanzten die beiden aus dem Wohnzimmer in den Flur und die Treppe hinauf.

Lucys Weihnachtsstrumpf hing schon. Phyllida steckte ihre Tochter ins Bett und gab ihr einen Kuss auf die rosige Wange.

»Träum süß«, sagte sie. »Und sei mucksmäuschenstill, sonst traut er sich nicht her.«

Lucy hatte den Daumen schon im Mund und nickte feierlich. Phyllida lächelte sie an und wollte hinausgehen.

»Mummy.« Phyllida blieb mit der Hand an der Türklinke stehen.

»Was denn, mein Schatz?«

»Ich wünschte, Daddy wäre hier, du nicht?«

»Ja«, sagte Phyllida nach einer kurzen Pause. »Ja, natürlich. Aber er kann nichts dafür, weißt du. Seine Arbeit ist sehr wichtig. Er wäre auch lieber hier bei uns, aber manchmal muss er eben andere Sachen machen.«

»Vielleicht sieht er ja den Weihnachtsmann.«

»Vielleicht. Gute Nacht, Lucy.«

Sie machte die Tür zu und ging hinunter. Sie wäre am liebsten in Tränen ausgebrochen und hätte hemmungslos geheult, lenkte sich dann aber dadurch ab, dass sie in die Speisekammer ging und sich ein Glas Wein einschenkte. Zumindest Lucy zuliebe musste sie unbeschwert bleiben. Sie stand vor dem Kamin und nippte an ihrem Wein, als ihr Blick auf die Pakete unter dem Weihnachtsbaum fiel. Alistair hatte für sie beide Geschenke gekauft und sie eingepackt, bevor er abgereist war. Erst jetzt fiel Phyllida auf, dass an einem eine Karte hing. Sie stellte ihr Glas auf dem Kaminsims ab, bückte sich und löste die Karte vom Päckchen. Sie setzte sich in den Sessel und öffnete den Umschlag. Das Motiv der Karte war die Reproduktion eines Gemäldes: eine winterliche Abendlandschaft, in der die Lichter eines Cottage einladend über den Schnee strahlten. Ein einzelner Stern hing tief am dunkelblauen Himmel, und in einiger Entfernung stapfte eine einsame Gestalt auf das Cottage zu. Es hieß »Die Heimkehr«. Als sie die Karte aufschlug, stand auf der einen Seite »Fröhliche Weihnachten«, und auf der anderen hatte Alistair geschrieben:

Als ich dieses Bild sah, hatte ich sofort das Gefühl, ich sei jene Gestalt, die nach Hause zu ihren Liebsten zurückkehrt. Zu einem festen, beständigen Ort in einer unsicheren, wechselhaften Welt. So sehe ich dich, Phyllida. Du bist das Einzige, was für mich zählt, ohne dich wäre meine Welt leer und mein Leben sinnlos. Du wirst – mit Recht – sagen, dass ich mir das hätte überlegen sollen, bevor ich dich und unsere Beziehung verraten habe. Aber ich kann nicht mein ganzes Leben um Entschuldigung bitten. Natürlich würde ich es tun, wenn die Worte nicht mit der Zeit völlig abge-

nutzt und schließlich bedeutungslos würden. Genau wie die Worte »Ich liebe dich«, mit denen wir so gedankenlos um uns werfen, bis wir den einen Menschen finden, für den man sie sich hätte aufsparen sollen. Ich liebe dich, Phyllida. Nur dich. Für immer.

Sie starrte auf die Karte, bis sie vor ihren Augen verschwamm. Sie drehte sich zur Seite, vergrub ihren Kopf in ihren Armen auf der Sessellehne und fing hemmungslos an zu weinen.

12

Als Jeff sich einverstanden erklärte, Weihnachten und Silvester in Sussex zu verbringen und ihre jeweiligen Familien zu besuchen, fiel Claudia mehr als ein Stein vom Herzen. Sie hatte befürchtet, dass er seinen Urlaub zu Hause verbringen wollte, was natürlich bedeutet hätte, dass sie von einer Party zur nächsten getingelt und garantiert Jenny oder Gavin begegnet wären. Sie war sich inzwischen aber gar nicht mehr sicher, wem von den beiden sie dringender aus dem Weg gehen wollte. Seit jenem Tag, an dem Gavin sie geküsst hatte, war Claudia völlig durcheinander. Verzweifelt hatte sie immer wieder versucht, sich einzureden, dass sie es ekelhaft gefunden und seinen Kuss nur deshalb erwidert hatte, weil sie wie unter Schock gestanden hatte. Nur ängstlich gestattete sie sich, an Gavin zu denken: an seine schlanke, lässige Gestalt, das trockene, aschblonde Haar, den wissenden Blick. Es war ganz und gar unmöglich, dass sie auch nur ansatzweise ein Verlangen nach diesem ungehobelten Mann verspürte.

Sie beobachtete Jeff, wie er sich in Gesellschaft der Verwandten gab, und spürte Ärger in sich aufsteigen. Sein glänzendes Haar war frisch gewaschen und ordentlich frisiert, er war geschmackvoll und elegant gekleidet. Sein Benehmen war makellos, er nahm Männer und Frauen, Alt und Jung gleichermaßen für sich ein, und alle waren sich einig, was für ein Glück Claudia doch hatte, mit ihm verheiratet zu sein. Ihr Ärger wuchs. Es ist seine Schuld, schimpfte sie innerlich, wenn ich auf Gavins Annäherungsversuch auch nur ein kleines bisschen leidenschaftlich reagiert habe. Wenn Jeff im Bett nur einen winzigen Bruchteil dessen leisten würde, was alle sich bei einem so attraktiven, begehrenswerten Mann vorstellen, dann würde ich auch nicht in Versuchung geführt. Ich bin eben auch nur ein Mensch, redete sie sich zu, und Jeff hat mich in eine äußerst peinliche Lage gebracht. Nur, weil mit ihm irgendetwas nicht stimmt, bin ich verletzbar.

Erst, als sie wieder nach Hause fuhren, wurde ihr bewusst, dass sie sich darauf freute, Gavin wiederzusehen. Irgendwann während ihrer Weihnachtsferien war ihr Ärger auf Jeff so groß gewesen, dass sie manches mit anderen Augen gesehen hatte.

Sie fuhren die A 38 hinunter und schwiegen. Jeff redete ohnehin selten, wenn er fuhr, und sie nutzte die Stille, um ihre Aufregung, ihren kribbelnden Bauch und ihr Herzklopfen auszukosten. Gavins beleidigende Äußerungen über ihr Theaterspiel hatte sie verdrängt, sie erinnerte sich jetzt nur noch an den Kuss und seine Stimme. »… Du bist wunderschön, Claudia … Ich kann nichts dafür, dass du mich anmachst …« Claudia rutschte auf ihrem Sitz hin und her und betrachtete Jeff verstohlen von der Seite. Gavin hatte ihn anscheinend durchschaut. »… Scheint mir ein bisschen ein kalter Fisch zu sein …« War er ja auch. All die Jahre hatte sie geglaubt, dass mit ihr etwas nicht in Ordnung war, aber jetzt fing sie an zu begreifen, dass das Problem bei Jeff lag. Gavin schien sie jedenfalls zu gefallen …

Aber Gavin gefällt wahrscheinlich alles, was einen Rock trägt, funkte eine unerwünschte Stimme in ihrem Kopf dazwischen. Jeff ist nun mal sehr anspruchsvoll.

Anspruchsvoll! Claudia schnaubte ungläubig, sodass Jeff sie neugierig musterte. Sie lächelte ihn kurz an, schnaubte ostentativ noch zweimal, kramte dann ein Taschentuch aus ihrer Handtasche und putzte sich ausgiebig die Nase. Anspruchsvoll! Wenn man sich ansah, wie er sich in Jennys Gegenwart aufführte, konnte da von anspruchsvoll wohl kaum die Rede sein. Vielleicht lag der Hase doch da im Pfeffer, dass er sie nicht liebte und darum auch nicht begehrte. Da war sie wieder, ihre alte Angst. Ihre Aufregung ebbte ab und wich der Verzweiflung. Vielleicht hatte sie es ihm von Anfang an zu leicht gemacht, sodass er nie hatte kämpfen müssen? Sie hatte immer nur versucht, ihm zu gefallen und es ihm recht zu machen. Vielleicht …

Der Gedanke, der ihr jetzt kam, war so schockierend, dass sie beinahe die Luft anhielt. Vielleicht war es jetzt an ihr, ihn ein bisschen zappeln zu lassen, mit anderen zu flirten und Spielchen zu spielen? Vielleicht würde Jeff ja eifersüchtig, wenn sie mit Gavin genauso herumalberte, wie er es mit Jenny tat? Seit sie zusammen waren, hatte sie ihm nie auch nur den geringsten Anlass zum Zweifel gegeben. Sie war immer diejenige gewesen, die um Aufmerksamkeit gebettelt hatte und auch für das kleinste bisschen davon dankbar gewesen war. Es war Zeit, die Strategie zu ändern. Gavin hatte bereits gezeigt, dass er sie begehrte, also konnte sie ihn doch gut als Testperson für ihre Theorie verwenden. Sie hatte keine Bedenken, ihn für diesen Zweck einzuspannen. Mit seinem Benehmen hatte er sich ja gewissermaßen selbst disqualifiziert. Langsam kehrte ihre Aufregung zurück, und sie versuchte, sich etwas bequemer hinzusetzen.

»Müde?« Jeff lächelte sie von der Seite an. »Dauert nicht mehr lang.«

»Ich brauche eine Tasse Tee«, wich Claudia aus. »Ich freue mich auf zu Hause.«

Einige Wochen später machte sie sich daran, ihre Theorie zu erproben. Es war zu kalt und nass gewesen, als dass man Lust verspürt hätte, abends auszugehen. Ende Januar hatte Jenny allerdings Geburtstag und gab eine Party. Jeff war seit ihrer Rückkehr aus Sussex sehr still gewesen, und Claudia verlangte es nun immer stärker danach, endlich Klarheit zu bekommen. Wenn er sich in Jenny verliebt hatte, musste etwas geschehen. Sie war jedenfalls nicht bereit, auch nur eine Sekunde länger zuzusehen und abzuwarten. Ihr Herz schlug nervös, als sie mit Bedacht ihre Garderobe für die Party auswählte. Das Problem mit den Gavins dieser Welt war, dass sie unberechenbar waren. Sie hatte halbwegs gehofft, dass er noch einmal bei ihr zu Hause auftauchen würde, doch bis jetzt hatte sie ihn nur im Pub wieder zu Gesicht bekommen. Er hatte hinter der Theke gestanden und ihr geheimnisvoll und wissend zugelächelt, sodass es ihr beinahe den Atem nahm; jedes Mal, wenn sie in seine Richtung gesehen hatte, hatte sie ihn dabei ertappt, dass er sie beobachtete. Sie war völlig verunsichert, und auf dem Weg zu Jenny fragte Claudia sich, wie er sich heute wohl ihr gegenüber verhalten würde.

Dass ihr Plan jedoch so gut funktionieren würde, damit hatte Claudia nicht gerechnet. Man hätte meinen können, Gavin sei eingeweiht gewesen, so perfekt verhielt er sich. Er küsste ihr die Hand und umsorgte sie den ganzen Abend, holte ihr ungefragt etwas zu trinken und behandelte sie, als sei sie eine Prinzessin, der er treu ergeben sei. Und unter dieser Oberfläche der Schmeicheleien waren sie beide wie elektrisiert. Weil Jennys kleiner Bruder Andy auch da war und sie ein Dreiergrüppchen bildeten, war Gavins Flirterei glücklicherweise nicht so offenkundig, dass jeder sie mitbekam. Gavin und dieser Andy, der höchstens Anfang zwanzig war, buhlten um Claudias Aufmerksamkeit; sie führten sich auf wie zwei Kinder, sie lachten und schubsten sich gegenseitig. Gavins persönliche Bemerkungen gingen in dieser Alberei für andere Ohren unter.

Claudia spielte das Spiel mit und ließ sogar zu, dass Gavin sie – ganz kurz – küsste, als sie zwischen all den anderen Paaren auf der engen Fläche tanzten. Die beiden Männer hatten so getan, als stritten sie darüber, wer mit ihr tanzen dürfe, und sie hatten zunächst einen Tanz zu dritt improvisiert, über den sich alle herzlich amüsierten, bis Gavin ausgebrochen war, Claudia an sich gerissen und mit sich auf die Tanzfläche gezogen hatte. Als sie atemlos herumwirbelten, erhaschte sie einen Blick auf Jeff. Mit verschlossener, finsterer Miene beobachtete er sie vom anderen Ende des Raumes und nahm gar nicht wahr, was um ihn herum vor sich ging. Sie triumphierte innerlich. Als wüsste Gavin, was in ihr vorging, zog er sie noch enger an sich und küsste sie kurz und leidenschaftlich. Nach Atem ringend, stand sie hinterher unbeweglich da und wartete darauf, dass ihre Wangen sich wieder abkühlten, bevor sie zu Jeff ging. Gerade in dem Moment eröffnete Jenny das Buffet, und Jeff und Claudia stellten sich etwas zu essen zusammen und setzten sich dann, die Teller in der Hand, gemeinsam auf einen Stuhl. Jeff sagte so gut wie gar nichts, und Claudia lächelte in sich hinein. Sie hatte nicht vor, ihn jetzt schon zu besänftigen. Sie sah zu Gavin hinüber, der mit Andy auf dem Boden saß und sich recht ernst mit ihm unterhielt. Er blickte nur einmal kurz in ihre Richtung.

Jeff hatte ihr Verhalten auf der Party nicht kommentiert, aber als sie wieder nach Hause kamen, schliefen sie zum ersten Mal seit Wochen wieder miteinander. Zwar war der Sex irgendwie gehetzt und verzweifelt gewesen, ja fast schon ein wenig brutal, aber Claudia triumphierte schon wieder. Hatte sie also recht gehabt! Wie dumm sie früher gewesen war! Ihr kam allerdings nicht in den Sinn, dass es schwierig werden könnte, Jeffs eher träges körperliches Verhalten auf diesem Niveau zu halten. Sie sah nur, dass ihre Strategie funktioniert hatte. Und abgesehen davon hatte sie es genossen, mal wieder so richtig zu flirten. Sie freute sich auf ein Wiedersehen mit Gavin, und einmal ertappte sie sich zu ihrem eigenen Entsetzen dabei, wie sie sich vorstellte, wie Gavin sich wohl an Jeffs Stelle gemacht hätte … Den Gedanken schob sie ganz schnell beiseite. Das stand gar nicht zur Debatte. Sie war jetzt ganz sicher, dass man Jeff nur einen kurzen, aber nachhaltigen Schock versetzen musste, um ihn seine Frau in einem anderen Licht sehen zu lassen. Sie war einfach zu unterwürfig gewesen, zu parat. Am nächsten Morgen versuchte sie ein französisches Sprichwort zusammenzubekommen, das sie einmal gehört hatte. Wie war das doch gleich? »In jeder Beziehung gibt es einen, der küsst, und einen, der die Wange hinhält.« So in der Art. Wie dem auch sei, sie hatte genug davon, immer diejenige zu sein, die küsste!

Sie war noch immer fröhlich-übermütig, als Phyllida kam.

»Komm doch rein. Ich habe dich ja ewig nicht gesehen.« Claudia sah Phyllida etwas genauer an, als sie ihr den Mantel abnahm. Sie sah müde aus und schmaler und auch irgendwie älter. »Wie war Weihnachten?«

»Besser, als ich erwartet hatte.« Phyllida folgte Claudia in die Küche, wo diese Wasser aufsetzte. »Und bei euch?«

»War okay.« Claudia hantierte mit Kaffeepulver. »War nett, unsere Familien mal wieder zu sehen.«

»Hm.« Phyllida setzte sich auf einen Stuhl und sah sich in der Küche um. Alles war an seinem Platz, nichts lag herum – die Arbeitsflächen waren sauber und leer, der Herd glänzte, als wäre auf ihm noch nie gekocht worden, und selbst die Wasserhähne blendeten einen förmlich. Phyllida dachte an das Chaos in ihrer eigenen Küche und konnte sich eines Gefühls der Mittelmäßigkeit nicht erwehren.

»Muss schrecklich gewesen sein, so ganz allein.« Claudia stellte das Geschirr auf ein Tablett. »Du warst nicht bei deinen Eltern?«

»Nein.« Das hatte Phyllida ganz bewusst vermieden, da sie wusste, dass es ihrer Mutter nicht entgangen wäre, dass es ihr nicht gut ging. Sie zögerte. »Hatte keine Lust.«

Claudia stellte das Tablett auf einem Tischchen im staubfreien Wohnzimmer ab und machte den Gasofen an.

»Schon besser«, sagte sie. »Gleich viel gemütlicher.«

Sie schenkte Kaffee ein, reichte Phyllida eine Tasse und setzte sich. Der Kaffee war köstlich, und Phyllida wurde immer deprimierter. Sie wollte Claudia so gern von ihren Problemen erzählen, aber irgendetwas hielt sie zurück. Bis jetzt war es nicht nötig gewesen, irgendjemandem von Alistairs Untreue zu erzählen. Die meisten erfuhren es ohnehin ohne ihr Zutun, und sie brachte es nicht recht über sich, die Geschichte selbst herauszuposaunen. Sie nippte an ihrem Kaffee und überlegte, was sie sagen könnte.

»Ich schäme mich immer so, wenn ich bei dir zu Besuch bin«, plapperte sie los. »Bei dir ist alles so schön sauber und aufgeräumt und du bist immer so hübsch.« Resigniert sah sie auf ihre alte Cordhose. »Heute Morgen konnte Lucy ihre Turnschuhe nicht finden, wir haben das ganze Haus auf den Kopf gestellt.« Sie lachte. »Bei uns sieht's aus, als hätte eine Bombe eingeschlagen.«

»Na ja, ich hab ja auch nichts anderes zu tun.« Claudia zuckte mit den Schultern und lächelte sie an. »Irgendwie muss ich mich ja beschäftigen, sonst drehe ich durch.«

»Hast du denn schon darüber nachgedacht, wieder zu arbeiten?« Phyllida fiel auf, dass es ganz schön frustrierend sein musste, den ganzen Tag allein zu sein.

»Hier in der Gegend gibt es nichts für mich. Da müsste ich schon längere Anfahrten in Kauf nehmen.« Claudia guckte versonnen. »Ich muss schon sagen, es war nicht so einfach, den Job abzulehnen, der mir angeboten wurde, bevor wir hierhergezogen sind. Eine ziemlich bekannte Londoner Designergruppe wollte mich haben, und das Gehalt wäre so gut gewesen, dass ich sogar hätte pendeln können. Hat mein Selbstvertrauen ganz schön aufgebaut, aber Jeff wollte ja nach Devon …« Sie verstummte, als ihr einfiel, dass auch sie Gründe gehabt hatte, von Sussex wegzuziehen.

Dann saßen sie einen Moment schweigend da und wollten sich beide so gern bei der anderen aussprechen. Phyllida machte einen Anfang.

»Ich habe heute Morgen einen Brief von unseren Vermietern bekommen. Wir müssen ausziehen.«

»Oh, nein!« Claudia sah sie mitleidig an. »Was für ein Pech! Ihr fühlt euch doch so wohl in dem Haus, oder? Obwohl, letztes Mal hast du gesagt, dass du vielleicht in den Norden ziehst, um näher bei Alistair zu sein.«

Langes Schweigen.

»Die Sache ist, dass … na ja, dass sich einiges geändert hat«, sagte Phyllida schließlich.

Claudia legte die Stirn in Falten. »Wie meinst du das?«

»Alistair hat sich anderweitig amüsiert.« Phyllida sah Claudia direkt ins Gesicht. »Er … hat mit einer alten Freundin geschlafen, als er in Grennwich war.«

Claudia wusste nicht, was sie sagen sollte. Phyllida trank unvermittelt ihren Kaffee aus und stellte die Tasse auf das Tablett zurück.

»Das tut mir leid. Mein Gott! Das ist ja schrecklich …«, sagte Claudia, als sie die Sprache wiedergefunden hatte. Um irgendetwas Sinnvolles zu tun, schenkte sie Phyllida Kaffee nach. »Das muss ein furchtbarer Schock gewesen sein für dich. Das ist ja unglaublich. Ist es denn … das hört sich vielleicht albern an, aber bist du denn ganz sicher? Ich meine, ist das nicht einfach nur Gerede?«

Phyllida schüttelte den Kopf und nahm die Tasse. »Nein. Er hat es zugegeben. Er sagt, es war nur ein Mal. Er sagt, die Sache mit dem Baby hat ihn selbst auch sehr mitgenommen, aber wenn er nach Hause kam, habe ich ihn jedes Mal mit meiner Trauer zugeschüttet …«

Die Tasse klapperte ein wenig auf der Untertasse, und Claudias Herz krampfte sich zusammen vor Mitgefühl. Ihre Ängste bezüglich Jeff und Jenny kristallisierten sich schlagartig, und da sie sich urplötzlich mit Phyllidas Schmerz identifizieren konnte, stellte sie ihre Tasse ab, stand auf und setzte sich neben Phyllida aufs Sofa.

»Aber das ist doch dein gutes Recht! Dir ist etwas ganz Entsetzliches passiert, und du warst wochenlang allein. Das ist doch völlig natürlich, dass du dich an ihn klammerst und dich bei ihm ausweinst.«

Claudia klang so entrüstet, dass Phyllida lächeln musste.

»Ich weiß, aber ich habe trotzdem ein schlechtes Gewissen. Ich hätte schließlich auch mal daran denken können, wie es ihm geht bei der Geschichte, aber ich habe nur an mich gedacht ... So in der Art. Aber das ist nicht alles. Wenn man so viel und so lange getrennt ist wie wir, fühlt man sich irgendwie verpflichtet, das bisschen Zeit, das man gemeinsam hat, so angenehm wie möglich zu gestalten. Natürlich ist das Blödsinn, aber man empfindet jedes gemeinsame Wochenende, jeden Urlaubstag als Ferien. Ich weiß, dass es anderen Ehefrauen von Marinemännern genauso geht. Man hat ein schlechtes Gewissen, wenn die Männer wieder zur See fahren und man sich gestritten hat oder einfach nur nicht so gut drauf war. Es ist furchtbar. Dann zermartert man sich das Hirn und ärgert sich, dass man kostbare Zeit verschwendet hat.« Sie zuckte mit den Schultern. »Wie dem auch sei, die Sache mit ihm und Janie ist vorbei, und wir werden uns nicht trennen. Es ist nur nicht so einfach, das alles hinter sich zu lassen und damit abzuschließen.«

»Das kann ich mir vorstellen! Und die ganze Situation ist so unwirklich! Ich meine, dass man jede Minute, die man gemeinsam verbringt, in allerbester Laune sein muss und sich kein bisschen danebenbenehmen darf, um keine Missverständnisse oder Missstimmungen zu provozieren, und dann ist man wochenlang wieder ganz allein. Das muss doch wahnsinnig anstrengend sein. Und dann betrügt er dich! Ich verstehe gar nicht, wie du so ruhig und vernünftig darüber reden kannst.«

»Na ja, vernünftig reden ist eine Sache ...« Phyllida sah elend aus. »Und jetzt das mit dem Haus, das ist wirklich ein Schlag. Ich wollte so gern hier wohnen bleiben, während er in Schottland ist. Damit ich Zeit zum Nachdenken habe und langsam wieder zu mir komme. Aber ich weiß jetzt schon, dass er mich unter diesen Umständen drängen wird, auch nach Schottland zu kommen.« Sie zog ein Gesicht. »Ach, verdammt! Warum muss denn immer alles auf einmal kommen?«

»Aber du könntest dir hier unten doch etwas anderes suchen, oder nicht?«

»Ja, aber das würde die Sache noch pikanter machen. Einfach hier wohnen bleiben ist eine Sache, aber hier in Devon umzuziehen, wo ich doch zu ihm nach Schottland könnte, eine andere. Er hat nachgegeben, als ich ihm erklärt habe, warum ich hierbleiben möchte, aber ich weiß genau, dass er mich am liebsten bei sich hätte. Er wird erwarten, dass ich jetzt zu ihm ziehe, und darum wird alles nur noch schwieriger.« Sie sah verzweifelt aus.

»Und du meinst nicht, dass es vielleicht ganz gut wäre, wenn du in seiner Nähe bist?«, fragte Claudia vorsichtig.

»Es wäre schrecklich«, antwortete Phyllida sofort. »Bestimmt haben alle dort von der Geschichte gehört, und ganz egal, wo ich hingehen würde – ich wüsste, dass die Leute über mich reden.«

Claudia lief ein unangenehmer Schauer über den Rücken, als sie sich das vorstellte. »Musst du es ihm denn erzählen?«, fragte sie. »Kannst du nicht einfach umziehen und ihn vor vollendete Tatsachen stellen?«

Phyllida lächelte sie an. Sie fühlte sich irgendwie erleichtert, ihre Sorgenlast mit jemandem geteilt zu haben, und war ganz gerührt, dass Claudia so aufrichtig reagierte.

»Darüber habe ich auch schon nachgedacht«, gab sie zu. »Ich muss mir das wirklich reiflich überlegen. Jetzt muss ich aber. Ich habe so viel zu tun. Komm doch mal zum Mittag essen vorbei. Wie wär's mit morgen?«

»Gerne«, sagte Claudia. »Aber du brauchst doch noch nicht zu gehen. Du kannst gerne bleiben und hier Mittagessen.«

»Nein, danke, ich muss wirklich das Haus aufräumen.« Zögernd stand sie auf. »Vielen Dank. Auch fürs Zuhören.«

»Red keinen Unsinn. Ich komme morgen bei dir vorbei.« Claudia winkte ihr nach und ging dann zurück ins Wohnimmer. Die vom Neid motivierte Zurückhaltung, mit der sie Phyllida begegnet war, seit diese in den magischen Kreis aufgenommen worden war, der sie selbst immer noch ausschloss, war wie weggeblasen. Ihr Schachspiel mit Jeff und Gavin hatte sie etwas abgelenkt von ihrem entschlossenen Vorhaben, sich mit Abby anzufreunden, aber deren abweisende Haltung verletzte sie noch immer. Die arme Phyllida! Was für ein furchtbarer Schock, vor allem so kurz, nachdem sie das Baby verloren hatte! Das zeigte nur wieder mal, dass man niemandem restlos vertrauen sollte. Ihre eigenen Ängste waren ihr so präsent gewesen, während sie mit Phyllida gesprochen hatte, und sie begannen ihr Selbstvertrauen nachhaltig zu untergraben. Blicklos starrte Claudia die Holzscheite an, die nie brannten, nie zu pulveriger Asche verfielen, als das Telefon klingelte.

»Hallo«, meldete sich Jeff.

»Oh, hallo.« Sie bemerkte eine leichte Spannung zwischen ihnen nach den ungewöhnlichen Exzessen der letzten Nacht. »Alles in Ordnung?«

»Ja, prima. Wir gehen heute Mittag alle im Pub essen, und ich dachte, du hättest vielleicht Lust, mitzukommen?« In diesem Augenblick war Phyllida vergessen, und Claudia triumphierte innerlich. Endlich war sie auf dem richtigen Weg. Das war das erste Mal, dass er sie einlud, zum Mittagessen im Pub mitzukommen. »Wen meinst du mit alle …?«

»Oh.« Er klang verwirrt. »Also, Liz kommt mit. Und Jenny. Sue und Jerry. Ach, und Andy wartet im Pub auf uns. Und Gavin ist natürlich auch da.«

»Meine Güte!«, rief sie unbekümmert und beschwingt. »So viele Leute. Sehr gern. Wir treffen uns dort, ja? Ein Uhr? Gut. Bye!«

Sie legte auf, und ihr Herz hämmerte vor Aufregung. Das war genau das, worauf sie gehofft hatte: eine Chance, kokett, witzig und unbeschwert zu sein; eine weitere Gelegenheit, Jeff zu zeigen, was er eigentlich aufs Spiel setzte, wenn er sich weiterhin so gleichgültig verhielt. Claudia rannte nach oben, um ihr Make-up aufzufrischen, Parfüm aufzulegen und ihre Haare neu zu frisieren. Mit geröteten Wangen und hoch erhobenen Hauptes zog sie ihren Mantel an, griff sich ihre Tasche und eilte hinaus.

13

Phyllida hatte erst gefrühstückt, nachdem sie Lucy zur Schule gebracht hatte, und als sie das Geschirr abräumte, fiel ihr auf, dass seit ihrer unglückseligen Schwangerschaft fast genau ein Jahr vergangen war. Wie lange das schon her war! Ihr damaliges, von Sorglosigkeit, Sicherheit und Vertrauen geprägtes Leben war Lichtjahre entfernt. Ihr wurde unwohl bei dem Gedanken, dass die Zeit so schnell verging und sie sie dennoch verschwendeten; aber wenn sie in aller Ruhe darüber nachdachte, wurde ihr klar, dass die Dinge auch nicht bedeutend anders verlaufen würden, wenn sie in Schottland wäre und Alistair auf See. Schließlich kam er in seiner freien Zeit immer nach Hause, und es war die Qualität dieser gemeinsamen Stunden, die zählte. Sie war immer noch der Auffassung, dass ihr Entschluss, in dem alten Haus wohnen zu bleiben und über alles nachzudenken, richtig gewesen war. Die Distanz und die Zeit würden die Wunden schon heilen und waren in jedem Fall besser, als sich den neugierigen Blicken sämtlicher Marineangehöriger und deren Frauen auszusetzen. In jenem begrenzten sozialen Umfeld wäre sie in ihrer Eifersucht und ihrem Stolz bestimmt nur noch mehr bestärkt worden, und sie war der Ansicht, dass die Gefahren eines unnötig verlängerten Bruchs nicht unterschätzt werden sollten.

Die Kündigung ihres Mietvertrags für das Haus hatte alle

ihre Pläne durcheinandergebracht. In drei Monaten mussten sie ausgezogen sein. Wo sollten sie denn nun hin? Alistair würde mit aller Selbstverständlichkeit erwarten, dass sie zu ihm nach Schottland kamen. Oder er würde wieder davon anfangen, ein Haus zu kaufen und sesshaft zu werden, um damit jegliche Spekulation über eine Trennung vom Tisch zu fegen. Konnte sie sich eine Trennung denn wirklich vorstellen? Sie versuchte, ihre Gefühle zu analysieren. Sie hätte gern noch etwas mehr Zeit gehabt, zumindest dieses eine Jahr, das Alistair noch in Schottland verbringen musste. Es mochte albern erscheinen, aber so hätte sie genügend Zeit gehabt, ihre Liebe zu ihm auf die Probe zu stellen und Kraft zu sammeln. Sich jetzt mit einem Umzug und all den damit verbundenen Problemen und Konsequenzen herumzuplagen war das Letzte, was sie gebrauchen konnte. Sie beschloss, Alistair noch nichts zu sagen.

Bedrückt räumte sie die Küche auf. Sie war bei den Halliwells zum Mittagessen eingeladen und würde sicher Gelegenheit haben, das Problem mit ihnen zu besprechen.

Quentin hatte sich freiwillig für den Abwasch gemeldet, und Clemmie und Phyllida hatten sein Angebot gern angenommen und die sanfte Nachmittagssonne für einen Verdauungsspaziergang durch den Wald und hinunter zur Brücke genutzt. Es wehte eine leichte, ziemlich kalte Brise, und Clemmie ging deutlich langsamer als in letzter Zeit. Ihre Gelenke wurden immer steifer, und sie wickelte sich so gut wie möglich in ihren Wollmantel. Unten im Wald waren sie etwas geschützter, aber der gefrorene Waldboden krachte unter ihren Schritten, und da, wo die Sonne nicht hingelangte, waren die Zweige mit weißem Reif überzogen. Das Wasser rauschte kristallklar vorbei und glitzerte kalt unter der schräg einfallenden Wintersonne. Der Schwarzdorn neben der Brücke stand in prächtiger weißer Blüte. Das Weiß war so rein, dass es aussah wie Schnee, und nicht nur der Baum war davon bedeckt, sondern auch der Boden unter der an die Wiese grenzenden Hecke. Die zarten Blüten passten gar nicht zu den schwarzen Zweigen mit ihren langen, spitzen Dornen, und Phyllida und Clemmie waren hingerissen von dieser überbordenden Schönheit.

Sie standen auf der Brücke, ließen sich die Sonne auf die Schultern scheinen und sahen in die kühlen Tiefen unter sich.

»Sie werden also nicht nach Faslane ziehen?«, fragte Clemmie.

Während des Mittagessens hatte sie darüber geredet, dass sie eine neue Bleibe finden musste, und ob es eine Alternative wäre, zu Alistair zu ziehen. Phyllida hatte gesagt, dass sie Lucy so kurz nach der Einschulung keinen Schulwechsel zumuten wollte, zumal sie sich sehr wohl fühlte. Doch Phyllida hatte selbst gemerkt, dass dies mehr eine schwache Entschuldigung als ein wirklich guter Grund war.

»Ich will nicht.« Phyllida sah weiter ins Wasser. »Sie wissen doch warum, nicht? Abby hat Ihnen von Alistair und der Marinehelferin erzählt, oder?«

»Ja«, gab Clemmie nach einer kurzen Pause zu. »Ja, hat sie. Aber nur, weil sie nicht wollte, dass irgendetwas gesagt wird, das Ihnen wehtun könnte. Nicht, weil sie klatschen wollte.«

»Ist schon gut. Ich bin froh, dass sie es Ihnen erzählt hat. Es macht die Sache einfacher, wenn man kein Theater spielen muss. Aber das ist der Grund dafür, dass ich nicht nach Schottland will. Ich brauche Zeit, die ich dort nicht hätte. Da weiß jeder Bescheid, und ich müsste trotzdem ständig allen möglichen Einladungen folgen und immer präsent sein. Hier habe ich meine Ruhe.«

»Das verstehe ich.« Clemmie konnte sich noch sehr lebhaft erinnern, wie sehr ihr gesellschaftliche Anlässe zuwider gewesen waren, als sie die Sache mit Quentin erfahren hatte. Jede

Frau hatte sie als Bedrohung empfunden, jedes Gespräch als potentiellen Flirt. Phyllida tat ihr so leid. Sie wollte ihr so gern ihr Mitgefühl zeigen, sie warnen, sie trösten, alles auf einmal, wusste aber nicht, wie, und schwieg daher.

»Ich habe ziemlich radikale Ansichten, was das angeht.« Phyllida setzte sich auf die Brücke und drehte sich zur Seite. »Wenn ich ihn nicht genug lieben kann, um über diese Geschichte hinwegzusehen, dann wäre es wohl das Beste, wenn wir uns trennen. Ich glaube nicht, dass man so etwas jemals ganz vergessen oder verzeihen kann. Was meinen Sie?«

»Nein«, sagte Clemmie nach einer etwas längeren Pause. »Nein, das glaube ich auch nicht.«

»Nein. Also gut. Das heißt, ich muss mir sicher sein, dass ich ihn so sehr liebe, dass mir die ganze Sache egal sein kann.«

»Das wäre eine wirklich große, selbstlose Liebe.«

»Ich weiß.« Phyllida schob die kalten Hände ganz tief in die Taschen. »Manchmal glaube ich, dass ich ihn tatsächlich so sehr liebe, und manchmal bin ich mir nicht sicher.« Sie sah auf zu Clemmie. »Ich stelle sie mir zusammen vor.«

Ihr Gesicht war wie versteinert vor Schmerz, und Clemmie berührte unbeabsichtigt ihren Arm.

»Sie Arme!«

»Ich versuche, es nicht zu tun«, verteidigte Phyllida sich, als hätte Clemmie ihr irgendwelche Vorwürfe gemacht. »Ich kann nichts dafür. Die Bilder kommen einfach so. Verstehen Sie, was ich meine?«

»Und Sie meinen nicht, dass es einfacher wäre, wenn Sie beide zusammen wären?« Clemmie wich der Frage aus. Sie war noch nicht so weit, sich der jungen Frau so weit zu öffnen, dass diese begreifen konnte, wie gut sie sie verstehen konnte.

»Nicht in Faslane.« Entschlossen schüttelte Phyllida den Kopf. »Das ist zu klein und klaustrophobisch. Ich habe schon das Gefühl, dass ich das Richtige tue. Wenn wir doch nur nicht umziehen müssten. Ich glaube schon, dass wir relativ schnell etwas zur Miete finden können. Aber es ist eine Gelegenheit für Alistair, Druck zu machen.«

Clemmie wandte den Kopf ab, als ihr eine Idee kam … Dann sauste die Wasseramsel unter der Brücke hervor, und Clemmie entfuhr ein leiser Schrei.

»Was ist denn?«, fragte Phyllida überrascht.

»Da war die Wasseramsel«, sagte Clemmie. Sie sah ganz aufgeregt aus und fing auf einmal an zu zittern.

Phyllida war sofort besorgt.

»Sie frieren ja«, stellte sie reumütig fest. »Ich habe Sie viel zu lange in der Kälte aufgehalten mit meinem Geschwätz. Kommen Sie, wir gehen zurück.«

Nachdem Phyllida sich eiligst verabschiedet hatte, um Lucy von der Schule abzuholen, brach Quentin mit Punch zu einer Wanderung übers Moor auf. In letzter Zeit kam er eigentlich nur hier herauf, wenn es schön warm war, aber der kristallklare Himmel und die untergehende Sonne zogen ihn wie ein Magnet auf die Hänge, von denen er auf die Landschaft blicken konnte, die ihn seit eh und je mit Zufriedenheit erfüllte: die majestätischen Felsen hoch über den Flusstälern; die schwarzblauen Kiefernwälder, die wie dunkle Schatten in den Senken zwischen den Bergen lagen, deren grasbewachsene Buckel rotgold in der Abendsonne glühten. Die unregelmäßige Brise kroch eiskalt in seine Nase, sein Atem hing in weißen Wolken in der kalten Luft, und seine runzelige Haut fühlte sich an, als würde sie noch mehr zusammenschrumpeln. Aber in Quentin stieg Heiterkeit auf, und sein Herz quoll fast über vor Freude. Schon wieder war ein Winter so gut wie vorbei, und er war immer noch da und spazierte durch diese geliebte Umgebung. Sie waren beide noch da, und sie waren immer noch zusammen – wenn Clemmies zunehmende Gebrechlichkeit ihnen auch Sorgen machte. Quentin fragte sich, wie sie wohl zurechtkommen würde, wenn ihm etwas zustoßen sollte.

Nach Weihnachten hatte Gerard sie kurz besucht und sein Entsetzen ob ihrer beschleunigten Alterung nicht verbergen können. Er hatte wieder einmal darauf gedrängt, dass sie *The Grange* verkauften und nach Tavistock zogen. Quentin wusste, dass Clemmie enttäuscht war, weil Gerard offensichtlich nicht einmal eine Sekunde in Betracht gezogen hatte, *The Grange* für sich und seine Familie zu behalten. Es verletzte sie, dass es ihm überhaupt nichts ausmachte, dieses Haus, in dem ihre Familie schon seit Generationen lebte, so einfach in fremde Hände zu übergeben. Sie hatte nichts gesagt, aber Quentin hatte den Schatten in ihrem Blick sehr wohl bemerkt und – damit ihr Schweigen nicht so auffiel – über den Vorschlag gelacht und gesagt, dass sie es wohl schon noch ein paar Jährchen aushalten würden. Gerards hochgezogene Augenbrauen hatten verraten, dass er das nicht glaubte, und kurz bevor er ging, hatte er seinen Vater beiseitegenommen und noch einmal auf ihn eingeredet.

»Was ist, wenn einer von euch stürzt?«, hatte er ganz vernünftig gefragt. »Oder sonst irgendein Unfall passiert? Keiner von euch ist stark genug, sich um den anderen zu kümmern. Mutter könnte dich nicht einmal tragen oder für sich selbst sorgen. Meinst du nicht, dass es weiser wäre, doch noch einen Schritt zu tun? Sucht euch doch gemeinsam etwas Neues, solange es euch beiden noch gut geht, und freut euch daran, euch ein neues Zuhause einzurichten. Hinterher ist es viel schlimmer, wenn erst mal einer zurückgeblieben ist und alles allein machen muss in seinem Schock und seiner Trauer.«

Weise Worte. Quentin dachte an sie, als er über die Hügel in den Sonnenuntergang lief. Er wusste im Grunde seines Herzens ja, dass Gerard recht hatte, darum fing er jetzt an, sich Sätze zurechtzulegen, mit denen er Clemmie auf seine Kapitulation vorbereiten konnte. Wie, um alles in der Welt, sollte sie das alles schaffen, wenn er starb? Wie sollte sie einen Umzug an einen unbekannten, ungastlichen Ort verkraften? Denn dass sie beide oder einer von ihnen bei Gerard willkommen wären, hatte dieser zu keinem Zeitpunkt angedeutet. Quentin kam langsam zu dem Schluss, dass sie dieses Frühjahr und den Sommer nutzen mussten, um noch vor dem nächsten Winter alles unter Dach und Fach zu haben.

Die Sonne sah aus, als würde sie auf den fernen Hügeln balancieren. Im Handumdrehen würde sie dahinter verschwinden, ihren Glanz mitnehmen, die Schatten noch dunkler werden lassen und der Dämmerung Platz machen. Quentin sah die Sterne am östlichen Himmel und machte sich auf den Nachhauseweg. Wenigstens war das letzte Jahr ein wirklich glückliches gewesen. Seit Phyllida und Lucy in ihr Leben getreten waren, war jener Schatten fast ganz weg. Quentin wusste, dass er ohne Bedenken seine ehrliche Zuneigung zu ihnen zeigen konnte und dass Clemmie darauf nur mit ebenso bedenkenloser, ehrlicher Freude reagieren würde. Es war so schön, Lucys kindliche Wärme in seinen Armen zu spüren und ganz natürlich auf Phyllidas Umarmung zum Abschied reagieren zu können! Wie tröstlich und erleichternd es war, die beiden ganz unbeschwert necken und mit ihnen reden zu können, ohne befürchten zu müssen, dass Clemmie irgendetwas missverstand.

Er dachte an das, was Clemmie gesagt hatte, und auch er hatte das seltsame Gefühl, als sei Pippa zu ihnen zurückgekehrt – als das Kind, das sie gewesen war, und als die Frau, die sie geworden wäre. Die Freundschaft hatte sich schnell vertieft, und obwohl er es kaum glauben konnte, schienen auch Phyllida und Lucy von dieser Beziehung zu profitieren. Es war wunderbar, viel zu schön, um infrage gestellt oder analysiert zu werden. Und ein Umzug musste nicht das Ende dieser immer weiter wachsenden Liebe bedeuten.

Es sei denn, warnte ihn eine wachsame Stimme, sie ziehen weg.

Quentin seufzte und blieb einen Moment stehen, damit Punch, der langsam hinter ihm hertrottete, ihn einholen konnte.

»Komm schon, alter Knabe«, sagte er. »Du bist auch nicht recht in Form, was? Ist nicht mehr weit.« Er beugte sich zu dem alten Hund hinunter, um ihn zu tätscheln, was dieser mit heftigem Schwanzwedeln quittierte, bevor sie weitergingen.

Die Küche war warm und einladend. Clemmie stand am Ofen und drehte sich um – ihre Wangen waren gerötet wie die eines Mädchens, ihre Augen strahlten glücklich, ihr Lächeln war warm. Er drückte seine kalte Wange an ihre, und sie hielt ihn einen Moment lang fest an sich gedrückt.

»Ihr beiden seid viel zu alt, um im Dunkeln übers Moor zu wandern«, bemerkte sie leichthin.

Er seufzte, als er den Mantel auszog und an seinen Entschluss dachte. »Da hast du leider recht«, sagte er reumütig. »Ich hatte zwischendurch tatsächlich Zweifel, ob Punch es zurück schaffen würde. Ich hatte schon befürchtet, dass ich ihn tragen muss.« Er sah ihr dabei zu, wie sie ein Blech Scones aus dem Ofen zog, und nahm all seine Willenskraft zusammen. »Und das hat mich zum Nachdenken gebracht. Ich hatte da eine Idee …«

»Ich auch«, unterbrach sie ihn, und aus ihrer Stimme klang Aufregung und Begeisterung. »Eine wunderbare Idee.«

Sie legte die Scones zum Abkühlen auf einen Rost, als Quentin sie überrascht ansah. Sie lächelte.

»Was kann das denn sein?«, fragte er etwas besorgt.

»Ich dachte, wir könnten Phyllida anbieten, hier einzuziehen. Nur, bis Alistair in Schottland fertig ist. Sie weiß doch nicht, wo sie hin soll, und sie will jetzt noch keine unwiderrufbaren Entscheidungen treffen. Ach, Quentin, das wäre so schön, oder nicht? Lucy ist so eine Süße, und Phyllida ist mir fast wie meine eigene Tochter. Was sagst du?«

Diese Idee war so außergewöhnlich, dass Quentin die Worte fehlten. Er hätte sich niemals vorstellen können, dass Clemmie die Türen ihres Hauses einer anderen Frau öffnen würde. Zwei Frauen, genau genommen! Sie fasste sein Schweigen als Missbilligung auf und streckte die Hände nach ihm aus.

»Könntest du es dir denn gar nicht vorstellen?«, fragte sie ihn in einem flehenden Ton. »Das Haus ist doch so groß. Das kleine Apartment, das wir damals für Gerard hergerichtet haben, als er anfing, mit den Kindern herzukommen, ist doch fast wie eine abgeschlossene Wohnung. Sie würden bestimmt kaum stören.« Die Freude in ihrem Gesicht drohte zu verblassen. »Ist die Idee wirklich so verrückt?«

»Nein.« Er nahm ihre Hände. »Überhaupt nicht, wenn das das ist, was du willst. Und was sie will. Hast du …? Ich meine …?«

»Nein.« Clemmie schüttelte den Kopf. »Ich wollte natürlich zuerst mit dir reden. Der Gedanke kam mir auf der Brücke. Schoss mir so durch den Kopf, und grade in dem Moment … Oh, Quentin, die Wasseramsel kam unter der Brücke hervorgeflogen!«

Sie sah zu ihm auf, und er zog sie an sich heran, gerührt von ihrem festen Glauben an dieses Omen. Jetzt wusste er mit absoluter Sicherheit, dass die Schatten, die so lange zwischen ihnen geherrscht hatten, verschwunden waren.

»Wenn das so ist, besteht doch gar kein Zweifel«, sagte er. »Die Wasseramsel wusste schon immer, was das Beste ist für uns – jetzt müssen wir nur noch sichergehen, dass das auch das Beste für Phyllida und Lucy ist. Alistair wird vielleicht auch etwas dazu sagen wollen. Wir denken noch einmal sorgfältig darüber nach, und dann kannst du mit ihr reden.«

Clemmie reckte sich zu ihm hinauf und küsste ihn.

»Danke, Liebling. Ich bin mir ganz sicher, dass es das Richtige für uns alle ist. Außerdem ist es ja nur für ein Jahr. Noch nicht mal.« Sie fing an, Tee zu machen, dann drehte sie sich um. »Oh. Du hattest gesagt, dass du mir etwas erzählen wolltest.« Lächelnd schüttelte sie den Kopf. »Ich war so aufgeregt. Was wolltest du mir erzählen?«

»Ich glaube, das hat sich jetzt erledigt«, sagte Quentin langsam. »War bloß ein Gedanke, den ich unterwegs hatte. Ist nicht mehr wichtig.«

14

Claudia saß im warmen Märzsonnenschein auf der gepflasterten Terrasse und dachte über ihre Situation nach. Langsam war ihr klar geworden, dass ihr Versuch, mit Jeffs Schwäche für Jenny dadurch umzugehen, dass sie ihn eifersüchtig machte, das Problem nicht löste, sondern eher noch verkomplizierte. Der Punkt war nämlich, dass sie Gavin offenbar zu sehr ermuntert hatte und nun die Geister, die sie gerufen hatte, nicht mehr loswurde. Sie konnte ihn überhaupt nicht steuern, und er hatte von gewissen Regeln, die den höflichen Umgang bestimmten, anscheinend noch nichts gehört. Sie erinnerte sich noch sehr gut an den allerersten Eindruck, den sie bei ihrer Party von ihm gehabt hatte: ein Tiger unter wohlerzogenen Hauskatzen.

Nachdenklich streckte Claudia sich. Neulich war er nachmittags mit Andy hier aufgetaucht, und sie waren immer noch da gewesen, als Jeff von der Arbeit nach Hause kam. Gavin und Andy waren richtig aufgekratzt, machten Claudia ausgefallene Komplimente, taten, als würden sie sich um sie streiten, und waren einfach albern. Claudia hatte das genossen. Sie hatten ihr die Hand geküsst und ihren Hals liebkost, ihr Komplimente zu ihrer Kleidung gemacht. Und unter dieser ausgelassenen Oberfläche war da immer noch die aufregende Tatsache, dass Gavin sie tatsächlich begehrte. Er ließ sie das wissen, ohne dass Andy es mitbekam, was die Sache noch spannender machte. Als Jeff nach Hause kam, war sie ganz rot im Gesicht und ziemlich kindisch und hatte schon die zweite Flasche Wein für sie alle aufgemacht. In seinem dunklen Anzug, mit seinem ordentlichen, kurzen Haar, den glänzenden Schuhen und dem ernsten Gesicht hatte er einen nicht zu übersehenden Kontrast zu den anderen beiden dargestellt, und Claudia hatte sich etwas geärgert, weil er so verschlossen gewesen war und sich nicht dazugesellen wollte. Mit Jenny war er jederzeit zu Späßen aufgelegt, sagte sie sich. Er hatte gesagt, dass er noch zu arbeiten hätte, und sich in sein kleines Arbeitszimmer eingeschlossen. Gavin und Andy hatten die Gesichter verzogen, als seien sie gezüchtigt worden, und gesagt, sie würden dann wohl besser gehen.

Sie begleitete sie nur ungern zur Tür und ging von da aus in die Küche, um Abendessen zu machen. Jeff war deutlich beherrschter wieder aufgetaucht, und Claudia, der die Situation gar nicht unrecht war, hatte mit einer gewissen Kühle reagiert.

»Kommen die öfter hier vorbei?«, fragte er, und seine Stimme verriet, dass er immer noch leicht verärgert war.

»Eigentlich nicht«, war sie ausgewichen. »Warum?«

Aber er hatte nur mit den Schultern gezuckt und etwas davon in den Bart gemurmelt, dass Gavin im Pub immer zu viel trank und dass Andy einen schlechten Einfluss auf ihn hatte. Claudia lächelte in sich hinein.

»Ach, ich finde die beiden in Ordnung«, sagte sie nachsichtig. »Sei doch nicht so spießig. Andy sucht einen Job. Er hat beschlossen, erst mal in der Gegend zu bleiben.«

»Die arme Jenny hat mir erzählt, dass sie es etwas voll findet in ihrer kleinen Wohnung«, sagte er unvorsichtigerweise. »Seit er da ist, hat sie so gut wie keine Privatsphäre mehr.«

Claudia durchschoss die Eifersucht. Was kümmerte ihn denn Jennys Privatsphäre? Hatte sie ihn vielleicht schon einmal nach der Arbeit zu sich eingeladen? Ihre alten Ängste waren wieder da, und sie flüchtete sich in beredtes Schweigen, das Jeff interpretieren konnte, wie er wollte.

Jetzt, auf der Terrasse, stieß Jenny einen unzufriedenen Seufzer aus. Ihr Selbstvertrauen, das sie mithilfe von Gavin und Andy so schön aufgebaut hatte, hatte einen deutlichen Dämpfer erhalten durch Jeffs Bemerkung über Jennys Privatsphäre. Es war ihr unmöglich, die Kraft, die sie aus dem Besuch der beiden jungen Männer geschöpft hatte, zu genießen, und sie fühlte sich wieder unsicher. Und doch: In jener Nacht hatten sie sich wieder geliebt, sodass Claudia sich erneut glaubhaft einreden konnte, dass ihre Strategie, Jeff eifersüchtig zu machen, funktionierte. Aber wie konnte sie den Effekt aufrechterhalten? Das war das eigentliche Problem. Schließlich war auch klar, dass Gavin sich nicht auf unbestimmte Zeit würde benutzen lassen.

Am Nachmittag vorher war er allein zu ihr nach Hause gekommen und hatte sich unmöglich benommen. Claudia runzelte bei dieser unschönen Erinnerung die Stirn. Sie hatte sich gleich zu Anfang eher distanziert gegeben, aber durchblicken lassen, dass sie ein paar Flirts hier und da nicht abgeneigt war. Er hatte sie an sich gezogen und leidenschaftlich, fast schon wild geküsst. Sie hatte Angst bekommen und versucht, sich freizumachen, woraus ein kleiner Kampf geworden war. Sie war gezwungen gewesen zu schreien, und als er sie dann losgelassen hatte, hatte sie Verachtung und noch etwas anderes in seinem Blick gesehen. Claudia schloss die Augen gegen die Sonne und versuchte sich einen Reim auf diesen Blick zu machen. Es war so etwas wie genervte Langeweile gewesen, als hätte er nicht vor, seine Zeit weiter mit etwas zu verschwenden, das ihm nicht mehr als Gekicher und flüchtige Zärtlichkeit einbrachte.

Er hatte sich zurückgezogen und entschuldigt – also, so gut wie –, aber sie konnte nicht vergessen, was sie in seinem Blick gesehen hatte. Nach dieser Episode war die Atmosphäre mehr als gespannt gewesen, und Gavin war ziemlich schnell gegangen. Jetzt, während sie die Märzsonne genoss, versuchte Claudia, Klarheit in die ganze Angelegenheit zu bringen. Gavin war ganz offensichtlich nicht der Typ Mann, mit dem man flirten konnte, ohne ihm auch etwas Handfestes dafür zu bieten. Claudia wurde immer unsicherer, denn obwohl Jeff in den letzten Wochen viel leidenschaftlicher gewesen war als zuvor, glaubte sie nicht daran, dass dieser Zustand ohne eine gewisse Konkurrenz anhalten würde. Sie war frustriert und traurig. Selbst als sie Gavin abgewehrt hatte, hatte sie nicht das Gefühl gehabt, etwas zu machen, das mit Tugendhaftigkeit oder gutem Recht zu tun hatte. Sie war sich prüde, unreif und ziemlich blöde vorgekommen und wusste, dass er dasselbe von ihr dachte wie sie selbst und dass er deshalb so gelangweilt ausgesehen hatte.

Claudia tat sich selbst leid, stand auf und ging ins Haus. Nie klappte etwas in ihrem Leben. Nicht mal die Freundschaft mit Abby und deren Freunden war weitergekommen – aber Phyllida hatten sie alle mit offenen Armen aufgenommen! Als sie daran dachte, fühlte sie sich einen Moment versucht, sich einen Gin Tonic oder ein Glas Wein einzuschenken, aber irgendwie hatte sie sich nie daran gewöhnen können, einfach nur Alkohol zu trinken, weil sie Lust darauf hatte. In ihrer Familie war Alkohol stets ein Teil einer Mahlzeit gewesen oder hatte mit einer festlichen Begebenheit zu tun, und darum konnte sie, wenn sie allein war, das Gefühl nie ganz abschütteln, dass es nicht richtig war, sich in einer schwierigen Situation mit der Flasche zu trösten.

Stattdessen ging sie nach oben in das kleine Abstell- und Gästezimmer, um die Fotos herauszusuchen, die sie ihrer Mutter schicken wollte. In der Abstellkammer herrschte – in Claudias Augen – noch immer heilloses Durcheinander. Auf dem Gästebett türmte sich ein Stapel alter Klamotten, der in die Altkleidersammlung sollte, und daneben lagen ein paar Kästen mit Fotos und allerlei Kleinkram. Sie fing an, die Fotos durchzugehen, legte ein paar zur Seite und sah sich um. Da kam ihr der Gedanke, dass dieses kleine, sonnige Zimmer ein wunderschönes Kinderzimmer abgeben würde. In null Komma nichts hatte sie den Raum im Geiste völlig neu eingerichtet: Statt des Betts würde eine Wiege dort stehen, und sie würde mit dem Baby in den Armen in einem bequemen Sessel sitzen und es stillen. Endlich wusste sie einen Ausweg aus ihrem Dilemma.

Es war ganz einfach. Was Jeff und sie brauchten, war ein Kind. Seine Beteuerungen, dass er ein schlechter Vater wäre, waren doch Quatsch. Sie hätte niemals so lange darauf Rücksicht nehmen dürfen. Ein Kind würde sie einander näher bringen, Claudias Gedanken in andere Bahnen lenken und sie beide vor weiteren Versuchungen schützen. Sie sah sich noch einmal in dem kleinen Zimmer um. Es war perfekt. Sie dachte jetzt schon daran, wie viel Spaß es ihr machen würde, das Zimmer herzurichten und alles vorzubereiten. Ihr Herz klopfte vor Aufregung, und sie lächelte. Als sie wieder hinunterging, beschloss sie, Jeff noch nichts davon zu sagen. Sie würde die Pille absetzen und abwarten, was passierte. Es war viel besser, ihn vor vollendete Tatsachen zu stellen und ihn dann mit ihrer Begeisterung und ihrer Freude anzustecken. Bis es so weit war, musste sie dafür sorgen, dass Gavin weiter interessiert blieb. Jeffs neu erwachte Leidenschaft musste weiter genährt werden, bis sie ihr Ziel erreicht hatte.

Claudia stand einen Moment im Flur und seufzte tief vor Erleichterung. Sie war so sicher, dass ihre Probleme nun endlich bald gelöst sein würden und dass sie und Jeff an der Schwelle einer neuen, glücklichen Phase ihres Ehelebens standen. Warum hatte sie bloß so lange gewartet? Claudia schüttelte den Kopf über ihre eigene Dummheit und ging in die Küche. Vielleicht war ein kleiner Drink – nur ein ganz kleiner! – doch gar nicht so eine schlechte Idee!

Abby stopfte die Schmutzwäsche in die Waschmaschine und schlug die Bullaugentür zu. Flink bediente sie die bekannten Knöpfe und bemerkte erst, als die Maschine zum Leben erwachte, dass sie vergessen hatte, Weichspüler in die kleine Schublade zu gießen.

»Verdammter Mist!«, brummte sie, kehrte dem Hauswirtschaftsraum den Rücken und ging wieder in die Küche.

Sie holte den Apfelkuchen aus dem Kühlschrank und schnitt sich ein großzügiges Stück ab. Sie brach eine Ecke ab, steckte sie in den Mund, drehte sich herum und schrie erschrocken auf, als sie sich Oliver gegenübersah. Sie verschluckte sich, hustete fürchterlich und scheuchte Oliver weg, als dieser ihr auf den Rücken klopfen wollte.

»Mein Gott, Oliver! Das kannst du doch nicht machen!«, rief sie, sobald sie sprechen konnte. »Dich so an mich heranzuschleichen! Du hast mich zu Tode erschreckt!«

Sie wühlte in dem Durcheinander auf dem Küchentisch, und Oliver sah ihr amüsiert dabei zu, wie sie eine Zigarette aus einer zerknautschten Packung zog und sie anmachte. Sie tat einen tiefen Zug, setzte sich an den Tisch und griff nach einem Aschenbecher. Auf einmal konnte Oliver sich ganz deutlich vorstellen, wie sie als kleines Mädchen gewesen war. Die alte Abby – dachte er, als er sich ihr gegenübersetzte und grinste – war bestimmt auch so ein High Society Girl. Er sah sie förmlich vor sich: das glatte schwarze Haar kurz geschnitten, die dünnen Beine in schwarzen Strümpfen, riesiger, unförmiger Pulli, die Ellbogen auf einem Kneipentisch, die Augen zusammengekniffen, um durch den dichten Zigarettenrauch etwas erkennen zu können. Im Hintergrund ein Jazzquartett, das Wischen des Stahlbesens, das Schrummen des Basses. Und eine Sängerin, schwarz natürlich, die mehr summte als sang. Ja, das war Abby. Sehr fünfziger. Sehr Audrey Hepburn.

»Sag mal, wie hast du eigentlich William kennengelernt, Abby?«, fragte er.

Abby lächelte, als sie sich daran zurückerinnerte. »Er ist mit meinem Bruder zur Schule gegangen«, sagte sie. »Und eines Tages hat er mich zum Sandhurst-Ball eingeladen. Die ganzen Uniformen da. Ich konnte einfach nicht widerstehen! Warum grinst du so?«

»Was sind das bloß für inzestuöse Kreise! Die gleichen Kindermädchen, die gleichen Schulen, die gleichen Regimenter! Ich finde ja eigentlich, dass du so ein bisschen einen rebellischen Eindruck machst, um ehrlich zu sein. Wundert mich ein wenig, dass du so bereitwillig aufs Land gezogen bist.«

»Das hat mich damals auch gewundert!«, gab Abby offen zu. »Aber ich war ja die Frau eines Militärs, bevor Williams Vater gestorben ist und dieses große Erbe hinterlassen hat.«

»Und jetzt isst du nur noch mit dem High Sheriff zu Abend und besuchst den Pony Club.« Oliver schüttelte den Kopf. »Ist doch ein riesiger Schwindel, das alles.«

»Ich möchte doch eben darauf hinweisen, dass William der High Sheriff ist, aber vergessen wir das. Welchem Umstand verdanke ich die Freude deines Besuches?«

»Ich stecke ganz schön im Schlamassel.« Oliver lächelte sie über den Tisch hinweg an und erinnerte Abby damit wieder an seinen Großvater. »Ich brauche deinen Rat.«

»Oh, mein Gott!«, rief Abby. »Was ist denn nur los? Hast du schon mit Cass geredet? Mein Gott! Du hast doch nicht etwa Sophie geschwängert, oder?«

»Natürlich nicht«, sagte Oliver leicht beleidigt. »Auf was für Ideen du kommst! Ich habe mich in eine verheiratete Frau verliebt und weiß nicht, was ich jetzt machen soll.«

Abby glotzte ihn in ihrer ersten Schrecksekunde wortlos an. Von allen Kindern, die sie kannte – ihre eigenen, die von Freunden und Verwandten –, war Oliver stets dasjenige gewesen, dem sie am wenigsten zugetraut hätte, irgendetwas Dummes anzustellen, und darum verschlug ihr sein Geständnis die Sprache. Er beobachtete sie mit fragendem Blick, als sie ihre Zigarette ausdrückte und sich zusammenriss. »Kenne ich sie?«, fragte sie, und er nickte.

»Phyllida«, sagte er. »Albern, was? Aber ich kann einfach nichts dagegen tun. Sie hat irgendetwas, das mir derartig unter die Haut gegangen ist, dass ich sie nicht mehr vergessen kann. Ich weiß, dass mit ihrer Ehe etwas nicht stimmt, aber ich weiß nicht genau, was. Kannst du es mir nicht sagen?«

»Ach, Oliver«, sagte Abby vorsichtig. »Halte dich zurück. Bitte, halte dich zurück. Die Sache ist viel zu kompliziert. Alistair hat sie betrogen, und sie war furchtbar verletzt und durcheinander, aber ich glaube nicht, dass sie ihn verlassen will. Und dann ist da noch Lucy. Wirklich, Oliver, bitte. Mach's nicht noch schlimmer.«

»Keine Panik«, beruhigte Oliver sie lächelnd. »Sie hat keine Ahnung, was ich für sie empfinde. Ich wollte bloß wissen, was bei ihr los ist. Außer dir hab ich's niemandem erzählt.«

»Und ich werde natürlich schweigen wie ein Grab. Ach, wie dumm für dich.« Etwas aufgewühlt zündete Abby sich noch eine Zigarette an. »Ich gebe dir ja recht darin, dass sie absolut bezaubernd ist, aber du darfst dich einfach nicht in etwas einmischen, das … Jedenfalls nicht, bis sie sich entschieden hat …«

»Kein Thema. Ich wollte es nur wissen, das ist alles. Vergessen wir's. Kriege ich einen Kaffee?«

»Natürlich«, sagte Abby, die froh war, dass er so bereitwillig kapituliert hatte. »Tut mir leid. Wo bin ich bloß mit meinen Gedanken? Ich habe dich ja Ewigkeiten nicht gesehen, oder? Also, was gibt's Neues? Wie lebt es sich in London? Bist du zu dem Vorstellungsgespräch eingeladen worden?«

Nachdem er gegangen war, saß Abby am Küchentisch und dachte über ihn nach. Trotz seines guten Aussehens und seiner wunderbaren Art hatte er noch nicht viele Liebesbeziehungen gehabt. Sie konnte sich erinnern, dass er zu seiner Zeit in Cambridge mit einem Mädchen zusammen gewesen war, das er ein-, zweimal mit nach Hause gebracht hatte. Sie war sehr jung gewesen, und es hatte ganz so ausgesehen, als wenn es für beide die erste Beziehung gewesen war. Die Sache hielt bis zum Ende seines Studiums, schlief dann aber wohl mehr oder weniger ein, nachdem er seinen Abschluss hatte, und soweit sie wusste, hatte es seitdem niemanden in seinem Leben gegeben. Es wäre wirklich zu schade, wenn er sich ernsthaft in Phyllida verlieben würde, aber Abby vermutete, dass seine Gefühle eher die eines ritterlichen Verehrers waren: Sie weckte den Beschützerinstinkt in ihm, er wollte sich in ihrer misslichen Lage gern um sie kümmern.

Abby seufzte und stand auf. Phyllida war ganz bestimmt nicht der Typ, der mit gleicher Münze heimzahlte, es war also unwahrscheinlich, dass Oliver zum Zuge kommen würde. Trotzdem schwirrte ihr das Thema weiter hartnäckig im Kopf herum, als sie hinausging und die Wäsche aufhängte.

15

Phyllida war sprachlos, als Clemmie ihr vorschlug, bei ihr und Quentin auf *The Grange* zu wohnen, solange sie sich nach einem neuen Zuhause umsah und versuchte, ihre Gefühle zu sortieren. Sie wusste einfach nicht, was sie sagen sollte, und Clemmie – die ihr Dilemma sehr gut verstehen konnte – riet ihr, erst einmal darüber nachzudenken. Sie zeigte ihr die Zimmer, die in eine Wohnung umgewandelt worden waren, nachdem Gerard geheiratet hatte und nicht mehr allein, sondern stets mit seiner eigenen Familie zu Besuch kam. Die Zimmer waren sehr schön, aber nach der geräumigen viktorianischen Villa erschienen sie Phyllida doch reichlich klein und eng.

»Sie können natürlich auch den Rest des Hauses mitbenutzen«, beeilte Clemmie sich zu sagen, als sie Phyllidas Gesichtsausdruck ganz richtig interpretierte. »Das würden wir uns sogar wünschen. Wir würden uns so freuen, junge Menschen im Haus zu haben. Wir vermissen unsere eigene Familie sehr … Uns ist klar, dass es keine Lösung auf Dauer sein kann, aber solange Ihr Mann so viel unterwegs ist …« Sie zögerte. Sie wollte Phyllida nichts aufdrängen. »Wir haben immer gehofft, dass hier jemand einziehen würde, wenn wir mal zu alt sind, um alles allein zu schaffen«, sagte sie und sah sich in dem Apartment um. »Das hier wäre geradezu ideal gewesen für eine Haushälterin. Wir können uns aber leider keine leisten. Aber egal. Sie könnten es doch als Schlupfloch betrachten.« Sie lächelte Phyllida an und bemühte sich, unbeschwert zu klingen. »Als Übergangslösung, damit Sie sich nicht auf etwas einlassen, was Sie gar nicht wirklich wollen. Denken Sie in Ruhe drüber nach.«

Phyllida dachte darüber nach. Abends, wenn Lucy im Bett war und sie allein im Wohnzimmer oder in der Küche saß, dachte sie, wie schön es wäre, einfach hinunterzugehen und mit Clemmie zu plaudern oder mit Quentin Scrabble zu spielen, ab und zu mit ihnen zu essen, statt immer nur allein. Auch die Vorstellung, so nah am Moor und am Wald zu sein, war ausgesprochen verlockend, vor allem jetzt, da der Sommer vor der Tür stand. Phyllida seufzte und schüttelte den Kopf. Sie wusste auch, wie problematisch es sein konnte, sich mit anderen Leuten ein Haus zu teilen, wenn man erst einmal daran gewöhnt war, sein eigenes Zuhause zu haben. Selbst ihre Mutter fand Phyllida in letzter Zeit sehr schnell anstrengend. Clemmie hatte gesagt, dass sie sich freuen würde, wenn Phyllida und Lucy immer in der Nähe wären, aber sie und Quentin hatten in den vielen Jahren doch sicher ihr ganz eigenes Leben, ihre eigenen Gewohnheiten und Abläufe entwickelt. Wäre es wirklich fair ihnen gegenüber? Und Lucy gegenüber?

Phyllida schlenderte hinaus in den Garten. Die Abende wurden länger, aber es war zu kalt, um irgendetwas anderes zu tun, als einfach nur herumzuspazieren und sich die ersten Blüten anzusehen, die Frost und beißende Winde überstanden hatten. In ein paar Tagen würde Alistair nach Hause kommen, dann konnte sie ihm von Clemmies Vorschlag berichten. Sie zweifelte kaum daran, dass er ihn ablehnen würde. Selbst wenn er den Vorteil, den diese unerwartete Notlage, kein Dach über dem Kopf zu haben, für ihn und seine Bemühungen, alles wiedergutzumachen, bedeutete, nicht als solchen erkannte – er würde sich nie an den Gedanken gewöhnen können, sich mit anderen Leuten ein Haus zu teilen, auch kein großes Haus mit eigenständiger Wohnung. Phyllida steuerte wieder auf das Haus zu. Tatsache war, dass Alistair selten zu Hause sein würde, und sie hatte das Gefühl, dass sein Benehmen ihr das Recht gegeben hatte, die eine oder andere Entscheidung selbst zu treffen.

Aber trotzdem, dachte sie, jede Entscheidung sollte in unser aller Sinne sein. Ich muss aufpassen, dass ich nicht vom Selbstmitleid diktierten Impulsen folge und mir dann ins eigene Fleisch schneide.

Wie auch immer, die Vorstellung, einige Monate auf *The Grange* zu verbringen, war verlockend, und Phyllida sagte sich, dass es ja nur für kurze Zeit war. Sobald Alistair an Land war, mussten sie Nägel mit Köpfen machen. Sie begann sich ihren Aufenthalt auf *The Grange* als einen langen Urlaub vorzustellen, während dessen sie ein paar Verpflichtungen vernachlässigen konnte. Es war ihr nicht bewusst, wie sehr sie Clemmie und Quentin als Ersatz für ihre eigenen Eltern ansah, auf deren nervtötende Eigenheiten sie gut und gerne verzichten konnte. Die Tage vergingen, und je näher Alistairs Heimkehr rückte, desto nervöser wurde Phyllida. Die Zeit, in der sie sich Gedanken hatte machen können, war vorbei – jetzt standen ihr Entscheidungen und Taten bevor.

Die Vehemenz, mit der Alistair Clemmies Vorschlag ablehnte, traf Phyllida dann aber doch unvorbereitet. Er war nicht willens, diese Möglichkeit auch nur eine Sekunde in Betracht zu ziehen, was zur Folge hatte, dass Phyllida sich ungerecht behandelt fühlte. Er erkannte sofort den Vorteil, der ihm hier quasi auf dem Silbertablett serviert wurde, und drängte unvorsichtigerweise rücksichtslos in Richtung der Lösung, die für ihn selbst die beste war: Er wollte, dass Phyllida und Lucy zu ihm nach Schottland kamen und dass die Entscheidung, wo sie sich endgültig niederlassen sollten, verschoben wurde, bis er mit seinem aktuellen Einsatz fertig war. Er überschätzte sowohl die

Zugeständnisse, die Phyllida am Ende seines Weihnachtsurlaubs gemacht hatte, als auch die Wirkung seiner Karte. Ihre Briefe hatten ihn hoffen lassen, und sie hatte ihn deutlich wärmer begrüßt, als er in den vielen Wochen auf See zu hoffen gewagt hatte. So kam es, dass er Phyllidas Vorschlag, vorübergehend auf *The Grange* zu wohnen, derart kategorisch – und unsensibel – ablehnte, dass Phyllidas eigentlich schon besänftigte Wut wieder in ihr aufstieg. Da diese Art von Gesprächen immer nur dann stattfand, wenn Lucy – die Ferien hatte – schon im Bett war, zogen sie sich auf äußerst unbefriedigende Weise wie ein Fortsetzungsroman dahin. Tagsüber bemühte Phyllida sich, Lucy auf keinen Fall spüren zu lassen, dass zwischen ihren Eltern Uneinigkeit herrschte, sodass Alistair fälschlicherweise davon ausging, dass er gewonnen hatte. Doch als der Tag seiner Abreise nach Faslane näherrückte, waren sie noch immer zu keiner Lösung gelangt. Seine Existenzangst ließ Alistair unbarmherzig realistisch werden, und Phyllidas Wärme und ihr offensichtliches Bemühen, die Ehe zu retten, verleiteten ihn zu übersteigertem Selbstvertrauen. Diese Mischung war fatal.

»Mal ehrlich, Phylly«, sagte er an seinem letzten Abend, als er nach dem Abendessen den Kaffee ins Wohnzimmer trug. »Du glaubst doch nicht im Ernst, dass wir uns wohl fühlen könnten, wenn wir mit ein paar alten Leuten zusammenleben, die schon viel zu eigen sind, als dass sie eine solche Invasion wirklich verkraften könnten? Wir würden uns doch alle innerhalb einer Woche auf die Nerven gehen.«

»Du wärst doch sowieso kaum da. Wir sprechen hier über höchstens zweimal zwei Wochen Ferien, was dich angeht, insgesamt vier Wochen, das ist alles«, sagte Phyllida. »Außerdem sind Clemmie und Quentin nicht eigen. Sie sind lieb und sehr umgänglich.«

Alistair lachte auf. »Ja, ja, das erzählst du mir immer wieder. Warte nur mal ab, bis sie erlebt haben, wie es ist, wenn Lucy um halb sieben morgens herumtobt und das ganze Haus zusammenschreit, wenn sie hinfällt.«

»Lucy ist sehr ruhig für ihr Alter«, widersprach Phyllida. »Und sie lieben sie. Sie haben ihre eigene Tochter ungefähr in dem Alter verloren.«

»Auch das hast du mir schon mehrfach erzählt«, sagte Alistair. »*Ad nauseam*«, fügte er unklugerweise hinzu, denn das verletzte Phyllida und ließ sie sich verkrampfen. »Aber das heißt doch nicht, dass wir alle glücklich miteinander leben könnten. Schau doch mal, wie anstrengend es immer ist, wenn wir deine Mutter besuchen. Da bist du immer heilfroh, wenn wir wieder abreisen.«

»Das ist nicht das Gleiche. Und außerdem wäre es nur für ein paar Monate, bis du mit deinem Einsatz fertig bist. Lucy und ich könnten ein wenig Gesellschaft gebrauchen, während du weg bist.«

»Dann kommt doch mit nach Schottland.« Alistair sah seine Chance und ergriff sie. »Wenn ihr in Schottland wärt, könnten wir wenigstens jedes Mal zusammen sein, wenn wir anlegen. Und viele unserer Freunde sind auch da.«

»Ich will aber nicht nach Schottland!«, rief Phyllida und knallte ihre Tasse auf den Tisch. »Das weißt du ganz genau! Alle würden sich das Maul zerreißen und mit dem Finger auf mich zeigen. Und was ist mit Lucy? Sie fühlt sich so wohl hier in der Schule. Warum willst du sie da herausreißen und sie zwingen, für höchstens neun Monate auf eine andere Schule zu gehen? Warum denkst du nicht zur Abwechslung mal an uns?«

Entsetzt sah Alistair in Phyllidas vor Ärger gerötetes Gesicht und erkannte, dass er sich falsch verhalten hatte.

»Es tut mir leid, Phylly. Sei mir nicht böse«, sagte er reumütig. »Ich vermisse euch beide bloß so sehr. Ich weiß, dass du nicht nach Schottland möchtest, und ich kann dich auch verstehen. Du hast recht, ich bin egoistisch, und ich will dich ganz bestimmt nicht zu irgendetwas drängen, aber das heißt auch nicht, dass ich Lust habe, der Untermieter von zwei alten Tattergreisen zu sein, für die es nur von Vorteil ist, ein junges, gesundes Paar im Haus zu haben. Lass dich nicht blenden von der Großzügigkeit dieses wundervollen Angebots. Ich wette, sie haben dich eingehend geprüft und festgestellt, dass du ihnen von großem Nutzen sein kannst.«

Phyllida, die sich von den ersten Sätzen beinahe hatte besänftigen lassen, war bei den letzten Sätzen empört aufgesprungen.

»Wie kannst du so etwas sagen?« Ihre Stimme bebte, als sie ihn fast schon angewidert ansah. »Das ist ein ehrlich gemeintes Angebot, mit dem sie mir helfen wollen, damit ich Zeit habe, mir darüber klar zu werden, was ich –«

»Ach, so ist das.« Alistair stand auf, stopfte die Hände in die Hosentaschen und wurde höhnisch. »Du hast den beiden Alten also dein Herz ausgeschüttet und ihnen erzählt, was für ein Arschloch ich bin, und jetzt bieten sie dir Schutz an vor der bösen, kalten Welt. Nein, wie rührend.«

»Du … du Schwein!« Etwas anderes fiel Phyllida nicht ein. »Du denkst aber auch an niemanden als an dich selbst, oder? Wenn du nicht so egoistisch gewesen wärst, wären wir jetzt nicht in dieser Lage. Ich versuche mein Bestes, um mit der Sache fertig zu werden …«

»Oh, Gott.« Alistair verdrehte die Augen und wandte sich ab. »Nicht schon wieder.« Wut über seine eigene Dummheit und ein gutes Stück Selbstmitleid waren der Teufel, der ihn jetzt ritt. »Eine verdammte Nacht, Herrgott noch mal! Und darum ein solches Drama. Vielleicht hätte ich es öfter tun sollen, dann würde sich die ganze Strafaktion jetzt wenigstens lohnen!«

»Dann tu's doch, los! Worauf wartest du?« Phyllida war kreidebleich. »Ich glaube nicht, dass es mir noch etwas ausmacht. Ich ziehe zu Clemmie und Quentin, und du kannst in Schottland bei deinen tollen Freunden bleiben. Dann habe ich alle Zeit der Welt, und du brauchst dir nicht die Mühe zu machen, herzukommen. Wir reden in neun Monaten weiter. Nein! Fass mich nicht an! Mich kriegst du nicht noch mal rum! Such dir doch eine andere, mit der du die letzte Nacht verbringen kannst!«

Sie rannte die Treppe hinauf, und Alistair stand schweigend mit gesenktem Kopf da, während er sich selbst verfluchte. Ihm wurde klar, dass er mit ein paar dummen Worten alles zerstört hatte, was sie in den letzten Monaten mühsam aufgebaut hatten – und ihm blieben ganze neun Stunden, um alles wieder einzurenken.

Und die reichten natürlich bei weitem nicht. Phyllida fuhr ihn am nächsten Morgen zum Bahnhof, nachdem sie die Nacht hinter abgeschlossener Tür im Gästezimmer verbracht und sein flüsterndes Flehen ignoriert hatte. Sollte Lucy auf den Gedanken gekommen sein, dass ihre Eltern sich merkwürdig aufführten, so schrieb sie das sicher dem Umstand zu, dass sie ungewöhnlich früh aufgestanden waren. Gleichermaßen verzweifelt, reumütig und traurig bestieg Alistair den Zug, und als Phyllida nach Hause fuhr, war sie verletzt und trotzig und fühlte sich hundeelend. Sie war geradezu erleichtert, als die Schule wieder anfing, da es sie auf Dauer doch anstrengte, sich darum zu bemühen, Lucy nichts merken zu lassen. Jetzt konnte sie sich wenigstens einen Teil des Tages ihren wahren Gefühlen hingeben und sich gehen lassen. Dennoch konnte sie sich nicht recht entschließen, Clemmie zu antworten. Irgendetwas in ihr wollte unbedingt alles wieder einrenken. Aber wie?

Eines milden Vormittags im April kam sie gerade aus dem Delikatessenladen Crebers, als Oliver die Straße überquerte und auf sie zukam. Er fing so ungekünstelt an zu strahlen, als er sie sah, dass ihr Schmerz etwas gelindert wurde und sie ihn anlächelte.

»Was machst du denn hier?«, fragte sie. »Hast du Urlaub?«

»Ja.« Oliver registrierte, wie blass Phyllida war, und auch die Ringe unter ihren großen grauen Augen entgingen ihm nicht. »Giles – der Typ, mit dem ich in London zusammenarbeite – ist hergekommen, um seine Mutter zu besuchen. Wir wollen ein bisschen relaxen. Bloß ein oder zwei Wochen. Und wie läuft's bei dir?«

»Okay.« Sie verzog das Gesicht ein wenig und fragte sich, wie viel Oliver wohl wusste. Er sah so nett aus, wie er so dastand und sie nachdenklich beobachtete, dass sie sich spontan bei ihm unterhakte. »Mir geht es gar nicht gut«, gab sie zu. »Ich hab die Nase voll.«

»Na, da kann ich dir doch helfen«, erklärte er sofort. »Aber zuerst musst du mir verraten, was für ein Mensch du bist. Denn jeder Mensch muss auf andere Weise aufgeheitert werden. Giles' Mutter zum Beispiel möchte sich am liebsten völlig ungestört in der Natur aufhalten. Meine Mutter dagegen stürzt sich ins Getümmel und lebt einen Kaufrausch aus. Meine Schwester Gemma möchte in den Pub begleitet werden, um einem dort ihr Herz auszuschütten und sich gleichzeitig gepflegt zu betrinken. Natürlich gibt es noch zahlreiche andere Behandlungsmethoden für deinen Zustand, aber vielleicht spricht dich eine von diesen an?«

Phyllida sah sich um, legte die Stirn in Falten und blickte zu ihm auf. »Ich möchte am liebsten alle drei ausprobieren«, sagte sie ganz einfach.

Oliver fing an zu lachen. »Alle drei. Okay, dann machen wir jetzt Folgendes: Wir bringen dein Auto nach Yelverton, und ich fahre dich ganz gemächlich übers Moor, damit du dich an der Natur berauschen kannst. Dann fahren wir nach Exeter und erledigen die Einkauferei, und danach entführe ich dich ins *Coolings*, und du schüttest mir dein Herz aus und betrinkst dich. Wie wär's?«

»Ach, Oliver. Ich würde so gern.« Sie seufzte. »Das hört sich wirklich furchtbar dekadent und verlockend an. Aber ich muss doch Lucy abholen. Sie ist heute Nachmittag bei einer Freundin, aber ich will nicht zu spät kommen.«

»Massenweise Zeit«, beruhigte Oliver sie. »Ist doch noch früh. Hast du schon Kaffee getrunken?«

»Nein, noch nicht.« Phyllida bemerkte, dass sie sich immer noch an seinem Arm festhielt, und ließ ihn nur ungern wieder los. Er hatte etwas seltsam Tröstliches an sich, und die Vorstellung, einen ganzen Tag mit ihm zu verbringen, war sowohl aufregend als auch beruhigend.

»Dann trinken wir einen im *Bedford*, und dann fahren wir dein Auto nach Hause.«

Oliver zog keine voreiligen Schlüsse aus ihrer Freundlichkeit. Er wusste sehr wohl, dass sie ihn so sah, wie seine Schwester Gemma ihn sah, und dass ihr Unterhaken bei ihm keinerlei Bedeutung hatte. Oliver mochte Frauen, konnte mit ihnen umgehen und genoss ihre Gesellschaft. Wenn der bevorstehende Ausflug eine Gefahr darstellte, dann für ihn. Dieses schmerzhafte, törichte, ekstatische Phänomen des Verliebtseins hatte sich ganz seiner bemächtigt, und ihm blieb nichts anderes übrig, als es stillschweigend zu ertragen, bis es vorbei war. Dieser gemeinsame Tag war ein erfreulicher, unerwarteter Bonus, und er war fest entschlossen, das Beste daraus zu machen.

Sie überquerten den Bedford Square, und Phyllidas Laune besserte sich erheblich angesichts des bevorstehenden Ausflugs.

»Du bist irgendwie wie Onkel Eustace«, sagte sie relativ unvermittelt, als sie am Straßenrand standen und die Autos abwarteten.

»Ist das jetzt ein Kompliment?«, stichelte Oliver.

»Natürlich!« Phyllida lachte ein wenig. »Ihr habt beide so

einen ungeheuren Weitblick. Ihr denkt in ganz anderen Dimensionen. Ich liebe ihn.«

»Glückspilz«, sagte Oliver leichthin, als er sie zwischen einem Bus und einem Taxi über die Straße bugsierte. »Ich habe aber nicht den Eindruck, dass Liz auch so begeistert ist von ihm.«

»Ich weiß.« Phyllida kicherte. »Er kann ja auch ganz schön nervig sein. Er kommt bald wieder her, hat sie mir erzählt. Er kommt immer gern vor den Sommerferien, weil es ihm sonst zu hektisch ist. Ich weiß was: Ich lade euch beide zum Essen ein! Was meinst du? Wird doch bestimmt lustig.«

Oliver lächelte sie an, als sie die Stufen hinaufgingen, und sein Herz schlug etwas schneller angesichts der Aussicht, mehr Zeit mit Phyllida zu verbringen. »Ich kann mir kaum etwas Schöneres vorstellen«, versicherte er ihr und folgte ihr in die Bar.

16

Claudia war überrascht, wie erleichtert sie über die Nachricht war, dass Phyllida nicht wegziehen würde. Ihr wurde bewusst, dass Phyllida die erste wirklich gute Freundin war, die sie seit vielen Jahren hatte – seit sie befürchtete, dass andere Menschen ihr zu nahe und somit hinter ihre Geheimnisse kommen könnten. Es bedeutete eine solche Erleichterung, jemanden zum Reden und Herumalbern zu haben. Und obwohl sie niemals auch nur ein Sterbenswörtchen über ihre eigenen Probleme verlor, wusste sie, dass sie sich bei Phyllida aussprechen konnte, falls dies einmal nötig sein sollte.

Zuerst war Claudia leicht entsetzt gewesen, als Phyllida so offen über ihre Ängste gesprochen hatte. Phyllida zögerte nie, ihre Schwächen zu offenbaren, Rat anzunehmen oder über ihre Gefühle zu reden. Claudia hatte immer gedacht, die anderen würden sie verachten, wenn sie durchschauten, dass sie Probleme hatte; doch Phyllidas Verhalten machte ihr klar, dass dem nicht so sein musste. Andererseits fragte Phyllida nie nach und drängte Claudia nie, ebenfalls über ihr Privatleben zu sprechen. Es war angenehm, mit ihr zusammen zu sein, und Claudia bestärkte sie in ihrem Entschluss, zu Clemmie und Quentin zu ziehen.

»Ich mache mir ein bisschen Sorgen wegen Lucy«, gestand Phyllida eines Nachmittags, als sie gemeinsam im Garten saßen. »Wird ein kleiner Kulturschock für Clemmie und Quentin sein, so ein fünfjähriges Kind im Haus zu haben nach all den Jahren, meinst du nicht?«

»Ich wüsste nicht, warum.« Claudia schüttelte den Kopf. »Ich meine, sie ist doch kein Wildfang, oder? Und altklug ist sie auch nicht. Sie ist so eine lustige, süße Kleine. Irgendwie zurückhaltend, finde ich.«

»Zurückhaltend?« Phyllida sah sie besorgt an. »Vielleicht kommt das daher, dass wir so viel allein waren, wir zwei. Alistairs Freunde sind so viel älter als ich, und deren Kinder sind schon um die zehn, elf Jahre. Zu alt für Lucy. Aber in der Schule hat sie natürlich ein paar Freunde gefunden.«

»Das war auch gar nicht als Kritik gemeint. Ich finde das schön«, protestierte Claudia. »Die meisten Kinder sind so aufdringlich heute.«

Sie lächelte in sich hinein und behielt ihr süßes Geheimnis für sich – sie war fast sicher, dass sie schwanger war.

»Na ja«, seufzte Phyllida resigniert. »Jetzt ist es sowieso zu spät.«

»Zu spät wofür?«, fragte Claudia. »Für Lucy oder für den Umzug?«

»Ach, den Umzug. Für Lucy ist sowieso alles viel zu spät!«

»Es wird schon klappen«, versuchte Claudia sie zu beruhigen. »Mach dir nicht so viele Gedanken.«

»Du musst unbedingt einmal rüberkommen und Clemmie und Quentin kennenlernen. Du wirst sie bestimmt mögen. Sie haben gesagt, dass ich ruhig Freunde einladen kann und dass ich mich von ihnen bloß nicht stören lassen soll.«

Claudia schwieg. Nun sah es doch noch so aus, als würde sie Zugang zu dem magischen Freundeskreis erhalten, nach dem sie sich so gesehnt hatte. Sie fragte sich einen Moment, wie Abby wohl reagieren würde, wenn sie sie dort traf. Wenigstens schämte Phyllida sich nicht, sie zur Freundin zu haben!

»Das würde ich sehr gern«, sagte sie. »Hört sich gut an.«

»Es wird auch gut. Unser Bereich ist ganz unabhängig, aber nicht besonders groß. Das ist so eine von den Wohnungen, die groß genug sind, solange man allein ist, aber sobald ein Mann auftaucht, werden sie zu klein. Verstehst du, was ich meine? Für eine kurze Übergangszeit ist es okay. Und Alistair wird ja sowieso nur jeweils zwei Wochen am Stück da sein.« Sie hielt kurz inne. »Das heißt, wenn er überhaupt kommt.«

Claudia sah sie abrupt an. »Was meinst du denn damit?«

Phyllida verzog das Gesicht. »Er wird ziemlich sauer sein, dass wir nun doch zu den Halliwells ziehen«, gab sie zu. »Ich habe mich seinem Willen widersetzt. Das habe ich noch nie gemacht, und er wird sich kaum darüber freuen.«

»Aber ihn betrifft es doch so gut wie gar nicht, oder?«, fragte Claudia. »Zumindest nicht, solange er auf See ist. Die kurze Zeit, wenn er frei hat, wird er sich doch wohl arrangieren können? Oder ihr könntet gemeinsam wegfahren, wenn er Urlaub hat.«

»Das möchte er auch nicht. Er möchte gerne zu Hause sein, wenn er frei hat – in seinem Zuhause.«

»Also, man kann schließlich nicht alles haben!«, erwiderte Claudia schnell und scharf »Dann hätte er sich bei der anderen Frau zurückhalten sollen.«

Phyllida lächelte. Sie fand es immer sehr rührend, wenn Claudia entrüstet ihre Partei ergriff.

»Du hast recht«, sagte sie. »Das muss er jetzt halt schlucken.« Sie sah auf die Uhr. »Ich muss los, Lucy abholen. Kommst du mit?«

»Okay.« Claudia hievte sich aus dem alten Korbsessel. »Ich muss ja gestehen, dass ich es total schön finde, die ganzen Kleinen aus der Schule kommen zu sehen.«

Phyllida sah sie an und zog die Augenbrauen hoch. »Höre ich da ansatzweise einen Kinderwunsch heraus?«

»Warum nicht?«, fragte Claudia ganz lässig.

»Ich leih dir Lucy mal für ein Wochenende.« Phyllida grinste. »Dann überlegst du es dir noch mal. Wo hab ich denn jetzt bloß die Schlüssel? Geh doch schon zum Auto, ich schließe ab und komme dann vorn herum.«

Claudia schlenderte am Haus entlang durch den Garten. Sie war zufrieden und zuversichtlich. Etwas in ihr sehnte sich danach, sich Phyllida anzuvertrauen, aber etwas anderes hielt sie zurück, solange sie nicht hundertprozentig sicher war. Sie stellte sich vor, schwanger zu sein, und wurde ganz aufgeregt. Wenn es doch wahr wäre! Sie war sich jetzt ziemlich sicher, dass das die Lösung zu den im Laufe der Zeit entstandenen Problemen war. Es war dumm von ihr gewesen, sich von Jeffs Bedenken, Kinder zu bekommen, verunsichern zu lassen. Zu bereitwillig hatte sie seinem Wunsch nachgegeben und ihre eigenen Bedürfnisse zurückgestellt. Manchmal musste man eben anderen gewisse Entscheidungen abnehmen, und irgendetwas musste schließlich passieren. So, wie es jetzt lief zwischen Jeff und ihr, konnte es auf keinen Fall weitergehen. Das Baby würde sie wieder zusammenschweißen und keine Ablenkungen mehr zulassen.

Sie sah Phyllida aus der Haustür eilen und empfand tiefe Sympathie für sie. Jetzt wendete sich doch noch alles zum Guten!

Onkel Eustace freute sich sehr, wieder in Devon zu sein. Als er letztes Mal nach Shropshire zurückgekehrt war, haben ihm das Gärtnern, das Lesen und die regelmäßigen Treffen mit seinen Freunden keinen rechten Spaß mehr gemacht. Seit Monica gestorben war, fehlte einfach ihr scharfer Esprit, und die Atmosphäre bei den Zusammenkünften, deren Teilnehmer durch Krankheit und Tod dezimiert wurden, war zu deprimierend. Er war kein Mensch, der gern herumsaß und sich über Krankheiten und die neuesten Behandlungsmethoden unterhielt oder ein langes Gesicht machen wollte, wenn er von dieser oder jener Diagnose erfuhr. Er fühlte sich immer noch jung genug, etwas Positives zum Leben beizutragen, und sein Urlaub bei Liz bestärkte ihn in seinem Gefühl. Sein eigener Freundeskreis erschien ihm so engstirnig und trübsinnig, verglichen mit den Freundschaften, die er in Devon zu etwas jüngeren Leuten pflegte, und nach vier Monaten in Shropshire war es für ihn wieder höchste Zeit, in den Westen zu reisen.

Phyllida hielt Wort und ging mit ihm und Oliver Mittag essen. Onkel Eustace berichtete, dass es ihm jedes Mal schwererfiel, sich in Shropshire wieder einzuleben, und Oliver erzählte, dass er in den letzten drei Jahren Hunderte von Bewerbungsschreiben verschickt hatte, ohne einen Job zu finden, und dass ein Abschluss in Cambridge offenbar überhaupt nichts mehr wert war. Er machte Witze über die endlosen Bewerbungsgespräche, die er durchlaufen, und die unzähligen Formulare, die er ausgefüllt hatte, aber Onkel Eustace war entsetzt. Er wusste wohl, dass es für die jungen Leute im gegenwärtigen Wirtschaftsklima sehr schwierig war, Arbeit zu finden, aber er war nie so unmittelbar mit diesem Problem konfrontiert worden.

»Und was stellst du dir vor, was du machen willst?«, fragte er ihn.

»Ehrlich gesagt habe ich keine konkrete Vorstellung.« Oliver verschränkte die Arme auf dem Tisch und schüttelte den Kopf. »Ich habe schon so einiges ausprobiert, aber es gibt nichts, wofür ich mich total begeistern kann. Ich möchte etwas anderes machen, etwas, das mich herausfordert. Und etwas, das Spaß macht.«

»Haha, da geht es dir wie mir!« Onkel Eustace aß seinen Käse auf und seufzte. »Ich muss schon sagen, Ruhestand ist überhaupt nicht lustig.«

»Warum ziehst du dann nicht hierher?«, schlug Phyllida vor.

Sie machte große Augen. »Hier wäre der Ruhestand doch bestimmt lustiger!«

»Unverschämtes Frauenzimmer!« Er grinste sie an. »Siehst mich schon bei Liz einziehen, was?«

»O Gott!«, stieß Oliver eher unfreiwillig hervor.

»Eben!« Onkel Eustace zündete sich eine Zigarette an.

»Du musst doch nicht bei Liz einziehen«, protestierte Phyllida. »Jetzt wohnst du doch auch allein, oder nicht? Du könntest dir doch hier etwas Kleines kaufen, und wir sind immer in der Nähe, wenn du uns brauchst. Und wenn du dich langweilst, kannst du dich ja mit Oliver zusammentun, und ihr stellt gemeinsam was auf die Beine.«

Onkel Eustace zog an seiner Zigarette und ließ den Blick zu Oliver schweifen. Die beiden sahen sich an, und es herrschte kurzes Schweigen.

»Schieß los, Onkelchen!« Oliver grinste ihn an. »Stets zu deinen Diensten.«

Phyllida und er fingen an, sich alles Mögliche zurechtzuspinnen, und kamen mit immer verrückteren Ideen. Onkel Eustace dagegen verhielt sich still und nachdenklich, und als er seinen Brandy trank, konnte man förmlich sehen, wie es in seinem Kopf arbeitete.

Wenn nicht alle so hilfsbereit gewesen wären, als Phyllidas Umzug bevorstand, hätte sie es sich vielleicht im letzten Moment doch noch anders überlegt. Je mehr Zeit verstrich, desto schwerer fiel es ihr, ihre Verbitterung und den Schmerz in gleichem Maße zu empfinden wie direkt nach der Auseinandersetzung mit Alistair. Die kühle Stimme der Vernunft sagte ihr, dass Alistairs Worte seiner Ungeduld und Enttäuschung entsprungen waren. Schließlich – so sagte die Stimme – war er so verständnisvoll gewesen und hatte sich wirklich bemüht, alles wiedergutzumachen. Er würde nicht ewig warten. Ein kleiner Schauer der Angst lief ihr über den Rücken. Nach seiner Abreise hatte sie ihren Groll etwa eine Woche lang gepflegt, aber jetzt, da die Tage zu Wochen wurden, erkannte sie, wie trist das Leben ohne ihn sein würde.

Sie war hin- und hergerissen. Einerseits wünschte sie sich, die Zeit zurückdrehen zu können, um noch einmal darüber nachzudenken, wo sie und Alistair gemeinsam leben könnten. Andererseits wusste sie, dass sie Clemmie und Quentin gegenüber keinen Rückzieher mehr machen konnte. Die beiden hatten die Zimmer so gemütlich und einladend hergerichtet, und Lucy war unglaublich aufgeregt. In der letzten Woche vor dem Umzug war Phyllida Nacht für Nacht auf- und abgegangen und hatte sich den Kopf zerbrochen, wie sie sich aus der Affäre ziehen beziehungsweise wie sie Alistair besänftigen könnte. Es war so albern. Es hätte ein so schönes Zwischenspiel werden können, schließlich würde Alistair nur sehr wenig Zeit dort verbringen. Da stieg wieder die Verbitterung in ihr hoch. Warum konnten Lucy und sie diese neun Monate nicht einfach ohne ein schlechtes Gewissen, ohne den ganzen Ärger genießen? War dieser Preis zu hoch für ihn? Wenn er nicht untreu gewesen wäre, würden sie schließlich nicht in dieser Situation stecken.

Verwirrt und unglücklich schlug Phyllida den einzigen Kurs ein, der ihr jetzt noch blieb. Sie entschied sich für einen Kompromiss. Den Halliwells gegenüber betonte sie, dass sie und Lucy nur so lange bleiben konnten, bis Alistair endgültig an Land kam. An Alistair schrieb sie, dass die Vorbereitungen und Absprachen bereits zu weit gediehen seien, als dass sie einen Rückzieher machen könne, dass sie aber hoffe, er werde seinen nächsten Urlaub dazu nutzen, sie zu besuchen, damit sie dann besprechen konnten, was sie tun wollten, wenn sein Einsatz beendet sei. Diesen Brief würde er erst in zwei Monaten erhalten, wenn sein Schiff wieder anlegte, und während dieser Zeit war es ihm nicht gestattet, mit ihr in Verbindung zu treten. Sie hätte ihm eines von diesen Familientelegrammen schicken können, aber Nachrichten dieser Art wurden genauestens daraufhin überprüft, ob sie etwas enthielten, das die Männer beunruhigen konnte – schließlich konnten sie auf See ohnehin nichts unternehmen, um ihren Familien zu helfen. Phyllida war nicht daran interessiert, die Zensoren über ihre privaten Probleme zu informieren.

Sie wusste, dass sie ihm mit diesem Brief mehr oder weniger sagte, dass sie sich eine gemeinsame Zukunft wünschte und dass mit der Vergangenheit abgeschlossen werden musste. Allein der Gedanke an ein Leben ohne ihn machte ihr klar, dass sie keine andere Wahl hatte. Sie musste ihren Stolz opfern, aber sie war bereit, diesen Preis zu bezahlen. Sie liebte ihn und erkannte instinktiv, dass die Zeit der Ausflüchte vorbei war. Entweder war ihre Liebe stark genug oder eben nicht.

In der Zwischenzeit ging der Umzug vonstatten. Da Alistair und Phyllida bisher stets zur Miete in möblierten Häusern gewohnt hatten, gab es nicht sehr viel zu packen. *The Grange* war groß genug für ihre paar Habseligkeiten. Nachdem sie den Brief an Alistair abgeschickt hatte, fühlte Phyllida sich schon viel besser und fing an, ihr neues Leben zu genießen. Dadurch, dass sie deutlich gemacht hatte, dass sie an der Ehe festhielt und bereit war, Kompromisse einzugehen, fiel es ihr auf einmal leichter, die unsägliche Geschichte von Alistairs Seitensprung hinter sich zu lassen. Sie hielt sich vor Augen, dass er sie und Lucy liebte, und war sicher, dass sie stark genug sein würde, Eifersucht und Bitterkeit nicht mehr zuzulassen. Wenn ein leises Stimmchen flüsterte, alles könnte wieder ganz anders aussehen, wenn er wieder da war, ignorierte sie es. Ob es den anderen nun passte oder nicht: Man hatte ihr dieses Moratorium gewährt, und es wäre nicht nur dumm, sondern Clemmie und Quentin gegenüber auch undankbar, aus dieser Galgenfrist nicht das Beste zu machen.

Auch Clemmie war es, als hätte sie Zugeständnisse gemacht.

Mit dieser Geste zeigte sie Quentin, dass auch sie endlich und für immer mit jener schrecklichen Zeit der Trauer und des Verrats abgeschlossen hatte.

»Und nicht einen Tag zu früh«, sagte sie sich selbst, als sie an dem Vormittag, an dem Phyllida einziehen sollte, am Fluss entlangspazierte. »Ich bin ja so dumm gewesen! Wie lächerlich Leidenschaft alte Menschen machen kann! Aber Quentin war mein Leben, fast fünfzig Jahre lang. War es wirklich so dumm, Angst zu haben, dass ich ihn an eine andere verlieren könnte, die schöner, klüger und amüsanter war als ich? Warum gelten Männer denn immer noch als sexy und begehrenswert, wenn die Frauen schon längst schlaff und faltig sind? Warum sagt man von einem älteren Mann, der das Beste aus sich macht, er sei ›distinguiert‹, und von einer Frau, die dasselbe versucht, sie mache ›krampfhaft einen auf jung‹?«

Sie schüttelte den Kopf, als wolle sie so all die negativen Gedanken loswerden, und sah sich um. Die Sonne schien, und der warme Westwind trieb weiße Schäfchenwolken vor sich her. Die Vögel sangen im Wald, und die Äste der hohen Buchen schwangen und ließen ihr Laub hoch über Clemmie rascheln. Tiefer im Wald, unter den Bäumen, breiteten sich die Glockenblumen wie ein blauer Teppich aus, und etwas näher am Weg waren die weißen Blüten des Wilden Knoblauchs durch ihre grünen Scheiden gebrochen. Mit der Spitze ihres Gehstocks berührte sie eine; dann wandte sie sich mit einem Seufzer der Zufriedenheit wieder dem Fluss zu.

Die Wasseramsel sauste flussaufwärts und ließ sich auf einem niedrigen Zweig über dem Wasser nieder. Clemmie entfuhr beinahe ein kleiner Freudenschrei. Sie hatte kaum zu hoffen gewagt, dass sie sie an einem solchen wunderschönen Morgen sehen würde, aber da saß sie mit ihrer weißen Kehle und hob sich dunkel gegen das glänzende Holz ab. Clemmie beobachtete sie, bis sie zu den Steinen herabflog, wo sie abwechselnd ins

Wasser tauchte und sich putzte. Schließlich wandte Clemmie sich ab. Es war Zeit, umzukehren. Sie verließ den Wald und kletterte über die Trockenmauer, wo der Wind sich spielerisch gegen sie drückte, während die Sonne angenehm warm war. Sie öffnete die Tür zum Hof und konnte durch die offene Küchentür Quentins Stimme hören. Sie klang aufgeregt und glücklich, und dann war auch Phyllidas Stimme zu hören, und dann lachten sie beide. Clemmie blieb stehen und horchte in sich hinein: Waren da noch die alten Gefühle? Angst, Unsicherheit, Eifersucht? Nein, alles, was sie empfand, war aufgeregte, dankbare Freude. Sie stellte den Stock neben der Tür ab und ging schnell hinein, um mitlachen zu können.

17

Ende Juni war Claudia sich ganz sicher, dass sie schwanger war, und konnte sich entspannen. Die vergangenen Monate, in denen sie so viel geflirtet und mit Gavin geschäkert hatte, hatten sich bezahlt gemacht; nun konnte sie sich zurückziehen und alles etwas ruhiger angehen. Sie hatte erreicht, was sie wollte, und das war alles, was zählte. Als sie sich erst einmal dazu entschlossen hatte, ein Kind zu bekommen, war ihr die sich entwickelnde Beziehung zwischen ihr und Gavin geschmacklos erschienen und die anfängliche Anziehung hatte stark abgenommen. Claudia war des ganzen Theaters bald müde geworden, und allein der Gedanke an das Baby ermöglichte es ihr, über Jennys dummen Faxen zu stehen und diese mit mitleidiger Herablassung zu betrachten. Es sah ganz so aus, als würde Jeff ihrem Flirt mit Gavin – und Andy – mehr Aufmerksamkeit schenken als seinem eigenen Flirt mit Jenny; und in der letzten Zeit war er sehr still gewesen und hatte sich zurückgezogen. Wenn sie miteinander schliefen, hatte der Akt etwas Verkrampftes und Gehetztes an sich – so, als fürchte Jeff, dass er es nicht schaffen würde, wenn er es nicht schnell hinter sich brachte. Auch deswegen würde es eine Erleichterung bedeuten, endlich schwanger zu sein. Die Schwangerschaft konnte sie wie einen Schutzschild gegen das Leben benutzen, und das verlieh ihr Selbstsicherheit und machte sie glücklich. Schon bald würde sie ihre Vermutung ärztlich bestätigen lassen, und dann würde sie es Jeff erzählen. Das war das einzige Wölkchen an Claudias ansonsten strahlend blauem Himmel, und sie verbrachte Stunden damit, sich zurechtzulegen, wie sie es am besten anpacken sollte. Natürlich – so redete sie sich ein – würde er sich freuen und erleichtert sein. Nicht zuletzt, weil das das Ende ihrer Flirterei bedeutete, die ihn offensichtlich ziemlich unglücklich gemacht hatte.

Sie dachte immer noch darüber nach, wie sie es ihm sagen sollte, als sie an einem ruhigen, bedeckten Vormittag Ende Juni vom Einkaufen nach Hause zurückkehrte. Vor ihrer Haustür stand ein Mann. Wie es aussah, hatte er bereits geklingelt und wartete nun mit gesenktem Kopf und den Händen in den Taschen seiner Jeans darauf, dass jemand aufmachte. Einen Moment lang dachte sie, es sei Gavin, und ihr Herz machte einen kleinen Sprung. Aber als sie sich dem Haus näherte, hob der Mann den Kopf und sah zu ihr, und sie erkannte, dass er ein Fremder war. Er beachtete sie nicht weiter und klingelte noch einmal. Claudia trat neben ihn und schaute ihn fragend an.

»Kann ich Ihnen helfen?«, fragte sie kühl. »Suchen Sie jemanden?«

Er kniff die Augen ein wenig zusammen und schaute sie abschätzig an.

»Ich suche Jeff Maynard«, antwortete er. »Ich bin ein alter Freund. Soweit ich informiert bin, wohnt er hier.«

»Das ist richtig.«

Claudia konnte es sich nicht verkneifen, ihr Gegenüber kritisch zu beäugen, das in ausgewaschenen Jeans und T-Shirt vor ihr stand. Als sie ihm wieder ins Gesicht sah, lächelte er sie an.

»Sie müssen Mrs Maynard sein.«

»Richtig. Jeff ist im Büro. Kann ich ihm etwas ausrichten?«

Der junge Mann blickte sie an, als versuche er die Situation einzuschätzen, und nickte.

»Warum nicht? Können wir reingehen? Ich möchte die Nachricht nicht so gern zwischen Tür und Angel loswerden. Keine Angst. Ich habe nicht vor, Sie auszurauben oder zu vergewaltigen.«

Während er sprach, betrachtete er sie von oben bis unten, und in seinem Blick lag etwas Verächtliches. Claudia wurde ganz heiß vor Verlegenheit. Wortlos kramte sie den Schlüssel aus der Tasche, schloss auf und ging vor ins Haus. Sie zögerte einen Moment, da sie sich nicht sofort entschließen konnte, wo sie den Besucher hinführen sollte: in die Küche, wie einen Dienstboten? Oder ins Wohnzimmer, wie erwünschte Gäste, vor denen sie angeben wollte? Sie entschied sich für Letzteres. Er folgte ihr und sah sich in dem eleganten Zimmer um.

»Schöne Stube«, sagte er ungezwungen. Er lächelte ein wenig, so, als wüsste er genau, weshalb sie ihn hier hineingeführt hatte.

»Wohnzimmer!«, erwiderte sie schnippisch und biss sich dann auf die Lippe, als er laut auflachte.

»Verzeihen Sie, Gnädigste«, sagte er und verbeugte sich übertrieben. »Also gut, ich habe es gesehen, und es ist sehr schön. Könnte ich vielleicht einen Kaffee bekommen, dann schreibe ich in der Zeit meine Nachricht für Jeff.«

Sie stolzierte vor ihm in die Küche und setzte Wasser auf. Er beobachtete sie, aber sie ignorierte ihn, bis der Kaffee fertig war und sie ihm unwirsch Zucker und Milch dazustellte.

»Haben Sie was zum Schreiben?«, fragte sie ziemlich schroff. Einen Moment lang stand er mit gesenktem Kopf da und stützte sich an der Stuhllehne ab.

»Ich würde ihn gern sehen«, sagte er schließlich, und Claudia zuckte kurz mit den Schultern, als wolle sie andeuten, dass dieser Wunsch sicher nicht auf Gegenseitigkeit beruhe.

»Er kommt nie vor sechs nach Hause«, sagte sie. »Bleiben Sie über Nacht in Tavistock?«

»Nein.« Der junge Mann wirkte unentschlossen. »Nein. Ich fahre heute Abend noch zurück nach Sussex. Okay. Wenn Sie mir ein Blatt Papier geben, schreibe ich ihm einen kurzen Brief.«

»Sussex? Sie kennen Jeff aus Sussex?« Claudia gab ihm Stift und Papier. »Wir sind aus Sussex hergezogen.« Claudia setzte sich an den Tisch, der Unbekannte ebenso. »Unsere Familien leben immer noch dort.«

»Und – sind Sie glücklich?«

Das war eine merkwürdige Frage, und wenn er sie nicht in einem so ernsten Ton gestellt hätte, hätte Claudia wahrscheinlich empfindlicher darauf reagiert.

»Was meinen Sie, ob wir Devon mögen? Ja, wir mögen Devon.«

»Nein, das meinte ich nicht«, sagte er. »Ich meinte, sind Sie glücklich mit Jeff? Ist Jeff glücklich?«

»Selbstverständlich«, sagte sie mit einem eher kalten Lächeln, das verriet, dass sie diese Frage für impertinent hielt. Er sah sie wieder aus zusammengekniffenen Augen an, und auf einmal verspürte sie das seltsame Bedürfnis, sich und ihre Ehe zu verteidigen. »Ich erwarte ein Baby«, sagte sie und bereute es im selben Moment.

Ungläubig starrte er sie an.

»Jeff hat immer gesagt, dass er keine Kinder wollte«, erklärte er rundheraus, und jetzt starrte sie ihn unangenehm überrascht an.

»Er hat es sich anders überlegt«, sagte sie.

Als hätte er die Wahrheit schon erraten, senkte er den Blick, nahm seine Tasse und trank einen Schluck Kaffee.

»Wollten Sie ihm nicht eine Nachricht schreiben?«, erinnerte sie ihn.

Er legte die Stirn in Falten und spielte planlos mit Stift und Papier.

»Waren Sie zusammen in der Schule?«, fragte sie, um das Schweigen zu unterbrechen, gab sich aber keine Mühe, zu verbergen, dass sie daran nicht glauben konnte. »Jeff war natürlich auf dem Gymnasium.«

»Natürlich«, sagte er und sah sie nun offen feindselig an. »Nein. Wir waren nicht zusammen in der Schule.« Er zögerte. »Ich glaube, es ist doch besser, wenn ich ihn persönlich spreche.«

»Wie Sie meinen.« Claudia spielte die Gleichgültige. »Er hat heute allerdings ziemlich viel um die Ohren, ich glaube also kaum, dass er vor sechs hier sein wird. Wie war doch gleich Ihr Name?«

»Ich komm dann wieder. Danke.« Er ignorierte ihre Frage. »Bis dann! Danke für den Kaffee.«

Claudia schloss die Tür hinter ihm und begann aufzuräumen. Sie ärgerte sich über sich selbst, weil sie ihn so einfach ins Haus gelassen hatte. Schließlich hatte sie keinerlei Beweise dafür, dass er tatsächlich ein alter Freund von Jeff war. Er hätte sie niederschlagen und alle ihre Wertsachen stehlen können. Aber irgendwie hatte sie ihm instinktiv geglaubt, und zum Beispiel seine Bemerkung, Jeff wollte keine Kinder haben, hatte ausgesprochen plausibel geklungen, obwohl ihr nicht ganz klar war, was ihn dieses Thema anging. Jetzt, wo sie darüber nachdachte, fiel ihr auf, dass sie eigentlich nicht viele von Jeffs Freunden kannte. Sie hatte ihn durch ihre eigenen Freunde kennengelernt, und dann hatten sie stets viel mit den jungen Ehepaaren aus ihrer Umgebung unternommen. Er war so reserviert und still gewesen, dass es nur logisch schien, dass er ein Einzelgänger war. Vielleicht brauchte der junge Mann einen finanziellen Rat … Aber dafür extra aus Sussex anzureisen …? Claudia hatte den Eindruck, dass der Mann in Schwierigkeiten steckte, und sie hoffte nur, dass Jeff nicht darin verwickelt war.

Der Mann war zurück, bevor Jeff zu Hause war, sodass Claudia, die gerade eine Kanne Tee gemacht hatte, nichts anderes übrig blieb, als ihm eine Tasse anzubieten. Er setzte sich an den Küchentisch. Sie spürte, wie er sie wieder von oben bis unten betrachtete und abschätzte, aber dieses Mal sah sie ihm direkt in die Augen.

»Sie hatten mir nicht gesagt, wie Sie heißen«, bemerkte sie, als sie ihm die Tasse reichte.

»Mike«, sagte er. »Ich glaube nicht, dass Jeff mich je erwähnt hat.«

»Das hat er tatsächlich nicht.« Claudia hatte das Gefühl, er müsste ein wenig in die Schranken gewiesen werden nach seinem leicht frechen Auftritt am Vormittag. »Sie waren nicht bei unserer Hochzeit, oder?«

»Nein«, antwortete er knapp.

»Na ja.« Sie machte eine kleine Pause. »Wir konnten ja nicht jeden einladen.«

Sie schaffte es, anzudeuten, dass es vermessen gewesen wäre von ihm, eine Einladung zu erwarten, und er warf ihr einen bösen Blick zu.

»Ich hätte ihn wahrscheinlich ziemlich in Verlegenheit gebracht.«

Das klang ausgesprochen provokativ, fast so, als wolle er ihren Bluff auffliegen lassen und sie herausfordern. Claudia musterte noch einmal sein abgewetztes Outfit und nippte dann an ihrem Tee, als wolle sie damit eine Bemerkung hinunterspülen, die unweigerlich beleidigend gewesen wäre. Mike durchbohrte sie mit seinem immer gehässigeren Blick.

»Freut mich, dass er glücklich ist«, sagte er, aber in seiner Stimme lag Boshaftigkeit. »Hätte ich nicht gedacht, dass er das mal schafft.«

»Was meinen Sie?« Claudia klang gleichermaßen verärgert und überrascht. »Dass er was schafft?«

»Na ja.« Er zuckte mit den Schultern. »Sie wissen schon …

dass er es durchziehen würde.« Er trank einen Schluck Tee und weidete sich an ihrer zunehmenden Ratlosigkeit.

»Ich weiß überhaupt nicht, wovon Sie reden.«

»Sie meinen, Sie haben nie durchschaut, dass Jeff schwul ist?« Er beobachtete, wie die Ungläubigkeit aus ihrem Gesicht wich und entsetztem Begreifen Platz machte. Er lächelte und nickte. »Jetzt wird einiges klar, was? Dachte ich es mir doch. Jeff und ich waren ein Paar. Bevor er geheiratet hat. Ich war so blöd, Schluss zu machen, und dann hat er beschlossen, es hetero zu versuchen. Als mir klar wurde, dass ich einen Fehler gemacht hatte, war es schon zu spät. Er war immer überzeugt gewesen, dass er bi sein könnte, aber er hat immer geschworen, niemals Kinder in die Welt zu setzen.«

Es folgte ein Schweigen, ein langes, unerträgliches Schweigen, während dessen die Puzzlestücke in Claudias Kopf plötzlich zueinander passten und ein grausames Bild präsentierten.

»Nein!« Sie schüttelte den Kopf. Sie wollte aufstehen, befürchtete aber, dass ihre Beine sie nicht tragen würden. »Das ist ekelhaft. Wie können Sie es wagen, anzudeuten –«

»Es ist die Wahrheit. Und Sie wissen das selbst. Sie haben es vielleicht nicht selbst durchschaut, aber sie glauben mir. Und Sie können mir glauben. Wenn Sie einen Beweis brauchen …« Er zog eine Brieftasche hervor und nahm ein ziemlich abgegriffenes Foto heraus. »Das ist mein Jeff. So sieht er in meiner Erinnerung aus.«

Er hielt es ihr entgegen, und nach kurzem Zögern nahm sie es. Sie konnte es nicht fassen. Auf einer sonnigen Mauer vor einem Bergpanorama saßen Mike und Jeff. In inniger Umarmung drückten sie die Wangen aneinander und lachten in die Kamera. Sie waren braun gebrannt, barfuß und hatten sogar die Beine ineinander verschlungen. Jeff hatte lange Haare, die ihm in die Stirn fielen, sein Blumenhemd war nur bis zum

Bauch zugeknöpft, und um seinen Hals baumelten mehrere Goldketten. Dieses Bild präsentierte ihr gnadenlos einen überglücklichen, lebensfrohen Jeff. Ihr war, als träfe sie ein Faustschlag direkt unterm Herzen, der ihr die Luft aus den Lungen presste und sie unwillkürlich eine Hand vor den Mund halten ließ.

»Haben Sie Jeff schon mal so gesehen?« Mike beobachtete sie, und als sie zu ihm aufblickte, sah sie, dass er sie hasste.

Sie schüttelte den Kopf – doch ob das nun als Antwort auf seine Frage gemeint war oder nur ihre Abwehrhaltung oder ihren Unglauben zum Ausdruck brachte, wusste er nicht. Und mit einem Mal war es ihm auch egal.

»Wir waren so glücklich.« Er sprach kaum hörbar. »So verdammt glücklich. Aber ich habe mit einem anderen Typen rumgemacht, und das hat Jeff nicht ertragen. So etwas konnte er nie vertragen. Er war ein furchtbar eifersüchtiger Mensch, und er hatte immer solche Angst, dass die Leute dahinterkommen.« Er sah sie an, und seine Abneigung ihr gegenüber sprang ihr förmlich über den Tisch entgegen. »Können Sie sich vorstellen, was das für ein Leben ist, wenn man …« – er zögerte – »… wenn man ›abnormal‹ ist in einer ›normalen‹ Gesellschaft? Wie es ist, wenn man jemanden aufrichtig und von ganzem Herzen liebt und es nicht zeigen darf? Sehen Sie sich doch mal bei den normalen Paaren um. Wie oft die sich berühren, Händchen halten, sich mit Kosenamen anreden. Wenn Jeff und ich zusammen ausgegangen sind, haben wir es kaum gewagt, einander anzusehen, so sehr liebten wir uns. Einmal habe ich ihn auf einer Party aus Versehen ›Schatz‹ genannt. Es war mir nur so rausgerutscht, aber ich musste schnell irgendeinen Witz daraus machen und habe die Sache völlig überzogen und so getan, als wären wir so ein schreckliches Tuntenpärchen aus irgendeinem drittklassigen Kabarett. Jeff war außer sich. Hat tagelang nicht mit mir geredet.«

»Bitte … nein.« Ihre Lippen fühlten sich merkwürdig steif an.

»Und dann hat er sich in diesen verdammten dunklen Anzug samt Hemd und Krawatte gezwängt. Das war, als würde er sich in eine Kiste nageln. Der Aufzug ist wie eine Zwangsjacke, mit der er versucht, sich die Hetero-Schiene aufzunötigen. Ich habe ihn angefleht, damit aufzuhören, es aufzugeben, mit mir auszuwandern. Und deswegen ist er von Sussex weggezogen. Ich habe ihn verfolgt. Ich wollte ihn zurück. Ich konnte ihn einfach nicht in Ruhe lassen. Wir waren doch so verdammt glücklich. Ich wusste, dass wir wieder so glücklich werden könnten, wenn er es nur zulassen würde. Aber er hat sich geweigert, weil er verheiratet war. Ich bin durchgedreht und habe ihm damit gedroht, ihn zu verraten. Dann ist er hierhergezogen.«

Claudia stierte weiter auf das Foto.

In einer Minute, redete sie sich ein, hört der ganze Spuk hier auf, dann ist das alles vorbei. Es kann nicht wahr sein …

Jeff – ein Jeff, den sie noch nie gesehen hatte, den sie nicht kannte, dessen Existenz sie niemals auch nur geahnt hatte – strahlte sie von dem Foto an. Sie bemerkte, wie Jeffs rechte Hand Mikes Ohr umfasste, um dessen Kopf nah an seinen heranzuziehen, und wie seine linke Hand auf dem Knie lag, das so selbstverständlich auf seinem eigenen ruhte. Dann sah sie die anderen Hände, die die dunklen Haare auf Jeffs Bauch unter sich begruben und ihn gleichzeitig fest an sich drückten. Sie bemerkte Jeffs lange Beine, die er so entspannt ausgestreckt hatte, die kurzen Shorts …

»Ich bin HIV-positiv.« Die Worte gingen wie Hammerschläge auf sie nieder und echoten durch die Stille. Entsetzen stand ihr in den Augen, als sie ihn ansah. Er nickte. Sein Blick war düster. »Darum bin ich hergekommen. Ich wollte ihn sehen. Ihn warnen. Ich konnte nicht einfach nur schreiben. Als ich Sie gesehen habe, dachte ich, vielleicht sollte ich besser einfach nur eine Nachricht hinterlassen. Es ist sowieso zu spät, dachte ich. Aber als Sie dann das von dem Baby gesagt haben …« Er schüttelte den Kopf »Er hatte kein Recht, ein Kind zu riskieren, aber ich glaube auch nicht, dass er das getan hat, oder? Das würde er nie tun. Nicht Jeff.«

Ihr Gesicht zuckte vor Angst, als sie ihn ansah.

»Sie meinen … Sie meinen, Jeff könnte …? Oh, mein Gott …« Sie stand auf, hielt sich aber am Tisch fest, als wenn sie betrunken wäre. Er sprang auf und wollte sie stützen. »Fassen Sie mich nicht an!«, schrie sie. »Oh, Gott. Sie widerliches Tier, Sie! Sie haben ihn vielleicht mit AIDS angesteckt! Uns alle. Mich und das Baby. Oh, mein Gott! Verschwinden Sie«, keuchte sie und schlug seine ausgestreckte Hand aus. »Raus hier. Oh, Gott! Was soll ich denn jetzt tun?«

»Sie hätten ihn von Anfang an in Ruhe lassen sollen.« Er war blass. »Er hat sie nicht geliebt. Das hat er mir gesagt. Aber sie haben ihm nachgestellt, bis er aufgegeben und Sie geheiratet hat. Sie sind selbst schuld. Wenn Sie ihn nicht so mürbe gemacht hätten, wäre er zu mir zurückgekommen. Er hat mich geliebt.« Er schnappte sich das Foto und hielt es ihr unter die Nase. »Sie müssen sich ja nur mal das hier ansehen.«

»Oh, Gott«, flüsterte Claudia und sank auf ihren Stuhl zurück. »Das muss ich ja dem Arzt sagen.« Sie verbarg das Gesicht in ihren Händen. »Was wird der sagen? Ich muss es ihm ja sagen … Oh, Gott.« Sie hörte sich an, als müsse sie sich gleich übergeben. »Und wenn die Leute davon erfahren?«

Ein merkwürdiger Ausdruck lag auf seinem Gesicht, als er sie betrachtete. Mitleid, Angst, Scham, Abneigung – von allem war etwas dabei.

»Ich schätze, dass Sie in Ordnung sind«, sagte er fast schon widerwillig. »Jeff war gesund, als er Sie geheiratet hat. Er hat sich vorher testen lassen.«

Als sie zu ihm aufsah, sprach eine solche Hoffnung aus ihrem Blick, dass er es nicht über sich brachte, sie noch mehr zu desillusionieren, ihr die ganze Wahrheit zu sagen.

»Das heißt, er ist gesund?«

»Wenn er seitdem nicht anderweitig liiert war.« Er musste ihr einfach noch ein kleines bisschen Angst einjagen. Dass er sich mit dieser Diagnose, die einem Todesurteil gleichkam, abfinden musste, war ihr anscheinend völlig gleichgültig. »Gibt es keinen jungen Kerl, auf den er ein Auge geworfen haben könnte? Ein kleiner Wilder? Jeff stand immer drauf, wenn es ein bisschen wild zuging. Nicht zu wild. Nur gerade so, dass er seine Hemmungen überwinden konnte.« Er sah, wie ihr die Farbe aus den Wangen wich, als ein weiteres Puzzleteil seinen Platz im Gesamtbild fand, und wurde sofort eifersüchtig. »Also gibt es da jemanden!« Er lachte kurz und gehässig auf. »Dann sollten Sie sich wohl besser testen lassen, meine Liebe!«

Sie hörte ihn kaum noch. Sie dachte an ihre Party zurück, als Jeff quer durch den Raum eben nicht Jenny, sondern Gavin direkt hinter ihr anstarrte. Ihr wurde klar, dass seine Flirterei mit Jenny nur dazu gedacht war, sich vor Gavin zu produzieren, und dass er nicht auf Gavin, sondern auf Andy eifersüchtig war. Sie hatte das Gefühl, in tausend Stücke zu zerfallen, bis sie begriff, was der junge Mann gerade gesagt hatte.

»Was meinen Sie damit?« Sie sprang auf, verharrte dann aber still, als sie hörte, wie die Haustür aufgeschlossen wurde.

Blitzschnell platzierte sich der junge Mann gegenüber der Küchentür, sodass Jeff ihn zuerst sah, als er hereinkam. Claudia beobachtete, wie Jeffs überraschtes Gesicht langsam einen zärtlichen, schmerzlichen Ausdruck voller Liebe annahm, den sie an ihm noch nie gesehen hatte. Die Sehnsucht in seiner Stimme, als er einfach nur »Mike« sagte, verschlug ihr die Sprache.

»Hallo, Jeff.« Mike streckte die Arme aus, und Jeff ging ihm fast schon automatisch entgegen.

»Guten Abend, Jeff!«

Claudias eiskalte Stimme zerriss die traumähnliche Atmosphäre dieses Augenblicks. Jeff drehte sich zu ihr um. Sie starrte ihn an und machte aus ihrem Ekel keinen Hehl, um ihren eigenen Schmerz und ihre Eifersucht zu verbergen. Der Ausdruck auf seinem Gesicht änderte sich schlagartig – er verschloss sich, das Strahlen erstarb. Mike beobachtete sie schadenfroh.

»Tut mir leid, Jeff, ich habe schon alles ausgeplaudert.« Er bemühte sich um einen lockeren Ton, aber als er Jeff ansah, hörte man Zärtlichkeit heraus. »Es ist einfach so aus mir herausgesprudelt.«

»Verstehe.« Jeff sah aus, als hätte man ihm eben einen fürchterlichen Schlag verpasst, und er bemühte sich, Claudias zornigem, entsetztem Blick auszuweichen.

»Du Schwein!«, zischte sie, wobei sie Mike völlig links liegen ließ und sich ganz dicht vor Jeff aufbaute. »Du hast mich belogen und betrogen und hintergangen, und du hättest damit weitergemacht. Du hattest kein Recht, mich zu heiraten. Du … du …«

Sie rang nach Worten, doch da fiel ihr Blick auf das Foto. »Sieh dir das an. Sieh es dir an! Gott, am liebsten würde ich kotzen!«

Ihre Hand zitterte vor Schock und Wut und Angst, als sie ihm das Foto reichte und er es ihr abnahm. Als er sah, was es war, wurde sein Gesichtsausdruck sofort wieder weicher, und Mike lächelte triumphierend. Claudia schrie auf.

»Du hast recht.« Jeff hielt das Bild, als wenn es ein Talisman wäre. »Ich hatte kein Recht dazu. Ich wollte so gern … ich wollte versuchen, ›normal‹ zu sein. Ich habe wirklich geglaubt, dass ich es schaffen würde. Und ich hatte den Eindruck, dass du es wolltest.«

»Ach, ja. Natürlich, jetzt bin ich schuld, ja? Ich habe dich gezwungen, mich zu heiraten, richtig? Wahrscheinlich habe ich dir die Pistole auf die Brust gesetzt bei der Trauung …«

Ihre Stimme erstarb, und ein seltsames Schweigen folgte. Mike erkannte seine Chance und lächelte.

»Wusstest du, dass du Vater wirst, Jeff?«

»Nein!« Das war mehr ein Flehen denn irgendetwas anderes, und Claudia sah ihn trotzig an. »Das kann nicht sein. Du hast mir gesagt, du würdest die Pille nehmen. Bist du schwanger?«, fragte er, und Claudia nickte. »Aber wir waren uns doch einig. Du hast es mir versprochen.«

»Dann hättest du mir sagen sollen, warum«, platzte es aus ihr heraus. »Wenn du mir die Wahrheit gesagt hättest …«

»Was dann?«, fragte er, als sie verstummte. »Was hättest du dann gemacht?«

»Dann hätte ich dich rausgeschmissen«, presste sie durch zusammengebissene Zähne hervor. »Bevor du mich und das Baby umgebracht hättest.« Sie machte eine Kopfbewegung Richtung Mike. »Er hat AIDS.«

»Oh, Mike!« In diesem Ausruf steckte so viel Liebe und Mitgefühl, und Claudia beobachtete ungläubig, wie Jeff Mike in den Arm nahm und festhielt. »Mike.«

»Ich wollte dich warnen. Für alle Fälle.« Auf Mikes Gesicht zeichnete sich tragisches Entsetzen ab. »Und ich wollte dich noch einmal sehen, bevor … du weißt schon.«

»Sie haben mir gesagt, dass Jeff gesund war, als wir geheiratet haben. Es gab also gar keinen Grund, ihn vor irgendetwas zu warnen. Sie sind doch nur hergekommen, um Unruhe zu stiften. Und wenn ich drüber nachdenke …« Sie nahm die Tasse, die Mike nun schon zweimal benutzt hatte, und zertrümmerte sie.

Die beiden Männer sahen sich sehr lange an; dann wandte Jeff sich Claudia zu.

»Was willst du jetzt machen«, fragte er, »jetzt, wo du Bescheid weißt?«

»Ich will, dass ihr verschwindet«, sagte sie, weil sie merkte, dass sie gleich zusammenbrechen würde. »Verschwindet! Ganz egal, wohin. Ich will euch hier nicht sehen.«

Sie fing an zu weinen, und Jeff ging auf sie zu. »Ich kann dich doch so nicht allein lassen«, sagte er. »Das ist ja furchtbar. Bitte, Claudia –«

»Raus hier!« Sie erhaschte einen Blick auf Mike, der offensichtlich zwischen Mitleid, Scham und Triumph hin- und hergerissen war, und wandte sich restlos gedemütigt ab.

»Ich komme später wieder.« Jeff legte die Hand auf ihre Schulter, doch sie schüttelte ihn ab. »Wir müssen darüber reden.«

Claudia rannte aus der Küche und floh die Treppe hinauf. Kurz darauf fiel die Haustür hinter Jeff und Mike ins Schloss, und Claudia war allein.

18

Phyllida machte sich allmählich Sorgen. Einen ganzen wundervollen Monat lang hatte sie ihre Probleme verdrängt und einfach nur die ersten Wochen auf *The Grange* genossen. Alle vier hatten sie sich gut an die neue Wohnsituation gewöhnt, und alle vier waren sie glücklich damit. Doch jetzt standen Veränderungen bevor. Zum einen hatte Lucy bald Ferien, und schon allein das konnte zu Komplikationen führen. Zum anderen würde Alistairs Schiff bald wieder anlegen, und Alistair würde ihren Brief vorfinden. Die gesamten zwei Monate, in denen er auf See gewesen war, hatte er von ihrer endgültigen Entscheidung nichts gewusst. Ihr war klar, dass er sich aufregen würde, wenn er hörte, dass sie seinen Wunsch missachtet hatte und doch bei Clemmie und Quentin eingezogen war. Das konnte sie aus dem Brief schließen, den er ihr auf der Zugfahrt nach jenem katastrophalen Abschied geschrieben und gleich nach der Ankunft in Glasgow abgeschickt hatte. Trotz ihres letzten Streits konnte sie noch immer zwischen den Zeilen lesen, und da stand, dass er nicht damit rechnete, dass sie diesen Schritt tat. Aber sie wollte ihn auf See damit nicht belasten, wo er ohnehin nichts ausrichten konnte. Sie hoffte sogar, dass er sich in den letzten acht Wochen etwas beruhigt und eingesehen hatte, dass ihr Vorgehen gar nicht so schrecklich war. Bevor sie umgezogen waren, hatte sie ihm eine ganz normale

»Uns geht es gut«-Nachricht an Bord geschickt, aber weiter nichts unternommen.

Trotzdem fieberte sie dem Tag, an dem das Schiff zurückerwartet wurde, mit wachsender Spannung entgegen. Ganz im Gegensatz zu allen anderen Abteilungen der Unterseeflotte war auf die vorausberechneten Ankunfts- und Abfahrtszeiten der Polar-U-Boote stets Verlass, sodass Phyllida mit einem gewissen Unbehagen die Tage zählte. Es stand nicht zur Debatte, dass Alistair im Anschluss an die Seereise zu ihr kommen würde. Sie wusste, dass er an einem Kurs teilnahm, sobald das Boot angelegt hatte, und nach dem Kurs musste er in den U-Boot-Simulator, und danach würde er wieder in See stechen. Mit ein paar Urlaubstagen war nicht vor September zu rechnen. Die Frage war, ob er dann nach Devon reisen würde, um sie zu sehen?

Sollten die Halliwells bemerkt haben, dass Phyllida sich irgendwie veränderte, so sprachen sie zumindest nicht darüber. Phyllida hatte mehr angedeutet als ausführlich erzählt, dass Alistair ihren Umzug nach Faslane wollte, dass sie Lucy aber nicht aus der Schule herausreißen wollten und erst endgültig über ihren gemeinsamen Wohnort entscheiden würden, wenn Alistair wieder an Land war und seine nächsten Verpflichtungen kannte. Clemmie dachte sich, dass Phyllida Probleme hatte, ihre Ängste zu überwinden, und tat, was sie konnte, um ihr eine gute und ernsthafte Gesprächspartnerin zu sein, mit der sie über ihre Probleme reden konnte. Phyllida achtete sehr darauf, sich den beiden alten Leuten nicht zu sehr aufzudrängen, aber es war ganz offensichtlich, dass diese ihre Gesellschaft genossen und gar nichts dagegen hatten, Zeit mit ihr zu verbringen. Sie entwickelten eine gewisse Routine miteinander, und schon bald war jegliche Beklommenheit verflogen und sie gingen ganz unbefangen miteinander um.

Mitte Juli traf ein Brief von Alistair ein. Phyllida verzog sich damit nach oben, wo sie ihn mit wachsender Bestürzung las. Es war ein sehr kühler, sorgfältig durchdachter Brief, der Sätze enthielt, die sie in ein Wechselbad der Gefühle stürzten:

… zwar kann ich dein Dilemma verstehen, doch bedauere ich den Schritt, zu dem du dich unlängst entschlossen hast … Ich halte neun Monate für eine ausreichend lange Zeit, um zu einer Entscheidung zu gelangen, und daher fällt es mir schwer, Verständnis dafür aufzubringen, dass du noch immer nicht in der Lage bist, dich zu entscheiden, ob dir nun dein Stolz oder unsere Ehe wichtiger ist … Ich habe deine Einladung, meinen Urlaub bei euch zu verbringen, zur Kenntnis genommen, bin aber in der Zwischenzeit zu der Auffassung gelangt, dass deine ursprüngliche Idee die beste war und wir uns bis auf Weiteres gar nicht sehen sollten …

So förmlich und aufgeblasen gab Alistair sich äußerst selten, und in Phyllida tobten zugleich Wut und Angst. Ihr Brief war versöhnlich und liebevoll gewesen – seiner dagegen kam einer Ohrfeige gleich. Sie konnte ja nicht wissen, dass er sich in den acht Wochen auf See die Klagen eines Offizierskollegen hatte anhören müssen, der versuchte, eine sehr schmerzhafte Scheidung zu verarbeiten, und Alistair immer wieder geraten hatte, »hart zu sein und zu bleiben«, weil er sicher war, dass seine eigene Ehe hätte gerettet werden können, wenn er selbst diesen Rat befolgt hätte. Alistair hatte oft und lange über alles nachgedacht, war aber unvoreingenommen geblieben und sich sicher gewesen, dass Phyllida sich überzeugen lassen würde. Der Streit an Ostern war natürlich mehr als bedauerlich gewesen, und er wusste und hatte eingesehen, dass allein sein unsensibles Verhalten ihn ausgelöst hatte. Das hatte er in seinem ersten Brief auch eingeräumt. Vielleicht hatte er sich unbewusst darauf verlassen, dass dieser Brief den gleichen Effekt haben würde wie seine Weihnachtskarte, und vielleicht war er deshalb so maßlos entsetzt und zornig gewesen, als er ihren Brief öffnete und las, dass sie nun doch zu den Halliwells gezogen war. Den zweiten Brief hatte er in dem überheblichen Bewusstsein geschrieben, seiner Frau an Alter und Erfahrung überlegen zu sein, und ihn dann schnell abgeschickt, bevor er es sich anders überlegen konnte. In dem Moment war er nämlich überzeugt davon, dass sein Offizierskollege recht hatte und dass Phyllida in ihre Schranken gewiesen werden musste. Sollte er sein Handeln bereuen, würde er es nicht zugeben, sondern ihre Reaktion abwarten. Er wartete eine ganze Weile – vergeblich.

Das lag daran, dass Phyllida einfach nicht wusste, wie sie reagieren sollte. Manchmal hätte sie am liebsten all die sinnlosen Beschuldigungen und die verletzende Angriffslust beiseitegeschoben, um einfach da weiterzumachen, wo sie vor der Affäre gewesen waren. Manchmal war ihr Schmerz so groß, dass sie glaubte, Alistair nie wiedersehen zu wollen. In ihrer gegenwärtigen Situation war die Vorstellung, ohne ihn zu leben, verlockend. Sie war in guter Gesellschaft, liebte und wurde geliebt, sie wurde geschätzt – und es war so einfach, sich vorzustellen, dass dies die Realität war. Und dann war da doch noch eine ganz andere Gefahr. Die Marine lehrte die Ehefrauen, ohne ihre Männer zu leben. Es ist also nicht sonderlich überraschend, dass manche Frauen im Laufe der Jahre herausfinden, dass sie genau das sehr gut können und dass sie es dem Leben mit dem Ehemann eigentlich vorziehen. Phyllida war zwar noch nicht so weit, aber Alistair riskierte viel mehr, als ihm bewusst war.

Während Phyllida unschlüssig war, wie sie reagieren sollte, kam Oliver übers Wochenende nach Devon. Ihre Freude, ihn zu sehen, als sie nach unten in die Küche kam, wo er mit Clemmie und Lucy saß, war so groß, dass sie hätte gewarnt sein sollen: Wie verletzlich sie war! Er ließ sich sehr gern zur Begrüßung von ihr umarmen und nahm Clemmies Einladung zum

Tee dankend an. Lucy belegte ihn mit Beschlag, flirtete fast wie ein Teenager mit ihm und bestand darauf, dass er ihr eine Gutenachtgeschichte vorlas.

»Ein riesiger Vorteil ist, dass Lucy ihren Schlaf braucht«, gestand Phyllida ihm, als sie die Treppe hinaufgingen. »Sogar im Sommer, wenn es abends so lange hell ist, schläft sie auf der Stelle ein. Und wenn sie Schule hat, kann sie sich nur mit Mühe und Not bis zum Abendessen wach halten.«

Bis Lucy gebadet und im Bett war, waren alle leicht erschöpft. Nachdem sie eine Geschichte ausgesucht hatte, saß Lucy mit dem Daumen im Mund im Bett und beobachtete Oliver.

»Papagei Percy und die räuberischen Ratten«, las er, als er sich ans Fußende des Bettes gesetzt hatte. »Aha! Der gute, alte Percy!«

»Wir lieben die Percy-Bücher«, sagte Phyllida, während sie im Zimmer herumwuselte und aufräumte. »Und im Fernsehen können wir auch nicht genug von ihm kriegen, stimmt's, Lucy?«

Lucy nickte und zappelte ganz aufgeregt mit den Beinen. »Ich mag Polly«, sagte sie. »›Plapper-Polly‹. So nennt Percy sie. ›Plapper-Polly. Plapper-Polly‹«, krächzte sie und zappelte noch mehr, weil sie so viel Aufmerksamkeit beim Schlafengehen gar nicht gewöhnt war.

»Das ist die Ansagerin«, erklärte Phyllida für den Fall, dass Oliver sich wunderte. »Sie ist so hübsch und lustig. Wenn Lucy sie sieht, lacht sie, bis ihr die Tränen kommen. Und Percy schleicht sich ganz nah an sie heran und versucht sie zu küssen.«

»So macht er!«, rief Lucy, schlug die Decke zurück, krabbelte zu Oliver ans Fußende und stieß ihm mehrmals die Nase in die Wange.

»Lucys Schulkameradinnen sind alle Percy-Fans«, sagte Phyllida. »Es ist wirklich eine tolle Sendung, und die Mütter mögen sie anscheinend genauso gern wie die Kinder.«

»Weißt du was?«, sagte Oliver, als er Lucy wieder unter ihre Decke packte. »Wenn du jetzt schön brav und ruhig bist, bringe ich dir einen Plüsch-Percy aus London mit. Genauso einen wie den im Fernsehen. Was sagst du dazu?«

Lucy sah ihn mit großen Kulleraugen an, sie wagte kaum zu glauben, was sie gerade gehört hatte, und Phyllida zog die Augenbrauen hoch.

»Gibt es so etwas jetzt? Das ist ja toll. Ach, Lucy! Wäre das nicht prima? Was meinst du?«

Lucys Lippen formten ein »Danke, Oliver«, und dann verschwand sie lautlos unter ihrer Bettdecke und lag still und leise da. Sie war offensichtlich wild entschlossen, tatsächlich »schön brav und ruhig« zu sein. Phyllida musste lachen, als sie ihrer Tochter einen Gutenachtkuss gab, und Oliver zwinkerte ihr zu, als sie hinausging.

»Eines Morgens«, hörte sie ihn sagen, als sie die Tür schloss, »wachte Papagei Percy auf und sah, dass alle seine Frühstückserdnüsse über Nacht verschwunden waren ...«

Etwas später schlenderten Phyllida und Oliver am Fluss entlang. Die Sonne stand noch ziemlich hoch, und der nach einer längeren Trockenperiode weniger Wasser führende Fluss umspülte träge moosige Steine, die sonst selten aus dem Nass ragten.

»Bleibst du länger?«, fragte Phyllida hoffnungsvoll, während sie ihm auf dem ausgetretenen Pfad voranging.

»Nein, nur übers Wochenende.« Oliver beobachtete die zierliche Gestalt vor ihm und war froh, dass sie ihn nicht sehen konnte. »Aber Anfang August komme ich für länger.«

»Schön!« Sie drehte sich unvermittelt und freudestrahlend zu ihm um, und ihm gelang es nur eben so, seine Gesichtsmuskeln zu zügeln und einfach nur zu lächeln.

»Bekommt Alistair Urlaub?« Er klang bemerkenswert locker.

»Nein.« Sie drehte sich wieder um. Jetzt war es an ihr, spontane Gesichtsausdrücke zu verbergen. »Frühestens im Herbst. Wenn überhaupt. Du weißt ja, wie das bei der Marine ist.«

Oliver schwieg. Er wusste in der Tat, wie das bei der Marine war. Sein Vater war schließlich Kapitän zur See, und Oliver wusste sehr wohl, dass Alistair als Kapitän eines Polar-U-Bootes exakt Bescheid wusste, wann er Urlaub hatte. Offenbar sagte er nicht die Wahrheit.

»Guck mal!« Phyllida blieb stehen und hakte sich bei ihm unter. »Siehst du die Bachstelzen?«

Sie beobachteten die beiden Vögel, wie sie von Fels zu Fels flogen und mit wippenden Schwänzen auf den Steinen herumliefen. Eine Libelle glitt über das Wasser und verharrte über einer unbewegten Stelle im Fluss, sauste wieder davon und kehrte zurück, um erneut über der gleichen Stelle zu schweben. Die Sonnenstrahlen fielen wie lange Lichtfinger durch das Blattwerk und verwandelten das Wasser in flüssiges Gold.

»Ich würde so gern die Wasseramsel sehen«, sagte Phyllida, als sie weitergingen. »Ich glaube, ein- oder zweimal hatte ich sie schon vor der Nase, aber sie fliegt so schnell, dass man sie nicht richtig sehen kann. Ich mache zu viel Lärm, das ist das Problem.«

Sie erreichten die Brücke, und als hätten sie sich stillschweigend darauf geeinigt, blieben sie auf ihr stehen, um wiederum aufs Wasser zu sehen. Phyllida setzte sich auf die warmen Steine, und Oliver sah zu ihr hinunter.

»Alles in Ordnung?«, fragte er unbekümmert.

»Eigentlich nicht«, antwortete sie schließlich.

Sie sah so niedergeschlagen aus, dass er sich gezwungen fühlte, die Hände in die Hosentaschen zu stecken, da er Phyllida sonst sofort an sich gerissen und umarmt hätte.

»Kann ich irgendwie helfen?«

»Nein.« Sie riss sich zusammen und lächelte ihn an. »Ich bin nur gerade etwas kindisch. Tut mir leid. Und, hast du viel vor an diesem Wochenende?«

»Eigentlich nicht. Es sei denn …« Er zögerte und legte die Stirn ein wenig in Falten, während er mit sich rang.

»Es sei denn?« Sie sah ihn fragend an, und als sie ihn anlächelte, wurde er wieder schwach.

»Ich hab mich gefragt, ob du vielleicht Lust hättest, etwas trinken zu gehen? In irgendeinen netten Pub, wo wir auch eine Kleinigkeit essen können.« Er zuckte leicht mit den Schultern, als wenn ihm dieser Vorschlag kaum etwas bedeutete, betete aber, dass sie Ja sagen würde.

»Sehr gerne!«, erwiderte sie auf der Stelle. »Dann haben Clemmie und Quentin auch mal Ruhe vor mir. Super! Komm, wir gehen zurück, wir müssen Clemmie vorwarnen – nicht, dass sie Abendessen für uns mitmacht.«

»Vielleicht kann ich dich ja ein bisschen aufheitern«, sagte Oliver, als sie sich auf den Rückweg machten, und ihm wurde ganz wohl ums Herz, als sie ihn dankbar anlächelte.

Nach einem langen, heißen Tag im Büro konnte Onkel Eustace' Nachricht auf ihrem Anrufbeantworter Liz nicht gerade erfreuen. Er hatte vor, noch einmal ein, zwei Tage nach Devon zu kommen, bloß, um Christina zu sehen, die ja Ferien hatte. Er würde später noch einmal anrufen. Liz schnaubte, als sie die Nachricht löschte. Was war das nur für ein raffinierter alter Teufel! Das war eine seiner Maschen: Wenn er ihr etwas nicht direkt sagen wollte, sprach er einfach auf den Anrufbeantworter und teilte ihr dies oder jenes mit. Wenn er dann das nächste Mal anrief, tat er immer so, als wenn alles schon geklärt wäre und sein Kommen gar nicht infrage stünde.

Sie ging in die Küche, schenkte sich ein Glas Orangensaft ein und nahm es mit in den Garten. Sie zog sich die Schuhe aus und spazierte barfuß über den Rasen, dessen warmes, trockenes

Gras sie angenehm an den Sohlen kitzelte. Sie hatte das Gefühl, dass Onkel Eustace Pläne hegte, nach Devon zu ziehen, und wusste nicht recht, wie sie damit umgehen sollte. Sie wusste nur, dass sie auf keinen Fall unter einem Dach wohnen konnten. Zwischen ihnen herrschte viel zu viel Spannung, und obwohl sie sich irgendwo doch möchten, würde ein Zusammenleben in einer Katastrophe enden. Sie wusste außerdem, dass er einsam war und sich langweilte und dass er gern junge Leute um sich hatte.

Liz setzte sich auf die kleine Bank unter dem Pflaumenbaum und ließ das Kinn auf die Brust sinken, um ihren verspannten Nacken zu lockern. Nachdem Jeff so überstürzt abgereist war, um seine Mutter zu besuchen, war im Büro die ganze Woche unglaublich viel zu tun gewesen. Ihr war heiß und sie war müde, und sie freute sich auf eine Dusche, bevor sie zum Abendessen zu Abby und William fuhr. Onkel Eustace war ein zusätzliches Problem, für die Lösung fehlte ihr im Moment die Energie. Für ihn wäre es das Beste, wenn er sich in Tavistock eine Wohnung kaufte – so wäre er in ihrer Nähe, ohne ihr ständig im Weg zu sein. Sie wusste, dass er so oder so kommen würde, egal, was sie dazu sagte, also war es wohl das Beste, die Tatsache würdevoll zu akzeptieren. Zumindest Christina würde sich sehr freuen. Sie konnte sie ja gemeinsam auf Wohnungssuche schicken, dann hatte sie immerhin vor beiden Ruhe. Hochzufrieden mit dieser genialen Idee, trank Liz das Glas aus und stand auf.

Sie schlenderte zum Cottage zurück. Als sie die Küchentür erreicht hatte, klingelte das Telefon. Es war Onkel Eustace. Seine raue Stimme klang ausgesprochen fröhlich.

»Hast du meine Nachricht gehört? Gut! Ich hatte an die erste Augustwoche gedacht, wenn es dir recht ist?«, sagte er und gab ihr im Grunde keine Chance, zu protestieren.

Liz hörte heraus, dass er etwas unsicher war, daher schluckte sie ihre sarkastische Antwort hinunter.

»Ich glaube, das geht«, sagte sie. »Warum nicht? Tut mir leid, aber ich bin im Grunde gerade auf dem Sprung – wir sprechen ein anderes Mal darüber, ja? Aber erste Augustwoche passt mir, kein Problem.«

»Wunderbar!« Jetzt klang er überglücklich. »Ich will dich nicht aufhalten. Gruß an Christina.«

Liz seufzte. Das war also das. Na, wenigstens konnten er und Christina sich ein bisschen miteinander vergnügen, bevor Christina zu Tonys Eltern fuhr. Liz' Gesicht verdüsterte sich, als sie nach oben ging. Sie hatte alles versucht, was in ihrer Macht stand, um Christinas Zuneigung zu Tony zu schwächen, aber vergebens. Je älter Christina geworden war, desto weniger hatte Liz mit ihren Gefühlen hinterm Berg gehalten, sie war sogar so weit gegangen, ihr zu erzählen, wie schlecht er sich in den Monaten nach Christinas Geburt benommen hatte.

Christina hatte darauf mit Schweigen reagiert, das einerseits in Schock gründete, andererseits in Loyalität gegenüber ihrem Vater, den sie liebte; und diese Reaktion hatte Liz nur noch mehr verletzt. Christinas Parteinahme für ihren Vater schmerzte Liz wie ein Stachel und ließ sie so tief sinken, dass sie Tony bei jeder Gelegenheit verhöhnte und schlechtmachte. Doch das Kind trug es mit Fassung und war weiter liebevoll zu Liz. Um nichts in der Welt ließ sie sich die Liebe zu ihrem Vater ausreden.

Christina hatte ihn sogar zur traditionellen Osteraufführung der Schultheatergruppe eingeladen, und Liz, die daran gewöhnt war, dass Tony auf See war, und die die Schule als ihre Domäne ansah, war sprachlos gewesen, ihn dort zu sehen.

Ich liebe ihn immer noch, hatte sie gedacht und ihn quer durch die mit begeisterten Eltern gefüllte Aula angestarrt. Verdammt! Das ist zu viel.

Er hatte sich zu ihr durchgekämpft, und sie hatten sich ziemlich verkrampft und dämlich unterhalten, während ihr Herz wie verrückt hämmerte und sie Christina dafür verfluchte, dass sie sie nicht vorgewarnt hatte. Später hatte sie beobachtet, wie er sich mit einer anderen Mutter unterhielt – der Charmeur in Aktion –, und das empfunden, was sie in solchen Situationen immer empfunden hatte, nämlich das Messer der Eifersucht, das sich in ihr Innerstes bohrte. Sie hatte kaum ein Wort des Theaterstückes mitbekommen und war so schnell wie möglich verschwunden, allerdings nicht schnell genug, um Tony zu entgehen, der sich von ihr verabschieden wollte und vorschlug, zusammen ein Bier zu trinken, bevor sie in verschiedene Richtungen nach Hause fuhren. Sie hätte so gern zugesagt, lehnte aber höflich ab, gab Christina einen Kuss und eilte davon. Den gesamten Nachhauseweg ärgerte sie sich über ihre Absage.

Liz ging nach oben und drehte die Dusche auf. Die Scheidung von Tony lag schon zehn Jahre zurück, doch der Schmerz war noch so frisch, als wenn es gestern gewesen wäre. Sie zog sich aus und stieg in die Dusche. Die nadelfeinen Wasserstrahlen spülten den Stress, die Erinnerungen und den Schmutz des Tages einfach weg. Erfrischt stieg sie aus der Dusche, wickelte sich in ein Handtuch und lenkte ihre Gedanken auf den vor ihr liegenden Abend.

19

Nachdem Jeff abgereist war, versteckte Claudia sich in ihrem Haus wie ein verwundetes Tier in seiner Höhle – sie hatte Angst, auch nur einen Fuß vor die Tür zu setzen. Sie war sicher, dass inzwischen alle über ihr schmachvolles Geheimnis Bescheid wussten, und ihr war ganz schwindelig vor Schock und Erniedrigung. Sobald Jeff begriffen hatte, dass sie es ernst meinte damit, dass er verschwinden sollte, hatte er ihren Wunsch derart prompt und diskret erfüllt, dass es fast schon beleidigend gewesen war. Er kündigte seine Stelle mit der Begründung, seine Mutter sei krank und er wolle in ihrer Nähe sein, und verbreitete überall, Claudia würde nachkommen, sobald sie das Haus verkauft habe. Geschickterweise ließ er außerdem einfließen, dass er und Claudia sich mehrfach gestritten hätten wegen des Umzugs, da Jeffs Mutter Claudia nicht leiden könne und Claudia nicht im Geringsten daran interessiert sei, nach Sussex zurückzuziehen. Er erweckte darüber hinaus ganz bewusst den Eindruck, dass er ein recht eindrückliches Exemplar von einem Muttersöhnchen war und dass Claudia mit ihren Lebensvorstellungen hinter den Wünschen seiner Mutter zurückstehen musste. Um die Geschichte perfekt zu machen – und um sich abzusichern für den Fall, dass jemand ihn mit Mike gesehen hatte –, behauptete er, ein Cousin sei aufgetaucht, um ihn zu einer schnellen Abreise zu bewegen.

Die Leute schluckten diese Geschichte – und sympathisierten insgeheim mit Claudia.

»Ich habe das alles deswegen erzählt«, erklärte Jeff ihr, »damit du – wenn du dich dazu entschließen solltest – hierbleiben kannst, ohne dass die Leute zu viel reden.«

»Ich wusste ja gar nicht, dass du so ein begnadeter Lügner bist«, spottete sie.

Sein Gesicht verschloss sich, und sein Blick war mit einem Mal kalt und geheimnisvoll.

»Doch, doch«, sagte er leise. »Wenn man zu den Unberührbaren gehört, lernt man das mit dem Lügen sehr schnell.«

Dann hatte er sich abgewandt und war nach oben gegangen, um fertig zu packen. Er sah nicht, wie ihr die Röte ins Gesicht stieg. Das wenige, das er mitnahm, verstaute er in den nächsten Tagen in Mikes und seinem eigenen Auto. Obwohl noch kein Nachfolger für ihn gefunden worden war, hatte man Jeff gestattet, sein Büro zu verlassen, sobald er alle von ihm bearbeiteten Angelegenheiten so weit in Ordnung gebracht hatte. Claudia, die panische Angst hatte, jemand könnte hinter die wahren Gründe seiner Abreise kommen, hatte sich einverstanden erklärt, dass er die noch verbleibenden Nächte im gemeinsamen Haus, jedoch im Gästezimmer, verbringen sollte.

»Wir haben ein Cottage in Cornwall gefunden«, erzählte er ihr an seinem letzten Abend, bevor er endgültig abreiste. »Mike hat das organisiert. Er war in Sussex und hat seinen Kram geholt und alles schon dort hingefahren. Morgen kommt er noch, um meine letzten Sachen zu holen.«

Claudia hörte wie üblich mit abgewandtem Gesicht zu. Sie brachte es einfach nicht mehr über sich, ihn anzusehen. Er beobachtete sie traurig.

»Ich weiß, dass es unverzeihlich war, dich zu heiraten«, sagte er. »Ich hatte kein Recht dazu. Aber ich wollte so gerne ›normal‹ sein, und du … du hast mich so geliebt.« Die Worte brachen hastig aus ihm hervor. »Ich dachte, dass es funktionieren würde. Dass deine Liebe mich … ›normal‹ machen würde.«

Sie bedachte ihn mit einem vernichtenden Blick. »Wunder kann nicht einmal ich vollbringen«, sagte sie bitter.

»Nein«, gab er traurig zurück. »Das wäre tatsächlich ein Wunder gewesen. Das sehe ich jetzt auch so. Ich konnte Mike einfach nicht vergessen –«

»Bitte!«, rief sie und stand unvermittelt auf. »Musst du dich jetzt auch noch in deinem Selbstmitleid suhlen? Du hast jetzt doch, was du wolltest, oder? Du hast mich benutzt und mein Leben riskiert und mir die ganze Zeit das Gefühl gegeben, dass ich schuld sei an deinen Unzulänglichkeiten. Das werde ich dir nie verzeihen! Ist das nicht genug? Wenn du jetzt auf Mitleid und Vergebung hoffst, kannst du lange warten.«

»Tut mir leid.« Er erhob sich ebenfalls. »Ich habe dir die Adresse und Telefonnummer von meinem Anwalt aufgeschrieben. Du kannst dich von mir scheiden lassen und als Grund angeben, was du willst. Ich werde keinen Einspruch erheben. Außerdem« – er zögerte und sprach dann weiter, ohne sie anzusehen – »habe ich noch einen Bluttest machen lassen. Ich bin gesund. Du brauchst also nichts zu befürchten. Und das Baby auch nicht. Ich dachte nur, ich sage das noch, für den Fall, dass du es dir anders überlegen solltest.« Er hielt inne, und als er weitersprach, lag unendliche Traurigkeit in seiner Stimme. »Mein ganzes Leben habe ich eine Lüge gelebt. Ich wollte die Lüge nicht dadurch verlängern, dass ich Vater werde.«

»Wie kannst du das nur alles aufgeben?« Das musste sie ihn einfach fragen. »Wie kannst du dein Leben riskieren, um bei ihm sein zu können? Wir könnten uns doch trennen, und du könntest so weitermachen wie jetzt. Du gehst doch ein wahnsinniges Risiko ein.«

Er lächelte sie an, als wäre sie ein naives kleines Kind. »Ich liebe ihn«, sagte er. »Ich habe nie jemand anderes geliebt. Ich liebe ihn so sehr, ich kann den Gedanken an das, was ihm bevorsteht, nicht ertragen. Mein Gott! Stell dir vor, er müsste das alles allein durchmachen.« Er schüttelte den Kopf, und seine Augen wurden dunkel vor Angst. »Aber abgesehen davon tust du so, als wenn dieses Leben hier so kostbar wäre. Dieses Leben besteht einzig und allein darin, vorzugeben, jemand zu sein, der ich nicht bin. Ich habe nie den Mumm gehabt, dazu zu stehen und mich zu outen, selbst dir gegenüber habe ich es nicht geschafft. Obwohl ich auch dich liebe, Claudia. Aber anders und nicht genug. Der Einzige, den ich je wirklich geliebt habe, ist Mike, und jetzt bleibt uns ein bisschen Zeit, die wir gemeinsam verbringen können, um alles nachzuholen, was wir versäumt haben. Ich bin damit zufrieden.«

Sie wandte sich ab, und er sah, dass ihre Schultern bebten und sie leise weinte. Er stand da, beobachtete sie hilflos und ging dann hinaus und nach oben. Als er weg war, schlang Claudia die Arme um sich selbst und krümmte sich vor Schmerz und Elend. Wie konnte sie weiterleben, wenn ihr Leben zerstört war?

Jetzt, da er etwa eine Woche weg war, ging es Claudia noch immer nicht besser. Sie hatte zu viel Zeit zum Nachdenken gehabt, und die einzigen Gefühle, die in ihr noch existierten, waren das der Demütigung und alle möglichen Ängste. Obwohl sie sofort begriffen hatte, dass Jeff ein Auge auf Gavin geworfen haben musste, wurde ihr erst viel später klar, dass auch Gavin schwul sein musste und dass er ihr wahrscheinlich nur nachgestellt hatte, um ihre Ehe zu erschüttern und Jeff zu ermuntern. Jeff schwor, dass er sich niemals mit Gavin eingelassen hatte und dass es einzig seine Ähnlichkeit mit Mike gewesen war, die ihn anfangs aus dem Gleichgewicht gebracht hatte. Noch später fiel ihr ein, dass auch Gavin HIV-positiv sein könnte und dass sie ihn geküsst hatte. Entsetzt dachte sie an seine Zunge in ihrem Mund zurück. Ihr war schlecht vor Angst, und sie konnte an nichts anderes mehr denken. Sie wusste, dass sie sich niemals mehr hundertprozentig sicher fühlen konnte. Sie hatte sich schon fast entschlossen, das Baby zu behalten. Als Jeff ihr gesagt hatte, dass er negativ war, wusste sie, dass sie eher riskieren wollte, es selbst zu haben, als zum Arzt zu gehen und ihm zu erklären, warum sie eine Abtreibung wollte. Aber wenn Gavin …?

Das Telefon klingelte. Sie zwang sich dranzugehen und bemühte sich, so normal wie möglich zu klingen.

Es war Phyllida, die ihr nur sagen wollte, dass sie und Lucy für zwei Wochen zu ihren Eltern fuhren. Claudia wurde von dem Verlangen ergriffen, ihr alles zu erzählen, aber ihr fehlten die rechten Worte, und außerdem wollte sie sich keinesfalls am Telefon ausheulen. Mit einem Gefühl des Verlustes, weil Phyllida verreiste, legte Claudia auf. Andererseits war sie auch erleichtert, da Schulferien waren und somit die meisten Leute viel zu sehr mit sich selbst beschäftigt waren. Morgen musste sie allerdings einkaufen gehen. Nein, nicht morgen. Morgen war Freitag, Markttag. Da waren ja alle unterwegs. Sie fing an zu weinen, ganz schwach und hilflos, und bemerkte, dass sie den ganzen Tag noch nichts gegessen hatte und ganz wackelig auf den Beinen war. Sie schleppte sich in die Küche und blieb wie angewurzelt stehen, als es an der Tür klingelte. Sie rührte sich nicht und hoffte, dass, wer auch immer da vor der Tür stand, gleich wieder gehen würde. Doch es klingelte noch einmal, sodass Claudia sich zusammenriss und aufmachte.

Draußen stand Gavin. Sie starrten einander einen Moment an, dann wollte Claudia mit Schwung die Tür zuknallen. Aber er war schneller. Er hatte den Fuß in der Tür, und kurz darauf stand er im Flur und schloss die Tür hinter sich.

»Was ist denn hier eigentlich los?«, fragte er sanft, und seine Augen glänzten im Halbdunkel des Flurs.

»Nichts.« Sie sah entschlossen zu ihm auf und bemühte sich, ihr Gesicht unter Kontrolle zu behalten.

Er packte sie an den Schultern und schob sie in die Küche, wo er sie sich zuwandte und ihr forschend ins Gesicht sah.

»Ich habe gerüchteweise gehört, dass Jeff zu seiner Mami zurück ist«, sagte er und ließ sie dabei nicht aus den Augen.

»Dass du hier alles Nötige regelst und dann nachkommst. Erzähl mir nicht, dass du ihn jetzt schon so furchtbar vermisst! Du hast geweint, oder?«

»Nein!«, rief sie und entwand sich seinem Griff. »Nein, habe ich nicht. Lass mich in Ruhe!«

»Ach.« Seine Augenbrauen zuckten nach oben, und er schürzte die Lippen. »So sieht es jetzt also aus, ja? Bisschen plötzlich, dein Sinneswandel, meinst du nicht?«

»Bitte«, sagte sie mit bebender Stimme. »Bitte, geh, Gavin. Mir geht es nicht gut. Seit Jeff weg ist, geht es mir nicht gut.« Sie schluckte.

»Arme Claudia!« Sie wusste, dass sie ihm nichts vormachen konnte. »Setz dich hin, ich mache dir eine Tasse Tee.«

»Fass die nicht an!«, rutschte es ihr heraus, als er die hübschen Tassen aus dem Schrank holen wollte. »Lass die da stehen«, wimmerte sie verzweifelt. »Oh, Gott.« Und damit sank sie auf einen Stuhl und brach in Tränen aus.

»Komm schon.« Seine Stimme klang sehr zärtlich. »Willst du mir nicht erzählen, was passiert ist? Oder soll ich es dir erzählen?« Sie starrte ängstlich zu ihm auf, und sein Mund zuckte ein wenig, als er auf sie herabsah. »Du bist dahintergekommen, dass er schwul ist, stimmt's? Was hat er getan? Ist er mit seinem Freund abgehauen?«

Diese Äußerung war so brutal, dass sie sich auf einmal aufrichtete und wütend wurde.

»Du Schwein!«, schrie sie ihn an. »Wie kannst du es wagen, so mit mir zu reden? Du hast versucht, meine Ehe zu zerstören und hast mich die ganze Zeit angelogen! In Wirklichkeit warst du doch nur hinter Jeff her!«

Die Schmach der unsäglichen Situation überkam sie wieder wie eine Flutwelle, und sie schloss die Augen. Der Kampfgeist verließ sie, und sie fing erneut an zu weinen.

»Nun reiß dich mal zusammen!«, sagte er immer noch sanft. »Arme Claudia! Hast ganz schön was mitgemacht, was? Haben wir dir alle was vorgeflunkert … Du Arme! Tut mir leid, wirklich. Teilweise war es wirklich wegen Jeff, das kann ich nicht abstreiten. Aber teilweise war es auch wegen dir. Ich bin wie Jeff, ich bin verwirrt und will eigentlich lieber hetero sein, und du bist so schön, dass ich dachte, mit dir könnte es klappen.« Er schwieg. »Dann ist also der verschollene Freund wieder aufgetaucht, ja? Hab ich mir schon gedacht.«

»Woher wusstest du das?« Claudia sprach so leise, dass sie kaum zu hören war. Sie konnte ihn nicht ansehen.

»Geraten.« Gavin lehnte sich an den Schrank und steckte die Hände in die Taschen. »Habe einen geübten Blick, was das angeht … Er ist einfach nicht dagegen angekommen, ganz egal, wie sehr er sich bemüht hat. Ich habe nur ein paar Signale erkannt. Ich hatte mir gedacht, dass er mal eine große Romanze erlebt hat und nicht darüber hinweg war. Ich habe mich gefragt, ob ich ihn an den unbekannten Jemand erinnert habe.«

»Er hat AIDS.«

»Oh, Gott!« Gavin zog die Hände aus den Taschen und stand auf. »Scheiße, der arme Jeff –«

»Nicht Jeff. Mike. Der Freund.« Claudia hörte sich selbst mit einiger Überraschung diese intimen Details verbreiten.

»Eigentlich ist er nur gekommen, um ihm das zu sagen, und dann ist Jeff mit ihm gegangen. Er will sich um ihn kümmern, bis … bis.«

»Und was ist mit dir?«

Claudia suchte fieberhaft nach einer fiktiven, gut klingenden Perspektive, aber dann war es ihr egal.

»Ich habe ihn rausgeschmissen. Ich habe ihm gesagt, dass er

mich nie hätte heiraten dürfen, wenn er doch wusste, dass er … Du weißt schon.«

»Kann ich verstehen.«

»Ich glaube, ich bin schwanger.«

»Oh, nein!«

»Doch. Ich habe Angst, dass es … dass ich …« Schließlich sah Claudia ihn an. »Du hast mich geküsst, und ich weiß nicht, ob …« Dann brach sie wieder weinend zusammen und vergrub ihr Gesicht in den Armen auf dem Tisch.

Er sah sie lange an, dann füllte er Wasser in den Kessel.

»Komm schon, Claudia«, sagte er endlich. »Du glaubst doch wohl nicht an das alte Ammenmärchen! AIDS kriegt man nicht vom Küssen. Aber abgesehen davon wird es dich vielleicht freuen zu hören, dass ich gesund bin. Und ich bin eine ganze Weile mit niemandem zusammen gewesen, und davor war es nur Safer Sex. Ich bin doch nicht lebensmüde. Aber du musst dich testen lassen, Claudia. Du musst.«

»Ich kann nicht.« Entsetzt sah sie ihn an. »Ich kann nicht. Was soll ich denn dem Arzt sagen? In so einem Kaff wie dem hier. Ich kann nicht …«

Sie fing schon wieder an zu weinen, und Gavin machte ihr einen Kaffee, schaufelte Zucker hinein und stellte ihn vor ihr auf den Tisch.

»Trink das. Hör zu. So einen Test musst du nicht hier machen lassen. Du kannst das in einem Krankenhaus machen lassen. Das ist alles total amtlich und offen. Aber anonym, und in so einem Krankenhaus kennt dich sowieso niemand. Du musst, Claudia.«

»Aber wenn Jeff negativ ist und du auch, brauche ich doch gar nicht, oder?« Es lag ein Flehen in ihrer Stimme, als sie die Kaffeetasse nahm. Sie zitterte so sehr, dass sie die Tasse mit beiden Händen zum Mund führen musste.

»Hör zu, Claudia, so einfach ist das leider nicht.« Er ließ sich auf den Stuhl ihr gegenüber gleiten und sah sie mitleidig an.

»Das heißt ja leider nur, dass sich noch keine Antikörper gebildet haben, verstehst du?«

Ihre Hände zitterten jetzt so stark, dass der Kaffee überschwappte und sie die Tasse absetzen musste.

»Du meinst …? Was meinst du damit?«

»Hör mal«, sagte er. »Ich habe mich ziemlich viel mit Jeff unterhalten, und ich bin mir hundertprozentig sicher, dass er die Wahrheit gesagt hat, als er dir erzählt hat, er sei seit eurer Hochzeit nicht mit Männern zusammen gewesen. Ich bin sicher, dass du nichts zu befürchten hast. Aber dass jetzt nichts festzustellen ist, heißt nicht, dass da nichts ist.«

»Aber er hat mir gesagt, dass er kürzlich einen neuen Test hat machen lassen.« Sie hatte ganz große Augen vor Angst. »Er hat gesagt, er sei negativ.«

»Na, dann.« Er zuckte mit den Schultern. »Dann wird er wohl gesund sein. Trotzdem. Meinst du nicht, dass du dich wohler fühlen würdest, wenn du ganz sicher wärst? Es ist doch nur ein Bluttest. Ich fahr dich auch nach Exeter. Da kennt dich kein Mensch. Hier wird niemand davon erfahren.«

Er lächelte sie schmeichelnd und liebevoll an, und sie spürte, wie ihre Lippen bebten.

»Niemand?«

»Versprochen. Nur ich. Du kannst mir vertrauen.«

Auf einmal hatte sie das Gefühl, dass sie das tatsächlich konnte, und nickte. »Okay.« Sie sah erschöpft aus.

»Braves Mädchen.« Nachdenklich sah er sie an. »Was weißt du über AIDS?«

»Nichts.« Sie schüttelte den Kopf. »So gut wie nichts. Man kann sich über Körperflüssigkeiten anstecken, Blut und so.« Sie sah ihn trotzig an. »Ich habe seine Tasse weggeschmissen.«

»Ach, Claudia.« Gavin schüttelte den Kopf. »Wir beide fahren da hin und lassen den Test machen und setzen dir den Kopf ein bisschen zurecht. Ich bin mir ganz sicher, dass du nichts zu befürchten hast. Jeff war sehr ehrlich und sehr ehrenhaft, der arme Kerl. Er war so verkorkst, dass es schon wehtat.«

»Und ich dachte, es lag an mir. Dass ich ihm nicht gefallen habe. Ich habe ihn geliebt. Wirklich …« Sie fing wieder an zu weinen, und Gavin stand auf und schob den Stuhl zurück.

»Jetzt mach dich mal ein bisschen zurecht«, sagte er. »Wir gehen nämlich aus. Oh, nein, keine Widerrede! Wir fahren irgendwo aufs Land, wo dich keiner sieht und du was Vernünftiges essen kannst. Ich bleibe hier stehen, bis du fertig bist, also beeil dich besser.«

Sie stand auf und ging hinaus, und er tigerte durch die Küche. Er entdeckte ein Foto auf der Anrichte und nahm es in die Hand. Er betrachtete es sehr lange, studierte es genau und fragte sich, wie lange Mikes Haut noch so schön glatt und makellos bleiben würde. Ihm lief ein Schauer über den Rücken, als er daran dachte, wie leichtsinnig er früher gewesen war, und er verstand ansatzweise, wie sehr Jeff Mike lieben musste, wenn er alles für ihn aufgab.

»Die armen Kerle«, murmelte er. »Die armen Kerle.« Dann drehte er sich erschrocken um, als er hinter sich ein Geräusch hörte.

Claudia starrte mit schmerzverzerrtem Gesicht auf das Foto, und ihn durchzuckte die Reue, als er daran zurückdachte, wie er sie benutzt und enttäuscht hatte, nur um an Jeff heranzukommen.

»So habe ich ihn nie gesehen«, sagte sie. »Jetzt weiß ich, dass er mich nie geliebt hat. Und du auch nicht. Das war alles nur Theater. Ich war so blöd.«

Sie unterdrückte einen Schluchzer, und er riss das Foto mit einem ärgerlichen Ausruf in der Mitte durch. Sie japste, und er sah sie an und nickte finster.

»Das ist vorbei«, sagte er. »Aus und vorbei. Aber wir sind doch noch Freunde, oder?«

20

Clemmie stand am Schlafzimmerfenster, beobachtete Quentin, wie er mit dem treuen, altersschwachen Punch an seiner Seite aus dem Wald heraufgeklettert kam, und lächelte traurig. Wie schrecklich es doch war, alt zu sein – steif, träge, ungeschickt –, wenn in einem drin das Leben und die Liebe pulsierten wie eh und je: Sie verspürte noch immer unstillbare Lust, hinauszugehen und ausgedehnte Spaziergänge zu unternehmen oder ein völlig neues Blumenbeet anzulegen und danach ein paar Reihen im Küchengarten zu hacken. Sie erschrak heute noch, wenn sie das faltige, mit Altersflecken übersäte Gesicht im Badezimmerspiegel sah und als ihr eigenes erkannte. Oder wenn sie eine gebeugte, verhuschte Gestalt in einem der Fenster ausmachte und wusste, dass sie das war.

Der Himmel war grau, die schweren Wolken wurden von der Last des Wassers, das sie trugen, immer größer, und der nächste Regen wurde auch schon vorausgesagt. Es kam ihr vor, als hätte es die ganzen letzten Monate nur geregnet, und sie erwachte jeden Morgen mit der Hoffnung, dass die Sonne ins Schlafzimmerfenster scheinen möge. Phyllida war mit Lucy zu ihren Eltern gefahren, und Clemmie vermisste sie fürchterlich. Sie waren so schnell ein Teil des Haushalts geworden. Sie wusste, dass Phyllida in erster Linie weggefahren war, um den Halliwells Lucys Geschnatter für eine Weile zu ersparen und ihnen etwas Ruhe und Frieden zu ermöglichen.

Wir wollen aber keine Ruhe und keinen Frieden, dachte Clemmie, als sie wieder ins Bett kletterte. Wir haben so viele Jahre Ruhe und Frieden gehabt, und Lucy wird nicht lange hier sein. Wir wollen die beiden genießen! Aber was dann?

Sie seufzte und zog die Decke höher über ihre Schultern. Es war zwar August, aber es war kühl und feucht, und Clemmies Gelenke schmerzten. Sie wusste, dass, wenn Phyllida und Lucy wieder auszogen, sie und Quentin sich der Tatsache stellen mussten, dass sie alt waren. Sie würden sich nach einer kleinen Wohnung in Tavistock umsehen müssen, vielleicht in einer Altenwohnanlage. Sie verzog das Gesicht, setzte aber schnell ein Lächeln auf, als Quentin mit ihrem Morgentee kam. Auf dem Tablett stand eine Vase mit einem Sträußchen Margeriten und Mohnblumen, was ungewöhnlich genug war, um Quentin fragend anzusehen.

»Ich war jenseits der Brücke«, gab er zu, »und bin ein bisschen die Straße hinuntergegangen. Im Wald ist es so nass und kalt. Irgendwie melancholisch.«

Er klang traurig, und sie fragte sich, ob auch er Phyllida und Lucy vermisste. Von Eifersucht war keine Spur, als sie das dachte, stattdessen erfüllte sie große Erleichterung und Dankbarkeit, dass sie nach so langer Zeit endlich normal darauf reagieren konnte, wenn sie Quentin mit einer anderen Frau in Zusammenhang brachte.

Und das hat nichts damit zu tun, dass ich alt bin oder ihn weniger liebe, versicherte sie sich selbst. Wenn überhaupt, dann liebe ich ihn mehr denn je.

Sie schenkte Tee ein, reichte ihm seine Tasse und fragte sich, ob sie das Thema »Umzug« anschneiden sollte.

»Sollen wir nach Tavistock fahren heute Vormittag?«, fing sie an. »Bücherei, Bank und Mittagessen im *Bedford*? Was meinst du?«

Seine Miene hellte sich etwas auf, als er an seinem Tee nippte.

»Gute Idee. Das heitert uns bestimmt ein bisschen auf. Mir fehlen –« Er biss sich auf die Zunge, wie er es jahrzehntelang gewohnt gewesen war. »Mir fehlt die Sonne«, sagte er. »Im Garten komme ich gar nicht mehr weiter.«

Es tat ihr in der Seele weh, als sie darüber nachdachte, wie oft er aufgepasst hatte, was er sagte, und wie oft er seine Gefühle – auch völlig natürliche, harmlose – gezügelt hatte, aus Angst, seine krankhaft empfindliche Frau zu verletzen oder ihre Eifersucht zu wecken. Sie lächelte ihn über ihre Tasse hinweg an.

»Es ist so ruhig im Haus ohne sie, stimmt's? Mir fehlen die beiden. Was machen wir denn bloß, wenn sie nicht mehr hier sind?« Sie tat, als würde sie über diese Frage nachdenken. »Vielleicht sollten wir uns doch mit dem Gedanken anfreunden, hier wegzuziehen, Quentin. Könnte doch ganz lustig werden in Tavistock. Man kann mehr unternehmen, es sind mehr Leute in der Nähe. Hier wächst uns doch nach und nach alles über den Kopf, meinst du nicht? Wir sollten es als ein Abenteuer betrachten, als wenn wir ein neues Leben anfangen.«

Er antwortete nicht. Sie beobachtete ihn gespannt aus dem Augenwinkel.

»Es lässt sich wohl nicht vermeiden, schätze ich«, sagte er schließlich. »Ich habe natürlich auch schon daran gedacht. Dass Phyllida hier eingezogen ist, hat die Sache nur verzögert. Aber ich habe auch darüber nachgedacht und mich gefragt, wo wir hinziehen könnten.«

»Lass uns das Ganze positiv angehen«, sagte sie, als sie ihre Tasse zurück auf das Tablett stellte, und ihre Stimme klang fast wie ein Flehen. »Ich finde, wir sollten gewisse Dinge akzeptieren und versuchen, das Beste daraus zu machen. Es kann doch sogar Spaß machen, ein neues Zuhause zu suchen und sich zu überlegen, wo man hin will.«

Ganz tief in ihren Augen sah er, wie traurig sie eigentlich war. Er nahm ihre Hand und hielt sie ganz fest. »Solange wir zwei zusammen sind«, sagte er, »ist es ganz egal, wo wir sind. Ganz egal. Oder? Ich finde, wir sollten dankbar sein, dass wir einander immer noch haben. Aber du hast recht. Wir machen das Beste draus.«

Dankbar drückte sie seine Hand. »Phyllida bleibt noch bis Anfang März bei uns«, sagte sie. »Dann können wir uns den ganzen Frühling und Sommer umgucken und im Herbst umziehen. Wir haben Zeit genug.«

Ihre Worte hingen bleiern in der Luft: Zeit genug. Sie schwiegen beide in dem Bewusstsein, dass genau das, was sie möglicherweise nicht hatten, Zeit genug war. Sie wussten, dass sie zerbrechlich und verletzlich waren und dass einer von ihnen jederzeit heimgeholt werden konnte und der andere dann allein zurückblieb.

Alistair stand an seinem Kabinenfenster und beobachtete mit starrem Blick den von Westen herangepeitschten Regen über Gare Loch. In Gedanken war er allerdings sehr weit weg, in Devon, und er versuchte zu einer Entscheidung zu gelangen. Ihm war jetzt klar, dass es dumm von ihm gewesen war, sich von den Erfahrungen, die jemand anders gemacht hatte, derartig beeinflussen zu lassen und Phyllida im Juli jenen herablassenden Brief zu schreiben. Er schüttelte den Kopf und schämte sich jetzt, da er sich beruhigt hatte, aber trotz allem hatte er nicht damit gerechnet, dass sie so einfach über seine Wünsche hinweggehen würde. Sie war immer so nachgiebig gewesen, hatte sich so leicht überzeugen lassen. Doch selbst unter Berücksichtigung ihres Zorns und ihres Schmerzes hatte er nicht erwartet, dass sie so trotzig reagieren würde.

Alistair zog die Hände aus den Taschen und verschränkte die Arme. Phyllidas Entscheidung hatte ihn so schockiert, dass er völlig überreagiert hatte. Er hatte auf eine Antwort auf seinen Brief gewartet, Tag um Tag, Woche um Woche – vergeblich. Da er in wenigen Wochen wieder in See stach, würde das gezwungenermaßen weitere zwei Monate des Schweigens bedeuten, und bei dem Gedanken daran schüttelte er unwillkürlich den Kopf. Er dachte kurz daran, nach Devon zu fahren und sie auf *The Grange* zu besuchen, wehrte diese Idee aber ganz schnell wieder ab. Wie sollte man denn ein vernünftiges Gespräch führen können, wenn ständig zwei alte Leute um einen herumwuselten? Alistair ballte die Hände zu Fäusten und vergrub sie unter den Achseln. Warum war das denn bloß alles so verdammt frustrierend? Immerhin war er sich über eine Sache ganz zweifellos im Klaren: dass er Phyllida wollte und keine andere. Das war schon mal gut. Es war dumm von ihm gewesen, ihre Einladung für September so schnöde auszuschlagen, und jetzt suchte er fieberhaft nach einem Ausweg, der ihm einen zu großen Gesichtsverlust ersparen würde.

Dann, irgendwann, war er über seinen eigenen Schatten gesprungen und hatte auf *The Grange* angerufen – nur um gesagt zu bekommen, dass Phyllida bei ihren Eltern war und erst in einer Woche wiederkommen würde. Er hatte so schnell, wie es irgend ging, ohne unhöflich zu erscheinen, wieder aufgelegt, da er keine Lust gehabt hatte, von der alten Lady am anderen Ende in ein Gespräch verwickelt zu werden. Dann hatte er überlegt, ob er Phyllida bei ihren Eltern anrufen sollte. Als er sich fragte, ob seine Schwiegermutter eingeweiht war, verließ ihn der Mut. Sie war von Anfang an gegen diese Heirat gewesen, da sie durch Phyllidas Bruder Matthew über Alistairs Ruf informiert worden war. Matthew war vor eineinhalb Jahren nach Washington versetzt worden, sodass Hoffnung bestand, dass er noch nichts von den Gerüchten gehört und dementsprechend seine Familie noch nicht darüber in Kenntnis gesetzt hatte. Phyllida hatte ihrer Mutter doch sicher nichts erzählt! Aber seit jenem dummen Brief konnte er sich dessen wohl nicht mehr so sicher sein.

Er wandte sich vom Fenster ab, und sein Blick fiel auf das Foto neben seinem Bett. Phyllida strahlte ihn an und hatte die Arme um Lucy geschlungen, die auf einem Mäuerchen neben ihr stand. Diese glücklichen, vertrauensseligen Gesichter verursachten ihm einen Kloß im Hals, und einen Moment lang verschwammen sie vor seinen Augen. Er schluckte wütend und zuckte zusammen, als es an der Kabinentür klopfte. Er sah auf die Uhr und fluchte leise.

»Komme«, versicherte er dem Kopf, der hereingesteckt wurde. »Wir treffen uns unten auf dem Platz.«

Der Kopf verschwand wieder, und Alistair holte seine Squashtasche aus dem Schrank. Er war zu einer Entscheidung gelangt. Heute Abend würde er sich hinsetzen und einen vernünftigen Brief an Phyllida schreiben, mit dem endlich und endgültig alles zwischen ihnen geklärt würde. Genau das hatte Phyllida in ihrem Brief auch versucht zu tun, das erkannte er jetzt. Es war ihr schwergefallen, die getroffene Absprache zu brechen und die alten Leute hängen zu lassen, aber sie hatte deutlich gemacht, dass sie einem Gespräch darüber, wohin sie ziehen sollten, wenn er im März das U-Boot verlassen konnte, offen gegenüberstand. Das hieß im Grunde nichts anderes, als dass sie bereit war, von vorn anzufangen, und wenn er nicht so stur gewesen wäre, hätte er diesen Kompromiss akzeptiert und würde jetzt nicht in dieser dummen Situation stecken.

Er konnte einfach nicht glauben, dass ihre Ehe ernsthaft in Gefahr war. Phyllida war keine von denen, die etwas mit einem anderen Mann anfangen oder »Wie du mir, so ich dir« spielen würden. Dennoch wäre es mehr als verrückt, irgendetwas zu riskieren oder die Zeit der Trennung, die die Marine ihnen aufzwang, noch künstlich zu verlängern. Ihr Schweigen machte ihn nervös. Wenn sie ihm doch nur geschrieben hätte, dann hätte er sofort antworten können. Das Problem war doch, dass es immer schwieriger wurde, etwas auszubügeln, je länger man die Sache hinauszog. Und diese Sache hatte sich nun lange genug hinausgezogen. Da es am Telefon zu leicht zu Missverständnissen kommen konnte, beschloss er, sie nicht anzurufen, sondern ihr zu schreiben, sobald er vom Squash zurück war. Er wollte sie bei nächster Gelegenheit sehen, auch wenn das Treffen auf *The Grange* stattfinden würde, wo die beiden Tattergreise stets gegenwärtig waren. Es ging ihm schon viel besser, nachdem er sich dazu entschlossen hatte; und das Vertrauen darauf, dass Phyllida ihn liebte, sorgte dafür, dass ihm keine Tränen mehr in den Augen standen, als er noch einmal das Foto ansah. Er erwiderte ihr Lächeln, als er den Schläger vom Bett nahm, und zwinkerte ihnen zu.

»Bis bald, meine Mädchen«, sagte er und eilte hinaus.

Onkel Eustace und Oliver saßen sich an Liz' Küchentisch gegenüber. Liz war im Büro, aber Christina war in die Pläne der Männer eingeweiht und sollte mitmachen.

»Das Problem ist ja wohl klar«, sagte Onkel Eustace. »Wir müssen uns etwas wirklich Aufregendes einfallen lassen. Etwas Neues, Ausgefallenes, was es noch nicht gibt, was die Leute aber haben wollen.«

»Der Haken ist bloß«, sagte Oliver nachdenklich, »dass es alles, was mir in den Sinn kommt, schon gibt. Es ist verdammt schwer, sich etwas wirklich Neues einfallen zu lassen.«

»Schwer, aber nicht unmöglich«, beharrte Onkel Eustace. Er sah zu Christina, die das Kinn auf die Hand gestützt hatte und Oliver beobachtete. »Weißt du was? Wenn du nicht nachdenken kannst, setz Wasser auf. Oder noch besser, hol uns einen Drink. Damit können wir uns besser konzentrieren. Also, mit meinem Geld und Hirn und deiner Jugend und Ausbildung sollte uns doch was einfallen können.« Hocherfreut betrachtete er den Whisky, den Christina ihm eingeschenkt hatte – sie hatte keine Ahnung von Alkoholika und hatte ihm mindestens einen dreifachen spendiert –, und strahlte sie an. »Etwas ganz Neues. Wir brauchen irgendeinen Clou.«

Christina holte eine Dose Bier aus dem Kühlschrank und teilte sie unter sich und Oliver auf. Er zwinkerte ihr zu, und sie grinste ihn an – ihr Herz spielte verrückt vor Freude. Das hier war fast so gut wie alles, was sie sich bisher ausgemalt hatte. Dass Onkel Eustace und ihr Onkel zusammen Geschäfte machen wollten, war schon aufregend genug, aber dass ihre Planungstreffen bei ihr zu Hause stattfanden, grenzte an ein Wunder!

»Auf uns und Onkelchens Clou«, sagte sie und machte dann erst mal das Fenster weit auf, damit es nicht allzu sehr nach Zigaretten roch, wenn ihre Mutter nach Hause kam.

Als das Telefon klingelte, verschwand sie, um dranzugehen.

»Sie ist in dich verknallt«, stellte Onkel Eustace fest.

»Ich weiß.« Oliver klang verzweifelt und resigniert. »Verrückt! Sie kennt mich doch schon ewig.«

»Aber sie ist noch nicht ewig eine Frau.«

»Ist sie jetzt auch noch nicht«, protestierte Oliver. »Sie ist ja noch nicht mal sechzehn.«

»Alt genug«, bemerkte Onkel Eustace. »Frauen entwickeln sich schneller als Männer. Pass mal besser auf. Nicht, dass du ihr wehtust.«

»Will ich doch gar nicht«, gab Oliver verärgert zurück. »Und Hoffnungen will ich ihr auch keine machen.«

Sie schwiegen, als sie Christina zurückkommen hörten.

»Das war Daddy«, sagte sie. »Wegen Ferien. Er ist in der Gegend bei Freunden, also kann er mich abholen. Das ist doch nett, oder?«

Onkel Eustace sah sie scharf an. »Er kommt hierher?« Er ließ sich von ihrer gespielten Unschuld nicht täuschen. »Weiß deine Mutter das?«

»Noch nicht.« Christina ging in die Defensive. »Aber ich werd's ihr schon sagen, keine Angst.«

Sie starrten einander an, bis Onkel Eustace den Kopf schüttelte.

»Sei vorsichtig, Christina, das ist alles. Wer mit dem Feuer spielt, kann sich böse verbrennen.«

»Ich bin vorsichtig«, sagte Christina. »Keine Sorge. Konzentrier dich lieber auf deinen Clou, Onkelchen, und überlass den Rest mir.«

21

Die zehn Tage, die sie überstehen musste, bis sie das Testergebnis erfuhr, waren die längsten, die Claudia je erlebt hatte. Als sie erst einmal begriffen hatte, dass sie möglicherweise dem Tod geweiht war, wurde ihr bewusst, wie kostbar das Leben war – und wie unwichtig im Grunde alles andere, selbst Jeffs Verrat. Phyllida hatte ihr sehr gefehlt, sie wartete ungeduldig auf ihre Rückkehr, damit sie jemanden hatte, mit dem sie ihr Leid teilen konnte. Für sie war Phyllida die Einzige, der sie ihr schreckliches Geheimnis anvertrauen konnte.

Eines wurde jedoch gleich klargestellt: Sie war nicht schwanger. Sie hatte viel zu schnell die falschen Schlüsse gezogen, da sie nicht gewusst hatte, dass ausbleibende Blutungen ganz normal waren, wenn man die Pille nach fünf Jahren absetzte. Sie war unglaublich erleichtert und klammerte sich in jenen Tagen der Angst und Verzweiflung an diese einzig positive Nachricht. Wenn sie durch das Haus wanderte – treppauf, treppab, in jedes Zimmer, um blicklos aus dessen Fenster zu starren –, wurde ihr bewusst, dass sie einen großen Teil ihres Lebens mit Oberflächlichkeiten vergeudet hatte, und sie schwor sich, ihr Leben in Zukunft radikal zu verändern, wenn sie nur von dieser furchtbaren Unsicherheit erlöst würde.

Dieser noble, allerdings leider völlig theoretische Entschluss wurde auf eine harte Probe gestellt, als Jenny am Abend, bevor

Claudia wieder ins Krankenhaus fahren sollte, um das Ergebnis mitgeteilt zu bekommen, bei ihr aufkreuzte. Der alte Ärger kochte wieder in Claudia hoch, als sie Jenny vor der Tür stehen sah, und es dauerte ein paar Sekunden, bis ihr einfiel, dass ihre Eifersucht völlig unbegründet gewesen war und dass Jenny nie eine Bedrohung dargestellt hatte. Dennoch fiel es ihr nicht leicht, zu lächeln und sie hereinzubitten. Sie bewahrte ein würdevolles Äußeres, um ihre Angst davor zu verbergen, dass Jenny sich nach Jeff erkundigen könnte. Was sie sofort tat.

»Ich habe mich gefragt, wie du zurechtkommst ohne Jeff«, sagte sie und stellte ihre Tasche auf einem Küchenstuhl ab. »Hast du vielleicht Lust, mit mir im Pub was zu essen? Gavin steht heute hinter der Bar. Er hat gesagt, er wartet auf uns.«

»Oh.« Claudia war überrascht. Eine solche Einladung hatte sie nicht erwartet, und auf einmal wusste sie, dass sie nichts lieber täte als auszugehen, sich unter glückliche, sorglose Menschen zu mischen und einfach ein paar Stunden so zu tun, als wenn die Welt in Ordnung wäre. »Gern«, sagte sie und zögerte dann.

Ihr fiel ein, dass es wahnsinnig anstrengend sein würde, die Geschichte aufrechtzuerhalten, dass Jeff nach Sussex zu seiner Mutter gereist war und dass sie ihm folgen würde und zwischen ihnen alles in Ordnung war. Da Liz im Urlaub war, hatte Claudia keine Ahnung, was im Büro geredet werden mochte. Jenny beobachtete sie, auf ihrem fröhlichen kleinen Gesicht lag ein Hauch von Mitleid.

»Ich weiß Bescheid über alles, falls dir das hilft«, sagte sie rundheraus. »Bitte sei nicht sauer, aber Gavin hat mir alles erzählt. Es tut mir so leid. Muss ein furchtbarer Schock sein.«

Claudia starrte sie entsetzt an und spürte Zorn in sich aufsteigen. Wie konnte Gavin es wagen! Wie konnte er nur! Er hatte doch geschworen, dass sie ihm vertrauen konnte! Das Blut schoss ihr in den Kopf, und sie umklammerte eine Stuhllehne.

»Dazu hatte er kein Recht. Er hat mir versprochen –«

»Reg dich nicht auf.« Jenny huschte schnell um den Tisch und legte eine Hand auf Claudias angespannten Arm. »Er dachte, du könntest eine Frau gebrauchen, mit der du drüber reden kannst. Ich erzähle es auch niemandem.«

»Das hat Gavin auch gesagt«, entgegnete Claudia gekränkt. Sie musste die Lippen zusammenpressen, damit sie vor Angst und Zorn nicht bebten.

»Ich bin von selbst drauf gekommen«, erklärte Jenny. »Über Gavin wusste ich von Anfang an Bescheid. Ich war nur eine Art Alibi für ihn. Und dann habe ich mir so meine Gedanken über Jeff gemacht …«

»Aber wie? Oh, Gott!«

Claudia setzte sich an den Tisch und schlug die Hände vor das Gesicht. Sie hatte keine Kraft mehr, die Beleidigte zu spielen und Jenny die kalte Schulter zu zeigen. Sie fühlte sich so hilflos, so erniedrigt. Wenn Jenny von selbst darauf gekommen war, dann waren das vielleicht auch andere. Beim Gedanken daran schluchzte sie auf vor Elend. Jenny berührte ihre Schulter.

»Ruhig, Claudia. Sonst weiß niemand etwas. Reg dich nicht auf! Ich verspreche dir, sonst hat das keiner durchschaut. Komm schon. Jeder hat sein Geheimnis. Was meinst du denn, warum ich so überstürzt aus Bristol weggezogen bin? Ich war schwanger und musste abtreiben lassen. Er war verheiratet, und wir haben uns furchtbar gestritten. Gavin ist der Einzige, der das weiß. Ich habe selbst Unterstützung gebraucht, als ich hierhergezogen bin. Deshalb hat Gavin mir von dir erzählt. Er dachte, du könntest ein bisschen moralischen Beistand gebrauchen.«

Völlig hilflos fing Claudia an zu weinen. Die Tränen schossen ihr aus irgendeiner tief verborgenen Quelle in die Augen und zwängten sich unter den zugekniffenen Lidern hindurch. Sie legte die Arme auf den Tisch und den Kopf darauf und weinte, als würde sie nie mehr aufhören.

»Ich habe solche Angst«, keuchte sie. »Ich habe Angst, dass ich AIDS habe.«

Sie schluchzte, um ihrer Angst Luft zu machen, und Jenny stand neben ihr, streichelte ihr die Schulter und murmelte beruhigend auf sie ein. Dann wurde das Schluchzen leiser und Claudia hob den Kopf, weil sie nach einem Taschentuch suchte. Jenny ging ein paar Schritte auf die Küchenrolle zu und riss einige Blatt ab.

»Hier, nimm. Wisch dir das Gesicht ab. Soll ich dir irgendetwas besorgen?«

Claudia schüttelte den Kopf und hielt den Blick gesenkt. Jenny biss sich nachdenklich auf die Lippe.

»Wenn du willst, gehe ich. Ich will mich nicht einmischen, ehrlich. Es ist nur – ich kann mir gut vorstellen, was du für eine Angst hast. Ich würde durchdrehen an deiner Stelle. Gott! Na ja, und ich fand den Gedanken, dass du hier vielleicht ganz allein herumsitzt, unerträglich. Aber wahrscheinlich hast du genug Freunde, mit denen du reden kannst, und brauchst mich gar nicht.« Jenny nahm ihre Tasche.

»Nein, nicht gehen!« Claudia kratzte all ihren Mut zusammen und sah ihr geradewegs ins Gesicht. »Im Moment habe ich nämlich niemanden. Nur Gavin. Ich konnte nicht …« Sie schüttelte den Kopf. »Ich konnte mit niemandem darüber reden bisher. Wissen die anderen …?« Sie schluckte und kämpfte erneut mit den Tränen. »Wissen die anderen im Büro Bescheid über …? Du weißt schon!«

»Natürlich nicht!« Jenny klang sehr fröhlich. »Die sind doch alle viel zu beschränkt, um irgendetwas mitzubekommen, was man ihnen nicht direkt unter die Nase reibt. Und Jeff hat exzellent Theater gespielt. Hat von seiner Mutter geredet, als wenn sie eine furchtbare alte Schachtel wäre, die ihn voll unter ihrer

Fuchtel hat, wenn du verstehst, was ich meine. War sehr clever. Alle halten zu dir. Sind richtig empört, weißt du? ›Warum soll denn die arme Claudia das schöne Haus verkaufen und wieder nach Sussex ziehen, nur weil er ein Muttersöhnchen ist?‹ In der Art. Es würde keinen überraschen, wenn du hierbleibst. Und abgesehen davon würde es an ein Wunder grenzen, wenn sich ein Käufer für das Haus finden würde, wenn wir mal ehrlich sind.«

»Ich komme mir so blöd vor.« Claudia sah auf ihre Hände. »Dass ich nie etwas gemerkt habe. Ich habe bloß gedacht …« Sie hielt inne. Sie war schon zu weit gegangen und wollte sich doch ein wenig Stolz bewahren.

»Ich glaube nicht, dass irgendjemand, der nicht selbst so ist, so etwas merkt. Oder jemand, der mit so jemandem zu tun hat. Wie ich mit Gavin. Jeff war so zugeknöpft. So anständig. Nein, nein, darüber brauchst du dir keine Sorgen zu machen. Niemand wird Verdacht schöpfen.«

Sie stand an der Tür, beobachtete Claudia und wusste nicht, ob sie gehen sollte oder nicht. Sie wäre nicht hergekommen, wenn Gavin sie nicht dazu gedrängt hätte. Geradezu befohlen hatte er es ihr. Aber jetzt, wo sie hier war, tat Claudia ihr wirklich richtig leid. Sie ließ den Blick durch die makellos saubere Küche schweifen und musste grinsen. Schöne, teure Dinge waren auf einmal überhaupt nicht mehr wichtig, wenn man wusste, dass die kühle Klinge des Vollstreckers nur wenige Zentimeter entfernt war. Sie sah wieder zu Claudia und war gerührt von der Verzweiflung, die sich auf deren fleckigem Gesicht spiegelte.

»Na, komm schon«, sagte sie spontan. »Lass dich nicht unterkriegen. Du bist bestimmt gesund. Jeff war nicht so einer, der sich leicht mit anderen eingelassen hat. Dazu hatte er viel zu viel Angst. Jetzt bring mal dein Gesicht in Ordnung, und dann gehen wir was trinken. Wie wär's?«

Claudia nickte und lächelte unsicher. »Ich glaube, du hast recht. Wird mir guttun, mal herauszukommen. Ich geh eben hoch, sehe, was sich machen lässt.«

»Gute Idee«, ermunterte Jenny sie. »Einmal Kriegsbemalung, und dann zeigen wir es ihnen.«

Jenny blieb in der Küche, nachdem Claudia nach oben gegangen war, und fragte sich, worüber sie bloß den ganzen Abend reden sollten. Ihr fiel nicht eine einzige Gemeinsamkeit ein, sodass sie schon halbwegs verzagte. Aber egal. Dieses eine Mal würde sie es schon durchhalten. Wenn Claudia sich erst mal wieder zusammengerissen hatte, würde sie an Jenny ohnehin nicht mehr interessiert sein.

Wahrscheinlich wird sie mich später meiden wie der Teufel das Weihwasser, dachte Jenny, weil ich sie so gesehen habe, die Arme.

»Fertig.«

Claudia stand in der Tür, und Jenny empfand ehrliches Mitleid mir ihr, weil sie sich vorstellen konnte, wie schwer es jemandem wie Claudia fallen musste, von ihrem hohen Ross herunterzusteigen und zuzulassen, dass man sie bemitleidete. Einen kurzen – einen sehr kurzen – Moment dachte Jenny an Claudias arrogante, herablassende Art, an den offenen Spott, an die verächtlichen Blicke – und spürte, wie sich ihrerseits ein gewisser Stolz regte … Aber sie erkannte, dass dies nur bedeuten würde, mit den gleichen Waffen zurückzuschlagen, mit denen Claudia gegen sie ausgeholt hatte. Sie gab sich einen Ruck und lächelte ganz natürlich.

»Du siehst super aus.«

Sie gingen hinaus und sprachen kaum, bis sie zum Pub kamen. Jenny winkte Gavin hinter der Bar. Er antwortete mit einem Nicken und sah dann Claudia fragend an. Zwar setzte er einen übertrieben ängstlichen Gesichtsausdruck auf, aber es war doch noch zu erkennen, dass er tatsächlich besorgt war. Sie sah ihn an, allerdings ohne zu lächeln, da sie ihm noch nicht verzeihen konnte: dass er sie so einfach vorgeführt hatte. Aber als er dann ernsthaft bekümmert guckte, lächelte sie doch noch ein wenig, bevor sie sich in eine Ecke setzten. Sie suchte ihr Portemonnaie, aber Jenny schüttelte den Kopf.

»Die Runde geht auf mich«, bot sie an. »Was möchtest du trinken?«

»Öm.« Claudia versuchte, klar zu denken. Sie war ohnehin schon leicht benommen von der vielen Heulerei, deshalb war sie nicht sicher, ob sie überhaupt Alkohol trinken sollte. »Einen Wein, glaube ich. Ja, genau, einen Weißwein, bitte. Danke.«

Sie saß unbeweglich da und guckte Löcher in die Luft, weil sie auf keinen Fall sehen wollte, wie Gavin und Jenny sich darüber austauschten, was passiert war, während sie sich bemühten, so auszusehen, als würden sie nicht über Claudia sprechen. Sie wandte den Kopf ab und fühlte sich auf einmal sehr einsam. Plötzlich kam ihr der Gedanke, dass Andy vielleicht auch über alles Bescheid wusste, und ihr sank das Herz. Er war garantiert so einer, der es – ganz im Vertrauen – jedem weitererzählen würde, der ihm gerade in den Sinn kam. Wann würde diese Angst, entdeckt zu werden, wann würde diese Schmach endlich aufhören? Sie sah zu Jenny auf, als diese ein Glas neben sie stellte.

»Danke. Ich war in Gedanken. Ich habe Andy länger nicht gesehen. Wie geht es ihm?«

»Ach, der ist nach Bristol zurück«, sagte Jenny und setzte sich ihr gegenüber. »Zum Glück. War doch etwas eng für uns beide.«

Sie lächelte Claudia an und prostete ihr zu. Erleichtert erwiderte Claudia ihr Lächeln.

»Ja, das kann ich mir vorstellen.«

Claudia trank einen großen Schluck Wein und schloss einen Moment die Augen. Als sie sie wieder öffnete, beobachtete Jenny sie besorgt.

»Alles in Ordnung?«

»Glaub schon.« Claudia bemühte sich, ein fröhlicheres Gesicht zu machen. »Nur müde. Außerdem habe ich nicht richtig gegessen in der letzten Zeit.«

»Das macht die Angst, könnte ich mir vorstellen«, sagte Jenny mit der für sie typischen Offenheit. »Ich würde bestimmt keinen Bissen runterkriegen. Morgen, oder?«

Claudia nickte und sah sie halb entsetzt, halb erstaunt an.

»Manchmal kann ich es gar nicht glauben. Das ist alles so schnell passiert, und …« Sie trank noch einen Schluck. »Ich kann überhaupt nicht mehr klar denken.«

»Das glaube ich dir.« Jenny schien nachdenklich.

»Wahrscheinlich kann man an gar nichts anderes mehr denken, oder? Dauernd dreht sich alles nur darum, was der Arzt morgen wohl sagt.«

»Genau.« Neugierig sah Claudia sie an. Sie war überrascht, dass die unbeschwerte Jenny Verständnis zeigte für solche Gefühle. »Um ehrlich zu sein, habe ich ziemliche Schuldgefühle.« Sie trank noch einen Schluck, um sich Mut zu machen. »Ich habe Jeff geliebt, weißt du, richtig geliebt. Aber jetzt ist es, als hätte es das nie gegeben. Er ist mir egal. Die Einzige, um die ich mir Sorgen mache, bin ich selber.«

Sie lehnte sich zurück, um zu beobachten, wie Jenny reagieren würde, aber Jenny sah sie völlig gefasst an.

»Das ist doch ganz natürlich. Mein Gott! Warum solltest du dir nicht um dich selbst Sorgen machen? Das würde doch den stärksten Mann umhauen. Es ist ja schon schlimm genug, wenn eine andere Frau ins Spiel kommt, aber das hier …« Sie schüttelte den Kopf und pustete hörbar aus. »Bisschen heftig, oder, auf deine Kosten zu versuchen, normal zu sein? Und dann mit dem Exfreund durchzubrennen, kaum dass er aufgetaucht ist! Das löscht doch wohl alles Dagewesene aus, kann ich mir vorstellen.«

Claudia trank aus. Ihr war so leicht und schummerig im Kopf, und es fiel ihr schwer, scharf zu sehen. Auf einmal fing Jenny an zu kichern, rief sich dann aber selbst zur Ordnung und guckte Claudia schuldbewusst an.

»Tut mir leid. Ich wollte mich nicht über dich lustig machen oder so, aber du siehst ein bisschen angeschickert aus.«

»Bin ich, glaube ich, auch.« Jetzt kicherte auch Claudia, und plötzlich war sie ganz sicher, dass sich alles zum Guten wenden würde. »Ich habe nichts mehr gegessen, seit … ach, ich weiß gar nicht mehr, seit wann.«

»Komm, wir bestellen was. Gavin wird schon dafür sorgen, dass du eine Spezialportion bekommst. Fährt er mit dir dahin morgen?«

Claudia nickte. Ihr neu gefasster Mut erstarrte kurzfristig im eisigen Hauch ihrer Angst.

»Er war sehr nett zu mir.«

»Er ist ja auch ein netter Kerl.« Jenny studierte die Karte. »Natürlich auch etwas durcheinander, der Arme. Und er macht sich wahnsinnige Sorgen um dich. Ich bin froh, dass du morgen nicht allein bist.« Sie sah schüchtern zu Claudia auf. »Ich kann auch mitkommen, wenn du meinst, dass es dir hilft. Wahrscheinlich wäre es übertrieben, wenn wir beide mitkommen, aber ich dachte, ich biete es dir zumindest an.«

Sie sah wieder auf die Karte, und Claudia empfand echte Sympathie für sie. Dieses neue Gefühl war so überraschend, dass sie Zeit brauchte, sich daran zu gewöhnen – vielleicht kam es ja auch nur daher, dass sie ein klein bisschen betrunken war?

»Das ist sehr nett von dir, aber ich denke, ich komme klar. Wirklich. Aber vielen Dank für das Angebot.«

»Keine Ursache. Was nimmst du? Wohl besser was Leichtes, wenn du so lange nichts gegessen hast. Wir wollen ja nicht, dass du alles wieder auskotzt.«

Selbst diese Äußerung, über die Claudia noch vor ein paar

Wochen angewidert den Mund verzogen hätte, konnte sie nicht mehr schockieren. Stattdessen nickte sie zustimmend.

»Du hast ganz recht. Ich glaube, ich nehme das Huhn.«

»Okay. Gute Idee. Nein, bleib sitzen. Ich gehe bestellen, und die Rechnung verhackstücken wir später.«

Claudia sah ihr nach, und dieses Mal konnte sie Gavin ein warmes Lächeln schenken, auf das er mit einem Grinsen und einem Zwinkern antwortete. Irgendwie war es jetzt ganz egal, dass sie für ihn nie mehr gewesen war als eine Schachfigur in seinem Spiel mit Jeff. Sie wusste, dass er sich dafür schämte und dass er versuchte, es wiedergutzumachen, indem er sich so rührend um sie kümmerte. Sie dachte an Jeff und hatte zwei Bilder vor Augen: das von dem Jeff, den sie gekannt hatte – groß, gut aussehend, elegant gekleidet und stets wachsam. Und das von dem Jeff auf dem Foto, das ihr jetzt ins Gedächtnis gebrannt war und regelmäßig mit schmerzhafter Deutlichkeit wiederkehrte. Mit Mike. Wie hätte sie denn jemals gegen diese tiefe, nachgerade hermetische Innigkeit ankommen können?

Kurz bevor Claudia erneut in ihrem Gefühl der Unzulänglichkeit und Verzweiflung versank, stand Jenny schon wieder neben ihr. Sie stellte ein volles Glas Wein vor sie auf den Tisch und lächelte.

»Trink aus!«, sagte sie. »Der hier geht auf Gavin.«

22

Lucy saß mit ihren Buntstiften und ihrem Malbuch an Clemmies Küchentisch. Die Tür zum Hof stand offen, Punch hatte sich draußen in die Sonne gelegt, und die beruhigenden, sanften Geräusche des Sommers erfüllten die Luft: das Gurren der Tauben in den Bäumen, das träge Summen einer Hummel auf Pollenjagd, der Ruf des am Himmel kreisenden Bussards. Lucy malte still vor sich hin, wobei sie sich angestrengt auf die Zunge biss und mit ihren dicken Fingerchen den Buntstift fest umklammerte. Clemmie wuselte um sie herum, machte einen Wackelpudding für das Abendessen und sammelte die Zutaten für einen Kuchen zusammen. Dann und wann sahen sie einander an und lächelten – eine jede zufrieden, vertieft in ihre Aufgabe und doch froh, die Gesellschaft der anderen zu haben.

Lucy mochte Clemmies Küche mit ihrem gefliesten Boden, den weiß gekalkten Wänden und den riesigen Balken, die die weiße Decke durchkreuzten. Auf der niedrigen Fensterbank stand eine Vase mit Bartnelken, deren Duft sich mit dem Limonenwackelpudding und den frisch gehackten Kräutern vermischte. Sie mochte den alten Schaukelstuhl und die runde Uhr mit dem Mahagonirahmen, deren tiefes, regelmäßiges Ticken die Friedlichkeit zu dieser Stunde unterstrich. Lucy hörte einen Moment auf zu malen, um Clemmie dabei zu beobachten, wie sie ein Ei in die Schüssel schlug, und seufzte hochzufrieden.

»Ich finde es so schön hier«, gestand sie Clemmie sehr ernst. »Viel schöner als irgendwo sonst, wo ich gewohnt habe. Können wir für immer bei euch bleiben?«

Clemmie hielt kurz inne, als ihr Herz in einer Mischung aus Freude und Besorgnis einen Sprung machte.

»Von mir aus gerne, mein Liebling«, sagte sie. »Wäre das nicht herrlich? Aber wir müssen auch an deinen Vater denken, meinst du nicht?«

Lucy dachte über ihren Vater nach. Sie lehnte sich auf ihrem Stuhl zurück und steckte den Daumen in den Mund, um sich besser konzentrieren zu können.

»Der kann doch auch hier wohnen.« Sie nickte und strahlte Clemmie an, weil sie das Problem so einfach gelöst hatte. »Dem gefällt es hier bestimmt auch.«

Clemmie füllte den Teig in eine Backform und betete, die richtigen Worte zu finden. »Ganz so einfach ist das nicht«, fing sie vorsichtig an. »Es kann sein, dass der nächste Einsatzort von deinem Vater zu weit weg ist, um hier wohnen zu können. Dann müsste er immer viel zu lange fahren. Verstehst du?«

»Du meinst, so wie jetzt? Er ist in Schottland«, verkündete Lucy, stolz, etwas zu wissen. »Das ist sehr, sehr weit weg. Und dann taucht er mit dem U-Boot unter. Darum sehen wir ihn so selten.«

»Ja«, bestätigte Clemmie. »Genau darum. Aber wenn er mal nicht mehr zur See muss, könntet ihr ihn öfter sehen. Dann könnten du und deine Mutter zu ihm ziehen. Wäre das nicht prima?«

»Hm.« Lucy dachte darüber nach. Sie konnte sich gar nicht daran erinnern, dass sie jemals alle drei zusammen gewohnt hätten. »Ich glaube, ich bleibe lieber hier«, sagte sie, »mit dir und Mummy. Daddy kann uns ja besuchen, wenn er nicht hier wohnen kann.«

»Oje«, seufzte Clemmie, der die Situation nun doch zu heikel wurde. »Der arme Daddy. Meinst du nicht, dass er euch vermissen würde?«

»Ach, das ist er gewöhnt«, versicherte Lucy ihr. »Er vermisst uns ja immer. Das kommt daher, dass sein Beruf so wichtig ist.«

Clemmie lagen so viele Dinge auf der Zunge, aber jeder Satz, den sie im Geiste formulierte, hätte die Lage nur noch schlimmer gemacht, sodass sie letztlich schwieg.

»Guck mal!« Lucy hatte offenbar befunden, dass das Thema ausreichend und zufriedenstellend behandelt worden war, und sich wieder ihrem Malbuch zugewandt. Jetzt hatte sie allerdings den Buntstift hingelegt und saß mucksmäuschenstill.

Ein Rotkehlchen war in die Küche gehüpft und beobachtete sie mit geneigtem Kopf aus seinen erwartungsvollen Knopfaugen.

»Es möchte sich sein Frühstück abholen«, sagte Clemmie, die mehr als erleichtert war über diese Ablenkung. »Hier, gib ihm ein paar Krümel.«

Den Blick fest auf das Rotkehlchen geheftet, ließ Lucy sich vom Stuhl gleiten, und Clemmie reichte ihr die Schale von der Anrichte. Ganz langsam und vorsichtig kroch Lucy auf den Vogel zu, hielt still, als er aufgeregt flatterte, und warf ihm ein paar Krümel vor die Füße. Er pickte sie auf, und sie warf ihm noch eine Hand voll zu, dieses Mal allerdings hinter ihn, sodass er wieder hinaus ins Freie hüpfte. Sie folgte ihm in die Sonne. Punch hob den Kopf, beäugte die Krümel, kam zu dem Schluss, dass sich die Anstrengung dafür nicht lohnte, und sank zurück in seine Schlummerposition.

Clemmie schob den Kuchen in den Ofen und ging zur Tür. Das Rotkehlchen pickte die letzten Krümel auf, und Lucy hatte sich neben Punch gesetzt und ihm ihre Beine unter den Kopf geschoben. So saß sie da: Mit dem Rücken an die warme Wand gelehnt, an Punch gekuschelt, mit dem Daumen im Mund und dem Blick auf dem Rotkehlchen. Clemmie wusste, dass es ihr das Herz brechen würde, wenn Phyllida und Lucy auszogen, aber sie wusste auch, dass der Schmerz ein fairer Preis dafür war, dass sie mit den beiden ihr Leben auf *The Grange* zu einem solch wundervollen Abschluss bringen konnten. Wenn sie sich doch nur sicher sein könnte, dass Phyllida ebenso dachte. Sie hatte bemerkt, dass in der letzten Zeit keine Briefe von Alistair gekommen waren, obgleich sie sicher war, dass er es gewesen war, der angerufen hatte, als Phyllida bei ihren Eltern war. Sie befürchtete, dass die Kluft zwischen ihnen größer wurde. Es wäre so schrecklich, wenn sie und Quentin auf Phyllidas Kosten glücklich wären.

Clemmie legte den Finger auf den Mund, als die Tür aufging und Quentin in den Hof trat. Er nickte lächelnd, als sie auf die inzwischen eingeschlafene Lucy deutete, und folgte seiner Frau in die Küche. Sie lächelten einander an und nahmen sich instinktiv und wortlos in den Arm. In der letzten Zeit war es fast so, als hätten sie erkannt, dass das Leben viel zu schnell vergeht und dass äußerliche Bekundungen ihrer Liebe ausgesprochen wichtig waren – vor allem jetzt, da die Freundschaft mit Phyllida und Lucy den Schatten vertrieben und es ihnen ermöglicht hatte, sich ihre Liebe vorbehaltlos zu zeigen. Quentins Erleichterung war grenzenlos, die Freude und Dankbarkeit verlieh ihm geradezu Flügel. Von der Schuld befreit zu sein, die ihn vierzig Jahre lang gequält hatte, war, als wenn ihm eine Geschwulst entfernt worden wäre, deren Gift all sein Handeln gelähmt und die schwer auf sein Herz gedrückt hatte.

»Wo ist Phyllida?«, fragte er.

»Zur Brücke runtergegangen«, antwortete sie. »Oliver hat angerufen. Er kommt zum Mittagessen, und sie ist ihm entgegengegangen. Dann kann er an der Brücke parken, und sie laufen gemeinsam hierher.«

»Alles in Ordnung, ja?«

Das war mehr eine Feststellung als eine Frage, aber Clemmie sah ihn besorgt an.

»Ich mache mir ein bisschen Sorgen, weil sie so lange nichts von Alistair gehört hat«, räumte sie ein. »Ich weiß, dass er zwischendurch auf See ist, aber ich hatte eigentlich gedacht, dass er inzwischen wieder an Land ist.«

»Sie hat mir erzählt, dass er zwischen den Patrouillen an Kursen teilnimmt.« Quentin ging zur Spüle und wusch sich die Hände. »Vielleicht hat sie ja von ihm gehört, als sie bei ihrer Mutter war.«

»Ja.« Clemmie stapelte die schmutzigen Töpfe und Pfannen neben der Spüle. »Sie macht eigentlich einen ganz glücklichen Eindruck, und ich will mich auch gar nicht einmischen, aber ...« Sie schüttelte den Kopf und biss sich auf die Lippe. »Ach, Quentin. Hoffentlich hat es die Sache nicht noch schlimmer gemacht, dass sie hierhergekommen sind. Wahrscheinlich hätte er sie lieber woanders für sich gehabt.«

»Das kann natürlich sehr gut sein.« Quentin trocknete sich die Hände ab. »Aber soweit ich das beurteilen kann, ist es ihm ohnehin egal, wo sie sind, solange Phyllida sich weigert, ihm nach Schottland zu folgen. Er kommt doch her, wenn er Urlaub hat, oder?«

»Hoffentlich«, sagte Clemmie zweiflerisch. »Vielleicht schreckt es ihn ja ab, dass wir auch da sind. Das ist es, was mir Sorge macht.«

Quentin sah nachdenklich aus, doch bevor er antworten konnte, hörten sie ein Geräusch und wechselten warnende Blicke. Lucy wachte auf. Sie krabbelte unter Punchs Kopf hervor und lächelte sie verschlafen an.

Quentin nahm sie auf den Arm und drückte sie fest an sich.

Sie schlang die Arme um seinen Hals und drückte ihm einen ihrer lauten Schmatzer auf die Wange.

»Wie geht es dir, mein Goldstück?«, fragte er, und sie strahlte ihn an.

»Ich bleibe für immer bei euch«, erzählte sie ihm und freute sich über das Strahlen in seinen Augen, als er die frohe Kunde vernahm. »Clemmie hat gesagt, ich darf.«

»Na«, sagte er nach einer winzigen Pause, »das hört sich ja prima an.«

Fragend sah er Clemmie an, die das Gesicht verzog, hilflos mit den Schultern zuckte und sich nach etwas umsah, das Lucy ablenken würde. Aber Lucy lenkte selbst ab.

»Ich habe dir ein Bild gemalt«, sagte sie, und er setzte sie ab, damit sie es holen konnte. »Das bist du mit Punch auf einem Spaziergang«, erklärte sie ihm und hüpfte auf den Fliesen herum, während er das Kunstwerk betrachtete. »Gehen wir jetzt Mummy suchen?«

Clemmie konnte sehen, dass Quentin von der Gartenarbeit erschöpft war, und griff ein.

»Kannst du mir erst noch helfen, die Wäsche aufzuhängen, Lucy?«, fragte sie. »Du könntest mir die Wäscheklammern reichen.«

Quentin sah ihnen nach und sank erleichtert in den Schaukelstuhl. Seine Beine und sein Rücken taten so weh, dass er sich fragte, wie er sich überhaupt noch hatte aufrecht halten können, und er saß ganz still und versuchte, sich zu entspannen und seine schmerzenden Gelenke zu entlasten. Auch er war etwas besorgt um Phyllida und schloss aus den ein, zwei Bemerkungen, die sie hatte fallen lassen, dass Alistair nicht damit einverstanden war, dass sie und Lucy vorübergehend auf *The Grange* wohnten. Jetzt, da er die eine Schuld los war, fand er den Gedanken unerträglich, sich eine neue aufzubürden. Phyllida und Lucy waren ihm so ans Herz gewachsen, dass ihm der

Gedanke zuwider war, er könne verantwortlich sein für Unstimmigkeiten zwischen ihnen und Alistair. Ratlos fragte er sich, warum das Leben so kompliziert sein musste, lehnte den Kopf nach hinten und schlief kurz darauf ein.

Phyllida wartete schon an der Brücke auf ihn, als Oliver in seinem kleinen Fiat die Straße heruntergerumpelt kam. Sie winkte, er parkte auf der gegenüberliegenden Seite und kam dann auf sie zu. In der einen Hand trug er eine relativ große Einkaufstüte, aber er legte ihr den freien Arm um die Schulter und drückte sie.

»Wie geht es dir?«, fragte sie – wie immer überrascht darüber, wie sehr sie sich freute, ihn zu sehen – und erwiderte seine Umarmung.

»Gut.« Sie gingen los und marschierten schon kurz hinter der Brücke im Gleichschritt. »Und euch?«

»Auch gut. Obwohl ...« Sie zögerte. »Clemmie und Quentin sehen ziemlich alt aus. Nicht jeden Tag, aber ... Ich bin froh, dass die Sonne wieder scheint. Das hilft schon, wenn man alt und klapperig ist.« Sie runzelte die Stirn. »Ich mache mir Sorgen um sie. Solange ich da bin und ein Auge auf sie haben kann, ist es okay, aber was sie wohl machen, wenn ich nicht mehr da bin? Ich finde ja auch, dass sie nicht mutterseelenallein hier draußen bleiben sollten.« Sie sah ihn besorgt an. »Hoffentlich denkst du jetzt nicht, dass ich mich einmische. Ich weiß, ich kenne sie noch nicht so lange, aber mir kommt es vor, als würde ich sie schon ewig kennen. Und Lucy vergöttert die beiden.«

Auf dem schmalen Pfad ließ Oliver sie vorgehen. Allein ihr Anblick ließ sein Herz rasen und hob seine Laune.

»Ich finde überhaupt nicht, dass du dich einmischst«, entgegnete er. »Wir machen uns alle Sorgen um sie. Das Problem ist nur, dass es ihnen das Herz brechen wird, *The Grange* zu verlassen, und von uns wagt niemand, das Thema anzuschneiden. Eigentlich feige. Wir hoffen immer noch, dass irgendetwas passiert, das uns diese Aufgabe abnimmt. Wir wären so froh, wenn uns die Entscheidung darüber, was zu tun ist, abgenommen würde.«

Phyllida schwieg. Sie wusste genau, was er meinte. Ihr ging es in ihrer derzeitigen Situation bezüglich Alistair und ihrer Ehe genauso. Sie hatte mehrfach versucht, eine Antwort auf seinen selbstgerechten, vernichtenden Brief zu formulieren, aber es war ihr nicht gelungen. Es war einfacher, nichts zu tun und zu hoffen, dass das Schicksal sich einschalten und das Problem für sie lösen würde. Als Clemmie ihr erzählt hatte, dass sie glaubte, es sei Alistair gewesen, der angerufen hatte, war ihr ein Stein vom Herzen gefallen. Sie dachte, das Schweigen würde endlich gebrochen und sie könnten gemeinsam ihre Zukunft planen. Aber er rief nicht wieder an, und als Phyllida eines Abends all ihren Mut zusammengenommen und im Stützpunkt angerufen hatte, war ihr mitgeteilt worden, dass Commander Makepeace den Abend an Land verbrachte. Sie hatte sofort vor Augen, wie Alistair sich auf irgendeiner Party vergnügte, kühlte merklich ab und verzichtete darauf, eine Nachricht zu hinterlassen. Der Stillstand hielt an. Ihr Leben verharrte in einem Zustand der Unentschiedenheit – und war verführerisch friedvoll.

»Du bist so still.« Als Oliver sie endlich ansprach, wurde Phyllida sich des Rauschens des Flusses und des lauten Vogelgezwitschers bewusst.

Unvermittelt drehte sie sich um und war überrascht, die Liebe auf seinem Gesicht zu sehen. Sie vergaß ihre Sorgen und das, was sie sagen wollte. Sie sah ihn eindringlich an, doch er wich ihrem Blick aus.

»Oliver?«, fragte sie und blieb stehen, weil sie nicht sicher war, ob sie sich vielleicht getäuscht hatte.

»Vergiss es«, sagte er schnell und blickte weiterhin zum Fluss. »Ich kann nichts dagegen machen, aber ich will dir auch nicht auf die Nerven gehen. Können wir nicht einfach so tun, als wenn alles wie immer wäre?«

Dann endlich sah er sie an, und sein Blick ging ihr sehr nahe und rührte sie. Nach nunmehr fast einem Jahr der Sicherheit und der Schwermut war seine Liebe wie Balsam für ihre Seele, doch brachte diese Neuentdeckung sie etwas aus dem Gleichgewicht. Jener überraschte, dankbare Blick, den sie ihm zuwarf, ließ ihn automatisch seine Hand nach ihr ausstrecken, und sie nahm sie und hielt sie ganz fest.

»Aber ich finde das schön«, sagte sie etwas kindisch, und er lachte.

»Dann ist es ja gut. Muss ja auch niemandem wehtun. Ich weiß, dass du eine glücklich verheiratete Frau bist, also brauchst du von mir nichts zu befürchten.«

Phyllida öffnete den Mund, um sein idyllisches Bild von ihr zu korrigieren, überlegte es sich dann aber klugerweise doch noch anders. Es war schon schlimm genug, dass sie nicht damit zurückhielt, wie sehr sie seine Liebe freute – sie sollte besser nicht zu übermütig werden. Aber sie hielt seine Hand weiter fest, als sie langsam schweigend weitergingen, bis sie die Trockenmauer erreichten.

Lucy half Clemmie beim Tischdecken, während Quentin das kalte Rindfleisch aufschnitt, und das kleine Mädchen stieß einen Freudenschrei aus, als es Oliver sah. Sie rannte ihm entgegen, und Oliver beugte sich zu ihr hinunter, um sie in den Arm zu nehmen, wobei er den Halliwells über ihren Kopf hinweg zulächelte.

»Geschenk«, sagte er und gab ihr die Einkaufstüte. Alle anderen standen um sie herum und sahen dabei zu, wie sie es auspackte.

Sie legte es auf den Boden, schob die Hände in die Tüte und zog einen großartigen grauen Stoffpapagei heraus. Sein weißer Federschopf war hübsch aufgerichtet, sein schwarzes Knopfauge blickte frech, und seine Füße waren so gemacht, dass er allein stehen konnte. Er war weich und kuschelig und eine exakte Nachbildung von Papagei Percy, der zusammen mit Polly im Kinderfernsehen auftrat. Lucy betrachtete ihn sprachlos und berührte ganz vorsichtig seinen Schnabel. Phyllida sah mit Tränen in den Augen zu Oliver. Er wusste, dass sie ihm, wenn sie jetzt allein gewesen wären, in die Arme gefallen wäre und sie sich geküsst hätten, und er dankte Gott im Himmel, dass sich diese Szene in Clemmies Küche abspielte. Es hätte durchaus sein können, dass er sich dann nicht so gut hätte beherrschen können wie vorher im Wald.

»Oh, Lucy«, sagte Phyllida mit etwas wackeliger Stimme. »Was für ein wunderbares Geschenk!«

»Das ist Percy«, sagte Lucy, als könnte sie es selbst nicht recht glauben. »Das ist Papagei Percy.«

»Und wie er das ist«, sagte Oliver fröhlich. »Und er ist den langen Weg aus London angereist – nur für dich! Genau der gleiche wie im Fernsehen, nur dass der hier leider nicht sprechen kann. Da musst du dann selbst einspringen.«

»›Plapper-Polly, Plapper-Polly‹«, krächzte Lucy, sprang auf und rannte zu Oliver.

Er setzte sich auf den Schaukelstuhl und zog sie auf seinen Schoß. Sie drückte den Papagei an ihn und stieß sanft mit seinem Schnabel gegen Olivers Wange. Quentin wandte sich wieder dem Rindfleisch zu und Clemmie dem Besteck, Phyllida dagegen beobachtete mit aller Wärme die zwei im Schaukelstuhl, und Oliver zwinkerte ihr über Lucys Kopf hinweg zu. Sie lächelte ihn an und riss sich zusammen.

»Ich habe gar nicht gehört, dass du danke gesagt hast, Lucy«, ermahnte sie ihre Tochter, als sie die Tüte aufhob. »Guck mal, da ist noch etwas drin. Ein Abzeichen und ein kleines Heftchen. ›Bist DU schon Papagei-Percy-Clubmitglied?‹«, las sie vor und musste lachen. »Das ist ja lustig. Der letzte Schrei, was? Als

Nächstes machen sie wahrscheinlich Percy-T-Shirts. So eins hättest du dann auch gerne, was, Lucy?«

Oliver richtete sich so unvermittelt auf, dass Lucy und Phyllida, die das Abzeichen gerade an Lucys T-Shirt steckte, ihn erschrocken ansahen.

»Natürlich!«, rief er, und seine Augen glänzten, als hätte er die Erleuchtung. »Wieso bin ich denn da nicht schon früher drauf gekommen? Das ist genial!«

»Was ist denn jetzt los?« Phyllida sah ihn neugierig an, während Lucy Percy an sich gedrückt hielt und die Augen aufriss.

Er lächelte Phyllida an, und sie verspürte fast schon so etwas wie Eifersucht, weil seine gerade erst gestandene Liebe zu ihr offenbar ganz in Vergessenheit geriet ob seiner neuerlichen Aufregung.

»Du hast wirklich Köpfchen«, sagte er. »Du hast soeben Onkel Eustace' Clou entdeckt! Das ist die Geschäftsidee!«

Vorsichtig setzte er Lucy ab, stand auf und lächelte in ihre ratlosen Gesichter. »Ich bin nicht verrückt«, entschuldigte er sich, »und ich erkläre es euch beim Mittagessen. Aber könnte ich vorher eben telefonieren, Quentin? Es ist unglaublich, ich kann es nicht erwarten, Onkel Eustace zu erzählen, dass unsere Probleme gelöst sind und uns ein erfülltes Berufsleben, ja geradezu eine Karriere bevorsteht!«

23

Obwohl das Testergebnis negativ war, befand sich Claudia immer noch in einer Art Schwebezustand, der auf sie eine lähmende Wirkung ausübte. Ihre kurze, erleichterte Euphorie erhielt umgehend einen Dämpfer durch die Mitteilung, dass sie den Test in drei Monaten wiederholen müsse. Sie bemühte sich sehr, eine positive Einstellung zu bewahren, aber sie konnte den Gedanken daran doch nicht vollständig verdrängen. Man hatte ihr versichert, dass es sich bei dem zweiten Test um eine reine Vorsichtsmaßnahme handele, um ganz sicherzugehen, und damit musste sie sich jetzt zufriedengeben.

Ihr Geheimnis hatte dafür gesorgt, dass sie an keiner ihrer früheren Aktivitäten mehr teilnahm und viel zu viel Zeit zum Grübeln hatte, sodass sie immer deprimierter wurde. Manchmal dachte sie: Wenn ich doch nur verschont bliebe von dieser furchtbaren Krankheit, dann wäre ich so dankbar und glücklich, dass alles andere unwichtig wäre. Aber dann fragte sie sich zwischendurch auch, was sie denn jetzt, wo Jeff weg war, bloß mit sich anfangen solle. Inzwischen vermisste sie ihn schrecklich, aber selbst wenn sich diese Option geboten hätte – sie wusste, dass sie ihn nicht zurückhaben wollte. Ihr schauderte beim Gedanken daran. Nie wieder würde sie sich einem solchen Risiko aussetzen – und das isolierte sie natürlich noch mehr. Sie vermutete, dass sie nie wieder eine sexuelle

Beziehung eingehen könnte, da sie keinem Mann mehr vertrauen würde. Keinem. Denn wer hätte schließlich gedacht, dass Jeff …?

Sie brachte es nicht über sich, Liz – und erst recht nicht Abby – die Wahrheit zu sagen. Es stand überhaupt nicht zur Debatte, dass sie der einen oder der anderen diese unsägliche Geschichte erzählte, und sie spürte, wie sie sich allein bei dem Gedanken daran, sich so preiszugeben, innerlich verkrampfte. Und abgesehen davon: Je weniger Leute davon wussten, desto besser. Außer Phyllida waren nur Gavin und Jenny vertrauenswürdig, und das auch nur, weil sie selbst Geheimnisse hatten. Claudia sehnte Phyllidas Rückkehr herbei, da sie sicher war, dass die Erleichterung, mit jemandem über alles reden zu können, die Schmach des Vorgefallenen lindern würde.

Als Phyllida dann von ihren Eltern zurück war, hatte Claudia allerdings doch Angst davor, ihr alles zu erzählen; bis zu dem Moment, als sie nach dem Mittagessen gemeinsam auf Claudias Terrasse saßen, hatte sie bezweifelt, dass sie den Mut dazu haben würde. Völlig unabsichtlich drängte Phyllida sie jedoch dazu zu reden.

»Du hast abgenommen«, bemerkte sie, als sie Claudia eingehend betrachtete. »Nimm es mir nicht übel, aber ich finde, du bist zu dünn! Warst du auf Diät, oder ist irgendetwas passiert, wovon ich nichts weiß?«

Sie sprach so unbeschwert, aber Claudia spürte, wie ihr verräterische Tränen in die Augen stiegen, und als sie sich mit dem Blick in den Garten flüchtete, konnte sie schon gar nichts mehr erkennen. Phyllida schaute sie jetzt noch forschender an und wusste, dass tatsächlich etwas passiert war. In ihr regten sich gleichzeitig unterschiedliche Reaktionen. Am stärksten war ihr Verlangen, Claudia dazu zu bewegen, über ihr Problem zu sprechen. Andererseits überlegte sie, so zu tun, als habe sie nichts bemerkt, weil sie Claudias Stolz respektieren wollte. Phyllida wusste nicht, wofür sie sich entscheiden sollte. Doch ihre Zuneigung zu Claudia überstieg ihr Taktgefühl, und schließlich legte sie Claudia die Hand auf den Arm.

»Ich will mich wirklich nicht einmischen«, sagte sie etwas betreten, »aber wenn ich dir irgendwie helfen kann …«

Sie hielt inne, und Claudia musste mehrmals schlucken. Jetzt war der große Moment da, in dem sie sich, ihre Ehe und die ganze vermaledeite Geschichte vor Phyllidas Augen bloßstellen konnte – und die Vorstellung stieß sie ab; sie fragte sich, wie sie jemals auf die Idee gekommen war, dass sie ebendies tun könne. Wie würde Phyllida reagieren? Doch Verzweiflung bemächtigte sich ihrer und machte ihr klar, dass sie die makellose Fassade nicht länger aufrechterhalten konnte. Phyllida würde sie doch bestimmt verstehen! Schließlich hatte Phyllida ihr auch Geheimnisse anvertraut, mit ihr darüber diskutiert und Trost und Rat angenommen.

»Jeff hat mich verlassen.« Sie sagte es ganz schnell, bevor sie es sich noch einmal anders überlegen konnte, und biss sich dann auf die zitternden Lippen.

»Dich verlassen?« Phyllidas Stimme klang wie aus weiter Ferne, als sie nach langem Schweigen sprach. »Aber warum?« Sie zögerte. »Tut mir leid. Ich will wirklich nicht neugierig sein, aber ihr saht doch so glücklich aus.«

»Waren wir ja auch … gewissermaßen … Aber wir hatten … Also, da war … Ach, verdammt!« Claudia schüttelte den Kopf. Es hatte keinen Zweck, um den heißen Brei zu reden. »Jeff ist homosexuell. Und ich habe es nicht gemerkt. Ich weiß, das klingt unglaublich, aber ich habe es wirklich nicht gemerkt.« Sie schluchzte leise und presste die Lippen aufeinander. Phyllida war ganz still. »Er hat einen völlig normalen Eindruck gemacht, nur dass er nicht besonders interessiert war an … du weißt schon … also, Sex. Ich dachte, es lag an mir. Dass er keine Lust auf mich hatte.«

»Das ist ja fürchterlich für dich!« Tausend Fragen lagen Phyllida auf der Zunge, aber da sie sich vorstellen konnte, wie viel Überwindung es Claudia gekostet haben musste, ihr das zu beichten, stellte sie keine einzige. »Das muss ein fürchterlicher Schock gewesen sein.«

»Ich kann es immer noch nicht ganz glauben. Es ist passiert, kurz bevor du weggefahren bist.« Claudia versteckte ihre verkrampften Hände unter den verschränkten Armen.

»Das tut mir leid.« Aus Phyllidas Worten klang echtes Bedauern. »Was für ein schlechtes Timing! Und das, nachdem du dir meine ganzen Sorgen mit Alistair angehört hast.«

Nach dem letzten Satz fühlte Claudia sich schon etwas besser. Phyllida schien Claudias Probleme mit ihren eigenen auf die gleiche Stufe zu stellen.

»Aber irgendwie ist das doch nicht das Gleiche, oder? Ich meine, was Alistair getan hat, war, na ja, das war normal, oder? Ich will damit nicht sagen, dass es deshalb einfacher für dich war, sondern nur, dass das etwas ist, das viele Männer tun. Ich komme mir nur so blöd vor, weil ich es nie gemerkt habe. Und ich werde einfach nicht fertig damit, dass er mich wegen eines anderen Mannes verlassen hat.«

»Das kann ich mir vorstellen«, sagte Phyllida nachdenklich. »Man weiß besser, womit man zu tun hat, wenn es sich um eine andere Frau dreht.«

»Genau das meine ich.« Claudia drehte sich zu ihr um. Sie wollte so gern verstanden werden und vergaß darüber ihr falsches Schamgefühl. »Ich habe immer das Gefühl gehabt, es liegt an mir, und ich wusste nicht, was ich tun sollte. Egal, was ich unternommen habe, es hat nicht funktioniert.«

Phyllida sah sie an und war sehr darauf bedacht, jegliches Mitleid aus ihrem Blick und ihrer Stimme herauszuhalten. Sie wollte die Angelegenheit möglichst wenig emotional angehen.

»Das muss ein Schlag ins Gesicht gewesen sein«, sinnierte sie. »Und dann ist er auch noch ein so attraktiver Mann.«

»Es war erniedrigend.« Claudia wandte in Erinnerung der Szenen den Blick wieder ab.

»Schlimm«, beeilte Phyllida sich zu sagen, um ihr somit weitere peinliche Enthüllungen zu ersparen. »Warum kriegen Frauen eigentlich immer Schuldgefühle, wenn sie körperliche Bedürfnisse haben?«

»Geht es dir genauso?« Claudia starrte sie an.

»Natürlich. Bei Männern ist das ganz normal, aber wenn Frauen so empfinden, sollen sie sich schämen. Obwohl das doch genauso natürlich ist.«

»Ich dachte, ich wäre die Einzige«, murmelte Claudia. Phyllida beobachtete sie mitfühlend und beschloss, noch einen Schritt weiter zu gehen.

»Wenigstens weißt du jetzt, dass es nicht daran lag, dass Jeff dich nicht mochte, sondern daran, dass er Frauen generell nicht anziehend fand. Jetzt brauchst du nicht mehr das Gefühl zu haben, mit dir würde etwas nicht stimmen. Ich habe immer das Gefühl, dass ich mit Frauen wie Janie verglichen werde.«

»Das sage ich mir ja auch, aber ich kann sein Gesicht einfach nicht vergessen, als er Mike ansah.«

»Mike?«

»Mike war sein Freund, bevor wir geheiratet haben. Er stand plötzlich vor der Tür, und so kam alles heraus. Mike hat mir von sich und Jeff erzählt.«

Phyllida starrte sie entsetzt an, ihr fehlten vor Bestürzung die Worte. Claudia nickte, als würde sie dem Entsetzen zustimmen.

»Aber das ist … Du meinst, er ist aus heiterem Himmel hier aufgetaucht und hat dir erzählt …? Mein Gott! Das glaube ich nicht.«

»Habe ich auch erst nicht. Aber dann hat er mir ein Foto gezeigt, wo sie zusammen drauf sind. Nein.« Sie schüttelte den

Kopf, als Phyllida das Gesicht verzog. »Es war nicht … irgendwie abstoßend oder so. Eigentlich war es fast schlimmer als das. Es war ein Urlaubsfoto. Wo sie zusammen auf einer Mauer in der Sonne sitzen, die Arme umeinander geschlungen haben und einfach glücklich aussehen. Ich habe Jeff nie so gesehen.«

Sie sprach so leise, dass sie kaum noch zu hören war, und Phyllida verspürte den Wunsch, sie in den Arm zu nehmen und an sich zu drücken.

»Ich finde, du bist wahnsinnig tapfer«, sagte sie. »Als ich das von Alistair erfahren habe, habe ich mich nur noch verkrochen. Es hat ewig gedauert, bis ich darüber sprechen konnte. Das Problem ist nur, dass man das Gefühl hat, man sei selbst schuld. Dass man die eigenen Schwächen verantwortlich macht statt die der Männer. Und man schämt sich, anderen davon zu erzählen, vor allem, wenn man meint, dass die anderen mit allem viel besser umgehen können.«

Claudia dachte daran zurück, wie überlegen sie sich Phyllida gegenüber gefühlt hatte, als diese ihr von ihren Problemen erzählt hatte, und bereute diese niedere Empfindung. Sie fasste neuen Mut und entwickelte ein tieferes Verständnis für andere.

»Mike hat AIDS«, verkündete sie schonungslos. »Das war eigentlich das, was er Jeff sagen wollte; weshalb er gekommen war. Als Jeff das erfahren hat, hat er beschlossen, bei ihm zu bleiben und ihn zu begleiten. Dann hat er mich verlassen.« Sie versuchte, fair zu bleiben. »Ich habe ihm gesagt, dass er gehen soll. Als ich erst mal wusste, was los war, hätte ich nicht so weitermachen können wie bisher.« Sie zögerte, und als sie weitersprach, bebte ihre Stimme. »Ich habe einen Bluttest machen lassen, nur um sicher zu sein, obwohl Jeff gesagt hat, er sei gesund und hätte nichts mehr … gemacht, seit wir geheiratet haben.«

Jetzt stand Phyllida endlich auf und hockte sich neben Claudia. Sie legte den Arm um ihre Schultern und drückte sie. »Ach, Claudia«, sagte sie, und Claudia lächelte sie dankbar an.

»Ich bin negativ«, sagte sie. »Alles in Ordnung. Aber in drei Monaten soll ich mich noch mal testen lassen. Um ganz sicher zu sein. Ich bin mir sicher, dass alles in Ordnung ist …« Sie schlug die Hände vors Gesicht und fing an zu weinen.

Das Ausmaß ihrer Erleichterung darüber, ihre Schmach und ihre Ängste mit jemandem geteilt zu haben, war so überwältigend, dass sie gar nichts dagegen tun konnte. Phyllida umarmte sie und wartete, bis sie sich wieder etwas beruhigte. Ihr kam es vor, als hätten sie sich durch ein gefährliches Minenfeld gekämpft und wären jetzt sicher auf der anderen Seite angekommen. Als die Schluchzer nachließen, stand Phyllida auf.

»Ich mache uns einen Tee«, sagte sie, überzeugt davon, dass Claudia nichts dagegen haben würde, ein paar Minuten allein zu sein, in denen sie sich zusammenreißen und wieder fassen konnte. »Bin gleich zurück.«

Claudia verharrte auf ihrem Stuhl. Sie wusste, dass etwas ganz Wichtiges und Kostbares zwischen ihr und Phyllida passiert war, und obwohl sie das Gefühl hatte, keine Energie und keine Emotion mehr übrig zu haben, empfand sie einen ungekannten Frieden. Es gab noch so viel zu sagen, aber das konnte jetzt warten, jetzt wollte sie diese Atempause genießen. Sie lächelte, als Phyllida mit dem Tablett kam – obgleich diese die falschen Untertassen herausgeholt und den Zuckerlöffel vergessen hatte –, und dachte sich schon, dass es etwas schwierig sein würde, eine neue Unterhaltung anzufangen.

»Und, wie war dein Urlaub?«, fragte sie, als sie Phyllida eine Tasse abnahm. »Hat deine Mutter dich in die Mangel genommen? Ich habe an dich gedacht. Jetzt lass uns mal meine Probleme vergessen und über dich reden.«

Die Idee mit dem Versandkatalog für Papagei-Percy-Kindermoden kam von Christina.

»Ich glaube, sie hat recht, Onkelchen«, sagte Oliver. »Der

Papagei-Percy-Club ist doch schon ein gesicherter Absatzmarkt, und wir könnten mit unserem Versand weitere Mitglieder werben.«

Onkelchen paffte nachdenklich, während die anderen beiden ihn beobachteten. Die geistige Mutter von Papagei Percy war eine Freundin von Olivers Eltern, und sie war gern bereit gewesen, sich anzuhören, was für Ideen das Grüppchen um Onkel Eustace hatte. Nur brachte es die Jungunternehmer kaum weiter, über das Design solcher Kleidung bloß nachzudenken.

»Es müssen lustige Sachen sein«, sagte Christina und stützte beide Ellbogen auf den Tisch. »Nicht nur langweilige alte T-Shirts. Richtig lustige Sachen, auf die die Kinder so abfahren, dass sie ihre Eltern nerven, bis sie sie kriegen.«

»Interessieren sich kleine Kinder denn so sehr für Mode?«, fragte Onkel Eustace überrascht.

»Natürlich! Wenn irgendein Kick dabei ist. Und wenn im Kinderprogramm Kinder auftreten, die die Sachen anhaben. Na klar, so 'ne Art Modenschau für Kids!«

»Das ist brillant, Christina«, sagte Oliver langsam. »Jedes Kind, das sich die Sendung ansieht, wird unser Papagei-Percy-Zeugs haben wollen. Du bist genial! Ich finde, du solltest von der Schule abgehen und bei uns mitmachen.«

»Und ich finde, du solltest ihr keine Flausen in den Kopf setzen.« Liz stand neben ihnen. »Und außerdem brauchen wir den Tisch fürs Abendessen. Hast du dran gedacht, das Gemüse zu putzen, Christina, oder warst du zu beschäftigt mit eurer Denkfabrik?«

»Alles fertig.« Christina schwebte auf allen Wolken, weil Oliver sie gelobt hatte, und drehte sich auf ihrem Stuhl um. »Was meinst du, Mum? Ein Versandkatalog für Papagei-Percy-Kleidung. Gut, oder?«

»Ich finde, unsere Gesellschaft wird schon genug mit Konsumgütern bombardiert. Für mich hört sich das eher nach noch mehr Stress für arbeitende Mütter an, die ihren verwöhnten Kindern noch mehr unnütze Luxusartikel kaufen sollen.«

»Na.« Onkel Eustace schob seinen Stuhl zurück und zwinkerte Christina und Oliver zu. »Jetzt hast du uns aber den Kopf gewaschen. Dass wir damit Arbeitsplätze schaffen, gilt wahrscheinlich nicht als Argument?«

Aber Liz war schon wieder in die Küche verschwunden. Die anderen räumten den Tisch und ließen sich von ihrer Idee nicht so einfach abbringen.

»Wir müssen unglaublich viele Sachen dabei bedenken«, sagte Oliver. »Zum Beispiel: Wer macht das Design für die Sachen? Wollen wir Werbung machen?«

»Müssen wir«, sagte Onkel Eustace. »Und die Herstellung überlassen wir einem Subunternehmer. Da brauchen wir aber jemanden mit Gefühl für Farbe und Material. Ich glaube, wir müssten fertige Kleidungsstücke vorzeigen können, nicht nur die Zeichnungen. Wir müssen Aufmerksamkeit erregen.«

»Prudence!«, rief Christina. »Sie kann super nähen. Wirklich. Ihre Sachen sehen richtig professionell aus.«

Die beiden Männer sahen sich an, und Onkel Eustace zog die Augenbrauen zusammen. »Ich glaube, ich habe sie schon mal gesehen«, sagte er.

»Wir waren letztes Jahr auf ihrer Party«, bestätigte Christina. »Dünne Frau mit Brille. Sie ist richtig süß, nur etwas nervös. Man müsste ihr das schonend beibringen. Das kann Oliver machen. Der kann mit Frauen umgehen.«

»Von wem redet ihr?«, fragte Liz spitz, als sie mit Geschirr und Besteck wiederkam.

»Von Oliver. Er soll Prudence bequatschen.« Christina lächelte ihre Mutter an. »Sie würde doch bestimmt tolle Sachen nähen, meinst du nicht? Du weißt schon. Die Musterstücke, die man den Leuten vorführt.«

»Sie ist eine erstklassige Schneiderin.« Liz stellte alles auf den Tisch. »Sie ist nicht bloß die kleine Frau von nebenan. Sie hat eine richtige Ausbildung gemacht und ist ausgesprochen professionell.«

»Könnte sie die Sachen auch entwerfen?«, fragte Oliver.

Liz schürzte die Lippen und schüttelte langsam den Kopf. »Glaube ich nicht. Ich kenne sie jetzt schon so lange, und sie wollte nie etwas ohne Muster nähen.« Sie wandte sich an Christina. »Saus doch mal hoch und hol das Kleid, das sie dir letzten Winter genäht hat.«

Christina freute sich, dass ihre Mutter nun doch noch Interesse zeigte, und rannte die Treppe hinauf. Die anderen sahen einander an.

»Es ist ein Anfang«, sagte Onkel Eustace. »Würdest du sie anrufen, Liz? Wenn sie eine nervöse Natur ist, wollen wir sie auf keinen Fall verschrecken. Vielleicht kann sie ja auf einen Kaffee oder so rüberkommen, und dann übernehmen wir.«

»Warum nicht?« Liz zuckte mit den Schultern. »Wenn es ein Erfolg wird, kann Prudence ja ruhig daran beteiligt sein. Sie kann immer Geld gebrauchen. Jetzt essen wir erst mal, danach rufe ich sie an. Und je eher ihr endlich den Tisch freigeräumt habt, statt bloß mit den Händen in den Taschen herumzustehen, desto eher kann ich mit ihr sprechen!«

Als Quentin einige Wochen später über die Hügel oberhalb des Hauses wanderte, empfand er die stille Befriedigung eines Mannes, dessen Rechnung aufgegangen war. Es war kein Zufall gewesen, dass er und Clemmie ausgerechnet in der Woche, in der Alistair Urlaub hatte, einen alten Freund in Norddevon besuchten. Deshalb hatten Alistair, Phyllida und Lucy das Haus ganz für sich. Quentin war sehr erleichtert gewesen, als Phyllida sich so über Alistairs Brief gefreut hatte. Sie hatte sich derartig in Anspruch nehmen lassen von Claudia und ihren Problemen und Oliver und seinem neuen Projekt, dass es Quentin angst und bange geworden war. Aber ihre Reaktion auf Alistairs Vorschlag, seinen Urlaub bei ihr und Lucy auf *The Grange* zu verbringen, hatte ihn sehr gefreut. Er hatte Clemmie schon präpariert, sodass diese, als er sich ganz nebenbei erkundigte, wann Alistair denn käme, und Phyllida die Daten vorlas, wunderbar natürlich ausrief: »Ach, ist das nicht die Woche, in der wir in Barnstaple sind?«

Phyllida war sofort darauf hereingefallen. Clemmie und Quentin hatten Erleichterung in ihren Augen aufblitzen sehen, aber als sie hörte, dass sie rechtzeitig zurück sein würden, um Alistair kennenzulernen, war ihre Freude dennoch nicht geheuchelt. Alistair gefiel Quentin auf Anhieb. Er hatte Charme, und man konnte sich wunderbar mit ihm unterhalten, und es war nicht zu übersehen, dass zwischen ihm und Phyllida alles geklärt worden war. Quentin blickte über das Heidekraut, das die Hänge bedeckte, atmete tief ein und tätschelte Punch aufmunternd die Seite. Als er sich aufrichtete und streckte, sah er, dass jemand von unten heraufgeklettert kam, und wusste sofort, dass es Alistair war. Punch saß – dankbar für die kurze Pause – bei Fuß, während Quentin auf Alistair wartete.

»Es ist wunderschön hier oben«, sagte er, als er Quentin erreichte. »Wirklich atemberaubend. Ich beneide Sie.«

»Das brauchen Sie nicht«, erklärte Quentin, als sie gemeinsam weitergingen. »Ich schaffe es nur noch selten hier hoch. Ich bin zu alt, mir geht die Puste aus. Es wird uns beiden das Herz brechen, wenn wir hier wegziehen.«

»Das kann ich mir vorstellen. Aber müssen Sie denn wirklich weg?«

»Wir werden zu alt, wir können das alles nicht mehr allein schaffen.« Quentin klang recht unbeschwert, aber Alistair ließ sich nicht täuschen. »Im Frühjahr werden wir uns in Tavistock nach einer kleinen Wohnung umsehen. Wenn wir Glück haben, erleben wir noch einen Sommer hier.«

»Phyllida hat mir erzählt, dass Clemmies Familie schon seit Generationen auf *The Grange* lebt.«

»Stimmt genau. Es tut ihr sehr weh, dass unser Sohn Gerard es nicht übernehmen möchte. Es wird ihr das Herz brechen, wenn es an Fremde verkauft wird.«

Quentin war froh, dass Alistair stehen blieb, um sich eine Zigarette anzuzünden, denn so bot sich ihm die Gelegenheit, wieder zu Atem zu kommen. Dabei waren sie nun wirklich nicht schnell gegangen.

»Ich hätte gedacht, dass Ihr Sohn in jedem Fall daran interessiert wäre.«

Quentin schüttelte den Kopf. »Zu weit weg von allem, was ihm wichtig ist, und seine eigene Familie ist auch schon aus dem Haus. Unser Gerard ist halt ein Stadtjunge. Braucht die Lichter und das alles. Und warum auch nicht? Es gibt nicht viele Leute, die hier versauern wollen, meilenweit weg von allem.«

Sie ließen die Blicke über die großen Granitformationen bis zu den dunstigen blauen Hügeln in der Ferne schweifen. Alistair zuckte mit den Schultern.

»Ich find's schön hier.«

Quentin lächelte. Sein Herz setzte zu einem Höhenflug an, fast wie die Lerche hoch über ihren Köpfen, und er fühlte sich merkwürdig hingezogen zu dem jungen Mann, der da neben ihm stand, stoisch an seiner Zigarette zog und die vor ihm ausgebreitete Herrlichkeit in sich aufsog.

»Das ist nicht etwas, das man sich aneignen kann im Laufe seines Lebens«, sagte er. »Es muss einem mit in die Wiege gelegt sein. Das ist jedenfalls meine Meinung. Ich bin froh, dass Sie hergekommen sind.«

Alistair sah ihn unerwartet scharf an. »Haben Sie daran gezweifelt?«

Quentin schürzte die Lippen, hob die Augenbrauen und nickte dann. »Ich war mir nicht sicher. Aber es geht mich nichts an.«

Alistair nahm noch einen tiefen Zug von seiner Zigarette und sah zur Lerche hinauf. »Ich habe mich ziemlich blöd verhalten«, gab er schließlich zu. »Aber Phyllida scheint bereit zu sein, das alles zu vergessen.«

»Ihre Phyllida«, sagte Quentin nach einer kurzen Pause, »besitzt eine wunderbare Gabe. Die Gabe der Liebe. Sie strömt nur so aus ihr heraus und umfängt uns alle, ohne zu fordern, ohne zu rechnen. Das gibt es selten.«

Alistair sah ihn gespannt an. »Das freut mich«, sagte er endlich. »Ich meine, es freut mich, dass es Sie bereichert hat. Das ist ...« Er zögerte.

»Und wie es das hat«, bestätigte Quentin sofort. »Mehr, als wir uns jemals erhofft hatten. Dass Phyllida zu uns gekommen ist, war das Beste, was uns passieren konnte.«

»Na, dann!« Alistair lachte ein wenig, um zu verbergen, dass ihn Quentins Begeisterung in Verlegenheit brachte. »Das – das ist gut. Das freut mich«, wiederholte er, weil er nicht recht wusste, was er sagen sollte.

»Sie hat uns nämlich geheilt, wissen Sie.« Quentin lag etwas daran, dass Alistair ihn verstand, irgendwie war ihm das sehr wichtig. »Vor vielen Jahren haben wir ein Kind in Lucys Alter verloren, und ...« Er schluckte und sah Alistair direkt ins Gesicht. »Damals habe ich Clemmie betrogen. Es war ihr all die Jahre unmöglich gewesen, mir restlos zu verzeihen, und die Geschichte lag wie ein dunkler Schatten über uns, bis Phyllida und Lucy auftauchten. Clemmies Eifersucht war untrennbar verbunden mit ihrer Trauer, und ich glaube, dass sie deshalb so tief saß. Ihre Frau und ihre Tochter sind uns sofort ans Herz gewachsen, wissen Sie. Für uns war es, als wenn unsere Pippa zu uns zurückgekehrt wäre – und zwar sowohl als das Kind, das sie war, wie auch als die Frau, die sie geworden wäre –, und so wurden wir von dem Schatten und dem Schmerz befreit.«

Er blieb stehen, und Alistair nahm ihn beim Arm. Die Blässe und Kurzatmigkeit des alten Mannes machten ihm Sorge. Als er sah, dass ihm Tränen über die Wangen liefen, hielt er den dünnen, knochigen Arm noch weiter fest, wandte den Blick aber ab von den Emotionen, die das müde, alte Gesicht zeichneten.

»Das wusste ich nicht«, murmelte er. »Ich wusste von dem Kind, aber nicht von … dem andern. Tut mir leid.«

»Das muss Ihnen nicht leidtun.« Quentin suchte sein Taschentuch und klemmte Alistairs Hand dabei unter seinem Arm fest. »Woher hätten Sie das auch wissen sollen? Und Sie waren so großzügig, uns Ihre Familie auszuleihen. Das bedeutet uns wirklich sehr viel. Das können wir nie wiedergutmachen.«

»Ich war nicht großzügig.« Alistair sah Quentin an, als dieser sich über das Gesicht wischte. »Ich war dagegen. Fast wäre ich gar nicht hergekommen. Ich wollte nicht, dass sie hierherzog, und ich wollte sie dafür bestrafen, dass sie es trotzdem getan hat.«

»Haben Sie aber nicht.« Quentin sah ihn fast schon liebevoll an.

Alistair schüttelte den Kopf und lachte kurz und laut auf. »Ich liebe sie zu sehr. Ich habe sie furchtbar vermisst – und Lucy natürlich auch –, aber es ist eine schwierige Zeit gewesen.« Er verstummte, aber Quentin beobachtete ihn weiter und schwieg, und dann sprach Alistair weiter. »Ich habe sie auch betrogen. Vor mehr als einem Jahr. Es hatte nichts zu bedeuten, ich habe mich nur von einer alten Freundin hinreißen lassen, ich habe nicht einmal eine richtige Entschuldigung wie Sie damals, obwohl wir natürlich das Baby verloren hatten. Phylly hat davon erfahren, und dann war die Hölle los.« Er schwieg noch einmal und versuchte, gerecht zu bleiben. »Aber selbst da wollte sie, dass wir es wieder versuchen. Sie hat sich immer bemüht. Dann wurde ich ungeduldig und habe alles wieder kaputtgemacht und habe mich unmöglich aufgeführt, als sie mit Lucy bei Ihnen eingezogen ist.« Er sah Quentin an. »Es tut mir leid. Ich dachte ... Ich habe die Situation falsch eingeschätzt, ich war ein Egoist.«

»Aber jetzt ist alles gut?«

»Jetzt ist alles sehr gut.« Alistair lächelte ihn an, drückte seinen Arm und ließ ihn dann los. »Es war eine wunderschöne Woche. Wunderschön. Und ich wollte erst nicht herkommen!«

Sie drehten sich um und machten sich an den Abstieg. »Wissen Sie denn schon, wo Sie im Frühling hinziehen werden? Wenn Phyllida und Lucy so lange hierbleiben?«

Alistair hörte den bangen Ton aus der Frage heraus und lächelte Quentin beruhigend an.

»Sie werden so lange bleiben«, sagte er. »Und danach kommt es darauf an, wo ich hin soll. Ich hoffe, es stört Sie nicht, wenn ich an Weihnachten wieder herkomme? Nur für ein paar Tage. Kein richtiger Urlaub.«

»Mein lieber Junge«, sagte Quentin und machte aus seiner tief empfundenen Dankbarkeit keinen Hehl, »es gibt nichts, was Clemmie und mich mehr freuen würde. Unser letztes Weihnachten auf *The Grange* als echtes Familienfest.«

Sie lächelten einander in ehrlicher Zuneigung an, bevor sie die letzten Meter hinabstiegen. Phyllida sah sie von ihrem Schlafzimmerfenster aus näher kommen, freute sich über die offensichtlich zwischen den beiden Männern geschlossene Freundschaft und eilte nach unten, um sie in Empfang zu nehmen.

24

Oliver war auf dem Weg zu Onkel Eustace. Er fuhr über die Brücke bei Meavy, durch den Ort hindurch, an der Schule vorbei und dachte an Lucy und Phyllida. Es war hart, zu lieben und keine Hoffnung darauf zu haben, dass die Liebe je erwidert würde. Selbst in seinen kühnsten Träumen wusste er, dass sie ihn nie lieben würde – zumindest nicht so, wie er gern wollte, dass sie ihn liebte. Anfangs hatte sie ihn wie einen Bruder behandelt, hatte ihm freundliche Zuneigung entgegengebracht, die parallel mit der Freundschaft immer tiefer und inniger geworden war. Aber in jener kurzen Zeit zwischen dem Moment, in dem er Lucy den Papagei geschenkt hatte, und dem Moment, in dem Phyllida Alistairs Brief erhalten hatte, hatte sie sehr geschwankt. Als sie erst einmal um Olivers Gefühle für sie wusste, war sie bezaubernd schüchtern geworden, fast so, als wenn sie dankbar wäre, und die ganze Aufregung um das neue Unternehmen hatte ihre Gefühle noch intensiviert und ihr vor Augen geführt, wie gefährlich sie sein konnten.

Oliver überquerte die Straße zwischen Yelverton und Princetown und fuhr nach Walkhampton hinein. Er wusste, dass Phyllida ihn jetzt so liebte, wie sie Quentin und Clemmie, Prudence und Onkel Eustace liebte, die sie alle mit jener großherzigen, uneigennützigen Wärme umfing, die die Leute an ihr so anziehend fanden. Hätte es jemals mehr werden können als das? Gegen Ende seines Urlaubs waren sie gemeinsam durch den Wald zur Brücke gelaufen, wo er sein Auto geparkt hatte, und sie hatte ihn zum Abschied umarmt, und dann hatten sie sich auf einmal geküsst. Es war ein sehr langer Kuss gewesen, den er erschüttert beendet hatte und nach dem sie ängstlich und schuldbewusst aus dunklen Augen zu ihm aufgeschaut hatte. Er hatte sie angelächelt, damit sie nicht dachte, er würde mehr in diesen Kuss hineinlegen, als sie damit gemeint hatte, und dann hatte er Erleichterung in ihren Augen gesehen und war selbst unbeschreiblich enttäuscht gewesen. Er wusste, dass sie ihn lieben würde, wenn sie könnte, und er hatte sie noch einmal fest in den Arm genommen, bevor er zum Auto gegangen und weggefahren war.

In Horrabridge bog er Richtung Whitchurch ab, und ihm wurde das Herz ganz schwer, als er sich erinnerte. Als er sie das nächste Mal gesehen hatte, hatte sie bereits einen Brief von Alistair erhalten, in dem er vorschlug, seinen Urlaub bei ihr und Lucy auf *The Grange* zu verbringen, und er hatte sofort durchschaut, dass es das war, was sie eigentlich wollte. Schließlich war sie nicht die Einzige, an die sie denken konnte. Lucy liebte ihren Vater, und Oliver wusste, dass Phyllida Alistair – trotz allem, was er ihr angetan hatte – auch liebte. Er dachte zurück an Abbys Rat und wünschte, er hätte Phyllida an jenem Tag im *Bedford* nie kennengelernt, als sie sich schüchtern hinter Liz gehalten und darauf gewartet hatte, vorgestellt zu werden.

Er seufzte und versuchte, sich auf Onkel Eustace zu konzentrieren und auf die einmalige Gelegenheit, die sich ihm bot. Trotz seines Liebeskummers lächelte Oliver. So weit war das Glück auf ihrer Seite gewesen. Prudence war herübergekommen und überzeugt worden, dass sie geradezu prädestiniert dafür war, die Prototypen herzustellen. Die Idee mit dem Papagei-Percy-Kindermoden-Versand war dem Londoner Agenten vorgetragen und von ihm gutgeheißen worden. Danach hatten sie sich alle getroffen, um die weitere Vorgehensweise zu besprechen.

Oliver lächelte immer noch, als er vor Liz' Cottage parkte. Es war ein ausgesprochen produktives Treffen gewesen, und sie hatten sich darauf geeinigt, dass jetzt einige Entwürfe angefertigt werden müssten, bevor sie weitersehen konnten. Er und Onkel Eustace hatten sich euphorisch verabschiedet, Oliver hatte Onkel Eustace abgesetzt und war weitergefahren, um Phyllida die Ergebnisse des Gesprächs mitzuteilen. Sein Lächeln erstarb, als er daran dachte, wie freudig sie ihn umarmt hatte und wie sehr er sie liebte, und als er den schmalen Weg zu Liz' Haus hochging, war er froh, dass er jetzt etwas hatte, das ihn ablenken würde.

Im gleichen Moment ging Phyllida im Wald spazieren. Sie hielt nach der Wasseramsel Ausschau, die sich stets vor ihr zu verstecken schien, aber in Gedanken war sie bei Alistair und ihrer gemeinsam verbrachten Zeit. Sein Brief war gerade im richtigen Moment gekommen. Olivers Liebe hatte sie aus dem Gleichgewicht gebracht, hatte ihr sehr geschmeichelt in Zeiten, da Alistair sich in Schweigen hüllte, und sie hatte sich sehr zu ihm hingezogen gefühlt. Es hatte ihr Selbstvertrauen aufgebaut, und sie hatte sich treiben lassen, was inmitten der Aufregung um den Papagei-Percy-Katalog und Onkel Eustace ein Kinderspiel gewesen war. Sie dachte an den Kuss auf der Brücke und berührte ihre heißen Wangen. Es wäre so leicht gewesen, weiter zu gehen. Viel weiter!

Es war an fast der gleichen Stelle gewesen, an der sie wenige Wochen später mit Alistair gestanden hatte. Sie hatte ihn vom Bahnhof abgeholt, und obwohl er sie zur Begrüßung in den Arm genommen und fest an sich gedrückt hatte, waren sie doch noch recht förmlich zueinander gewesen, als sie aus Plymouth heraus und aufs Moor fuhren. Sie war so seltsam schüchtern gewesen, obwohl ihr Herz vor Liebe wie wild gehämmert hatte und sie so glücklich war, mit ihm zusammen zu sein. Alistairs Erfahrung lehrte ihn, die angespannte Atmosphäre nicht überzuinterpretieren. Er redete ganz unbeschwert über gemeinsame Freunde und erkundigte sich nach Lucy, doch als sie an der Blackthorn Bridge ankamen und Phyllida ihm sagte, dass sie nun fast da seien, hielt er am Straßenrand und schaltete den Motor aus.

»Komm, lass uns aussteigen«, schlug er vor. »Ich möchte gerne eine rauchen.«

Sie war ausgestiegen und ihm voran auf die Brücke gegangen, wo sie stehen geblieben war und auf den Fluss hinuntergesehen hatte.

»Ist das schön hier.« Alistair zündete sich eine Zigarette an und sah sich um. »Wohin führt die Straße? Obwohl, eigentlich ist das ja eher ein Weg.«

»Nur zu *The Grange*«, sagte Phyllida atemlos. »Hinter der Brücke macht der Weg eine Rechtsbiegung. Clemmies Urgroßvater hat die Brücke bauen lassen, als er sich einen Einspänner gekauft hat und mit dem nicht durch die Furt wollte. Er war so reich, dass er diese Brücke extra für sich hat bauen lassen.«

Er lehnte sich neben ihr an die warmen Steine, und ihre Hände berührten sich fast, doch als er anhob, etwas zu sagen, schrie sie auf. Mit den Augen folgte er ihrem ausgestreckten Finger und sah einen Vogel, der unter der Brücke hervorsauste, flussabwärts glitt und hinter der Flussbiegung verschwand.

»Das war die Wasseramsel!« Sie wandte sich ihm mit glänzenden Augen zu. »Vorher habe ich die noch nie gesehen. Jedenfalls nicht richtig. Clemmie hat gesagt, dass sie ihr Glück bringt.«

Bevor sie sich wieder in ihre Schüchternheit zurückziehen konnte, hatte er sie in den Arm genommen und angelächelt.

»Dann wollen wir mal hoffen, dass sie uns auch Glück bringt. Mir könnte ein bisschen Glück nicht schaden. Ich hoffe, du hast meinen Brief sehr aufmerksam gelesen, Phylly. Ich habe jedes Wort so gemeint. Es tut mir leid, dass ich so ein Idiot war. Ich liebe dich so sehr. Können wir das alles wieder in Ordnung bringen?«

Er sah sie so bekümmert an, dass ihre Schüchternheit ganz verflog und sie ihn fest an sich drückte.

»Ganz bestimmt«, sagte sie. »Ich liebe dich auch. Ich habe dich immer geliebt. Aber es gibt nun mal Dinge …«

»Ich weiß«, unterbrach er sie sanft. »Und egal, was ich sage, ich kann die Zeit nicht zurückdrehen. Aber wenn du doch nur verstehen könntest, wie unwichtig es war. Man kann jemanden furchtbar gern haben, aber …«

Er verstummte, weil er Angst hatte, sich zu weit vorzuwagen, und sie antwortete schnell, ohne ihn loszulassen.

»Ich weiß. Ich meine, ich kann mir vorstellen, dass es …« Jetzt war es an ihr, ins Stocken zu geraten. Sie wurde rot und vergrub ihr Gesicht in seiner Jacke.

Alistair hielt sie fest, doch sein Gesicht verfinsterte sich. In diesem Moment war er sich ganz sicher, dass Phyllida zumindest ansatzweise ihr Herz an einen anderen verloren hatte, und raste vor Eifersucht. Hatte sie ihn etwa betrogen? Rührte daher ihr neues Verständnis für ihn und Janie? Die Eifersucht tobte in ihm, und noch während er mit sich selbst kämpfte, wurde ihm sehr klar, wie Phyllida sich all jene Monate gefühlt haben musste. Seine Aggression war abgeklungen, er hatte einen Finger unter ihr Kinn gelegt, ihr Gesicht angehoben und sie geküsst.

»Lass uns nach Hause gehen«, hatte er gesagt.

Jetzt, Wochen später, stand Phyllida auf der Brücke und dachte an ihre Schuldgefühle zurück. Sie hatten in dem Maße abgenommen, in dem Alistair in jener Woche Schritt für Schritt wieder ihr vollwertiger, vertrauter Partner geworden war. Es war so schön gewesen, *The Grange* für sich zu haben, dadurch kam es ihnen viel mehr wie ein richtiges Zuhause vor. Dennoch hatte Alistair sich auch sehr gefreut, Quentin und Clemmie kennenzulernen, als diese wiederkamen. Die Woche war wie im Flug vergangen.

Phyllida setzte sich auf die steinerne Brüstung und seufzte vor Zufriedenheit und Glück. Jetzt würde sicher alles problemlos weiterlaufen, und es würde zu keinen Missverständnissen mehr kommen! Ihre Gefühle für Oliver hatten es ihr ermöglicht, sich in Alistair hineinzudenken, und darum hatte sie beschlossen, ihrer Ehe jede nur mögliche Chance zu geben. Alistair wollte über Weihnachten nach Hause kommen. Nach Hause! Phyllida lächelte. Na ja, *The Grange* war ja fast wie ein Zuhause. Sie fragte sich, wo sie im Frühling wohl hinziehen würden, und wusste, dass sie zwar unendlich traurig sein würde, *The Grange* zu verlassen, dass das Wichtigste aber war, dass sie, Alistair und Lucy zusammen waren. Sie dachte daran, wie sehr Lucy sich gefreut hatte, als sie aus der Schule nach Hause gekommen war und Alistair gesehen hatte, und war glücklich. Sie sah erst zu den hohen Buchen auf, deren Laub sich langsam golden färbte, dann zu den korallenroten Beeren der Eberesche und seufzte erneut zufrieden auf. Weihnachten war schließlich gar nicht mehr so lange hin.

Liz ging die Stufen zum Hotel *Bedford* hinauf und in die Bar, wo sie sich suchend umschaute. Abby saß in einer Ecke, nippte an einem Glas Wein und studierte ein Faltblatt, mit dem sie Liz zur Begrüßung zuwinkte.

»Da bist du ja. Ich hatte beschlossen, die Zeit sinnvoll zu nutzen und mich über diese wunderbare neue Hautcreme zu informieren, die mich zwanzig Jahre jünger machen wird.«

Liz hängte Mantel und Tasche über einen Stuhl und schüttelte angewidert den Kopf.

»Du glaubst doch wohl nicht an diesen Quatsch«, spottete sie.

»Aber natürlich!«, protestierte Abby. »Was auch immer mein Gesicht in einen früheren Zustand zurückversetzen und weniger wie eine Generalstabskarte aussehen lassen kann, ist einen Versuch wert.«

Liz zuckte mit den Schultern und ging sich etwas zu trinken bestellen, während Abby sie leicht amüsiert beobachtete. Es war eine Schande, dass Liz so bitter geworden war und diese Anti-Männer-Haltung angenommen hatte. Das machte selbst die belangloseste Unterhaltung ausgesprochen schwierig. Liz nahm jede noch so witzige Bemerkung ernst und verkrampfte sich ständig. Abby steckte das Faltblatt in die Tasche.

»Tut mir leid, dass ich mich verspätet habe.« Liz war zurück. »Heute Vormittag ist die Hölle los im Büro, ich habe schon gedacht, ich würde gar nicht mehr da wegkommen.«

»Jeff Maynard hat wohl eine Lücke hinterlassen, was?«, sagte Abby. »Was ist denn da eigentlich vorgefallen? Claudia hat mich vor Wochen angerufen und mir gesagt, dass sie nach Sussex zurückmüssten. Ist sie schon weg? Ich meine, ich hätte sie letzte Woche oder so gesehen. Ich habe gewinkt, aber sie ist in die Apotheke geflüchtet, und ich bin mir bis heute nicht sicher, ob sie es überhaupt war.«

»Sie ist noch hier.« Liz runzelte die Stirn. »Das Haus steht angeblich zum Verkauf, und sie will so lange hierbleiben, bis es verkauft ist. Aber bei der Marktlage kann das ja Jahre dauern.«

»Hm.« Verwundert schüttelte Abby den Kopf. »Ich war erstaunt, wie schnell sie sich von meinem Komitee zurückgezogen hat. Da habe ich gedacht, dass sie sofort abreisen würde. Vielleicht sollte ich sie mal anrufen oder so.«

Liz nahm die Karte zur Hand. »Sie scheint nicht besonders gesellig zu sein zurzeit. Ich habe sie schon ein paarmal angerufen, weil ich mich mit ihr treffen wollte, aber sie weicht ständig aus. Mal geht es ihr nicht besonders, mal findet sie eine andere Entschuldigung. Alles etwas merkwürdig.«

»Verstehe.« Abby machte ein nachdenkliches Gesicht. Sie hatte keine Lust, wieder zu viel Kontakt zu Claudia zu haben, aber sie hatte ein bisschen ein schlechtes Gewissen. Wenn sie krank war, konnte man ihr doch vielleicht helfen. »Dann rufe ich sie mal an.«

»Ich weiß nicht.« Liz ließ die Karte sinken und griff nach ihrem Glas. »Ich glaube, da steckt mehr dahinter. Das kam alles so plötzlich. Angeblich musste Jeff sofort zu seiner kranken Mutter oder so. Mir war das alles nicht ganz koscher.«

Abby war ein bisschen Klatsch nie abgeneigt und sah sie neugierig an. »Was meinst du denn damit?«

Liz zögerte einen Augenblick. »Ich glaube, das ist nur ein Tarnmanöver«, sagte sie schließlich. »Ich glaube, sie haben sich getrennt.«

»Meine Güte!« Abby setzte sich kerzengerade hin, ihre Augen strahlten interessiert. »Hat Claudia etwa einen anderen?«

»Nein.« Liz sah sie etwas säuerlich an. »Nein, an Claudia liegt es bestimmt nicht. Eher an Jeff. Ich glaube, er hat jemand Neues.«

»Herrje!« Abby nippte an ihrem Wein. »Aber er hat doch immer so einen prüden Eindruck gemacht. Hast du selbst gesagt. Fast schon zu perfekt, hast du gesagt! Aber woher willst du das eigentlich wissen? Dass du ihm die Schuld gibst, ist ja klar.« Sie grinste sie an. »An der Frau kann es doch gar nicht liegen, oder?«

»Wenn dem so wäre, glaube ich kaum, dass Claudia immer noch mutterseelenallein in dem großen Haus herumhocken würde«, sagte Liz ärgerlich. »Da Jeff derjenige ist, der abgehauen ist und alles zurückgelassen hat, glaube ich, dass es wahrscheinlicher ist, dass die Schuld bei ihm zu suchen ist. Ich muss jetzt bestellen, sonst bin ich nicht rechtzeitig zurück. Was isst du?«

Sie ging an die Bar, um zu bestellen, und Abby zündete sich eine Zigarette an. Das Problem war, dass Liz nie einen ausgeprägten Sinn für Humor gehabt hatte und dass das kleine bisschen, das sie besessen hatte, sich in letzter Zeit anscheinend in Luft aufgelöst hatte. Sie war ziemlich anstrengend zurzeit, und es war nicht gerade ein Vergnügen, mit ihr gemeinsam Mittag zu essen.

Abby seufzte und klopfte Asche von ihrer Zigarette. Je älter man wurde, desto wichtiger war es, über das Leben lachen zu können. Obwohl, wenn sie darüber nachdachte, war es bestimmt nicht besonders lustig für Claudia, wenn Jeff sich von einem Tag auf den anderen aus dem Staub gemacht hatte. Die Liebe verursachte mehr Probleme als alle anderen Gefühle zusammen. Was Abby an Oliver und dessen nicht erwiderte Liebe zu Phyllida denken ließ. Darüber wollte sie natürlich auch nicht lachen. Sie hatte Phyllida neulich gesehen und war überrascht gewesen, was für ein Glück und was für eine Zufriedenheit sie ausgestrahlt hatte. Alistair hatte seinen Urlaub mit ihnen auf *The Grange* verbracht, und sie hatten eine wundervolle Woche miteinander erlebt. Unter vier Augen hatte Clemmie Abby bestätigt, dass zwischen Phyllida und Alistair alles in Ordnung war, und Abby war erleichtert gewesen, obwohl Oliver ihr natürlich leidtat. Warum konnte er sich denn nicht in jemanden verlieben, der seine Liebe erwidern würde? Sophie zum Beispiel? Abby lächelte. Sie wurde älter. Jetzt wollte sie schon die Kinder verkuppeln, weil sie sie so gern glücklich sehen wollte. Liz kam zurück, und Abby schob diese Gedanken beiseite. Liz war an all diesen Entwicklungen nicht interessiert, sie versuchte, Christina streng feministisch zu erziehen, aber Abby war nicht so sicher, ob sie damit Erfolg hatte.

»Also«, sagte sie. Sie war entschlossen, ihr Bestes zu tun. »Wie läuft es denn so? Hat Onkelchen schon eine Wohnung gefunden? Ich habe gehört, dass er sein eigenes Haus verkaufen will. Und was hat es mit diesem Versandkatalog auf sich?«

»Er und Oliver haben da so eine Idee gehabt.« Liz schüttelte den Kopf. »Anfangs war ich gar nicht begeistert, ehrlich gesagt, aber inzwischen sieht das alles sehr interessant aus. Wenn sie die Startschwierigkeiten überwinden, könnte es gut laufen. Es muss alles sehr gut durchdacht und organisiert werden, aber Onkelchen ist wild entschlossen und abgesehen davon nicht dumm.«

»Christina findet das doch bestimmt alles wahnsinnig aufregend.«

»Allerdings.« Liz' Blick verdüsterte sich, und Abby beobachtete sie nachdenklich. »Sie ist in Oliver verknallt, das macht die Sache noch aufregender. Ich war froh, als sie wieder zur Schule musste.«

»Ach, Gott.« Abby beschloss, sich nicht einzumischen. »Das haben wir doch alle selbst durchgemacht, oder? Das geht vorbei.«

25

Claudia verließ die Klinik, ging zum Parkplatz und setzte sich in ihren Wagen. Diesmal war sie allein hergekommen, denn sie hatte gewusst, dass sie Zeit brauchen würde, mit dem ersten Schock fertig zu werden, sollte der Test positiv ausfallen. Jetzt saß sie einfach nur da und starrte blicklos durch die Windschutzscheibe. Das Ergebnis war wieder negativ gewesen. Sie war gesund, nicht infiziert, sie konnte ihr Leben weiterleben wie bisher – doch Claudia wusste, dass nichts mehr sein würde, wie es gewesen war, bevor an jenem Vormittag Mike vor ihrer Haustür stand.

Wir nehmen alles viel zu selbstverständlich, dachte Claudia. Wir denken eigentlich über gar nichts nach, bis uns auf einmal alles genommen werden soll.

Sie saß ganz still, die Hände mit dem Autoschlüssel ruhten in ihrem Schoß. Sie war so sicher gewesen, dass der zweite Test positiv ausfallen würde, und von Tag zu Tag war ihr bewusster geworden, wie viel sie zu verlieren hatte. Sie hatte all die winzig kleinen Freuden registriert, von denen sie sich unmöglich und nur unter Schmerzen würde verabschieden können. Nichts würde jemals wieder sein, wie es einmal war, wenn das Urteil gesprochen war und der Tod zum ständigen Begleiter wurde! Als sie das alles ganz klar vor Augen hatte, hatte sie versucht, das Entsetzen zu zügeln, das ihr die Luft zum Atmen nahm. Schließlich leben wir doch alle mit dem Wissen, dass unser Leben jederzeit ein Ende nehmen kann, ob nun durch einen Unfall, Krankheit oder Gewalt. Und auch in dem Fall sollte man doch jeden einzelnen Moment seines Lebens geschätzt und in vollen Zügen genossen haben. Die Tatsache, dass man wusste, wie viel Zeit in etwa einem noch blieb, sollte doch nicht der Grund für ein bewusstes Leben sein!

Claudia hatte sich geschworen, dass sie ihr Leben nicht weiter vergeuden würde, wenn der Test negativ ausfallen sollte; sie würde es als ein kostbares Geschenk ansehen und jeden Tag so angehen, als wäre es ihr letzter. Doch im selben Moment, in dem sie dies schwor, wusste sie auch schon, dass sie den Schwur brechen würde. Aber sie hatte sich verändert; sie hatte erkannt, wie oberflächlich ihre Werte gewesen waren und dass Angst eine zerstörerische Kraft sein konnte. Sie war gerührt, dass Gavin sich so um sie sorgte und dass Jenny ihr ihre Freundschaft anbot, und sah ein, dass sie andere Menschen früher viel zu leichtfertig bewertet und verurteilt hatte.

Es war schon merkwürdig, dass sie in diesen zwei Menschen, die so ganz anders waren als sie selbst, Kraft und Unterstützung gefunden hatte. Jenny und sie hatten ordentlich zwischen sich aufräumen müssen, bevor sie einander akzeptieren konnten. Jetzt freute Claudia sich, wenn sie Jennys fröhliches Gesicht sah, ihre lebhafte, freche Stimme hörte. Und Gavin … Claudia betrachtete die Reihen regennasser Metallbuckel um sich herum und schüttelte den Kopf. Sie hatte einen Blick hinter die Tigermaske werfen können und einen freundlichen Mann entdeckt, der Angst vor sich selbst hatte und hin- und hergerissen war zwischen den unterschiedlichen Neigungen, die ihn weder das eine noch das andere sein ließen. Jeffs Situation und Claudias Ängste hatten ihm die Wirklichkeit brutal vor Augen geführt, und sein Leben war davon nicht unberührt geblieben. Er und Jenny waren sich noch nähergekommen –

eine seltsame Beziehung, aber immerhin eine, die funktionierte.

Claudia ließ den Motor an, fuhr vom Parkplatz und in Richtung Tavistock. Es war ein nasser, windiger Nachmittag im Oktober, und der Regen schlug unentwegt gegen die Windschutzscheibe. Claudia war das Moor zu urgewaltig und wild, wenn sie allein war, darum blieb sie jetzt lieber auf der A 38. Sie hatte panische Angst vor einer Panne inmitten der menschenleeren Ödnis, wo sie niemand retten konnte und man meilenweit über einsame Straßen wandern müsste, um Hilfe zu holen. Sie hatte sich gerade mal ansatzweise an den Weg zu *The Grange* gewöhnt, aber an einem Tag wie diesem lag ihr nichts ferner, als einmal quer durch das Moor zu fahren. Die Lebenskräfte strömten zurück in ihre Adern, schwollen an und pulsierten in ihr, sodass die schreckliche Apathie der letzten Wochen verdrängt und sie von einem Glücksgefühl erfasst wurde. Sie war gesund, sie war frei – das Leben konnte weitergehen!

Kaum war sie zu Hause, rief sie bei Phyllida an.

»Ich bin gesund! Alles in Ordnung! Ist das nicht wundervoll?« Auf einmal fing sie an zu weinen. Sie konnte gar nicht hören, wie erleichtert Phyllida war.

»Ach, warum hast du mich denn nicht mitgenommen?«, rief sie. »Gott sei Dank! Wie sieht es aus, meinst du, du kannst herkommen? Oder soll ich zu dir kommen? Ganz egal. Sag, was dir lieber ist.«

Claudia schaute sich um. Das Haus war still und leer.

»Ich würde gern zu dir kommen«, sage sie. »Ach, aber wissen Clemmie und Quentin …«

»Natürlich nicht! Was glaubst du denn? Sie sind heute Vormittag in Tavistock; ich habe ihnen schon gesagt, dass du vielleicht zum Mittagessen hier bist. Sie würden dich gerne sehen, aber wir können auch oben essen, wenn es dir lieber ist.«

»Ja. Nein. Ich weiß nicht.« Claudia fing an zu lachen, und

Phyllida lachte mit. Sie hatte Claudia so gut wie nie wirklich herzlich lachen gehört.

»Das kannst du ja entscheiden, wenn du hier bist«, riet Phyllida. »Jetzt komm erst mal, dann quatschen wir ein bisschen, und dann kannst du dir überlegen, ob du sie sehen möchtest. Los, beeil dich! Ich setze schon mal Wasser auf. Oder meinst du, wir brauchen heute was Stärkeres? Ach, Claudia! Ich freue mich so!«

»Ach, Phyllida. Ich auch. Bin schon unterwegs.«

Als sie die Blackthorn Bridge passierte, riss die Wolkendecke auf, und die Sonne kam durch. Phyllida stand schon vor der Tür und wartete auf sie. Sie rannte zum Auto und nahm Claudia in den Arm, als sie ausstieg. Sie redeten und lachten beide gleichzeitig, als sie hinauf in Phyllidas kleine Wohnung gingen. Sie machten Kaffee in der Küche, und Claudia redete und redete und redete, bis sie ganz schwach war vor Erleichterung.

»Ich habe Quentin und Clemmie erzählt«, sagte Phyllida, als Claudia etwas zur Ruhe gekommen war, »dass ihr euch getrennt habt. Ich dachte, das sollten sie schon wissen, damit es nicht irgendwelche peinlichen Szenen gibt. Aber die beiden sind viel zu gut erzogen, als dass sie das Thema anschneiden würden, du brauchst dir also keine Sorgen zu machen.«

»Sie waren immer so gut zu mir«, sagte Claudia, als sie Phyllida ins Wohnzimmer folgte, von dem aus man über das Moor blicken konnte, und sich auf einem bequemen, wenn auch uralten Lehnstuhl niederließ. »Das Haus ist wunderschön. Es hat so eine besondere Atmosphäre, es ist so … friedlich. Und freundlich. Hört sich wahrscheinlich albern an.«

»Finde ich nicht«, sagte Phyllida. »Ich habe das von Anfang an empfunden. Ich finde den Gedanken toll, dass Clemmies Familie hier seit zweihundertfünfzig Jahren lebt.«

»Zweihundertfünfzig Jahre! Meine Güte!«

»Es wird ihr das Herz brechen, wenn sie ausziehen.« Phyllida klang traurig. »Also, wie sieht es mit Mittagessen aus? Hier oder unten?«

»Ach, unten. Warum nicht? Ich will mich nicht mehr verstecken. Ich will mein neues Leben so anfangen, wie ich es auch weiterführen will. Um vier Uhr erwarte ich jemanden, der das Haus besichtigen will, und dann muss ich wirklich langsam Entscheidungen treffen und mir Arbeit suchen. In Exeter gibt es anscheinend eine Designfirma, und außerdem habe ich eine Annonce gesehen, auf die ich mich bewerben möchte. Ich fühle mich wie neugeboren!«

»Herrlich. Aber du darfst nicht zu weit wegziehen! Vielleicht können wir Clemmie ja davon überzeugen, einen anderen Flügel des Hauses zur Verfügung zu stellen …«

»Nein, nein.« Claudia schüttelte den Kopf. »Es bedeutet mir sehr viel, dass ich herkommen kann, aber ich würde hier nicht leben wollen. Ich will meine eigenen vier Wände. Am liebsten würde ich in Tavistock bleiben. Mir gefällt es wirklich gut da, und ein paar Freunde habe ich auch schon gefunden. Natürlich würden die Leute dann früher oder später erfahren, dass Jeff mich verlassen hat, aber solange nicht mehr als das nach außen dringt, ist mir das egal.«

»Ich glaube nicht, dass mehr nach außen dringt.« Phyllida blickte Claudia voller Mitgefühl an. »Ich bin mir sicher, dass alles klappen wird bei dir. Hier, eine Flasche Wein. Ich dachte mir, wir stoßen noch eben unter uns an, bevor wir runtergehen. Hast du den Kaffee ausgetrunken? Gut. Dann nimm dir ein Glas!«

Lucy war noch nie in ihrem Leben so glücklich gewesen. Die Wochen waren im Fluge vergangen, die Ferien hatten angefangen, und sie konnte sich vor Aufregung kaum beherrschen.

»Und der Weihnachtsmann kommt ohne Probleme durch euren Schornstein«, erklärte sie Clemmie. Sie saß am Küchentisch, malte eine Weihnachtskarte für Phyllida aus und legte eine kleine Pause ein, als sie das sagte.

»In den letzten zweihundert Jahren war das zumindest so«, stimmte Clemmie ihr etwas zerstreut zu, während sie den Weihnachtskuchen mit Puderzucker bestäubte. »Also glaube ich, dass er es auch dieses Jahr schafft.«

»Er ist sehr alt, stimmt's?« Lucy guckte ganz ehrfürchtig. »Warum ist er nicht so klapprig wie du?«

Clemmie lachte in sich hinein. Genau das Wort benutzte sie Lucy gegenüber oft, wenn sie von sich und Quentin sprach.

»Kommt wahrscheinlich von dem ganzen Portwein, den er immer trinkt«, sagte sie. Lucy hatte die Zutaten für sein Abendessen schon bestellt. »Gut für die Gelenke.«

»Oliver hat gesagt, er ist phänomenal«, sagte Lucy und malte fleißig weiter. »Was ist phänomenal?«

Clemmie setzte sich an den Tisch und betrachtete das konzentrierte Kindergesicht. Ihr kamen verschiedene Antworten in den Sinn. »Das ist etwas Einzigartiges, etwas, das man bewundert, obwohl man es nicht recht verstehen oder sich vorstellen kann«, erklärte sie schließlich. »Deswegen glauben vielleicht auch so wenige Menschen an so etwas.« Sie schüttelte den Kopf. »Ich weiß es nicht genau, Lucy.«

»Oder so was wie glücklich sein?«

Clemmie schürzte nachdenklich die Lippen und nickte. »Ich glaube schon.«

»Als Prudence gefragt hat, wie unsere Woche mit Daddy war, hat Mummy das nämlich auch gesagt.« Lucy verdrehte die Augen, setzte ein ekstatisches Gesicht auf, mit dem sie Phyllida recht gut imitierte, und hauchte so, wie ihre Mutter es wohl getan hatte: »Phänomenal!«

»Ach ja, verstehe.« Clemmie lächelte in sich hinein. »Na ja, war sie ja auch, oder? Und zu Weihnachten kommt er auch! Hast du seine Karte schon gemacht?«

»Nein, noch nicht. Er kriegt einen Schneemann.«

Lucy durchstöberte den Stapel Weihnachtskarten und hielt

eine hoch, die noch ausgemalt werden musste. Clemmie nickte wohlwollend.

»Sehr hübsch. Die wird ihm gefallen.«

»Ich habe noch so viel zu tun.« Lucy seufzte schwer und nahm ihren Buntstift wieder zur Hand. »Ich muss mich ranhalten.«

Alistairs Ausspruch klang so merkwürdig aus ihrem Mund, dass Clemmie laut lachen musste, als sie sich schwerfällig erhob. Lucy beobachtete sie sorgenvoll, als sie sich streckte und dann Wasser aufsetzte.

»Wie wäre es mit einer Tasse Tee, würde dir die helfen?«, fragte sie. »Und ein Brötchen?«

»Das wäre sehr gut«, sagte Lucy ernst. »Und was trinkst du?«

»Auch Tee.« Clemmie sah sie überrascht an.

»Meinst du nicht, du solltest lieber Portwein trinken?«

»Portwein! Warum in alles in der Welt sollte ich Portwein trinken? Ach!«

Sie sah Lucy in das besorgte Gesicht und ging dann zu ihr, um sie in den Arm zu nehmen. Das Kind sah zu ihr auf, und Clemmies Herz schmerzte fast vor Liebe. Sie küsste die rosigen Wangen und lächelte sie an.

»Das Problem ist, dass es bei mir gar nicht helfen würde. Man muss mindestens so phänomenal sein wie der Weihnachtsmann, damit es die gleiche Wirkung hat. Und so leid es mir tut, mein Schatz – ich bin nicht phänomenal.«

Lucy sah enttäuscht aus, aber in dem Moment ging die Tür auf und Phyllida, Quentin und Punch kamen herein. Lucy rutschte von ihrem Stuhl und legte dem alten Hund die Arme um den Hals.

»Hier herrscht ja Hochbetrieb«, bemerkte Quentin, als er den Mantel auszog. »Schöner Spaziergang. Es ist richtig mild draußen. Weiße Weihnachten kriegen wir wohl nicht.«

»Punch ist wohl auch nicht phänomenal, oder?«, seufzte

Lucy sehnsüchtig, als er sich dankbar auf seinen Sitzsack neben dem Ofen sinken ließ. Sie kniete sich neben ihn und streichelte ihn zärtlich.

»Leider nicht!«, sagte Clemmie fröhlich und beantwortete die fragenden Blicke der anderen mit einem kurzen Kopfschütteln. »Ein ganz normaler Sterblicher, wie wir alle. Du kannst ihm einen Hundekuchen geben, aber wir bleiben beim Tee, ja? Tee hat nämlich eine ganz unglaublich stärkende, ja geradezu wiederbelebende Wirkung. Hier, gib ihm das, und dann kommst du her und isst dein Brötchen. Du hast keine Zeit zu verlieren. Du musst dich ranhalten, schon vergessen?«

Alistair freute sich auf Weihnachten. Sein letzter Urlaub war so schön gewesen, und er war sich ganz sicher, dass alle Missverständnisse und Hindernisse zwischen ihm und Phyllida beseitigt waren. Aber warum nagte dann doch noch im Hinterkopf eine alte Angst an seiner Zuversicht? Jetzt, da er von der Patrouille zurück war, hatte er wieder mehr Zeit und Ruhe, sich seinen Zweifeln und Vermutungen hinzugeben. Und die Antwort war im Grunde ganz einfach: Er befürchtete, dass Phyllida ihm verziehen hatte, weil sie eine Erfahrung gemacht hatte, die es ihr ermöglichte, seine Untreue zu verstehen, und die ihr ein schlechtes Gewissen bereitete. Ihr Gesichtsausdruck war eindeutig gewesen, als sie auf der Blackthorn Bridge gestanden hatten und er versucht hatte, ihr zu erklären, wie das war, wenn man jemanden gern hatte, der nicht der eigene Partner war. Wie bereitwillig sie ihn auf einmal verstanden hatte! Sie war rot angelaufen und hatte ihm nicht in die Augen sehen können. Allein der Gedanke daran, dass sie ihn betrogen haben könnte, ließ sein Herz auch jetzt hämmern vor Wut. Verzweifelt bemühte er sich, die Sache rational zu betrachten. Auch wenn es wahr sein sollte – sie hatte nicht mehr getan als er. Er hatte kein Recht, sie zu kritisieren oder sich zu beklagen.

Das, sagte er sich, ist genau das, was Phyllida ein ganzes Jahr lang durchgemacht hat.

Er dachte daran, was er ihr an den Kopf geworfen hatte – »Eine verdammte Nacht … Und darum ein solches Drama. Vielleicht hätte ich es öfter tun sollen …« –, und wand sich innerlich. Er war unsensibel und ungeduldig gewesen, hatte von ihr erwartet, dass sie ihn verstand und ihm verzieh. Warum sollte es also anders sein, wenn der Spieß umgedreht war? Die Antwort war natürlich, dass er genau wusste, wie er sich nach jener Nacht mit Janie gefühlt hatte. Die Sache hatte keinerlei Bedeutung für ihn und hatte keinen Einfluss auf seine Gefühle für Phyllida oder seine Haltung zu ihrer Ehe gehabt. Wenn sie ihm nicht auf die Schliche gekommen wäre, hätte sich gar nichts geändert. Er konnte aber nicht mit Sicherheit sagen, dass es in Phyllida jetzt genauso aussah. Er wusste nicht, was sie empfand und inwiefern es ihr Verhältnis zu ihm beeinflusste. Er konnte sich nicht vorstellen, dass Phyllida sich körperlich auf einen Mann einließ, den sie nicht liebte.

Er biss die Zähne so fest aufeinander, dass die Muskeln auf seinen Wangen hervortraten. Es brachte doch nichts, so zu tun, als wenn es das Gleiche wäre, wenn zwei das Gleiche tun! Wenn eine Frau ihren Mann betrog, war das nicht das Gleiche wie umgekehrt, das wusste doch jeder, und schon gar nicht bei einer Frau wie Phyllida! Sie war nicht so leicht zu haben, und sie liebte ihn. Alistair schloss die Augen, als wolle er die Vorstellung abwehren, was er aufs Spiel gesetzt hatte. Langsam und sehr schmerzhaft brachte er sein Gehirn dazu, wieder zu arbeiten. Wenn Phyllida einen anderen Mann kennengelernt und sich genug in ihn verliebt hätte, um mit ihm zu schlafen, hätte sie sich Alistair gegenüber während ihrer gemeinsamen Woche niemals so verhalten können, wie sie es getan hatte. Ihre Liebe war von ganzem Herzen gewesen, selbstlos und echt. Er hätte einen Unterschied bemerkt. Wenn sie tatsächlich romantische

Gefühle für jemanden gehegt hatte, dann war es ein Strohfeuer gewesen.

Aber selbst dann ... Alistair schlug sich mit der rechten Faust in die flache linke Hand. Die Macht seiner Eifersucht überwältigte ihn. Er hatte noch nie vorher so etwas empfunden. Bisher war es immer er gewesen, der sich aus einer Beziehung zurückgezogen hatte, der die Frau hängen gelassen hatte – freundlich und behutsam, aber endgültig. Es war ihm noch nie passiert, dass er der Zurückgewiesene oder der Getäuschte gewesen war. Er konnte ihren Blick auf der Brücke und ihre prompte Bereitschaft, ihm zu verzeihen, einfach nicht vergessen.

Jetzt verstand er Phyllidas Distanziertheit und ihre Ängste, nachdem sie von seiner Untreue erfahren hatte. Jetzt war es an ihm, zu erkennen, dass, wenn Vertrauen erst einmal zerstört worden war, es zwar wieder geflickt werden konnte, aber immer verletzlich sein würde. Es würden Schwachstellen zurückbleiben, und der einstige Glanz würde nie mehr wiederkehren. Wenn er sie doch nur rundheraus fragen könnte! Aber das Recht hatte er bereits verscherzt, und das alles nur wegen einer blöden Nacht, einem kurzen, vergänglichen Moment der Lust. Er dachte daran zurück, wie sie zu ihm gesagt hatte, wenn ihre Liebe nicht ausreichte, um seine Untreue zu vergessen, dann sollten sie sich besser trennen.

»Ich könnte nicht in ständigem Misstrauen leben«, hatte sie ihm erklärt. »Ich könnte es nicht ertragen, mich ständig fragen zu müssen, was du wohl gerade machst und mit wem. Ich will dich auf Partys nicht beobachten und deine Unterhaltungen mit anderen mithören müssen. Ich habe solche Frauen schon gesehen. Das könnte ich nicht ertragen.«

Diese Entschlossenheit, dieser Wille, ihn so sehr zu lieben, hatte ihn sehr gerührt, doch hatte er sich auch ein wenig darüber geärgert, dass sie dann überhaupt erst so einen Aufstand um die Sache gemacht hatte, und er hatte eine ziemlich selbstgerechte Haltung eingenommen. Jetzt erkannte er messerscharf, was sie gemeint hatte. Er wusste, dass er sie ständig beobachten würde, dass er sowohl neue als auch alte Freunde mit Argusaugen betrachten, ihr Verhalten analysieren, ihren Worten aufmerksamer denn je lauschen würde. Wenn sie ihn genug liebte, um das zu überwinden, dann musste er sie doch auch genug lieben?

Das ist etwas anderes, funkte sein Gehirn wiederholt dazwischen, etwas ganz anderes. Wenn Phyllida dir untreu war, dann war das mehr als nur ein Strohfeuer. Doch wenn das so war – so redete er sich selbst ein –, dann war sie mir eben nicht untreu. Sonst hätte sie während seines Urlaubs nicht so sein können, wie sie war.

Es sei denn, hielt sein Gehirn unbarmherzig dagegen, es sei denn, sie hat Mitleid mit dir. Es sei denn, sie hat Schuldgefühle und hat sich entschlossen, die Ehe weiterzuführen, obwohl sie einen anderen kennengelernt hat.

Alistair setzte sich an seinen Schreibtisch und stützte den Kopf auf die Hände. Er kämpfte mit diesem neuen Gedanken. Es würde ihr schon ähnlich sehen, sich einer Sache voll und ganz hinzugeben. Und Schuldgefühle waren in jedem Fall da gewesen. Wieder sah er ihr Gesicht vor sich, sah, wie es rot anlief. Wenn sie sich dazu entschlossen hatte, bei ihm zu bleiben, dann war das keine halbe Sache. Das war nicht ihre Art. Der Gedanke, dass Phyllida nur aus Mitleid mit ihm zusammenblieb, zerriss ihn fast innerlich, und trotz seiner eigenen Seelennot begriff er erneut, was für eine Hölle das letzte Jahr für sie bedeutet haben musste. Ganz allein war sie mit ihrer Eifersucht und ihrem Unglück fertig geworden. Kein Wunder, dass sie auf *The Grange* hatte ziehen wollen. Na ja, er dachte jedenfalls überhaupt nicht daran, sie aufzugeben. Sie war immer noch da, sie wollte immer noch, dass ihre Ehe funktionierte, und tief in seinem Innern war er sich sicher, dass sie ihn auch immer noch liebte. Schon bald war Weihnachten und er würde zu ihr fahren, und es hatte überhaupt keinen Sinn, sich von morgens bis abends den Kopf zu zerbrechen.

Alistair nahm ihren letzten Brief vom Schreibtisch und drückte ihn sich wie einen Talisman an die Brust. Es würde alles gut. Er sah auf die Uhr. Gott sei Dank war die Bar auf! Er legte den Brief wieder hin, verlor sich einen Moment in den beiden glücklichen Gesichtern auf dem Foto neben seinem Bett, ging hinaus und schloss sachte die Tür hinter sich.

26

Liz kämpfte sich durch die Menschenmassen auf Exeters weihnachtlich dekorierten Straßen und rettete sich ins Kaufhaus Dingles. Nicht einmal Christina wusste, wie sehr ihre Mutter die Weihnachtszeit verabscheute. Wenn Liz einmal ehrlich war, wusste sie selbst nicht recht, ob ihre Abneigung in der Kommerzialisierung dieses Festes begründet lag oder darin, dass ihr in dieser Zeit besonders bewusst wurde, wie einsam sie war. Als Christina klein gewesen war, hatte sie versucht, dem Fest einen Charakter zu verleihen, der weniger auf Geschenke und Essen angewiesen war als vielmehr auf die eigene Fantasie und Initiative.

Liz schnaubte zynisch, als der Aufzug sie nach oben beförderte. Die ersten Jahre hatte das funktioniert, aber dann hatten das Fernsehen, die Geschäfte und ihre Freundinnen Christina schon bald stark beeinflusst, und schließlich war es das Einfachste gewesen, aufzugeben und sich dem Rest anzupassen. Das hatte auch daran gelegen, dass sie Angst gehabt hatte, Christina an Tony und dessen Familie zu verlieren, die das Christfest ausgesprochen traditionell begingen: Sie aßen zu viel, sie kauften zu viel, sie übertrieben im Grunde genommen alles. Tony hatte nie darauf bestanden, dass Christina die Feiertage bei ihm verbringen sollte – wahrscheinlich konnte er sich vorstellen, wie einsam Liz sich sonst fühlen würde –, doch sahen sie sich dann, wenn er nicht auf See war, meistens zu Silvester bei Tonys Eltern. Während sie den Kleiderständer nach der übergroßen Hemdbluse durchstöberte, auf die Christina sie in ihren letzten Ferien vorsichtig hingewiesen hatte, fragte Liz sich, warum Tony eigentlich nie wieder geheiratet hatte. Sie kräuselte die Lippen, als sie das gewünschte Stück fand und herauszog. Aber warum sollte er sich auch an eine einzige Frau binden? Wenn ihm das beim ersten Anlauf nicht gereicht hatte, warum sollte er es dann noch mal versuchen? Sie fand die Leggings, die Christina gefallen hatten, und ging mit ihrer Beute zur Kasse. Sie bezahlte mit Scheck, stieg dann in den Aufzug und ließ sich noch höher befördern, zum Restaurant, wo sie anstand, um eine Kanne Tee zu ergattern, und sich dann dankbar hinsetzte. Sie hasste einkaufen! Und jetzt musste sie auch noch Onkel Eustace versorgen!

Liz schenkte sich eine Tasse ein, entspannte sich auf ihrem Stuhl und sah sich in dem gut besuchten Restaurant um. Sie hätte es nicht fertig gebracht, ihn an Weihnachten allein zu lassen, und natürlich hatte er ihre Einladung, ohne zu zögern, angenommen. Sie wusste, dass er mit Bergen von Geschenken kommen würde, und hatte ihm deshalb bei Marks & Spencer's einen Pullover und – in einer Art Schwächeanfall – zweihundert Zigaretten gekauft. Sie war sich nicht schlüssig, ob sie tatsächlich schwach gewesen war oder einfach nur blöd. Wenigstens hatte er nicht vor, sich auf Dauer bei ihr einzunisten. Er und Christina hatten eine Menge Spaß zusammen, als sie dieses und jenes Haus begutachtet und nebenbei weiter aufgeregt den Versandkatalog vorbereitet hatten. Insgeheim war Liz ja sehr stolz darauf, dass dieser Katalog Christinas Idee gewesen war, aber sie machte sich Sorgen, dass ihre Tochter zu viel Zeit mit Oliver verbrachte. Hinterher verliebte sie sich noch ernsthaft in ihn!

Als sie sich die zweite Tasse einschenkte, dachte sie wieder über Tony nach und erinnerte sich daran, wie sie sich gefühlt hatte, als er Christina im Sommer abgeholt hatte. Das hatte er seit Jahren nicht getan, und Liz überlegte, ob Christina wohl Vermittlerin spielen wollte – erst die Sache mit dem Theaterstück an Ostern, dann das mit den Sommerferien. Sie glaubte doch wohl nicht ernsthaft daran, dass sie und Tony nach zehn Jahren wieder zueinander finden könnten? Liz wurde ganz heiß bei dem Gedanken. Hatte sie Tony gegenüber vielleicht angedeutet, dass ihre Mutter einsam war? Ihn vermisste? Liz schloss die Augen. Wehe ihr!

Jemand kam an ihrem Tisch vorbei, stieß an den Stuhl, auf dem Liz ihre Einkäufe abgeladen hatte, und entschuldigte sich. Sie lächelte ganz automatisch, aber in Gedanken war sie noch immer bei Tony und ihrem Schrecken, als sie ihn in einem alten Hemd und Jeans gesehen hatte. Er schien kaum älter geworden zu sein, während sie … Liz knirschte ein wenig mit den Zähnen, als sie daran dachte, wie sehr die vielen grauen Haare sie störten und dass sie sich absichtlich betont unelegant gekleidet hatte, damit er nicht auf die Idee kam, sie würde sich für ihn schön machen. Wie sehr hatte sie das hinterher bereut! Warum hatte sie sich ihm von ihrer schlechtesten Seite zeigen müssen? Aber da war es zu spät gewesen. Er war so locker gewesen, so freundlich, als wenn sie sich nie gestritten oder gegenseitig bitter angefeindet hätten. Sie dachte daran, wie sehr sie ihn geliebt hatte, auch während seiner Affäre mit Cass Wivenhoe, und danach, als sie heirateten, weil Christina unterwegs war, und auch dann noch, als er weiter ständig Affären hatte.

Liz trank den lauwarmen Tee. Wie sehr sie diese Frauen gehasst hatte! Sie hatte sie auch jetzt, zehn Jahre später, noch ganz deutlich vor Augen, und sie hasste sie immer noch. Als sie Tony im Sommer in die Augen gesehen und er sie angelächelt hatte, war der Schmerz wieder so präsent gewesen, als sei die Scheidung erst gestern ausgesprochen worden. In dem Moment war ihr bewusst geworden, wie nah Liebe und Hass beieinanderlagen, und sie war froh gewesen, dass Christina aufgeregt dazwischenplapperte. Nachdem die beiden gegangen waren, hatte sie Stunden gebraucht, um sich wieder zu erholen.

Neben ihrem Tisch stand eine Frau und erkundigte sich, ob der andere Stuhl noch frei sei. Liz riss sich zusammen. Sie sah auf die Uhr, merkte, dass sie gerade noch rechtzeitig zu ihrem Auto kommen konnte, sammelte ihre Taschen zusammen und verließ das Restaurant.

Claudia bereitete sich auf ihr Vorstellungsgespräch vor. Sie stand vor dem Spiegel und dachte daran, wie verzweifelt sie gewesen war, weil Jeff kein Interesse an ihr gezeigt, nicht auf sie reagiert hatte. Selbst jetzt war es ihr nicht möglich, ihre eigene Attraktivität zu würdigen. Ihr glattes blondes Haar schimmerte seiden, und ihre Haut war rein und weich. Sie hatte abgenommen – ein Nebeneffekt ihrer Ängste und ihrer Frustration –, sodass sie jetzt ausgesprochen dünn war, aber sie hatte sich geschickt gekleidet und sah sehr elegant aus. Sie gewann ein wenig an Selbstvertrauen, als sie sich im Spiegel sah.

Das Vorstellungsgespräch fand ganz in der Nähe in Tavistock statt. Sie konnte problemlos zu Fuß gehen und war erleichtert, dass es sonnig, trocken und nahezu windstill war, sodass sie nicht völlig zerzaust oder durchnässt bei dem Gespräch auftauchte. Sie nahm ihre Tasche und ging hinunter. Sie war furchtbar nervös. Weder die Annonce noch die Person, mit der sie den Gesprächstermin vereinbart hatte, hatten besonders viel verraten, aber es war auf jeden Fall einen Versuch wert. Sie schloss die Haustür hinter sich und versuchte, Ruhe zu bewahren, als sie losging. Die angegebene Adresse war ein Zimmer im ersten Stock eines Immobilienmaklerbüros. Sie klopfte leise an und drückte die Klinke herunter, als jemand »Herein« rief.

Oliver, der die Tür in dem Moment erreichte, in dem sie begann, sich zu öffnen, sah sich völlig verblüfft einer der attraktivsten Frauen, die er je gesehen hatte, gegenüber.

»Guten Tag!«, sagte er und streckte ihr die Hand entgegen. »Sind Sie diejenige, die sich als Designerin beworben hat?« Er lächelte sie an, als sie nickte, dann schüttelten sie sich die Hand. »Ich bin Oliver Wivenhoe. Und Sie sind Claudia Maynard?«

»Ja«, sagte sie etwas verschreckt.

Sie hatte noch immer panische Angst, dass jemand den Namen wiedererkennen würde, jemand, der über Jeff Bescheid wusste, doch als Oliver sie so intensiv ansah, fiel ihr vage etwas ein, und auf einmal wusste sie mit Bestimmtheit, dass Liz schon einmal über die Wivenhoes geredet hatte. Sie waren mit Abby befreundet, und außerdem …

»Kennen Sie Phyllida Makepeace?«, fragte sie vorsichtig. »Ich bin mir sicher –«

»Aber natürlich!«

»Und waren Sie das, der Lucy den Papagei geschenkt hat?«

»Ganz genau.« Oliver beschloss, jetzt nicht das zu wiederholen, was Abby und Liz ihm über Claudia erzählt hatten, und abgesehen davon war er noch immer halbwegs vom Donner gerührt ob ihrer ungewöhnlichen Schönheit. »Das gibt es doch gar nicht! Soll das etwa heißen, dass wir den gesuchten Designer direkt vor der Nase hatten und dass es bloß niemand gemerkt hat?«

Sie lächelte ihn an, und sein Herz schlug eigenartige Purzelbäume.

»Na ja, ich habe nicht viel darüber geredet, seit ich hierhergezogen bin. Phyllida weiß es zwar, aber bisher habe ich nur an Hochzeitskleidern, Ballkleidern und so etwas gearbeitet. Ich weiß ja nicht genau, was Sie wollen.«

Oliver lagen verschiedene Antworten auf der Zunge, aber dann riss er sich zusammen.

»Würden Sie sich zutrauen, Kinderkleidung zu entwerfen?«, fragte er. »Wir möchten einen Versandkatalog für Papagei-Percy-Kleidung machen. Wir haben soweit grünes Licht, aber jetzt müssen wir erst einmal zeigen, was wir können – und dafür müssen wir schnellstens ein Team zusammenstellen! Onkel Eustace – das ist der mit dem Grips und dem Geld – möchte, dass es ein lokales Unternehmen wird und bleibt. Darum haben wir auch erst mal nur in den Lokalzeitungen annonciert. Für die Herstellung von Prototypen haben wir Prudence Appleby rekrutiert, sie ist ein absolutes As, was das angeht …«

Er verstummte. Je länger er geredet hatte, desto glücklicher hatte sie ausgesehen, und jetzt lachte sie. »Das gibt es doch gar nicht«, sagte sie. »Ich habe schon so viel von Onkel Eustace gehört, und Prudence kenne ich auch …«

»Herrjemine!« Oliver fasste sich an den Kopf. »Warum hat uns denn dann niemand von Ihnen erzählt?«

»Ich habe mich in letzter Zeit etwas zurückgezogen«, erklärte sie. »Es wundert mich gar nicht, dass niemand an mich gedacht hat.«

»Mich aber schon!«

Er grinste sie an, und einen Augenblick später reagierte sie mit einem Lächeln auf sein verstecktes Kompliment.

»Also, was soll ich tun?« Sie wollte ernsthaft weiterreden. »Soll ich einfach ein paar Entwürfe machen und sie Ihnen zeigen? Haben Sie bestimmte Vorstellungen?«

»Unsere Zielgruppe sind die Drei- bis Sechsjährigen«, erklärte Oliver. »Wir dachten, man könnte das Papageimotiv benutzen. Kennen Sie den gezeichneten Papagei aus den Büchern?«

»Ich habe Lucys Bücher schon mal gesehen«, sagte Claudia nachdenklich. »Aber ich müsste sie mir noch mal genauer anschauen. Und dann würde es sich um Latzhosen, Trägerkleidchen, Pullover und so etwas drehen, ja?«

»Ganz genau. Meinen Sie, Sie kriegen das hin?«

»Ich wüsste nicht, warum nicht.« Langsam machte sich Aufregung in ihr breit. »Ich habe zwar bisher kaum mit dieser Art von Kleidung gearbeitet, aber ich bin sicher, dass ich das lernen kann.«

»Vielleicht würde es Ihnen ja helfen, sich mit Prudence zu unterhalten? Sie näht schon seit Jahren Kinderkleidung, nur ist sie hoffnungslos, was das Entwerfen angeht.«

»Gute Idee.« Sie zögerte. »Gibt es viele Bewerber?«

Oliver schüttelte den Kopf. »Designer scheinen hier dünn gesät zu sein. Es haben sich ein paar Leute vorgestellt, die in etwa Prudences Hintergrund haben und die meinen, dass sie die Aufgabe sicher bewältigen könnten, wenn man ihnen die Chance gäbe. Aber wenn unser Geschäft läuft, dann wird es eine landesweite Sache, und vielleicht kommen wir ins Fernsehen. Es muss einfach gut sein.«

»Donnerwetter!« Claudia sah beeindruckt aus. »Da kann einem ja angst und bange werden! Ich kann Ihnen natürlich alle meine Zeugnisse und Empfehlungen zeigen ...«

»Die gucke ich mir irgendwann einmal an, im Moment ist das, glaube ich, nicht nötig. Jetzt geht es erst einmal darum, dass Sie loslegen und uns zeigen, was Sie können. Wo wollen Sie loslegen?«

Claudia sah sich in dem Büro um. »Ist das hier der Firmensitz?«

»Nein.« Oliver schüttelte den Kopf. »Das gehört dem Immobilienmakler unten. Er ist ein Freund von uns und leiht uns das Büro für unsere Vorstellungsgespräche. Wir haben noch keine eigenen Räume. Wir wollten abwarten, wo der Rest des Teams arbeiten möchte. Vielleicht möchten Sie ja zu Hause arbeiten wie Prudence. Oder wäre Ihnen ein Studio lieber?«

»Ich möchte am liebsten zu Hause arbeiten«, sagte Claudia nachdenklich. »Ich will ohnehin demnächst umziehen, dann könnte ich mir etwas mit einem geeigneten Arbeitszimmer suchen. Oder ich könnte mich mit Prudence bei ihr zu Hause zusammentun, wenn ihr das lieber wäre.«

»Oder sie kann zum Arbeiten zu Ihnen kommen«, sagte Oliver. »Aber was ich eigentlich meinte, war, wo wollen Sie mit Ihren Ideen loslegen? Brauchen Sie Lucys Bücher? Wollen Sie mit Prudence reden?«

»Erst die Bücher«, beschloss Claudia. »Dann mit Prudence reden. Und Phyllida kann mir zeigen, was Lucy besonders gerne anzieht ...«

Er merkte, wie es in ihrem Kopf bereits arbeitete, und lächelte sie an.

»Wissen Sie was?«, sagte er. »Was halten Sie davon, wenn Sie jetzt erst einmal mitkommen und den großen weißen Häuptling kennenlernen? Er sitzt gespannt wie ein Flitzebogen im *Bedford* und wartet auf mich. Ich will ihn nicht so lange im Ungewissen lassen.«

Claudia bekam auf einmal fürchterliche Angst. Wenn Abby nun auch im *Bedford* war? Sie hatte sich schon gefragt, ob sie wohl davon gehört hatte, dass sie und die Halliwells sich angefreundet hatten. Wenn ja, dachte sie womöglich, sie hätte sich durch die Hintertür eingeschlichen? Sie merkte, dass Oliver sie beobachtete, und versuchte zu lächeln.

»Ist er allein?«, fragte sie und lief puterrot an. Für wie blöd musste er sie halten! Aber Oliver, der den sechsten Sinn seines Großvaters geerbt hatte, konnte sich an Abbys wenig schmeichelhafte Äußerungen über Claudia erinnern und wusste genau, wovor sie Angst hatte.

»Ganz allein«, versicherte er ihr. »Keine Sorge.«

»Okay.« Sie lächelte ihn dankbar an. »Dann komme ich gerne mit.«

»Super!« Oliver machte ihr die Tür auf. »Wir können Ihnen alles erzählen, was wir bisher ausgeheckt haben, und dann hängt es nur noch von Ihnen ab.«

»Gut!«, sagte sie und folgte ihm die Treppe hinunter.

Onkel Eustace traute seinen Augen kaum, als er Oliver mit

einer außergewöhnlich attraktiven, jungen Frau hereinkommen sah. Sollte es ihm etwa vergönnt sein, auf seine alten Tage mit einem so wunderschönen Wesen zusammenarbeiten zu dürfen?

»Herr, vergib mir, denn ich habe gesündigt«, murmelte er eifrig. »Und jetzt weiß ich auch wieder, warum!«

»Das ist Claudia Maynard«, stellte Oliver sie vor. »Du wirst es nicht glauben, Onkelchen. Sie kennt Prudence und Phyllida. Und sie hat sogar schon von dir gehört!«

»Nun hör schon auf, Junge.« Er gab Claudia die Hand. »Er ist neidisch auf meinen Ruf«, erklärte er. »Es dauert Jahre, bis man einen richtig guten hat, wissen Sie.«

»Das glaube ich gern.«

Sie lächelte ihn an, als sie sich setzte, und war mit einem Mal überglücklich. Die beiden Männer sahen sie an, als wäre sie eine außergewöhnliche und begehrenswerte Frau, und das gab ihrem Selbstvertrauen deutlichen Auftrieb.

»Und Sie entwerfen Kinderkleidung?«, erkundigte sich Onkel Eustace, als Oliver etwas zu trinken holte.

»Eigentlich nicht«, antwortete sie und erklärte ihre berufliche Herkunft.

Als Oliver zurückkam, studierte Onkel Eustace bereits ihre Zeugnisse und ihren Lebenslauf. Oliver zwinkerte Claudia zu, als er ihr ein Glas reichte. Sie lächelte zurück und betete, dass das hier nicht irgendein herrlicher Traum war. Nervös sah sie Onkel Eustace an, als er ihr die Unterlagen zurückgab.

»Sehr beeindruckend«, sagte er und seufzte erleichtert. »Jetzt trinken Sie mal aus, ich erkläre Ihnen die ganze Sache, und dann sagen Sie mir, wie Sie darüber denken. Sie essen doch mit uns?«

Die beiden sahen sie so erwartungsvoll an, dass sie sich einen wunderbaren Moment an einer Art Machtgefühl berauschte.

»Vielen Dank«, sagte sie bescheiden. »Sehr gern.«

27

Innerhalb von achtundvierzig Stunden hatte Alistair herausgefunden, wer Phyllidas Verehrer war. Er verwarf das Wort »Geliebter«, da er inzwischen so gut wie überzeugt davon war, dass es einen solchen nicht gab. Phyllida hatte ihn mit solch authentischer Herzlichkeit begrüßt, als sie sich spät am Heiligen Abend wiedersahen, dass alles andere undenkbar gewesen wäre. Und doch entging seiner gesteigerten Sensibilität nicht, dass sie anders war. Ihm war, als verberge sie etwas, als sei sie aufgeregt und versuche, einen ungekannten Jubel zu unterdrücken, und darum schärfte er seine Sinne nur noch mehr. Seine Vernunft schrieb ihren Zustand der allgemeinen Aufregung um die Weihnachtszeit und der Tatsache zu, dass ihre Beziehung nach über einem Jahr endlich wieder Fuß gefasst hatte. Und wie sie Fuß gefasst hatte – sie war jetzt fester als zuvor und ungleich kostbarer. Doch obwohl er sich dessen so sicher war, war Alistair nicht zufrieden. Da war etwas, was er nicht fassen konnte – sie sprach so beschwingt, trug den Kopf so stolz und zeigte den Anflug eines Lächelns, wenn sie sich unbeobachtet fühlte …

Auf der Party, die die Halliwells am zweiten Feiertag gaben, lernte er Oliver Wivenhoe kennen, und damit hatte er das fehlende, passende Puzzlestück gefunden. Er beobachtete, wie Oliver Phyllida ansah, als sie den Raum betrat, und bemerkte auch ihren liebevollen Blick, als sie den jungen Mann begrüßte.

Eine Welle der Eifersucht schwappte in ihm hoch, ebbte aber sofort wieder ab und hinterließ einen wachsamen, sensiblen Alistair. Nachdem er Oliver aus der Entfernung so gut wie möglich taxiert hatte, stellte er sich ihm vor. Er meinte, im Blick des anderen Feindseligkeit sehen zu können, aber Oliver war sehr freundlich, und sie unterhielten sich über die Marine und U-Boote, und im Laufe des Gesprächs kamen sie darauf, dass Alistair Olivers Vater Tom, einen Kapitän zur See, sogar kannte. Sie hatten noch gar nicht lange miteinander geredet, da merkte Alistair, dass er in Gefahr war, diesen Burschen zu mögen. Er brach das Gespräch ab und gesellte sich zu Quentin.

Ganz unauffällig beobachtete Alistair Phyllida noch schärfer als sonst, aber er konnte nicht die Spur der in solchen Fällen üblichen Verhaltensweisen entdecken. Frauen, hatte er festgestellt – und auch Männer –, konnten für gewöhnlich der Versuchung nicht widerstehen, sich bei solchen Gelegenheiten ein wenig zu produzieren. Entweder spielten sie sich im Schutz des anwesenden Partners vor dem Verehrer auf, oder sie machten den Partner durch Kokettieren mit dem Verehrer eifersüchtig. Erleichtert stellte Alistair fest, dass Phyllida weder das eine noch andere tat. Dennoch zweifelte er nicht im Geringsten daran, dass Oliver eine Schwäche für Phyllida hatte, und Phyllidas Verhalten Oliver gegenüber ließ vermuten, dass sie das wusste. Wenn auch ihrerseits eine Schwäche bestanden haben sollte, so war diese überstanden, das war klar, aber was mag wohl zwischen ihnen vorgefallen sein in jenen langen Sommermonaten, in denen Alistair sich wie ein störrischer Esel aufgeführt hatte?

Alistair konnte machen, was er wollte – er konnte einfach nicht aufhören, darüber nachzudenken. Er wusste, dass dies genau das war, was er von Phyllida erwartet hatte – und noch viel mehr –, aber er musste zu seiner Schande eingestehen, dass er das, was er ihr gepredigt hatte, selbst nicht in die Tat umsetzen konnte. Wenn er doch nur wusste, was vorgefallen war, sagte er sich, dann könnte er es wenigstens vergessen! Das Quälende war ja gerade das Nicht-Wissen! Er wusste selbst, dass er sich damit etwas vormachte, und ekelte sich vor sich selbst. Aber was sonst konnte der Grund für jene Aura der Zufriedenheit sein, die Phyllida wie ein Mantel umgab? Das primitive Auskosten der Situation, in der sie von zwei Männern begehrt wurde, war es nicht. Er hatte vielmehr den Eindruck, dass sie ein ganz besonderes Geheimnis hatte, das nur sie kannte und in das sie ihn, so, wie es aussah, nicht einweihen wollte.

Am Morgen seines letzten Tages auf *The Grange* gingen Alistair und Phyllida im Wald spazieren. Die Luft war mild, und zwischen den mächtigen Wurzeln der Buchen durchbrachen Schneeglöckchen den Waldboden. Der Himmel war hoch und perlweiß, und der Fluss schimmerte nur als diffuses silbernes Lichtband zwischen den grauen Stämmen der kahlen, hohen Bäume hindurch.

»Wie anders Wälder im Winter sind«, sinnierte Phyllida, als sie Hand in Hand dahinschlenderten. »So leer und ruhig. Der Fluss ist zwar lauter, weil er mehr Wasser führt, aber man hört kein Vogelgezwitscher, und Blätter rauschen auch nicht.«

»Hast du die Wasseramsel noch mal gesehen?«, fragte Alistair, als das Schweigen unerträglich wurde und ihm nichts anderes einfiel.

»Nein.« Phyllida schüttelte den Kopf und machte ein Gesicht wie Lucy, wenn jemand ihr einen Strich durch die Rechnung macht. »Nicht seit dem letzten Mal, als du dabei warst.«

Sie lächelte ihn an und drückte seine Hand ganz fest. Auf einmal konnte Alistair sich nicht länger zurückhalten.

»Oliver Wivenhoe ist in dich verliebt«, fing er an und verstummte dann, als er den anschuldigenden Ton in seiner Stimme wahrnahm.

Phyllida sah ihn kurz an, und er war entsetzt, als sie errötete und ihn wieder einmal die Eifersucht erfasste. Sie dagegen sah sich einem verschlossenen, misstrauischen Gesicht gegenüber, das ihr Vorhaben, die Frage leichtzunehmen, vereitelte und Ärger in ihr aufsteigen ließ.

»Ich weiß«, sagte sie.

Ihre Antwort klang fast, als wolle sie Oliver in Schutz nehmen, sie klang wie ein »Na und?«, das Alistair zur Raserei brachte.

»Und soweit ich sehen konnte, empfindest du das Gleiche für ihn«, warf er ihr unerbittlich vor.

Sie starrte ihn aufgebracht an und ließ seine Hand auf eine Weise los, die mehr einem Wegwerfen glich als einem einfachen Loslassen.

»Wie kannst du so etwas Gemeines sagen?«, rief sie, und ihre Stimme hallte durch den ganzen Wald. »Wie kannst du nur? Wo wir doch so glücklich waren! Wo –«

Sie unterbrach sich und schüttelte den Kopf, sie biss sich auf die Lippe, als wolle sie damit verhindern, dass sie weitersprach. Oder dass sie weinte. Er wusste nicht, was von beidem sie verhindern wollte, und bedauerte seine Anschuldigung zutiefst.

»Es tut mir leid, Phylly. Wirklich, es tut mir leid. Bitte lauf nicht weg!« Er hielt sie am Arm fest. »Ich benehme mich unmöglich. Aber als ich letztes Mal hier war, da hatte ich den Eindruck, dass da etwas war …«

Sie starrte ihn an, und er sah das schlechte Gewissen in ihren Augen. »Da war … nichts.«

»Nichts?«, wiederholte er, und panische Angst machte sich in ihm breit. »Was meinst du damit? Bitte, Phylly. Ich will nicht, dass es neue Missverständnisse zwischen uns gibt, wenn ich abreise. Willst du damit sagen, dass zwischen euch etwas war, was jetzt vorbei ist?«

Phyllida zögerte so lange mit einer Antwort, dass er ganz wackelige Knie bekam. Er holte seine Zigaretten heraus und zündete sich eine an, ohne den Blick von ihr abzuwenden.

»Am Anfang habe ich es gar nicht gemerkt«, sagte sie schließlich. »Ich habe es durch Zufall herausgefunden, und er hat nie versucht, mich … zu … du weißt schon. Aber dann kam dieser schreckliche Brief von dir …« Alistair fluchte leise, und sie sah kurz zu ihm und dann wieder weg. »… Und es war so schön, jemanden zu haben, der … mich«, sie wagte kaum, es auszusprechen, »der mich liebte.«

»Und was ist dann passiert?«, fragte Alistair, als es den Anschein hatte, als sei sie fertig.

»Wir haben uns hinreißen lassen«, sagte Phyllida, und Alistair ließ die halb gerauchte Zigarette fallen und zermalmte sie genüsslich mit dem Absatz. »Als wir erfahren haben, dass Prudence wahrscheinlich diese Kleider nähen würde. Wir waren aus dem Häuschen und so glücklich, dass wir uns geküsst haben. Alles war so aufregend, und es hat einfach gepasst, es war ganz natürlich.«

Alistair starrte auf den Fluss. Er hatte die Arme vor der Brust verschränkt und versuchte, sich nicht vorzustellen, wie Phyllida und Oliver miteinander schliefen.

»Wo war das?«, fragte er, ohne sie anzusehen. »Wo … wart ihr so aufgeregt?«

»Auf der Brücke«, antwortete Phyllida schlicht und seufzte. »Armer Oliver!«

»Auf der Brücke!« Alistair ließ die Arme sinken und schaute sie endlich an. »Auf der Brücke?«

»Warum denn nicht?«, fragte Phyllida trotzig. »Es war ja nur ein Kuss, und es war niemand in der Nähe. Oliver ist direkt danach nach Hause gefahren, und ich hatte ein furchtbar schlechtes Gewissen. Das war nicht fair ihm gegenüber.«

»Moment mal!« In Alistairs Brust kribbelte ein erleichtertes Lachen. »Du meinst, das war alles? Nur ein Kuss?«

»Natürlich war das alles«, sagte Phyllida beleidigt. »Reicht das nicht? Ich habe ein furchtbar schlechtes Gewissen seitdem.

Nicht nur wegen uns, sondern auch wegen Oliver.« Ihr Gesicht verdüsterte sich. »Aber was meinst du eigentlich mit ›das war alles‹? Ach ja, natürlich, nach deinen Maßstäben ist das ja gar nichts. Du meinst ja auch, dass es gar nichts bedeutet, wenn du mit einer deiner Exfreundinnen ins Bett gehst …«

»Bitte, Phylly. Nicht!« Er schnappte ihre Hände und zog sie dicht an sich. »Es war ein Fehler von mir, misstrauisch zu sein, und ich weiß, dass ich kein Recht hatte, dich zu kritisieren oder mich zu beklagen. Aber ich hatte solche Angst. Du hast so schuldbewusst geguckt. Und seit ich wieder hier bin, benimmst du dich irgendwie komisch. Als ob du ein Geheimnis hättest oder so.«

Er sah zu ihr hinunter. Die Gewitterwolken auf ihrem Gesicht verzogen sich, und sie lächelte.

»Habe ich auch«, sagte sie. »Warst du eifersüchtig? Auf Oliver?«

»Und wie«, gab er sofort zu. Das schuldete er ihr schon. »Mir ist jetzt klar geworden, wie du dich gefühlt haben musst und wie schwer das alles gewesen sein muss für dich. Ich weiß nicht, was ich sagen soll. Aber ich weiß, dass ich ihn am liebsten umgebracht hätte.«

Ihr Lächeln wurde breiter. »Nein, bitte nicht«, sagte sie. »Er ist wirklich nett, aber es war überhaupt nicht das Gleiche. Ich liebe dich.«

»Ich bin so ein Idiot!«, sagte er und küsste sie.

Sie küssten sich lange, und als er sie widerwillig freigab, hielt er immer noch ihre Hände fest.

»Und was ist das für ein Geheimnis?«, fragte er, und sie lachte über seine Hartnäckigkeit.

»Bist du schwer von Begriff!« Sie schüttelte den Kopf. »Ich bin schwanger. Das ist mein Geheimnis. Ich wollte noch ein paar Tage warten, nur, um ganz sicher zu sein. Das kommt, weil ich die Wasseramsel gesehen habe, als wir auf der Brücke standen. Clemmie sagt ja, dass sie Glück bringt, und ich hatte sie vorher noch nie gesehen – und hinterher auch nicht mehr.« Sie warf ihm einen scheuen Blick zu. »Aber vielleicht findest du gar nicht, dass das ein Glück ist?«

Er nahm sie in den Arm und hielt sie ganz fest. »Ich finde, das ist wunderbar«, sagte er mit unsicherer Stimme. »Ach, Phylly! Können wir nicht einfach alles vergessen und von vorn anfangen?«

»Das ist genau das, was ich will«, sagte sie. »Nichts wünsche ich mir sehnlicher.«

Dann küssten sie sich wieder und schlenderten Hand in Hand weiter. Sie waren sich näher als je zuvor. Doch schon stellte sich das nächste Problem, und sie dachten beide darüber nach. Als Nächstes würde Alistair nämlich ins Verteidigungsministerium berufen werden, und keiner von ihnen war daran interessiert, in London zu wohnen. Sie hatten schon ein wenig darüber geredet, aber nun fühlte Alistair sich in seinem Vorhaben bestätigt. Er hatte es zunächst nicht gewagt, Phyllida vorzuschlagen, in Devon zu bleiben, weil er befürchtet hatte, sie könne ihm unterstellen, dass es ihm nur um seine Freiheit in London ging. Er hatte lange überlegt, wie er seinen Vorschlag formulieren sollte, damit sie sich nicht aufregte. Später hatte er aus eigenen Motiven Angst bekommen, da er sich fragte, was wohl passieren mochte, wenn Oliver in ihrer Nähe blieb, während er selbst so weit weg war.

»Würdest du gern in dieser Gegend bleiben?«, fragte er sie, als sie über die Brücke gingen. »Ich kann mir nicht vorstellen, dass du gern nach London ziehen würdest, jetzt, wo du ein Baby erwartest. Ich weiß doch, was du von Kindern in Großstädten hältst. Wir könnten zum Beispiel ein Haus in Yelverton kaufen. Was meinst du?«

»Nach London will ich ganz bestimmt nicht«, bestätigte sie sofort. »Ich bin einfach kein Stadtmensch, und Lucy fühlt sich auf der Schule in Meavy so wohl. Würde es dir denn etwas ausmachen?«

»Ich möchte, dass du glücklich bist«, sagte er. »Am Wochenende kann ich ja immer herkommen, und ich fände es auch schöner, wenn unsere Basis hier wäre. Ich will nur nicht, dass du das Gefühl hast …« Er zögerte, und sie legte den Arm um ihn. »Ich liebe dich«, sagte er. »Aber ich wäre ganz schön weit weg, und du weißt ja, wie die Leute reden.«

»Oh, ja.« Sie nahm ihn in den Arm, und gemeinsam sahen sie aufs Wasser. »Aber ich möchte trotzdem gern hierbleiben. Nicht, weil ich nicht mit dir zusammen sein will. Nichts will ich lieber. Und es wird schrecklich, wenn du abreist dieses Mal. Aber ich kann mir einfach nicht vorstellen, in London zu leben.«

»Ich weiß.« Er seufzte. »Ich will ja auch nicht nach London. Ich bin auch kein Stadtmensch, das weißt du. Manchmal träume ich davon, den Dienst zu quittieren. Meine Zeiten auf See sind ohnehin vorbei, und wenn ich mir vorstelle, den Rest meines Lebens hinter einem Schreibtisch in London zu verbringen, packt mich das kalte Grausen.«

Phyllida drehte sich zu ihm um. »Meinst du das ernst? Dass du aufhören würdest?«

»Warum nicht?« Er zuckte mit den Schultern. »Ich bin doch alt genug, um mich zur Ruhe zu setzen. Ich habe meine achtzehn Jahre abgeleistet. Das Problem ist nur, ob ich etwas anderes finden würde, vor allem bei der derzeitigen wirtschaftlichen Lage.«

»Ach, das wäre wunderbar!« Phyllidas Augen glänzten. »Bitte, mach das doch!«

»Ich arbeite daran.« Alistair seufzte und sah auf die Uhr. »Wir müssen zurück. Sonst verpasse ich meinen Zug.«

Nach dem Mittagessen fuhren Phyllida und Lucy mit Alistair zum Bahnhof, und als Phyllida ihm einen Abschiedskuss gab, sah sie Tränen in seinen Augen.

»Ich schreibe dir schon gleich im Zug«, sagte er, als er Lucy durch das Autofenster winkte. »Pass auf dich auf, mein Schatz. Nur noch drei Monate. Zwei. Ich versuche, ein Wochenende herzukommen, wenn wir anlegen.«

»Ach, Liebling.« Sie hielt ihn ganz fest. »Vielleicht sollten wir doch nach London ziehen. Ich halte das so nicht mehr aus.«

»Wenn wir uns jedes Wochenende sehen würden, wäre das schon eine enorme Steigerung«, sagte er und versuchte, zu lächeln. »Ich finde, wir sollten keine Zeit mehr verlieren. Ich liebe dich so sehr.«

Er entfernte sich schnell und verschwand im Bahnhof. Phyllida setzte sich wieder ins Auto, kämpfte mit den Tränen und unterdrückte das Verlangen, hinter ihm herzurennen.

»Na, dann«, sagte sie so fröhlich wie möglich. »Clemmie wartet bestimmt schon mit Tee.«

»Weinst du?« Lucy klang besorgt.

»Ein bisschen«, gestand Phyllida. »Tut mir leid.«

Sie wischte sich über die Augen, putzte sich die Nase und startete den Motor. Bevor sie ausparkte, sah sie sich nach Lucy um und lächelte ihr aufmunternd zu. Lucy hielt Percy fest umklammert und sah ihre Mutter an.

»Weil Daddy weg ist?«

»Ja. Albern, was? Eigentlich sollte ich mich langsam daran gewöhnt haben, aber … na ja, ich vermisse ihn immer so.«

»Ich auch.« Lucy guckte aus dem Fenster, als sie vom Bahnhof wegfuhren. »Wohnt Daddy irgendwann mal richtig mit uns, so wie andere Daddys?«

»Aber natürlich!« Jetzt klang Phyllida wirklich fröhlicher. »Und er kommt schon bald wieder. Wenn das Boot angelegt hat, kann er jedes Wochenende kommen. Das wäre doch schon viel besser, meinst du nicht?«

»Hm.« Lucy nickte. »Sind wir dann noch auf *The Grange*?«

»Mal sehen.«

Phyllida war momentan nicht stark genug, sich mit dieser Frage auseinanderzusetzen. Sie fühlte sich so leer – als hätte man ihr einen wichtigen Körperteil amputiert, als wäre sie unvollständig. Sie war unendlich traurig, und reden fiel ihr schwer. Sie fragte sich, wie sie die nächsten drei Monate ohne ihn überstehen sollte. Warum hatten sie bloß so viel Zeit verschwendet? Sie liebte ihn so sehr, dass sie wusste, sie würde ihm alles verzeihen, wenn sie nur zusammen sein konnten. Und jetzt bekam sie ein Baby. Unbändige Freude durchdrang ihre Trauer, und sie atmete tief durch und fühlte sich gleich stärker.

»Weißt du was?«, sagte sie, und Lucy war beruhigt, da ihre Mutter wieder normal klang. »Was hältst du davon, wenn wir auf dem Nachhauseweg kurz bei Onkelchen reinschauen? Dann kann er uns die neuesten Neuigkeiten von den Papageien-Kleidern und so erzählen – und er heitert uns ein bisschen auf. Was meinst du?«

»Au ja!«, rief Lucy begeistert.

Vergnügt hielt sie Percy vor das Fenster, damit er das Moor sehen konnte, das sich unter leichtem Nebel um sie ausbreitete, so weit das Auge reichte.

28

Claudia verbrachte Weihnachten in Sussex. Die Versuchung, zu Hause zu bleiben und die Einladungen ihrer Freunde anzunehmen, war groß, aber sie wusste, dass ihre Mutter verletzt wäre, wenn sie sich weiter von ihr fernhielt. Claudia ahnte, dass ihr eine mittlere Inquisition bevorstand, der sie alles andere als freudig entgegensah. Ihre Mutter würde darauf bestehen, das Scheitern der Ehe in allen Einzelheiten geschildert zu bekommen, und Claudia zerbrach sich noch immer den Kopf darüber, was genau sie ihrer Mutter zumuten wollte, als sie auch schon vor deren Tür stand.

Und es wurde genauso schlimm, wie sie befürchtet hatte. Ihre Mutter zeigte zwar Mitgefühl, ließ sich jedoch nicht von der Meinung abbringen, Jeff werde sicher wiederkommen. Claudias Vater hüllte sich in beredtes Schweigen, und ihre kleine Schwester – die Jeff ebenfalls nicht abgeneigt gewesen wäre – deutete an, dass Claudia zu bemitleiden sei, da sie Jeff nicht habe halten können.

Als die Feiertage vorbei waren, war Claudia erschöpft und machte sich erleichtert auf die Rückreise. Sie hatte eine Menge, worauf sie sich freuen konnte, und während der langen Fahrt nach Tavistock versuchte sie, ihr erschüttertes Selbstvertrauen wieder aufzubauen, indem sie an die positiven Aspekte in ihrem Leben dachte: an die Entwürfe, die langsam Gestalt annahmen, die innige Freundschaft zu Phyllida, der bevorstehende Umzug. Und schließlich und endlich ließ sie es auch zu, dass die Bewunderung, die Oliver und Onkel Eustace ihr als Frau entgegenbrachten, ihren verletzten Stolz heilte.

Sie hatte beschlossen, in Tavistock zu bleiben. Jeff hatte ihr den Weg dafür geebnet, und sie war gewillt, öffentlich einzugestehen, dass sie sich getrennt hatten. Diejenigen, die ihr wichtig waren, wussten es ohnehin schon, und ihr neu gewonnenes Selbstvertrauen ermöglichte es ihr, es jenen, die es noch nicht erraten hatten, zu erzählen, ohne sich zu sehr zu schämen. Wie ein Magnet zog es sie aus dem Haus heraus, in dem sie den furchtbaren Schock erlitten hatte und in dem sie so unglücklich gewesen war; und sie verbrachte Stunden damit, die Hausunterlagen zu studieren, die ihr verschiedene Makler geschickt hatten. Für ihr eigenes Haus gab es nicht besonders viele Interessenten, doch im Februar unterbreitete ihr ein Paar aus Hongkong, das gerade Urlaub machte, ein Angebot. Claudia akzeptierte es und betrieb die Haussuche ihrerseits wieder mit mehr Elan.

Die Entwürfe, die sie gezeichnet hatte, nachdem sowohl Prudence als auch Phyllida ihr mit Rat und Tat zur Seite gestanden hatten, waren jetzt fertig, und Prudence verwandelte Claudias Schnittmuster in bezaubernde Kleidungsstücke. Lucy sollte als Modell agieren, und auf einmal entwickelte sich alles etwas schneller. Oliver hatte Claudia mitgenommen und der Autorin der Papagei-Percy-Bücher vorgestellt, die in einem alten Bahnhofsgebäude direkt hinter Tavistock lebte und der die Entwürfe ausnehmend gut gefallen hatten. Ihre Agentin wollte an Ostern für ein paar Tage in die Gegend kommen, erzählte sie ihnen, und alle hofften, dass die Kleider bis dahin vorführbereit waren.

Claudias Erleichterung darüber, dass ihre Entwürfe Gefallen gefunden hatten, war so groß, dass sie ohne zu zögern zusagte, als Oliver vorschlug, sie sollten ausgehen und das feiern. Hinterher konnte sie sich nicht erinnern, wann sie sich das letzte Mal so amüsiert hatte. Obschon sowohl er als auch Onkel Eustace in den vergangenen Wochen geradezu unerhört mit ihr geflirtet hatten, hielt Oliver sich vollkommen zurück, wenn er mit Claudia allein war. Während des Abendessens ließ er sie reden und reden, bis sie sich entspannt hatte, und dann unterhielten sie sich angeregt über das Projekt, Onkel Eustace und ihre Haussuche, bis es spät war und er sie nach Hause fuhr. Sie bat ihn auf einen Kaffee hinein und zeigte ihm die neuesten Unterlagen zu einem Haus, das die Immobilienmakler Barrett-Thompson ihr anboten.

»Mir hat es auf Anhieb gefallen«, sagte sie, während sie Kaffee machte und er am Küchentisch saß und die Beschreibung las. »Es ist ein umgebauter Wagenschuppen und liegt in den Anlagen von einem größeren Haus. Das kleine Haus hat nur einen winzigen Hof, aber ich könnte den großen Garten mitbenutzen. Einen besonders grünen Daumen habe ich sowieso nicht, aber auf die Weise müsste ich nicht völlig auf einen Garten verzichten.«

»Und es liegt sehr günstig zur Stadt.« Oliver blätterte um. »Im Grunde gehört es gerade noch dazu.«

»Genau das meine ich.« Claudia stellte die Kaffeekanne neben ihn. »Es ist ein genialer Kompromiss, aber das Beste ist das hier. Guck mal.« Sie zeigte auf eine Zeile der Beschreibung. »Da steht: ›Großer, ausgebauter Dachboden‹. Daraus könnte ich ein tolles Arbeitszimmer machen.«

Da wurde ihr bewusst, dass er unnatürlich still saß, und sie sah zu ihm hinunter. Im gleichen Moment sah er zu ihr auf, und sein Gesichtsausdruck ließ sie ganz schnell wieder wegsehen. Sie wurde krebsrot und zog sich flatternden Herzens zurück.

»Sieht klasse aus«, sagte Oliver schnell und konzentrierte

sich ganz auf das vor ihm liegende Papier. »Genau das Richtige. Hast du es dir schon angesehen?«

»Nein.« Sie schüttelte den Kopf und bemühte sich, gefasst zu klingen. »Ich wollte Phyllida fragen, ob sie mitkommt. Hier ist der Kaffee, bedien dich.«

Sie steckte die zitternden Hände in die Rocktaschen und betete, dass er auch ihr eine Tasse einschenken würde. Er tat ihr den Gefallen, und sie setzte sich und tat, als würde sie die Unterlagen noch einmal von vorne durchgehen.

»Stimmt denn der Preis?«

»Oh, ja.« Sie konnte ihn nicht ansehen. »Ich werde es mir ansehen, und wenn es mir gefällt, mache ich ein Angebot.« Sie lachte etwas verkrampft. »Wird komisch sein, das alles allein zu machen. Aber ein bisschen Übung kann nicht schaden.«

»Also, wenn du Hilfe brauchst, weißt du ja, wo du mich finden kannst.«

»Ja, danke.« Sie schaffte es, ihn wieder anzusehen. »Aber ich will nicht schwächeln. Guck dir mal Phyllida an. Die muss ja fast alles allein machen.«

Oliver dachte an Phyllida, und seine Gefühle gerieten ziemlich durcheinander.

»Ja«, sagte er schließlich. »Die Frauen von Marineangehörigen sind generell sehr tüchtig.«

Dann herrschte Schweigen. Und dann änderte sich ganz langsam die Atmosphäre. Claudia bemerkte, dass Oliver genauso unsicher und nervös war wie sie, und in ihr rührte sich ein ganz neues Vertrauensgefühl.

»Vielen Dank für diesen Abend, Oliver«, sagte sie und sah ihm dabei in die Augen. »Ich kann dir gar nicht sagen, wie sehr ich ihn genossen habe.«

»Das freut mich.« Er lächelte sie an, und es war, als wenn sie sich ein großes Stück näherkämen. »Vielleicht können wir das ja bald mal wiederholen?«

»Sehr gerne.« Sie klang so ehrlich, dass er erleichtert aufatmete.

»Das sind vielleicht Zeiten, was?«, fragte er. »Es passiert unglaublich viel.« Er schüttelte den Kopf »Ich fasse es nicht.«

»Wem sagst du das«, entgegnete Claudia sofort. »Mein ganzes Leben hat sich von einem Tag auf den anderen verändert. Ich weiß nie, was als Nächstes passiert. Als Onkel Eustace meine Entwürfe gesehen hat, hat er mir einen Heiratsantrag gemacht, und ich war so abgelenkt, dass ich ihn beinahe angenommen hätte!«

»Ich warne dich!«, scherzte Oliver. »Mein Gott! Dem Mann kann man wirklich nicht über den Weg trauen. Hoffentlich wird er sein Haus schnell los, damit er hier etwas kaufen kann. Die arme Liz dreht bald durch mit ihm.«

Claudia lachte. »Die beiden sind wie Tag und Nacht, was? Aber ich liebe ihn. Wenn ich mit ihm zusammen bin, traue ich mir so ziemlich alles zu.«

»Meine Güte!« Oliver sah sie entsetzt an. »Das wird ja immer schlimmer!«

»So war das nicht gemeint«, sagte sie scheu, und sie wechselten einen Blick, der ihr die Röte ins Gesicht steigen ließ. Oliver schob den Stuhl zurück und stand auf.

»Ich muss jetzt gehen«, sagte er. »Ich fahre morgen in den Norden, um mich mit ein paar Herstellungsbetrieben zu unterhalten. Danke für einen wunderschönen Abend.«

»Es war herrlich.«

Auf einmal wünschte sie sich, er würde sie in den Arm nehmen und küssen, und als ob er ihre Gedanken gelesen hätte, legte er den Arm um sie und … Es dauerte ein paar Sekunden, bis Claudia sich wieder daran erinnerte, welche Schrecken sie in den letzten Monaten durchlebt hatte, und mit angstgezeichnetem Gesicht schob sie ihn unvermittelt von sich. Oliver sah sie verwirrt an und begann sich zu entschuldigen.

»Nein, du brauchst dich nicht zu entschuldigen.« Sie lachte kurz und atemlos auf, als missbillige sie ihre eigene Dummheit. »Es ist nur …« Fieberhaft suchte sie nach einer Erklärung, die realistisch genug war, um ihn zu überzeugen. »Ich habe damit irgendwie noch ein Problem. Nach Jahren mit dem gleichen Partner in einer sicheren Beziehung bin ich jetzt ein bisschen nervös, wenn du verstehst, was ich meine.« Sie ließ seinen Arm nicht los, damit er sich nicht völlig vor den Kopf gestoßen fühlte. »Aber man liest doch auch so einiges. Mit was man sich anstecken kann. Und ich bin überhaupt nicht auf dem Laufenden … Ich will dir nichts vormachen …«

Ihre Stimme erstarb, und sie lief feuerrot an. Sie sah so gequält aus, dass Oliver sie aufmunternd anlächelte.

»Ich verstehe das voll und ganz«, sagte er sanft. »Ich wollte dich zu nichts drängen.« Seine grauen Zellen arbeiteten auf Hochtouren, als er ihr Dilemma erfasste und überlegte, wie er ihre Ängste zerstreuen könnte. »Ich bin mindestens so nervös wie du. Ich habe bisher erst eine feste Beziehung gehabt, und das war mit einem Mädchen an der Uni, für die ich auch der Erste war. Wir sitzen also im selben Boot.« Er fragte sich, wie weit er gehen sollte. Hatte sie tatsächlich angedeutet, dass sie zusammen schlafen könnten? Und wie konnte er das herausfinden, ohne zu selbstbewusst zu klingen? »Aber heutzutage schützt sich doch jeder dementsprechend, oder? Ich würde das auf jeden Fall. Ich hätte keine Lust, irgendetwas zu riskieren.«

Sie sah so erleichtert aus, dass er sicher war, richtig geraten zu haben, aber er vermutete, dass es im Moment das Beste war, sich zurückzuziehen.

»Tut mir leid«, sagte sie. »Ich wollte nur, dass du es verstehst.«

»Ich verstehe es voll und ganz. Ist auch viel besser, so etwas geklärt zu haben. Jetzt muss ich aber wirklich weg.«

Kurz bevor er zur Tür hinaus war, zögerte er noch einmal, hauchte ihr einen Kuss auf die Wange und ging dann auf die

Straße. Claudia schloss die Tür hinter ihm, blieb dann im Flur stehen und versuchte, ihre aufgewühlten Gefühle zu beruhigen. Es war eine furchtbar peinliche Situation gewesen, aber so wussten sie wenigstens beide, wo sie standen. Es beängstigte sie geradezu, dass sie so intensiv auf Oliver reagierte, aber sie erklärte sich das damit, dass sie auf einmal wie eine äußerst begehrenswerte, respektable Frau behandelt wurde und auf diese Veränderung entsprechend reagierte. Jeff war zwar fürsorglich und zuvorkommend gewesen, aber doch eher wie ein Bruder, und andere Männer hatten ihre Lüsternheit so offen gezeigt, dass es sie abgeschreckt hatte. Oliver vereinte Fürsorge, Leidenschaft und Humor in einer Person, und das war eine ganz neue Erfahrung für Claudia.

Sie ging zurück in die Küche und betrachtete noch einmal das Bild von dem Wagenschuppen, um sich von Oliver abzulenken. Es war wirklich sehr ansprechend.

Morgen vereinbare ich einen Besichtigungstermin, beschloss sie, und auf einmal wurde sie ganz euphorisch.

Auf seinem Weg nach Norden war Oliver genauso verwirrt wie Claudia. Gerade hatte er noch für Phyllida geschwärmt – und jetzt war er hingerissen von Claudia ... Er kam sich vor, als betröge er Phyllida, obwohl das natürlich Quatsch war, nicht zuletzt, weil Phyllida verheiratet war. Sofort nach jenem Zwischenfall auf der Brücke hatte sie ihm klargemacht, dass diese kurze Romanze vorbei sei. Offensichtlich war zwischen ihr und Alistair alles geklärt, und sie wollte Oliver nicht zappeln lassen, nur weil seine Verehrung ihr schmeichelte. Sie sorgte dafür, dass sie nie allein waren, und obwohl sie ihn sehr gern mochte, hätte Oliver schon ungleich eitler sein müssen, um ihre Zuneigung zu ihm für mehr zu halten, als sie war.

Und doch machte es ihm zu schaffen, dass er seine Gefühle so einfach von der einen auf die andere Frau übertragen hatte.

Das lag sicher unter anderem daran, dass Claudia so attraktiv war, aber das konnte nicht alles sein. Je besser er sie kennenlernte, desto mehr mochte er sie. Ihm war bewusst, dass sie zwischendurch sehr unsicher war und dann recht grantig werden konnte, und er hätte so gern gewusst, was tatsächlich hinter dem Scheitern ihrer Ehe steckte. Aber er wollte sie auf keinen Fall ausfragen und ihr zu nahetreten. In jenem kleinen, eng zusammenarbeitenden Team, das sie gerade aufbauten, waren Probleme solcher Art das Letzte, was sie gebrauchen konnten.

Oliver stöhnte, als er von der Autobahn abfuhr. Auf der einen Seite entwickelte er offenbar eine Schwäche für verheiratete Frauen, was – gelinde gesagt – ungeschickt war, auf der anderen Seite musste er mit Christinas jugendlicher Leidenschaft fertig werden. An Weihnachten hatte er bemerkt, dass sie sich irgendwie verändert hatte. Bis dahin hatte er sie immer nur als eine jüngere Ausgabe von Liz betrachtet – ein kleines Mädchen mit braunem Haar –, aber als sie ihn in ihren neuen Leggings und der Hemdbluse begrüßte, hatte sie größer gewirkt, auf jeden Fall größer als Liz, und er hatte zum ersten Mal bemerkt, dass ihre Augen nicht braun, sondern eher grau waren. Sie hatte sich die Haare wachsen lassen – Liz trug einen Kurzhaarschnitt –, und er stellte fest, dass sie sich zu einer sehr attraktiven jungen Frau entwickelte. Ihre Beine waren lang und gerade, und wenn sie lachte, erinnerte sie Oliver an Tony. Sie hatte schnell bemerkt, dass er sie in einem neuen Licht sah, und die daraus resultierende stolze Freude machte sie nur noch hübscher. Doch leider reichte ihr neues Selbstvertrauen nicht aus, um gegen Claudia und Phyllida zu bestehen, die auf ihrem Weg zu Prudence kurz hereinschauten. Claudias elegante Schönheit und die Selbstverständlichkeit, mit der die beiden Frauen Oliver neckten – von seiner offensichtlichen Zuneigung zu ihnen ganz zu schweigen –, lösten eine dunkle Welle der Eifersucht aus, die Christinas Freude unter sich begrub. Sie murmelte, sie habe noch etwas zu tun, und verschwand nach oben.

»Warum ist die Liebe eigentlich so ein Albtraum, Onkelchen?«, hatte Oliver gefragt, nachdem Claudia und Phyllida gegangen waren und Christina sich noch immer in ihrem Zimmer aufhielt.

Der ältere Mann hatte eine Augenbraue hochgezogen. »Bist du dir sicher, dass es die Liebe ist, die dir zu schaffen macht?«

Oliver hatte ihn überrascht angeschaut.

»Was meinst du denn damit?«

»Na, es wäre doch gut möglich, dass du ein ganz normales biologisches Bedürfnis mit jenem hehren Gefühl verwechselst, mein Junge. Das passiert täglich und sorgt für massenweise Ärger.«

»Und woher weiß man, welches einen umtreibt?«

Onkel Eustace hatte den Kopf geschüttelt und seine Zigaretten genommen. »Gute Frage. Ausprobieren und sehen, wie lange es hält. Wenn es lange hält, ist es wahrscheinlich Liebe. Wenn nicht«, er zuckte mit den Schultern, »dann nicht.«

»Das hört sich so einfach an, wenn du es sagst«, sagte Oliver.

Onkel Eustace betrachtete ihn. Er machte den Mund auf, erinnerte sich daran, wie es war, jung zu sein, und schloss den Mund wieder.

»Es ist nicht einfach«, stimmte er schließlich zu. »Ist genau das Gleiche wie alles andere. Wie Auto fahren zum Beispiel. Man braucht eine Menge Erfahrung.«

»Da hast du bestimmt recht.« Oliver sah bedrückt aus.

»Nun lass mal den Kopf nicht hängen! Los, komm. Mittagszeit. Wir gehen in den Pub! Ruf das Kind runter und tu so, als wenn sie dir wichtig wäre. Die Kleine kann mitkommen.«

Jetzt, da er nach Schildern Ausschau hielt, die ihn ins Industriegebiet lenkten, seufzte Oliver. Das war alles viel zu kompliziert für ihn, und er war so erleichtert gewesen, als Christina endlich wieder in ihr Internat gefahren war. Natürlich hatte er ihr das nicht gezeigt, im Gegenteil, er hatte ihr in einem schwachen Moment sogar versprochen, sie mal an einem Wochenende zum Mittagessen einzuladen. Wenigstens konnte er inzwischen mit seiner Liebe zu Phyllida besser umgehen, was nur gut war, aber was war mit Claudia? Er schüttelte den Kopf. Er hatte jetzt einfach keine Zeit, darüber nachzudenken. Er fuhr auf den Werksparkplatz, schnappte sich seine Aktentasche und konzentrierte sich voll und ganz auf seine Arbeit.

Zur gleichen Zeit besichtigten Claudia und Phyllida das Wagenschuppenhaus. Sie hatten sich auf der Stelle in das Haus verliebt, gingen von Zimmer zu Zimmer, richteten sie im Geiste mit Claudias Sachen ein und waren einfach nur aufgeregt. Die Eigentümerin beobachtete sie argwöhnisch – sie hatte das alles schon öfter gehört –, taute aber auf, als Claudia ihr sagte, sie werde dem Makler ein Angebot machen.

»Meinst du, ich sollte den vollen Preis bieten?«, fragte sie Phyllida, als sie wieder zu Hause waren und Claudia Tee machte.

»Natürlich nicht!«, sagte Phyllida sofort. »Das Angebot ist viel größer als die Nachfrage. Das hört man doch überall. Schlag selbst einen Preis vor! Wenn sie ablehnt, kannst du immer noch was drauflegen.«

»Stimmt. Aber ich will es so gern haben, und sie hat gesagt, dass es sich schon viele andere angesehen haben.«

»Das sagen sie immer. Das soll dich bloß nervös machen. Aber du hast natürlich recht, du willst nichts riskieren. Sprich doch mit dem Makler. Vielleicht gibt der dir einen Hinweis.«

»Dieser herrliche Dachboden!« Claudia faltete die Hände, als sie daran dachte. »Ich liebe ihn jetzt schon! Und der Blick auf den Park vom Schlafzimmerfenster! Und all die alten Bäume!«

»Und das Wohnzimmer mit dem Holzofen!«

Sie grinsten sich aufgeregt an.

»Deine Sachen passen super dorthin. Und in den kleinen Hof scheint den ganzen Tag die Sonne!«

»Wenn ich doch nur wüsste, was ich bieten soll!« Claudia guckte besorgt. »Ich kann es mir nicht leisten, zu viel auszugeben.«

»Wäre es dir lieber, wenn jemand anderes sich das Objekt ansehen und dir einen Rat geben würde?«

»Wer denn?« Perplex sahen sie einander an.

»Wie wäre es mit Onkelchen?«, schlug Phyllida vor. »Der ist doch selber gerade mit Kaufen und Verkaufen beschäftigt. Der müsste sich auskennen. Oder Oliver.«

Claudia wandte sich ab und machte den Tee. »Wieso sollte der sich damit auskennen?«, nuschelte sie. »Der hat doch noch nie ein Haus gekauft oder verkauft.«

»Nein, das nicht, aber ich glaube, er ist ein ganz schön gewiefter Geschäftsmann. Er ist wahnsinnig nett, und dumm ist er nicht.«

»Ich finde ihn auch sehr nett«, sagte Claudia ganz entspannt.

»Er ist ein Goldstück.« Es lag viel Wärme in ihrer Stimme, als sie das sagte. Sie war kurz davor, Claudia ihre kleine Romanze zu beichten, als ihr sechster Sinn sie darauf hinwies, dass Claudia auf einmal so komisch war. Sie blickte sie eindringlich an. »Er ist einer der liebsten Menschen, die ich kenne.«

»Wir waren gestern Abend zusammen essen.« Claudia wandte sich ihr wieder zu und hielt dabei die Teekanne mit beiden Händen fest. »Es war toll. Ich kann mich nicht erinnern, wann ich mich das letzte Mal so gut amüsiert habe.«

Claudias Gesichtsausdruck weckte Eifersucht bei Phyllida. Olivers Liebe hatte sie getröstet, und sie hatte nicht damit gerechnet, dass er sie so schnell einer anderen schenken würde. Sie dachte an Alistair und das Baby und atmete tief durch.

»Das freut mich. Du kannst Abwechslung gebrauchen. Habt ihr …? War es … Wo wart ihr?«

»Im *Horn of Plenty.* Es war so lustig. Er bringt mich zum Lachen, und er hat tadellose Manieren, aber er … Na ja, er ist nicht aufdringlich. Verstehst du, was ich meine?«

»Ja.« Phyllida dachte an den Kuss auf der Brücke. »Ich weiß, was du meinst. Ja, dann zeig ihm doch das Haus! Hör dir an, was er sagt. Es kann nie schaden, eine zweite Meinung einzuholen.«

»Nein. Stimmt. Vielleicht sollte ich das tun.« Claudia gefiel der Gedanke.

»Und du solltest es dir auch auf jeden Fall noch ein zweites Mal ansehen.« Phyllidas Lächeln war ein kleines bisschen wehmütig. Das war also das, und es war auch gut so! Sie hatte gar keinen Grund, eifersüchtig zu sein.

29

Im Laufe des Winters konnte Clemmie Phyllida immer wieder anmerken, dass diese die dunkle Jahreszeit richtig genoss. Der jungen Frau wurde zum ersten Mal bewusst, welchen Extremen die Menschen ausgesetzt waren, die so isoliert lebten wie sie auf *The Grange.* Der Januar und der Februar waren ausgesprochen feuchte Monate, und wenn irgendjemand von ihnen es überhaupt wagte, einen Fuß vor die Tür zu setzen, dann steckte dieser mit Sicherheit in einem Gummistiefel. Die Wiese stand unter Wasser, die Zufahrt glich einem Fluss aus Schlamm, und selbst im Hof stand eine Pfütze neben der anderen. Schon allein der Weg zum Auto war eine kalte, nasse und unangenehme Angelegenheit; und etwas ins Haus zu tragen, ohne dass es auf dem Weg durchnässt oder mit Schlammspritzern übersät wurde, grenzte an ein Wunder.

Doch mit Betreten des Hauses landete man in einer anderen Welt. Der Ölofen sorgte dafür, dass es in der Küche immer gemütlich warm war, und im großen Kamin im Wohnzimmer glommen Tag und Nacht große Holzscheite. Dieses Feuer brannte in der Regel so lange, bis es Sommer war. Morgens, wenn sie ihre erste Tasse Tee zusammen tranken, beobachtete Phyllida fasziniert, wie Quentin die Reste der Scheite vom Vorabend in der heißen Asche zusammenschob und mit dem Blasebalg vorsichtig pumpte, bis das schwelende Feuer wieder ordentlich brannte und man neue Scheite aufstapeln konnte.

Und nachmittags, wenn Phyllida und Lucy durchgefroren und nass von der Schule zurückkehrten, beeilten sie sich, ins Wohnzimmer zu kommen, wo Clemmie bereits Crumpets oder Toast am Feuer röstete. Auf einem Tablett warteten kleine Gläser Honig und selbstgemachte Marmelade neben einem Kuchen oder ein paar süßen Brötchen, und die Teekanne stand in einen wollenen Mantel gehüllt dicht am Feuer. Die dunkelroten Vorhänge wurden zugezogen, um die trübe Dämmerung auszusperren, und die Lampen verbreiteten ein sanftes, gemütliches Licht, das das alte, polierte Holz von Clemmies Sekretär zum Glänzen brachte und in den Scheiben des verglasten Bücherschrankes funkelte. Das Klappern des Geschirrs und das Klirren der Löffel verschmolzen mit Lucys heller Stimme, die berichtete, was sie in der Schule erlebt hatte; und das Zischen und Knistern des Feuers untermalten Punchs Schwanzklopfen auf dem Teppich, womit er sich für die übrig gebliebenen Krümel bedankte.

Nach der Teestunde saß Lucy dann entweder auf einem kleinen Hocker an dem niedrigen Tisch und versuchte sich an einem Puzzle, oder sie kletterte auf Quentins Schoß und ließ sich von ihm eine Geschichte vorlesen, während sie zufrieden am Daumen lutschte und Punchs Kopf streichelte. Clemmie und Phyllida wechselten sich Abend für Abend damit ab, Lucy ins Bett zu bringen, während die andere das Abendessen zubereitete. Zwar war in den Zimmern, die Phyllida und Lucy bewohnten, seinerzeit Zentralheizung installiert worden, aber eine Wärmflasche musste dennoch sein, und auch Percy durfte nicht fehlen, wenn Lucy ins Bett gepackt wurde und im schwachen Schein der Nachttischlampe einschlummerte.

Die drei Erwachsenen aßen in der Küche zu Abend, und nachdem der Abwasch erledigt war, gingen sie wieder ins

Wohnzimmer, sorgten für ein lebhaftes Feuer im Kamin und hörten sich ein Konzert an; sie spielten Scrabble, lasen oder unterhielten sich. Das war etwas ganz Neues für Phyllida, die sich im Laufe der Jahre angewöhnt hatte, an ihren langen, einsamen Abenden den Fernseher einzuschalten. Sie hatte das Gefühl, in einer längst vergangenen und vergessenen Zeit zu leben, und das gefiel ihr. Es machte ihr überhaupt nichts aus, jeden Tag Staub zu wischen, weil die Asche aus dem Kamin wie Puder alles bedeckte, und Punch mit dem Staubsauger zu verfolgen, wenn er wieder einmal Dreck ins Haus geschleppt hatte. Dass Holz hereingetragen werden und man daran denken musste, die Speisekammer gut gefüllt zu halten, weil die Läden so weit weg waren, empfand Phyllida nicht im Geringsten als Belastung, aber sie sah ein, dass diese Dinge Clemmie und Quentin das Leben immer schwerer machten.

Waldspaziergänge waren unmöglich. Der Fluss war nach dem vielen Regen angeschwollen und über die Ufer getreten; er hatte Teile des Waldes überflutet und strömte dem Meer entgegen. Äste und Blätter tanzten auf seiner reißenden Oberfläche, und die das Ufer säumenden Bäume versanken nicht unerheblich in dem braunen, wirbelnden Wasser. Wenn die Pfade einmal passierbar waren, waren sie mit dunklem, nassem Laub und glitschigen Bucheckern bedeckt, während die Blätter der Rhododendren im kalten Wind flatterten und raschelten. Mitunter war allen ein trockener, sonniger Vormittag vergönnt, und dann packten sie sich in dicke Mäntel, warme Mützen und Schals und wagten sich auf das Moor oberhalb von *The Grange.* Dann kämpften sie gegen den starken Südwestwind an, der ihnen die Tränen in die Augen trieb, während sie das wilde, nasse Land betrachteten, aus dem überall Wasser hervorsprudelte. Unzählige Bäche rannen felsige Rinnen hinunter, und die vollgesogene Erde glänzte im schwachen Schein einer fahlen Sonne.

Anfang März schlug das Wetter um. Es wurde kälter, aber trockener. Der Wind drehte auf Nordost, und langsam floss das viele Wasser ab, und die Erde begann zu trocknen. Quentin lag mit einer bösen Bronchitis danieder, und sein gequälter Husten war im ganzen Haus zu hören. Alistair kam ein Wochenende zu Besuch und erzählte ihnen, dass er das Boot Ende April offiziell verlassen würde und dass er dann Urlaub nehmen könnte.

»Hast du schon ein Haus für uns gefunden?«, fragte er Phyllida. »Wir sollten langsam mal Nägel mit Köpfen machen.«

»Die Makler haben alle meine Adresse und schicken ab und zu Angebote«, berichtete sie. »Aber bisher war noch nichts dabei, was mir gefallen hat.«

»Was hat Lucy zum Geschwisterchen gesagt?«

»Habe ich dir doch geschrieben. Hellauf begeistert.« Phyllida kicherte. »Sie hat gesagt, wenn es ein Mädchen wird, soll es Polly heißen.«

Jetzt lachte auch Alistair. »Dann wollen wir mal hoffen, dass sie nicht auf Percy besteht, wenn es ein Junge wird«, sagte er. »Quentin sieht gar nicht gut aus.«

Phyllidas Lächeln erstarb. »Er ist ziemlich krank gewesen«, sagte sie. »Er hätte beinahe ins Krankenhaus gemusst. Er ist so schwach. Ich wollte dich eigentlich um einen Gefallen bitten, aber nachdem, was du gesagt hast, will ich nicht mehr.«

»Was habe ich denn gesagt?« Alistair war überrascht.

»Du weißt schon. Dass sie uns nur als starke, junge Leute betrachten, die ihnen unter die Arme greifen können oder so.«

»Ach, Himmel noch mal!« Es war ihm sichtlich peinlich. »Vergiss das. Da kannte ich die beiden doch noch nicht. Was soll ich tun?«

»Es geht ums Holz. Wir haben bald keine Scheite für den Kamin mehr. Im Schuppen ist massenweise Holz, aber das müsste zurechtgehackt werden.«

»Kein Problem. Sonst noch was?«

»Das ist das Wichtigste. Clemmie und ich kommen mit dem Rest zurecht. Ach, Alistair, es wird furchtbar, wenn sie hier wegmüssen. Kannst du sie dir in einem kleinen Bungalow in der Stadt vorstellen? Oder in einer Wohnung?«

»Kaum.« Er schüttelte mitfühlend den Kopf. »Aber das steht uns wohl allen bevor. Komm jetzt. Wo ist das Holz?«

Anfang April wurde der Westen Englands von mildem Wetter überrascht. Der Wind wehte moderat aus Südwest und trieb ein paar Schäfchenwolken über den hellblauen Himmel; die Sonne hatte bereits wärmende Kraft.

Clemmie hatte eine ungewöhnlich unruhige Nacht verbracht, und nachdem Phyllida weggefahren war, um Lucy zur Schule zu bringen, zog Quentin seinen Mantel an, nahm seinen Stock und ging zum Wald hinunter. Er fühlte sich immer noch schwach, viel schwächer, als er Clemmie gegenüber zugab, aber dieser Tag verlieh ihm neue Hoffnung und Energie. Er blieb einen Moment stehen, schloss die Augen, ließ sich die Sonne ins Gesicht scheinen und dankte dafür, dass sie noch einen Winter überlebt hatten.

»Wir haben es geschafft, Punch, alter Junge«, sagte er, als sie beide durch das Törchen gingen, das er in die Trockenmauer gebaut hatte. »Es ist Frühling, dem Herrn sei Dank. Und wir leben noch.«

Am Waldeingang blieb er erneut stehen, da er sich auf einmal sehr schwach fühlte. Es war der erste Spaziergang, seit er krank gewesen war, und er merkte, dass er sich nicht übernehmen durfte. Angst durchfuhr ihn bei dem Gedanken an den Aufstieg zurück zum Haus, und er überlegte, ob er überhaupt weitergehen sollte.

Aber jetzt bin ich ja unten, sagte er sich. Ein gemütlicher Spaziergang am Fluss entlang kann doch nicht schaden.

Sein aufmerksamer Blick war überall und nahm die Primeln

unter den Bäumen und auf der Wiese gegenüber genauso wahr wie die Veilchen neben dem Pfad. Langsam und vorsichtig bückte er sich, um einen ersten Frühlingsstrauß für Clemmie zu pflücken. Als er sich wieder aufrichtete und weitergehen wollte, sah er, dass der Schwarzdorn blühte, und er hielt vor Freude die Luft an. Die dicken weißen Blüten quollen in unbeschreiblicher Schönheit wie süßer Schaum über die Hecke, und als wenn das nicht genug wäre, ertönte aus dem Dickicht plötzlich der durchdringende Ruf des Kuckucks.

Quentin blieb ganz still stehen und sog den Frühling mit allen Sinnen in sich auf: Das Vogelgezwitscher klang in seinen Ohren, seine Augen waren geblendet von dem Liebreiz des Schwarzdorns, und in seine Nase stieg der zarte Geruch von nasser Erde und jungen Blüten. Als er wieder zu sich kam, waren seine Augen nass, und sein Herz hämmerte wie wild.

»Ich alter Narr!«, schimpfte er sich selbst, und Punch, der geduldig ein paar Schritte weiter gewartet hatte, wedelte freundlich mit dem Schwanz.

Irgendetwas trieb ihn bis zur Brücke, als wäre sie ein Ziel, das er unbedingt erreichen musste, bevor er wieder nach Hause ging. Abgesehen davon wollte er den Schwarzdorn in seiner vollen Pracht sehen. Er lehnte sich eine Weile in der Sonne an die Brüstung und inhalierte den Duft der Blüten an den schwarzen Zweigen, die sich über die Brücke neigten. Der Fluss führte sauberes, klares Wasser, und zwei Bergstelzen spielten auf einem der Felsen flussabwärts. Die Wasseramsel war nirgends zu entdecken.

Quentin richtete sich wieder auf, rief Punch, der auf der Straße spielte, und ging zurück zum Pfad. Er blieb noch einmal stehen, um von einem herunterhängenden Ast einen Zweig Weidenkätzchen abzubrechen. Er betrachtete sein Sträußchen und ging dann weiter. Der Schmerz durchzuckte ihn unerwartet, ließ ihn taumeln und durchzuckte ihn noch einmal, bevor

Quentin sich recht erholen konnte. Er fiel zwischen die Primeln, sein Schmerzensschrei erfror ihm auf den Lippen, die Blumen fielen zu Boden. Punch stupste mit der Nase gegen die leblose Hand inmitten der blassen, zarten Blüten und leckte das dem fahlen blauen Himmel zugewandte Gesicht, dessen Augen offen, aber blicklos waren. Er winselte, setzte sich und beschnüffelte den reglosen Körper. Dann legte er sich hin, bettete die Schnauze auf die Pfoten und wartete darauf, dass Quentin wieder aufwachte.

Clemmie wurde mit einem Schlag wach und lag lauschend im Bett. Hatte sie tatsächlich einen Schrei gehört, oder war das Teil ihres Traums gewesen, irgendetwas mit Phyllida und dem Baby? Sie versuchte sich an die Gefühle und Bilder des Traums zu erinnern, doch je mehr sie sich bemühte, sie zu fassen, desto mehr entzogen sie sich ihr – bis sie schließlich ganz wach war, bemerkte, dass die Sonne ins Fenster schien und es schon spät sein musste. Sie sah auf die Uhr neben dem Bett, runzelte die Stirn und nahm die Uhr in die Hand. Es konnte doch nicht schon so spät sein! Sie konnte sich daran erinnern, dass Quentin ihr einen Kuss gegeben hatte heute früh und dass er gemurmelt hatte, sie solle weiterschlafen, aber trotzdem …

Sie kletterte mühsam aus dem Bett und trat zum Fenster. Hof und Garten lagen einsam und still vor ihr. Sie fragte sich, ob Quentin sich dazu hatte hinreißen lassen, sich etwas weiter vom Haus zu entfernen, und ihr war gar nicht wohl bei dem Gedanken. Er war noch nicht wieder genug bei Kräften, um sich übermäßig anzustrengen. Clemmie ließ sich von diesem milden Frühlingsmorgen nicht blenden; sie zog warme Sachen an und eilte die Treppe hinunter. Das Haus war leer, nicht einmal Punch saß an seinem Stammplatz neben dem Ofen. Sie machte die Tür auf und blickte in den Hof. Auch hier war niemand, abgesehen von dem Rotkehlchen, das Brotkrümel aufpickte. Sie schloss die Tür wieder, bemerkte, dass Quentins Mantel und Stock nicht an ihrem Platz waren, und schnalzte tadelnd mit der Zunge.

Sie stellte den Kessel auf den Ofen und bemühte sich, nicht zu böse zu sein. Seit seiner Bronchitis war er sehr geduldig gewesen, und er hatte anstrengende Arbeiten gemieden. Er war ein anspruchsloser, fröhlicher Patient gewesen. Ein Spaziergang in der Sonne würde ihm gewiss nicht schaden. Etwas besorgt machte sie sich Frühstück, doch als sie ihre erste Scheibe Toast zur Hälfte gegessen hatte, fiel ihr auf einmal ein, dass er sich möglicherweise mit dem Anstieg zum Haus zu viel zugemutet hatte. Sie trank noch einen Schluck Tee, ließ den halben Toast liegen, nahm ihren Mantel vom Haken hinter der Tür, griff nach ihrem Stock und ging in den Garten. Sie öffnete das kleine Tor, das Quentin für sie gebaut hatte, und war dankbar, dass sie nicht mehr die waghalsige Klettertour über die Trockenmauer auf sich nehmen musste. Dann überquerte sie die Wiese und ging in den Wald.

»Jetzt muss wohl der Lahme den Blinden führen«, murmelte sie vor sich hin und dachte an die Zeiten zurück, da sie unbeschwert über die sonnige Wiese in den Schatten des Waldes rennen konnte – leichtfüßig, kräftig, schmerzfrei. Sie verzog das Gesicht, als sie sich an die junge, sorglose Clemmie erinnerte, und humpelte langsam über den Waldweg. Die vor ihr ausgebreitete Herrlichkeit zauberte ein Lächeln auf ihre Lippen, und während sie weiterging, ließ der Zauber des Morgens ihr Herz höher schlagen.

Als sie bemerkte, dass Punch sich am Wegesrand aufrappelte, runzelte sie die Stirn, und sobald sie den Körper sah, der hinter ihm auf dem Boden lag, verdüsterte sich die strahlende Schönheit des Tages und Clemmie glaubte, ihr bliebe das Herz stehen. Sie rief Quentins Namen, erhielt aber keine Antwort. Mit zittrigen Beinen rannte sie zu ihm und fiel neben ihm auf die Knie. Sie blickte in das reglose Gesicht und ergriff seine kalte Hand.

»Quentin!« Ihr Flüstern war kaum zu hören.

Mit beiden Händen hielt sie seine Hand umklammert und wischte sich damit die heißen Tränen aus den Augen. »Quentin!« Es war ein Flehen, und die Tränen liefen ihr über die Wangen. Sie beugte sich vor, sodass ihre Augenbrauen seine Brust berührten. »Mein Liebling!«

Sie konnte die Pein nicht ertragen und machte ihr durch einen gequälten Aufschrei Luft. Punch stand nun neben ihr, winselte und drückte sich an sie. Seine Wärme gab ihr Sicherheit, und sie schlang einen Arm um ihn, während sie mit der anderen Hand Quentins Wange streichelte und sein Haar zurückstrich. Dann nahm sie seine andere Hand und sah das darunter verstreute Sträußchen. Leise weinend sammelte sie sein letztes Geschenk für sie auf, küsste seine eisigen Lippen und drückte ihre Wange gegen seine.

Während sie neben ihm kniete, drangen die Geräusche des Waldes langsam wieder zu ihren betäubten Sinnen durch: das Gurgeln des Flusses zwischen den von der Sonne erwärmten Steinen, das Flüstern der Brise in den Baumkronen und der lachende Gesang der Nachtigall.

30

Abby stand im ehemaligen, von Mauern umgebenen Küchengarten, der jetzt verwildert war, und hängte die Wäsche auf. Es war warm und windgeschützt hier, abgeschirmt von den Stürmen, die die Bäume jenseits der alten Steinmauern schüttelten, aber es wehte dennoch eine ausreichende Brise, um die Wäsche zu trocknen, und Abby genoss die wärmenden Sonnenstrahlen auf dem Rücken, während sie Stück für Stück aus dem Wäschekorb nahm und an die Leine hängte. Als eine Freundin aus London einmal zu Besuch war, hatte die einen Lachkrampf bekommen bei der Vorstellung, Wäsche aufzuhängen, und hatte Abby gefragt, ob diese schon einmal etwas von Wäschetrocknern gehört hatte. Jetzt, da sie im Hof stand, die Spatzen dabei beobachtete, wie sie aus dem Efeu hervorschossen, der die Mauern üppig bedeckte und in dem sie Jahr für Jahr ihre Nester bauten, und ihren Blick immer wieder zu den Primeln und Schlüsselblumen gleiten ließ, die gelbe Tupfen in das Smaragdgrün der Wiese zauberten, jetzt wurde Abby wieder einmal bewusst, wie viele der kleinen Freuden des Lebens dem Rotstift zeitsparender Erfindungen zum Opfer fielen.

Sie ließ den Beutel mit den Wäscheklammern in den Korb fallen und blickte ins Tal, über die Dächer des Dorfes und den Kirchturm hinweg, hin zu den Buckeln des Moores – und wusste, dass sie großes Glück hatte. Nicht nur, weil sie hier wohnte – obgleich Teile des Hauses langsam zerfielen und ein Großteil der Ländereien verwilderte –, sondern auch, weil sie an einem solch wundervollen Morgen am Leben war. Traurig dachte sie an Quentin und seine Liebe zur Natur und dem Wechsel der Jahreszeiten. Die Trauerfeier in der kleinen Kirche im Moor war bewegend und schlicht gewesen, ein angemessener Abschluss für diesen Mann.

Abby seufzte und dachte an Clemmie. Sie hatte noch kleiner als vorher gewirkt, geradezu zwergenhaft gegen den hochgewachsenen Gerard an ihrer Seite auf der Kirchenbank. Phyllida und Alistair hatten sich weiter nach hinten gesetzt, doch es war Phyllida gewesen, nach der Clemmie gesucht hatte, als sie sich vom Grab abwandte, und es war Phyllida gewesen, die – mit einem entschuldigenden Blick auf Gerard und dessen Frau – vorgetreten war, sie beim Arm genommen und zum Auto geführt hatte; Phyllida, im siebten Monat schwanger, die alles organisiert hatte, sich aber dezent zurückhielt.

Abby zog die Zigaretten aus der Jeanstasche und suchte ihr Feuerzeug. Später hatte Gerard sie – Abby – beiseitegenommen und um ihre Unterstützung dabei gebeten, Clemmie davon zu überzeugen, *The Grange* zu verkaufen und in eine kleine Stadtwohnung zu ziehen. Seine zweite Frau hatte zustimmend genickt, während sie gleichzeitig versucht hatte, ihr Gähnen zu unterdrücken und möglichst unauffällig immer wieder auf die Uhr zu schauen. Obwohl es wirklich so gut wie unmöglich war, dass Clemmie auf *The Grange* allein zurechtkommen würde, hatte Abby ihm nicht zustimmen können, was wahrscheinlich daran gelegen hatte, dass sie ihm unterstellte, seine Pläne für seine Mutter entsprängen nicht seiner Sorge um ihr körperliches und seelisches Wohlbefinden, sondern vielmehr seinem eigenen Wunsch, sich dann nicht mehr so viele Sorgen um sie machen zu müssen. Sie würde verstaut werden, unter den Teppich gekehrt, und er würde sein Leben mit einem erleichterten Seufzen weiterleben.

»Es würde Clemmie das Herz brechen, *The Grange* zu verlassen. Es wäre so traurig, das alles zu verkaufen!«, hatte sie widersprochen. »Willst du es denn nicht in der Familie behalten?«

Gerards Frau hatte ihm einen entsetzten Blick zugeworfen, diesen aber schnell versucht zu verbergen, und Gerard hatte getan, als würde er es wirklich bedauern, präsentierte dann aber ein ausgesprochen vernünftiges Argument dafür, dass es mehr als dumm wäre, *The Grange* zu behalten. Dass er damit recht hatte, ärgerte Abby nur noch mehr. Trotzdem hatte Abby einfach bedauernd mit den Schultern gezuckt und gesagt, sie sei sicher, dass Clemmie ohnehin nicht auf sie hören würde. Gerard zeigte außerdem ein gesteigertes Interesse an den Bedingungen, unter denen die Makepeaces auf *The Grange* wohnten, und Abby amüsierte sich diebisch über seine Beunruhigung. Doch ihr Amüsement war nur von kurzer Dauer. Sie musste sich nur Clemmie ansehen, die sich bemühte, tapfer zu sein, und schon erkannte sie von neuem, dass das Leben gar nicht so lustig war. Quentin war ein so gütiger, freundlicher Mann gewesen und doch auch so stark, dass man sich immer an ihn hatte wenden und sich bei ihm hatte anlehnen können, wenn man Probleme hatte. Die Trauer um seinen Verlust war groß, und Clemmie war nicht die Einzige, die ihn schmerzlich vermissen würde. Nur zu wissen, dass er da war, war stets ein Trost gewesen, hatte sie alle bereichert – nun waren sie alle ein Stück ärmer geworden.

Abby nahm einen tiefen Lungenzug und sah auf, als sie ein bekanntes Zwitschern hörte. Die Schwalben waren wieder da! Begeistert sah sie ihnen dabei zu, wie sie über ihr herumsausten und dann hinter den Steinmauern verschwanden, um die Reste ihrer Nester an den alten Balken der zerfallenen Ställe wieder aufzusuchen. Abby empfand stille Freude und war etwas beschwingter, als sie den Küchengarten verließ und sich jenseits der hohen Holztür Oliver gegenübersah. Sie legte all ihre Zuneigung für ihn in ihr Lächeln und hakte sich bei ihm unter.

»Ein Wort, dass ich mit dem Rauchen aufhören sollte, und du kannst gleich wieder gehen«, warnte sie ihn. »Hast du die Sachen mitgebracht, die deine Mama mir versprochen hat?«

»Habe ich«, sagte er, als sie auf das Haus zugingen. »Ich habe die Tüten in die Küche gestellt. Ich glaube, sie hat ihren Kleiderschrank seiner besten Stücke beraubt. Jetzt ist sie auf dem Weg nach Exeter – mit allen Kreditkarten und diesem allbekannten Glänzen in den Augen. Pa bringt sie um, wenn er wiederkommt.«

»Ach, das ist er doch gewöhnt.« Abby kicherte. »So war sie schon immer. Ist es nicht schön, jemanden zu kennen, der sich nicht verändert? Ich finde es beruhigend, in dieser Welt einen fixen Referenzpunkt zu haben.«

»Meine Güte!« Oliver zog bewundernd die Augenbrauen hoch. »Man sollte meinen, du hast gelesen, Abby! Das hört sich ja fast wie ein Zitat an.«

»Ist es auch«, gab Abby nicht ohne Stolz zu. »Stand in der Zeitung. Ich habe es mir extra gemerkt, aber ich hätte nicht gedacht, dass ich es schon so bald anwenden würde. Abgesehen davon meine ich das ernst. Deine Mutter hat etwas an sich, das für bessere Laune sorgt und die Leute glücklich macht. Ganz im Gegensatz zu Liz, die ständig vor sich hin brummt und sich über das Leben oder die Männer oder sonst etwas beklagt.«

»So etwas nennt sich Existenzangst«, klärte Oliver sie auf, als sie die Küche erreichten. »Du wirst dich mit der modernen Sprache auseinandersetzen müssen, jetzt, wo du angefangen hast zu lesen. Ich an deiner Stelle würde mir so etwas aufschreiben und auswendig lernen, vielleicht kannst du es dann beim nächsten Komiteemeeting benutzen.«

»Ich weiß doch nicht mal, wie sich das schreibt.« Abby stellte den Kessel auf den Herd. »Also, wie läuft's?«

»Alles vorbei.« Er versuchte gar nicht erst, den besorgten Unterton in jener unverfänglichen Frage misszuverstehen. »Nicht, dass jemals wirklich etwas gewesen wäre. Du hattest recht. Für sie war es nur eine kurze Romanze, glaube ich, ein Strohfeuer. Na, egal, sie sind wieder zusammen, und – wie du selbst gesehen hast – sie ist schwanger.«

»Ja. Tut mir leid für dich. Und das mit Quentin auch. Ich fand es immer etwas merkwürdig, dass er dein Patenonkel war. Er war doch schon so alt.«

»Im Krieg war er der Berater meines Großvaters, und Großvater hat die Halliwells nach dem Krieg oft hier besucht. Sie waren ein Grund dafür, dass er sich hier niedergelassen hat, als er sich zur Ruhe setzte. Aber abgesehen davon hatte er sich in diesen Teil Devons richtiggehend verliebt. Ich werde Quentin vermissen.«

»Das werden wir alle.« Abby versuchte, die Traurigkeit abzuwehren, und schlug einen etwas heitereren Ton an. »Ich habe gehört, dass du ein richtiger Geschäftsmann wirst.«

»Sieht so aus. Es ist aber noch eine Menge zu tun, bevor es richtig losgeht. Aber wir schaffen das schon.«

»Wir sind alle begeistert«, sagte Abby. »Erzähl doch mal, was genau …«

Ostern war der Verkauf von Claudias Haus perfekt. Die neuen Eigentümer – die nun wieder in Hongkong waren und vorläufig nicht einziehen würden – hatten sich einverstanden erklärt, dass sie noch ein paar Wochen in dem Haus bleiben konnte, um einige ihrer Möbel zu verkaufen, während sie noch ansprechend arrangiert waren. Claudia befand sich in der letzten Packphase, als es an der Tür klingelte. Sie fühlte sich gestört und seufzte, legte das halb eingepackte Porzellan auf den Boden neben den Umzugskarton und machte die Tür auf. Es war Jeff.

Sie stand da und umklammerte den Türgriff, während eine Woge gemischter Gefühle sie erschütterte. Er sah jünger aus, mehr wie der Jeff auf jenem Foto, und sofort brannte der alte Groll in ihr.

»Komm besser rein«, sagte sie und hielt die Tür weit auf.

Er ging an ihr vorbei und durch den Flur in die Küche. Er trug Jeans und einen Rollkragenpullover; seine Haare waren länger geworden, aber gepflegt und glänzend. Ihr wurde ganz schlecht vor körperlichem Verlangen nach ihm, und als er sich ihr zuwandte und sie anschaute, ging sie schnell zum Schrank, damit er ihr Gesicht nicht sehen konnte.

»Sieht aus, als käme ich gerade noch rechtzeitig«, sagte er.

»Rechtzeitig wofür?«, fragte sie ihn kühl, als sie ein Glas Instantkaffee und eine Tüte Zucker aus dem Schrank nahm. »Kaffee? Was anderes habe ich nicht.«

»Das wäre nett.« Er lehnte sich an die Spüle und beobachtete sie. »Wann bist du weg?«

»Übermorgen.« Sie hatte nicht vor, es ihm leicht zu machen.

»Du hast gar nicht geschrieben.«

»Was hätte ich denn schreiben sollen?« Das Wasser kochte, und Claudia gab je einen Löffel Kaffeepulver in zwei Becher.

»Auf Wiedersehen«, schlug er vor und nahm den Becher entgegen, den sie ihm hinhielt.

»Das haben wir doch schon hinter uns.« Endlich blickte sie ihn an. »Warum sollten wir uns denn wiederholen?«

Er schaute sie an, und sie spürte, wie das Verlangen ihr verräterische Röte ins Gesicht trieb.

»Ach, Claudia.« Er streckte die Hand nach ihr aus. »Es tut mir wirklich leid. Es war so brutal, dir das anzutun.«

Sie wandte sich von ihm ab, außer sich vor Wut darüber, dass er ihre Schwäche erkannt hatte, und gedemütigt, weil er sie bemitleidete. Sie nahm ihren Kaffee und setzte sich.

»Es ist vorbei. Vergiss es! Das habe ich auch gemacht. Was willst du?«

Jeff starrte ziemlich lange in seinen Becher, dann schürzte er die Lippen und zuckte mit den Schultern.

»Ich fürchte, das klingt ganz schön unverschämt. Aber ich wollte dich fragen, ob du wohl etwas von dem Geld, das dir der Verkauf des Hauses gebracht hat, erübrigen könntest?«

Mit einem Mal war Claudia kalt und misstrauisch, jegliche Nachgiebigkeit und Leidenschaft waren wie weggeblasen.

»Woher wusstest du denn, dass es zum Verkauf stand?«

»Ich habe es in der Zeitung gelesen.« Er sah sie an. »Mike war im Krankenhaus.«

Claudia lief ein Schauer über den Rücken. Als sie das erste Mal im Krankenhaus gewesen war, um den Test machen zu lassen, hatte sie eine Beratung erhalten und war über AIDS aufgeklärt worden. Die beiden taten ihr schrecklich leid, und als sie erneut sprach, lag Mitgefühl in ihrer Stimme.

»Das tut mir leid, Jeff. Wirklich. Ist er … sehr krank?«

»Noch ist es nicht allzu schlimm. Er ist jetzt wieder zu Hause. Aber es ist der Anfang vom Ende. Das wissen wir beide. Neun Monate vielleicht noch.«

Sie schluckte, sie hätte ihm so gerne Fragen gestellt, doch sie beherrschte sich, bemüht, rational damit umzugehen.

»Die Sache ist, dass ich mir ein kleines Cottage am Stadtrand von Tavistock gekauft habe, und außerdem glaube ich, dass ich einen Job habe.« Sie wollte nicht, dass er die ganze Wahrheit kannte. »Ich kann Geld verdienen und habe ein Dach über dem Kopf. Aber ich fürchte, da bleibt nichts übrig. Eine Hypothek kann ich nicht riskieren.«

Er nickte, wandte sich ab und starrte hinaus in den Garten. »Ich weiß, ich hätte nicht fragen sollen. Wir waren uns ja einig.

Es ist nur – ich hätte nicht gedacht, dass es so schnell gehen würde. Ich habe zwar Arbeit gefunden, aber nichts festes. Tut mir leid, es war nichts übrig, was ich dir hätte schicken können.«

»Jetzt sei doch nicht albern!« Sie bemerkte, dass seine Schultern herabhingen und er sich an der Spüle festhielt. »Wie viel wolltest du denn?«

»Ach.« Er zuckte mit den Schultern. »So weit war ich noch gar nicht. Ich wollte nur, dass die letzten Monate einigermaßen ... einigermaßen erträglich werden.«

Seine Lippen bebten, und sie konnte sehen, dass er mit Mühe schluckte.

»Macht nichts.« Er wandte sich ihr wieder zu, und sein Mund geriet etwas schief, als er versuchte zu lächeln. »War nur so ein Gedanke. Ich hätte nicht fragen sollen. Danke für den Kaffee.« Er stellte den halb vollen Becher ab.

»Warte mal einen Moment!« Claudia biss sich auf die Lippe. »Vielleicht könnte ich doch etwas lockermachen.«

»Ich will dir wirklich keine Schwierigkeiten bereiten ...«

»Nein, gar nicht.« Sie lächelte ihn an. »Ich habe etwas zurückgelegt. Du weißt schon, für den Notfall.«

»Aber das kann ich nicht annehmen«, protestierte er. »Vielleicht brauchst du das mal. Vergiss es!«

»Nein. Ich will, dass du es bekommst.« Sie nickte, und er erkannte, dass sie es ernst meinte. »Es sind nur fünftausend Pfund. Du könntest viertausend haben.«

Er lachte. »Du kannst dir gar nicht vorstellen, was für ein Vermögen viertausend Pfund im Moment für uns – für mich – bedeuten!« Er schüttelte den Kopf, ihm fehlten die Worte. »Aber wirklich ...«

»Okay, abgemacht. Sei still! Hör zu: Ich habe ein Zuhause, einen Job, Freunde.« Beinahe hätte sie auch noch »eine Zukunft« gesagt. »Ich brauche keinen Notgroschen. Das war meine ganz persönliche Absicherung.«

Jeff gelang zum ersten Mal, seit er das Haus betreten hatte, ein echtes Lächeln. »Deine Bank wird bestimmt ziemlich sauer, wenn du das gesamte Geld weggibst.« Er zögerte. »Und finanziell kommst du allein zurecht?«

»Oh, ja«, antwortete sie schnell. »Keine Sorge! Du hast mir genug beigebracht, ich weiß, was ich tue.«

»Na. Wenn du jemals Hilfe brauchst – du weißt, wo ich bin. Obwohl … nein, weißt du nicht. Wir ziehen nämlich um.«

»Ach?« Sie zog die Augenbrauen hoch.

»Jemand hat was spitzgekriegt«, sagte er schließlich. »Wegen Mike. Man hat uns zum nächsten Ersten gekündigt.«

»Ach, Jeff …«

»So ist das Leben«, sagte er schnell. »Wir wollen gar nicht dableiben. Das ganze Dorf redet. Ein Freund hat uns ein Cottage angeboten, ziemlich einsam gelegen. Am Rand von Bodmin Moor. Sehr schön da, und das Cottage ist auch nett. Klein, aber fein. Das Problem ist nur, dass er drei Monatsmieten im Voraus haben will.« Er lächelte bitter. »So ein guter Freund ist er dann doch nicht.«

»Ich schreibe dir einen Scheck. Ist das okay?«

»Das wäre so gigantisch! Wie soll ich dir jemals dafür danken? Aber nicht viertausend. Das ist zu viel. Die Hälfte würde auch reichen.« Er zögerte. »Ich glaube nämlich nicht, dass ich dir das jemals zurückzahlen kann.«

Claudia dachte an jene schrecklichen Wochen, die sie durchlebt hatte, als sie in dem Glauben war, ebenfalls infiziert und dem Tod geweiht zu sein. Ihr stiegen Tränen in die Augen. Sie fragte sich, wie Jeffs Leben weitergehen würde, wenn Mike erst einmal tot war und Jeff ganz allein.

»Ich will es nicht zurück«, flüsterte sie, »es gehört dir genauso wie mir. Wenn es doch nur mehr wäre!«

Er schüttelte den Kopf. »Damit kommen wir schon über die Runden. Dank deiner Hilfe können wir ein Zuhause haben, ein wundervolles Zuhause. Und ein paar Extras können wir uns auch leisten. Jetzt können wir zum Beispiel das Auto behalten. Wir bekommen ja Beihilfen und Zuschüsse und so. Keine Sorge!«

Sie griff in ihre Tasche, die auf der Anrichte stand, und holte ihr Scheckheft heraus. Er wandte sich ab und kippte den lauwarmen Kaffee herunter, während sie den Scheck ausstellte. Sie riss ihn aus dem Heft und hielt ihn Jeff entgegen, und nach einer Weile nahm er ihn, hielt ihn fest und starrte ihn an.

»Danke«, sagte er schließlich, faltete das Papier und steckte es in die Gesäßtasche seiner Jeans.

»Lass von dir hören, Jeff!«, bat sie ihn. »Du weißt schon. Hinterher. Hier, das ist meine neue Adresse.« Sie reichte ihm eine Karte. »Bewahr sie gut auf, und schreib mir kurz, wenn du umziehst. Versprochen?«

Er steckte die Karte zu dem Scheck und nickte. »Mach ich, versprochen. Gott segne dich, Claudia!« Er streckte die Arme nach ihr aus, als wolle er sie zum Abschied umarmen, doch sie zögerte einen Moment, Angst stand ihr in den Augen, und sein Gesicht verdüsterte sich. »Vielleicht hast du recht«, sagte er und bemühte sich, unbeschwert zu klingen, aber da stürzte sie auf ihn zu und nahm ihn in den Arm.

Sie hielten einander fest und versuchten nicht zu weinen. Nachdem er sie ein letztes Mal an sich gedrückt hatte, ging er. Die Tür fiel ins Schloss, und Claudia war allein. Dann weinte sie tatsächlich; sie hob die Arme vors Gesicht wie ein verlassenes Kind und weinte hemmungslos, bis sie ganz erschöpft war und ihre Schluchzer verebbten. Dann stand sie auf und ging zur Spüle. Sie hielt seinen Becher in der Hand und dachte daran zurück, wie sie vor lauter Unwissenheit und Angst Mikes Tasse zertrümmert hatte. Einen Moment lang erschien das Foto wieder gestochen scharf vor ihrem geistigen Auge: die glücklichen, lachenden Gesichter der beiden, die Liebe, die zwischen ihnen brannte – eine Liebe, die sie nie kennengelernt hatte.

Bevor sie wieder anfangen konnte zu weinen, klingelte das Telefon. Sie nahm ab und bemühte sich, normal zu klingen.

»Hallo. Wie läuft's?« Es war Phyllida.

»Ach, Phyllida.« Claudia wurde ganz weich in den Knien, so dankbar war sie, Phyllidas fröhliche Stimme zu hören. »Gut.«

»Bist du dir sicher? Ich finde, du hörst dich etwas erschöpft an. Wann kommst du?«

»Oh ...« Claudia zögerte.

»Jetzt sag mir nicht, dass du es vergessen hast! Clemmie und ich stehen hier und kochen wie die Weltmeister!«

»Nein, ich habe es nicht vergessen. Oh Gott, Phyllida. Jeff war gerade hier.«

»Oh nein!« Sie klang entsetzt. »Warum das denn? War er allein?«

»Ja, ganz allein. Mike ist sehr krank. Er stirbt, und Jeff brauchte Geld.«

»Wie bitte? Hast du ihm was gegeben?«

»Ich musste ...« Phyllida protestierte und Claudia schüttelte den Kopf. »Nein. Er hat nichts und ich habe alles. Ich konnte ihn einfach nicht abweisen.«

»Du bist vielleicht ein Softie«, sagte Phyllida liebevoll. »Aber was für ein Schock!«

»Ja, das hat alles wieder aufgewühlt.« Claudias Stimme wurde unsicher. Sie schluckte.

»Du lässt jetzt alles stehen und liegen und kommst her. Was du brauchst, ist ein anständiges Essen, und danach schläfst du dich mal richtig aus. Wir können den Rest morgen früh gemeinsam machen. Wir haben noch genug Zeit, bevor der Umzugswagen kommt. Also keine Ausreden.«

Claudia lachte. »Gute Idee. Das Haus ist so leer und deprimierend, und außerdem sterbe ich vor Hunger. Hört sich toll an.«

»Okay. Ich erwarte dich in zwanzig Minuten.«

Sie legte auf, und Claudia ging zurück in die Küche. Sie nahm ihre Tasche, betrachtete einen Moment Jeffs Becher, eilte dann hinaus und schlug die Tür hinter sich zu.

31

Clemmie saß mit Punch zu ihren Füßen in der Gartenlaube und beobachtete das Rotkehlchen dabei, wie es Toastkrümel aufpickte. Die Sonne schien ihr wohltuend warm auf die alten Glieder, der Duft des Flieders hing berauschend schwer in der Luft, und die Blaumeisen bauten wie üblich ihr Nest in einem Loch hoch oben in der Mauer. Was so schrecklich war am Tod, dachte sie, war, dass das Leben völlig rücksichtslos einfach weiterging. Nichts hatte sich geändert, nichts hatte aufgehört zu sein.

Bis auf meinen Lebenswillen, dachte Clemmie.

Sie versuchte, sich vorzustellen, wie sie *The Grange* und damit alles, was ihr vertraut war und ihr etwas bedeutete, verließ. Wie sie in einen kleinen Bungalow oder eine Wohnung in Tavistock einzog, oder in ein Altenheim, wo man sich richtig um sie kümmern konnte.

Wie vernünftig und zweckmäßig, dachte sie. Und wie absolut sinnlos. Was soll ich denn den lieben langen Tag mit mir anfangen? Wie soll ich ohne ihn weiterleben? Und warum überhaupt?

Ihre Hände verkrampften sich ineinander, als hofften sie, seine starke, warme Hand zu umschließen, und als ihr wieder einmal mit aller Brutalität bewusst wurde, dass sie seine Hand nie wieder berühren würde, schossen ihr die Tränen in die Augen und liefen unaufhaltsam über ihre wettergegerbten alten Wangen. Sosehr sie sich auch bemühte, sich der vielen glücklichen Jahre zu entsinnen – sie dachte immer nur an jene Monate der Entfremdung und des Zorns; der Zurückweisungen und Beschuldigungen, mit denen sie noch Jahre nach jenem einen Akt der Untreue kurz nach Pippas Tod gelebt hatten. Warum nur hatten sie so viel Zeit verschwendet? Die Vernunft sagte ihr, dass kein Paar der Welt fast sechzig Jahre lang in ungetrübter Harmonie und Liebe miteinander leben konnte, ohne dass jemals böse Worte fielen oder Wut aufkam – doch die einzigen Gefühle, die Clemmie jetzt hegte, waren Schuldgefühle. Tief in ihrem Herzen wusste sie, dass sie oft die Gelegenheit ergriffen hatte, um ihn für jene Tat zu bestrafen, mit der er ihr so viel Schmerz zugefügt und sie gedemütigt hatte. Jedes Mal, wenn er sich reumütig gezeigt hatte, war es ihr möglich gewesen, liebevoll und großzügig zu sein und ihm zu versichern, dass es vorbei und vergessen war. Doch sobald er sie beim Wort genommen und das Bußgewand abgelegt hatte, war der Groll wieder langsam in ihr aufgestiegen, und bei der nächstbesten Gelegenheit hatte sie das Messer wieder ein bisschen weitergedreht and sich an seiner schuldbewussten Verzweiflung geweidet.

Nun saß sie in dieser Laube, die er so liebevoll für sie umgebaut hatte, die Tränen rannen weiter, und sie stöhnte vor Kummer. Gott sei Dank war das letzte Jahr so glücklich gewesen, Gott sei Dank hatten sie tatsächlich alles vergessen und sich vergeben und jenen entsetzlichen Schatten vertreiben können. Es grenzte an ein Wunder, dass Abby an jenem Tag Phyllida mitgebracht hatte, die der Schlüssel zu ihrer Erlösung werden sollte. Clemmie wischte sich über die Augen und bemühte sich, die Dinge rational zu betrachten, sich an die glücklichen Zeiten zu erinnern, die friedvollen Stunden, die sie in diesem Haus erlebt hatten.

Der Gedanke daran, es verlassen zu müssen, deprimierte sie erneut. Gerard hatte recht gehabt, als er ihnen geraten hatte, auszuziehen, solange sie beide noch lebten. Ganz egal, wohin sie jetzt gehen würde, es würde ein Ort sein, an dem Quentin nie gewesen war. Nichts dort würde sie an ihn erinnern. Quentin, wie er den Mond betrachtete, bevor er zu ihr ins Bett kroch. Quentin, wie er sich vor dem Kamin nachdenklich über das Scrabblebrett beugte. Quentin, wie er mit dem Strohhut über den Augen im Hof döste. Quentin, wie er unterhalb des Gartens gemeinsam mit Punch übers Moor streifte. Clemmie schluckte die Tränen hinunter und beugte sich, um Punch zu streicheln. Auch er würde bald nicht mehr sein, und dann war sie ganz allein. Sie dachte daran, wie Gerard nach der Beerdigung so schnell, wie es eben möglich gewesen war, ohne pietätlos zu sein, davongeeilt war, seinem eigenen Leben und seiner eigenen Familie entgegen, und wie er sie zurückgelassen hatte mit seinem mehr als dringenden Rat, *The Grange* zu verkaufen. Er hatte ihr gesagt, er würde bald wiederkommen, um alles zu organisieren, und bis dahin sollte sie sich überlegen, wo sie hinziehen wollte. Sie könne schließlich nicht allein auf *The Grange* bleiben.

Er hatte recht. Das konnte sie nicht. Sie lehnte den Kopf zurück, um die Sonne auf ihrem Gesicht zu genießen, und hatte auf einmal so etwas wie eine Eingebung – als hätte jemand zu ihr gesprochen und ihr eine Idee, eine Lösung präsentiert. Sie wusste sehr wohl, dass Phyllida und Alistair es sich nicht leisten konnten, *The Grange* zu kaufen. Aber wenn sie es ihnen nun zu einem Sonderpreis anbot und mit der Auflage, dass sie dort wohnen bleiben durfte, bis sie starb oder krank wurde? Clemmie dachte sorgfältig darüber nach. War das ihnen gegenüber fair? Sie konnte schließlich noch einige Jahre leben. Phyllida und Lucy liebten das Haus, dessen war sie sich sicher, und sie brauchten ein Dach über dem Kopf. Wenn das Haus nun aber ein regelrechtes Schnäppchen für sie wäre – würden sie sich dann darauf einlassen, dass sie weiter dort mit ihnen wohnte? Und was würde Gerard wohl dazu sagen? Sie musste auch ihm gegenüber fair bleiben.

Clemmie setzte sich aufrecht hin und versuchte, die Sache ganz vernünftig zu durchdenken. Wenn sie in ein Heim käme, wäre das Geld aus dem Verkauf des Hauses schnell verbraucht. Wenn sie aber auf *The Grange* wohnen bliebe, könnte die Summe, die die Makepeaces dafür zahlten, als Erbe für Gerard auf die Seite gelegt werden. Ihren Lebensunterhalt konnte sie von dem, was Quentin ihr hinterlassen hatte, und ihrer Rente bestreiten. Selbstverständlich würde sie ihren Anteil an den Rechnungen bezahlen wollen, aber darüber hinaus standen nicht viele Kosten für sie an. Phyllida hatte mit den Halliwells über ihre eigene Situation gesprochen, als sie die Angebote studiert hatte, die ihr von verschiedenen Maklern zugeschickt worden waren. Alistair hatte all die Jahre vor der Hochzeit auf seinem jeweiligen Schiff gewohnt und auf diese Weise einen großen Teil seines Gehalts zur Seite legen können. Er hatte derzeit etwa zwanzigtausend Pfund angelegt. Außerdem hatte er eine Lebensversicherung abgeschlossen, die mit Abschluss seines fünfundvierzigsten Lebensjahres fällig wurde, um damit eine eventuell bestehende Hypothek tilgen zu können. Außerdem konnte man, wenn er tatsächlich den Dienst quittieren sollte, zusätzlich mit einer Abfindung rechnen. Clemmie atmete tief durch. Das war tatsächlich eine Möglichkeit – wenn die Makepeaces Interesse hätten.

»Das Problem ist«, hatte Phyllida gesagt, »dass wir, wenn er bei der Marine aufhört, zwar eine stolze Summe vorweisen können, aber kaum eine Chance haben, eine Hypothek aufzunehmen. Wenn er weiterarbeitet, könnten wir eine mäßige Anzahlung leisten und eine gute Hypothek bekommen.«

»Es überrascht mich, dass er bei der derzeitigen wirtschaftlichen Lage daran denkt, zu kündigen«, hatte Quentin gesagt. »Es ist doch so schwer, Arbeit zu finden.«

»Ich weiß.« Phyllida sah besorgt aus. »Aber er hat sich von Anfang an geschworen, dass er aus dem Militär aussteigen und etwas ganz anderes machen würde, sobald er nicht mehr zur See fahren soll. Er kann sich nicht vorstellen, einen Schreibtischjob zu haben. Deshalb hat er ja auch die Versicherung abgeschlossen. Damit er finanziell einigermaßen abgesichert ist. Aber damals hat ja niemand mit dieser Depression gerechnet.«

Quentin hatte den Kopf geschüttelt. »Das muss er sich sehr genau überlegen«, hatte er gesagt. »Vor allem jetzt, wo ihr ein zweites Kind erwartet.«

»Ich weiß.« Phyllida blätterte durch die Unterlagen und betrachtete die Hochglanzfotos. »Warum ist es so schwierig und so langweilig, vernünftig zu sein? Wir wollen doch einfach nur zusammen sein. Vielleicht könnten wir ja eine kleine Pension aufmachen.«

Clemmie schöpfte beim Gedanken an jenes Gespräch Hoffnung. *The Grange* konnte ohne Probleme zu einer Pension umfunktioniert werden. Aber bis dahin mussten sie die finanzielle Seite sehr sorgfältig durchdenken. Sie fragte sich, ob Phyllida sich eventuell nur auf diesen Vorschlag einlassen würde, damit Clemmie in ihrem alten Zuhause bleiben konnte. Das war natürlich möglich, dachte Clemmie besorgt. Aber sie wollte nicht, dass ihr irgendwelche Opfer gebracht wurden. Doch dann entspannte sie sich und schüttelte den Kopf. Selbst wenn Phyllida bereit wäre, Opfer zu bringen – Alistair würde es nicht zulassen. Sie wusste – und war sehr erleichtert darüber –, dass Alistair das tun würde, was das Beste für Phyllida und seine Familie war. Und wenn das Beste für sie war, *The Grange* zu kaufen und Clemmie dort mit ihnen unter einem Dach wohnen zu lassen, dann konnte sie es dankbar und ohne schlechtes Gewissen annehmen. Manchmal war es doch weitaus weniger anstrengend, mit egoistischen Menschen zu tun zu haben als mit selbstlosen. Zu wissen, dass egoistische Menschen nur das taten, was sie wirklich wollten, war angenehm. Nicht, dass Alistair ein Egoist wäre, er hatte ja keine Verpflichtungen ihr gegenüber, aber es würde sie beruhigen, wenn sie wüsste, dass er die Entscheidung traf. Gerard war da ganz ähnlich. Sie wusste, dass er froh sein würde, wenn das alles irgendwie geregelt würde, obgleich er selbstverständlich ein Auge darauf haben würde, dass Clemmie – und in der Folge ihm – daraus kein finanzieller Nachteil entstand.

Clemmie lehnte sich in ihrem Stuhl zurück und war schon viel glücklicher. Es bestand tatsächlich eine vage Hoffnung, dass sie *The Grange* nicht verlassen musste, dass sie hierbleiben konnte, wo sie ihr ganzes Leben verbracht hatte. Sie beschloss, Alistair diesen Plan zu unterbreiten, wenn er das nächste Mal kam. Erschöpft von der Trauer, schlaflosen Nächten und den Sorgen um ihre Zukunft, konnte sie sich endlich in der warmen Maisonne entspannen.

Lucy stand am Schultor, wartete auf Phyllida und dachte über das Leben und den Tod nach. Quentin fehlte ihr furchtbar. Sie war noch nie vorher mit dem Tod konfrontiert worden, und es fiel ihr ausgesprochen schwer, damit fertig zu werden. Zum einen konnte sie sich überhaupt nicht vorstellen, wo Quentin jetzt war. Man erzählte ihr immerzu etwas vom Himmel, aber sobald sie genauer nachfragte, wurde klar, dass eigentlich niemand recht wusste, wo das nun genau war und aus was der gemacht war. Und überhaupt, warum sollte Quentin in den Himmel wollen? Er war doch so glücklich auf *The Grange* gewesen. Dass er müde war und ihm die Knochen wehtaten und sein Herz nicht mehr so recht wollte, war doch kein Grund. Sie wusste, dass Gott allmächtig war, und sie hatte von den Wundern gehört, die Jesus vollbracht hatte. Sehr schön. Warum konnte er an Quentin nicht auch eins vollbringen?

»Lieber Gott«, betete Lucy, während sie sich an das Tor klammerte und die Augen ganz fest zudrückte, »bitte mach, dass Quentin ein neues Herz kriegt und wieder zurückkommt. Clemmie braucht ihn«, fügte sie noch hinzu. Sie wollte nicht eigennützig erscheinen oder irgendwie den Verdacht wecken, dass Quentin nur deshalb zurückkommen sollte, weil sie ihn selbst vermisste. Und überhaupt, der Himmel musste voll sein von netten Leuten, da konnte man auf ihn doch sicher verzichten! Natürlich bestand die Möglichkeit, dass es Quentin im Himmel ganz gut gefiel, aber Lucy war sich sicher, dass er inzwischen genug davon hatte und gerne dahin zurückkehren würde, wo er hingehörte. Er könnte es doch als eine Art Ferien betrachten. Er würde bestimmt sofort zurückkommen, wenn er wüsste, wie unglücklich Clemmie war.

Lucy riss die Augen auf, als ihr etwas Entsetzliches auffiel. Seit Quentin nicht mehr da war, machte Clemmie immer so ein Gesicht und hatte so einen Unterton in der Stimme – wie Mummy, wenn Daddy auf See war. Das gab Lucy das Gefühl, dass die Welt nicht so sicher und glücklich war, wie sie immer angenommen hatte, vor allem jetzt, da Mummy sich nach einem anderen Haus umschaute. Sie hatte sich vorgestellt, dass sie für immer auf *The Grange* wohnen bleiben würden, und jetzt sah es so aus, als würden sie dort ausziehen. Sie hatte ihrer Mutter gesagt, dass sie Clemmie auf gar keinen Fall allein lassen können, solange Quentin nicht zurück ist, und Mummy hatte so endlos traurig ausgesehen, dass Lucy ihre Mutter umarmt hatte.

Lucy ging nachdenklich auf und ab. Sie konnte einfach nicht verstehen, warum Erwachsene manchmal so doof waren. Warum mussten sie denn weg von *The Grange*? Da war doch genug Platz für sie alle, sogar für das neue Baby, und Clemmie wollte auch gar nicht, dass sie auszogen. Das wusste sie ganz genau, da konnte Clemmie tausendmal sagen, dass eine junge Familie ihr eigenes Zuhause braucht. Und was sollte Quentin denken, wenn er mit seinem neuen Herz und seinen neuen Knochen wiederkam und sie alle weg waren und Clemmie ganz allein gelassen hatten? Er würde auch nicht wollen, dass sie auszogen. Sie machte die Augen wieder zu.

»Bitte, lieber Gott«, betete sie, »kannst du Quentin nicht sagen, er soll sich ranhalten? Wenn er bald wiederkommt, müssen wir uns vielleicht kein anderes Haus suchen.« Sie behielt die Augen geschlossen und überlegte, ob sich das vielleicht egoistisch anhörte, aber bevor sie ihre Bitte neu formulieren konnte, piekste ihr jemand in die Rippen.

»Was machst 'n du?« Hugh Barrett-Thompson stand neben ihr. Er war sieben, über ein Jahr älter als sie.

»Ich bete.« Lucy mochte Hugh. »Quentin ist tot, und ich bete, dass er wiederkommen soll.«

»Wer ist Quentin?«, fragte Hugh.

Lucy zögerte. Sie war sich nicht ganz sicher, was Quentin eigentlich für sie war. »Ein Freund«, sagte sie schließlich. »Sein Herz war kaputt, und jetzt ist er im Himmel, um ein neues zu holen.« Sie runzelte die Stirn ein wenig, da sie befürchtete, ihre Erläuterung sei nicht ganz korrekt gewesen.

»Das hat Max auch gemacht«, sagte Hugh völlig überraschend, und Lucy starrte ihn verblüfft an.

»Und wie lange hat das gedauert?«, fragte sie aufgeregt.

»Wie lange hat was gedauert?«, fragte er, winkte seiner Mutter die gerade vorfuhr, und bereitete sich vor, zu gehen. »Bis er mit dem neuen zurückgekommen ist?«

»Ist er nicht. Die kommen nie wieder. Aber wir haben dafür jetzt Ozzy, war also nicht gar so schlimm.«

Er rannte aus dem Tor und kletterte in ein Auto, und Lucy blieb zurück und dachte über diese mehr als ungewöhnliche

Aussage nach. Doch bevor sie sie enträtselt hatte, war Phyllida da.

»Hughs Max ist auch in den Himmel gekommen«, sagte sie, kaum, dass sie im Auto saß. Sie konnte es gar nicht abwarten, ihrer Mutter von diesem merkwürdigen Zufall zu berichten. »Sein Herz war auch zu alt.«

»Ach ja?«, sagte Phyllida vorsichtig.

»Ja. Aber er ist nicht zurückgekommen.« Lucy runzelte schon wieder ratlos die Stirn. »Er hat gesagt, jetzt haben sie Ozzy, darum ist es nicht gar so schlimm.«

»Aha.« Phyllida merkte, dass sie sich auf gefährlichem Terrain bewegten.

»Was wohl ein Ozzy ist?«, sinnierte Lucy. »Ist ja auch egal. Wir wollen Quentin zurück, stimmt's?«

»Ich glaube, Max war ihr Hund«, erklärte Phyllida. »Und ich schätze, Ozzy ist auch ein Hund.«

»Vielleicht ist Max deshalb nicht zurückgekommen«, philosophierte Lucy. »Bei Menschen ist das doch etwas anderes, oder?«

Phyllida fuhr schweigend durch Dousland, sie wusste einfach nicht, wie sie mit dem Problem umgehen sollte. Das Baby sollte in sechs Wochen kommen, und sie hatte immer noch kein Haus für sie gefunden. Und selbst wenn sie jetzt noch erfolgreich war, würden sie nicht einziehen können, bevor das Baby kam. Sie war so erschöpft und niedergeschlagen. Quentins Tod war ein furchtbarer Schock für sie gewesen. Sie war an jenem bezaubernden Morgen nach Hause gekommen und hatte *The Grange* leer vorgefunden. Nach einigem Suchen hatte sie den toten Quentin auf dem Pfad neben dem Fluss entdeckt, wo Clemmie neben ihm gekniet hatte. In dem Moment hatte eine andere Phyllida – kühl, ruhig, organisiert – das Kommando übernommen und es bis lange nach der Beerdigung geführt. Jetzt wurde es immer schwieriger, diese Fassade aufrechtzuerhalten. Sie war müde und hatte Angst, sie machte sich Sorgen um Clemmie, vermisste Quentin und war beunruhigt, weil Lucy ständig damit rechnete, dass er zurückkam, als wenn er nur eben spazieren gegangen wäre. Sie fand einfach nicht die Worte, ihrer Tochter die Endgültigkeit des Todes klarzumachen, ohne sie in Angst und Schrecken zu versetzen.

Sie bog in die Straße ein, die zu *The Grange* führte, und schickte ein Dankgebet gen Himmel, dass Alistair in ein paar Wochen Urlaub hatte. Dann konnte sie all das ihm überlassen, und er konnte das Kommando übernehmen. Was für ein Luxus!

»Mal gucken, ob er wieder da ist.« Lucy nestelte an ihrem Gurt herum, sobald das Auto zum Stillstand gekommen war.

»Ach, Lucy.« Unbeholfen drehte Phyllida sich mit ihrem mächtigen Bauch zu ihrer Tochter. »Warte mal einen Moment. Hör zu.« Sie zögerte und entschloss sich dann für die sanftere Version. »Ich fände es nett von dir, wenn du jetzt nicht reinrennen und Clemmie fragen würdest, ob er zurück ist. Wenn er nämlich nicht zurück ist, wird sie nur noch trauriger. Verstehst du? Wenn sie immer wieder darauf angesprochen wird, ist es nur noch schwerer für sie.«

»Ich weiß.« Lucy beobachtete sie sehr aufmerksam. »So, wie wenn Leute dich fragen, ob Daddy bald wiederkommt, und du sagen musst: ›Nein, erst in einem Monat‹, und du so ein komisches Gesicht machst, nur ganz kurz, als ob du versuchst, nicht zu weinen.«

»Ja«, sagte Phyllida schließlich. Sie sah durch die Windschutzscheibe und kämpfte mit den Tränen. »Genau so.«

»Wahrscheinlich dauert es sowieso ewig«, mutmaßte Lucy nachdenklich.

»Monate.« Phyllida packte die Gelegenheit beim Schopf. »Wir dürfen es ihr nicht noch schwerer machen.«

»Na gut: Aber das heißt, dass wir hierbleiben müssen. Wir können Clemmie doch nicht allein hier warten lassen.«

»Das müssen wir mit Daddy besprechen«, sagte Phyllida und gab damit schlechten Gewissens den schwarzen Peter weiter. Sie machte die Autotür auf und ließ Lucy aussteigen. »So, und jetzt gehen wir rein und trinken Tee.«

32

Liz saß an ihrem Schreibtisch und starrte blicklos auf den Bildschirm. In Gedanken war sie Lichtjahre von Mehrwertsteuerrückerstattungen entfernt. Sie hatte einen Brief von Tony erhalten, in dem er sie fragte, ob sie sich treffen könnten, da er etwas ziemlich Wichtiges mit ihr zu besprechen habe. Jedes Mal, wenn sie an diesen Brief dachte, fing ihr Herz an zu klopfen und ihre Wangen wurden ganz heiß. Im vergangenen Jahr hatte sich sein Verhalten ihr gegenüber fast unmerklich verändert, und als er Christina nach Neujahr wieder bei ihr abgeliefert hatte, war sie sicher gewesen, dass er ihr etwas Bestimmtes sagen wollte. Sie hatten so lange Distanz zueinander gehalten, dass es mehr als merkwürdig gewesen war, ihn plötzlich neben sich stehen zu haben und zu hören, wie er über alte Freunde, neuerliche Beförderungen und die jüngsten Skandale plauderte. Sie war immer so beschäftigt damit gewesen, ihn zu verdammen, ihn zu hassen, dass sie ganz vergessen hatte, wie lustig und unterhaltsam er sein konnte, und sie hatte angefangen, sich ein bisschen zu amüsieren. Kaum hatte Christina sie und Tony allerdings allein gelassen und war nach oben verschwunden, verkrampfte Liz sich wieder und war nicht in der Lage, ihm irgendeine Hilfestellung zu bieten, um endlich auf den Punkt zu kommen, um den er wie um den heißen Brei herumredete. Er hatte jene defensive Fröhlichkeit abgelegt, mit der er normalerweise jegliche Kommunikation zwischen ihnen anpackte, und schien ehrlich daran interessiert zu sein, wie sie zurechtkam und ob sie glücklich war.

Das hatte sie zermürbt. Als er dann gegangen war, hatten sie die üblichen Gefühle der Reue geplagt, dass sie sich so unzugänglich gegeben hatte. Dann war Christina mit einer Unschuldsmiene wieder heruntergekommen, und Liz war sicher gewesen, dass sie sie absichtlich allein gelassen hatte, und fragte sich, ob Tony sie wohl auf der Fahrt darum gebeten hatte. Sie brachte es aber nicht über sich, ihre Tochter zu fragen, und hielt sich – da sie insgeheim sehr gereizt war – zurück, als Christina ihrerseits ein paar Testfragen stellte. Ihre so sorgfältig auf Eis gelegten Gefühle begannen ihre kühle Gelassenheit aufzutauen, und sie wusste nicht, wie sie damit umgehen sollte.

Und jetzt dieser Brief! Er habe sich sehr gefreut, sich mal wieder mit ihr zu unterhalten, schrieb er, aber er würde sich gern noch einmal in Ruhe mit ihr zusammensetzen, und schlug vor, dass er einmal an einem Wochenende herkäme. Er überließ es ihr, einen Termin vorzuschlagen. Der Gedanke an dieses Treffen und daran, was er wohl mit ihr besprechen wollte, wurde zu einer Obsession.

»Überstunden? Willst du uns alle als Faulpelze entlarven?«

Liz sah zu Jenny neben sich auf. »Meine Güte!«, sagte sie, als sie auf die Uhr sah. »Ich wusste gar nicht, dass es schon so spät ist. Nein, das hier kann ich auch am Montag fertig machen.« Sie räumte ihren Schreibtisch auf und schaltete den Computer ab. »Gott sei Dank ist heute Freitag.«

»Das sagen wir auch alle. Kommst du morgen zu Claudias Einweihungsparty?«, fragte Jenny, als sie aus dem Büro gingen.

»Oh, ja, bestimmt. Ich freue mich wirklich für sie, dass alles so geklappt hat.« Sie standen auf dem Bürgersteig, und Liz seufzte ein wenig und schickte sofort ein Lächeln hinterher, um ihre seltsame Traurigkeit zu verbergen.

»Ich liebe ihr neues Cottage«, sagte Jenny. Doch als würde Liz' Laune sie anstecken, wurde sie auf einmal ganz apathisch. »Komm, wir gehen was trinken«, sagte sie aus einem Impuls heraus, weil sie keine Lust auf ihre leere Wohnung hatte. »Wir haben uns ja schon ewig nicht mehr richtig unterhalten. Komm!«

Liz sah in das fröhliche kleine Gesicht und nickte, und Jenny grinste dankbar. Freundschaftlich spazierten sie weiter und unterhielten sich über die Arbeit, bis sie zum Pub kamen. Sie gingen hinein und winkten Gavin, der gerade dabei war, Aschenbecher einzusammeln.

»Ich bezahle«, sagte Liz, als sie an der Bar standen.

Da fiel ihr auf, dass die Beziehung zwischen Jenny und Gavin irgendwie ziellos war, obwohl sich die beiden doch nahestanden. Sie waren unbeschwert und locker, aber einen verliebten Eindruck machten sie nicht auf Liz. Und doch sah man sie nie mit anderen Partnern und nur selten allein. Na ja, vielleicht war das das Klügste; tat am wenigsten weh.

»Weiß eigentlich irgendjemand, was nun wirklich mit Jeff passiert ist?«, fragte sie ganz unvermittelt, als sie mit den Drinks vor sich auf den Barhockern saßen und Gavin ihnen jenseits der Theke gegenüberstand. »Die Geschichte mit seiner Mutter habe ich ihm nie ganz abgekauft. Gab es da jemand anderes?«

Es folgte betretenes Schweigen, und Gavin und Jenny rückten innerlich enger zusammen. Liz sah sie an und hob, als ihr das Schweigen zu lang wurde, die Augenbrauen.

»Nicht, dass ich wüsste.« Jenny klang gleichgültig, fast schon desinteressiert. »Ich habe nichts gehört. Ich fand eigentlich schon immer, dass er ein ziemliches Muttersöhnchen war. Mich hat das nicht besonders überrascht.«

»Mich auch nicht.« Gavin richtete sich auf und sammelte ein paar leere Gläser ein. »Außerdem scheint Claudia mir ganz glücklich zu sein.«

Liz zuckte innerlich mit den Schultern und widmete sich wieder ihrem Drink. Seit ihre eigene Ehe in die Brüche gegangen war, tendierte sie dazu, die Beziehungen anderer Leute übertrieben sensibel zu analysieren. Vielleicht bildete sie sich so einiges nur ein.

»Sie hat aber auch ein Glück gehabt«, sagte Jenny, »ausgerechnet den Job zu bekommen. Ich glaube, nachdem, was sie vorher gemacht hat, war das erst mal ein ziemlicher Kulturschock für sie, aber jetzt macht es ihr richtig Spaß. Kommt dein Onkel Eustace morgen auch?«

»Du glaubst doch nicht, dass Onkel Eustace sich eine Party entgehen lässt?«, schnaubte Liz. »Jetzt ist er ein oder zwei Wochen bei sich zu Hause gewesen. Sein Haus hat er endlich verkauft, nachdem er im Preis ein bisschen runtergegangen ist. Und jetzt organisiert er noch den ganzen Rest. Morgen kommt er. Er wird rechtzeitig zur Party da sein.«

»Ach, wenn meine Onkels doch auch so wären«, sagte Jenny geradezu sehnsüchtig. »Er ist wie ein großes Kind, oder?«

»Ganz genau so«, brummte Liz.

Gavin lachte über ihren Gesichtsausdruck und brachte Liz damit unfreiwillig zum Lachen. Sie dachte an Tonys Brief und wurde plötzlich ganz aufgeregt. Wenn er nun ... Sie schob den Gedanken ganz schnell beiseite.

»Komm, wir trinken noch was«, sagte sie plötzlich. »Wie sieht es mit was zu essen aus, Jenny? Ich habe gar nichts weiter vor. Wollen wir hierbleiben und eine Kleinigkeit zu Abend essen?«

»Super Idee!«, sagte Jenny erleichtert. »Noch mal das Gleiche für mich, Gavin, und nimm du dir auch einen. Gott sei Dank haben wir eine Party, auf die wir uns freuen können. Ich langweile mich irgendwie zu Tode. Bin unzufrieden mit mir selbst.«

Liz wusste genau, wie sie sich fühlte. Sie konnte die Zeilen aus Tonys Brief einfach nicht vergessen, und auch sie war irgendwie unzufrieden und nervös. Sie würde ihm antworten, dass sie einverstanden sei, sich mit ihm zu treffen, und wieder durchflutete sie diese Aufregung. Vielleicht war Tony ja endlich erwachsen geworden und hatte eingesehen, dass er einen Fehler gemacht hatte. Aber selbst wenn es so wäre – würde sie ihn zurückhaben wollen? Ihre Aufregung steigerte sich zu Panik, und sie schob den Gedanken wohl zum hundertsten Mal beiseite.

»Gib mir mal die Karte«, sagte sie. »Und beeile dich mit meinem Drink!«

Die Party war ein durchschlagender Erfolg. Jeder einzelne Gast tat alles, um das Fest unvergesslich zu machen, und als Claudia sich im Kreise ihrer Freunde umsah, wurde sie überwältigt von Dankbarkeit. Sie konnte kaum fassen, was im letzten Jahr alles passiert war, und hätte nie für möglich gehalten, schon so schnell so glücklich sein zu können. Ihr wurde bewusst, wie eingeschränkt ihr Leben mit Jeff gewesen war. Er war ihr erster richtiger Freund gewesen, und die Liebe zu ihm samt der Zurückweisung, die ihre Gefühle schmerzhaft auf den Kopf gestellt hatte, hatte sie blind gemacht für die eigenen Fähigkeiten und Interessen.

Es war herrlich, die bewundernden Blicke zu spüren, Witze zu machen, herumzualbern und einfach nur zu genießen, dass man jung und schön war. Sie wusste, dass sie selten so gut ausgesehen hatte: Ihre Haut war zart gebräunt und strahlte in einem warmen Honigton, das seidene Trägerkleid umschmeichelte ihren schlanken Körper und umspielte die schmalen Fesseln. Sie wurde überhäuft mit Komplimenten zu ihrem Aussehen und ihrem neuen Haus, und der neue Freundeskreis gab ihr den lang ersehnten Auftrieb.

Als die Gäste gegangen waren und sie mit Oliver, der ihr beim Aufräumen helfen wollte, allein war, überkam sie jedoch eine ungeheure Schüchternheit, und sie wagte kaum, ihn anzusehen. Oliver ging es ähnlich. Die Liebe, die er für Phyllida empfunden hatte, war etwas ganz anderes gewesen als dieses unbeschreibliche Verlangen, und er war recht verwirrt. Dass er sexuell noch nicht besonders erfahren war und dass Claudia einige Jahre älter war als er, machte die Sache nicht gerade einfacher. Sie war schließlich eine erfahrene, verheiratete Frau, und selbst jetzt war er sich gar nicht sicher, wie es um ihre Ehe bestellt war.

Er stapelte Gläser und Teller neben die Spüle, nahm allen Mut zusammen und lächelte sie an.

»Was für ein Abend!«, sagte er. »Das war die beste Party seit Jahren.«

Auch sie lächelte, als sie Geschirr zusammenräumte, sah ihn aber nicht an, und auf einmal fiel ihr die letzte unsägliche Party mit Jeff ein. Schmerz durchzuckte ihr Gesicht, als die alte Unsicherheit sich wieder ihrer bemächtigte, und Oliver legte instinktiv den Arm um sie.

»Setz dich doch ein bisschen hin«, sagte er. »Ich koche uns einen Kaffee. Der macht uns fit für den Abwasch.«

»Danke.« Sie klang atemlos, und sein Herz stockte einen winzigen Moment.

Sie setzte sich aufs Sofa und betrachtete die Geschenke, die sie zum Einzug bekommen hatte. Liz hatte ihr ein Kochbuch geschenkt, und Claudia tat, als würde sie es interessiert durchblättern, während Oliver eine Kassette auflegte und sich dann um den Kaffee kümmerte. Als er in die Küche verschwunden war, lehnte sie den Kopf gegen das Sofa und gestand sich ein, dass sie ihn begehrte. Sie hatte genug getrunken, um angenehm entspannt zu sein, und das Gespräch mit ihm neulich über Safer Sex hatte ihre Ängste ein wenig gedämpft und es ihr ermöglicht, ihre tief verwurzelten Hemmungen zu überwinden. Sie war ganz berauscht von der Bewunderung, die ihr zuteil wurde, aber sie vermutete, dass das, was sie für Oliver empfand, nicht mehr als sexuelle Lust war, und war ein wenig entsetzt darüber. Sie mochte ihn wahnsinnig gern, aber ihr übermächtiges Verlangen lag einzig in körperlichen Bedürfnissen begründet – auch wenn sie das nicht ganz so durchschaut hatte. Sie wusste nur, dass sie ihn berühren und – was noch viel wichtiger war – von ihm berührt werden wollte; und sie wusste auch, dass sie ihm vertrauen und sich bei ihm sicher fühlen konnte. Ihr Körper bebte vor Verlangen, und als sie ihn zurückkommen hörte, griff sie schnell wieder nach dem Buch und gab vor, völlig darin vertieft zu sein.

Oliver hatte – nicht ahnend, was er tat – eine Ella-Fitzgerald-Kassette aufgelegt, und die altmodische, romantische Musik hatte entspannende Wirkung auf ihn, als er mit dem Kaffee zurückkam. Er stellte Claudias Tasse vor sie auf den Tisch, und sie bedankte sich. Er setzte sich und drehte sich seitwärts, um sie ansehen zu können. Die Rundungen ihres Körpers unter dem Seidenkleid und ihre langen schlanken Beine hatten eine fatale Wirkung auf ihn.

»Du bist so wunderschön«, sagte er mit unsicherer Stimme. »Vielleicht sollte ich jetzt besser gehen, bevor ich etwas tue, was ich später bereue.«

Sie sah ihn an. »Geh nicht«, sagte sie schnell.

Sie sahen sich in die Augen, und ihre Lust aufeinander war nicht misszuverstehen. Er erkannte ihre Begierde, vergaß alle Benimmregeln, zog sie in den Arm und küsste sie. Alle in ihr aufgestauten Gefühle, die unterdrückte Leidenschaft der vergangenen Jahre, brachen los, und sie klammerte sich an ihm fest. Jubel, Verlangen und Angst tobten gleichermaßen in ihm. Er wusste genau, dass er jetzt nicht zögern durfte, dass er die Initiative ergreifen musste, bevor sie der Mut verließ. Er küsste sie, drückte sie in die Sofakissen und schob die Träger ihres Kleides von ihren weichen Schultern.

Dass er sie so offensichtlich begehrte, berauschte Claudia wie eine Droge. Er gab ihr das Gefühl, schön zu sein, leidenschaftlich, etwas Besonderes, und seine Hände und Lippen und Zunge kitzelten eine zügellose Reaktion aus ihr heraus. Olivers Erfahrung in diesen Dingen war ausgesprochen begrenzt, doch da auch sie außer Jeff nie einen anderen Mann gehabt hatte, fiel ihr seine Unbedarftheit gar nicht auf. Gemeinsam schwangen sie sich in immer schwindelerregendere Höhen auf, bis sie auf den Boden rollten und Oliver beim Orgasmus aufschrie und Claudia in Tränen ausbrach. Sie klammerten sich aneinander – er keuchte, sie weinte –, bis der Sturm vorüber war. Dann lagen sie ganz still da, ihr Kopf ruhte auf seiner Brust, und seine Lippen berührten ihr Haar. Er suchte nach Worten, fand aber keine passenden, und hielt sie einfach noch fester. Sie drückte die Wange auf seine Haut und wollte am liebsten wieder vor Glück weinen.

Dann hob Oliver sie wieder auf das Sofa, legte ihr sein Hemd um die Schultern, holte eine halb volle Flasche Wein und zwei Gläser. Er unternahm keinen Versuch, sich zu bedecken, und dadurch konnte auch sie so bleiben, wie sie war. Sie sah ihn halb schüchtern, halb stolz an, als er ihr das Glas reichte, und er stieß kurz mit ihr an, bevor er trank.

Ihre Reaktionen hatten ihm klargemacht, dass sie seine Unerfahrenheit gar nicht bemerkt hatte. Dankbar lehnte er sich vor und küsste zärtlich ihre das Glas umklammernde Hand. Dann beugte er sich noch tiefer und küsste ihre Brust. Ihre Hand zitterte so sehr, dass der Wein überschwappte, und auch er wurde von neuem von hemmungsloser Leidenschaft überwältigt. Er stellte sein Glas auf den Tisch, nahm ihr das ihre aus der willenlosen Hand und stellte es neben seines. Dann schob er die Arme unter sie und fing an, den Wein von ihrem Bauch zu lecken.

»Welch eine Verschwendung«, murmelte er. »Hm. Schmeckt

viel besser so.« Und als er spürte, dass ihr Verlangen wieder genauso stark war wie seines, machte er sie noch einmal genauso glücklich wie zuvor.

Christina lag in ihrem schmalen Bett ganz hinten im Schlafsaal und starrte in die Dunkelheit. Ideen, Erinnerungen und Tagträume ließen ihr keine Ruhe. Das Aufregendste von allem war der Vorschlag, ihre Ausbildung darauf auszurichten, dass sie Onkel Eustace und seinem Team beitreten konnte, wenn sie einmal fertig war. Ihre Eifersucht auf Claudia verwandelte sich nach und nach in Bewunderung, und sie hatte sich ein Herz gefasst und sie über ihren Beruf und ihre Ausbildung ausgefragt. Claudia hatte ihr Mut gemacht und war sehr hilfsbereit gewesen, aber nachdem sie gegangen war, hatte Christina geseufzt.

»Selbst wenn ich gut genug wäre, würdet ihr doch sowieso keine zweite Designerin im Team haben wollen, oder?«, fragte sie.

Oliver hörte ein wenig Wehmut in dieser Äußerung mitschwingen und blickte von den Kalkulationen auf, die er und Onkel Eustace gemeinsam aufstellten.

»Wir brauchen alle möglichen Leute«, sagte er sehr ernst. »Wir wollen ja nicht unbedingt nur bei diesem Katalog bleiben. Wenn das Geschäft erst mal läuft, machen wir noch alles Mögliche andere. Wenn du erst dein Abitur hast, kannst du dir überlegen, ob wir überhaupt noch interessant sind für dich. Und bis dahin wissen wir, in welchem Bereich wir jemanden gebrauchen können. Du musst dich doch jetzt noch nicht auf Design festlegen.«

»Recht hat er.« Onkel Eustace sah sie über seine Brille hinweg an. »Weißt du noch – du warst es, die die Idee mit dem Versandkatalog hatte. Und in einer Firma wie unserer ist immer Platz für Leute mit guten Ideen. Jemand muss sich gute Werbung ausdenken und das Marketing organisieren. Alles Mögliche.«

Sie sah die beiden überrascht an – sie hatte nicht damit gerechnet, dass man sie so ernst nehmen würde.

»Also, was ist das Wichtigste, was muss ich haben?«, fragte sie eifrig.

»Begeisterungsfähigkeit«, antwortete Onkel Eustace prompt. »Viel wichtiger als jeder Abschluss. Ansonsten – bleib einfach, wie du bist. Sei weiter neugierig, hör nicht auf zu lernen, und halte Augen und Ohren offen.«

»Mann!« Sie sah aufgeregt aus. »Ich meinte eigentlich, in welchen Fächern ich Abitur machen soll.«

»Was dir am meisten Spaß macht. Wo du gut bist.« Oliver lächelte sie an. »In deinen Lieblingsfächern.«

Jetzt, im dunklen Schlafsaal, grinste Christina vor Freude. Jeden Tag mit Oliver arbeiten! Vielleicht brauchte sie sich gar nicht mit einer Ausbildung aufzuhalten, sondern konnte gleich nach dem Abitur bei ihnen mitmachen. Was ihre Mutter allerdings dazu sagen würde … Oder ihr Vater … Und als wenn das alles nicht schon Aufregung genug wäre, war sie sich außerdem sicher, dass ihr Vater daran dachte, sich wieder mit ihrer Mutter zusammen zu tun. Ständig machte er irgendwelche Andeutungen, die sie nicht ganz verstand, die sie aber so auslegte, dass er endlich zur Ruhe kommen und mit der Schürzenjägerei aufhören wollte. Es wäre schön, wenn das wahr wäre. Langsam fand sie es nämlich ein bisschen peinlich, wie er ihre Freundinnen ansah, oder eher unheimlich, weil es fast so aussah, als wäre er scharf auf sie. Er war doch viel zu alt für sie. Frauen in seinem Alter durfte er ja gern so ansehen, aber Mädchen … Auf einmal bedauerte sie ihn. Es musste schrecklich sein, alt zu sein.

Aber was würde Mum dazu sagen? Auch nach all den Jahren war es schwierig, mit Bestimmtheit zu sagen, was sie von Dad hielt. Nach außen tat sie immer so, als würde sie ihn hassen, aber ganz tief in ihr drin war da noch etwas anderes. Christina fragte sich, wie viel von ihrem Hass im Grunde nur Schmerz war. Sie konnte ihre Mutter gut verstehen, Dad war schließlich ziemlich gemein zu ihr gewesen, aber würde Mum sich noch einmal auf ihn einlassen? War es denkbar, dass sie ihn insgeheim immer noch liebte?

Christinas Gedanken schweiften zurück zu Oliver. Wie die anderen Mädchen sie beneidet hatten, als er sie zum Mittagessen vom Internat abgeholt hatte! Sie ließ das alles noch einmal in sich aufleben und schwelgte in der Erinnerung an sein gutes Aussehen und an das, was er gesagt hatte. Selbst der bevorstehende Klausurenmarathon konnte sie nicht schrecken, da sie nur die sich daran anschließenden langen Sommerferien sah. In Gedanken ganz bei Oliver, seufzte sie zufrieden, drehte sich auf die Seite und war bereit, einzuschlafen.

33

Als Alistair im Zug nach Devon saß, war er so in Gedanken versunken, dass er die an ihm vorbeiziehende Landschaft überhaupt nicht wahrnahm. Vor der Geburt des Babys noch ein Haus zu mieten oder zu kaufen war utopisch. Das war an sich auch nicht das größte Problem. Quentins Tod hatte Phyllida derartig traumatisiert, dass sie gar nicht in der Lage war, auf Haussuche zu gehen. Alistair zündete sich eine Zigarette an und kümmerte sich nicht um die bösen Blicke seiner Mitreisenden, die sich schließlich in den Nichtraucherbereich hätten setzen können. Er nahm einen tiefen Zug und sah hinaus in die flache Landschaft Somersets. Er machte sich Sorgen, dass Phyllida sich übernahm, weil sie zu viel arbeitete. Gleichzeitig wusste er, dass sie wahnsinnig glücklich war auf *The Grange* und dass sie sehr traurig sein würde, dort wegzuziehen. Sie und Clemmie hatten eine sehr enge Beziehung zueinander aufgebaut, fast schon wie Mutter und Tochter, nur dass Clemmie so alt war, dass sie Phyllidas Großmutter sein könnte. Vielleicht machte die Tatsache, dass sie nicht wirklich verwandt waren, die Angelegenheit einfacher. Von den ganz natürlichen Feindseligkeiten, Eifersüchteleien und Kritteleien, die in den besten Familien vorkamen, war keine Spur. Alistair aschte in den viel zu kleinen Aschenbecher und fragte sich, was Clemmie wohl machen würde, wenn sie auszogen. Dass sie allein zurechtkommen würde, war völlig undenkbar, und er runzelte jetzt schon die Stirn bei dem Gedanken daran, dass es ihn wahrscheinlich viel Mühe kosten würde, Phyllida davon zu überzeugen, dass sie Clemmie sich selbst überlassen mussten. Sie hatten schließlich ihr eigenes Leben, und so lieb und nett Clemmie auch war, sie konnten nicht auf ewig in der Gästewohnung auf *The Grange* bleiben, schon gar nicht, wenn erst mal das Baby da war. Alistair seufzte und versuchte, die Beine auszustrecken, ohne seine Mitreisenden zu treten.

Er wünschte, er könnte bezüglich seiner beruflichen Zukunft endlich zu einer Entscheidung gelangen. Er war es schon so oft durchgegangen, hatte die Argumente gegeneinander abgewägt und versucht herauszufinden, was das Beste wäre. Er wusste, dass es das Schlaueste wäre, jetzt, da die Preise niedrig waren, ein Haus zu kaufen. Das würde aber bedeuten, dass er vorläufig bei der Marine bleiben musste, damit sie einen Kredit bekamen. Das würde auch bedeuten, dass er in den Genuss des Schulgeldzuschusses kommen könnte. Wenn er den Dienst quittierte und keinen anderen Job fand, was sollten sie dann tun? Er hatte immer vorgehabt, mit vierzig etwas Neues anzufangen, aber jetzt auf einmal sah es so aus, als wenn das ganz und gar unmöglich wäre. Er drückte die Zigarette aus und verschränkte die Arme vor der Brust. Wenn Phyllida und er doch nur zusammen sein könnten! Aber das konnten sie ja … Er könnte zum U-Boot-Korvettenkapitän auf der Drake ernannt oder so eingesetzt werden, dass Phyllida und die Kinder bei ihm sein könnten. Das wäre natürlich nicht das Gleiche, wie an einem festen Ort als richtige Familie zu wohnen. Und dann stünde auch ein frühes Ausscheiden aus dem Dienst nicht mehr zur Debatte. Einer der Nachteile an diesen langen Junggesellenlaufbahnen war, dass man erst ziemlich spät Kinder bekam. Er würde Mitte fünfzig sein, wenn das Baby mit der Schule fertig war und zur Universität ging, und fast sechzig, bis es sich selbst ernähren konnte. Alistair verzog das Gesicht und sah auf, als ein Offizierskollege, der durch den Waggon ging, ihn grüßte.

»Na, auch früher abgehauen heute?«, sagte er.

Alistair nickte. »Freitagnachmittag«, sagte er und zuckte mit den Schultern. »Habe gerade eben so einen Zug früher erwischt.«

»Wirst du abgeholt?«

»Nein, ich habe keine Zeit gehabt, Phyllida Bescheid zu sagen. Ich wollte sie vom Speisewagen aus anrufen.«

»Wir fahren dich. Kein Problem. Komm, wir trinken was zusammen.«

»Warum nicht?« Alistair folgte ihm durch den schaukelnden Zug. »Wir wohnen übrigens nicht mehr in Yelverton. Ich muss in die Pampa bei Sheepstor.«

»Kein Problem. Und wie läuft es sonst so bei dir?«

Das Auto bog ab und verschwand, und Alistair blieb auf der Blackthorn Bridge zurück. Er lehnte sich eine Weile auf die Brüstung und beobachtete den Fluss unter sich. Auf den Steinen wuchsen Sumpfdotterblumen, deren tiefgoldene Blüten sich im langsam fließenden Wasser spiegelten. Alistair war erstaunt gewesen, als sie nach einer Nacht heftigen Regens einmal völlig unter der Wasseroberfläche verschwunden waren und sich dort geisterhaft in der Strömung bewegt hatten, und er war davon ausgegangen, dass sie am nächsten Tag eingegangen sein würden. Doch als das Wasser wieder zurückgegangen war, hatten sie erneut kerzengerade gestanden und ihre goldenen Blütenblätter der Sonne zugewandt, als wären sie nie überflutet worden. Er hielt nach der Wasseramsel Ausschau und lächelte etwas beschämt über seinen Aberglauben. Dann ging er den Weg hinauf zum Haus und näherte sich über die Einfahrt der offen stehenden Haustür. Er ging hinein und ließ seine Tasche im Flur auf den Boden fallen, aber noch bevor er sich bemerkbar machen konnte, hörte er Stimmen aus dem Wohnzimmer. Die Tür war nur angelehnt, und er hielt einen Moment inne, um herauszuhören, wessen Stimmen das waren. Vom Flur aus warf er einen Blick durch den Türspalt. Ihm blieb fast das Herz stehen. Ein großer Mann war durch sein Blickfeld gegangen, und einen atemlosen Augenblick hatte er geglaubt, Quentin sei wieder da – ein jüngerer, ungebeugter Quentin, der nur leicht ergraut war und dessen Stimme klar und fest klang. Es war Gerard. Alistair schüttelte den Kopf über seinen kleinen Schrecken, öffnete die Tür weiter und blieb auf der Schwelle stehen. Clemmie saß kerzengerade auf einem Sessel, während die hochschwangere Phyllida neben ihr stand. Alistair ging das Herz über vor Liebe für sie, wie sie Clemmies Hand festhielt und die großen grauen Augen fest auf Gerard gerichtet hatte.

»Nur noch ein bisschen länger, Liebling!«, flehte Clemmie. »Nur noch diesen Sommer. Bis dahin hab ich mich bestimmt entschieden, so oder so.«

»Und was ist, wenn du im Wald umkippst wie Vater?«

Alistair sah, wie Clemmie zurückwich und Phyllida den Kopf angesichts seiner harten Worte anhob. Er sah zu Gerard, der sich von den Frauen abwandte und zum Fenster hinüberging, und er wusste, dass dieser Mann sich für seine Taktlosigkeit hasste, dass er aber entschlossen war, die Angelegenheit endlich zu einem vernünftigen Abschluss zu bringen. Alistair konnte ihn verstehen, aber der Anblick der beiden Frauen, die für ihre eigene Zukunft kämpften, bewegte ihn. Als habe er eine Erleuchtung, sah Alistair das unaufhaltsame Verrinnen der Zeit vor sich, das unerbittliche Näherrücken des Todes. Er hatte Kindheit, Mutterschaft und Alter bewegungslos wie auf einem Gemälde vor sich, und dann war dieser erleuchtende Moment vorüber, und er sah, wie Clemmie zu Phyllida auflächelte und ihre Hand drückte. Alistair betrat den Raum, und Gerard drehte sich blitzschnell um, als Phyllida erfreut aufschrie.

»Tut mir leid, dass ich euch so überrasche.« Er lächelte und gab Phyllida einen Kuss. »Ich habe einen Zug früher geschafft und jemanden gefunden, der mich hergefahren hat. Wie geht es euch?«

Er gab Gerard die Hand und konnte dessen Argwohn fast spüren.

»Nein, wie schön!« Clemmie stand auf. »Ich mache Tee.«

»Ich will nicht stören.« Alistair merkte, dass Gerard frustriert war. »Ich kann ja selbst Tee machen.«

»Nein, nein«, protestierte Clemmie, die nur zu froh war, dass dieses Gespräch unterbrochen wurde, doch ihr Sohn fiel ihr ins Wort.

»Wir versuchen, gewisse Dinge klarzustellen, Commander«, sagte er, und sein sehr förmlicher Ton signalisierte Alistair deutlich, dass dies keine nette Plauderei war. »Ich habe gehört, dass Sie und Ihre Frau hier ausziehen wollen, und ich versuche, meine Mutter davon zu überzeugen, dass sie hier nicht allein bleiben kann.«

»Da gebe ich Ihnen voll und ganz recht«, erklärte Alistair fröhlich. Aus dem Augenwinkel sah er, wie sich die beiden Frauen entsetzt zu ihm umdrehten, fassungslos, derartig verraten zu werden.

»Das hatte ich mir gedacht.« Gerards Erleichterung war nicht zu überhören. »Sie ist eine wunderbare Frau« – er bemühte sich, nicht zu herablassend zu klingen –, »aber das hier ist viel zu abgelegen, und ich weiß nicht, wie sie hier ganz allein zurechtkommen soll.«

»Richtig«, stimmte Alistair zu. »Aber sie wird ja nicht ganz allein sein.« Die Blicke der Frauen richteten sich wieder auf ihn, immer noch vorsichtig, aber auch hoffnungsvoll.

»Das verstehe ich nicht.« Gerard sah ihn misstrauisch an.

»Wir werden so lange hier sein, wie sie uns braucht«, antwortete er, und ihm rutschte das Herz in die Hose, als er dieses Zugeständnis machte. Er lächelte Clemmie und Phyllida an, die ihn noch ungläubig, aber mit wachsender Freude ansahen. »Wir haben es nicht eilig. Wir bleiben so lange hier, wie Clemmie uns braucht.«

»Wenn ich nicht irre, stehen Sie als Offizier im Dienst der Marine?« Gerard war ganz ruhig. »Hätten Sie keine Bedenken, diese beiden Frauen hier allein zu lassen, wo Ihre Frau kurz vor der Geburt steht? Wie soll sie denn zurechtkommen, wenn es so weit ist? Und meine Mutter kann jeden Moment zum Pflegefall werden.« Er blickte auf Phyllidas Bauch und zog die Augenbrauen hoch. »Glauben Sie wirklich, Ihre Frau schafft das?«

Alistair grinste. Gerard konnte sich ja noch mehr aufblasen als er sich selbst! »Mein lieber Freund«, sagte er übertrieben freundlich. »Ich glaube, dass Sie die Frauen unterschätzen. Insbesondere diese beiden hier. Ich traue ihnen alles zu. Wie Sie gerade selbst sagten, Clemmie ist eine wunderbare Frau, und Phyllida ist die Frau eines Marineoffiziers. Sie ist daran gewöhnt, allein zurechtzukommen. Aber wir wollen mal nicht so schwarz malen. Mir steht ein voller Monat Urlaub zu, den ich mir für die Zeit direkt nach der Geburt des Babys aufhebe. Bringen wir doch erst mal das hinter uns, ja? Wenn Clemmie das möchte, bleiben wir hier. Falls beziehungsweise wenn sie verkaufen will, ziehen wir aus.«

»Wie ausgesprochen großherzig von Ihnen.« Gerard bemühte sich nicht, sein Missfallen zu verbergen. »Was hat meine Mutter doch für ein Glück, solche Freunde zu haben!«

»Wir lieben sie.« Phyllida konnte sich das nicht verkneifen. Sie starrte Gerard herausfordernd an, und Alistair sah ihm die Niederlage an, bevor er sich wieder zusammenriss.

»Das tue ich auch«, sagte er sehr ernst. »Darum versuche ich ja, die beste Lösung für sie zu finden.«

»Das weiß ich doch, Liebling. Natürlich weiß ich das. Ich bin nur eine schwierige alte Frau, die ihr Zuhause nicht verlassen will.« Clemmies Augen glänzten. »Danke, Alistair. Ich nehme Ihr großzügiges Angebot an. Über die Einzelheiten sprechen wir später, aber jetzt können wir, glaube ich, alle eine kleine Erfrischung gebrauchen.«

Gerard zuckte mit den Schultern, er tat Alistair fast leid. Aber die beiden Frauen waren schon aus dem Wohnzimmer verschwunden, und alles, was er tun konnte, war, ihn anzulächeln. Gerard erwiderte sein Lächeln nicht. Er verließ wortlos den Raum. Alistair hörte, wie er die Treppe hinaufging, und nach einer Weile folgte er selbst Clemmie und Phyllida in die Küche.

An einem bedeckten Junimorgen drei Wochen später ging Alistair am Flussufer entlang, Punch bei Fuß und innerlich in Aufruhr. Er hatte Clemmies großzügiges Angebot immer noch nicht ganz verdaut und versuchte nun, es emotionslos zu durchdenken, ganz so, wie Clemmie sich das gewünscht hatte. Die Angelegenheit wurde dadurch kompliziert, dass Phyllida Clemmies Angebot unbedingt annehmen wollte und nun auf der Entbindungsstation eines Krankenhauses in Plymouth lag. Sie hatte sehr schmerzhafte Wehen, und sie hatte ihn nur schwer überreden können, nach Hause zu fahren, um Lucy ins Bett bringen zu können und ihr zu versichern, dass alles in Ordnung sei. Er hatte argumentiert, dass Clemmie viel besser geeignet sei, Lucy ins Bett zu bringen, aber Phyllida war hart geblieben. Sie wusste, dass Lucy Angst hatte, auch ihre Mutter könnte sich in den Himmel verabschieden, und Phyllida wollte sicher sein, dass sie sich nicht zu sehr fürchtete.

»Komm morgen früh wieder«, hatte sie ihm gesagt. »Bis dahin ist alles vorbei. Mir geht's gut. Und noch besser geht es mir, wenn ich weiß, dass du bei Lucy bist.«

Schweren Herzens hatte er sie geküsst, und als er die dunklen Ringe unter ihren Augen bemerkte, wusste er, dass er alles tun würde, was sie wollte, wenn sie das hier nur heil überstand. Und doch hielt ihn irgendetwas davon ab, den letzten Schritt zu tun und Clemmies Angebot endgültig anzunehmen. Jetzt, da er am Fluss entlangschlenderte, wurde ihm klar, dass er einfach ganz sicher sein wollte, was das Beste für Phyllida war. Würden sie wirklich so glücklich miteinander leben können? Alte Leute konnten schwierig werden, und keiner von ihnen beiden würde Clemmie in ein Heim verfrachten, solange sie nicht regelmäßig Pflege brauchte. Alistair suchte seine Zigaretten. Finanziell gesehen war das ein einmaliges Angebot. Wenn sie es annahmen, würde das aber dennoch bedeuten, dass er bis auf weiteres bei der Marine bleiben musste, zumindest, bis seine Versicherungspolice fällig wurde und die Hypothek getilgt werden konnte. Noch vier Jahre! Alistair seufzte. Bis dahin war er wahrscheinlich in die Schulgeldzuschussfalle getappt.

Phyllida hatte diese Idee verworfen. »Sie können doch hier in der Nähe zur Schule gehen«, hatte sie gesagt. »Hör auf zu arbeiten, wenn die Police fällig ist. Dann bezahlen wir die Hypothek ab und machen aus *The Grange* eine Pension. Wäre das nicht schön?«

Ihr Gesicht hatte geglüht vor Begeisterung, und sein Herz hatte bei der Vorstellung etwas schneller geschlagen. Das bedeutete zwar harte Arbeit, aber sie würde ihnen Spaß machen, nicht zuletzt, weil sie sie zusammen erledigen konnten.

»Ich muss darüber nachdenken«, hatte er gesagt und sie damit ein wenig enttäuscht. »Wir haben doch gar keine Erfahrung«, hatte er erklärt. »Das ist bestimmt nicht so einfach, wie es sich anhört.«

»Das ist der Hit, unser Clou. Ich weiß es!«, hatte sie dagegengehalten. Er musste an Onkel Eustace denken und hatte gelacht und war dann ernst geworden. Onkel Eustace ergriff die sich ihm bietende Gelegenheit mit beiden Händen beim Schopfe, und er war über siebzig! Alistair spazierte weiter. Sein Blick erfasste noch nicht die unzähligen Details der ihn umgebenden

Natur, aber trotzdem verspürte er neben seiner Besorgnis auch ein warmes Wohlbehagen. Er hatte wie Phyllida das unbestimmte Gefühl, hier zu Hause zu sein. Wenn er sich doch nur sicher sein könnte …!

»Komm schon, Quentin, alter Junge!«, brummte er, als er stehen blieb, um die Zigarette fertig zu rauchen. »Gib mir ein Zeichen.«

Er erinnerte sich an Phyllida auf der Brücke und lächelte in sich hinein.

»Okay«, sagte er zu Quentins Geist. »Wenn wir Clemmies Angebot annehmen und hierbleiben sollen, dann wollen wir mal eben diese berühmte Wasseramsel sehen!«

Er stand eine Weile da und wartete. Sein Herzschlag beschleunigte sich doch tatsächlich, während er angestrengt die Ufer absuchte. Er wollte sich gerade schon maßlos enttäuscht abwenden, als ein weißes Blinken weiter unten am Fluss seine Aufmerksamkeit erregte. Die Wasseramsel saß halb abgewandt auf einem Felsen, sodass man nur ein winziges bisschen ihrer weißen Brust sehen konnte. Alistair hielt die Luft an, als der Vogel mit regelmäßigen Bewegungen ins Wasser tauchte, und war begeistert, wie gut dieses Tier inmitten der Steine und des fließenden Wassers getarnt war. Wahrscheinlich hatte der Vogel die ganze Zeit dort gesessen – und er hätte ihn fast übersehen!

Während er noch so dastand und staunte, hörte er eine Stimme. Es war Clemmie, die ihn rief. Alistair zog sich das Herz zusammen vor Angst, als er zum Haus hinaufrannte, treu gefolgt von Punch. Er sah sie ihm auf dem Weg entgegenhumpeln, so schnell sie konnte, und als sie einander erreichten, streckte sie ihm mit glänzenden Augen die Hand entgegen.

»Es ist ein Junge!«, rief sie. »Es geht ihr gut. Ziemlich müde, aber das ist ja kein Wunder! Ein ganz schöner Brocken, euer Junge, fast vier Kilo! Arme Phylly! Kein Wunder, dass es so lange gedauert hat. Ach, Alistair, herzlichen Glückwunsch!«

Er ergriff ihre Hand, nickte und lachte, während ihm gleichzeitig Tränen in den Augen standen.

»Ein Junge, Clemmie!«

Er umarmte sie, hielt ihren gebrechlichen Körper fest an sich gedrückt, und mit einem Mal waren alle seine Bedenken wie weggeblasen. »Freuen Sie sich schon darauf, wieder ein Baby auf *The Grange* zu haben, Clemmie?«

Sie sah zu ihm auf, und er lächelte sie an und nickte. »Ich würde Ihr unglaubliches Angebot gerne annehmen«, sagte er. »Danke.«

»Oh, Alistair.« Ihre Lippen bebten, und sie hielt seine Hand noch fester. »Sind Sie sicher? Ganz sicher? Und auch aus den richtigen Gründen?«

Er wusste genau, was sie meinte. »Aus den richtigen Gründen«, versicherte er ihr. »Ich bin hundertprozentig sicher, dass es für uns alle als Familie das Richtige ist. Wollen hoffen, dass Sie es nicht irgendwann bereuen.«

»Das glaube ich kaum.« Sie hatte sich jetzt unter Kontrolle, und gemeinsam gingen sie nach Hause.

»Kommen Sie mit ins Krankenhaus?«, fragte er. »Phylly und das Baby besuchen?«

Sie schüttelte vehement den Kopf. »Das erste Mal müssen Sie allein hin«, sagte sie. »Phyllida ist viel zu müde, als dass sie jemand anderes sehen wollte. Ich komme morgen mit, wenn sie dann ausgeruht genug ist, um Besuch zu kriegen.«

Sie nahm seinen Arm, und langsam näherten sie sich dem Tor.

»Lucy kann heute Abend mitkommen«, sagte Alistair. Er war so glücklich, dass er am liebsten losgerannt wäre und herumgeschrien hätte, aber er ging weiter langsam neben Clemmie her und stützte sie ein wenig. »Mein Gott, hoffentlich besteht sie nicht auf Percy.«

Clemmie lächelte und blieb stehen, um zu verschnaufen. Sie

sah sehr ernst zu ihm auf. »Warum haben Sie sich dafür entschieden?«

Er zögerte, da er wusste, wie wichtig es ihr war, dass er aus Vernunftgründen, die das Wohl seiner Familie an erste Stelle setzten, zu seiner Entscheidung gekommen war. Er dachte an die guten Argumente, an die Vorteile – und dann sagte er einfach die Wahrheit. »Ich habe um ein Zeichen gebeten«, sagte er. »Und dann habe ich die Wasseramsel gesehen.« Er befürchtete, dies sei in ihren Augen eine viel zu leichtfertige Art und Weise, eine solch schwerwiegende Entscheidung zu treffen, doch als er sie ansah, stand ihr Freude und Erleichterung ins Gesicht geschrieben, und in ihren Augen funkelten Tränen des Glücks.

»Gott sei Dank!«, sagte Clemmie und machte sich an das letzte Stück des Aufstiegs. »Jetzt kann ich in Ruhe schlafen!«

34

Onkel Eustace' Einweihungsparty war – wenn das überhaupt möglich war – ein noch größerer Erfolg als Claudias. Als er schließlich in eine große viktorianische Villa in der Nähe des Hotels *Bedford* einzog, war Percy the Parrot Clothes Limited ein richtiges Unternehmen, und der Herbstkatalog war fast fertig. Die Party war nicht einfach nur eine Einweihungsfeier – es war ein richtiges Fest. Onkel Eustace hatte Oliver ein paar der Zimmer in dem Haus angeboten, die dieser gern angenommen und bezogen hatte. Den Großteil des Sommers hatte er bei seinen Eltern gewohnt, aber er war begeistert, nun quasi seine eigenen vier Wände zu bekommen – mit Schlaf-, Bade- und Arbeitszimmer. Wenn das Geschäft dann erst einmal richtig lief, hoffte er, sich etwas ganz Eigenes leisten zu können.

Weder Claudia noch Oliver waren auf die Idee gekommen, dass er bei ihr hätte einziehen können. Beiden war instinktiv klar, dass das, was sich zwischen ihnen abspielte, jedenfalls keine längere Beziehung werden würde. Beide betrachteten ihre Affäre als eine wertvolle Erfahrung und waren dankbar dafür, doch sie wussten, dass ihr Abenteuer eng mit der Aufregung rund um das neue Geschäft und den Veränderungen in ihrer beider Leben verknüpft war. Sie akzeptierten, dass es ähnlich zu Ende gehen würde wie ein Urlaubsflirt, und nahmen sich ohne

Angst und Schuldgefühle, was der jeweils andere zu bieten hatte.

Für Claudia war das alles ein mittleres Wunder. Die Erkenntnis, dass sie begehrenswert, schön und unwiderstehlich war, verhalf ihr zu einem ganz neuen Selbstbewusstsein, und der Erfolg mit ihren Designs intensivierte diese Entwicklung. Zum ersten Mal seit langer Zeit hatte sie das Gefühl, stark und glücklich zu sein und sich selbst zu verwirklichen. Die dunklen Tage der Schmach und Schmerzen lagen hinter ihr. Trotz allem brauchte sie die Ruhe und die Privatsphäre, die das Cottage ihr boten, und obwohl sie immer noch gern auf *The Grange* zu Gast war, beneidete sie Phyllida nicht mehr um deren Gefühl der Zugehörigkeit. Claudia entdeckte nämlich, dass sie ihre eigene Gesellschaft – und die damit zusammenhängende Freiheit – mochte. Sie genoss ihren Neuanfang in vollen Zügen.

Und auch Oliver konnte sein Glück kaum fassen. Eine viel versprechende berufliche Aufgabe und eine hinreißend aufregende Geliebte auf einmal zu finden war fast zu schön, um wahr zu sein. Doch je selbstbewusster Claudia wurde, desto mehr trat der Altersunterschied zwischen ihnen zutage, und Oliver wusste, dass das Ende dieser Liaison nicht weit war. Er vermutete, dass Claudia es sein würde, die ihre Beziehung beenden würde, und er konnte nur hoffen, dass er reif genug war, ihre Entscheidung mit Würde zu tragen, wenn es so weit war. Die Tatsache, dass sie auch weiterhin zusammenarbeiten würden, machte ihnen klar, wie wichtig es war, dass sie gute Freunde blieben. Da die Arbeit einen guten Teil ihres gemeinsamen Lebens ausmachte, glaubte er nicht, dass es in der Hinsicht Probleme geben würde. Ihre Affäre interessierte weiter niemanden. Jeder wusste, dass sie geschäftlich sehr viel miteinander zu tun hatten, und was den Rest betraf, so war man ausgesprochen diskret. Nur Onkel Eustace und Phyllida hatten sie durchschaut. Claudia und Oliver wussten, dass sie sich in Onkelchens

Gegenwart entspannen und ganz sie selbst sein konnten, und doch meldete sich auch da so etwas wie eine angeborene Zurückhaltung in ihnen. Und Phyllida wusste es ganz einfach. Ihre Intuition hatte schon lange, bevor Claudia sich ihr anvertraut hatte, weil sie ihr Glück nicht mehr für sich behalten konnte, einwandfrei funktioniert.

»Ich fasse es nicht«, wiederholte sie immer wieder. »Ich, ausgerechnet ich! Wo ich doch so prüde und steif war!«

»Ich glaube, Jeff war derjenige, der prüde und steif war«, merkte Phyllida an. »Du hattest doch nie eine Chance, anders zu sein. Du hast eine Menge nachzuholen.«

»Ist das nicht schrecklich?« Claudia guckte nachdenklich. »Ich frage mich, wie viele Menschen wohl im Schatten eines anderen leben.«

»Millionen!«, sagte Phyllida sofort. »Entweder aus Liebe oder aus Angst oder aus Eifersucht.« Sie zuckte mit den Schultern. »Es gibt so viele Gründe.« Sie zögerte. »Weiß Oliver Bescheid? Ich meine über Jeff?«

»Oh, nein!« Claudia verzog das Gesicht. »Ich habe es nicht über mich gebracht, ihm das zu erzählen. Er weiß so viel wie alle anderen. Und ich will auch nicht, dass er mehr weiß. Ich kann jetzt damit umgehen, aber ich habe keine Lust, ewig darüber zu reden und nachzudenken, wenn du verstehst, was ich meine.«

»Ich weiß genau, was du meinst«, seufzte Phyllida aus tiefstem Herzen.

»Aber du bist doch jetzt glücklich, oder nicht?« Claudia sah sie besorgt an. Sie war so rundum zufrieden mit allem, dass sie den Gedanken, Phyllida sei noch immer unglücklich, nicht ertragen konnte.

»Oh, ja! Ich glaube, mir geht es ein bisschen wie dir. Ich kann das gar nicht alles fassen. Über Alistairs … Eskapade bin ich hinweg. Na ja.« Sie zuckte ganz leicht mit den Schultern. »Mehr oder weniger. Manchmal durchzuckt es mich doch noch, aber damit kann ich leben. Und James ist ein Goldstück. Da fällt mir ein …« Sie sah auf die Uhr. »Jetzt muss ich aber gehen. Ich will ihn Clemmie nicht zu lange zumuten.«

»Hast du gar keine Angst, dass sie zusammenklappen könnte oder so, während sie auf ihn aufpasst?«

Phyllida blieb in Claudias Haustür stehen und blickte über die Parkanlage zu dem fast völlig von großen Bäumen verborgenen, großen Haus.

»Man kann sich nicht gegen jede Eventualität absichern, oder?«, sagte sie schließlich. »Wenn man nicht aufpasst, lässt man zu, dass die Angst alles regiert. Da muss ich Alistair recht geben. Man kann solche Angst vor dem Leben haben und alles tun, um es um jeden Preis zu erhalten und zu verlängern, dass man letztlich vergisst, es zu leben. Clemmie kümmert sich so gern um James, und er fühlt sich wohl bei ihr. Ich gehe einfach davon aus, dass nichts passiert. Ich will ihr jedenfalls nicht das Gefühl geben, dass sie zu alt ist, um auf ein Baby aufzupassen, und außerdem liegt er ja sowieso die ganze Zeit nur im Kinderwagen.«

»Wahrscheinlich hast du recht.« Claudia drückte sie kurz an sich. »Bleibt es bei Sonntag?«

»Aber sicher! Dein Patensohn erwartet dich sehnsüchtig, und Clemmie macht deinen Lieblingspudding. Und Lucy wird sich mit ihren Designerklamotten herausputzen!«

Claudia seufzte zufrieden. »Sie sah wirklich toll darin aus«, räumte sie ein. »Prudence ist eine Perle. Sie ist wahnsinnig professionell.«

»Ich freue mich so für sie«, sagte Phyllida und blieb neben dem Auto stehen. »Sie ist total begeistert, dass sie mitmischen und so etwas Aufregendes machen darf – vom Geld mal ganz zu schweigen! Pass auf dich auf. Bis Sonntag.«

Claudia winkte, bis das Auto hinter der Kurve verschwunden

war, und ging wieder hinein. Sie stieg die Treppe zu ihrem Dachstudio hinauf. Hier hatte sie die Wände mit Entwürfen gepflastert, und der große Tisch versank unter Zeichnungen und Stoffmustern. Sie wanderte durch das Zimmer, nahm Proben zur Hand und betrachtete ihre jüngsten Entwürfe, bis sie sich dann mit einem glücklichen Seufzer setzte und an die Arbeit machte.

Am Morgen nach der Party kam Oliver gähnend die Treppe hinunter und fand einen etwas hilflos dreinblickenden Onkel Eustace inmitten der Überbleibsel.

»Tja, Onkelchen, es wird einem nichts geschenkt«, sagte er fröhlich und setzte Wasser auf. »Keine Panik! Ich mach den Abwasch.«

»Ich wusste, dass ich es nicht bereuen würde, dich hier einziehen zu lassen, mein Junge.« Onkel Eustace taute etwas auf. »Ich hatte Christina vorgeschlagen, heute Vormittag vorbeizukommen, um ein bisschen mit anzupacken.«

»Und was hat sie gesagt?« Oliver suchte fieberhaft nach zwei sauberen Tassen.

Onkel Eustace schnaubte verächtlich. »Sie hat mir vorgeschlagen, eine Spülmaschine anzuschaffen.«

Oliver kicherte. »Gar keine schlechte Idee. Ich bin mir nicht sicher, ob wir beiden haushaltstechnisch fit genug sind, um ohne Hilfe von außen zusammenleben zu können, Onkelchen.«

»Sehr interessant, dass du das sagst.« Er nahm seinen fertigen Kaffee und trollte sich ins Wohnzimmer, das ein kleines bisschen zivilisierter aussah. »Ich hatte nämlich überlegt, ob wir nicht jemanden suchen sollten, der sich um uns kümmert.«

Oliver schürzte die Lippen und nickte. »Hört sich gut an. Per Inserat? Oder wie?«

»Ja, zum Beispiel.« Onkel Eustace nippte genussvoll an seinem Kaffee. »Wie sollten wir das Ganze denn am besten formulieren? ›Junggesellenhaushalt sucht junges, williges Mädchen …‹«

»Da sagst du was, Onkelchen! Weiter so! ›… sucht junges, williges, attraktives, blondes Mädchen …‹«

»Ich habe gar nichts gegen Dunkelhaarige«, protestierte Onkel Eustace. »Oder sogar Rothaarige. Aber Humor müssen sie haben. Ich habe keine Lust, mir von einer ollen Meckertante vornörgeln zu lassen, dass meine Socken auf dem Boden rumliegen.«

»Vergiss nicht, dass wir auch Bewerbungen von Männern kriegen könnten. Die Annonce darf nicht geschlechtsspezifisch sein. Das ist sexistisch.«

»Aber natürlich ist es das.« Onkel Eustace sah ihn erstaunt an. »Ich bin schließlich auch sexistisch. Ich will, dass eine Frau sich um mich kümmert. Das bin ich gewöhnt. Ich mag Frauen.«

»Wer tut das nicht?« Oliver seufzte kummervoll. »Ich sage ja nur, dass es gar nicht so einfach sein wird. Wir müssten eine private Anzeige aufgeben. Die Arbeitsvermittlung wäre entsetzt.«

»Aber das ist ganz schön riskant. Da weiß man nie, wen man kriegt. Wir brauchen jemanden, der mit uns zurechtkommt, mit unserer Art.«

»Deine Art versteht heutzutage sowieso niemand mehr, Onkelchen.« Oliver grinste ihn an. »Du bist doch ein Dinosaurier.«

»Frecher Grünschnabel!«, brummte Onkel Eustace. »Kein Respekt.«

Sie verharrten erschrocken, als es an der Tür klingelte, bevor Oliver sich von seinem Stuhl erhob und hinausging. Traurig betrachtete Onkel Eustace das Schlachtfeld, doch dann hörte er eine bekannte Stimme im Flur. Oliver kam zurück, gefolgt von Christina.

»Mein liebes Mädchen!« Der alte Mann war sichtbar gerührt. »Dass du doch noch kommst, um uns zu helfen! Wie lieb von dir! Oliver holt dir einen Kaffee, damit du in Gang kommst.«

»Ich habe schon gefrühstückt und Kaffee getrunken«, wehrte Christina ab. »Das Problem war nur, dass ich ein schlechtes Gewissen hatte, dass ihr beiden alles ganz allein aufräumen müsst, und darum dachte ich mir, schau ich mal nach euch. Also wirklich!« Sie sah sich um. »Ihr habt ja noch nicht mal angefangen! Wie wollt ihr denn bloß allein zurechtkommen in Zukunft?«

»Keine Kritteleien jetzt, bitte!«, sagte Oliver. »Genau darüber haben wir gerade gesprochen. Kennst du jemanden, der Lust hätte, sich um uns zu kümmern, Christina?«

»Jemand Unterhaltsames, Lustiges?«, fragte Onkel Eustace hoffnungsvoll. »Nörgelnde Frauen kann ich nämlich nicht ab. Da werde ich zum Tier.«

»Ich denk mal drüber nach.« Christina fing an, Gläser einzusammeln – der Gedanke, dass sich irgendjemand außer ihr um sie kümmern könnte, war ihr unerträglich. »Ihr könntet doch bei der Arbeitsvermittlung annoncieren.«

»Daran haben wir auch schon gedacht«, sagte Oliver. »Wir waren gerade dabei, die Anzeige zu formulieren.«

»Das kann ich mir vorstellen!« Christina musterte sie scharf. »Und ich wette, die Wörter ›jung‹ und ›schön‹ kamen darin vor!«

»Also, du erwartest doch wohl nicht von uns, dass wir jemanden einstellen, der alt und hässlich ist!«, protestierte Onkel Eustace. »Und überhaupt, Oliver erzählt mir jeden Tag, dass ich die Leute nicht mehr als alt und hässlich bezeichnen darf.«

»Da hat er auch vollkommen recht!« Einen kurzen Augenblick lang sah Christina aus wie Liz und hörte sich auch so an.

»Oliver hat ein Buch darüber.« Er folgte ihr in die Küche. »Das lerne ich auswendig. Wetten, du weißt nicht, wie man Hausfrauen heutzutage nennt?«

Christina stapelte Teller in das Waschbecken und suchte nach Spülmittel.

»Gewonnen, weiß ich nicht«, sagte sie leicht gereizt nach kurzem Nachdenken. »Also, wie?«

»Küchennahe Familienangehörige!«, triumphierte er, und sie fing an zu lachen. »Ich versuche jeden Tag ein paar zu lernen. Du weißt schon, wie die Weiße Königin bei Alice. Sechs unmögliche Aufgaben vor dem Frühstück. Heute Morgen habe ich ›glatzköpfig‹ gelernt.«

Oliver stand gegen den Türpfosten gelehnt und grinste. »›Stirnübergreifend dünn besiedelt‹?«, mutmaßte er. »›Andershaarig‹«, sagte Onkelchen stolz. »Gut, was?« Christina schüttelte den Kopf, lachte aber weiter und ließ heißes Wasser über die Teller laufen.

»Also wirklich! Ihr seid unmöglich. Ich frag mal Mum, ob sie jemanden weiß, der es mit euch aufnehmen könnte.«

»Und wie geht es meiner lieben Nichte heute Morgen? Hat sie sich von den Exzessen der letzten Nacht erholt?«

»Ihr geht's gut.« Christina tauchte ihre Hände in das Spülwasser. »Sie ist bloß ein bisschen angespannt zurzeit. Dad kommt morgen her, um sich mit ihr zu treffen. Sie müssen etwas besprechen.«

Unwillkürlich wechselten Onkel Eustace und Oliver hinter Christinas Rücken Blicke.

»Aha«, sagte Onkel Eustace unverbindlich. »Na ja, es gibt bestimmt eine Menge zu besprechen, was deine Zukunft angeht und so.«

»Wahrscheinlich. Ich wollte fragen, ob ich dann zu euch rüberkommen kann. Könnte ein bisschen peinlich für sie sein, wenn ich zu Hause herumhänge, oder? Ich könnte ja sagen, dass ihr mich zum Tee eingeladen habt.«

»Natürlich kannst du kommen. Du brauchst doch nicht extra eine Einladung. Das weißt du doch.« Onkel Eustace klopfte ihr auf die Schulter. »Komm rüber zum Tee. Oliver holt Kuchen.«

Ihnen fiel auf, dass Christina irgendwie angespannt war, und sie sahen sich noch einmal an.

»Ja, klar«, sagte Oliver ganz lässig. »Und was ist mit Mittagessen? Wir könnten in den Pub gehen. Ich meine, das ist doch schließlich der wahre Grund dafür, dass Onkelchen das Haus hier gekauft hat – weil es nur zwei Minuten Fußweg von der nächsten Tränke entfernt ist. Dann können wir die günstige Lage doch genauso gut nutzen.«

»Nein, danke«, lehnte Christina nach einer Weile ab. »Das dann doch nicht. Mum ist total aufgeregt, weil er kommt. Ich will sie nicht allein lassen. Er kommt nach dem Mittagessen, und ich bleibe noch so lange, um ihm Guten Tag zu sagen. Danach kann ich sie ja allein lassen.«

»Wie du willst«, sagte Onkel Eustace. »Komm, wann du willst. Wir sind hier. Und jetzt hole ich mal eben die Zeitung, während ihr beiden hier fertig aufräumt. Ich will euch nicht im Weg stehen!«

Er verschwand, und Oliver griff nach einem Handtuch. »Das ist vielleicht ein altes Schlitzohr«, sagte er fröhlich. »Danke, dass du vorbeigekommen bist.«

»Schon okay.« Sie zuckte mit den Schultern. »Ich war ja froh, rauszukommen. Mum wirbelt zu Hause herum wie ein Tornado. So habe ich sie noch nie erlebt.«

Schweigend trocknete Oliver die Teller ab. Er fühlte sich nicht in der Lage, Liz' Verhalten zu kommentieren. Sie hantierten eine Weile vor sich hin, bevor Christina wieder das Wort ergriff.

»Meinst du, sie würde ihn zurückhaben wollen, wenn er sie darum bittet?«

»Ach, also wirklich, Chrissie, keine Ahnung.« Oliver tat erst gar nicht so, als habe er ihre Frage nicht richtig verstanden. »Sie sind doch schon eine ganze Weile getrennt, oder?«

»Zehn Jahre.« Christina zog den Stöpsel heraus und wischte das Spülbecken, während das Wasser ablief. »Sie sagt immer, dass er sie nie geliebt hat und dass sie nur geheiratet haben, weil ich unterwegs war. Sie sagt, er war in deine Mum verliebt.« Sie wrang den Lappen aus und drehte sich zu ihm um.

»Das Gerücht habe ich auch gehört«, gab er unwillig zu. »Aber das ist doch über zwanzig Jahre her, und damit war Schluss, als er und Liz geheiratet haben.«

»Aber man kann jemanden doch trotzdem weiter lieben, oder?«, fragte sie. »Obwohl er mit jemand anderem verheiratet ist?«

Oliver dachte an Phyllida. »Ja, leider«, sagte er. »Vielleicht bereut Tony die Scheidung und möchte noch einmal von vorn anfangen.«

»Er macht schon seit Ewigkeiten dauernd so Andeutungen«, sagte sie, als sie gemeinsam das Geschirr wegräumten.

»Und was willst du?« Oliver lächelte sie an. »Meinst du, dass es funktionieren würde?«

»Ich fände das schön«, gab sie zu. »Aber ich fände es schlimm, wenn sie es versuchen würden und es nicht funktioniert. Mum liebt ihn immer noch, da bin ich mir ganz sicher, egal, was sie sagt.«

Oliver dachte an Liz, an ihre spitzen Kommentare und ihre bittere Miene, an die Sorgenfalten in ihrem Gesicht.

»Ja«, pflichtete er ihr bei. »Ich glaube, du hast recht.«

»Ich hoffe nur, dass sie sich die Chance nicht aus falschem Stolz entgehen lässt«, sorgte sich die arme Christina. »Aber so blöd wird sie ja wohl nicht sein!«

»Du solltest dir nicht zu viele Gedanken darüber machen«, sagte Oliver sanft. »Die beiden sollten nach so langer Zeit selbst wissen, was das Richtige für sie ist. Und du musst die Entscheidung deiner Mutter akzeptieren. Für sie ist es noch viel schwerer.«

»Das weiß ich ja. Ich habe schon versucht, mich in sie hineinzudenken. Er hat sich all die Jahre prächtig amüsiert, und jetzt, wo er alt wird, will er zu ihr zurück, damit er jemanden hat, der sich um ihn kümmert.«

»Moment mal.« Oliver versuchte ein bisschen Humor in die Sache zu bringen. »Wie alt ist Tony? Fünfundvierzig? Also, von akuter Altersschwäche ist er dann ja wohl noch nicht bedroht!«

»Du weißt schon, was ich meine.«

Christina musste grinsen, und Oliver merkte, wie nervös sie das Treffen ihrer Eltern machte. Er legte ihr den Arm um die Schultern und drückte sie, und als sie zu ihm aufsah und er ihre Liebe zu ihm erkannte, neigte er sich zu ihr und küsste sie ganz sachte auf die Wange. Es war nun wirklich keine weltbewegende Umarmung, doch als er sie losließ, sah er, dass sie die Augen geschlossen hatte, und er zog sie wieder an sich und hielt sie fest.

»Sieh mal, du hast noch dein ganzes Leben vor dir«, erklärte er. »Dir werden noch so viele schöne Sachen passieren. Und auch wenn du deine Eltern immer weiter liebst, werden sich ihre Leben von deinem trennen. Sie müssen das tun, was sie für das Richtige halten, und du musst dich ihrer Entscheidung tapfer stellen.«

»Mir ist es eigentlich egal«, nuschelte Christina. Sie hielt sich an ihm fest, damit dieser Moment, von dem sie so lange und so oft geträumt hatte, nicht zu Ende ging. »Ich will nur, dass Mum glücklich ist.«

»Wenn das Leben doch nur so einfach wäre«, sagte Oliver mit finsterer Miene. Dann lockerte er die Umarmung und lächelte sie an. »Los, komm. Wir gehen was trinken, ich lade dich ein.«

»Und was ist mit Onkelchen?«, fragte sie, da sie den intimen Moment nicht unterbrechen wollte. »Wird der sich nicht wundern, wo wir sind?«

»Bestimmt nicht«, brummte Oliver. »Von wegen die Zeitung kaufen! So ein Quatsch. Ich wette, er sitzt im Pub und hat ein Bierchen vor sich stehen. Wir leisten ihm Gesellschaft.«

Auf einmal fand Christina, dass sie sich wie eine Erwachsene benehmen sollte. Die Freude über seinen Kuss explodierte noch immer wie ein Feuerwerk in ihrer Brust, aber sie wusste instinktiv, dass es jetzt das Beste war, etwas zu unternehmen. Im Pub etwas trinken zu gehen war eine ausgezeichnete Idee. Sie grinste ihn an, als sie die Straße hinuntergingen, und er wusste, dass alle Klippen sicher umschifft waren.

35

Nach einer schlaflosen Nacht stand Liz am Sonntagmorgen mit Ringen unter den Augen und den ersten Anzeichen für hämmernde Kopfschmerzen auf. Sie war sich inzwischen ganz sicher, dass der Grund für Tonys Besuch und das Gespräch sein Vorschlag war, es noch einmal miteinander zu versuchen. Und sie hatte sich selbst davon überzeugt, dass sie ihren Stolz über Bord werfen und ihrer Beziehung noch eine Chance geben sollte. Als sie erst einmal so weit gekommen war, nahm ihre Aufregung Stunde um Stunde zu. Die Liebe, die sie all die Jahre hindurch, seit sie ihn das erste Mal gesehen hatte, immer noch für ihn empfunden hatte, stieg langsam wieder in ihr auf, durchbrach ihre versiegelten Gefühle und kam schmerzhaft erneut zum Vorschein. Sie wusste, dass sie ihm wahrscheinlich nie wieder vollkommen würde vertrauen können, aber andererseits war er ja nun auch nicht mehr weit von den fünfzig entfernt. Jetzt war er doch sicher bereit, ein ruhigeres Leben zu führen!

Sie vermutete, dass er plante, seinen Dienst bei der Marine zu quittieren, und dass er zu dem Schluss gekommen war, es wäre gar nicht so dumm, zu der Frau, die ihn immer geliebt hatte, und zu der Tochter, die er so liebte, zurückzukehren. Seit seinem Brief, in dem er sie um dieses Gespräch gebeten hatte, hatte sie an fast nichts anderes mehr denken können. An den langen Abenden hatte sie zusammengekuschelt auf dem Sofa gesessen, mit großen Augen in die Dunkelheit gestarrt und sich gefragt, ob das wohl funktionieren würde. Es war nicht so einfach, über seinen Schatten zu springen und seinen Stolz zu vergessen. Sie war immer noch genauso eifersüchtig auf die Frauen, mit denen er sie betrogen hatte, als wenn es gestern gewesen wäre. Selbst heute noch fiel es ihr manchmal schwer, Oliver anzusehen. Seine Gesichtszüge, seine Haut-, Haar- und Augenfarbe waren die von Cass, und es tat ihr immer noch weh, wenn sie daran dachte, wie Tony sie mit Cass hintergangen hatte. Wenn er mit ihr schlief, wusste sie ganz genau, dass er sich vorstellte, Cass liege in seinen Armen, und der Gedanke daran, wie unglücklich sie damals gewesen war, demütigte sie erneut.

Konnte sie das wirklich alles hinter sich lassen und von vorn anfangen? Als sie sich vorstellte, wie überrascht ihre Freunde sein würden, wie geklatscht und getratscht werden würde, wurde ihr ganz heiß vor Verlegenheit. Doch sie wägte das ab gegen ihre Einsamkeit, gegen die Liebe, die sie noch immer für ihn empfand, und gegen Christinas Bedürfnisse. Zweifellos wünschte Christina sich, dass ihre Eltern wieder zusammenkamen, aber sie war ja noch ein Kind und hatte keine Vorstellung davon, welches Opfer es bedeuten würde, der Beziehung eine reelle Chance zu geben.

Liz überlegte sich sehr genau, was sie anziehen sollte. Sie wollte weder zu erpicht wirken, noch ihre Reize verstecken. Sie war sehr schlank, und obwohl sie nie richtig hübsch gewesen war, sah sie jetzt, mit vierzig, besser aus als mit achtzehn. Sie nahm zur Kenntnis, dass Christina sie sehr genau taxierte, als sie hinunterkam, und sie zustimmend anlächelte. Sie hatte ihre Mutter schon vorgewarnt, dass sie nach dem Mittagessen verschwinden würde, und Liz war darüber sehr erleichtert. Sie hätte es nicht ertragen können, Christina bei diesem Gespräch dabeizuhaben und fürchten zu müssen, sie könne sich jeden Moment einmischen.

Bis Tony dann endlich eintraf, waren sie beide die reinsten Nervenbündel. Als er mit Christina ins Haus kam, bemerkte Liz, dass er ebenfalls ausgesprochen nervös wirkte, und das hob ihre Laune etwas. Sie würde seinen Vorschlag nur dann ertragen können, wenn er ihn mit dem gebotenen Ernst vortrug – selbst das kleinste bisschen Schnodderigkeit würde sie unrettbar aus der Fassung bringen. Doch diese Gefahr bestand anscheinend nicht. Sie hatte Tony noch nie so verkrampft gesehen. Er plauderte mit Christina, während Liz Tee machte, aber die Unterhaltung war steif und zusammenhanglos, und Liz konnte sehen, dass Christina erleichtert war, als sie endlich gehen und die beiden allein lassen konnte. Tony stand auf, um ihr einen Abschiedskuss zu geben, und sah dann auf Liz herab, die es sich mit der Teetasse in beiden Händen in einem Sessel bequem gemacht hatte.

»Na, das ist ja fast wie in alten Zeiten.« Er versuchte zu lachen. »Muss Jahre her sein, seit wir das letzte Mal allein waren.«

»Ja.« Trotz ihres Entschlusses, es ihm leicht zu machen, schlug ihr Herz so heftig, dass sie kaum sprechen konnte. »Viele Jahre.«

Dann, als sie ihn betrachtete, wurde sie jäh von einer Welle zärtlicher Zuneigung ergriffen, die sie vollkommen aus dem Gleichgewicht brachte. Frag einfach, flehte sie innerlich. Ich liebe dich, du Dummkopf. Ich habe dich immer geliebt. Du musst nur fragen.

»Vielleicht kannst du dir schon denken, worüber ich mit dir reden möchte«, sagte er schließlich. Er blieb stehen. »Es ist verdammt schwierig, auf den Punkt zu kommen, aber ich schätze, ich sollte es einfach ausspucken.«

Er ging zum Fenster und starrte in den Garten hinunter,

während sie ihn beobachtete, hoffte, dass er bald weitersprach, und selbst keinen Ton herausbrachte.

»Ich weiß, dass ich mich unmöglich benommen und Fehler gemacht habe«, sagte er. »Ich habe deine Liebe weggeworfen und mich wie ein Idiot aufgeführt, und ich erwarte nicht von dir, dass du all das einfach so vergisst. Seit wir uns das erste Mal begegnet sind, habe ich dich schlecht behandelt. Ich kann dir gar nicht sagen, wie leid es mir tut und wie sehr ich mein Verhalten bereue.«

Er hielt inne, und sie gab ein undefinierbares Geräusch von sich. Er drehte sich zu ihr um, doch sie wich seinem Blick aus und nippte schnell an ihrem Tee. Dann wandte er sich wieder dem Fenster zu.

»Was ich versuche zu sagen, ist, dass ich glaube, vernünftig geworden zu sein. Wahrscheinlich werde ich einfach älter und will nicht den Rest meines Lebens vertrödeln. Ich fühle mich manchmal etwas einsam, und außerdem überlege ich, bei der Marine aufzuhören und etwas ganz anderes zu machen, solange ich noch jung genug bin, um mich umstellen zu können.« Er atmete tief durch und lachte kurz auf. »Oh, Mann! Das hier ist genauso schlimm, wie ich befürchtet hatte. Du weißt bestimmt schon, was ich dir sagen will. Sicher, du wirst deine Zweifel haben, aber ich möchte wieder heiraten. Ich will es noch einmal versuchen.«

Er schwieg einen Moment, und grenzenlose Erleichterung durchströmte sie und trieb ihr heiße Tränen in die Augen. Dann sprach er weiter, wandte ihr jedoch weiter den Rücken zu.

»Ich weiß, du denkst bestimmt, ich bin der allerletzte Angsthase, und ich kann nicht erwarten, dass du deine Zustimmung gibst, aber mir war es wichtig, dass du es als Erste erfährst, auch, damit du es Christina beibringen kannst.«

Noch während er sprach, stieg panische Angst in Liz auf.

»Was … Wie meinst du das? Als Erste …?«

Dann sah er sie endlich an. Er hatte sämtliche Hürden genommen und war nun auf der Zielgeraden. Er wirkte viel jünger, seine Augen strahlten.

»Ich will es noch einmal wagen. Ich habe mich entschieden. Sie ist zwar ein ganzes Stück jünger als ich, aber ich glaube nicht, dass das etwas ausmacht. Ich mache mir mehr Sorgen um Christina. Sie hatte sich in diese Idee verrannt, dass wir beide uns wieder zusammentun könnten.« Er lachte, und dieses Mal war sein Lachen ungezwungen und echt. »Ich dachte eigentlich, sie würde dich besser kennen, aber ich kann es trotzdem irgendwie verstehen. Jedenfalls schätze ich, dass es ein ziemlicher Schock für sie sein wird, und ich dachte mir, es wäre nur recht und billig, dass ich es dir als Erste erzähle.«

»Wer … wer ist sie?« Nach dem ersten unerträglichen Schmerz wurden ihre Sinne nun von dem entsetzlichen Schock etwas betäubt.

»Ach, das glaubst du nie.« Er strahlte vor Glück und Erleichterung. »Lizzie Mallinson. Ich weiß!« Er interpretierte ihre unkontrollierte, entsetztem Unglauben entspringende Geste als Überraschung. »Unglaublich, was? Dass sie sogar so heißt wie du. Sie ist achtundzwanzig, kannst du dir das vorstellen? Sie kann sich noch genau daran erinnern, wie wir uns das erste Mal begegnet sind, das war bei einem Grillfest, das ihre Eltern gegeben haben, als sie hier unten ein Cottage hatten. Das war 1976, in dem wahnsinnig heißen Sommer.« Er verstummte, da ihm in diesem Moment einfiel, dass das auch der Zeitpunkt war, zu dem er seine Affäre mit Cass wieder aufgenommen und Liz kennengelernt hatte. Mit einem Schulterzucken versuchte er seine Verlegenheit abzuschütteln. Er lächelte sie an. »Na ja, jetzt bin ich's ja los. Ich weiß, du denkst bestimmt, ich spinne total, aber Alter schützt eben vor Torheit nicht, oder wie war das? Ich hatte bloß das Gefühl, dass es nicht besonders nett gewesen wäre, dir das einfach so zu schreiben, aber dir das persönlich zu sagen hat ganz schön Mut gekostet, kann ich dir sagen.«

Er sah aus, als erwarte er, dass sie ihm jetzt gratulierte. Sie zog die zitternden Beine vom Sessel und stand auf.

»Ich wusste gar nicht, dass du mich für ein solches Ungeheuer hältst.« Ihre Stimme klang kalt und verächtlich, und sie betete, dass es dabei bleiben würde, bis er ging.

»Tu ich doch gar nicht.« Einen schrecklichen Moment lang dachte sie, er wollte sie umarmen. »Aber ich weiß, was du von mir hältst, und damit hast du auch ganz recht. Wirst du bei Christina ein gutes Wort für mich einlegen?«

»Natürlich. Sie wird sich schnell daran gewöhnen. Du musst nur ein bisschen Geduld mit ihr haben. Es wird ein ziemlicher Schock für sie sein. Zumal sie Lizzie vom Alter her näher ist als du.« Sie biss sich auf die Lippe und bereute die Spitze, der sie einfach nicht hatte widerstehen können.

»Ach was«, wehrte er lachend ab. »Na ja, gut, gerade so. Ich bin halt ein alter Glückspilz, ich weiß …«

Geh, flehte sie innerlich, geh einfach. Steh hier nicht rum wie ein Hahn auf seinem Misthaufen, der sich mit seinen Eroberungen brüstet.

»… und Christina wird begeistert sein von ihr, wenn sie sie erst mal kennengelernt hat, sie ist so ein lieber Kerl …«

»Tut mir leid, wenn ich dich unterbreche.« Liz redete ganz schnell drauflos. »Aber wenn das alles war – ich bin noch verabredet …«

»Oh, natürlich.« Er sah etwas beleidigt aus. »Ich dachte eigentlich, wenn ich schon den weiten Weg hierherkomme, würden wir vielleicht zusammen zu Abend essen oder so, wie in alten Zeiten. Aber gut.« Er zuckte mit den Schultern.

Ungläubig starrte sie diesen unsensiblen, selbstgefälligen Menschen an und merkte, dass ihre Selbstbeherrschung doch besser funktionierte, als sie gedacht hatte. Wenigstens war ihr die Peinlichkeit erspart geblieben, selbst zu raten, was er sagen wollte. Sie nahm all ihren Mut zusammen.

»Bei einer Freundin von mir ist heute Morgen etwas schiefgelaufen. Sie ist ganz allein, und darum …«

»Ach so.« Er wusste, dass er Glück hatte, ungeschoren davonzukommen und von weiteren sarkastischen Bemerkungen verschont zu werden, darum akzeptierte er diesen Rauswurf erleichtert. Er hatte auch gar nicht wirklich mit ihr essen gehen wollen, es war mehr ein Schuldgefühl. Schließlich blieb ihr die undankbare Aufgabe überlassen, Christina in Kenntnis zu setzen. »Dann fahr ich mal wieder.«

»Alles Gute.« Ihr Stolz hielt sie aufrecht. »Wann ist der glückliche Tag?«

»So bald wie möglich, dachten wir. Worauf sollen wir warten? Ich geb dir Bescheid. Ich würde mich freuen, wenn Christina kommen würde.«

Sie küssten sich flüchtig, dann ging sie wieder ins Haus und schloss die Tür. Ihr Leben lag in Scherben vor ihr, und der Schock und die Demütigung lähmten sie innerlich vollkommen. Sie setzte sich auf den Sessel und starrte Löcher in die Luft, sie ließ den Hass und den Abscheu, die ihr so viele Jahre lang den Schmerz erträglich gemacht hatten, wieder in sich aufsteigen. Sie verzagte bei dem Gedanken daran, es Christina beizubringen, und sie sehnte sich so danach, sich bei jemandem ausweinen zu können, jemandem ihre dummen Hoffnungen gestehen und ihren Schmerz und ihre Enttäuschung beschreiben zu können – Onkel Eustace vielleicht oder Abby. Langsam kam wieder Spannung in ihr Rückgrat, und sie hob das Kinn. Niemand durfte von ihrer Dummheit erfahren, niemand. Nur so würde sie die Pein ertragen können. Sie blieb sitzen und bereitete sich innerlich auf das Gespräch mit Christina und deren Enttäuschung vor. Als sie sich wieder einigermaßen unter Kontrolle hatte, stand sie auf und rief bei Onkel Eustace an, um Bescheid zu geben, dass die Luft rein war und Christina nach Hause kommen konnte.

Abby packte Eier und Sahne in ihren Korb und bahnte sich einen Weg durch die vielen Menschen auf dem Wochenmarkt. Der Herbst stand vor der Tür, sodass kaum noch Touristen da waren und es ruhiger wurde im Ort. Bei Crebers kaufte sie Käse und Kaffee, und im Hinausgehen stieß sie fast mit Claudia zusammen.

»Ach – hallo.« Abby guckte etwas betreten. »Ich wollte Sie die ganze Zeit schon mal anrufen. Erst dachte ich ja, Sie seien weggezogen, aber dann habe ich gehört, dass Sie doch noch hier sind, aber umgezogen. Und jetzt habe ich alles Mögliche über Ihre tollen Entwürfe gehört.«

Claudia lächelte. Sie war selbst überrascht, sich in Abbys Gegenwart nicht mehr unwohl und unterlegen zu fühlen. Und den Wunsch, unbedingt von ihr akzeptiert zu werden, verspürte sie auch nicht mehr. Es war ihr völlig gleichgültig, was Abby von ihr dachte. Sie lebte jetzt ihr eigenes Leben, und sie brauchte keinerlei gute Ratschläge.

»Ja, das ist alles wirklich unglaublich«, sagte sie und fragte sich, wie Abby reagieren würde, wenn sie über ihre Affäre mit Oliver Bescheid wüsste. »Ich habe wahnsinniges Glück gehabt.«

»Das freut mich.« Jetzt, da Claudia ganz offensichtlich sehr zufrieden war, konnte Abby sich etwas entspannen. »Ich kann verstehen, dass Sie nun keine Zeit für das Komitee mehr übrig haben. Ich fand es sehr schade, dass Sie zurückgetreten sind.«

»Ich dachte wirklich, dass ich nach Sussex zurückziehen würde.« Claudia zuckte mit den Schultern. »Hat nun doch nicht so geklappt. Aber zurzeit habe ich leider wirklich keine Minute übrig. Onkel Eustace ist ein schrecklicher Sklaventreiber, und Oliver« – sie konnte es sich nicht verkneifen, ihn wenigstens zu erwähnen – »ist einfach toll.«

Abby zog die Augenbrauen hoch. Nun hatte Claudia ja doch noch all das erreicht, was sie sich so gewünscht hatte – und das ohne ihre Hilfe. Clemmie und Phyllida sangen ohnehin schon Lobeshymnen auf Claudia, und nun sah es ganz so aus, als hätte sie auch Onkelchen und Oliver für sich gewonnen. Ganz kurz flackerte leichter Ärger in Abby auf, aber dann war es ihr gleichgültig.

»Ich wollte gerade eine Tasse Kaffee trinken«, sagte sie. »Haben Sie Zeit, mitzukommen? Nur eben ins *Bedford*?«

Einen Moment lang war Claudia versucht, die Einladung ganz unverfroren abzulehnen und Abby zu sagen, dass sie zu viel um die Ohren hatte, dass sie ihre Freundschaft nicht brauchte – aber irgendetwas hielt sie zurück. Vielleicht lag es nur daran, dass sie gelernt hatte, dass Freundschaft ein zu kostbares Gut war, als dass man sie zugunsten billiger Genugtuung verspielen sollte.

»Warum nicht?«, schlug sie ein, und gemeinsam machten sie sich auf den Weg zum Bedford Square. »Liz habe ich schon ewig nicht gesehen. Geht es ihr gut?«

»Ich glaube schon.« Abby runzelte die Stirn. »Ihr Exmann will wieder heiraten, und sie sagt, dass Christina nicht recht damit fertig wird. Das kann ich mir gar nicht vorstellen. Er und Liz sind doch schon seit Jahren geschieden. Aber vielleicht liegt es daran, dass seine neue Frau ziemlich jung ist, angeblich nicht viel älter als Christina, sagt Liz. Na ja, jedenfalls war das wohl alles ganz schön schwierig, und darum sind sie jetzt zusammen zwei Wochen in Urlaub gefahren, bevor die Schule wieder losgeht.«

»Das tut mir leid«, sagte Claudia. »Christina ist so ein nettes Mädchen. Ich hatte den Eindruck, dass es ihr gut ging, als ich sie neulich sah.«

»Na ja, mich hat das auch gewundert«, gab Abby zu. »Hörte sich so gar nicht nach Christina an.«

»Vielleicht war es ja auch für Liz ein ziemlicher Schock«, mutmaßte Claudia. »Muss ganz schön … na ja, wehtun.«

»Kann sein«, sagte Abby. »Männer! Man kann ihnen einfach nicht über den Weg trauen!«

»Wie recht Sie haben!«, pflichtete Claudia ihr bei, und lachend gingen sie die Stufen hinauf und betraten die Bar.

36

Clemmie stand am Schlafzimmerfenster und beobachtete Phyllida auf ihrem Weg über die Wiese zum Wald. Sie ging ganz langsam und hielt das Baby im Tragetuch liebevoll an sich gedrückt. Clemmie sah ihr nach, bis sie im Wald verschwunden war. Sie dachte an die Tage, als sie Quentin mit irgendeiner kleinen Aufmerksamkeit in der Hand von seinem Morgenspaziergang zurückkommen sah, und schon stiegen ihr Tränen in die Augen. Sie konnte sich einfach nicht daran gewöhnen, dass er nicht mehr da war, im Gegenteil, der Schmerz und das Gefühl der Einsamkeit wurden immer schlimmer. Sie wusste nicht, was sie ohne Phyllida und die Kinder machen würde.

Nach dem ersten Schock hatte Gerard seine Niederlage gemessen hingenommen. Er hatte sich um den ganzen Papierkram gekümmert, den Verkauf des Hauses juristisch abgewickelt und die Steuerangelegenheiten geklärt, wobei er immer wieder betont hatte, dass er für Clemmie nur das Beste wollte. Wenigstens war sie in guten Händen, das musste selbst er einsehen. Was das Leben unter einem Dach anging, gab es keine Probleme. Clemmie hatte Quentins Arbeitszimmer zu ihrem Rückzugsraum erklärt und die Makepeaces nutzten das Frühstückszimmer als Familienzimmer. Das Wohnzimmer stand weiterhin allen offen, genauso wie die Küche, und Phyllida und

Alistair hatten eines der größeren Schlafzimmer bezogen und nutzten das kleine Gästeapartment nun als Kinderbereich.

Und so funktionierte es, und Clemmie war dankbar und erleichtert. Sie liebte es, Lucys Stimme im Flur rufen zu hören, wenn sie von der Schule nach Hause kam, und James im Kinderwagen strampeln zu sehen, wenn dieser im Hof stand. Der Kreis schloss sich – das Haus wurde wieder mit Leben erfüllt, es erneuerte sich genauso, wie es in den letzten zweihundert Jahren vor sich gegangen war. Sie wusste, dass Phyllida sich von ihrer Familie harsche Kritik hatte gefallen lassen müssen. Warum, hatten sie sicher gefragt, kauft ihr denn ein Haus mit einer alten Dame darin? Ihre Eltern hatten sie besucht, als James geboren wurde, und Clemmie hatte versucht, sich rar zu machen. Sie fand es nur natürlich, dass Phyllidas Eltern sich Sorgen machten und womöglich nicht einverstanden waren.

Aber Phyllida schien wunschlos glücklich zu sein. James' Geburt hatte sie alle ein wenig von Quentins Tod abgelenkt, und so sollte es auch sein. Besonders Lucy und ihrem festen Glauben daran, dass Quentin auferstehen und generalüberholt zu ihnen zurückkommen würde, tat die Freude über den kleinen Bruder gut. Sie konnte stundenlang neben dem Kinderwagen sitzen und ihm aus ihren Papagei-Percy-Büchern vorlesen, und sie war hingerissen von jedem einzelnen Entwicklungsschritt des kleinen James.

Clemmie löste sich vom Fenster und ging nach unten. Wie sehr sie Quentin mit dem Tablett an ihrem Bett und ihre morgendlichen Unterhaltungen vermisste! Glücklicherweise hatte Phyllida keinen Versuch unternommen, seine Rolle zu übernehmen. Stattdessen hatte sie Clemmie alles, was man brauchte, um neben dem Bett Tee zu kochen, gekauft, und Clemmie war glücklich damit. So konnte sie sich in ihren langen, schlaflosen Nächten jederzeit eine Tasse Tee machen und die Kopfhörer aufsetzen, die Phyllida ihr besorgt hatte, damit sie Musik oder eines der neuen Audiobücher hören konnte. Auf diese Weise eingelullt, schlief sie dann meist wieder ein, doch wenn sie dann hochschrak und nach dem geliebten warmen Körper neben sich tastete, fiel ihr wieder ein, dass er nicht mehr dort schlief.

Punch lag neben dem Ofen, wedelte aber mit dem Schwanz, als sie in die Küche kam, und ging auf sie zu. Sie streichelte ihn und fragte sich, wie sehr er Quentin wohl vermisste. Dann machte sie sich ihren Frühstückstoast. Ihr war aufgefallen, dass der alte Hund Phyllida nur selten auf ihren Spaziergängen begleitete, während er Alistair jedes Mal folgte. Sie bezweifelte, dass er den Winter überleben würde, aber sie wusste auch, dass Phyllida ein Junges besorgen würde, wenn er starb, und dass auch dieser Kreislauf sich fortsetzen würde. Während sie frühstückte, dachte sie über das Leben nach, über Vergangenheit und Zukunft, und sie fühlte sich getröstet. Wie hätte sie *The Grange* jemals verlassen können? Quentin war in allem und überall gegenwärtig, manchmal war er ihr so nahe, dass sie kaum glauben konnte, dass sie ihn auf dieser Erde nicht mehr sehen würde.

Gerade als sie die Butter weggeräumt und ihren Teller in die Spüle gestellt hatte, hörte sie jemanden im Flur rufen, und als sie die Küchentür aufmachte, stand Oliver ihr gegenüber.

»Mein lieber Junge.« Sie legte die Hand aufs Herz. »Du hast mich vielleicht erschreckt. Schön, dich zu sehen. Komm doch rein.«

Er folgte ihr in die Küche, kniete sich neben Punch und streichelte ihn und redete mit ihm. Oliver hatte sie schon mehrmals besucht, seit Quentin tot war, und obwohl sie wusste, dass er eine kleine Summe geerbt hatte, wollte sie ihm gern ein persönliches Andenken an seinen Patenonkel schenken. Er lächelte sie an und stand auf, und sie beschloss, dass jetzt der Augenblick gekommen war, darüber zu reden.

»Ich weiß, dass Quentin dir ein bisschen was hinterlassen

hat«, sagte sie, »aber ich dachte, du würdest dich freuen, wenn du ein etwas greifbareres Andenken an ihn hättest. Gibt es etwas, das du gerne haben möchtest? Die wirklich besonderen Sachen sind natürlich für Gerard, aber vielleicht gibt es ja eine Kleinigkeit …? Denk darüber nach.«

»Das ist ein sehr nettes Angebot.« Oliver war gerührt, dass Clemmie an ihn gedacht hatte. »Und es gibt da tatsächlich etwas, wenn das nicht jemand anderes haben möchte. Ich hätte gerne seinen Wanderstock.«

Unwillkürlich wanderte Clemmies Blick zu dem Ständer neben der Tür. Quentins alter Eschenholzstock stand immer noch genau da, wo Phyllida ihn an jenem schrecklichen Vormittag vor einem halben Jahr abgestellt hatte, nachdem sie ihn aus dem Wald geholt hatte. Clemmie hatte den Stock unzählige Male in Quentins Hand gesehen – mal schlug er Brombeerzweige zurück, mal hob er sanft die triefende Blüte einer Blume an, mal tastete er den sumpfigen Boden ab –, und ihre Augen füllten sich mit Tränen und liefen über, bis zwei funkelnde Rinnsale über ihre Wangen perlten.

Sie schlug die Hände vors Gesicht und schluchzte, und Oliver eilte zu ihr, um sie zu trösten.

»Es tut mir leid«, sagte er, legte ihr den Arm um die Schulter und reichte ihr sein Taschentuch. »Das war taktlos. Ich finde nur, dass der Stock fast schon ein Teil von ihm war, und darum möchte ich ihn lieber als alles andere haben. Aber dir geht es wahrscheinlich genauso.«

Clemmie schüttelte den Kopf, wischte sich mit seinem Taschentuch über das Gesicht und versuchte, dem Tränenfluss Einhalt zu gebieten.

»So geht es mir mit allen möglichen Sachen«, erklärte sie. »Verzeih mir. Es hat mich eben so überkommen. Ich würde mich sehr freuen, wenn du den Stock mitnehmen würdest, und ich weiß, dass Quentin genauso denken würde.«

»Danke.« Er verharrte noch eine Weile neben ihr und streichelte ihr über die Schulter. Dann küsste er ihr weißes Haar und stand auf. »Alles, was ich über die Natur weiß, habe ich von Quentin gelernt«, sagte er. »Ich werde den Stock als Andenken an all die schönen Spaziergänge bewahren.«

Clemmie nickte nur, da sie glaubte, ihr werde die Stimme versagen. Eine Weile saßen sie schweigend da, während Clemmie sich wieder fasste.

»Phyllida ist im Wald«, sagte sie. »Bleibst du zum Mittagessen?«

»Nein, nein. Ich wollte nur schnell vorbeischauen und sehen, ob alles in Ordnung ist. Ich muss wieder weg.«

»Es war schön, dich zu sehen. Bring doch nächstes Mal mehr Zeit mit! Oh. Und vergiss den Stock nicht!« Sie nahm ihn aus dem Ständer und hielt ihn einen Moment fest, bevor sie ihn Oliver reichte. »Pass gut auf ihn auf!«

Er zögerte. »Bist du dir wirklich sicher? Du könntest ihn kürzen lassen, damit du ihn benutzen kannst.«

Lächelnd schüttelte sie den Kopf. »Ich möchte, dass du ihn bekommst. Du wirst ihn in Ehren halten und manchmal an Quentin denken, wenn du ihn benutzt.«

Oliver nahm den Stock und hielt ihn fest. »Quentin hat mir beigebracht, wie nützlich so ein Wanderstock ist«, sagte er. »Er hat mir so viele Dinge beigebracht.«

Sie blieb in der Haustür stehen, bis er den Stock ins Auto gelegt, gewendet und gewinkt hatte. Dann ging sie wieder ins Haus.

Oliver fuhr die schmale Straße hinunter und überquerte die Brücke. Einem Impuls folgend, lenkte er den Wagen an den Straßenrand und parkte. Er stieg aus, ging zurück zur Brücke und lehnte sich an die Brüstung. Er dachte noch sehr oft an Quentin, und ihm kam es so vor, als sähe er seine große, schlanke Gestalt samt Punch durch den Wald wandern. Die

Oktobersonne schien angenehm warm, und die Luft war mild. Das bunt glänzende Buchenlaub lag wie ein goldener Schleier über dem Wald, und der Fluss plätscherte nach mehreren Wochen Trockenheit gemächlich durch sein felsiges Bett.

Oliver richtete sich auf, blieb aber stehen. Er bemerkte Phyllida auf dem Pfad neben dem Fluss, die das Wasser beobachtete. Sie stand ganz still da, wiegte das Baby im Tragetuch und hatte den Blick fest auf etwas geheftet, was er nicht sehen konnte. Ihr Anblick ließ sein Herz ein bisschen schneller schlagen, und es überraschte ihn selbst, wie viel ihm noch immer an ihr lag. Er hatte gehofft, dass seine Liebe zu ihr im Laufe der Monate unbemerkt einschlafen würde, zumal Quentins Tod, die Geburt ihres Kindes, sein aufregender neuer Job und die leidenschaftliche Affäre mit Claudia Ablenkung genug bieten sollten. Aber als er Phyllida nun so beobachtete, wusste er, dass sie für ihn immer etwas Besonderes bleiben würde. Er überlegte, ob er sie rufen sollte, irgendetwas hielt ihn jedoch zurück, und im nächsten Moment wandte er sich ab und stieg wieder ins Auto.

Phyllida hörte den Motor und schaute sich um. Da kein Wagen die Brücke überquerte, nahm sie an, dass er bereits die Straße hochfuhr. Sie ging weiter auf die Brücke zu, erfüllt von tiefer Zufriedenheit an diesem schönen Herbsttag. Von Zeit zu Zeit sprach sie ganz sanft mit James, der ihr unverwandt ins Gesicht blickte. Auf der Brücke blieb sie stehen, schaute flussabwärts und erinnerte sich daran, wie sie Oliver hier geküsst hatte. Sie erinnerte sich auch daran, wie sie und Alistair hier gestanden, die Wasseramsel entdeckt und sofort gewusst hatten, dass alles gut werden würde. Natürlich hatte Quentins Tod dazu beigetragen, dass für sie alles gut wurde, und das war sehr traurig. Wenn er nicht gestorben wäre, hätten sie und Alistair sich ein anderes Haus gesucht, und er und Clemmie hätten verkauft und wären weggezogen. Irgendwie war ihr, als wären sie auf seine Kosten glücklich.

Aber so ist wahrscheinlich das Leben, dachte sie, des einen Freud ist des anderen Leid.

Sie dachte an jenen Abend im Sommer zurück, als Alistair wieder abgereist und die Kinder im Bett waren. Sie und Clemmie hatten in der Gartenlaube gesessen und sich unterhalten. Es war ein heißer, ruhiger Abend gewesen, der Mond hatte hoch über ihnen gestanden, und die Fledermäuse waren über sie hinweggesaust. An jenem Abend hatte Clemmie ihr von Quentins Untreue nach Pippas Tod erzählt, und Phyllida hatte ihr schweigend zugehört, entsetzt und froh über den Schutz der Dunkelheit. Im Laufe der Erzählung wurde ihr erst richtig bewusst, wie sehr Clemmies und ihr Schicksal sich ähnelten, wie viel sie und die alte Frau eigentlich verband. Sie versuchte sich vorzustellen, wie es ihr gegangen wäre, wenn Alistair sie nicht nach dem Tod des unbekannten Babys, sondern nach Lucys Tod betrogen hätte – und empfand tiefes Mitleid mit Clemmie.

Im Verlauf der Geschichte tat aber auch Quentin ihr leid, und sie schwor sich, alles zu tun, damit sich nie wieder Eifersucht und Verbitterung in ihre Beziehung zu Alistair einschleichen konnten. Jetzt, endlich, verstand sie, warum die Wasseramsel einen so starken Symbolcharakter hatte und wie sehr Clemmie an deren gute Kräfte glaubte. Als Clemmie ihr erzählte, dass sie und Lucy es gewesen waren, die den Schatten zwischen ihr und Quentin vertrieben hatten, und wie wunderschön das letzte Jahr gewesen war, hatte Phyllida verzweifelt mit den Tränen gekämpft, bis Clemmie sich unvermittelt erhoben, Gute Nacht gesagt und sich ins Haus zurückgezogen hatte. Seitdem hatten sie nie wieder darüber gesprochen, aber ihre Beziehung hatte sich vertieft und war reicher geworden, weil ein ungewöhnlich liebevolles Einvernehmen bestand. Phyllida schätzte sich glücklicher denn je.

Sie warf einen Blick den Fluss hinunter und verließ die Brücke. Als James auf einmal krähte, war jede Traurigkeit wie weggeblasen, und sie lächelte ihn an.

»Um ein Haar hättest du Percy geheißen«, verriet sie ihm. »Was sagst du denn dazu?«

Sie lächelte in Erinnerung an Lucys bittere Enttäuschung darüber, dass das Baby keine kleine Polly war und ihre Eltern sich außerdem strikt geweigert hatten, den Namen Percy für ihren kleinen Bruder ernsthaft in Betracht zu ziehen. Aber letztlich war sie viel zu aufgeregt gewesen, als dass ihre Verstimmung lange angehalten hätte, und sie hatte es kaum abwarten können, bis ihr kleiner Bruder endlich aus dem Krankenhaus kam und sich ins Leben stürzen konnte.

Phyllida hatte eine Wildente aufgescheucht, die jetzt erschrocken vom Ufer wegpaddelte. Sie konnte es immer noch nicht fassen, dass *The Grange* jetzt ihr richtiges Zuhause war. Es grenzte an ein Wunder, und der Umstand, dass der pragmatische Alistair seine Entscheidung gefällt hatte, weil er die Wasseramsel gesehen hatte, war ein Wunder. Sie schüttelte den Kopf. Zwischendurch hatte sie befürchtet, er würde Clemmies Angebot ablehnen, doch hatte er sich durch ihr Bitten und Flehen nicht beeinflussen lassen wollen. Er war fest entschlossen gewesen, das zu tun, was für sie alle das Beste war.

Sie erinnerte sich daran, wie er sie und James im Krankenhaus besucht und ihr berichtet hatte, er habe sich entschlossen, Clemmies Angebot anzunehmen, wenn Phyllida immer noch gern auf *The Grange* leben wollte. Sie hatte geweint vor Freude – doch wie er zu der Entscheidung gekommen war, das hatte er ihr erst später erzählt. Natürlich bedeutete dieser Entschluss, dass er noch eine Weile bei der Marine bleiben musste, aber er hatte etwas läuten gehört, dass er nach Weihnachten möglicherweise einen Posten als U-Boot-Kapitän in Devonport antreten sollte.

Beim Gedanken daran verdrehte Phyllida die Augen und

drückte James an sich. Wenn das nun auch noch klappen würde, wäre ihr Glück perfekt!

»Wir müssen uns etwas wünschen«, sagte sie. »Wir müssen uns wünschen, dass Daddy den Posten bekommt. Stell dir das doch mal vor! Dann wäre er jeden Abend zu Hause!« Sie schüttelte den Kopf vor Freude, doch dann nickte sie ihm zu. »Ich weiß. Wir müssen nach der Wasseramsel Ausschau halten«, sagte sie. »Wenn wir sie sehen, bekommt Daddy den Job. Was meinst du?«

James schmatzte vor sich hin, während Phyllida am Ufer stand und den Fluss angestrengt nach dem scheuen Vogel absuchte. Enttäuscht wandte sie sich nach einer Weile ab und ging weiter. Sie dachte an Quentin und daran, wie sehr er diesen Wald geliebt hatte. Ihr tat das Herz weh vor Trauer. Sie vermissten ihn alle schrecklich, und sie war froh, dass Clemmie und er am Schluss so glücklich gewesen waren, dass der Schatten vertrieben worden war. Sie wusste, wie sehr Clemmie es bereute, so viel Zeit verschwendet zu haben, und schwor sich erneut, dass Alistair und sie sich niemals wieder von der Angst regieren und Vorwürfe und Eifersucht aufkommen lassen würden. Hauptsache, sie konnten zusammen sein!

Phyllida drückte James noch fester an sich, als sie kalte Angst beschlich. Dadurch, dass sie Clemmies Angebot angenommen hatten, verzichteten sie wiederum auf kostbare gemeinsame Zeit. Wenn nun einem von ihnen etwas passierte, bevor Alistair aus der Marine ausschied? James wurde auf einmal ganz schwer, sodass Phyllida sich auf einem Baumstamm am Wegesrand niederließ. Wenn es nun ein schrecklicher Fehler gewesen war, auf *The Grange* zu bleiben? Sie rollte die Augen gen Himmel und sah fast wie Lucy aus.

»Bitte, lieber Gott«, betete sie, »mach, dass es das Richtige war. Mach, dass wir keinen Fehler gemacht haben. Und bitte mach, dass Alistair auf der Drake stationiert wird.«

Sie blieb eine Weile sitzen, wiegte James und genoss die Sonne auf dem Rücken und das beruhigende Murmeln des Flusses. Dann sah sie auf die Uhr und erschrak. Es war schon fast Mittag, Clemmie würde sich sicher wundern, wo sie abgeblieben waren. Der Wald und der Fluss hatten ihre Wirkung getan – Phyllida war wieder ganz ruhig, und ihre fröhliche Natur überwog die Panik. Gerade, als sie aufstehen wollte, flitzte etwas Weiß-Braunes durch ihr Blickfeld, und sie sah, wie ein Vogel pfeilgerade nur wenige Zentimeter über der Wasseroberfläche flussaufwärts schoss und sich auf einem Felsen auf der anderen Flussseite niederließ. Er putzte sich und hüpfte dann gleichmäßig über die Steine, auf denen er so gut getarnt war.

Es war die Wasseramsel.